LES AUTRICES

Willow Smith est chanteuse, autrice et activiste.

Jess Hendel vit à Los Angeles. Elle est titulaire d'un master en écriture pour le cinéma et la télévision de l'université de Californie du Sud et d'une licence de sociologie obtenue au Amherst College.

Retrouvez l'univers de Willow Smith et Jess Hendel
sur
Instagram : @willowsmith @jesshendelwrites
et TikTok : @willow
et sur les réseaux de la collection R

COLLECTION R

LA GUERRIÈRE NØIRE

WILLOW SMITH
& JESS HENDEL

Traduit de l'anglais (États-Unis) par Frédérique Le Boucher

Titre original : *Black Shield Maiden*

First published in 2024 in the United States by Del Rey,
an imprint of Random House, a division of Penguin
Random House LLC, New York.
La Guerrière noire est un récit fictif. Les noms, lieux et événements
sont soit issus de l'imagination des autrices, soit mobilisés
au service de la fiction. Toute ressemblance avec des événements,
lieux ou personnes réels serait fortuite.

ISBN : 978-2-221-26560-4
ISSN : 2258-2932
(éd. originale : ISBN 978-0-593-35673-9)
Dépôt légal : novembre 2024
Éditions Robert Laffont – 92, avenue de France, 75013 Paris
serviceclients@lisez.com

Loi n 49-956 du 16 juillet 1949 sur les publications
destinées à la jeunesse et aux jeunes adultes

À celles et ceux dont l'histoire reste à écrire.

AVANT-PROPOS DE WILLOW SMITH

Chère lectrice, cher lecteur,

Je voudrais vous dire combien ce livre est important pour moi. J'ai toujours été extrêmement intéressée par la façon dont l'humanité et la société ont évolué pour aboutir à ce que nous connaissons aujourd'hui.

Il y a environ cinq ans, à travers différents ouvrages, des vidéos YouTube et l'excellente série *Vikings*, la culture viking a commencé à éveiller ma curiosité. J'ai été frappée par ce polythéisme si profondément ancré et par le fait que, dans cette culture, les femmes pouvaient devenir de farouches guerrières et bénéficier d'une bien plus grande autonomie que dans d'autres sociétés des temps anciens.

Alors que je creusais le sujet, de plus en plus happée par ce monde fascinant, j'ai commencé à me demander si les Vikings avaient jamais croisé des gens à la peau noire ou des gens de couleur, et s'il était même possible qu'une Viking noire ait existé.

À partir de ce moment-là, mes recherches sont devenues beaucoup plus rigoureuses. J'ai découvert l'histoire de Thorhall le Chasseur, un personnage de la *Saga d'Erik le Rouge* rédigée en vieux norrois. Bras droit du célèbre Viking, Thorhall l'a accompagné dans toutes ses expéditions au Vinland. Il est décrit comme ayant la peau sombre, et certains en déduisent que le « vrai » Thorhall (la figure historique qui aurait inspiré le personnage de la saga) aurait pu être un homme noir. J'ai aussi découvert que des Vikings, partis de Norvège pour trouver de nouveaux rivages à piller, étaient descendus loin vers le sud, jusqu'au Maroc, ce qui sous-entend qu'ils ont probablement eu, d'une façon ou d'une autre, des échanges avec les Arabes et les Africains. Plus important encore peut-être, j'ai découvert combien il est difficile de trouver des informations fiables sur l'Afrique au haut Moyen Âge. J'ai été frappée par le fait qu'on m'avait beaucoup plus appris sur l'histoire du monde occidental que sur celle de mes propres ancêtres. Et également par le fait que l'énorme contribution des Noirs, et des non-Blancs en général, à la civilisation (tout comme la façon dont les gens de toutes origines ont appris les uns des autres à travers le Moyen Âge) a été effacée de notre analyse du passé. (Je remercie vivement mes parents d'avoir réuni tant d'ouvrages riches en enseignements sur le sujet, alors que je ne pouvais littéralement les trouver nulle part.)

C'est ainsi que le personnage de Yafeu a commencé à prendre forme dans mon esprit. En tant que jeune femme noire engagée, je participe au combat qui vise à donner une voix aux minorités. La lutte que mène Yafeu n'est pas seulement celle d'une femme dans une société patriarcale. C'est aussi celle d'une personne noire dans une culture blanche. Et ces deux aspects de son identité génèrent de nouveaux conflits auxquels ni les hommes noirs, ni les femmes blanches ne sont confrontés. Je me réjouis de vivre à une époque où le féminisme commence enfin à devenir à la fois intersectionnel et *populaire* ; où les luttes féministes s'étendent progressivement au-delà des simples revendications des femmes blanches et où les gens, passant outre les différences de toutes sortes, sont plus que jamais ouverts à la diversité. Aujourd'hui, une intrigue peut avoir pour protagoniste une jeune femme noire sans être cataloguée comme un spectacle, un film ou un livre réservé à un public noir.

Mais alors même que je développais le personnage de Yafeu, je savais que l'histoire que je voulais raconter ne se limitait pas à son parcours. Je voulais en dire plus. Yafeu est manifestement *badass.* La force et la puissance qu'elle incarne répondent à des critères universellement reconnus. Il existe cependant bien d'autres sortes de force et de pouvoir, et on peut emprunter bien des chemins pour trouver sa propre manière de les exprimer. Qu'on pense, par exemple, aux femmes qui puisent leur force dans la spiritualité, ou dans le *soft power* des compétences interpersonnelles. Des femmes, il y en a de toutes les tailles, de toutes les formes, de toutes les couleurs, de toutes les religions, de tous les tempéraments. Nos définitions de la force et du pouvoir devraient refléter cette diversité.

C'est en partant de ce constat que j'ai imaginé Freydis. Par bien des aspects, tout oppose Yafeu et Freydis. Elles ont chacune leur personnalité avec leurs propres forces et leurs propres faiblesses. Elles ont des attentes différentes et des besoins différents, des modes d'expression de leur identité différents ; mais elles sont aussi fortes et belles l'une que l'autre. Et elles ont besoin l'une de l'autre pour créer un monde dans lequel elles pourront toutes deux s'épanouir.

Nous avons tous du mal à nous entendre avec ceux qui ont des croyances en complète contradiction avec les nôtres. Lorsque nous présumons que quelqu'un est « étranger », nous le déshumanisons et nous l'ostracisons, rendant ainsi impossible toute communication, pourtant indispensable au maintien d'un minimum de décence et d'humanité.

Nous avons tous tendance à comparer nos souffrances physiques et morales, ou à ignorer celles des autres. Que les médias, essentiellement dominés par les hommes, aient l'habitude de représenter les femmes comme des rivales en perpétuelle compétition, se mesurant constamment les unes aux autres (dans des conflits qui concernent généralement des hommes, ou dans des jeux de pouvoir tels que les hommes les conçoivent) n'arrange rien. Mais je crois qu'on ne pourra jamais obtenir l'égalité parfaite tant que chacun continuera à tenir les autres à distance. Il faut que nous soyons prêts à chercher un terrain d'entente, quel qu'il soit, tout en célébrant ce qui fait de chacun de nous un être unique. Nous pouvons construire ensemble quelque chose de beau, si nous en avons la volonté et la compassion nécessaires.

Avec Yafreby (la cité afro-norroise que Yafeu et Freydis fondent ensemble, langue métissée qui lui est propre comprise), j'ai imaginé le modèle de communauté qui naîtrait si l'on mettait en pratique cette philosophie. Yafreby est ce à quoi ressemblerait le métissage culturel si aucune culture n'était dominante. En fin de compte, c'est de cela que traite *La Guerrière noire,* c'est le thème qui se trouve au cœur même du roman : l'échange et le partage. J'espère que réinventer le passé à travers ce prisme d'un autre âge ouvrira la porte à de nouvelles possibilités, à plus d'échange et de partage dans notre propre futur.

Il s'est passé autre chose durant le processus d'écriture de cette histoire, surtout au cours du développement des personnages secondaires. Je me suis aperçu qu'en cherchant à représenter les multiples façons dont la force et le pouvoir pouvaient se manifester, j'ai fini par créer des personnages qui étaient *gender fluid* : des hommes avec des caractéristiques prétendument féminines et des femmes avec des caractéristiques prétendument masculines. Ma génération évolue au-delà de la binarité dépassée des genres, de la sexualité et de l'expression de genre.

Les filles de mon âge portent des vêtements que la tradition qualifie de masculins sans se faire traiter de « garçons manqués » ou de « lesbiennes » pour autant. Les garçons de mon âge se vernissent les ongles et portent de l'eye-liner sans se faire traiter d'« efféminés » ou d'« homos ». Ta façon d'exprimer ton identité t'est propre : elle n'appartient qu'à toi. Je voulais que mes personnages reflètent cette transformation de la société, qu'ils parlent aux jeunes de ma génération. En fin de compte, bien qu'ils s'inscrivent dans le contexte de leur temps, les personnages de *La Guerrière noire* n'en demeurent pas moins des personnages viscéralement actuels. Et leur parcours est intemporel.

Willow Smith

Bien gouverner, c'est trouver l'équilibre sur la pointe d'une lame. Les vrais chefs doivent voir au-delà de leurs propres ambitions : s'ils tiennent leurs pouvoirs des dieux, ils ont des devoirs envers le peuple. Ils doivent exercer le pouvoir sans jamais y aspirer. Ce pouvoir-là est ancré dans la tradition, mais seuls ceux qui remettent en question la tradition (et la *créent*) passent à la postérité et entrent dans la légende.

Nyeru, grand prêtre de la cité
de Yafreby, 861 de notre ère

1

YAFEU

La petite antilope s'éloigne de sa mère.

Trop.

Accroupie derrière un rocher, je suis le moindre de ses gestes alors qu'elle parcourt la berge aride en quête de quelques trop rares touffes de bourgou. Mes chevilles fatiguent et j'ai les cuisses bandées comme un arc. Depuis la seconde où j'ai repéré la maigre harde qui se dirigeait vers la Rivière-Blanche, je n'ai plus remué un cil. Après tant d'années d'entraînement, je sais faire abstraction de la douleur : je contrôle ma respiration et je peux même empêcher mes articulations de craquer en ralentissant mon *nyama*, l'énergie qui circule en toute chose, jusqu'à ne plus faire qu'un avec le rocher.

« Tu dois être aussi immobile que la mort elle-même. »

La voix profonde et basse de Baaba résonne dans ma tête comme s'il venait de me parler. Comme s'il était là, à côté de moi.

« Concentre-toi. »

Je chevauche le souffle qui quitte mon corps. Bientôt, je sens le *nyama* de la harde aussi nettement que le mien. Il circule entre le faon et sa mère ; elle, toujours attentive à la présence de son petit, et lui, à la sienne. Il est assez vieux pour être sevré, mais trop jeune pour avoir une perception affûtée du danger : une lame nouvelle qui a besoin d'être aiguisée.

Les eaux de la Rivière-Blanche sont basses, troubles, et ses berges, dénudées sans les herbes qui parsèment sa boue ocre rouge comme autant de taches sur une girafe. Tout autour de moi, la terre est sèche, friable et pratiquement dépourvue de vie. Il faudra un cycle de lune complet, ou plus encore, avant que Sogbo nous accorde la bénédiction de ses pluies et que nous puissions semer la graine dans le terreau. Mais la lumière rose adoucit l'aridité de la terre quand Lisa point au-dessus de l'horizon. Il enveloppe ma peau sombre d'une chaleur bienvenue, illumine les acacias clairsemés et rappelle aux ramatous d'entonner leur chant matinal. Même les oiseaux dormaient quand je me suis levée, tirée du sommeil au beau milieu du règne de Mawu par cette excitation qui me saisit quand sonne l'heure de la chasse.

Le faon s'aventure plus près encore, d'un pas tranquille, son ombre couvrant peu à peu le rocher dans le clair-obscur de l'aube. Je me vois déjà ajouter ses petites cornes aux dents et aux griffes qui ornent ma tunique de chasse, souvenirs des animaux dont j'ai fait présent à la longue nuit.

« Suis ton instinct. » Encore une des leçons de Baaba. *« C'est l'instinct qui agit à travers toi lors de la mise à mort. »*

Ma patience est en suspens sur la pointe de mon couteau de jet, alors que je le glisse hors de son étui. J'arme mon bras pour amener la lame derrière mon oreille, si lentement que c'en est douloureux.

Maintenant !

Juste quand je m'apprête à frapper, une traînée de brun et de noir jaillit de derrière un tronc d'acacia : un loup peint qui fond sur ma proie.

Les antilopes s'égaillent. Le faon s'enfuit avec sa mère. Le loup fait claquer ses crocs et poursuit les bêtes un moment, avant de ralentir pour les regarder disparaître à l'horizon. Aucune chance de les rattraper, on le sait aussi bien l'un que l'autre.

Par la ruse de Legba ! Le dépit plombe mon estomac vide. Toute cette attente pour rien !

Je me lève, soulageant les crampes de mes cuisses, et foudroie le lycaon du regard. Apparemment inconscient de ma présence, il poursuit toujours la harde des yeux.

Peut-être que je devrais plutôt ajouter ses dents à ma collection. Il est probablement trop lourd pour que je puisse le porter jusque chez nous, mais je pourrais l'écorcher et donner sa peau à Ma. Je n'ai pas forcément perdu ma matinée.

Je brandis une nouvelle fois ma dague, mais quelque chose retient mon bras. J'hésite. Ce n'est qu'un louveteau et les os saillants de son arrière-train suffisent à évoquer les privations de la saison sèche. Peut-être a-t-il été séparé de sa mère pendant les dernières pluies. Seul un chasseur inexpérimenté se jette trop tôt sur sa proie, anéantissant ainsi toute chance d'une prise facile.

Mais la faim nous rend tous trop hardis.

Comme s'il lisait dans mes pensées, il tourne brusquement la tête vers moi.

Ses yeux couleur de terre plongent dans les miens, et, soudain, le Sahel devient flou.

Le temps s'écoule au ralenti. L'air vibre d'un horrible présage. Il s'enroule autour de mon cœur comme le grand serpent Bida étouffant une nouvelle proie.

Et puis, tout à coup, le loup se détourne et s'éloigne, et la terrible sensation disparaît aussi vite qu'elle est arrivée.

Je me secoue, reprends mes esprits. J'ai la langue gonflée et un goût de poussière dans la bouche. Depuis combien de temps est-ce que je n'ai rien bu ?

Je remets ma dague au fourreau avec un grognement de frustration et me dirige vers la rivière, le pas rythmé par le claquement des os contre ma poitrine. J'avale quelques gorgées d'eau et m'asperge le visage, jouissant du choc du liquide froid sur ma peau.

Mais je ne peux pas effacer le petit loup de mon esprit.

Ça me rappelle ce qu'il s'est passé il y a des années, sur les berges de cette même Rivière-Blanche, quoique à bien des jours de dromadaire.

C'était à l'époque où nous vivions encore sur les routes, toujours entre deux cités, et où nous appelions « chez nous » tout lieu où nous nous trouvions ensemble. J'étais à cet âge où mon corps n'avait pas encore conscience de lui-même, où mes bras étaient toujours couverts d'égratignures et où mes genoux s'entrechoquaient quand je courais.

Nous avions dressé la tente au pied de la cité de Djenné. Baaba connaissait là-bas quelques nobles qui lui achèteraient à bon prix les nouvelles armes qu'il avait forgées, et Ma comptait bien charmer leurs épouses, assez pour leur vendre quelques-uns de ses colliers.

Baaba et moi nous étions réveillés tôt pour aller pêcher, avant que l'air ne soit trop lourd et la chaleur, trop forte. Kamo et Goleh étaient trop jeunes et trop turbulents pour nous accompagner. Nous les avions laissés dormir sous la tente avec Ma. Je me souviens de cette exaltation que j'éprouvais. Il n'y avait pas, pour moi, de plus précieux trésors que ces moments passés ensemble, rien que nous deux.

C'était après les premières crues de la saison des pluies et la rivière grouillait de vie. J'avais lutté pour hisser un filet rempli de poissons à bord de notre petite pirogue, faisant tant pencher notre embarcation que nous avions fini à l'eau tous les deux avec notre prise. Ma aurait été furieuse, mais Baaba avait hurlé de rire et m'avait fait couler avant de ramener le bateau à terre pendant que je nageais derrière lui.

Il avait repéré le crocodile avant moi. Je l'avais juste vu écarquiller les yeux et me crier de nager plus vite. J'avais tiré sur mes bras et mes jambes aussi fort que je le pouvais, tout en sachant que ça ne changerait rien, que le crocodile m'attraperait facilement dans l'eau et que ma courte vie s'achèverait bientôt. Mais quelque instinct buté m'avait poussée à continuer. Mon petit corps tout entier battait au rythme de mon cœur quand j'avais finalement rampé sur la berge.

Baaba m'avait soulevée dans ses bras pour me déposer derrière lui comme un vulgaire sac de mil. Je m'étais retournée pour le voir faire face au crocodile qui attendait, à demi immergé dans les eaux peu profondes, les yeux rivés sur lui. Baaba avait tiré sa dague pour la faire passer d'une main à l'autre. Je me souviens encore de la manière dont elle étincelait au soleil, comme si Gu avait ordonné à Lisa de projeter son pouvoir dans sa lame.

La confrontation entre Baaba et le crocodile m'avait semblé durer une éternité. Et puis le crocodile avait fait demi-tour et s'était éloigné pour disparaître dans les profondeurs de la rivière.

J'avais crié, triomphante :

— Les dieux nous ont sauvés !

— Non. (Baaba avait remis sa dague au fourreau. Il s'était agenouillé et m'avait pris les mains.) Les gens veulent croire que les dieux ou les esprits sont responsables de tout ce qui leur arrive. Mais, en vérité, c'est la foi elle-même qui contrôle leur destin. (Ses yeux acajou brillaient de conviction.) C'est dans la foi que se trouve le pouvoir, ma fille. Mais c'est aussi un choix. Quand tu *choisis* de croire en quelque chose, tu lui donnes du pouvoir. J'ai choisi de croire que j'étais plus fort que ce crocodile. Alors je l'ai été. C'est pour ça qu'il est parti. Pas parce que les dieux m'ont sauvé. Ou peut-être que si. Peut-être qu'ils l'ont fait parce que j'étais prêt à me sauver moi-même.

J'avais senti mon front se plisser.

— Ma dit qu'on doit honorer les dieux, et aussi les ancêtres. Elle dit qu'ils ont beaucoup à m'apprendre.

Il avait souri. Un de ses mystérieux demi-sourires qui ne faisaient apparaître qu'une de ses fossettes.

— Ta mère est pleine de sagesse.

Perplexe, je n'avais pu que le contempler, bouche bée. Mais désormais, une chose était claire. Mon *baaba* n'était pas un forgeron ordinaire. Dès lors, il était devenu à mes yeux un héros comme ceux des anciennes légendes : Yafeu, l'homme qui avait dompté un crocodile.

De retour à la tente, j'avais raconté à Ma ce qui nous était arrivé. Je croyais qu'elle serait aussi impressionnée que moi. Mais elle s'était aussitôt alarmée et nous avait dit de faire nos bagages. Le crocodile était un avertissement envoyé par les dieux, avait-elle annoncé. C'était un signe que cette cité n'était pas sûre pour nous. J'avais échangé un sourire entendu avec Baaba, mais nous avions fait ce qu'elle nous avait demandé et quitté Djenné le jour même.

Le lendemain, Djenné était attaqué par des guerriers inconnus venus du Nord. La rumeur voulait qu'ils aient déferlé sur la cité, brûlé les bois sacrés, détruit les statues de nos dieux et tué tous ceux qui s'étaient mis en travers de leur route.

Malgré la chaleur croissante, un frisson me remonte l'échine.

Si le crocodile était vraiment un avertissement envoyé par les dieux… Quel augure ce loup peint est-il pour moi ?

2

YAFEU

Je me retourne en soupirant pour suivre la courbe de la rivière. J'atteins bientôt l'alignement de petites pirogues couchées sous la mangrove qui marque la lisière de notre village.

La case la plus proche de la rivière est aussi la plus grande, avec ses épais murs de torchis et son haut toit de chaume. Elle appartient à mon oncle et à sa famille : un des nombreux privilèges que lui vaut son statut de chef.

Baaba était devenu si habile forgeron en grandissant qu'il avait éclipsé tous ses frères, à tel point que sa renommée s'était propagée d'un bout à l'autre de l'empire. Nobles et marchands d'aussi loin que Fez, tout au nord, jusqu'aux confins d'Igodomigodo, tout au sud, lui commandaient leurs armes, et Baaba était trop heureux de les satisfaire. Son frère aîné (qui n'avait pas son talent) avait choisi, quant à lui, de vivre de la culture du mil et fini par devenir le chef du village qui les avait vus naître.

En approchant, je sens mon ventre se nouer : mes cousins sont déjà dehors. Je comptais avoir regagné notre case avant qu'ils ne se réveillent. Ils ne voient pas d'un très bon œil qu'une fille parte à la chasse toute seule. Mais, comme ils ne partagent jamais leurs prises avec nous, je n'ai pas vraiment le choix. Presque personne au village ne partage quoi que ce soit avec nous. Alors, je suis bien obligée de chasser pour nourrir Ma, Kamo et Goleh, et pour trouver les os et les peaux nécessaires à notre ouvrage.

Mon oncle et sa famille ne m'en méprisent pas moins. Ils se moquaient déjà de moi parce que je lançais le couteau au lieu de manier l'arc et les flèches. Mais Baaba ne m'a jamais appris. Il est parti avant que je ne sois assez grande pour être seulement capable de porter un arc. Alors, il m'a montré comment me servir d'une lame, et en forger une.

Encore une chose que mon soi-disant clan désapprouve.

La famille de mon oncle n'admettrait jamais qu'une fille puisse être un vrai forgeron. Et, même si j'étais un garçon, ma mère ne descend pas d'une longue lignée d'artisans du fer comme Baaba et son frère. Donc, aux yeux de la famille de Baaba, mon sang est impur.

Ma n'est même pas soninké, ce qui rend plus impensable encore que nous puissions vivre dans la tribu de Baaba. Ils se sont rencontrés alors qu'il se rendait dans le Sud pour honorer la commande d'un prince d'Igodomigodo, le royaume de la jungle. Il ne faisait que traverser son village. Mais dès qu'il avait posé les yeux sur elle, il avait su que Ma était destinée à devenir sa femme. Quand il était parti, elle l'avait suivi, ignorant la réprobation de leurs deux familles.

Une réprobation que j'ai reçue en héritage.

Comme toujours, quand je passe devant eux, mes cousins font le signe pour repousser le mauvais œil. Ils croient que je suis possédée par l'esprit d'un ancêtre vengeur (de la famille de Ma, bien sûr), et que c'est pour cette raison que je me comporte autant comme un garçon, et non comme une fille digne de ce nom. Ils pensent que c'est à cause de ça que Baaba nous a abandonnés ici. Pour échapper à cet esprit malin.

Pour m'échapper *à moi*.

Je lève les yeux au ciel et pose la main sur la dague sanglée à ma hanche. Piètre provocation, mais c'est tout ce que je peux me permettre.

« L'astuce, disait toujours Baaba, avec un clin d'œil et un sourire en coin, c'est de savoir causer des problèmes sans s'en attirer. »

Je ne m'en suis attiré qu'une fois. Avec mon cousin Masireh. Alors qu'il me jette maintenant un regard méprisant, je sens un petit filet de rage déborder du barrage que j'ai dressé autour de mon cœur. En temps normal, je l'étoufferais et ignorerais Masireh. Mais je suis déjà dépitée d'avoir raté le faon, alors je laisse la rage s'infiltrer dans mes pensées, me rappelant la fois où son sang a rougi mon poing.

C'était juste après le départ de Baaba, il nous avait laissés ici en nous confiant aux « bons soins » de notre oncle « bien-aimé ». Je revenais de la rivière, un panier d'argile pour notre case calé contre mes hanches encore étroites, quand j'avais aperçu Masireh qui complotait avec les garçons du village. Ils faisaient des messes basses en me décochant des coups d'œil soupçonneux comme autant de petites flèches.

J'avais relevé le menton, les ignorant royalement. Jusqu'à ce que Masireh crache à mes pieds en murmurant, assez fort pour que je l'entende :

— *Jugu.*

Jugu. Maléfique.

Le mot n'était pas sorti de sa bouche que je lâchais mon panier pour pivoter d'un bloc et lui balancer mon poing dans le nez, le lestant de tout mon poids comme Baaba m'avait appris à le faire.

Un craquement sonore avait retenti. Puis Masireh s'était retrouvé à terre, étouffant un cri dans ses mains, tandis que le sang ruisselait entre ses doigts. Un garçon s'était jeté sur moi, mais j'avais utilisé sa propre force contre lui, l'attrapant par le bras pour le projeter sans peine au sol.

J'avais aussitôt fait volte-face pour provoquer les autres du regard.

Pantelante, le souffle court, j'avais crié :

— À qui le tour ?

En réalité, je ne savais absolument pas combien d'entre eux j'aurais encore la force d'affronter. Je ne l'ai jamais su. Tous s'étaient écartés de moi, les yeux écarquillés sous l'effet de la peur.

Personne ne m'a plus jamais traitée de *jugu*. Pas en face, en tout cas.

Ce jour-là, je me suis fait taper sur les doigts par Ma comme jamais.

— Quoi qu'ils aient pu penser de nous avant, m'avait-elle dit, tu n'as fait qu'aggraver les choses.

Je savais qu'elle avait raison et la honte qui m'avait alors saisie était bien plus cuisante que la douleur dans mon poing tuméfié. Comme le dit le vieux proverbe : « La parole n'est pas dans les mains des gens. Les gens sont dans les mains de la parole. » La peur s'était répandue à travers le village comme un feu de brousse, ne laissant que haine dans son sillage. En peu de temps, j'étais devenue une malédiction aux yeux de la tribu tout entière.

Jugu.

Longtemps, leur haine m'avait poursuivie, mordante, comme une hyène sur mes talons, faisant jaillir mes larmes nuit après nuit. Ma me serrait alors dans ses bras.

— Le fleuve de ton destin suit le cours que lui donnent nos ancêtres. Il coule *avec* eux. Pas contre eux, me disait-elle avec la plus grande tendresse en caressant les longues spirales noires de mes cheveux.

J'ai fini par sécher mes pleurs. Je me suis résignée à faire la sourde oreille, ignorant toutes les rumeurs, toutes les railleries. Mais aussi haut que j'érige le barrage autour de mon cœur, leur mépris suinte toujours par ses fissures.

Mon seul refuge, c'est la petite forge que j'ai installée au fond de notre case. J'aime le bruit cadencé du marteau frappant le fer chauffé à blanc, l'odeur de charbon qui me colle à la peau et ne me quitte jamais vraiment. J'aime que, grâce à cet exercice, mes bras restent forts et mes idées, claires. La famille de mon oncle se moque de moi : et alors ? Qui a vu mon ouvrage ne peut nier que Baaba m'a instruite dans l'art secret de Gu. Il m'a formée de même que son propre père l'avait formé, et son père avant lui… Et ainsi de suite jusqu'aux premiers habitants de la Terre qui, tout comme nous, étaient forgerons.

Mon oncle a formé ses fils, lui aussi. Mais leurs dagues ne sont que de grossiers couteaux de cuisine comparées aux miennes. Malgré mon sexe, malgré le « sang impur » de ma mère, j'ai toujours plus de *nyama* dans mon petit doigt qu'ils n'en auront jamais dans leur corps entier. Ils peuvent propager leur haine et leurs mensonges autant qu'ils veulent. J'ai mon art pour moi et, ça, personne ne pourra jamais me l'enlever.

Je suis si absorbée par ces sombres pensées que ce que Masireh tient dans ses bras manque de m'échapper : un ballot ficelé avec d'épaisses lanières de cuir. C'est alors que je remarque les ânes, chargés de paquets, attachés au poteau de bois devant leur case.

Je me fige, tétanisée.

C'est jour de marché ! Comment j'ai pu oublier ?

Les jours de marché sont ma seule chance d'échapper à ce minuscule village et à son carcan de superstitions. Tant de gens différents convergent vers Koumbi Saleh à cette occasion, des gens venus d'ailleurs, avec d'autres marchandises et d'autres dieux. C'est grisant de voir cette diversité, de ne plus être qu'une parmi tant d'autres au milieu d'eux. Ça me rappelle presque notre ancienne vie avec Baaba, cet émerveillement, cette exaltation de découvrir de nouvelles cités… Sauf que ce sont les étrangers qui viennent dans nos contrées, à présent, et non plus nous qui allons dans les leurs.

Je parcours le reste du trajet en courant, slalomant entre les dizaines de cases couleur de boue, toutes semblables. Un raccourci qui, je l'espère, me permettra malgré tout d'arriver avant que Ma ne se réveille. Mais, quand j'atteins notre case, au bout du village, elle est déjà dehors, de même que mes deux frères.

Agenouillée devant une épaisse couverture de laine, elle emballe soigneusement les derniers colliers de sa confection, pendant que Kamo et Goleh engloutissent leur bouillie de mil dans de petites calebasses. J'hésite, m'attendant déjà à ses remontrances.

— Tu es en retard.

C'est tout ce qu'elle dit.

— Pardon, Ma.

J'ajoute une prière silencieuse à Agé : il a dû envoyer le lycaon chasser la harde. Nous n'aurions pas eu le temps de préparer la viande avant la longue marche jusqu'à Koumbi Saleh et elle se serait gâtée. Agé déteste le gaspillage, encore plus que moi.

Ma se relève et me regarde de haut en bas, passant en revue mes bras et mes jambes couverts de terre. J'aurais dû penser à me baigner avant de rentrer. Je n'ai plus le temps de retourner à la rivière, maintenant. Elle appuie une main sur sa hanche et plante des yeux perçants dans les miens.

— Tu vas avoir des ennuis, se réjouit Kamo, la bouche encore pleine de bouillie.

Goleh, le plus réservé des deux, braque sur moi un regard qui n'est pas loin de ressembler à celui de Ma.

Je leur tire la langue et suis Ma dans la case.

À peine entrée, je m'empare d'un linge propre et me frotte pour ôter autant de terre que je peux. Ma peigne mes cheveux, défaisant les nœuds avant de tresser mes mèches. Et puis elle me tend son vieux caftan. Il est d'un jaune sumac vif avec une encolure ornée d'un délicat brocart de soie : l'un des trop rares trésors que nous avons gardés de notre vie d'avant.

Je serre les dents, mais j'enlève ma tunique de chasse et enfile le vêtement sans broncher. Il faut reconnaître que le contact léger et vaporeux du coton sur ma peau est agréable. Parfois, j'oublie ce que ça fait de porter des vêtements qui ne sont pas lestés par des ossements. De quoi me rappeler le confort quotidien dont je jouirais si je n'étais pas si fière.

En outre, Ma a raison de me faire porter cette tenue. Nous vendrons mieux à Koumbi Saleh si je joue le rôle de la fille d'un riche forgeron.

Si je ressemble davantage à celle que j'étais autrefois.

Satisfaite de mon apparence, Ma me tend une petite calebasse de bouillie de mil froide. Ça fait près d'une demi-lune que nous ne mangeons plus que ça.

C'est toujours pareil pendant les longs intervalles entre les jours de marché, une fois les poulets engloutis. Surtout pendant la saison sèche où le gibier se fait rare. Je suis dégoûtée (nous le sommes tous), mais je me force à avaler en hâte les gros grumeaux. Il faut plusieurs heures de marche, et à bonne allure, pour atteindre Koumbi Saleh d'ici. Or, nous avons déjà pris du retard. Grâce à moi !

Je repose ma calebasse et attrape ma dague, me préparant à un nouveau regard réprobateur de Ma quand je ceins ma hanche du fourreau, refermant sa sangle comme une ceinture par-dessus son beau caftan jaune.

Elle ramasse mon bol vide en arquant un sourcil.

— N'oublie pas les autres, mon enfant.

Ma retourne dehors et, bientôt, les gloussements des jumeaux se changent en cris stridents. Ils ont dû se faire pincer parce qu'ils faisaient les imbéciles au lieu de s'occuper de Fàré, notre âne.

J'entends Ma les disputer :

— Arrêtez de vous bagarrer et aidez-moi à charger la marchandise, espèces de fainéants !

Mon sourire s'élargit.

Je récupère ma gibecière vide accrochée au mur et la remplis d'outres d'eau. J'enchaîne ainsi le plus de tâches possible jusqu'à ce que je n'aie plus d'autre choix que d'accomplir celle que je redoute par-dessus toutes.

J'écarte en soupirant le rideau violet foncé qui mène à notre atelier. Je passe devant le métier à tisser avec sa bande de tissu inachevé oublié entre les barres, devant l'explosion de couleurs des perles, cordelettes et pierres de Ma sur la table en bois grossièrement taillée, devant la petite forge pleine de cendres et l'enclume couverte de scories pour m'arrêter devant le mur des dagues. Le soleil s'infiltre par les trous du toit de chaume et dessine des cercles de lumière sur les lames. Certaines sont les couteaux d'entraînement de Kamo et Goleh : trop rudimentaires ou difformes pour valoir grand-chose ; certaines sont mes propres créations encore inachevées. Trois sont prêtes pour la vente, chacune avec des motifs, simples mais minutieusement gravés, sur leur manche d'os.

Ma favorite est, bien évidemment, le couteau de jet, avec ses lames qui se déploient à différents angles par rapport à l'axe principal. Je m'accorde juste le temps de le manier une dernière fois, appréciant la sensation du métal parfaitement lisse alors que j'examine mon ouvrage. Le fruit de bien des lunes de labeur. Je m'améliore, même si je suis toujours loin de rivaliser avec l'habileté de Baaba.

N'empêche, il serait fier.

Fierté et désarroi se soudent au fond de moi. J'étouffe mes sentiments et protège chaque dague du fourreau de peau de chèvre que j'ai confectionné pour elles, avant de les glisser avec soin dans ma gibecière, de même qu'une lame d'entraînement que nous parviendrons peut-être à troquer contre un ou deux poulets.

Une fois à l'extérieur, j'attache solidement ma gibecière sur le bât de Fàré. La vieille bête proteste de quelques braiments plaintifs. Compatissante, je lui caresse l'encolure. Nous portons tous plus que notre part du fardeau dans cette famille.

C'était tellement différent quand Baaba était avec nous. Ou, plutôt, quand nous étions avec lui. Nous ne tenions pas en place, en ce temps-là, voyageant toujours de village en village, de marché en marché, ne nous arrêtant jamais plus de deux semaines au même endroit. Mais nous ne manquions de rien lors de nos déplacements, à l'époque : de nombreux dromadaires portaient nos réserves de vivres, d'eau, de noix de coco, sans oublier les tentes avec d'épais tapis pour nos haltes nocturnes. Je ne parle même pas de la poignée de mercenaires qui nous protégeaient, nous et nos marchandises. En tant que famille d'un forgeron renommé du grand empire du Wagadou, nous n'en attendions pas moins.

Aujourd'hui, il ne nous reste plus que Fàré.

Je lève les yeux vers la piste qui s'étend derrière lui, suivant du regard les lacets ocre rouge qu'elle dessine dans l'herbe jaunie. Cela fait six ans que j'ai regardé Baaba disparaître à l'horizon sur cette même piste. Six ans que le premier rondin du barrage érigé autour de mon cœur a trouvé sa place.

Baaba nous laissait souvent dans la famille de notre oncle pour plusieurs lunes, quand une commission l'appelait dans quelque lieu trop dangereux pour que nous puissions le suivre. Chaque fois, je comptais les jours qui me séparaient de son retour. Et il revenait toujours. Avec des pierres précieuses pour que Ma puisse confectionner ses colliers et de l'ivoire pour les poignées de mes dagues. Il nous serrait alors dans ses bras et nous soulevait de terre pour nous blottir contre lui.

— Vous m'avez tellement manqué, disait-il. J'ai eu peur que vous disparaissiez.

Ma riait et le bousculait en réponse, mais les larmes me montaient aux yeux quand je me cramponnais à lui, agrippant sa tunique de fine cotonnade dans mes petits poings. Moi aussi, je craignais que nous disparaissions sans lui.

Et puis, un matin, un colporteur wangara est venu adresser à Baaba un message. Un explorateur étranger avait entendu parler du grand talent de Yafeu le forgeron et était prêt à le payer généreusement s'il acceptait de produire des épées pour ses hommes et lui. L'explorateur écumait les mers sur un merveilleux navire, à la découverte de terres inconnues. C'était le plus gros que le marchand ait jamais vu.

Je revois encore les étincelles qui s'étaient allumées dans les yeux de Baaba à la mention du superbe bateau et de l'explorateur venu d'au-delà des mers. Cette expression sur son visage, m'avait fait l'effet d'avaler un gros caillou de minerai brut.

Baaba était né forgeron et il aimait son métier. Mais, par-dessus tout, il aimait l'aventure. C'était pour satisfaire ce désir que nous vivions sur les routes avec lui. Il ne pouvait jamais rester très longtemps au même endroit. À cette époque, il avait déjà traversé le désert bien des fois, dont deux avec nous. Mais explorer les mers… Voilà qui représentait un tout autre défi.

Il nous avait promis que, lorsqu'il serait de nouveau parmi nous, nous deviendrions plus riches que le Ghāna lui-même.

Mais il ne l'a plus jamais été.

Nous n'avons pas disparu, pourtant. Nous nous sommes accrochés, malgré l'espoir qui maigrissait en même temps que nos corps à chaque lune passée en son absence. Nous avons fini par comprendre que nous allions devoir assurer notre propre survie. Sans lui.

J'avais dix ans, alors. Mais Kamo et Goleh n'en avaient que huit : deux années seulement nous séparaient, mais ils n'étaient pas assez grands pour retenir le sable de la mémoire et l'empêcher de leur filer entre les doigts.

Je tourne le dos à Fàré, croisant les bras pour les regarder se battre dans la poussière.

En voyant Kamo plaquer son frère au sol, je m'époumone :

— Goleh, balance-lui ton genou dans l'estomac !

Goleh lui assène un coup efficace et Kamo se plie en deux, laissant à Goleh une chance de lui échapper en roulant sur le flanc.

— C'est pas juste ! glapit Kamo. C'est de la triche si Grande Sœur t'aide !

Peut-être que c'est mieux comme ça. Du moins n'ont-ils pas à porter le fardeau des regrets, le souvenir d'une vie meilleure que la nôtre aujourd'hui.

Moi-même, il m'arrive parfois d'avoir du mal à me remémorer les détails du visage de Baaba. Je me rappelle seulement son immense sourire qui dessinait de petits plis sur ses joues, ses fossettes qui se creusaient davantage quand il riait.

En revanche, je me souviens de ses leçons aussi vivement que Lisa darde ses rayons sur nous à présent. Il était espiègle et insouciant, sauf quand il m'enseignait quelque chose. Alors, il devenait extrêmement sérieux et je savais que je devais l'être autant. Ces leçons-là recelaient tous les secrets de la sagesse divine, et je me faisais fort de les apprendre par cœur.

Nous suivons tous trois Ma, qui mène un Fàré lourdement chargé vers la route. La plupart des autres familles du village sont déjà loin : à elles les meilleurs emplacements du marché. Je cherche Ampah des yeux, suivant anxieusement le tracé de la route. Serait-elle partie, elle aussi ?

On me bouscule et je trébuche. Armant déjà mon bras pour rendre son coup à l'un des jumeaux, je pivote d'un bloc. Mais, au lieu de leurs yeux chocolat, je tombe sur les prunelles noir charbon d'Ampah.

— Tu croyais que j'allais partir sans toi, mon oiseau de nuit ? me demande-t-elle avec un clin d'œil.

— Ampah ! J'ai failli t'éborgner ! (Je ne peux pourtant pas m'empêcher de sourire jusqu'aux oreilles.) Je t'ai prise pour un de mes idiots de frères.

— Oh, merci ! Quand ces imbéciles essaient de m'attaquer par surprise, leurs pas sont aussi discrets que le tonnerre de Sogbo !

Au même moment, Kamo et Goleh nous dépassent en courant, écarlates. Seule Ampah peut faire monter le rouge à leurs joues couleur de terre. Je lui jette un coup d'œil narquois et elle me prend la main en gloussant. Nos mères nous laissent partir devant alors que, paume contre paume, nous entamons la longue marche vers Koumbi Saleh.

Ampah est ma meilleure amie sur cette terre – je n'en ai pas d'autre, en fait. Avant le départ de Baaba, nous ne restions jamais assez longtemps au même endroit pour que j'aie le temps de faire de nouvelles rencontres. Ampah est l'unique effet positif qu'ait eu son absence. Elles sont bien les seules, sa mère et elle, à se montrer gentilles envers nous au village. Sans doute parce que, pour des raisons différentes, on les méprise aussi.

La mère d'Ampah est la plus jeune des épouses de Tummu, le griot, et donc celle qui a le rang le plus bas. Pourtant, et en dépit de ce statut peu enviable, Ampah attire les regards de tous les garçons du village ; y compris de mes cousins, les fils du chef. Malheureusement, ça veut dire aussi qu'elle s'attire la jalousie des autres filles. Elle a toujours eu un visage d'une beauté stupéfiante, avec sa peau noire et lisse, ses pommettes saillantes et ses grands yeux, si sincères et si expressifs que tout le monde peut savoir ce qu'elle pense. En plus, maintenant, son corps élancé s'épanouit dans la plénitude de sa féminité. Alors que je suis en muscles secs et en force, Ampah n'est que courbes ondulantes. Les garçons chahutent et paradent sur son passage, cherchant à l'impressionner. Chaque fois, elle me donne des coups de coude et roule des yeux, comme si leurs ridicules fanfaronnades m'étaient également destinées.

Comme si, quand les garçons me regardaient, il pouvait y avoir autre chose que de la peur dans leurs yeux.

Je secoue la tête, reportant mon attention sur la route et sur la chaude sensation de la main d'Ampah dans la mienne. Ce jour s'annonce comme une parenthèse dont j'ai bien besoin, loin du village et de sa morale étriquée. Aujourd'hui, c'est jour de marché et, à Koumbi Saleh, je ne suis qu'une des nombreuses *nyamakalaw* qui se rendent dans la grande cité pour vendre les productions de leur famille. Là-bas, je ne suis plus celle qu'il faut craindre, celle qu'il faut haïr.

Je ne suis personne.

Lisa s'élève dans le ciel et cogne, nous accablant de sa chaleur de plomb. Ampah et moi passons les longues heures du trajet à bavarder et à nous taquiner. Nous rattrapons bientôt un groupe de vieilles villageoises qui me regardent de travers quand je me faufile pour les dépasser. Mais, sans se départir de son sourire espiègle, Ampah change de côté pour venir se placer entre elles et moi. Prétendre ne rien voir de ce qui se passe, tout en me protégeant des regards réprobateurs : je la reconnais bien là.

Lorsque nous arrivons à hauteur du terrain d'exercice, aux abords de la cité, des frissons d'excitation me parcourent. Je me tords le cou au passage, tentant d'apercevoir les guerriers par les interstices de l'épineuse palissade d'acacia. Ils s'entraînent deux par deux, tandis qu'une poignée de soldats, visiblement plus âgés, aboient des instructions et corrigent leur position. Je brûle de les rejoindre et de mesurer ma force et mon habileté aux leurs. Mais seuls les soldats du Ghāna ont accès aux terrains.

Et, bien sûr, jamais je ne pourrai devenir soldat.

Parce que je suis une fille.

J'éprouve une telle amertume à cette pensée que j'en ai presque le goût dans la bouche.

Finalement, nous franchissons les murs de brique de Koumbi Saleh, où nous accueillent les cris exaltés des barguigneurs et le crissement des roues de charrette sur le sol sableux. Kamo et Goleh passent devant en courant, soulevant des nuages de poussière dans leur sillage.

Koumbi Saleh ne laisse de m'impressionner. J'ai visité bien des cités à travers tout le Wagadou, et même quelques-unes hors des frontières de l'empire, mais je n'en ai jamais vu d'aussi belle que Koumbi Saleh. Rien d'étonnant, puisque le Ghāna lui-même y a élu domicile.

Baaba m'a dit un jour que notre Ghāna est le plus riche de tous les rois du monde. On n'a pas de mal à le croire en voyant ce qui nous entoure. L'or est partout, ici : sur les portes en bois sculpté rehaussé de feuille d'or de son gigantesque palais de pierre ; forgé en porte-épée pour les nombreux fils du Ghāna ; tressé dans les cheveux de ses filles ; dans les broderies des robes de ses devins… Sans parler de la protection que l'or permet d'acheter : des soldats royaux armés d'épées et de sagaies rutilantes postés à tous les coins de rue.

Nous tombons sur les énormes écuries du Ghāna en nous rendant à la place du marché. Même les chevaux sont traités comme des rois, ici, avec leurs rênes de soie et de doux tapis de fourrure en guise de litière.

Mon sang bout dans mes veines quand je pense que ces bêtes vivent dans un tel luxe, alors que des gens, au Wagadou, luttent pour survivre. Je me suis moi-même couchée plus d'une fois sans manger, et nous faisons partie des plus chanceux. Du moins mon oncle nous autorise-t-il à rester au village. Ceux qui n'appartiennent à aucune tribu ne résistent pas longtemps : ils meurent de faim ou se font enlever par des marchands d'esclaves.

La place grouille déjà de camelots, colporteurs et autres *nyamakalaw*. Je m'attache donc à trouver un espace libre parmi la multitude d'étals et de charrettes pour exposer nos marchandises. Ampah me salue de la main et s'éloigne avec sa mère à la recherche de leur propre emplacement.

Au bout d'un moment, une potière malchanceuse en affaires décide de jeter l'éponge et nous nous empressons de prendre sa place. Kamo et Goleh se voient chargés de trouver de l'eau pour Fàré, pendant que je dispose nos articles sur le bout d'étoffe qui nous tient lieu d'éventaire. Ma installe une autre pièce de tissu au-dessus de nos têtes pour nous protéger de la violence de Lisa, désormais à son zénith. J'arrange au mieux ses créations : de beaux colliers de perles et une poignée de pendentifs de formes et de couleurs diverses, tous délicatement taillés à l'effigie des dieux. À côté, mes dagues paraissent rustiques et guère engageantes.

— Si on te demande…, dit Ma en se tournant vers moi.

Je lève les yeux au ciel et l'interromps d'une voix excédée :

— *Je sais.* C'est Baaba qui a forgé ces armes. Pas moi.

Notre présentation achevée, nous attendons le chaland : quelqu'un d'assez raffiné pour estimer nos créations dignes de convoitise. Bientôt, trois hommes se dirigent vers nous.

J'examine leurs tuniques, plutôt singulières, pour tenter de deviner d'où ils viennent. Petit et chétif par rapport à ses compagnons plus carrés et plus âgés que lui, le garçon de droite semble avoir à peu près mon âge. Comme beaucoup ici aujourd'hui, leur peau a la couleur des noix de karité les plus claires. Il émane d'eux un puissant *nyama* qui semble repousser les gens sur leur passage. Je sens mon estomac se nouer. Ils avancent comme s'ils s'attendaient à ce que les autres s'écartent de leur chemin.

Je tourne les yeux vers Ma. Son visage est calme, mais, à leur approche, elle inspire brusquement, fébrile.

— Je vous salue, messieurs, lance-t-elle avec un sourire poli.

Ils ne répondent pas, considérant nos articles les sourcils froncés.

Le gros costaud du milieu passe un doigt calleux sur mon couteau de jet. Il a un visage rond avec des yeux rapprochés et un gros nez recourbé qui forme un angle anormal, comme s'il avait été trop souvent cassé pour ne jamais se redresser.

— Celui-là fait un peu moins camelote que les autres, dit-il en soulevant le couteau de jet pour l'examiner au soleil. Lequel de vos fils l'a forgé ?

Il parle notre langue avec un accent que je ne parviens pas à situer.

Je serre les dents, mais garde le silence. Il ne se montre insultant que pour obtenir un meilleur prix.

Ma me lance un coup d'œil circonspect : un avertissement. Kamo et Goleh se bagarrent dans la poussière à quelques pas de là sans prêter la moindre attention aux clients devant notre table.

— Ils sont trop jeunes pour maîtriser un art si délicat, répond-elle sans s'émouvoir. C'est l'œuvre de mon époux.

L'homme arbore alors un sourire dédaigneux, qu'il adresse d'abord à Ma, puis à moi.

— Pas étonnant qu'il vous envoie seules au marché : il espère que votre bonne mine fera oublier son manque d'habileté.

Une brusque chaleur me monte au visage.

Il marchande. Il marchande, c'est tout.

Mais, dans ses paroles mordantes, c'est mon oncle que j'entends. Et, dans son rictus méprisant, c'est Masireh que je vois. Et quelque chose au fond de moi refuse de se terrer plus longtemps.

Avant de pouvoir m'en empêcher, je lâche, en braquant le regard droit dans ses petits yeux perçants :

— Et si je vous disais que c'est moi ?

L'homme échange un coup d'œil avec celui qui se trouve à sa gauche. Tous deux éclatent de rire. Le plus jeune des trois lui donne un coup de coude et murmure quelques paroles dans une langue que je ne reconnais pas, mais le ton semble celui du reproche. Le rire de ses compagnons ne fait que redoubler. Je sens la colère s'embraser comme une boule de métal en fusion dans ma poitrine.

— Allons, petite, ne sois pas bête, me rétorque le premier d'un ton moqueur.

Un sifflement métallique résonne entre mes oreilles, comme un marteau frappant une lame. La boule dans ma poitrine explose et le feu déferle dans mes membres, les embrasant d'une nouvelle énergie.

Je repère alors un autour qui prend son envol derrière sa tête. Vive comme l'éclair, je lui arrache le couteau de jet des mains et le catapulte en l'air, la lame lui rasant les cheveux au passage.

Les yeux écarquillés, les trois hommes voient le rapace tomber du ciel comme une pierre.

Mort.

J'ai tout juste le temps de savourer leur expression éberluée, avant que des doigts calleux ne se referment sur mon cou.

Le gros costaud me soulève de terre comme une poupée de chiffon.

— Comment oses-tu ? rugit-il.

Ma hurle et se précipite vers moi. Mais l'homme sur la gauche s'interpose et la gifle à toute volée, la projetant à terre. Violemment. Je l'appelle à grands cris, mais seul un gargouillis étranglé parvient à sortir de ma gorge.

Je me débats pour tenter de remettre un peu d'oxygène dans mes poumons, alors que je le vois se retourner vers la table pour s'emparer des colliers de Ma à pleines poignées, puis de mes dagues pour les fourrer dans une besace à sa ceinture. Le plus jeune agrippe le bras musclé qui me maintient toujours au-dessus du sol, sifflant d'un ton pressant quelques mots dans leur langue étrange. Cela déclenche le rire du gros costaud, qui n'en resserre que davantage son emprise.

J'ai l'impression que les yeux me sortent de la tête alors que je parcours la place du regard pour chercher du secours. Tous, des *nyamakalaw* aux mendiants dans les rues, en passant par les marchands aux étals, *tous* détournent la tête. Même les soldats du Ghāna refusent d'intervenir. Après tout, qui suis-je pour mériter qu'on me protège ?

Personne.

Le plus jeune hurle à présent, se tournant alternativement vers chacun de ses compagnons. Mais tous deux l'ignorent. Ils ne semblent même pas l'entendre.

Des points bleus commencent à apparaître à la limite de mon champ de vision.

Au moment où je me dis que je viens de pousser mon dernier soupir, le gros costaud me lâche. Je m'écroule sur le sol, haletante et suffocante.

— Que ça te serve de leçon, crache-t-il.

J'aspire de toutes mes forces l'air poussiéreux dans mes poumons et récupère bientôt une vision normale. Pleurant doucement, Kamo et Goleh se cramponnent à Ma. Elle les serre contre elle, gardant les yeux baissés pendant que les deux hommes finissent de remplir leurs sacs. Quand ils partent enfin, mes trois dagues et presque tous les colliers et les pendentifs de Ma ont disparu.

Je fusille leurs dos du regard. J'ai bien envie de les poursuivre pour leur montrer les autres choses que mon père m'a apprises. Mais, au même moment, un groupe de prophètes traversent la rue devant moi, leurs fluides robes blanches soustrayant le trio de voleurs à ma vue.

Quand la voie est de nouveau libre, ils se sont volatilisés.

3

YAFEU

Nous rentrons tous les quatre au village en silence. Notre humeur s'assombrit en même temps que le ciel alors que, déjà, Mawu succède à Lisa. Chaque fois que je vois ces taches sur mon beau caftan jaune, rage et culpabilité se déchaînent en moi, comme deux tempêtes de sable jumelles ravageant le désert. Le seul à revenir heureux du marché, c'est Fàré dont le fardeau s'est nettement allégé.

Grâce à mon stupide orgueil.

Je pousse la porte en bois de notre case et regarde Ma ranger sa couverture vide et allumer le feu. J'examine son visage à la lumière vacillante des flammes. Elle paraît toujours aussi calme.

Elle n'est donc pas autant en colère contre moi que je le suis moi-même ?

Après que mes frères se sont endormis, je gagne le fond de la case sur la pointe des pieds et écarte le rideau violet pour la trouver en train de confectionner un nouveau pendentif. Son ombre, projetée à la verticale par les chandelles posées sur sa table d'ouvrage, tapisse le mur. Je m'approche d'un pas hésitant pour regarder par-dessus son épaule. Dans une pierre d'un éclatant vert perroquet, elle sculpte un loup peint.

J'en ai le souffle coupé. Ma serait-elle au courant pour ce matin ? J'ouvre déjà la bouche pour lui raconter cet épisode, mais la referme immédiatement, le cœur lourd, en repensant à tout ce qui s'est passé depuis.

Je murmure :

— Ma ?

— Oui, ma fille.

— Je suis désolée.

Les larmes me brûlent les paupières et je cligne farouchement des yeux pour les refouler. J'ai largement passé l'âge de pleurer.

Ma soupire. La section de tronc d'arbre écorcé qui lui tient lieu de tabouret grince quand elle se retourne pour m'ouvrir les bras. Je me blottis contre elle et inhale cette odeur chaude et épicée de gingembre et de berbéré qui lui colle toujours à la peau. Le parfum familier a raison de ma résistance et, soudain, les larmes débordent dans un sanglot.

— Tu… tu me dis toujours de me taire. (Je hoquette entre deux reniflements sonores.) Et… et la *seule* fois où je désobéis, c'est… c'est terrible !

Elle se retourne vers la table et prend un long cordon de nerf tanné pour le passer par deux trous minuscules percés dans la tête et dans la queue du loup.

— Je l'ai fait pour toi, dit-elle, en mettant le collier dans ma main.

Je l'examine, impressionnée, suis du bout des doigts les petits sillons creusés dans l'amulette. Je ne saurais pas dire de quelle pierre il s'agit, mais elle est d'une indéniable beauté.

Ce pendentif rapporterait gros au marché. Et elle préfère m'en faire cadeau. Après tout ce que nous avons perdu aujourd'hui.

Elle récupère le collier, me fait pencher la tête en avant pour nouer le cordon dans mon cou.

— On a d'étranges croyances dans le village de la famille de ton père, poursuit-elle. Ils croient que le créateur, Nana Buluku, a donné naissance à de nombreux jumeaux, toujours l'un masculin et l'autre féminin. Ils pensent que c'est dans l'ordre des choses.

J'acquiesce d'un hochement de tête.

— Comme Mawu et Lisa : la Lune et le Soleil.

— Là où j'ai grandi, on les appelle Mawu-Lisa. Ce ne sont pas des jumeaux. C'est plutôt un seul être à double visage. Ni féminin ni masculin, mais les deux à la fois.

Un seul être à la fois mâle *et* femelle ? J'ai du mal à imaginer ce que ça peut signifier. J'essaie de me représenter à quoi une telle créature pourrait ressembler. Aucune image ne me vient à l'esprit.

— Pourquoi me dis-tu ça maintenant ?

Elle referme ses mains sur les miennes.

— Tu tiens de ton père, ma fille. Tu as son audace, sa ténacité, son talent.

Je lui rends son sourire en sentant, à ces mots, une fierté bienfaisante enfler dans ma poitrine.

— Et tu as aussi hérité de ses fossettes. (Elle tapote du bout des doigts les petits creux sous mes pommettes pour me taquiner.) Mais, moi aussi, je suis en toi, dit-elle en posant tendrement la main sur mon cœur. Grâce, compassion, sagesse… Père *et* mère. Quand tu étais petite, je devais t'apprendre à trouver l'équilibre. À te maîtriser. Mais tu es une femme, maintenant, et c'est à toi de savoir qui tu veux être.

De nouvelles larmes me montent aux yeux, mais je hoche la tête. Je comprends.

Son regard devient flou, soudain lointain.

— Tu feras de grandes choses, ma fille. Grandes et terribles. Éprouvantes aussi, car les gens redouteront toujours cette force qui est en toi. Mais l'esprit du loup peint t'accompagne. Il en a toujours été ainsi. Depuis cette première nuit, la nuit même de ta naissance, quand j'ai entendu un loup hurler, alors que je venais de te mettre au monde. N'oublie pas de l'honorer et il te guidera sur la voie qui est la tienne.

Une fois de plus, l'image du lycaon de ce matin me revient à l'esprit. Le malaise enfonce ses griffes dans ma poitrine. Si Baaba était là, les étranges paroles de Ma le feraient rire. « Ne lui bourre pas le crâne avec tes superstitions, dirait-il, en la soulevant de terre pour la prendre dans ses bras. Notre fille écrira son propre destin. »

Mais Baaba n'est pas là.

Cette énorme fatigue qui m'accable me frappe soudain de plein fouet. Je me laisse glisser à terre et pose ma tête sur les genoux de Ma en lui demandant doucement :

— Raconte-moi encore.

— Tu deviens trop grande maintenant pour ces choses-là, me sermonne-t-elle, mais j'entends bien le sourire dans sa voix.

Elle s'éclaircit la voix et commence à me caresser les cheveux.

Yafeu, un grand chasseur qui pouvait invoquer les esprits de la nature et trouver son chemin même dans les contrées les plus lointaines, avait navigué des jours et des jours avec les Majous à la découverte de terres nouvelles, amassant maintes richesses en chemin. Les Majous étaient de grands navigateurs qui connaissaient bien la mer et s'en croyaient les maîtres. Mais ils étaient devenus arrogants. Ils naviguaient depuis si longtemps qu'ils en vinrent à manquer de nourriture, et les poissons se faisaient de plus en plus rares. Aussi décidèrent-ils de relâcher sur une côte où les montagnes plongeaient dans la mer pour chasser du gibier. À peine avait-il mis pied à terre que Yafeu disparut. Pendant trois jours et trois nuits, nul ne le vit et personne ne savait où il était parti.

Le quatrième jour, les Majous le trouvèrent au sommet d'une montagne escarpée, le visage levé vers le ciel. Il invoquait les dieux en exécutant des gestes ancestraux : un sort que lui avaient transmis son grand-père et le grand-père de son grand-père avant lui. Les guerriers le regardèrent, horrifiés, choqués par cette danse, car eux-mêmes n'en avaient pas dans leurs propres croyances. Ils le supplièrent, l'implorèrent d'arrêter, de redescendre de la montagne avec eux. Ce fut seulement une fois le rituel achevé qu'il y consentit.

Lorsqu'ils retournèrent sur la plage, quelle ne fut pas leur surprise de trouver une gigantesque créature marine échouée sur le rivage. Aussitôt, les guerriers se ruèrent sur le cadavre avec des cris de joie, trop heureux de leur bonne fortune. L'équipage festoya, cette nuit-là, jusqu'à ce que ses membres fussent victimes d'un mal provenant de la viande. Yafeu dit alors aux Majous malades : « N'est-il pas vrai qu'Agbé et Naété, les dieux des océans, sont de meilleurs protecteurs que vos dieux géants ? Ma danse était une offrande à Agbé et Naété. Ils ont toujours répondu à mes prières. » Alors, les hommes recrachèrent le poisson et brûlèrent le reste de la carcasse, sacrifiant la chair à Agbé et Naété et, par la même occasion, à leurs dieux géants. Après quoi, il y eut de la nourriture en abondance durant tout le reste du voyage…

Mes yeux se ferment, la voix de ma mère n'est déjà plus qu'un murmure apaisant, ses mots se mêlant aux images qui dansent derrière mes paupières.

— Ma ?

Ma langue est alourdie par le sommeil qui menace de m'ensevelir.

— Oui ?

— Il va revenir, Baaba ?

Je la sens se raidir. Je connais la réponse – je lui ai déjà posé maintes fois la question –, mais ce soir, j'ai besoin de l'entendre encore.

— Avant qu'il ne parte suivre son destin avec les Majous, ton père nous a promis qu'il reviendrait. Et il y a deux choses que personne – pas même les dieux – ne peut nier à propos de Yafeu : il obtient ce qu'il veut, et il tient *toujours* ses promesses.

Cette nuit-là, je rêve du claquement sourd de l'arc de Baaba, de son regard concentré à travers les tiges de chardons, de ses mains caressant le visage de Ma. Déjà, je dérive dans ce monde de souvenirs, réels et imaginaires, le petit loup de pierre toujours serré dans la main.

4

FREYDIS

Une dernière entaille et la rune finale est achevée. Ma prise sur le manche devient douloureuse et le séax m'échappe. Je le laisse disparaître dans l'épaisseur des fougères, contente d'en être débarrassée. Je me penche pour plonger mes doigts ankylosés dans le maigre cours d'eau qui serpente jusqu'au fjord d'Agder et pousse un soupir de soulagement. Je doute que mes mains s'habituent jamais à pareil exercice. Les gouttes de sueur qui tombent de mon front se mêlent à l'eau glacée. *Moi, transpirant dans les champs !* J'en rirais presque tant la situation est absurde. Mais le fanon posé à mon côté attire discrètement mon attention.

Je secoue mes mains pour les sécher et jette un énième coup d'œil par-dessus mon épaule. Le soleil tardif caresse le tertre herbeux de sa lumière oblique. Je suis seule, hormis peut-être les créatures furtives de l'autre monde qui, comme chacun sait, creusent leurs logis dans les flancs de collines semblables à celles-ci, justement.

Une soirée paisible, en somme, n'était la raison qui m'amène en ces lieux.

Dès que mes mains ont recouvré un semblant de mobilité, je ramasse le fanon gravé pour le serrer contre mon cœur. Il est presque aussi long que mon torse et en fait bellement le tiers en épaisseur. Ce qui ne l'empêche pas d'être étonnamment léger. Il m'a coûté un lingot d'argent au marché. Un lingot *entier*. Je l'ai acheté auprès d'un négociant qui l'avait sans nul doute extorqué à quelque chasseur sami dans le Nord. J'ai bien compris, à son rictus sournois quand il s'est détourné, que je l'avais probablement payé le double de sa valeur.

La prochaine fois, j'ôterai ces perles de grenat et prendrai soin de porter une vieille cape élimée pour dissimuler ma robe. Il ignorait peut-être qui je suis, mais, au premier coup d'œil, un marchand sait flairer l'opulence.

Non. Il n'y aura *pas* de prochaine fois. Pas si tout cela produit l'effet escompté.

Et cela *doit* produire l'effet escompté.

La petite rivière est bien mince comparée à l'impressionnant fjord qu'elle alimente, et je suis soudain prise d'un doute : Freyja ne s'offensera-t-elle pas d'être invoquée en un lieu aussi trivial ? Peut-être devrais-je plutôt gagner les eaux sacrées du lac Vitrir ?

Mais le risque est trop grand. Je pourrais me faire surprendre par un des habitants de la cité qui s'y rendent parfois pour solliciter la sagesse d'Odin, ou par un fermier venu déposer une offrande précoce à Freyja, espérant ainsi s'assurer une bonne récolte. Les commérages iraient bon train, telle la flamme sautant d'une bûche à l'autre, et la rumeur se répandrait dans tout Skíringssal : la fille du roi s'adonne à la magie, telle une vulgaire sorcière de bas étage. Je frémis à cette seule pensée.

Père me tuerait s'il venait à savoir ce que j'accomplis ici.

Je jette un dernier regard circulaire, en proie à une anxiété redoublée. Non, je n'aurais pu choisir endroit plus sûr.

En outre, il ne faut pas que je m'éloigne trop des étuves, au cas où Mère déciderait qu'elle a besoin de moi, finalement.

J'incline la tête vers la rivière et tends le fanon au-dessus de ses eaux, conformément aux instructions de Fritjof, le scalde de Père et le plus puissant devin de tout Agder. Je m'éclaircis la voix, puis, lentement, commence à chanter le sortilège runique improvisé que j'ai gravé dans la corne blanchâtre.

Salut à toi, Freyja, qui règnes sur le Folkvang ! Entends ma prière et adoucis l'enfantement de la reine. Garde de la souffrance et de la peine la femme en couches qui va donner un héritier au trône. Accorde-lui la grâce de mettre au monde un fils vigoureux, un vrai prince de sang.

La fébrilité fait vaciller ma voix, telle une main tremblante glissant le passe-fil entre les brins de laine sur le métier. Contrairement à Fritjof, je ne peux me prévaloir d'une voix chantée digne de ce nom. Quoiqu'il ait, de guerre lasse, cédé à mes supplications et fini par m'enseigner l'art de consulter les runes, Fritjof s'est catégoriquement refusé à me faire travailler ma voix, arguant que ce serait là une perte de temps. Comme le don de double vue, une voix mélodieuse est une bénédiction des dieux, affirme-t-il. Certains sont doués pour le chant, d'autres pas.

Je n'en espère pas moins que, tout malhabile qu'il soit, mon talisman m'attirera les bonnes grâces de mon homonyme. Ou, si la déesse m'éconduit, je prie pour que l'accoucheuse de ma mère puisse, du moins, lui être de quelque secours. Nul doute qu'elle a déjà jeté un sort beaucoup plus puissant que tout ce que je pourrai jamais concevoir.

Si grande est sa renommée, pour avoir mis au monde nombre de robustes et vigoureux enfançons, qu'on l'a même fait venir à grands frais de son lointain Hordaland, là-bas, dans le Grand Ouest. Et ce, en dépit de l'avarice notoire de mon père. Il est bien des matrones plus proches, naturellement, capables d'aider les femmes en couches à traverser cette épreuve. Il y en avait même une ici, à Skíringssal, naguère. Mais Père l'a fait exécuter quand, lors de son dernier accouchement, ma mère a mis au monde un enfant mort-né. Bien que son ventre n'ait point tardé à s'arrondir de nouveau, après cela, aucune sage-femme, dans tout Agder, n'a plus osé proposer ses services.

Comme de coutume, une fois le travail commencé, tôt ce matin, l'accoucheuse n'a pas voulu de moi dans les étuves. Non que Mère ait tenu à ce que je reste auprès d'elle. Elle ne voulait que Helge. « Vous comprendrez un jour, Princesse Freydis », m'a dit cette dernière avant de me claquer la porte au nez.

Quand bien même elle aurait eu raison, je n'en devais pas moins faire *quelque chose* pour aider Mère – quelque chose que je n'avais jamais expérimenté auparavant.

Recourir aux runes n'est jamais sans risque, mais il me fallait essayer. C'était la seule chose qu'il me restait à tenter. Toutes mes ferventes prières, sans cesse répétées d'année en année, toutes mes offrandes d'or et d'argent déposées au pied de l'autel de Freyja, toutes ces brebis, génisses et truies sacrifiées par Père… Rien de tout cela n'avait suffi.

Comme en réponse à mes sombres pensées, un hurlement glaçant s'élève soudain des étuves.

Mère !

Je suis prise de nouvelles crampes d'estomac alors que, déjà, mes pas précipités me portent vers la source de ce cri déchirant. Au moment où j'atteins la porte, une esclave la franchit, les bras chargés d'une peau de mouton dégoulinant de teinture ocre rouge.

Non, pas de teinture.

De sang.

L'odeur métallique m'emplit les narines, alors que l'esclave s'éloigne en toute hâte. Prise de vertige, je m'appuie de la main contre le mur de tourbe.

— Mère !

Mais ma voix est trop faible. Une nouvelle plainte s'élève à l'intérieur, puis s'arrête net. J'attends. Le silence s'étire pendant un long moment. Puis... des gémissements.

Sans réfléchir, je jette le fanon de côté et fais irruption dans la pièce. À l'intérieur, l'air est confiné. À la faible lumière des chandelles de stéatite, je peux à peine distinguer la silhouette agenouillée de Mère.

Je m'approche et j'ai un coup au cœur en découvrant son beau visage ruisselant de sueur et de larmes, déformé par une expression d'atroce souffrance. Elle agrippe la main de Helge et l'accoucheuse se tient à genoux derrière elle. Le bas de sa tunique trempe dans une véritable mare de sang encerclant les trois femmes.

L'effluve métallique est si fort qu'il me prend à la gorge.

Cette odeur !

J'en reste tétanisée. Je ne pourrais faire un pas de plus, même si je le voulais.

— Hors d'ici ! s'écrie la sage-femme.

C'est à peine si je l'entends. Je suis de nouveau prise de vertige. Ma vue se brouille. Je sens que je vais m'évanouir.

On me pousse alors sans ménagement vers la porte. J'ai la vision fugace des cheveux gris de Helge s'échappant de sa tresse, puis me retrouve dehors.

Je recule en titubant, clignant des yeux dans la lumière pourtant douce, désorientée. Je me dirige à tâtons vers le mur extérieur pour chercher le fanon que j'ai abandonné dans ma précipitation. Mes doigts se referment sur mon talisman au moment même où ma vue commence à s'éclaircir. Je me laisse glisser le long de la paroi de tourbe.

Je retourne le fanon pour examiner les runes une fois de plus, juste pour me rassurer. La corne semble vibrer sous mes doigts jusqu'à ce que je finisse par me rendre compte que ce sont mes mains qui tremblent.

Mère.

Je ne l'ai jamais vue dans cet état auparavant. Tant de souffrance, tant de sang…

Je m'efforce de chasser cette vision d'horreur. Faute de meilleur endroit où aller, je me résigne à rester là. Si je ne peux être utile en aucune façon, je peux, du moins, m'asseoir ici pour prier.

Je sursaute, tirée du sommeil par un violent coup de pied dans le tibia. Avec une protestation étouffée, je me plaque contre le mur, plissant les yeux pour voir qui m'agresse de la sorte. Dans la pénombre du crépuscule, je parviens juste à discerner les yeux noirs et la silhouette décharnée de l'accoucheuse.

— Petite idiote ! siffle-t-elle, vipérine, en m'arrachant le fanon des mains. Celui qui t'a initiée ne t'a donc pas prévenue que se tromper d'un seul trait, c'est s'attirer les foudres de Freyja ?

Les runes.

— Mais je… elles sont parfaites. (J'ai beau m'insurger, la peur fait de nouveau trembler ma voix.) J'en ai la certitude. Je… J'ai des années d'enseignement der…

— Silence !

Elle retourne le fanon. Retenant mon souffle, je la vois scruter les marques sacrées, à l'affût de la moindre erreur. N'en ayant trouvé aucune, elle me rend le fanon d'un geste brusque, avec une moue pincée.

Mais, avant que je ne puisse le prendre, elle le lâche pour tomber à genoux, courbant la tête avec une subite déférence.

Comme m'éveillant d'un rêve, je me rappelle soudain mon rang. La remontrance favorite de mon père me revient à l'esprit, celle qu'il m'a inlassablement répétée, d'aussi loin qu'il m'en souvienne : « N'oublie jamais qui tu es, ni ne laisse personne l'oublier non plus. »

Je me relève en époussetant ma robe. C'est alors que j'entends une esclave toute proche murmurer :

— Le roi !

Je me raidis.

Bien sûr. Voilà pourquoi la sage-femme s'est agenouillée. Ce n'était pas pour moi.

Le claquement sec du bois contre le bois m'arrache une grimace, lorsque la porte des étuves ricoche contre le mur. Et de nouveau, quelques instants plus tard, quand, du coin de l'œil, je vois Père ressortir tel un ouragan. Ni l'accoucheuse, ni moi n'osons lever les yeux vers lui.

— Roi Balli, hasarde cependant la sage-femme, les Nornes n'ont pas tissé…

Mais il est déjà passé devant nous sans nous accorder un regard.

La matrone laisse échapper un soupir pantelant, n'osant se relever, pas même après avoir entendu le portail de la Grande Halle se refermer avec fracas.

Elle est terrifiée. Ce qui ne peut signifier qu'une chose.

Mon talisman n'a pas suffi.

Le nouveau-né n'a pas survécu.

Le cœur me manque. Depuis ma propre naissance, seize hivers ont passé, et Mère a maintes fois enfanté, garçons autant que filles. Je n'ai pourtant ni frère ni sœur qui respire encore aujourd'hui. Avorton après avorton, tous arrachés au ventre maternel avant terme, ou mort-nés.

Je considère, à présent, l'accoucheuse d'un œil apitoyé. Après tout, elle ne peut ignorer le sort qu'on a réservé à celle qui l'a précédée. Elle a répondu à l'appel, pourtant. Une brave femme – ou une sotte.

J'essaie d'adopter un ton autoritaire.

— Si tu tiens à garder ta tête sur tes épaules, tu auras plié bagage avant le lever du soleil. (Je dégrafe le chapelet de grenats drapé sur ma robe et le lui tends.) Prends ceci pour convaincre un pêcheur de t'emmener à Eikundarsund. De là, tu pourras regagner le Hordaland.

Elle cligne des yeux, levant vers moi un regard de totale incompréhension.

J'aboie, cette fois :

— Allez, sauve-toi avant qu'il ne revienne !

À ces mots, elle s'empare des perles, se relève précipitamment et s'enfuit à toutes jambes.

Je la suis des yeux jusqu'à ce qu'elle ait disparu au pied de la colline, avant de me retourner vers les étuves. Je prends une bouffée d'air frais pour me calmer avant de franchir le seuil.

Les nombreuses lampes de stéatite supplémentaires que l'on a pris soin d'allumer ne font rien pour chasser l'oppressante obscurité des lieux. Concentré de douleur et de peine, les ténèbres semblent chargées de tristesse. Je n'aperçois guère que la silhouette tremblante de Mère dans les bras de Helge. Les murs se renvoient l'écho de ses pleurs, si proches qu'ils paraissent se refermer sur nous, menaçant de nous engloutir toutes. Helge murmure quelques paroles apaisantes en la berçant, comme une mère avec son enfant.

Je sais que Helge me berçait ainsi lorsque j'étais petite, même si je me souviens à peine de ces jours lointains – qui tiennent plus du rêve que du souvenir, dans mon esprit, désormais. Depuis, je n'ai su m'attirer que son mépris. Et celui de Mère. J'ai beau tout essayer pour leur plaire, rien de ce que je fais ne semble trouver grâce à leurs yeux.

Elles auraient voulu que je sois un garçon, je ne le sais que trop bien. Comme tout le monde à Skíringssal. Quoique aucun ne l'ait plus désiré que moi.

Un nouvel accès de désespoir me broie les entrailles, ne remontant de mon estomac que pour mieux me serrer la gorge. Je cherche des yeux le corps de l'enfançon. En vain. Naturellement. Une esclave a dû l'emporter depuis longtemps, à l'heure qu'il est.

— Mon fils, gémit Mère au creux de l'épaule de Helge, entre deux sanglots. Mon fils !

C'était un garçon.

Encore un, à jamais disparu. Comment les dieux peuvent-ils se montrer si cruels ?

— Mère, soufflé-je d'une voix étranglée en m'accroupissant auprès d'elle pour poser doucement la main dans son dos. Je suis tellement navrée.

Elle a un violent mouvement de recul, se rétractant à mon contact comme si une guêpe l'avait piquée.

— Va-t'en, Freydis ! hurle-t-elle d'une voix stridente.

Helge me harponne du regard et, même dans l'obscurité, ses yeux sont plus froids que le gel hivernal.

Un affreux chagrin me noue la gorge quand je quitte la pièce. Helge reprend aussitôt ses murmures consolateurs. Elle sait comment réconforter Mère, elle, si moi je ne le peux pas.

L'air du soir a beau me donner la chair de poule, du moins n'est-il pas corrompu par l'odeur de la mort. Je lève les yeux vers le ciel. Le crépuscule a succédé à la tombée du jour. Il ne fait jamais vraiment nuit, à cette période de l'année. Les étoiles s'épuisent à briller à travers la brume bleue qui voile les nuées.

Je sais ce qu'elles ressentent.

Mon regard se fait lointain. J'inspire profondément, laissant mon imagination m'emporter vers ces rivages devenus familiers.

Dans mon esprit, je ne suis plus à Skíringssal, ni même dans le royaume d'Agder. Je me trouve dans le Vestfold en compagnie de mon époux Harald. Nos enfants dorment à poings fermés et nous nous promenons dans nos jardins royaux. Ses clefs de cuivre pendent à une chaîne accrochée à l'une des fibules ornant ma poitrine. Une douce brise tiède nous apporte le suave parfum des gardénias qui embaume l'air nocturne. Et nous nous arrêtons pour contempler les étoiles. Mon époux se tient derrière moi et m'enlace. Le voici qui murmure à mon oreille. Son amour pour moi, m'assure-t-il, est encore plus fort que celui de Thor pour Sif.

Dans ces temps à venir (*mon* avenir), mon cœur déborde, comblé. Et des nuits comme celles-ci ne sont que de lointains souvenirs.

Me sentant d'humeur un peu moins sombre, je reviens au présent et dirige mes pas vers notre maison longue familiale, pour regagner la chambre qui m'est réservée, à moi et à moi seule – cette pièce supplémentaire que mon père a fait bâtir pour les nombreux frères et sœurs que je ne manquerais pas d'avoir. Je n'ai pas très envie d'y retourner. J'ai envie de descendre jusqu'aux docks, de couper les amarres de l'un des navires et de quitter Skíringssal pour voguer vers ce merveilleux futur qui m'attend. Mais rien de tout cela ne pourra advenir tant que Harald ne viendra pas me quérir.

Combien de temps encore me faudra-t-il attendre ?

Je m'arrête en apercevant le fanon que la sage-femme a laissé tomber dans l'herbe pour le ramasser. Alors que je regarde les runes gravées dans la corne, je suis saisie par un désir incoercible de le lancer de toutes mes forces dans la rivière.

J'avais raison : les runes sont parfaites. Freyja a juste décidé d'ignorer mes prières.

— Princesse Freydis ?

— Oui ?

Je cache le fanon derrière mon dos en me retournant vers Orm, le plus jeune garde de Père. Même dans la lumière déclinante, je vois ses joues rebondies s'empourprer. Orm n'a que deux hivers de plus que moi et il a toujours été très mal à l'aise en ma présence.

— Qu'y a-t-il, Orm ?

Il se balance gauchement d'un pied sur l'autre.

— Le roi veut vous parler. Il vous attend dans la Grande Halle.

5

FREYDIS

La Grande Halle domine la colline, austère édifice se découpant sur le bleu-noir du ciel. Je me force à avancer un pied après l'autre, luttant contre l'appréhension croissante qui monte dans ma poitrine à mesure que les hauts murs de chêne se rapprochent.

À l'instant, je répugnais encore à regagner ma chambre. À présent, je donnerais tout pour pouvoir y retourner directement, me réfugier au fond de mon lit et disparaître sous mes couvertures de fourrure.

Lorsque j'atteins le sommet, la cité de Skíringssal s'offre à ma vue dans toute son étendue. Les feux de centaines de foyers clignotent à travers les toits des logis agglutinés. J'ai toujours eu le sentiment que la Grande Halle veillait sur elle, tel un aigle royal scrutant le fjord déchiqueté du haut d'une falaise.

Ce soir, c'est moi qu'il semble surveiller.

Après avoir encore perdu un énième héritier, Père doit être en proie à l'une de ses effroyables colères. Pour peu qu'il ait goûté de la jusquiame, ce soir, sa fureur sera décuplée. Et me voici, frêle esquif cinglant droit vers la tempête.

Je m'arrête devant la pierre dressée pour poser la main sur sa froide surface polie. Après avoir achevé la construction de la Grande Halle, Père l'a érigée pour affirmer sa position de roi d'Agder. Je m'attarde un long moment avant de pousser les lourds battants du portail, en espérant que les runes gravées m'insuffleront un peu de leur pouvoir.

Je suis accueillie, dès l'entrée, par un bruit assourdissant. Une corne à boire se fracasse contre le mur à guère plus d'une coudée de ma tête. Je me recule instinctivement. Le liquide éclabousse la paroi, maculant le chêne, et dégouline bientôt vers une masse prostrée, cheveux blancs hirsutes et amas de laine grossière mêlés.

Fritjof !

— Tu m'as promis des fils ! tonne Père.

Je relève la tête, le suis des yeux tandis qu'il fait les cent pas devant le monumental foyer central, dans une envolée de drap rouge sang, sa cape claquant derrière sa silhouette spectrale.

— Pitié ! Pitié ! s'écrie Fritjof. Je ne vois que ce qu'elles veulent bien me montrer !

L'envie me prend de me jeter sur le vieux scalde pour le protéger de la colère paternelle. Mais la peur me cloue au sol. Je m'attendais, certes, à ce que Père passât sa rage sur quelque esclave. Mais il doit avoir perdu l'esprit pour brutaliser ainsi l'émissaire des dieux en Agder. De tous les sujets du royaume, s'il devait s'en trouver un à jamais préservé de l'ire royale, ce serait bien Fritjof. C'était, du moins, ce que je croyais jusqu'alors.

Car Fritjof n'est pas un simple scalde. Il est aussi devin, un œil sur Midgard, un œil dans les huit autres mondes. Il lui arrive même de voir dans le Puits du destin, sous Yggdrasil, là où résident les Nornes. J'ai été témoin, et de première main, de ce qu'il en coûte au pauvre homme : il y a laissé une bonne part de sa raison. Mais c'est précisément ce qui le rend indispensable à Père. Tout ce qu'il a prédit s'est toujours réalisé.

Tout, à une exception près.

— Tu n'es qu'un charlatan ! rugit Père. Tu ne sais rien de la volonté des dieux !

Fritjof grimace et lève vers Père ses grands yeux vairons, sa figure émaciée à demi plongée dans l'ombre par la faible clarté des torches. Un filet de sang goutte de son front, là où le dernier coup de Père a dû porter. Sa confusion est évidente. Mon cœur se serre à le voir ainsi. Tout ce que je sais en termes de magie, c'est Fritjof qui me l'a appris, de l'art de tirer les runes à la science des simples. Mais, surtout, il est, pour moi, ce qui se rapproche le plus d'un ami.

— De grâce ! implore-t-il de plus belle. De grâce !

Je connais Fritjof : il ne saura pas trouver les mots propres à plaider sa cause. Non que l'on puisse raisonner Père lorsqu'il est en proie à une telle fureur.

Le cœur battant, je fais de mon mieux pour garder une mine impassible. Surtout ne pas trahir sa peur en présence de Père. Ni manifester la moindre émotion. Jamais.

C'est donc d'un ton enjoué que je lui demande :

— Vous m'avez fait mander, Père ?

Il cesse ses inlassables va-et-vient et me lance un regard irrité, comme si j'avais interrompu une partie de *tafl*.

— Laisse-nous, scalde ! ordonne Père, en congédiant Fritjof d'un geste agacé. Je m'occuperai de toi plus tard.

Fritjof se relève en tremblant. Je lui tends la main pour le soutenir, en espérant qu'il trouvera quelque réconfort dans le sourire discret que je lui adresse.

À l'instant même où sa main touche la mienne, son visage se dresse vers la lumière, comme tiré d'un coup sec par quelque fil invisible.

Je retiens mon souffle et Père se fige. Il a reconnu, comme moi, l'expression d'un homme en proie à une vision.

Le monde semble en équilibre sur le fil d'une lame.

Fritjof plonge son regard droit dans le mien et se met à parler. Les mots cascadent de ses lèvres en une plainte suraiguë ; non pas sa voix, mais celle d'un autre s'exprimant par sa bouche :

Ils seront deux quand ils viendront, les fils de Balli de Skíringssal, l'un clair, l'autre sombre.

Ce soulagement dans ma poitrine ! C'est comme l'éclosion du premier perce-neige après un long hiver glacial.

Freyja ne m'a pas abandonnée. Elle ne faisait qu'attendre le moment propice pour donner à Mère, non pas un, mais *deux* fils.

Des jumeaux ! À son âge, c'est presque inconcevable. Mais les Nornes ont parlé, et l'âge n'est qu'une vulgaire chandelle dans l'ouragan de leur volonté.

La tête de Fritjof dodeline sur sa poitrine. Il chancelle, manque de s'effondrer. Je le rattrape juste à temps. Il m'adresse un sourire lointain, alors que le sang dégouline de son front, poissant les poils blancs de ses sourcils broussailleux. Il faut soigner cette plaie. J'irai chez lui préparer un onguent dès que j'en aurai fini ici.

Pauvre Fritjof ! Père lui assure certes le gîte et le couvert, mais il n'a personne pour lui tenir compagnie, ni pour veiller sur lui – personne sauf moi, et je ne peux pas lui rendre visite aussi souvent que je le voudrais sous peine d'éveiller les soupçons.

Tout en relevant Fritjof, je fais une prière silencieuse pour remercier, un à un, les Ases de lui avoir accordé cette vision. Cet espoir.

Je coule un regard vers Père. Comme je m'y attendais, une satisfaction retenue se lit sur son visage froid.

— Va, Fritjof, fait-il d'un ton grandement radouci. Tu peux disposer.

Perdu, Fritjof se plie brusquement en deux en un semblant de révérence, avant de se faufiler par la porte. Il n'est peut-être pas tout à fait parmi nous, mais il a assez de bon sens pour se soustraire au regard de son maître lorsque sa présence n'est plus désirable.

Père pousse un profond soupir et se tourne vers l'âtre en croisant les bras.

À mon tour de l'affronter, à présent.

Mes pas résonnent sous la haute voûte de chêne, comblant le silence qui s'installe entre nous. L'imposante halle paraît encore plus vaste à présent que nous n'y sommes que deux. Les rangées de longues tables se succèdent, de part et d'autre, chacune flanquée de bancs de bois couverts de peaux de mouton. De larges poteaux, gros comme des troncs, soutiennent le toit, colonnes délicatement ciselées de tableaux guerriers où les soldats sculptés en haut-relief semblent danser dans la lumière des flammes.

Je m'autorise un rapide coup d'œil à ma propre contribution, sur le mur, côté est : une tapisserie qui représente Père, brandissant son épée, avec les deux corbeaux Huginn et Muninn perchés sur les épaules de son haubergeon, symbolisant la bénédiction du Père des Âges, tandis qu'il mène ses *húskarlar* à la victoire à la bataille de Geirstad. C'est là une histoire que tous les enfants d'Agder connaissent par cœur avant même de savoir marcher : comment, porté par la force et la ruse d'Odin, dieu tutélaire de tout légitime souverain, et contre toute attente, Père arracha le royaume d'Agder aux griffes de Godfred, roi des Danois. Encore aujourd'hui, la vue de cette scène me réconforte. Elle me rappelle que Père est un héros, un homme appelé à régner par nul autre que le Père des Âges lui-même.

Père a fait bâtir la Grande Halle juste avant ma naissance, l'ancienne salle de banquet ayant été réduite en cendres dans la bataille. Nous avons certes gagné notre liberté, mais à quel prix ? La moitié de Geirstad a été ravagée par un incendie – quartier désormais connu sous le nom « la Cité Fantôme ». Aussi Père a-t-il rebaptisé ce qui subsistait « Skíringssal » et s'est-il attelé à sa reconstruction. Il a fait dégager la voie donnant accès aux terres agricoles et aux fermes, et fait agrandir le port et le marché, ralliant les meilleurs artisans de la contrée et attirant sur nos côtes des marchands de tous horizons. Skíringssal est alors devenu un grand centre de négoce et Père a vu son pouvoir s'accroître. À tel point que Godfred lui-même a bien été contraint de reconnaître la suprématie d'Agder.

Malgré tous ses exploits, Père n'a toujours pas d'héritier. Pas de véritable héritier : pas d'héritier *mâle.*

Tout en m'avançant vers lui, j'étudie son profil, à la fois familier et étranger. Son visage est des plus sévères, avec un nez aquilin et des lèvres minces qui s'agitent souvent, même lorsqu'il ne parle pas. Ses yeux vert lichen, couleur qui rappelle tellement les miens (aux dires de certains, du moins) posent un regard maussade sur les flammes, sous le couvert de ses paupières tombantes.

Il vieillit.

Ce constat me frappe, tel un éclair envoyé par Thor. Les anneaux d'or et d'argent semblent bien lourds sur ses bras décharnés, sa peau jaunâtre pendant sous leur poids. Même sa cape paraît écraser ses épaules voûtées. Des gouttelettes de bière perlent aux poils de sa barbe, plus grise que fauve, désormais.

Toutefois, alors qu'il tourne son regard vers moi, je remarque que le blanc de ses yeux est limpide, et non injecté de sang, ses prunelles fermement rivées aux miennes. Au moins sa bière n'était-elle pas coupée de jusquiame ce soir.

Je m'arrête à quelques pas de lui et courbe la tête en signe de déférence.

— Tu connais la raison de ta présence ici, je présume, dit-il. Quoique les présages de Fritjof puissent quelque peu changer la donne…

Je secoue la tête, les yeux baissés, contemplant obstinément le sol devant moi.

« Il n'est pas meilleure politique, pour l'ignorant, que de garder le silence. » C'est Père lui-même qui me l'a appris, bien qu'il n'en sache rien. Enfant, je le lui ai entendu dire à Alvtir, au cours de l'une de ces nombreuses nuits passées, l'oreille collée au vantail nord de la halle, en priant pour que Helge ne me surprît pas et ne me corrigeât pas pour avoir écouté aux portes.

Il grogne, agacé :

— As-tu saigné ?

Je relève brusquement la tête, stupéfaite. Je ne m'attendais assurément pas à *cela.*

— … Père ?

— Tes menstrues de femme, aboie-t-il. Les as-tu déjà eues ?

— O… oui, Père.

— Depuis combien de temps ?

— Deux hivers.

— Bien.

Il se gratte la barbe. Et, tandis qu'il s'abîme de plus en plus dans sa délibération, je remarque qu'il se trouve opportunément sous son emblème : Huginn et Muninn gravés sur le bouclier suspendu au mur derrière le dais. Rivant mon regard à ses deux fidèles corbeaux, j'invoque alors Odin en silence : *Père des Âges, donne-moi la force d'affronter l'épreuve que mon père me réserve, quelle qu'elle soit. Guide mes pas, comme tu as guidé les siens.*

— Harald a fait valoir notre engagement d'épousailles, finit par déclarer Père. Que tu le veuilles ou non, tu seras mariée dans l'année.

Harald.

Je sens quelque chose palpiter au creux de ma poitrine. Un tourbillon de nervosité et d'exaltation au plus profond de moi, tel Freyr ralliant autour de lui son armée de nuages avant un orage d'été.

Harald a enfin rappelé Père à son serment.

J'attends ce moment depuis tant d'années : du jour où Harald et moi nous sommes rencontrés – même si nous n'étions, alors, que des enfants. Ce devait être peu de temps avant le décès de son père. Le roi Hálfdan du Vestfold, alors souffrant, s'était fait accompagner de son fils lors d'une rare visite dans un royaume voisin du nôtre. Nul doute qu'il cherchait à assurer l'avenir de son fils en scellant pour lui un bon mariage avant de rejoindre l'éternel hiver du Niflheim.

On m'avait fait venir pour les rencontrer. Je jouais alors dans le jardin et Mère m'avait sermonnée parce que mon visage était sale. Je me tenais gauchement devant le trône qui faisait face au portail d'entrée, les mains de Mère pesant lourdement sur mes frêles épaules, lorsque Hálfdan avait invité son fils à entrer.

Même à huit ou neuf ans, Harald impressionnait. Alors qu'il pénétrait dans la salle du trône, je me souviens avoir entendu Mère murmurer à l'oreille de Helge que ses cheveux couleur de miel, qui tombaient librement sur ses épaules, étaient encore plus jolis que les miens. Il avait le regard vif et perçant, et pas un trait ne déparait de son beau visage.

C'était la première fois que je me souciais ainsi de mon apparence. Alors qu'il avançait vers moi, je m'étais désespérément frotté les joues pour tenter d'ôter la boue qui les maculait. S'il s'en était aperçu, il n'en avait rien dit, en vrai prince du sang. Au contraire, il avait souri et s'était profondément incliné devant moi.

— *Heill*, Freydis, m'avait-il saluée. Je m'appelle Harald. (Lorsqu'il s'était redressé, il y avait dans son port de tête une assurance que je n'avais jamais vue chez aucun enfant de mon âge.) Vous êtes d'une beauté sans pareille, avait-il poursuivi. Et, s'il plaît à mon père, j'espère qu'un jour vous serez mon épouse.

J'en étais restée bouche bée. Mais Mère avait applaudi en riant, ravie.

— Quel charmant jeune homme ! s'était-elle exclamée. Vous l'avez parfaitement éduqué, Hálfdan.

— Il tient cela de sa mère, avait répondu le roi Hálfdan, en souriant dans sa barbe fleurie piquetée d'or. Bien qu'elle soit morte en le mettant au monde. Odin m'est témoin que je n'ai, pour ma part, aucune délicatesse de cette sorte.

Je m'étais arrachée à ce fascinant spectacle pour lorgner mon père. Appuyé sur l'accoudoir du trône, il regardait dans le vide, l'air absent. Cet échange d'amabilités devait l'avoir ennuyé à mourir.

— Sois polie, Freydis ! m'avait ordonné ma mère d'un ton pressant, en m'étreignant douloureusement les épaules.

— *Heill !*

Mon piètre salut s'était mué en un couinement plaintif. Le sourire de Harald ne s'en était élargi que davantage. La conversation de nos parents n'était, dès lors, devenue qu'un banal bavardage, vague bruit de fond à nos oreilles, tandis que ses yeux ne quittaient pas les miens.

Lorsque mon père m'avait annoncé, le soir même, que nous étions désormais promis l'un à l'autre, j'avais été transportée de joie. Je ne l'ai jamais revu depuis, mais on dit qu'il est devenu un homme remarquable, tant par sa beauté que par sa bravoure. Harald à la Belle Chevelure, tel est le nom que les marchands du Vestfold lui donnent.

— M'entends-tu, Freydis ? me demande Père en frappant des poings la colonne la plus proche et en me ramenant par là brusquement à la réalité. Ou es-tu encore plus attardée que tu n'en as l'air ?

Je me recroqueville malgré moi et m'empresse de hocher la tête pour cacher le tremblement de mon menton.

— O… oui Père. Merci, Père.

« Ne laisse jamais un homme voir tes larmes », professe toujours ma Mère. En outre, il vaut mieux qu'il passe sa colère sur moi, maintenant, que sur quelque malheureuse esclave plus tard. Voire sur Mère elle-même.

Non qu'il ne risque de le faire pour autant.

Je frissonne à cette simple pensée, malgré la chaleur étouffante qui monte de l'énorme foyer.

Soucieuse de l'apaiser, je renchéris :

— L'annonce de mes noces prochaines me remplit de joie, tout comme celle de la naissance à venir de mes frères, en dépit de cette tristesse qui nous endeuille ce soir.

Avec un hochement de tête approbateur, Père porte la main à sa ceinture pour détacher une petite bourse rebondie qu'il me tend.

— Demain matin, tu iras au marché acheter les plus belles soieries de Bulghar pour te confectionner une nouvelle robe.

Je fais quelques pas hésitants vers lui, puis prends la bourse en le remerciant de plus belle. Épuisée par tant d'émotions, j'incline la tête pour le saluer avant de me retourner vers la porte. J'ai hâte de regagner ma chambre pour pouvoir remettre un peu d'ordre dans le tumulte de mes pensées après les bouleversements de la journée.

Mon bien-aimé me fera sienne. Mère aura deux fils. Tout ira pour le mieux. Le jour n'est pas encore venu, voilà tout.

— Freydis ! (La voix de mon père, presque irréelle dans mon état second, parvient pourtant à me glacer jusqu'aux os.) Dis aux gardes d'aller me chercher une esclave. Ce soir, les dieux auront droit à une offrande de choix.

6

YAFEU

Je tombe, je tombe, je tombe dans le noir.

Soudain, je touche le fond. Mon flanc heurte le sol. J'en ai le souffle coupé. Aussitôt prise d'un haut-le-cœur, je tousse, crache, comme si j'avais avalé un essaim de moucherons. J'ai l'impression d'avoir les paupières cousues et dois fournir un immense effort pour réussir à les entrouvrir. À travers ces deux fentes, je vois le rideau violet rejeté sur le côté, alors que la silhouette floue de Ma franchit le seuil en courant.

De la fumée, des cris, qui filtrent du dehors. Notre case en est envahie.

La peur s'abat sur moi, aussi oppressante que le brouillard gris de l'atmosphère. Je me frotte les yeux, me relève tant bien que mal. Kamo entoure d'un bras protecteur un Goleh gémissant, pendant que Ma fourre le reste de nos réserves de mil dans sa besace.

Je croasse :

— Qu'est-ce qui se passe ?

Elle pose l'index sur ses lèvres et s'agenouille en pointant du doigt le jour entre la porte et le mur. Ce que je vois là me coupe les jambes.

Le village est en feu.

Le toit de chaume d'une case, à moins d'un jet de pierre de la nôtre, embrase le ciel noir d'un flamboiement aveuglant. Devant mes yeux horrifiés, les flammes gagnent les cases voisines. Notre tour va bientôt arriver.

Mais ce n'est rien, à côté de la scène que je découvre dans le rougeoiement de l'incendie : des soldats étrangers armés de lames luisantes… Des lames posées sur le cou des parents d'Ampah.

Ampah !

Impuissante, je la vois arrachée par les cheveux aux bras de sa mère. Elle se jette, toutes griffes dehors, sur son assaillant en hurlant. Mais il la maîtrise sans mal, lui ligotant les poignets pour l'attacher à un dromadaire à l'aide d'une corde.

C'est à ce moment-là que je découvre la longue file de dromadaires et cet attroupement de gens tremblants et en larmes (la moitié du village au moins), enchaînés les uns aux autres.

Une caravane. Ce ne sont pas des soldats : ce sont des marchands d'esclaves !

Au fond de moi, la colère explose. Un heurt métallique attire mon attention. Quand je me retourne, Ma brandit deux de mes dagues encore inachevées. Il suffit d'un hochement de tête silencieux : nous nous sommes comprises. Je sangle mon fourreau de peau à ma taille et enfile mes chaussures aux semelles de cuir devenues trop fines après tant d'années d'usure. J'attrape Kamo et Goleh par la main, serre le poing. Fort.

Ma nous embrasse sur le front. Puis, avec une force dont je n'avais jamais soupçonné l'existence, elle ouvre la porte d'un coup de pied et file en direction de la Rivière-Blanche. Nous nous ruons immédiatement à sa suite.

Les villageois s'égaillent, courant de tous côtés en une fuite éperdue. La panique déferle dans mes veines, me glace le sang en dépit de la touffeur ambiante. Je broie la main de mes frères et repousse mes limites pour courir plus vite que je m'en serais crue capable. Les dieux en soient bénis, je me suis endormie dans le caftan jaune de ma mère qui flotte sans bruit autour de moi, alors que je tire au maximum sur mes jambes.

Je crie soudain à mes frères :

— Sautez !

Et nous bondissons d'un même pas pour enjamber Néiouma, la fille qu'un des marchands d'esclaves tient plaquée au sol. Ma fonce droit devant et j'entraîne mes frères, tentant désespérément de regagner l'élan que nous avons perdu.

Mais nous ne pouvons pas distancer l'incendie qui progresse de case en case, ravageant tout sur son passage. Mon visage et mes bras me cuisent. Ma peau se craquelle, brûlante. La fumée me pique les yeux, emplit mon nez, ma gorge. Chaque inspiration ravive la douleur qui déchire ma poitrine.

Juste au moment où nous atteignons la case de mon oncle, à l'autre bout du village, le toit s'effondre en son centre, comme aspiré de l'intérieur, avec un craquement assourdissant, et projette une nuée d'escarbilles incandescentes dans la nuit. Est-ce qu'ils s'en sont sortis ? Quoi qu'il en soit, je ne peux rien faire pour eux ; je passe devant leur case en feu sans même y jeter un regard.

Dès que nous émergeons de la fumée, j'aperçois la rivière et la mangrove qui se profilent enfin. Mon cœur se gonfle d'espoir alors que l'idée des petites pirogues qui nous attendent dans les broussailles envahit mon esprit. Ces simples troncs grossièrement évidés ne peuvent accueillir que deux passagers. On les utilise pour la petite pêche pendant la saison des pluies. Mais ils sont notre seule chance.

— Arrêtez !

Je jette un coup d'œil par-dessus mon épaule. L'un des marchands d'esclaves nous a poursuivis.

Mes pieds s'accrochent à la terre battue.

Nous allons y arriver. Nous devons y arriver.

Un impact entre mes omoplates, quelque chose qui me frappe et se brise. Une douleur fulgurante qui se propage à travers tout mon corps, étouffant un cri dans ma gorge. Je lâche la main de mes frères juste à temps pour amortir ma chute.

J'entends Goleh hurler :

— Ma !

Et je heurte le sol. Sous la violence du choc, une nouvelle décharge douloureuse me secoue de la tête aux pieds.

— Debout ! gronde l'homme en me relevant de force par le bras.

Par pur réflexe, je lui balance un coup de genou dans l'entrejambe. Il grogne et se plie en deux. Avant qu'il ne puisse se ressaisir, je le frappe du poing en pleine tempe, ravie de le voir basculer, inconscient.

Ma victoire est de courte durée. Deux individus me clouent déjà au sol.

J'ai à peine le temps de me tourner vers la rivière qu'ils m'empoignent pour me tordre les bras dans le dos. L'élancement qui me poignarde entre les épaules n'est rien à côté de la terreur qui me saisit. Je me débats, donne des coups de pied en tous sens. En vain. Je n'arrive plus à voir ni mes frères ni Ma. J'espère seulement qu'ils ont réussi à atteindre la mangrove.

Je leur adresse une prière silencieuse : *Prenez les pirogues. Ne vous occupez pas de moi.*

Mais dans l'instant qui suit, Ma rebrousse chemin et se rue à mon secours. Deux nouveaux hommes bondissent pour s'interposer et lui font face. Avec un cri de rage, elle fend l'air devant elle de mes dagues.

Je n'aurais jamais imaginé qu'elle savait les manier avec une telle férocité.

Débordante d'admiration, je la vois virevolter comme une tornade et lacérer le ventre de l'un d'entre eux. L'autre recule, échappant d'un cheveu à la pointe de sa lame, puis se jette sur elle.

— Ma… non !

Déjà on m'entraîne vers la caravane. Je lutte pour me défaire de ces étaux qui me broient les bras. J'aperçois le talon de l'adversaire de Ma s'abattre sur sa main. Dans un hurlement de douleur, elle lâche la dague.

Et voilà qu'il la chevauche.

L'effroi me saisit. Anesthésiée par la violente vibration de mes cris, ma voix devient de plus en plus faible.

Je sens qu'on me retire mon fourreau et qu'on noue une grosse corde autour de mes chevilles et de mes poignets pour m'enchaîner à la longue file de dromadaires et de corps meurtris.

Les vertiges me prennent, puis la nausée.

Comme dans un brouillard, je vois les dernières cases s'écrouler une à une, bientôt réduites à des tas de braises. Le vent se lève, les agitant en un tourbillon de cendres et de poussière. Les marchands d'esclaves continuent à encorder les villageois à la caravane, s'emparant des armes et des bijoux au passage. D'autres passent les décombres au peigne fin, à la recherche des objets de valeur ; d'autres encore transportent des outres d'eau du puits au centre du village, jusqu'à leurs montures pour les attacher à leurs selles. Tout est si bien organisé, si évident. Je me demande vaguement combien de fois déjà ils ont répété ces mêmes gestes.

Une faible plainte, toute proche, me ramène à la réalité. Devant moi, une fille repliée sur elle-même gémit. Il me faut un bon moment avant de vraiment la voir et de reconnaître ces hautes pommettes et ces grands yeux affolés.

— Ampah ! (Je tire comme je le peux sur la corde, tendant la main pour l'attraper par le bras.) Tu n'as rien ?

Elle me regarde fixement comme si elle ne me reconnaissait pas. Puis elle s'écarte de moi, révélant dans le mouvement une profonde entaille, que j'aperçois par les déchirures de son boubou, au niveau de la cage thoracique.

— Ampah !

C'est à peine un murmure. L'angoisse monte en moi de plus belle. La blessure ne semble pas saigner : la plaie ne doit pas être si profonde. Ampah est juste terrifiée.

Je lui parle aussi doucement que possible :

— Si tu peux, assieds-toi par terre. Mets ta tête entre tes jambes.

Je m'approche encore pour lui donner du mou. Mais elle ne réagit pas. Je ne pense pas qu'il serait utile de la forcer.

Flanquées par deux dromadaires, aussi lourdement chargés l'un que l'autre, nous pouvons difficilement apercevoir les autres captifs. Je me penche de côté et parcours la file du regard, plissant les yeux pour tenter de distinguer la famille de mon oncle. Mais à la faible lueur des braises, je ne reconnais que Masireh, vers la tête de la file. C'est peut-être simplement parce que je ne peux pas les voir d'ici.

Ou peut-être qu'ils se trouvaient dans la case quand…

Rien que d'y penser, j'ai l'estomac qui se tord et sens la nausée me remonter dans la gorge.

Dieux merci, je ne vois pas Ma. Je ne sens pas son *nyama* non plus. Elle a dû réussir à s'échapper avec Kamo et Goleh, en fin de compte.

Je pousse un soupir de soulagement fébrile et ferme les yeux pour prier en silence Agbé et Naété, divinités des rivières, des lacs et des mers.

S'il vous plaît, veillez sur eux. Faites que la Rivière-Blanche les emmène en lieu sûr.

Quand j'ouvre les yeux, l'un des marchands d'esclaves remonte la caravane, inspectant le cortège de dromadaires et de villageois. Il marque un temps d'arrêt à quelques personnes devant moi, près de Néiouma. Elle est agitée de violents tremblements. Son boubou flotte autour elle, en lambeaux. L'homme fait signe à l'un des autres trafiquants, qui la détache et la fait sortir du rang. Le premier la fait pivoter pour qu'elle lui tourne le dos.

Puis il dégaine une dague et plonge la lame dans sa nuque.

Ampah pousse un cri strident en voyant Néiouma s'effondrer. En l'entendant, l'individu se tourne vers nous.

Je connais ce visage.

C'est le voleur de Koumbi Saleh.

Mon regard s'arrête sur l'arme qu'il tient dans son poing.

C'est *ma* dague. L'une de celles qu'il m'a dérobées, du moins. Et voilà qu'il s'en sert pour assassiner les miens !

Mon sang ne fait qu'un tour. L'envie de me jeter sur lui pour l'étrangler avec la corde qui m'enserre les poignets me tenaille un moment. Jusqu'à ce qu'il reprenne son inspection de la file et que je comprenne ce qu'il cherche.

Il repère tous ceux qui sont trop grièvement blessés pour survivre.

Je jette un coup d'œil au cadavre de cette pauvre Néiouma qui gît face contre terre. La tache de sang s'étend dans son dos et son boubou s'agite le long de ses jambes nues, gonflé par le vent. L'estomac retourné, je me redresse, les pieds bien à plat sur le sol, luttant contre un nouvel accès de vertige.

Les dents serrées, je siffle à Ampah entre mes dents :

— Tiens-toi droite. Pas un mot.

Heureusement, cette fois, elle m'écoute, et l'homme passe devant nous sans nous accorder un regard. Je l'entends tirer quelques autres malchanceux de la file pour les abattre comme des bêtes. Mais je ne me retourne pas. Je ne peux pas.

C'est moi qui ai provoqué ces hommes à Koumbi Saleh, hier.

M'ont-ils suivie jusqu'ici ?

Est-ce que c'est ma faute, tout ça ?

Je préfère fermer les yeux. Si seulement je pouvais faire de même avec mes oreilles pour ne pas entendre les pleurs et vaines suppliques des villageois. Je me concentre avec force sur l'image de Ma s'éloignant au fil de la rivière avec Kamo et Goleh, tous trois blottis dans notre petite pirogue.

Faites que ce soit vrai, Agbé et Naété, Mawu et Lisa. Faites qu'ils soient sains et saufs.

C'est alors qu'au loin s'élève un cri perçant. Non… un hurlement. Malgré la chaleur qui monte des cases en feu, un frisson me balaye. Sans pouvoir l'expliquer, je sais que c'est le lycaon.

Un ordre claque en tête de caravane et les dromadaires se mettent en marche, tirant un village presque entier. Les marchands d'esclaves ont tous leur propre monture et je ne les en hais que davantage. Nous nous dirigeons vers le nord, croisant la route de Koumbi Saleh au lieu de la suivre. Je ne mets pas longtemps à saisir où nous allons.

Le désert.

Une nouvelle vague de terreur me submerge, douchant les dernières braises du feu qui m'animait encore. Je prends une profonde inspiration en levant les yeux vers le ciel enfumé. Le hurlement à la mort du loup peint résonne encore à mes oreilles.

7

YAFEU

Le sable, sous mes pieds, est devenu froid depuis un bon moment déjà, quand la caravane fait halte aux portes du Sahara.

Un ordre lancé à l'arrière remonte la file et les dromadaires qui nous encadrent, Ampah et moi, plient leurs longues pattes pour se coucher, en émettant une sorte de bêlement étouffé. Mes jambes tremblent d'avoir marché du lever au coucher de Lisa, et je m'effondre avec soulagement sur le sable, trouvant même un certain réconfort dans la caresse de ses grains mouvants. Je sens bien quelque chose entre mes omoplates et je reconnais la douleur, mais elle me semble lointaine. Ampah s'écroule devant moi dans un bruit mat et se roule en boule. Les marchands d'esclaves sautent à bas de leurs montures et commencent à dresser le camp, montant les tentes et allumant des feux qui creusent la nuit de leurs orbes jaunes.

Une douce chaleur émane du dromadaire couché derrière nous et je me blottis contre lui en poussant à mon tour un profond soupir. Les dromadaires n'ont pas toujours très bon caractère, mais celui-ci est trop fatigué pour protester.

Lisa ne va pas tarder à se lever. Je me souviens que nous ne dormions jamais d'une traite quand nous traversions le désert avec Baaba : nous ne prenions que quelques heures de sommeil, la nuit, pour nous reposer de nouveau pendant les heures les plus chaudes de la journée. Nous voyagions à l'aube et au crépuscule, tant que nous avions assez de lumière pour voir le danger arriver de loin, et que la chaleur de Lisa ne pouvait encore ralentir notre progression. Peut-être que nos tortionnaires emploient la même méthode. Si c'est le cas, nous ne fermerons pas l'œil longtemps.

Je me tourne vers Ampah. Se découpant dans la lumière des feux de camp, son torse tremble, secoué de sanglots silencieux.

Une sourde appréhension s'ancre dans ma poitrine et, bientôt, j'ai moi aussi les joues mouillées de larmes. Je les cueille du bout de la langue à mesure qu'elles coulent, espérant étancher un peu la soif dévorante qui me tenaille. Ou, du moins, me débarrasser du goût de cendres dans ma bouche.

Les échos des réjouissances de nos geôliers se mêlent dans la nuit aux faibles gémissements de leurs prisonniers. Quand j'y pense, c'est bien la première fois que je suis reliée aux autres villageois, et pas seulement par ces cordes. Ils ne m'ont pourtant jamais considérée comme l'une des leurs. Mais pour les marchands d'esclaves, il n'y a aucune différence entre eux et moi.

La douleur dans ma poitrine m'élance, mais je retiens mes larmes. L'irritation dans ma gorge s'est changée en une pénible toux sèche et je sais que je ne dois pas gaspiller l'eau qu'il me reste.

J'ai déjà traversé deux fois le Sahara avec ma famille, mais jamais nous n'aurions imaginé faire le voyage à pied. Nous avons toujours bénéficié de tout le confort qu'un forgeron réputé du Wagadou était en mesure de s'offrir. Pourtant, même dans ces conditions, l'eau était précieuse et nous buvions avec mesure. Je me rappelle avoir sucé un petit galet pour me forcer à saliver et empêcher ma bouche de se dessécher.

Je passe ces souvenirs en revue et tente de deviner où les marchands nous emmènent. La plus probable des hypothèses est sans nul doute Sijilmassa, la rivale septentrionale de Koumbi Saleh. Nous y sommes allés une fois avec Baaba, et une fois à Anfa. Mais ils pourraient également se diriger vers Fez, Nekor ou Tahert. Toutes ces cités sont très certainement dotées d'un très lucratif marché aux esclaves.

Une autre possibilité me revient en mémoire et mon sang se glace dans mes veines : Idjil. C'est peut-être plutôt là-bas qu'ils nous conduisent, pour nous faire travailler dans les terribles mines de sel. Si j'en crois les histoires épouvantables qu'on raconte, Ampah ne tiendrait pas une journée. Et peut-être que moi non plus.

Je repousse cette sombre pensée. Quelle que soit notre destination, nous devons d'abord survivre à la traversée du désert. Même en prenant la route la plus courte vers la cité la plus proche, il nous faudra plus d'un mois pour la rejoindre.

Il va falloir que je détermine notre position, en fonction du lever et du coucher de Lisa, pour réussir à m'orienter. Au bout d'une semaine ou deux, je devrais avoir identifié notre itinéraire.

Et après… Après, quoi ? Qu'est-ce que je ferai après ? J'échafauderai un plan d'évasion avec Ampah ? Ou, encore mieux, je tuerai tous les marchands d'esclaves pour libérer les miens ? Ces idées sont tellement absurdes que j'en rirais presque, si je n'avais la gorge à vif.

Au lieu de quoi, je me soulève à demi, rampe vers Ampah et pose une main hésitante sur son épaule. Elle tressaille à mon contact.

— Ce n'est que moi, Ampah.

Je lui montre mes mains vides pour lui prouver que je ne suis pas armée. Au vu de son regard affolé, elle ne me reconnaît pas. Et, malgré la fraîcheur de la nuit, son beau visage est luisant de sueur.

Sa blessure… Elle a la fièvre. Un nouvel accès de panique me saisit.

— Laisse-moi regarder.

Je parle tout doucement en pointant du doigt la balafre qui lui marque le torse. J'essaie de soulever son boubou pour observer sa blessure de plus près, mais elle se redresse brusquement et m'en empêche d'un geste. En séchant, le tissu s'est collé à la plaie, sang et teinture se sont mêlés.

— D'accord, d'accord.

Je retire ma main. De toute façon, il vaut mieux que l'étoffe couvre la lésion pour la protéger du sable. Une chose est sûre : je n'ai rien de mieux à lui proposer pour la panser.

— Il fait bien chaud quand tu te couches là.

Je tapote le ventre du dromadaire pour l'inciter à se rapprocher. Au bout d'un moment, elle finit par me rejoindre et se pelotonne contre l'animal. Je préfère me dire que c'est bon signe, même si elle me tourne le dos.

Je me recouche, résignée, et regarde le ciel. Il est limpide, piqueté d'étoiles. Le croissant de Mawu, souveraine et si belle, malgré la misère étalée sous sa faible clarté, veille sur elles.

Mon oiseau de nuit. C'est le surnom que me donne Ampah, parce que je me réveille souvent avant le lever de Lisa. C'est plus fort que moi. Je me suis toujours sentie plus libre la nuit que le jour. Comme si le calme de Mawu m'équilibrait, me canalisait. Ma dirait que c'est parce que je suis tout feu tout flamme, comme Baaba.

Ma.

Sa simple évocation suffit à déchirer l'engourdissement qui s'est emparé de moi. Ma gorge se contracte, mes yeux se voilent. Ma main se porte brusquement à mon cou, où pend le loup vert, alors que la face de Mawu commence à scintiller.

Est-ce que Mawu nous voit en ce moment ? Est-elle (est-il, sont-ils) témoin de notre souffrance ?

Est-ce qu'ils s'en soucient ?

La chaleur qui émane tant d'Ampah que du dromadaire me précipite dans le sommeil. Les doigts toujours serrés autour du petit loup vert, je plonge dans l'obscurité.

8

YAFEU

Pied droit, pied gauche. Pied droit, pied gauche. Ne penser à rien d'autre qu'à ce mouvement répété à l'infini. Il ne me faut pas longtemps pour tomber dans une sorte de transe, les yeux rivés sur la nuque d'Ampah, tandis que nos pieds, sans même que nous le sachions, sans même que nous le voulions, avancent inexorablement dans l'espace et le temps.

Au début, j'ai essayé de compter les jours. Une, puis deux semaines se sont écoulées, puis un épais brouillard m'a embrumé l'esprit et j'ai fini par perdre toute notion du temps. Maintenant, les jours (ou plutôt les nuits) ne sont plus qu'un éternel tourbillon, comme des grains de sable dans la tempête. Bien avant que la caravane ne s'arrête en milieu de matinée, nous tombons déjà tous de sommeil. Quand nous nous réveillons, le soir venu, on ne nous donne qu'un malheureux morceau de pain et un peu d'eau : juste ce qu'il nous faut pour survivre. Entre ces deux moments, nous ne faisons que marcher, encore et toujours marcher.

Je n'ai jamais éprouvé la fureur de Lisa comme aujourd'hui. Mais le temps est vraiment le plus cruel des dieux. Quand tu commences à sentir chaque lambeau de ta peau peler, ta salive s'épaissir et l'air te râper la poitrine tant il est sec, les haillons raides de sueur de ton caftan t'irriter la peau à chaque pas, la frotter à vif, à sang… Tout ça est l'œuvre du temps.

Il semble pourtant avoir moins d'emprise sur moi que sur les autres villageois. Ils sont chaque jour plus nombreux à voir leurs jambes se dérober et à s'effondrer, incapables de faire un pas de plus. Les mourants sont détachés de la file et on les laisse pourrir sur le sable, livrés aux urubus et autres charognards qui tournent constamment au-dessus de nous. Mon cœur se serre quand je vois tous ces corps abandonnés et quand j'entends les pleurs de leur famille et de leurs amis survivants. J'adresse une prière silencieuse à Mawu-Lisa pour chacun de ces malheureux.

La fièvre d'Ampah n'est pas encore tombée. Elle ne m'a toujours pas dit un mot, ni montré par un quelconque signe qu'elle me reconnaissait. Déjà très mince avant notre capture, elle est à présent d'une maigreur effrayante. Et c'est avec une angoisse croissante que je la vois marcher avec une difficulté croissante sur des jambes flageolantes, aussi instables que des brins d'herbe dans le vent. Rien à voir avec les miennes, musclées et robustes comme des baobabs. Je peux mieux encaisser les coups : le désert ne m'a pas encore vaincue.

Même nos ravisseurs y laissent des plumes. Deux des leurs ont déjà rejoint les cadavres des villageois dans les dunes. Nous ne nous sommes pas arrêtés pour les pleurer non plus.

Esclaves ou esclavagistes : le désert ne fait pas la différence.

Cette idée ne me console pas autant que je le voudrais.

Enfin, nous arrivons à la première oasis. Nous faisons halte pour que les marchands remplissent leurs outres d'eau et fassent des réserves de dattes et de noix de coco pour la prochaine étape du voyage. Le spectacle de cette couronne de palmiers autour du lac en forme de cacahuète tire sur un fil ancien du tissu de ma mémoire.

Je suis déjà venue ici.

Et, tout à coup, je sais où nous allons. Ils ne nous emmènent pas à Sijilmassa. Ni à Fez, ni à Nekor ou à Tahert. Ni, les dieux soient loués, aux mines d'Idjil. Non, notre itinéraire vire à l'ouest, vers l'ancienne cité d'Anfa. J'ai déjà fait ce voyage avec Baaba, même si ça fait une éternité.

L'évocation de Baaba réveille un nouveau souvenir : une autre leçon qui déchire comme une dague le brouillard de fatigue et de soif qui m'engloutit : *« Tu dois faire coïncider le rythme de ta respiration avec celui de tes pas pour empêcher ton* nyama *de se perdre dans le sable. »*

Alors, comme déjà on nous entraîne loin de l'oasis, je calque ma respiration sur le rythme de mes pas. Cinq temps, une inspiration. Cinq temps, une expiration. Et, de fait, le brouillard se lève légèrement dans mon esprit. Pleine d'un optimisme nouveau, je tape sur l'épaule d'Ampah pour lui faire part de ma découverte. Mais, toujours sous l'emprise de la fièvre, elle me fuit de nouveau.

J'adresse alors une prière muette à Mawu-Lisa : *Par pitié, ne m'arrachez pas mon Ampah.*

9

YAFEU

Lisa se montre particulièrement cruel aujourd'hui. La chaleur miroite, transformant l'espace au-dessus du sable en ondes liquides.

De l'eau. Je donnerais n'importe quoi pour de l'eau.

Une sensation désagréable remonte de mon estomac et se répand à travers tout mon corps. Le sifflement qui me vrille les tympans ne veut pas s'arrêter. J'essaie d'abord de frotter mes oreilles contre mes épaules, puis de les écraser. Tout, pourvu que je sois délivrée de ce maudit sifflement. Je vacille, les jambes soudain tremblantes ; le pas, incertain. Mes yeux oscillent de gauche à droite. Je ne sais pas combien de temps je vais encore pouvoir supporter cette fournaise, cette soif, et marcher, toujours marcher, encore marcher…

Tu vas survivre. Il faut que tu le croies.

Au loin, j'aperçois la silhouette d'un homme, un homme grand à la peau de la couleur du palétuvier noir, avec des bras à broyer un buffle. Il me fait signe, là-bas, et le *nyama* qui se dégage de lui est reconnaissable entre tous.

Mon cœur bondit dans ma poitrine.

C'est bien vrai ? Il est enfin revenu ?

— Baaba ?

Ce simple murmure suffit à fendiller mes lèvres déjà craquelées. Il se met à courir, forme noire se découpant sur le visage rayonnant de Lisa qui se lève derrière lui.

— Baaba !

Cette fois, je crie en m'élançant à sa rencontre. Je tire de toutes mes forces sur les cordes, avant d'être brusquement ramenée en arrière. Le dromadaire derrière moi bascule. Entraîné, le suivant fait un écart, jetant son cavalier à terre.

Je rampe maintenant, plissant les yeux dans la lumière aveuglante. La silhouette ne bouge plus. Une gigantesque bourrasque soulève le sable qui tourbillonne dans les airs. Quand il retombe, la forme noire a disparu.

Je n'entends plus que ma respiration haletante. Du coin de l'œil, j'aperçois à peine le marchand qui se relève et dégaine une épée courte en se dirigeant vers moi.

Et puis… tout devient rouge.

Le rouge d'un boubou, et deux jambes grosses comme des brindilles qui en émergent. Ampah s'est jetée devant moi avec une vigueur dont je ne l'aurais jamais crue capable à ce stade.

— Elle a la fièvre ! Elle délire ! dit-elle au marchand dans notre langue.

J'entends l'homme ricaner, puis un horrible craquement quand il lui fracasse le crâne du pommeau de son épée.

Je relève les yeux, affolée. Je vois l'éclat aveuglant de la lame dans le soleil. Et puis tout devient noir.

Une vive douleur à la joue me ramène à la vie. Mes paupières s'entrouvrent. Deux personnes sont penchées au-dessus de moi. Derrière elles, le ciel flamboie d'orange et de rouge. Peut-être que Mawu-Lisa a incendié le monde. S'il le faisait, je ne le lui reprocherais pas.

Je cligne des yeux pour chasser toutes ces taches noires de mon champ de vision et les foudroie du regard. Ils me considèrent d'un air froid en se parlant à voix basse. Pas besoin de comprendre leur langue pour savoir qu'ils se demandent s'ils vont me laisser là.

Je sais que je mourrai s'ils m'abandonnent ici. C'est pourquoi, malgré ces atroces coups de marteau dans ma tête, je me force à me relever. Les hommes échangent un coup d'œil, puis rejoignent leurs montures, sans plus se préoccuper de moi.

— Ça va, mon oiseau de nuit ?

La voix d'Ampah est si faible que je l'entends à peine. Je relève la tête et croise ses grands yeux ronds, injectés de sang et complètement éteints après le terrible coup qu'elle a reçu sur le crâne à cause de moi.

Malgré tout, elle me sourit. Je pousse un soupir de soulagement.

Ampah !

Elle se souvient de moi ! La fièvre a dû tomber. Elle ne délire plus ! Elle est guérie !

Pour la première fois depuis notre capture, j'éprouve quelque chose qui ressemble à de l'espoir.

— Tu l'as vu, Ampah ? (C'est à peine si je reconnais cette voix rauque qui sort de ma bouche.) Tu as vu mon père ?

Le visage d'Ampah s'assombrit. Elle secoue la tête.

C'était juste une illusion, un de ces mauvais tours que le désert réserve aux imprudents.

J'ai envie de pleurer, mais m'aperçois très vite que j'en suis incapable. Alors je fais comme si les grains de sable sur mes joues étaient des larmes.

Je dois rester forte. Pour Ampah. Et pour Baaba, même s'il n'était pas vraiment là.

J'examine les traits de son beau visage. Exposées trop longtemps au sable et au vent, ses pommettes, à vif, ressortent, anguleuses. Elle a tout d'un squelette ambulant. Mais, au moins, ses yeux sombres brillent de nouveau de conscience.

Elle se détourne quand la caravane se remet en marche, mais tend la main en arrière pour que je la prenne, et serre la mienne pour ne plus la lâcher. Je me détends dès que je retrouve cette sensation familière.

Si je réussis à survivre à cette traversée du désert, ce sera grâce au pouvoir de ces deux mains se tendant l'une vers l'autre pour s'étreindre, fendant l'obscurité comme des rais de lumière, partageant leur *nyama* là où leurs paumes se joignent.

Deux mains accrochées l'une à l'autre peuvent surmonter n'importe quoi.

Le lendemain matin, je me réveille avec la sensation d'être tirée. Je me lève d'un bond et grimace, atterrée de voir à quel point je me suis habituée à cette routine.

Il me faut un petit moment avant de remarquer la place vide devant moi. En baissant les yeux, je découvre Ampah, traînée face contre terre dans le sable.

Non !

Mais je ne comprends pas : elle allait mieux hier. Elle était en train de se remettre. On allait s'en sortir, main dans la main, ensemble.

Je me penche et retourne son corps inerte. Du fond de ses orbites creuses, son regard vide me traverse sans me voir. Je l'attrape par les épaules pour la secouer quand même, espérant, contre toute évidence, qu'elle est juste évanouie. Qu'elle est toujours vivante.

— Ampah ! (C'est un faible murmure étranglé.) Ampah, lève-toi !

Mais elle reste immobile.

Un cri déchire alors le silence. Je sais qu'il sort de ma bouche, mais j'ai l'impression que c'est celui de quelqu'un d'autre. Comme si tout cela ne m'arrivait pas à moi. Comme si je regardais la scène à travers les yeux d'une autre.

Je ne me rends même pas compte que j'ai arrêté de marcher jusqu'à ce que j'entende les protestations qui s'élèvent à l'extrémité de la file. On s'adresse soudain à moi dans ma propre langue, avec un fort accent.

— Tais-toi ! Avance !

En me retournant, j'aperçois un des marchands qui saute du haut de sa monture pour venir vers moi d'un pas chaloupé.

C'est le client qui a bien failli m'étrangler au marché de Koumbi Saleh !

Quand je le vois, c'est comme si quelque chose en moi se rompait. Il découvre Ampah et se penche pour la détacher. Je me jette sur lui, enroulant la corde qui me lie les poignets autour de son cou, soulevant même le corps de cette pauvre Ampah sous la violence de l'effort. Je réussis à envoyer deux autres hommes à terre d'un coup de pied, avant de sentir la morsure d'une épaisse lanière de cuir qui me cingle le dos.

La souffrance me tétanise. Je voudrais hurler, mais aucun son ne sort de ma bouche. Je tombe dans le sable, à quatre pattes comme une bête, pendant que mon tortionnaire m'assène encore quelques coups de fouet.

Abrutie de douleur, je les observe, impuissante, dénouer les cordes des poignets d'Ampah pour les enrouler autour des miens, renforçant mes liens.

Ils ne tardent pas à faire repartir la caravane. Mon caftan en guenilles, couvert de sable, frotte contre mon dos à vif et colle à mes plaies ensanglantées. Pourtant, c'est à peine si je le sens dans mon chagrin. Alors même que j'avance en titubant, je me tords le cou pour voir derrière moi : Ampah n'est bientôt plus qu'une vague tache rouge et brun sur l'océan infini de sable ocre. Comme si, par la seule force de mon regard, je pouvais la ramener à la vie.

Ampah. Non, non, non !

Lorsqu'elle n'est plus qu'un point dans le lointain, la réalité me frappe de plein fouet : ma seule amie a disparu à jamais.

Même avec ces dizaines de gens attachés à la même corde, je suis complètement et désespérément seule.

Mes doigts se referment sur le petit loup de pierre pendu à mon cou. Je sais que je pleure, même si les larmes ne veulent pas couler. Je pleure Ampah. Je pleure Ma et Baaba, Kamo et Goleh.

Je pleure sur mon écrasante et terrifiante solitude.

10

YAFEU

Tout à ma douleur, je me rends à peine compte que le sable devient bientôt solide sous mes pieds et qu'aux dunes ont succédé des pics de calcaire dénudés. Nous faisons halte dans un petit comptoir de négoce près d'une rivière et nos gardiens nous laissent boire jusqu'à plus soif. Le brouillard se lève aussitôt dans mon esprit, ce qui ne fait que raviver mon chagrin d'avoir perdu Ampah. L'image de son corps inerte traîné dans le sable est gravée au fer rouge dans ma mémoire.

Nous étions presque sorties du désert. Si seulement elle avait pu tenir un tout petit peu plus longtemps.

Il nous faut plus d'une semaine pour traverser les plaines et les canyons arides des basses montagnes, ne croisant en chemin que des bergers et de rares hameaux isolés. Et puis, tout à coup, nous voici entourés de champs verdoyants et de hauts épis dorés plantés dans le sol le plus rouge que j'aie jamais vu. Une puissante odeur d'humus m'emplit les narines. L'air est doux et la brise, assez humide pour apaiser les brûlures de ma peau desséchée. J'en viendrais presque à me réjouir d'être encore en vie.

Deux jours s'écoulent dans ces mêmes paysages fertiles, avant que nous n'atteignions enfin la cité d'Anfa.

J'embrasse du regard les imposants murs de torchis qui me dépassent de quelques têtes à peine, mais s'étirent à perte de vue. Les hautes herses rouillées poussent un long soupir grinçant en s'élevant pour révéler une foule grouillante sur un décor de logis en stuc étonnamment coloré. Je suis assaillie d'images, de sons, d'odeurs : un contraste saisissant après le vide du désert, des montagnes et des paisibles campagnes que nous venons de traverser. Au cliquetis métallique se mêle une cacophonie de cris, de rires et de musique. Les effluves d'encens laissent bientôt place aux arômes alléchants de viandes grillées et d'épices qui s'échappent des patios, accentuant encore les vertiges de cette faim qui me tenaille déjà.

Toutes ces odeurs me ramènent à l'époque où je suis venue ici avec Baaba, il y a tant d'années. Je me souviens des porches en arcade et des arabesques en mosaïque, des ruines d'un lointain passé oublié autour duquel la cité s'est construite.

Nos ravisseurs nous guident aisément à travers un dédale de venelles sinueuses. Je me demande comment ils se repèrent dans ce labyrinthe. « La cité aux mille ruelles », c'est le nom que Baaba lui avait donné.

Nous finissons par arriver dans le quartier commerçant. Chaque métier a son propre secteur : les tanneurs pataugeant jusqu'aux genoux dans des cuves de teinture collées les unes aux autres en un nid d'abeilles multicolore ; les tisserands vendant des tapisseries aux motifs époustouflants de complexité et de raffinement ; les herboristes agitant leurs odorantes concoctions sous le nez de nos ravisseurs, qui les repoussent de la main comme des mouches. Je n'ai pas le temps d'enregistrer tous les détails, car ils nous entraînent à marche forcée vers un vaste espace couvert qui ressemble à une aire de repos pour les dromadaires.

Des hommes viennent à la rencontre de nos tortionnaires. Ils nous font passer une nouvelle ration de pain rassis et versent de l'eau dans les auges en nous faisant signe d'approcher pour boire. *Comme des animaux.* Je ne peux pas retenir cette pensée. Mais j'ai vite fait de l'oublier, dès que les premières gorgées coulent dans ma gorge desséchée. Le dromadaire contre lequel j'ai dormi tant de nuits se penche à côté de moi pour aspirer l'eau à grand bruit et lui faire remonter son long cou. Nous avons quitté le désert depuis des jours, mais je crois que je ne pourrai jamais étancher cette soif dévorante.

Un coup de vent vient soudain me souffler aux oreilles. Je lève la tête et inspire à pleins poumons. La brise est imprégnée de sel. Je ne peux pas voir la mer, mais elle ne doit pas être loin.

Nos ravisseurs détachent les dromadaires de la caravane pour les attacher à des poteaux, laissant deux hommes pour les garder pendant que les autres nous conduisent, moi et les villageois, jusqu'à une vaste place carrée avec une estrade de bois branlante au centre. C'est probablement là que se tiendra la vente aux enchères.

Un simple coup d'œil à notre caravane suffit à réveiller mon inquiétude. Sans les dromadaires, la file est bien courte ! Le désert a fait plus de victimes que je ne le pensais, non pas juste Ampah. Et les rares survivants ne sont plus guère que des squelettes ambulants. Moi y compris.

À force de nous pousser et de nous malmener, les marchands d'esclaves parviennent à nous aligner en bon ordre autour de la plateforme. Dès qu'ils remarquent notre présence, des gens se rassemblent autour de nous, de plus en plus nombreux.

Des gens qui veulent nous acheter.

J'en ai des crampes d'estomac. Quel genre de vie m'attend ici ? Le plus probable, c'est que quelqu'un va me prendre pour travailler dans sa ferme ou servir dans sa maison. Mais rien ne dit que je n'irai pas à un autre marchand qui m'emmènera au-delà des océans et me revendra. Al-Andalus, c'est le nom que l'on donne au royaume de l'autre côté de la mer, disait Baaba. Je ne sais pas ce qu'on fait des esclaves là-bas. Je ne suis jamais allée plus loin qu'Anfa. En dehors de son nom, je ne sais rien d'Al-Andalus. Cette perspective m'emplit d'angoisse. Mon avenir tout entier dépend de qui m'achètera et de ce qu'on voudra faire de moi.

Je passe en revue les visages dans la foule qui se presse autour de l'estrade, à la recherche d'un indice de… je ne sais pas. De bienveillance ? De compassion ?

Non. Même si j'en trouvais (même si je pouvais choisir avec qui je partais), ça ne changerait rien. Ampah est morte, mais ma famille est toujours là, quelque part. Alors je vais devoir trouver le moyen de m'échapper. De retourner au Wagadou. Par tous les dieux, ça prendra le temps qu'il faudra, mais je retrouverai Ma et Kamo et Goleh, et, ensemble, nous commencerons une nouvelle vie.

Un des marchands monte sur l'estrade et désigne du doigt un jeune garçon dégingandé en tête de file. Deux de ses comparses le détachent alors pour le pousser sur la plateforme de bois. Quand je le reconnais, mon sang se glace dans mes veines.

Masireh.

Le marchand braille une sorte de réclame, assez fort pour que tout le monde l'entende. Il montre du doigt les bras et les jambes de Masireh, puis lui empoigne la mâchoire et lui ouvre la bouche pour exhiber sa dentition. Il y a trois mois, Masireh lui aurait craché au visage pour lui faire payer pareille humiliation. Aujourd'hui, il se tient juste là, inerte et décharné, comme une tige d'herbe à chaume séchant sur pied.

Les autres marchands d'esclaves ricanent, révélant leurs dents jaunes et pourries. Je détourne les yeux, prise de nausées.

Une main brandit une bourse au-dessus de la foule. Son propriétaire joue des coudes pour se frayer un chemin vers le premier rang. C'est un ancien, à la peau comme délavée. Le marchand s'agenouille au bord de l'estrade et se saisit de la bourse. Il vide les six pièces d'or dans sa paume calleuse et pousse Masireh vers le vieil homme en lui rendant sa bourse plate.

Masireh n'a jamais eu que de la cruauté envers moi. Il n'empêche que ça me fait mal au cœur de le voir baisser la tête, résigné, et disparaître avec l'acheteur au coin d'une ruelle.

Le marchand désigne, à présent, le deuxième de la file. Pendant que les futurs acquéreurs lancent leurs enchères, je remarque un individu, grand et mince, au premier rang. Sa peau est encore plus noire que la mienne et il est vêtu d'une tunique rouge et or de la plus fine étoffe, accompagnée d'un couvre-chef rond orné de délicates broderies : la mise d'un homme riche, d'un noble ou, plus probable, d'un négociant.

Il crie quelque chose. Aussitôt, la foule se tait, soudain immobile.

Puis il pointe l'index dans ma direction en brandissant une grosse bourse rebondie.

Je retiens mon souffle. Déjà, deux caravaniers commencent à me détacher.

Quoi ?

Je n'ai même pas le temps de frotter mes poignets qu'ils me ligotent avec une nouvelle corde. Ils me tirent brutalement pour me faire contourner l'estrade et me poussent vers le riche négociant.

Celui-ci me détaille des pieds à la tête en passant sa langue sur ses lèvres craquelées avec une lubricité qui me fait bouillir de fureur, tandis que ma gorge se noue sous l'effet de la peur. Il me tourne autour comme un vautour et marmonne quelques mots dont je n'ai aucun mal à deviner la signification.

Je sens soudain qu'on m'empoigne la fesse. Mon sang ne fait qu'un tour. La rage qui m'habite se déchaîne et bande mes muscles. La main de l'acheteur remonte lentement vers ma taille et rampe plus haut pour me caresser rudement à travers mon caftan, suscitant les rires des hommes du marché.

Je pivote d'un bloc et lui donne un coup de tête. De toutes mes forces.

Il hurle en reculant d'un pas chancelant. À peine a-t-il recouvré l'équilibre qu'il lève la main sur moi. Je ferme les yeux, me préparant déjà à recevoir une gifle.

— *Aieeeeeaaa !*

Ce n'est pas sa paume qui me frappe l'oreille, mais un cri strident.

D'où vient-il ?

Un murmure court parmi les marchands et la foule des acquéreurs. Ils jettent des coups d'œil nerveux en tous sens.

Le négociant empoigne soudain mes tresses pour me tirer violemment la tête en arrière. Du coin de l'œil, je le vois balayer la place du regard, cherchant à localiser l'origine du cri.

Une sagaie passe au-dessus de nous, zébrant l'espace comme un éclair. Elle survole la foule pour venir se ficher dans le plancher de la plateforme derrière moi.

Au nom de Legba, qu'est-ce que... ?

J'obtiens la réponse avant même d'avoir fini de formuler la question. Quand je la vois, je me dis que je dois rêver.

Une femme à la peau aussi pâle qu'un os et aux cheveux couleur de nuit bondit d'une des maisons qui bordent la place, exécutant un incroyable saut retourné du haut du balcon pour atterrir, ramassée sur ses jambes, derrière la foule des acheteurs.

Elle n'a rien de commun avec aucune femme que j'aie jamais vue. Ses longs cheveux noirs, plats comme une planche, encadrent des joues aussi livides que celles d'une morte. Mais tout le reste de son corps n'est qu'une ondulation de muscles sculptés. Malgré la chaleur, elle porte un gilet de fourrure orné d'une tête d'animal que je ne reconnais pas, avec une énorme gueule ouverte découvrant des crocs terrifiants.

Son regard d'un bleu étonnamment clair croise le mien et c'est comme si on m'avait versé un seau d'eau glacée sur le crâne : j'en frissonne de la tête aux pieds.

Le pommeau de sa lame scintille comme pour attirer mon attention et je baisse les yeux sur le fourreau qu'elle tient à la main. Je ne peux pas voir l'épée elle-même, mais je perçois tout de suite le puissant *nyama* qui émane des incrustations dans la garde d'argent.

Des inscriptions magiques.

Elle fait passer son fourreau d'une main à l'autre et l'épée décrit une courbe au-dessus d'elle. Je reste bouche bée en la voyant s'élever dans les airs, miroitant au soleil.

— *Valhalla !*

Le cri est grave, si rocailleux que je peine à croire qu'il sort de sa bouche.

De sa main libre, elle rattrape la poignée de son épée et, dans le même mouvement, fend les airs pour fendre l'homme le plus proche en deux.

Je crois que ma mâchoire se décroche.

— Les Majous ! Les Majous !

Tout autour de moi, un chœur de cris affolés.

« Majous ». *Je connais ce mot.*

Mais j'ai l'esprit vide. Partout, c'est le chaos. Les marchands d'esclaves crient en fonçant, l'arme au clair, sur l'inconnue. Les acheteurs se bousculent et se piétinent mutuellement dans la débandade pour fuir la place. Toujours encordés, les villageois tentent de s'échapper, chacun dans une direction différente, et finissent par s'entraîner les uns les autres dans leur chute.

Le négociant se replie à son tour, resserrant le poing sur mes tresses pour me tirer à sa suite.

— *Valhalla !*

Je redresse la tête juste à temps pour apercevoir deux autres femmes à la peau pâle sauter de balcons entourant la place et s'élancer aux côtés de la première. Celle de droite n'est pas très grande, mais elle est solidement charpentée, avec une peau teintée de rose et des cheveux qui ressemblent à de la paille fauchée rase. Elle tient une hache dans chaque main. Celle de gauche, sorte de liane avec une seule grosse tresse qui lui tombe jusqu'aux reins, brandit une épée et un bouclier de bois jaune avec un oiseau noir peint de chaque côté. Déjà, le bouclier se lève pour bloquer le coup du premier marchand d'esclaves.

C'est alors que le combat commence vraiment.

La première femme ne porte pas de bouclier. Il devient vite évident qu'elle n'en a pas besoin. Véritable tornade, elle tournoie, parant les coups avec son épée et moissonnant les marchands d'esclaves au passage. Béate d'admiration, je la regarde embrocher l'un, repousser son corps du pied, puis se tourner de côté et sectionner le bras de l'autre avant même qu'il n'ait le temps de brandir son arme. Un large sourire illumine son étrange visage, alors qu'elle sème les cadavres dans son sillage. C'est de la pure jubilation, une jouissance animale et féroce. La femme à sa droite affiche une expression beaucoup plus concentrée alors qu'elle plante une de ses haches dans le cou d'un marchand. Le sang jaillit de la plaie et il s'effondre. Au même moment, celle de gauche se rue à l'assaut, abattant son bouclier pour en désarmer un autre.

Ma vue est brusquement bouchée par l'arrière de la plateforme : le négociant m'entraîne hors de la mêlée.

La colère déferle dans mes veines et je me sens renaître. Plantant mes talons dans la terre battue, je me projette en arrière. Mon dos percute son torse de plein fouet.

Il pousse un grognement sourd et vacille. J'ai toujours les mains liées, mais ça ne m'empêche pas de lui envoyer un coup de coude qui lui explose le nez. Comme il porte les mains à son visage en sang, je me laisse tomber et glisse ma jambe sous les siennes, le fauchant net.

Je me retourne pour m'enfuir... et percute un marchand d'esclaves pris de panique qui court en sens inverse.

La surprise dure une fraction de seconde ; il n'en faut pas plus à mon nouveau maître.

Une main de fer se referme sur ma cheville juste avant que je morde la poussière.

J'en ai le souffle coupé. Je lutte encore pour réussir à respirer quand il m'attrape une fois de plus par les cheveux et m'entraîne de nouveau, s'éloignant de la place pour échapper à la tourmente.

Lisa m'aveugle. Des taches noires dansent devant mes yeux. Je sens le sol rocailleux me racler le dos. Je frappe la main qui me tire de mes poings liés, encore et encore. Une vive douleur me vrille l'épaule. Je hurle.

Ma combativité m'abandonne d'un coup. Mon corps devient inerte. Le négociant se penche au-dessus de moi, menaçant, une lame à la main, un regard assassin dans les prunelles.

Je n'ai plus rien, soudain, du cœur vaillant que mon père m'a appris à être. Je ne suis plus qu'une pauvre petite fille sans défense.

Je me suis battue, pourtant. Je me suis battue de toutes mes forces. Mais ça n'a servi à rien.

Je vais mourir.

Bats-toi plus fort, ma fille, m'encourage Baaba dans ma tête. *Aie foi en toi : tu es plus forte que ton ennemi.*

Pardon, Baaba. *Je ne peux pas.*

Je ferme les yeux.

Mais un horrible bruit de succion me pousse à les rouvrir. Le sang gicle, m'éclabousse la figure. Une lame dépasse de l'une des orbites du négociant embroché dans le dos. Sa mâchoire inférieure tombe. Son corps s'affaisse, basculant sur le côté pour révéler une silhouette derrière lui.

Clignant des paupières, je lève un regard incrédule vers la femme à la peau d'ivoire qui se dresse au-dessus de moi. Son œil gauche est comme une dague de glace déchirant le rideau noir de ses longs cheveux raides pour se planter dans les miens.

C'est Mawu. L'autre face de Lisa le lumineux : l'obscurité, celle qui détient le pouvoir de vie et de mort sur le monde.

La déesse elle-même est venue à mon secours.

Le silence s'installe entre nous. Le temps ralentit. Les cris et la clameur au loin ne sont plus qu'un grondement assourdi.

Elle me dit quelque chose. Les consonnes liquides de sa mystérieuse langue contrastent étrangement avec son ton dur et sa voix aussi râpeuse qu'une meule de pierre. Toujours paralysée de stupeur, je ne peux que la regarder fixement, ébahie.

Elle répète ce qu'elle vient de dire, d'un ton plus pressant, cette fois. Je secoue la tête pour tenter de lui signifier que je ne la comprends pas.

Un cor résonne quelque part au cœur de la cité. Elle tourne la tête dans sa direction et grogne. Avant que je n'aie le temps de savoir ce qui m'arrive, elle fait remonter sa lame d'un coup de poignet et sectionne la corde qui me lie les mains.

Prise de vertiges, je dois faire un effort pour réussir à m'asseoir. La femme fait rapidement les poches du cadavre du négociant et fourre une bourse pleine sous son gilet, avant de se relever pour s'éloigner à petites foulées. Et puis, subitement, elle s'arrête et me jette un coup d'œil par-dessus son épaule.

Une interrogation muette plane entre nous un instant, sa signification évidente malgré la barrière des langues qui nous sépare.

Des images me viennent soudain à l'esprit : son épée décrivant un arc de cercle dans l'espace ; cette expression d'exultation bestiale sur son visage quand elle a fendu ce misérable en deux...

J'ai passé six longues années à me cacher, honteuse de ma propre sauvagerie. Au fond de moi, j'en suis venue à croire que j'étais vraiment possédée, *jugu.* Alors j'ai dressé un barrage pour contenir cette brutalité, pour la garder enfermée là où elle ne pourrait nuire à personne, ni aux autres, ni à moi.

Mais elle, elle est féroce et n'en a pas honte. Pas plus que ses compagnes. Ce sont des *guerrières.* Je ne comprends pas comment c'est possible... mais c'est pourtant vrai.

Avant même que le cor ait retenti une deuxième fois, ma décision est prise.

Je me relève tant bien que mal et m'élance à sa suite. Mes jambes me font vite sentir qu'elles ne sont pas d'accord, mais je les force à s'aligner sur le martèlement cadencé de ses pas, alors qu'elle regagne la place à longues enjambées. Le marché est pratiquement désert, maintenant : les marchands d'esclaves et leurs clients sont déjà morts ou ont fui. Les deux femmes fouillent les cadavres qui jonchent le sol. Je cherche des yeux les gens de mon village, mais je ne les vois pas parmi les corps. Ils ont dû réussir à s'échapper.

Au moment où nous passons devant elles en courant, l'inconnue aux cheveux noirs crie quelque chose aux autres. Elles se relèvent aussitôt pour nous emboîter le pas.

Nous nous arrêtons brusquement toutes les quatre en arrivant au pied de l'enceinte qui sépare la cité de la mer. De l'autre côté, à environ un jet de pierre sur notre gauche, nous parviennent d'épouvantables hurlements et le fracas du fer croisant le fer. Voilà pourquoi aucun renfort n'est venu sur la place : c'est là que se joue la vraie bataille, là que tous les gardes de la cité sont concentrés. Là aussi que doit se trouver la porte qui donne accès à la mer. Seulement, il n'existe aucun moyen d'y accéder sans quitter la place et s'aventurer dans le dédale de ruelles qui y mène. Et, de toute façon, d'après ce qu'on entend, jamais nous ne réussirions à nous en sortir.

Que faire alors ?

La femme aux cheveux noirs se saisit brusquement d'une hache glissée à sa ceinture pour en frapper l'enceinte de toutes ses forces. Au premier coup, la lame rebondit, mais au suivant, elle se plante dans le mur et tient bon.

J'en reste sidérée. Je n'ai jamais vu de lame assez solide pour fendre des briques de torchis.

Elle empoigne le manche à deux mains, se propulse à la verticale et balance ses jambes par-dessus le bord de l'enceinte avec une agilité stupéfiante. Une fois de plus, je me demande si elle n'est pas une déesse qui aurait pris forme humaine.

De son poste, à califourchon sur le mur, elle tire les deux autres femmes pour les faire passer. Puis elle me tend la main.

Je jette un dernier coup d'œil à la place du marché par-dessus mon épaule.

Non, par là, il n'y a pour moi que la mort. Ce qui veut dire qu'il ne me reste qu'une direction à prendre.

Droit devant moi.

J'attrape sa main.

De l'autre côté de l'enceinte, mes jambes endolories s'enfoncent dans le sable blanc d'une grande plage. J'écarquille les yeux en découvrant la bataille dont ne nous est jusqu'ici parvenu que le bruit.

Sur notre gauche, une horde d'hommes blancs comme de l'os sont aux prises avec les gardes d'Anfa dans un combat sans merci.

Non, pas un combat : un massacre.

La plupart des gardes sont déjà tombés, teignant le sable de leur sang. Les survivants sont cernés, assaillis de toutes parts, sauf du côté de la porte, derrière eux, sur laquelle ils frappent désespérément de leurs armes. C'était donc ça, le vacarme que nous percevions de l'autre côté du mur.

Mais la porte ne s'ouvrira pas.

Les hommes pâles se jettent sur les malheureux survivants avec voracité, les tailladant à l'envi, les transformant en charpie comme des vautours déchiquetant une carcasse de buffle. Ce spectacle a beau me retourner l'estomac, je ne parviens pas à en détourner les yeux. Les hommes pâles se battent comme s'ils étaient prêts à accueillir la mort avec joie, tout en sachant qu'elle ne viendra pas.

Comme si, par le seul fait d'y penser, je les avais fait apparaître, des renforts arrivent de l'intérieur de la cité.

Des archers.

Je suis prise de panique. Une poignée d'hommes couleur d'os tombent. Projetée dans les airs par l'un des leurs, une hache tournoie dans l'espace pour venir frapper un des archers entre les yeux. Le sang gicle de son front alors qu'il bascule du haut du mur pour s'aplatir dans le sable.

Nous entraînant toutes les trois à sa suite, la femme aux cheveux noirs fonce vers la mer et aboie quelque chose aux hommes. Ses paroles semblent se propager dans les rangs et, bientôt, les guerriers se replient.

Tous ces soldats obéiraient-ils à ses ordres ?

Une femme ? À la tête d'une *armée* ?

Comment c'est possible ? Mon cœur se gonfle d'étonnement et d'admiration.

Une flèche siffle à mon oreille, effaçant d'un seul coup toutes mes interrogations. La femme aux cheveux noirs grogne quand le trait lui érafle l'extérieur de la cuisse, mais elle ne ralentit pas pour autant. Les deux autres nous doublent, alors qu'un homme couleur d'os tombe à son tour sur notre gauche. Je tire sur mes jambes avec l'énergie du désespoir, repoussant le sable à chaque foulée. Les cuisses me brûlent sous la violence de l'effort. On dirait que le sable refuse de me laisser partir, comme s'il voulait engloutir cette vie qu'il n'avait pas pu me voler dans le désert.

Il faut une éternité pour nous mettre hors de portée des archers, ce qui ne nous empêche pas de continuer à courir de toutes nos forces. Encore un peu et mon cœur va faire éclater ma cage thoracique.

Et puis je finis par comprendre vers quoi nous courons.

Des dragons.

Non, pas des dragons : des *bateaux*-dragons. Deux douzaines, peut-être, surplombant les embarcations des marchands amarrées aux pontons. Ils ont tous des voiles rayées vert et blanc, et se tiennent incroyablement haut. On dirait presque qu'ils flottent au-dessus de la surface de l'eau, comme des insectes sur une mare. Du haut de chaque proue, une tête de dragon nous toise et, sur les ponts des navires, d'autres hommes à la peau d'ivoire s'activent, remontant les ancres et mettant les rames à l'eau.

Je ne vois aucune autre femme.

Les soldats de la plage s'avancent à présent dans la mer, bientôt hissés par leurs camarades à bord des bateaux, étonnamment plats pour leur taille. J'entre dans les flots à la suite des trois guerrières. Nous pataugeons pratiquement jusqu'aux épaules avant d'être à notre tour tirées à bord du dernier navire, le seul qui ait des voiles rayées rouge et blanc.

La femme aux cheveux noirs aboie aussitôt ses ordres et l'embarcation s'élance vers le large. Un douloureux élancement me saisit quand je heurte le pont de plein fouet. Je roule sur le flanc, aspirant à pleine bouche l'air marin dans mes poumons asphyxiés. J'essaie de me relever, ma tête tourne et mes genoux se dérobent sous mon poids. J'agrippe à deux mains le bord de la coque et jette un coup d'œil par-dessus bord, pour regarder la baie d'Anfa s'éloigner.

Les ténèbres rôdent aux limites de mon champ de vision. Et, tout à coup, je sens une extrême fatigue s'abattre sur moi. Je prends alors conscience d'un picotement dans mon épaule. Quand je baisse les yeux, je vois une fleur de sang s'épanouir sur le jaune de mon caftan déchiré.

Une voix rauque s'abat soudain sur moi comme une vague. Je me tourne pour lui faire face, mais n'aperçois que deux rideaux de nuit encadrant des yeux d'un bleu perçant.

Je me sens perdre pied… et c'est le noir complet.

11

YAFEU

Des éclairs de lucidité au cœur de la tourmente. Une douleur à l'épaule, cuisante. On me force à m'asseoir. On me verse du bouillon chaud salé dans la gorge, aussitôt régurgité par-dessus bord. Grelottante dans l'obscurité contre l'épaisse fourrure hirsute d'un animal qu'au toucher je ne reconnais pas. Ma peau dégoulinante de sueur ou de pluie. Le brouillard blanchâtre d'étoiles qui tourbillonne à travers le ciel bleu-noir au-dessus de moi. Le vent qui hurle contre la pluie comme le lycaon hurlait à la mort, cette nuit-là, la dernière nuit que j'ai passée dans les bras de ma mère.

Je l'ai entendu agoniser, même de l'autre côté de la Rivière-Blanche – oui, je suis sûre que c'était lui, c'était forcément lui. C'est le message qu'il est venu me délivrer : il allait mourir. Et je vais mourir, puisque mon *nyama* est lié au sien. À un moment, je crois voir la terre. À un moment, je *me* vois à terre, même si je suis toujours sur le bateau. Mais elle s'éloigne de nouveau, et je suis ballottée, encore et encore, blottie dans les bras ondoyants d'Agbé et Naété, les dieux de l'eau, lui-même, elle-même, eux-mêmes…

***

Quand mon esprit revient à la réalité, c'est le calme après la tempête. En reprenant conscience de mon corps, je me sens mieux. Ça fait même bien longtemps que je ne me suis pas sentie aussi bien. Je porte immédiatement la main à mon cou, soulagée que le petit loup vert soit toujours là.

Les pluies ont cessé et Lisa est haut dans le ciel. Ce doit être la mi-journée ; mais de quel jour ?

Je me redresse avec raideur, frappée par un froid saisissant. Même sous les rayons aveuglants de Lisa, je suis glacée jusqu'aux os. Je m'emmitoufle dans l'étrange fourrure enroulée autour de mes épaules. Sur la face extérieure, les gros poils hérissés sont trempés, mais, bizarrement, la face intérieure est restée sèche.

Je n'ai donc pas rêvé : il y a vraiment eu une tempête. Si la colère d'Agbé a été aussi violente que dans mon souvenir, c'est un miracle que le bateau ait résisté.

Et la blessure ? Je saignais…

Ma main se pose instinctivement sur mon épaule. Quelqu'un doit l'avoir soignée : la plaie est refermée. Elle est encore sensible, et j'aurai une cicatrice mais, au moins, je suis vivante.

Je suis *vivante.*

En me levant, je prends conscience, consternée, de la faiblesse dans mes cuisses alors qu'elles s'adaptent au balancement régulier du bateau. Le vent me rabat mes tresses effilochées en pleine figure. Quand je les rejette en arrière, mon regard tombe sur l'étroit pont de bois qui s'étire, tout en longueur, jusqu'à la tête de dragon. C'est là que se trouve la femme qui m'a sauvée. Se retenant d'une main à la proue, elle se penche au-dessus de l'eau, avec ses longs cheveux noirs qui claquent au vent comme des langues de feu malmenées par la brise. Elle est flanquée des deux autres femmes, qui portent, l'une et l'autre, des fourrures comme la mienne et se parlent à voix basse.

Cette même brise indomptée gonfle l'énorme voile carrée et le dragon que nous chevauchons fend les mers à une vitesse stupéfiante. Les rames ont été remontées à bord, sauf une, dont un homme semble se servir pour barrer. Les autres membres de l'équipage se reposent sur le pont ou règlent les cordages de la voile, bandant les muscles saillants de leurs bras puissants sous l'effort.

J'ai beau jeter des regards circulaires, hormis la flotte de bateaux qui nous suivent, je ne vois alentour que des vagues placides. Un désert d'eau.

Je titube vers les trois femmes, manquant plusieurs fois de trébucher sur les planches de bois imbriquées alors qu'Agbé et Naété bondissent sous mes pieds. Les hommes tendent le cou à mon passage. La puanteur qui émane de leurs corps est si forte qu'elle me fait presque suffoquer.

En me rapprochant de la proue, je remarque que la femme aux mèches de paille, la plus trapue, celle qui se battait avec des haches, regarde dans la mer avec attention, comme si elle s'attendait à voir émerger quelque chose de l'immensité bleue. Et puis je la reconnais : c'est elle qui m'a nourrie pendant la nuit. Elle marmonne quelque chose à la brune aux longs cheveux qui lui répond sur le même ton.

Comme si elle m'avait sentie approcher, la brune lâche la proue pour se retourner vers moi, ses longs cheveux balayant sa ceinture dans le mouvement. Je m'étonne de ne la voir porter qu'une simple tunique au lieu de son effrayant gilet ; cette image d'elle avec la tête d'un animal terrifiant sur la poitrine n'était peut-être que le fruit de mon imagination ? Ses yeux bleu acier me foudroient comme un éclair de Sogbo me frappant en plein cœur.

Elle me dit quelque chose avec cette voix… comme celle d'un homme, mais avec une sorte de grâce sauvage qui n'appartient qu'à elle. Je secoue la tête pour lui faire comprendre que je ne parle pas sa langue. Ses mots ont une sonorité mélodieuse, ondoyante et fluide comme l'océan lui-même.

Je m'accorde un petit moment pour étudier son visage. Aux lignes que le temps a dessinées sur son front et au coin de ses yeux, je devine que la jeunesse s'est depuis longtemps enfuie pour laisser place à la sagesse. Elle a peut-être été jolie autrefois, mais je ne parviens pas à l'imaginer sans ce côté farouche, presque animal, même enfant. Sa nature sauvage est gravée dans ses traits. Là où les hommes sont rudes, il lui a fallu être une femme plus rude encore.

Les Majous. C'est le nom que leur donnaient les marchands d'esclaves là-bas, à Anfa.

Les souvenirs me reviennent d'un coup. L'histoire que Ma me racontait… Mais oui ! Tout s'explique ! Mon cœur bondit dans ma poitrine.

C'est pour ça que Baaba est parti : pour naviguer avec les Majous !

— Yafeu.

Le croassement m'arrache une grimace alors que mes lèvres desséchées se fissurent pour articuler les syllabes.

La femme aux cheveux noirs me tend une cruche d'eau que je vide d'un trait. De la main, elle congédie ses compagnes qui rejoignent les hommes chargés du maniement de la voile, nous laissant seules. Puis elle s'adosse à la tête de dragon, assise en équilibre précaire, et, d'un geste si vif que je n'arrive pas à le suivre, se saisit de la dague glissée dans un fourreau sanglé à son mollet pour la plonger dans une sacoche pendue à sa ceinture. Je réprime un mouvement de recul.

Quand elle la retire, un genre de fruit violacé est embroché sur sa dague. Rien que de le voir, je salive déjà. Avec un sourire goguenard, elle fait glisser le fruit le long de la lame pour le couper en quartiers, et c'est seulement quand je m'arrache à cet appétissant spectacle que je m'en rends compte : elle attend la suite.

Alors, je répète :

— Yafeu. Mon père : Yafeu. Vous le connaissez ?

Plus je parle, plus ma voix s'affirme, adoucie par le miel de ma langue natale. *Ça fait combien de temps que je n'ai pas parlé ?* Une drôle de sensation se répand dans ma bouche, comme si elle était affamée de mots.

Je me demande à quelle distance se trouve la personne la plus proche qui parle soninké. À combien de jours de bateau, de dromadaire, de marche ?

La femme secoue la tête et me tend un quartier de fruit. Ses doigts calleux raclent ma paume quand je le prends.

C'est à la fois sucré, juteux, et frais sur ma langue. Soit je suis vraiment morte de faim, soit je n'ai jamais rien goûté d'aussi bon de toute ma vie. Les deux peut-être.

Elle en gobe une tranche.

— Prune, articule-t-elle, tandis que du jus dégouline sur son menton entre chaque bouchée.

Elle me présente le reste du fruit.

Je hoche la tête pour lui faire savoir que j'ai compris.

Je répète, en le désignant :

— Prune.

Elle m'en donne un autre quartier, avant de se frapper la poitrine en prononçant :

— Alvtir.

Elle me dit son nom. J'avale ma salive et j'essaie d'imiter les sonorités liquides :

— Aaa-elle-vé-tire.

Ma langue peine à les reproduire.

Elle acquiesce de la tête et me montre du doigt.

— Yafou.

Elle croit que c'est mon nom. Ce qui veut dire qu'elle n'a jamais entendu parler de Baaba. Mon cœur se serre – sensation qui ne m'est devenue que trop familière au cours des dernières lunes. Ce sont les Majous, n'est-ce pas ? Et Baaba est parti naviguer avec les Majous, non ?

Elle me pose une autre question qu'elle ponctue d'un nouveau « Yafou ». Je secoue la tête une nouvelle fois, gênée sans trop savoir pourquoi.

Sa lèvre se retrousse sur un de ses sourires en coin. Elle referme alors la main sur mon épaule valide pour l'étreindre de sa poigne de fer à travers l'épaisse fourrure qui la couvre, puis tourne le regard vers la mer en marmonnant dans sa barbe.

Ce qui signifie « fin de la conversation », j'imagine, pour le moment, du moins. Tant que je n'aurai pas appris sa langue, nous ne pourrons rien nous dire de plus.

Lisa se couche sur notre gauche et, le matin, se lève sur notre droite : nous faisons donc route vers le nord. Même si ça me rassure un peu d'avoir recouvré mon sens de l'orientation, savoir dans quelle direction je vais ne m'avance pas à grand-chose.

Le froid semble me déranger plus que mes compagnons de voyage. Les guerriers au teint d'ivoire ont l'air aussi à l'aise en pleine mer que je le suis sur les terres brûlées du Wagadou. Pas étonnant que leur langue claque comme le vent qui gonfle leurs voiles et ondoie comme les vagues qui portent leurs navires si agiles.

Je me demande ce que Baaba a ressenti quand il a entrepris cette expédition. Les vagues s'accordaient-elles à la vibration de son *nyama*, ou chaque fibre de son corps réclamait-elle la sécurité de la terre ferme, comme mon propre instinct en ce moment ? Dans le récit de Ma, il invoquait Agbé et Naété à volonté… Mais c'était juste une histoire. Comment Ma aurait-elle pu tout savoir de ses aventures avec les Majous après son départ, alors qu'il nous avait déjà quittés ?

Pourtant, l'idée que mon père ait survécu, qu'il ait fait fortune sur ces mêmes eaux, me met du baume au cœur, allégeant un peu le supplice que j'endure depuis plusieurs lunes. Quelle que soit notre destination, il doit bien y avoir, là-bas, quelqu'un qui le connaît. Peut-être qu'il y sera lui-même, en chair et en os ?

Mais à mesure que les heures s'accumulent, un étrange malaise s'empare de moi. J'ai eu beau passer en revue tous ces visages indistincts sur les bateaux qui nous suivent, je n'ai vu personne avec une peau comme la mienne. J'ai l'impression d'être un corbeau solitaire au milieu d'un vol de colombes. Mes doigts reviennent sans cesse caresser le petit loup pendu à mon cou : le dernier gage d'affection de Ma, preuve de l'existence de cette famille à laquelle j'ai été arrachée. Mais, non, je ne céderai pas aux larmes. Pas devant Alvtir, jamais.

Pour penser à autre chose, je tourne mon attention vers les autres femmes.

Elles paraissent avoir à peu près le même âge : nettement plus jeunes qu'Alvtir, c'est certain, mais plus vieilles que moi, de plusieurs années au moins. Une image me revient en tête, une bribe de souvenir bref et flou : les longs bras fuselés de la plus grande des deux m'enveloppant dans cette fourrure que je porte encore, pendant la tempête. Elle a la souplesse du roseau et des cheveux du même brun clair que la petite gerbille des sables, avec toutes ces mèches échappées de sa grosse tresse qui lui tombe jusqu'au bas des reins, virevoltant librement dans le vent. Je l'observe tandis qu'elle plaisante avec les hommes d'équipage. Elle évolue parmi ces farouches guerriers avec aisance, comme si elle était l'un d'entre eux. Elle rit fort et souvent, et j'avoue qu'elle me plaît bien. Elle n'est pas particulièrement jolie, pas comme Ampah ou Ma, mais elle a une façon de se tenir, une sorte de grâce naturelle qui incite les hommes à la suivre des yeux. Ils se retournent vers elle quand elle parle et, même si je ne peux pas comprendre ce qu'elle dit, je sais que c'est elle qui mène la conversation.

De son côté, la seule personne qu'elle ne peut quitter des yeux, c'est l'autre femme, la robuste guerrière aux cheveux de paille fauchée ras, aussi calme et stoïque qu'elle-même est joviale et expansive. Mais je la revois encore se battre à Anfa : si elle est avare de mots, elle sait assurément faire parler ses haches. Elle passe d'ailleurs presque tout son temps à les affûter avec une pierre à aiguiser, ou à observer l'eau, sans bouger, les bras croisés, échangeant de temps à autre avec Alvtir – qui aboie alors ses ordres au barreur, lequel les exécute en faisant les quelques ajustements nécessaires pour maintenir notre cap. Je me demande bien quels indices elle glane dans l'eau, qui paraît toujours inchangée à mes yeux de non-navigatrice. Peut-être qu'Agbé et Naété envoient des signes qu'elle seule sait interpréter.

La robuste guerrière regarde la femme souple comme un roseau, le roseau lui rend son regard, et le *nyama* qui circule entre elles me dit qu'elles n'existent que l'une pour l'autre. Je me demande si les hommes le voient ou s'ils les laissent tranquilles par respect pour Alvtir. Ou par *peur* d'Alvtir. Le bateau a beau être très étroit, tout le monde à bord réussit à rester à distance respectueuse de cette dernière.

À un moment, le vent tombe et les rames sont de nouveau mises à l'eau. L'un des hommes me pousse vers une place libre au bout d'un banc et m'en fourre une dans les mains. Prise de court, je jette un coup d'œil interrogateur à Alvtir, qui, pour toute réponse, m'adresse un regard si sévère que je m'assieds et me mets à ramer sans rechigner, malgré ma douleur à l'épaule qui se réveille.

C'est plus tard, ce jour-là, qu'une haute masse verte se dresse à l'horizon, provoquant un concert d'acclamations et de hourras à bord de tous les navires. Nous nous dirigeons vers l'est, Lisa dans notre dos, poussés par la marée vers l'intérieur des terres, suivant la mer alors qu'elle s'étrécit en une sorte de fleuve d'eau salée. L'air se réchauffe à mesure que les montagnes, de part et d'autre, se referment sur nous.

Comment ne pas s'émerveiller devant ces collines qui se dressent sur notre passage ? Je n'en ai jamais vu d'aussi vertes. Pas un pouce de terrain qui ne soit envahi d'arbres et de broussailles. Comme nous nous en approchons, je plisse les yeux pour tenter de mieux discerner cette étrange végétation. Certaines des feuilles sont pointues et ressemblent à des aiguilles, un peu comme les poils de la fourrure que je porte sur mon dos. C'est la première fois que je vois des arbres avec des aiguilles en guise de feuillage et je me perds un instant dans la contemplation de ce mystère.

Le fleuve serpente entre les collines, s'insinuant de plus en plus profondément dans les terres. Lisa disparaît derrière les nuages, alors que nous parvenons enfin à destination. C'est un endroit appelé Skíringssal – c'est du moins ce que j'ai cru comprendre d'après les cris enthousiastes de l'équipage. Notre navire et la majorité des autres bateaux se dirigent vers le port. Mais certains continuent à remonter le fleuve, scindant la flotte en deux.

Ce qui me frappe de prime abord, c'est la laideur : des jetées de bois gris cernées par des rangées d'habitations de bois gris. Pourquoi irait-on bâtir tant de maisons en *bois* ? Avec tous ces vents violents autour de nous, je me demande comment ces constructions branlantes ne s'envolent pas.

Une foule gesticulante attend notre arrivée. Des dizaines de visages allant de l'ivoire au rose pâle. Comme nous nous approchons, je remarque que même leurs vêtements sont hideux, leurs teintures délavées et les ornements, réduits au strict minimum. Malgré l'air frais qui nous emplit les narines, je ne peux pas m'empêcher de froncer le nez. Les femmes portent de courtes robes par-dessus de plus longues, ornées d'outils et de breloques qui se balancent, accrochés à leurs épaules par des grosses broches. Les hommes sont vêtus de tuniques ceinturées sur des pantalons et s'enveloppent les mollets de bandes de tissu jusqu'au genou, à la manière des guerriers.

Je pourrais penser qu'ils n'accordent aucune importance à leur apparence, si ce n'était le style élaboré de leurs coiffures. Je n'ai jamais vu de cheveux comme ceux qui cascadent dans le dos des Majous : longs et duveteux, dans des teintes qui vont du jaune au rouge, jusqu'au brun foncé et au noir. Tous les portent soigneusement peignés et tressés, certains même avec des lignes et des cercles rasés sur les côtés, hommes tout autant que femmes.

Dès que notre navire accoste, les guerriers sortent la passerelle et se ruent à terre. Alvtir attend que les hommes aient débarqué pour me faire signe de les suivre.

Je titube sur la jetée : une fois de plus, mes jambes peinent à recouvrer leur équilibre. Je m'avance alors à pas hésitants sur l'étroite bande de galets mouillés qui sépare la mer de la terre ferme. Et me voilà aussitôt noyée dans une masse de gens impatients (des femmes et des enfants surtout, mais aussi quelques hommes), cherchant tous anxieusement leurs proches. Le grouillement de ces corps qui déferlent et s'entrelacent est suffocant. Je sens qu'on m'empoigne et me voilà projetée dans le passé.

Je suis à la vente aux esclaves à Anfa. On crie des enchères pour m'acheter et me voilà vendue à cet homme qui va se servir de mon corps pour son plaisir. Je ne peux plus bouger. Je ne peux plus respirer. Une main se referme sur mon bras. Je…

C'est de la main d'Alvtir qu'il s'agit, pas de celle du négociant. Elle me mène jusqu'au rivage, se frayant sans mal un chemin à travers la cohue : les gens s'écartent précipitamment de son chemin.

Soudain, une explosion de joie résonne autour de nous. En me retournant, j'aperçois le gros coffre que l'on débarque de l'un des bateaux. Alvtir aboie un ordre aux hommes qui le portent, puis m'entraîne dans la cité.

J'essaie d'enregistrer toutes ces choses inconnues autour de moi, tandis qu'Alvtir me guide à travers une sorte de place de marché. Cette cité (si je peux encore l'appeler comme ça après avoir vu la splendeur dorée de Koumbi Saleh et l'obscure magie de l'ensorcelante Anfa avec son dédale de ruelles) n'est que bois, foin et boue. De longues maisons étroites s'alignent de part et d'autre d'une sorte de passerelle de bois. De chaque côté, des dizaines de tentes rapiécées avec des appentis ouverts à tous les vents. Je jette un coup d'œil à l'intérieur au passage. Les Majous me rendent mon regard avec une évidente curiosité, se dévissant le cou pour me voir. Pas un seul autre visage à la peau brune ne croise le mien.

Ils vendent à la criée toutes sortes de marchandises étalées sur de longs bancs à tréteaux : encore et toujours ces drôles de fourrures, et puis des pots de terre glaise, des peignes en os, un éventail de perles de verre et d'ambre… Ce n'est pas si différent des marchés de Koumbi Saleh et d'Anfa, mais en beaucoup plus petit. Et en plus sale. Et en plus puant : l'odeur du poisson est omniprésente.

Mais les collines surplombant la cité compensent presque son manque de charme. Du vert à foison. Pas un pouce de terre qui ne soit assailli : herbes, arbustes, arbres de toutes tailles poussant les uns sur les autres, bataillant pour prendre leur place. Il y a une telle prolifération de plantes ici ! Bien plus que je n'en ai jamais vu chez nous, pas même après la saison des pluies. Je me demande si les gens de cette terre mangent à leur faim toute l'année.

En sortant du marché, nous passons devant l'échoppe d'un forgeron. Avec le sifflement du fer rouge plongé dans l'eau froide s'élèvent des nuages de vapeur. L'odeur âcre du charbon et des scories me serre le cœur. Ça sent comme Baaba. Comme chez moi.

Le *nyama* familier de la forge attire immanquablement le mien et je meurs d'envie d'y entrer. Mais Alvtir m'emmène déjà plus loin, m'entraînant implacablement vers un autre destin. Du moins Gu exerce-t-il sa magie ici aussi : piètre consolation, il est vrai, mais c'est déjà ça.

Ce n'est pas le seul spectacle familier, sans parler des bruits et des odeurs : une peau de vache tendue sur un cadre ; le claquement de perles roulant sur la table d'un artisan bijoutier ; le crissement métallique de la pointe effilée d'une lame qui grave un talisman… Je trébuche sur un drôle de poulet qui, outré, proteste d'un criaillement scandalisé avant de se diriger vers ses compagnons pour picorer les grains disséminés au sol. J'essaie de me raccrocher désespérément à ces sensations pour ne pas me laisser engloutir par l'accablant sentiment d'étrangeté que me donne ce « Skíringssal ».

Mais quelque chose au fond de moi se révolte contre ces vaines tentatives. L'étendue rouge à perte de vue du Sahel, le bourgou et le fonio bordant les berges les eaux boueuses de la Rivière-Blanche, les bois sacrés des indéracinables baobabs aux abords de Koumbi Saleh… tout ça me manque tant.

Le Wagadou me manque. Ma me manque. Kamo et Goleh aussi.

Je veux rentrer chez moi.

Comme en réponse à mes sombres pensées, Sogbo épaissit encore la couverture grise du ciel et déverse une petite pluie triste. Nous voici arrivées au bout de l'allée de planches, pataugeant maintenant dans la boue pour emprunter un large chemin de terre battue défoncé. L'animation du marché n'est bientôt plus qu'un souvenir. Les maisons sont de plus en plus rares et de plus en plus espacées ; le paysage autour de nous, de plus en plus champêtre. Nous passons devant un ensemble de totems en bois disposés en cercle. L'un d'eux a une longue barbe torsadée et il est borgne ; un autre a un ventre proéminent orné de trois triangles entrelacés. Leurs visages sont tous en forme d'œuf et ils ont des expressions lointaines. Leurs dieux sans doute. Ils ont l'air de marquer la limite de la cité, comme les bois sacrés de Koumbi Saleh, même si celle-ci fait à peine la moitié de la belle cité dorée, tout au plus.

Je pénètre à présent avec Alvtir sur une parcelle beaucoup plus grande que les précédentes. Même en plissant les yeux, je discerne à peine les sortes de clôtures de branchages qui doivent servir à diviser la terre entre les paysans.

Mon esprit s'emballe. Alvtir n'a été accueillie par personne au port, ni au marché. Et elle ne me paraît pas vraiment avoir l'allure d'une paysanne. Alors où m'emmène-t-elle ?

La pluie cesse, puis recommence pour accompagner nos pas. Lisa se couche derrière les montagnes et des sortes de stridulations s'élèvent tout autour de nous. Ça me rappelle le chant des sauterelles en plus rythmé, tantôt sourd tantôt fort, comme quand on frappe une percussion. À cette heure, seule une poignée de personnes est encore dehors. Courbées par le labeur elles terminent de moissonner une espèce de céréale. Elles sont vêtues de tissus bruts couleur de terre, plus laids encore que ce que portaient les Majous au port. Non que je puisse dire grand-chose : sous ma cape de fourrure, le caftan de Ma tombe de mes épaules, en haillons, si sale qu'il n'a même plus de couleur.

Tout au bout du chemin, nous tournons vers la gauche en direction d'un ensemble de bâtiments regroupés. On dirait une ferme comme celles près desquelles nous sommes déjà passées, mais plus vaste. Nous finissons par nous arrêter devant la plus grande construction. Elle est très longue et étroite, avec un toit en forme de triangle irrégulier. Alvtir pousse la porte et me fait signe d'entrer.

Je la suis, clignant des yeux dans la soudaine obscurité de cette grande case sans ouvertures. Une odeur familière de foin, de bétail et de bois brûlé m'assaille les narines. Comme mes yeux s'habituent au manque de clarté, j'aperçois, pratiquement à l'autre extrémité de la pièce, deux femmes, blotties autour d'un foyer, qui attisent un petit feu. En nous voyant, elles ont un mouvement de recul craintif : elles ne nous attendaient pas, c'est évident.

De sourds raclements de sabots m'incitent à regarder derrière elles. Je découvre alors une rangée de boxes où, sentant une présence étrangère, les bêtes piétinent et s'agitent. Des outils agricoles et des ustensiles de cuisine sont accrochés aux murs ou suspendus aux poutres. L'endroit semble servir moitié d'étable, moitié d'habitation.

Le faible rai de lumière filtrant par la porte ouverte disparaît d'un coup quand Alvtir sort, refermant le vantail derrière elle.

Ma poitrine se referme comme un étau. La panique me submerge.

Je l'interpelle dans ma propre langue :

— Attendez ! Alvtir !

J'ouvre la porte à la volée pour me ruer au-dehors. Je me fige net en voyant un gros homme à la mine revêche approcher. Bedonnant, les cheveux comme des touffes jaune paille, trop clairs pour sa peau rose, d'une pâleur morbide. Il jette à Alvtir un regard dur, supérieur, puis se tourne vers moi. Le dégoût qui m'envahit, alors, est violent, immédiat. Mais il m'a déjà oubliée pour s'en prendre à Alvtir, l'invectivant en levant les battoirs qui lui tiennent lieu de mains.

Une conscience instinctive du danger me hérisse les poils des bras et me presse de ne pas intervenir. Je me replie discrètement dans la grange en refermant la porte derrière moi.

La panique reflue, chassée par la fatigue. Je me laisse glisser à terre le long du mur, épuisée.

Les deux femmes m'examinent par-delà les flammes du foyer. Quant à moi, je vois juste assez pour les distinguer. L'une a les cheveux rouges et bouclés et des petites taches lui couvrent le visage, mais c'est peut-être un reflet des flammes. Je lui donnerais à peu près mon âge. L'autre est menue et sans âge, avec un visage triangulaire, des sourcils fins et des yeux tombants, encadrés par des cheveux noirs qui s'arrêtent pile à la hauteur de ses pommettes. C'est un visage très différent de tous ceux que j'ai vus aujourd'hui – ou dans toute ma vie. Peut-être qu'elle vient d'une contrée lointaine, elle aussi ?

La première m'adresse un sourire qui se veut rassurant.

— Bronaugh, dit-elle. (Elle pointe du doigt l'autre fille, qui regarde obstinément le feu, la bouche tellement pincée qu'elle n'est plus qu'un trait.) Aïré.

— Yafeu.

Je continue à emprunter le nom de mon père, le titre que je me suis inconsciemment donné et sous lequel Alvtir me connaît déjà. C'est le nom que je vais prendre. Pour le moment.

Bronaugh se lève et va plonger la main dans une panière calée contre le mur du fond. Lorsqu'elle la sort, elle tient un petit baluchon. Indifférente au coup d'œil que lui lance Aïré en guise d'avertissement, elle s'approche pour me le donner. Quand je le déplie, je découvre une longue robe toute simple ainsi qu'une autre, plus courte, qui s'attache aux épaules.

Elle pointe alors du doigt sa propre tenue pour m'inviter à prendre exemple sur elle.

Je la remercie d'un hochement de tête, tout en me demandant pourquoi j'aurais besoin de porter deux robes l'une sur l'autre. Mais, quand, peu de temps après, la nuit tombe, je suis bien contente d'avoir deux couches de vêtements superposés. Je me défais de la cape de fourrure qui couvre mes épaules et la pose par terre près du feu. Ce n'est pas très douillet, mais je n'ai rien d'autre pour me servir de couche.

C'est drôle comme quelques lunes passées en plein désert (ou en pleine mer) suffisent à faire apprécier le plus infime confort.

Un petit chat décharné émerge soudain de l'obscurité à l'autre bout de la grange. Il vient se percher à côté d'Aïré pour m'examiner d'un air calculateur, balançant la queue dans une pose d'observateur avisé.

Je m'abîme quant à moi dans la contemplation des flammes pour mieux me connecter à ma conscience, en quête de cette bulle de paix où force et sagesse ont élu domicile. Mais je ne ressens là que l'aspiration du vide.

Pourquoi Alvtir m'a-t-elle laissée ici ? Va-t-elle revenir me chercher ? À Anfa, j'ai eu l'impression que nous étions... reliées, d'une certaine façon. Comme si elle *savait* que, moi aussi, j'étais une guerrière. Je croyais que c'était pour ça qu'elle m'avait sauvée.

Maintenant, je suis prise de doutes. J'ai suivi Alvtir sans rien savoir d'elle. J'étais blessée et affaiblie, peut-être même en plein délire... Je peux fort bien avoir imaginé le puissant *nyama* qui nous unissait.

Qu'est-ce que je fais ici ?

Je referme la main sur le petit loup à mon cou, me raccrochant à mon talisman : c'est tout ce qui me reste de Ma. *Oh, Ma, je suis tellement désolée. J'aurais dû rester à Anfa. Dans la panique, j'aurais pu m'échapper. J'aurais de nouveau traversé le désert pour vous retrouver, Kamo, Goleh et toi. Alors que, maintenant, le monde entier nous sépare.*

Peut-être que je suis vraiment *jugu*. Après tout, rien de cela ne serait arrivé si j'avais su tenir ma langue, ce jour-là, à Koumbi Saleh.

J'ai tout perdu, tout et tous ceux que j'ai jamais aimés. Et je ne peux m'en prendre qu'à moi.

Au début, j'ai trop honte pour pleurer. Mais, bientôt, les ombres étranges sur le mur deviennent si menaçantes que je finis par craquer, laissant la peur et la honte s'ancrer en moi plus profondément que jamais.

Quand les larmes se tarissent, c'est dans le crépitement familier du feu que je puise un peu de réconfort. Le feu respire. Moi aussi, je respire encore. J'ai survécu au désert et à la mer. J'ai survécu à la faim et à la soif, aux coups et au fouet, et même à une lame plantée dans mon épaule. Si je suis toujours en vie, c'est parce que les dieux ont quelque chose de prévu pour moi. C'est du moins ce que Ma dirait.

En revanche, Baaba… Baaba penserait que c'est ma ténacité qui m'a sauvée. Que je peux encore me sauver moi-même, pour peu que je croie en ma propre force.

Je ne sais pas lequel est dans le vrai, ou s'ils ont tort tous les deux. Mais il y a une chose dont je suis sûre : Baaba est parti avec les Majous et, maintenant, je suis chez les Majous. Autant dire que je suis plus près de lui que jamais durant ces six longues dernières années. Ça ne peut pas être une coïncidence.

À cette pensée, j'entrevois une petite lueur d'espoir dans les ténèbres et je m'y raccroche en plongeant dans un profond sommeil sans rêves.

12

ALVTIR

— Vingt lingots d'argent pour une *thrall* ? Mais tu es aussi folle qu'on le dit, ma cousine !

Broskrap s'esclaffe en se tapant sur les cuisses, faisant déborder dans le mouvement son énorme moque de bière. Une crispation familière me remonte l'échine. *Par Loki, comment s'y prend-il pour passer en un clin d'œil de l'homme accompli au morveux le plus stupide et borné qui soit ?*

Je m'appuie contre la poutre de l'appentis qui abrite sa brasserie personnelle, avant de lui répondre :

— Une somme ridicule pour un homme aussi riche que toi.

— T'en auras pas plus de cinq. Et j'ajouterai un fût de bière en prime pour ta peine.

Tout en parlant, il fait tourner son petit doigt dans le liquide ambré, avant de le porter à sa bouche et de grimacer, écœuré par le goût douceâtre : trop sucré. Pour *boire* sa bière, Broskrap n'est jamais en reste, mais sa vie en dépendrait qu'il serait bien incapable d'en *brasser* une correcte. Il n'a jamais rien su faire correctement, d'ailleurs, à part influencer les autres pairs du Thing, qui sont encore plus bêtes que lui.

J'ignore sa généreuse contre-proposition.

— Elle est solide, Broskrap. Elle peut aider aux moissons, moudre la farine. Elle portera plus que son propre poids.

— Mes porchers sont robustes. Je n'ai aucun besoin d'une *femelle* robuste.

— Oh, je sais tout de tes « besoins », mon cousin. (J'avance d'un pas vers lui, menaçante.) Pour tout dire, c'est à peine si ton lit a eu le temps de refroidir depuis la mort de Siv…

Il lève la main pour me faire taire, les narines de son nez crochu soudain dilatées par la colère.

— Regarde où tu mets les pieds, ma cousine, ou tu pourrais bien fouler mon honneur.

Encore faudrait-il qu'il existe, cet « honneur », mon cousin ! En d'autres circonstances, j'aurais pu lui dire le fond de ma pensée. Je n'ai jamais porté mon irascible et lubrique cousin dans mon cœur, et il me le rend bien. Mais, les choses étant ce qu'elles sont, j'ai besoin qu'il me débarrasse de cette fille – entre autres.

— Passe encore de culbuter une ou deux esclaves par-ci, par-là, mais la *sœur* de Knut ? (Je ne peux pas m'empêcher de jubiler en voyant cet air ahuri qui écrase sa face abrutie ! *Oui, Broskrap, je sais tout ce qui se passe à Skíringssal.* Absolument *tout.*) Ce serait *dommage* que mon frère l'apprenne…

J'insiste sur l'insinuation, tout en laissant mon regard errer sur les rangées d'orge dorée dont est intégralement planté le joli petit lopin de terre arable que mon frère lui a cédé : récompense pour lui avoir rallié les suffrages des pairs du Thing qui avaient dûment plébiscité sa souveraineté au détriment de la domination danoise. Mais c'était il y a des années, maintenant ; depuis, l'utilité de Broskrap auprès de mon frère semble avoir diminué à mesure que sa panse s'arrondissait. Et, maintenant, c'est à *moi* qu'il doit prouver son utilité.

— … Ou Knut lui-même. Comment trouver un mari à cette pauvre fille avec une réputation pareillement entachée ?

Broskrap se lève et, d'un pas, réduit brusquement la distance entre nous, en faisant ce qu'il peut pour me toiser de son regard noyé de bière. Je retiens un rire sarcastique devant cette impressionnante démonstration de force. Il fait bien une tête de plus que moi et il est trois fois plus large, mais nous savons l'un comme l'autre qui l'emporterait si on devait en venir aux mains. J'écraserais ce troll bedonnant à tous les coups, même dans mes plus mauvais jours, et même s'il n'était pas aussi saoul que Loki au banquet d'Ægir.

— Tu en demandes toujours trop, Alvtir. (Il me crache mon nom au visage, avec sa chaude haleine puante.) Un jour, tu pourrais bien regretter d'avoir escroqué ton propre cousin.

Ses intimidations me laissent de glace.

— Tu connais mes règles, Broskrap : on ne fornique pas avec la marchandise. À part ça, tu peux la tuer à la tâche si ça te chante, c'est le cadet de mes soucis.

Broskrap grogne, mais passe la main dans les quelques maigres mèches blondes qu'il lui reste, et je sais que je le tiens. Après tout, je ne fais jamais de menaces en l'air. Tout le monde le sait à Skíringssal.

— J'attends ici pendant que tu vas chercher l'argent.

Dans un grognement de frustration, il renverse la cuve de bière d'un coup de pied, avant de s'éloigner d'un pas lourd en marmonnant tout le long du chemin jusqu'à sa maison longue.

Par les dieux, comment je peux être du même sang qu'un gamin attardé embarbé au fumier ?

— Gloire à Odin !

J'entends brailler mon frère jumeau avant même de pousser la porte de la Grande Halle. Une *thrall* se précipite vers moi pour glisser une corne d'hydromel dans ma main tendue.

— À Odin ! répondent en chœur les hommes de la *hird*, faisant déborder leurs propres cornes remplies à ras bord en les levant bien haut en l'honneur du Père des Âges.

— Gloire à Njörd et à Freyr ! Qu'ils nous accordent une bonne récolte, un temps clément et la paix sur nos terres !

— À Njörd et à Freyr !

— Gloire à notre roi !

Je lève à mon tour ma corne pour brailler à pleine voix, en plantant mon regard droit dans celui de l'intéressé, à l'autre bout de la halle. Il siège à la grande table du fond, présidant les réjouissances avec des airs de renard dans un poulailler.

— Gloire à Balli le Brave, le plus grand roi de toute la contrée !

— Gloire au roi ! reprennent les hommes à l'unisson.

— Long soit son règne !

Je vide ma corne d'un trait et lâche un rot sonore, qui me vaut les acclamations et le rire des hommes. De *mes* hommes. Je secoue la tête pour faire tomber les gouttelettes d'hydromel de mes cheveux et arbore un large sourire, en sentant le doux breuvage me réchauffer les os, aplanir les difficultés du jour, éteindre ce feu allumé dans mon ventre par l'insolence de Broskrap.

Mais ça n'amuse pas mon frère, apparemment, lequel me regarde fixement avec une impatience manifeste.

Alors que je m'avance, mes bottes crissent sur le sol jonché d'os rongés jetés à terre et tapissé du sang séché des cochons sacrifiés – dont les chairs cuisent à présent dans d'énormes marmites suspendues dans l'âtre, répandant d'alléchants fumets de viande, de thym et de livèche. Les tables croulent déjà sous les plats du festin : boudin noir aux prunes ; jambon rôti au miel ; pain croustillant et beurre frais ; fromage fumé au carvi ; ragoût de carré d'agneau… et de l'hydromel, forcément. Toujours de l'hydromel.

Mon frère n'a pas regardé à la dépense, ce soir. Mais Njörd sait que le coffre rempli de trésors sarrasins, que nous avons rapporté à travers les mers jusqu'ici, compense largement l'investissement.

Les bancs tremblent sous le poids de près de deux cents hommes : quasiment toute la *hird* s'entasse dans la halle, ce soir. Je cherche les *skjaldmö* des yeux, mais elles ne sont nulle part en vue. Elles ont dû partir tôt, si tant est qu'elles soient venues. Hétha et Wisna ne raffolent pas de ces célébrations, et la jeune Ránveig n'a pas fait suffisamment ses preuves pour gagner sa place à l'une de ces tables. Cette petite pimbêche qui tient lieu de fille à mon frère brille également par son absence. Bonne idée de l'avoir planquée, vu sa récente arrivée sur le marché et l'état dans lequel sont les hommes. Je me demande, d'ailleurs, si le troupeau de *thrall* rameutées pour leur réchauffer les genoux va suffire à rassasier leurs appétits après un aussi long séjour en mer.

En dehors des servantes, la seule femme sur place n'est autre que ma belle-sœur. Jouant les aimables hôtesses, comme elle a été dressée à le faire, Yngvild assure le service, souriant poliment en remplissant d'hydromel les cornes de ses invités, faisant semblant de ne pas remarquer quand ils agrippent la queue de la trop voyante fourrure de renard blanc qui drape ses épaules, ou imitent sa démarche altière dès qu'elle a le dos tourné. Après tout, c'est là un banquet digne d'un raid couronné de succès. La *hird* a enrichi son mari. Alors, pour ce soir du moins, Balli doit nous rendre la pareille. Ce qui est à lui est à nous, y compris la servitude de sa chère et tendre épouse.

À moins qu'elle ne lui donne enfin un fils. Elle serait alors autorisée à faire l'impasse sur ces célébrations, pour allaiter et s'occuper de l'héritier royal, au lieu de jouer les nounous pour plus d'une centaine de soudards imbibés.

Elle a donc encore fait une fausse couche.

Tant mieux. Odin me sourit toujours.

Je m'interromps pour faire signe à Yngvild de remplir ma propre corne. Les perles suspendues entre les fibules de sa robe s'entrechoquent quand elle s'arrête devant moi, un sourire pincé aux lèvres. Elle verse l'hydromel, penchant avec maladresse une carafe de céramique verte au col singulièrement long et à la panse évasée – un des trésors peaux-bleues que nous avons rapportés d'Ibérie. C'est là un acte symbolique de la part de mon frère : en la contraignant à utiliser un récipient si peu maniable, il attire notre attention sur le fait que, jusqu'à ce qu'il nous ait alloué nos parts, plus tard ce soir, le butin lui appartient.

Même si c'est bel et bien nous qui avons risqué notre peau pour nous en emparer.

Je ne peux pas réprimer un sourire goguenard en la voyant refuser obstinément de croiser mon regard. Je me délecte de cette fureur sourde qui fronce les nobles traits de son visage tout empreint de dédain, alors qu'elle est obligée de me servir et de me traiter en héroïne.

Car, oui, ce soir, je suis une héroïne. Mais, demain, ce pourrait être une tout autre histoire.

J'en appelle au dieu des dieux, lui adressant une prière muette : *Ne m'abandonne pas, mon fidèle protecteur. Même cette « halle de lumière » ne nous protégera pas des ténèbres à venir.*

Ma corne dûment remplie, Yngvild s'éloigne prestement, en prenant soin de passer à distance respectueuse. Je recommence à marcher vers mon frère, tout en descendant allégrement mon hydromel en chemin. Les rires gras des hommes se mêlent aux notes mélodieuses et joyeuses du luth. La voix de velours du scalde s'élève jusqu'à couvrir le vacarme ambiant de son chant. Sur le moment, j'en viendrais presque à regretter de ne plus pouvoir m'oublier dans cette liesse comme j'en avais l'habitude.

Pendant un instant, j'en viendrais presque à souhaiter remonter le temps…

— Alvtir !

Balli se lève en m'adressant un sourire complice, même s'il n'atteint pas vraiment ses yeux. Des yeux qui, je le remarque aussitôt, sont injectés de sang, ses paupières sont gonflées et une lueur de folie danse dans ses pupilles dilatées. *Quelle quantité de jusquiame a-t-il déjà consommé ce soir ?*

— Mon frère.

Nous nous enlaçons.

— Je t'attendais plus tôt, dit-il en baissant la voix pour que je sois la seule à l'entendre.

Mon regard se porte sur le bouclier accroché au mur derrière son trône. Il arbore ces mêmes représentations de Huginn et Muninn qui ornent les boucliers de chacun de ses soldats. Contrairement au sien, ceux-là sont couverts d'impacts et cabossés, autant de traces des coups d'épée, d'épieu, de hache et de flèche collectés au fil des ans, en son nom.

Le sien reste là, sur ce mur, à ne collecter que la poussière.

— J'ai dû aller jeter un œil à mes chiennes.

Je mens. Elles sont largement capables de se débrouiller sans moi. Je doute d'ailleurs qu'il me reste une seule poule vivante, à l'heure qu'il est.

Balli balaie l'argument d'un grognement : il est clair qu'il n'en a rien à faire. S'est-il jamais intéressé une seconde à mes occupations quand je ne menais pas raids et pillages pour son compte ? Ou « à la gloire d'Agder », comme il aime à le dire plutôt.

— Nous devons discuter de questions importantes, poursuit-il. Après le banquet.

— Bien sûr.

— Avec Snorri, précise-t-il.

J'acquiesce d'un hochement de tête en réprimant une grimace et lance un regard noir par-dessus son épaule à Snorri Broskrapsson, assis à sa gauche. Mon frère n'a pas seulement donné des terres à Broskrap pour avoir su mettre les pairs du Thing au pas : il a aussi nommé son fils capitaine au sein de la *hird*, en lui confiant son propre navire et son équipage, rien de moins. Le seul capitaine qui n'ait pas gagné ce privilège à la sueur de son front, en versant son sang des années durant au service de son roi.

Snorri me balance un petit sourire sarcastique en se rengorgeant, ce qui accentue la sévérité de ses traits anguleux. Il est fagoté comme une oie, ce soir, dans sa tunique bleu marine doublée de fourrure et ourlée d'or à l'encolure, assez échancrée pour découvrir le pâle duvet de son poitrail qui sert d'écrin à une amulette de Mjöllnir. Comme son père, il a les cheveux si pâles qu'ils en sont presque blancs, ce qui lui donne un air maladif même à la lumière, pourtant flatteuse, des chandelles.

Contrairement à son père, toutefois, sous cette tignasse filasse, la tête est bien remplie. À force de manigances, Snorri pourrait même se hisser à la tête de la *hird*. Si je n'étais pas là pour l'en empêcher. Il doit tenir cette rouerie de sa mère. Si seulement il savait s'en servir au combat, au lieu de passer son temps à échafauder tous les moyens possibles de subtiliser mon armée. J'ai intérêt à le tenir à l'œil, ce petit merdeux. Son ambition va finir par lui jouer des tours.

— J'ai entendu dire que les Maures s'étaient bien battus, me lance mon frère d'une voix forte, alors que je prends place à sa droite.

— Ils sont tombés comme les épis sous la faux.

Les hommes saluent cette repartie d'un concert d'acclamations enthousiastes. C'est la même comédie que nous leur jouons chaque fois, frère et sœur : les jumeaux inséparables. Ça marche à tous les coups.

— Ils étaient mûrs pour la moisson, renchérit Snorri.

Il veut sans doute faire croire aux hommes qu'il participe à notre petite mise en scène. Ce serait un bon moyen de renforcer son image de chef. Peut-être même de faire de lui mon égal.

— Dis-moi, Snorri, as-tu seulement réussi à discerner la couleur de leur peau depuis la poupe de ton navire ?

Les hommes s'esclaffent de plus belle. Je n'aurais sans doute pas dû dire ça. Mais je ne peux pas m'empêcher de jubiler en voyant la face en lame de couteau de Snorri virer à l'écarlate. Je cache cependant mon sourire goguenard dans ma corne en prenant une nouvelle gorgée d'hydromel.

— Épargne-nous tes mesquineries, grogne Balli. Notre attraction vient d'arriver.

En tournant la tête, je vois alors un vieux *thrall* que deux gardes traînent à travers la salle. Il pend mollement entre leurs mains, à peine conscient, les poignets et les chevilles bien inutilement ligotés. Il a été battu à mort, ou tant s'en faut, juste avant probablement. Et affamé pendant une éternité, à en juger par la façon dont sa tunique frustre, pourtant en loques, menace d'engloutir le tas d'os de sa pitoyable carcasse.

Je me demande quelle faute il a commise. A-t-il volé de la nourriture à la cambuse ? Est-il tombé d'inanition avant d'avoir achevé ses corvées ?

À moins qu'il n'y ait pas eu de faute du tout. Peut-être que mon frère n'a même plus besoin de prétexte...

Je tire un plat de boudin noir vers mon assiette en louchant dans la direction de Balli. Mon frère dévore le nouvel arrivant des yeux, comme un pêcheur contemplant la belle prise qui vient de mordre à son hameçon. Ses lèvres se retroussent : il se régale d'avance.

— Attachez-le à cette colonne, ordonne-t-il aux gardes qui s'exécutent aussitôt.

L'homme s'avachit, pendant lamentablement à ses liens et s'en remettant à la colonne pour tenir debout. Mon frère pique une bouchée de porc de la pointe de son couteau avant de se lever. Il la mordille tout en tournant autour du vieil esclave comme un fauve.

— Pour remercier le Père des Âges de nous avoir accordé une si fructueuse expédition, et de bénir la grande et belle cité de Skíringssal en lui accordant paix et prospérité, nous allons accomplir un nouveau sacrifice.

Je dois me mordre la joue pour tenir ma langue. Ça n'a rien d'une offrande à Odin. C'est pour *lui*, pour étancher sa soif de sang. Satisfaire sa propre perversité.

Le vieil homme le regarde avec plus de résignation que de peur.

— Un sacrifice selon les anciens rites, poursuit Balli. Un *vrai* sacrifice.

Il fait alors courir la lame souillée du haut en bas de la poitrine du supplicié qui hurle de douleur. Je vois bien la petite flamme qui s'allume dans les prunelles de mon frère alors qu'il torture le pauvre homme, la façon dont il se repaît de la souffrance de sa victime, le plaisir qu'il prend à le faire mourir à petit feu, aussi lentement et atrocement que possible. Une sombre mare rouge se forme bientôt aux pieds du vieillard, son sang se mêlant à celui des porcs immolés avant lui. Du coin de l'œil, je vois Yngvild détourner le regard, incapable de supporter l'horrible spectacle. Cette mauviette n'a même jamais été foutue de feindre tolérer cette tendance chez son mari.

Je laisse mon regard glisser au-delà, derrière elle, vers les tables. Nombreux sont ceux qui lèvent leur corne ou applaudissent, ravis, mais non moins nombreux sont ceux qui s'agitent sur leurs pièges, trahissant malgré eux leur malaise.

Je me demande jusqu'où va la loyauté de ces derniers, jusqu'à quand on pourra tirer sur cette corde avant qu'elle ne cède.

Je dévore ma part de cochon grillé, en veillant bien à garder une mine impassible. Sinon, je risquerais d'éveiller les soupçons. Je dois faire comme si tout était comme avant.

Comme si j'étais toujours la jeune guerrière sans pitié du temps passé.

Une dague fend les airs droit sur mon front. Je l'esquive sans peine et elle se plante dans la planche de bois à côté de ma tête. Encore une encoche dans le montant de la porte déjà bien entaillé – celle de la chambre royale. C'est le jeu favori du roi avec sa jumelle : déjouer la dague. Il sait que je vais gagner. Je gagne à tous les coups.

Balli part d'une quinte de rire, une sorte de couinement hoquetant, effet secondaire de sa consommation de jusquiame. Il a étonnamment bien visé, vu la dose qu'il a certainement absorbée ce soir. Je partage son hilarité en lui donnant un coup d'épaule complice. Derrière lui, Snorri se tient appuyé contre un des pieds de table sculpté en forme de têtes de dragon – une table de pin massive réalisée spécialement pour Balli, il y a de nombreuses années, afin de commémorer notre victoire sur les Danois. Des têtes de dragon identiques ornent la proue de mon navire, et de tous ceux de la flotte de Balli le Brave. Y compris celui de Snorri qui nous regarde alternativement en se demandant, c'est évident, si nous ne sommes pas tous deux devenus fous. Histoire de le rassurer, je lui adresse un large sourire et me régale intérieurement en le voyant blêmir quand son regard s'arrête sur mes dents.

Leur pointe n'est plus aussi acérée. Mais ce simple écho des redoutables crocs que j'arborais auparavant suffit à lui rappeler à qui il a affaire. Tant mieux.

— En ton *absence*, notre petit-cousin m'a tout raconté de votre longue traversée, déclare alors mon frère, en insistant lourdement sur le premier mot.

Il m'en veut donc encore de ne pas être venue le trouver directement à mon retour.

— … Mais je voulais l'entendre de la bouche même de ma *stallari*.

Snorri fronce le nez, agacé, semble-t-il, par le vocabulaire que mon frère a choisi. S*tallari* : le chef de la *hird* royale qui représente le souverain lui-même. Une position dans laquelle Snorri le Serpent aimerait bien se glisser à ma place.

Je me dirige d'un pas décidé vers la table pour lui répondre :

— Tu as donc entendu le récit d'une victoire triomphale.

La carte que j'ai acquise auprès d'un marchand franc, l'été dernier, est étalée sur le large plateau de pin, avec des pièces du jeu de *tafl* réparties sur toute sa surface. Le roi blanc représente Skíringssal et les pions blancs, la *hird*, un pour chaque navire de la flotte royale. Les pièces noires sont nos ennemis. Je m'arrête à côté de Snorri, un peu trop près pour sa tranquillité d'esprit.

— On est arrivés au bon moment. Mon contact au sein de la guilde des marchands m'avait parlé de révoltes des chrétiens qui auraient focalisé l'attention de l'émir sur la partie orientale de son royaume. Pendant que le plus gros de ses troupes était occupé de ce côté, on a attaqué la côte occidentale, prenant l'ennemi au dépourvu. On a fait l'impasse sur les cités fortifiées pour se concentrer sur les implantations plus difficiles à défendre. (Je déplace les pièces blanches du Nord vers la péninsule Ibérique. C'est à mon initiative que nous nous sommes aventurés vers le sud, au lieu de réitérer nos sempiternels raids sur les côtes fortifiées des chrétiens.) Les rumeurs qui vantaient leurs richesses n'étaient pas infondées. (Je désigne du menton le gros coffre rempli d'or trônant au pied du lit de mon frère.) Même du temps de nos premières expéditions, jamais les moines n'ont possédé de tels trésors.

Balli jette un coup d'œil au coffre, puis reporte son attention sur moi, impassible.

— Je n'en attendais pas moins d'une expédition qui a tout de même duré trois longues lunes.

Il se met alors à décrire un cercle, nous tournant autour comme un vautour survolerait un champ de bataille à la fin d'un combat.

Je déplace une autre pièce blanche vers la masse indéfinie au bas de la carte (censée représenter la pointe de l'Afrique), puis explique posément :

— L'Afrique est plus loin que cette carte ne le laisse supposer, même avec les vents favorables de Njörd pour nous pousser. Et plus dangereuse qu'on aurait pu l'imaginer. S'il existe vraiment une « contrée de l'or » là-bas, elle doit se trouver dans les terres, loin de la côte. Les cités qu'on a attaquées étaient bien défendues, quoiqu'on n'ait trouvé sur place aucune réserve de richesses. Notre réputation a dû nous précéder. On s'en est sortis avec un maigre butin, mais de nombreux blessés, ce qui a ralenti notre voyage du retour.

— C'est justement ce voyage qui me préoccupe, Alvtir. Snorri m'a rapporté que ma flotte avait passé la nuit en Irlande et dans les îles du Norðreyjar au lieu de traverser la mer du Nord en passant par la Neustrie et le Danelaw comme prévu.

— Il a dit ça ?

Je me tourne vers Snorri avec un air faussement surpris.

Oui, je vais vraiment devoir le remettre à sa place. Et vite.

Snorri se racle la gorge et détourne les yeux. Il ne s'attendait pas à ce que le roi confronte nos versions des faits, c'est clair. Il sous-estime la solidité des liens qui m'unissent à mon frère.

Oh, Snorri, tu ne sais donc pas combien d'âmes nous avons envoyées aux dieux, tous les deux ? Combien de vies j'ai sacrifiées en son nom, à sa gloire ?

— Il est bon pour le malavisé d'écouter plus que de parler, Snorri.

Je ne le quitte pas des yeux, tandis qu'il se tortille d'un pied sur l'autre.

— Ainsi parle Odin, le plus sage de tous les dieux, renchérit mon frère, avant de s'arrêter brusquement pour se camper face à nous, de l'autre côté de la table, attendant manifestement que je m'explique.

Je m'exécute sans hésiter :

— Le roi de Mercie s'est rallié aux chrétiens contre le Danelaw. (Je me retourne vers la table.) Et l'emprise des adorateurs de la croix sur la Neustrie s'accroît de jour en jour. Quand on a d'abord fait relâche en Bretagne, des rumeurs nous sont parvenues, d'après lesquelles Rollon le Bâtard avait renoncé aux anciens rites en échange d'un titre que lui aurait octroyé le roi franc. On dit aussi que lui et ses hommes massacrent leurs semblables au nom de leur nouveau dieu. Ses compatriotes danois eux-mêmes ne sont pas l'abri.

Balli pince les lèvres à la mention du fils non reconnu du roi Godfred, trahissant ainsi son malaise. J'attrape une poignée de pièces noires laissées à l'extérieur de la carte pour les placer en Neustrie, juste de l'autre côté de la mer du Nord qui sépare nos côtes.

— Au lieu de retourner sur le territoire de Rollon, j'ai donc commandé à la *hird* de faire route vers Dublin, où les anciennes lois prévalent encore. Pour le moment. De là, nous sommes rentrés directement. Un délai d'une lune est un bien maigre sacrifice quand il en va de la vie de nos hommes. *Et* de la sécurité de ton butin.

Mon frère étudie la carte d'un air sombre. Agder et son roi sont à moitié cernés de pièces noires : des chrétiens à l'Ouest, des chrétiens au Sud. Et une partie des nôtres dans leurs rangs.

— Les adorateurs de la croix sont-ils donc devenus si redoutables, ma sœur ? demande-t-il en relevant les yeux vers moi.

C'est le moment de saisir ma chance. Dans l'idéal, j'aurais préféré attendre que ce serpent de Snorri soit rentré dans son trou, mais il ne m'a pas laissé le choix.

Alors, je me lance, parlant doucement, d'un ton presque implorant :

— Le vent tourne, mon frère. On croyait que ce dieu qu'ils appellent Christ était une divinité mineure, sans envergure, mais nous l'avons sous-estimé. Son pouvoir est aussi grand que l'emprise qu'il exerce sur le cœur des hommes.

— Ce n'est pas tant leur cœur que leurs bras armés qui m'intéresse, me rétorque-t-il.

Je le regarde avec gravité.

— Nous avons remporté bien des victoires sur le champ de bataille, c'est vrai. Mais on ne peut pas se battre contre une idée. Elle n'a aucune arme que l'on peut fracasser, aucun bouclier que l'on peut frapper, aucun corps que l'on peut tuer. Pourtant, elle est plus forte que mille armées. Elle change les hommes d'honneur en parjures et les pleutres en guerriers intrépides. Elle unit des royaumes qui se sont affrontés durant des générations et transforme de pacifiques voisins en implacables ennemis. Tel est le pouvoir de ce Christ.

— Qu'importe le dieu qu'ils prient ! intervient soudain Snorri. La *hird* de Balli le Brave ne s'incline devant rien ni personne. Chrétiens ou Danois, le résultat est le même : nous les expédierons tous au Niflheim !

Et, pour bien marquer les esprits, il frappe du poing sur la carte, éparpillant les pièces de *tafl* par la même occasion.

— Tous les ennemis ne se valent pas, pauvre imbécile ! lui réplique Balli, en dardant sur lui un regard noir. Et cette table vaut plus que ta misérable existence.

Snorri pâlit et se raidit. Il a misé sur la flatterie, croyant s'attirer ainsi les bonnes grâces de mon frère. Habile manœuvre, en toute autre circonstance. S'il n'avait pas si mal choisi son moment. Balli a de nombreux défauts, mais il n'est pas idiot. Et seul un idiot sous-estime ses ennemis. À présent, le mépris a laissé place à la peur sur le visage anguleux de Snorri. *Bien, bien. Si tu ne crains pas ma colère, Snorri, du moins as-tu assez de bon sens pour redouter celle de mon frère.*

Balli se tourne vers moi, m'étreignant l'épaule avec affection.

— Tu as fait preuve de sagesse, ma sœur, en choisissant le chemin le plus sûr. Nous devons, avant tout, protéger ces trésors inestimables que tu nous rapportes. Pour le bien du royaume.

J'incline la tête en signe d'assentiment, espérant ainsi masquer mon soulagement.

— Laisse-nous, dit alors Balli, en congédiant Snorri d'un claquement de doigts.

— Bien, mon seigneur, répond Snorri, avec une profonde révérence, avant de détaler.

Comme un corniaud qui vient de se faire botter le derrière, la queue entre les jambes. Je jubile en mon for intérieur.

Mais, connaissant Snorri Broskrapsson, je n'ai fait que remporter une bataille et non gagner la guerre. Nul doute que ce couard complote déjà pour rentrer dans les bonnes grâces du roi.

Une fois qu'il est sorti, tout semblant de tendresse fraternelle déserte le visage de Balli. Sa main retombe.

Je m'empresse de pousser mon avantage :

— Ce serpent de Snorri se donne bien du mal pour te manipuler, mon cher frère. Il aime le goût du mot s*tallari* sur sa langue fourchue.

Mon frère m'adresse un sourire condescendant.

— Oh, ma chère sœur, nous avons tellement de chance, toi et moi. J'ai la chance que tu aies, pour le combat, une appétence que je n'ai jamais eue. Et *tu* as la chance que je te laisse la bride sur le cou. Je t'ai préservée d'un éternel déshonneur en te nommant à la tête de ma *hird*, m'exposant, de ce fait, aux railleries de nombreux autres rois, je le savais.

Ah, nous y revoilà ! On en revient toujours à ce mensonge qu'il a semé, il y a tant d'années maintenant. En réalité, c'était plutôt une décision stratégique de sa part : il était trop paranoïaque pour placer un autre homme à la tête de la *hird* qu'il avait rassemblée autour de lui (même un parent comme Broskrap), de crainte qu'on ne retourne ses soldats contre lui. Il savait pertinemment combien il est facile de se gagner l'allégeance des troupes. Il n'en était pas moins lâche, trop pour brandir lui-même l'épée du chef militaire. D'où ce « cadeau » qu'il m'avait fait. Nommer sa sœur jumelle sa *stallari* était le meilleur moyen, pour lui, de s'assurer qu'il garderait la mainmise sur la *hird*. Après tout, je ne suis qu'une femme : jamais je ne pourrais représenter la moindre menace et mettre en péril son autorité. Ma nomination s'est toujours limitée à ça.

Mais je le laisse croire à son propre mensonge. Je le laisse croire que j'y crois aussi. Et tout le temps que j'étanchais ma soif de vengeance contre nos ennemis communs, ce mensonge prenait racine au cœur même du lien qui nous unit. Il a poussé, est devenu aussi grand et fort que les vieux chênes du bois de Freyr. Maintenant, il a plus de branches qu'Yggdrasil lui-même – et il est tout aussi impossible à abattre.

Seul le Ragnarök le déracinera. Je ne peux pas laisser faire ça.

— Même toi, tu devras raccrocher ton épée, un jour, poursuit-il. Il est naturel que les jeunes remplacent les anciens. Mais, ça me rappelle... Nous devons discuter de choses plus importantes que l'ambition de notre petit-cousin. (Il se retourne vers la table pour examiner de nouveau la carte en croisant les bras.) Il nous faut prendre certaines dispositions pour veiller à l'avenir d'Agder.

Je n'aurais pu mieux dire, quoique j'aie quelques doutes : j'ai bien peur que mon frère ne partage pas ma vision.

— Qu'est-ce que tu entends par là ?

— Yngvild n'a toujours pas été capable de me donner un héritier. Fritjof n'en a pas moins prédit que j'aurais des fils. Il me faut donc marier Freydis avant, pendant que les rois croient encore qu'en lui faisant un fils, ils auront en partage tous mes biens.

Le scalde raconte juste ce qu'il doit raconter pour garder sa tête sur ses épaules et son ventre plein. Mais jamais je ne dirais ça à mon frère : je ne suis pas folle.

— Freydis est promise à notre cher voisin Harald du Vestfold, enchaîne-t-il. Cet accord a cependant été conclu entre son père Hálfdan et moi, et Hálfdan est mort depuis longtemps.

Il soulève une des pièces noires éparpillées et la pose sur le Vestfold.

Pour une fois, je me réjouis que mon frère n'ait aucun sens de l'honneur. Un autre homme, un homme de bien, pourrait accorder plus de prix à sa propre parole.

— Ainsi, tu ne comptes pas accorder la main de Freydis à Harald ?

— Je sais que Hálfdan n'a jamais vraiment respecté ma souveraineté et, maintenant, son fier-à-bras de fils a tout d'un conquérant en puissance. Les marchands du Svealand et de la Rus' transitent déjà par le Vestfold. Avec Skíringssal, Harald ajouterait le commerce des Angles à son escarcelle. (Il suit le tracé du Skagerrak du doigt, descendant d'Agder jusqu'à l'endroit où le détroit rejoint la mer du Nord.) Même avec mon fils sur le trône, il n'hésiterait pas à revendiquer la souveraineté d'Agder. En cumulant les revenus de tous nos ports réunis, il deviendrait assez riche pour lever une armée d'une telle puissance qu'il pourrait conquérir tout le Norvèg.

Mes oreilles, ou Loki lui-même, doivent me jouer des tours.

— J'avoue que je suis surprise, et soulagée, de t'entendre parler de…

— Donc, tu es d'accord, m'interrompt-il, Freydis devrait plutôt épouser Hakon de Trøndelag. La *hird* de Hakon est la meilleure de tout le Norvèg, après la mienne et celle de Harald. À nous deux, Hakon et moi pourrons former une invincible alliance contre Harald, avant que sa tête ne devienne trop grosse pour sa couronne.

Je me saisis du roi blanc sur la carte, en soupirant, et le glisse dans la paume de mon frère avant de l'y enfermer en repliant les doigts.

— Non. Ni l'un ni l'autre.

Il fronce les sourcils.

— Tu veux dire qu'il y en a un autre ?

Odin, que je reçoive les lumières de ton infinie sagesse. Ouvre l'esprit de mon frère et fais-lui entendre raison.

— Ce que j'ai dit des chrétiens est vrai, Balli. Leur foi se propage comme une peste. Rollon est le premier à tomber, mais il ne sera pas le dernier. Tôt ou tard, ils tourneront leurs regards vers le Norvèg. Le Christ blanc ensorcellera Harald, Hakon et tous ces esprits faibles qui règnent sur le Nord. Envoûtés, ils prendront les armes contre tous ceux qui révèrent les Ases ; ils se retourneront même contre les leurs. La guerre et le chaos ravageront nos terres jusqu'à ce que chaque homme, chaque femme et chaque enfant soit mort ou ait prêté allégeance à la croix. Délaissés par leurs fidèles, les dieux abandonneront Midgard. Les enfants de Loki briseront leurs chaînes. Géants et reclus déferleront sur Ásgard et, à leur tête, ce sera leur Christ qui les guidera. (Le prenant au dépourvu, je me saisis du poing osseux de mon frère, l'enferme dans le mien et le serre avec force.) Tu ne vois donc pas ? Tu ne comprends donc pas pourquoi les hivers deviennent toujours plus froids, plus longs d'année en année ? Les scaldes n'ont cessé de le chanter depuis le temps de nos ancêtres.

Balli me dévisage avec une expression que je ne parviens pas à déchiffrer.

— Le Ragnarök.

Enfin, il ouvre les yeux !

— Il nous faut de plus puissants alliés que Harald, Hakon et autres roitelets de cet acabit. Des alliés avec du courage à revendre, des hommes d'honneur. Nous devrions regarder du côté des Sarrasins. Marie Freydis avec un de leurs princes. Unis, Sarrasins et hommes du Nord pourront endiguer le déferlement des chrétiens.

Balli s'arrache à mon emprise. Le roi blanc étincelle à la lumière des torches quand il l'agite entre ses doigts.

— Tes paroles m'écorchent les oreilles, ma sœur, lâche-t-il finalement. Elles n'ont pas l'écho prophétique que tu voudrais leur donner, mais l'accent dissonant de la trahison.

Je suis tellement abasourdie que je préfère en rire.

— De la *trahison* ? Jamais ! Je ne cherche qu'à *sauver* notre peuple de l'annihilation.

Il pivote alors d'un bloc vers moi, s'empourprant brusquement, ivre de rage.

— N'est-ce pas trahison de sous-entendre que je suis de ces « esprits faibles » qui règnent sur le Norvèg ? Tu oses même dire que je dois forger une alliance avec les étrangers du Sud si je ne veux pas me prosterner devant ce « Christ ». Tu oublies que c'est le Père des Âges qui m'a choisi pour régner, parce que j'ai su prouver que j'étais le plus fort et le meilleur des hommes. Croirais-tu qu'Odin accorde sa bénédiction à la légère ?

Je garde mon calme.

— Non, mon frère, je sais que, de tous les peuples du Nord, nous sommes les meilleurs et les plus forts. C'est bien ce qui m'inquiète.

Il hausse les sourcils, étonné, puis part d'un éclat de rire tonitruant. Je retiens mon souffle en le voyant tendre la main vers moi. Il me caresse la joue.

— Ma *berserker*, murmure-t-il. Ma sœur avec laquelle j'ai partagé le ventre de ma mère, que j'ai toujours tant aimée depuis lors… (Il baisse les yeux vers mes dents qu'il découvre en me retroussant la lèvre du pouce.) Aurais-tu perdu ton… mordant ?

Je lui prends la main pour la poser sur ma joue.

— Je serai à jamais ton bras armé. Comme tu es et seras toujours mon roi.

— C'est drôle, dit-il, un sourire cruel étirant le coin de ses lèvres, tout le monde ne voit en toi qu'un ours enragé. Je suis le seul à savoir ce qui se cache vraiment derrière ces crocs-là : une petite fille sans défense.

La fureur m'embrase comme une torche, mais je reste impassible, le regard aussi clair qu'un ciel sans nuages. Il laisse soudain retomber sa main.

— Ton passé t'a empoisonné l'esprit, Alvtir. Dans l'ombre de nos ennemis, tu vois les fantômes des hommes qui t'ont volé ta vie il y a tant d'années. Mais ils sont morts depuis longtemps. Laisse-les reposer en paix.

Je considère alors posément mon frère. Je ne suis pas la seule à me cacher derrière un masque. Sous ses moqueries, je vois sa rage. Et, sous sa rage, je vois cette vieille peur dans ses yeux. Il se souvient, comme moi, qu'au temps de notre jeunesse, j'ai toujours été la préférée de mon père, la plus forte et la plus intelligente des jumeaux, battant Balli en tout. Pendant notre entraînement et même dans nos jeux. Je sais qu'il a passé plus d'une nuit sans sommeil dans son beau lit royal, tenu éveillé par une petite voix, une voix du passé lui murmurant que sa sœur aurait fait un bien meilleur souverain que lui.

Et, tout comme je sais que Balli n'a cessé de se poser cette question dans ses plus profonds moments de doute, j'ai conscience que je ne dois jamais lui laisser de raisons de le croire. Je vois bien que j'ai outrepassé mes prérogatives cette fois, ce rôle que je suis toujours censée jouer, son « ours enragé » de sœur, tout juste bonne à semer le carnage.

Je pousse un soupir lourd de regrets et m'incline profondément devant lui.

— Pardonne-moi, mon frère. Tu as raison, bien sûr. Tu vois toujours le bon chemin, alors même que je trébuche dans le noir.

À ces mots, Balli se radoucit. Il se penche vers moi pour déposer un baiser sur mon front.

— Tu m'as bien servi, ma chère sœur.

En me redressant, je le vois reposer le roi blanc sur la carte, à sa place : au niveau d'Agder. Et voilà, en une fraction de seconde, le destin que les Nornes auraient pu filer pour mon peuple défait, écheveau après écheveau.

— Tu es faite pour guerroyer, *pas* pour régner, poursuit-il. Le Père des Âges lui-même t'a accordé sa force, et m'a donné sa sagesse. Je sais dans mon cœur qu'il nous protégera, comme toujours.

Je ne réponds pas. Le sort de notre monde pèse sur mes épaules plus que la plus lourde broigne.

— Tu peux disposer, à présent, me dit-il avec quelque chose de tranchant dans la voix, comme le fil de la hache sur le cou du condamné.

Je m'incline derechef et me dirige vers la porte.

J'ai échoué : je n'ai pas su convaincre mon frère aujourd'hui. J'ai failli à mon peuple, à ma cité. Mon frère ne m'a laissé d'autre option que de prendre moi-même les choses en main, désormais. Il a raison sur un point : il n'a pas vécu la vie que j'ai vécue. Il n'a pas vu ce que j'ai vu.

Je vais lui ouvrir les yeux, qu'il le veuille ou non.

Juste au moment où j'atteins le seuil, Balli m'interpelle :

— Alvtir !

Je me fige, mais ne me retourne pas, le regard braqué droit devant moi, tourné vers l'avenir.

— La prochaine fois, j'entends que tu obéisses à mes ordres, chrétiens ou pas. Défie à nouveau mon autorité, et c'en est fini de toi.

13

YAFEU

— Il y a un seul dieu, mais il a… trois côtés, bredouille Bronaugh, dans son norrois balbutiant.

Elle transvase l'orge moulue de la meule dans la grosse jarre en terre cuite. Ses mains accomplissent mécaniquement leur tâche, pendant que son esprit est occupé à chercher ses mots dans une langue qu'elle ne maîtrise pas.

— Et son fils Christ est un de ces côtés ? Mais ce n'est pas un dieu, lui aussi ?

Le pilon se bloque brusquement, répercutant le choc dans mes bras. Je grimace.

Bon. Eh bien, une petite pause ne me fera pas de mal, de toute façon. J'arrête de moudre et repêche le coupable : une balle solitaire qui a échappé au battage.

— C'est comme ça on m'a appris, chez moi, répond-elle.

— Et le troisième côté ?

— Je sais pas comment ils disent…

Elle réfléchit un moment en essuyant la sueur dans son cou avec la manche de sa chemise.

Quant à moi, j'ai eu beau travailler au pilon plus longtemps qu'à mon tour, j'ai le cou sec et frais. Il fait trop froid ici pour transpirer. La chaleur était plus forte quand je suis arrivée, il y a deux lunes, maintenant. Et, même à ce moment-là, nous avions beau passer de longues journées dans les champs à faucher des rangées et des rangées de grain doré, il était rare que je transpire, ce qui ne laisse d'impressionner Bronaugh, dont la chemise pourrait être cassée en deux après avoir séché.

Il n'y a qu'un moment où je transpire : quand je dors, et ce n'est pas la même transpiration, celle qui résulte d'une journée de labeur. Non, c'est une sueur froide. Celle qui pue la peur.

Pendant les premières semaines, je dormais à peine. Je me réveillais en sursaut au beau milieu de la nuit, tremblante, prise de panique, persuadée que le village était attaqué et qu'une force invisible fonçait sur notre case. J'empoignais des dagues que je ne trouvais pas et me mettais à gémir, terrorisée, en comprenant que j'étais sans défense. Certaines nuits, je rêvais que j'étais toujours dans le désert et je sortais du sommeil avec le visage sans vie d'Ampah gravé au fer rouge sous mes paupières. D'autres, c'était celui de Néiouma que je voyais. Et, pendant les pires, les plus cauchemardesques, c'étaient ceux de Ma, de Kamo ou de Goleh : des morts auxquelles je n'avais jamais assisté et qui, pourtant, me hantaient.

Lentement, les souvenirs remontaient. Je me remémorais alors que mon village était déjà réduit en cendres depuis longtemps, que je ne me trouvais pas dans ma case, ni dans le désert, mais dans une grange froide et sale, loin, par-delà les mers, entourée, non par les miens, mais par des étrangers blêmes et indifférents. Que j'étais seule. C'était comme sortir d'un cauchemar pour se retrouver dans un autre. Sauf que ce cauchemar-là ne s'arrêterait pas. Il était bien réel.

Maintenant, les terreurs nocturnes ont reflué, mais pas la sensation de vivre un cauchemar éveillé. J'ai sur la poitrine un poids qui ne veut pas s'en aller, comme une ancre. Le chagrin me submerge par vagues tout au long de la journée. À chaque vague, l'ancre s'enfonce un peu plus douloureusement, un peu plus profondément.

Cette ancre tient sa pesanteur de l'étrangeté même de cette contrée. Les animaux, le climat, les hommes, les femmes et les enfants, avec leur peau de marbre et leur langue qui coule comme de l'eau. Même Lisa est bizarre ici : on ne sent pas sa lumière froide.

— Esprit ! s'écrie soudain Bronaugh, ravie, ses yeux bruns si doux pétillant de satisfaction. (Cette façon qu'elle a de sourire tout en faisant la moue lui donne un petit air malicieux et je ne peux pas m'empêcher de lui rendre son sourire, en sentant l'ancre s'alléger un peu.) L'esprit est le troisième côté.

— Un *esprit*, Bronaugh ?

Je suis prise d'un fou rire irrépressible. Je ne voudrais surtout pas qu'elle se sente insultée. Heureusement, elle rit avec moi.

— Je sais, je sais, dit-elle. C'est pour ça que chez moi…

— Eh, vous deux !

Nous sursautons en chœur, tournant aussitôt la tête vers la maison longue. Assis sur son tabouret, Broskrap nous foudroie du regard.

Alvtir a abandonné Bronaugh ici il y a un an. Bronaugh dit que, de temps en temps, quand Broskrap est en voyage, Alvtir passe pour leur offrir quelques petits gâteaux au miel tout chauds et d'autres friandises contre des renseignements sur les derniers faits et gestes de Broskrap – des descriptions des hommes et des femmes avec lesquels Bronaugh et Aïré l'ont vu, surtout. En dehors de ces brefs échanges, elles ne la voient jamais et n'entendent pas parler d'elle.

Quant à moi, j'essaie de ne pas penser à Alvtir. Quand je me rappelle ce qui s'est passé à Anfa, une amère rancœur me tord l'estomac. Quelle idiote j'ai été de lui faire si aveuglément confiance ! Elle ne m'a « secourue » que pour mieux me vendre, faire de moi une esclave, une *thrall*, comme ils nous appellent ici. Je n'ai échappé de justesse à un maître que pour le troquer contre un autre.

— Reprenez le travail ! aboie justement ledit maître.

Bronaugh et moi échangeons un coup d'œil en silence. Et je me remets à l'ouvrage, malgré les crampes de protestation dans mes bras las de manier le pilon.

Les Majous utilisent l'orge pour faire de la bière, une boisson infecte qui réchauffe le ventre et ralentit l'esprit. Aïré en a, plus d'une fois, chapardé un plein seau pour nous. Mais je ne partage pas leur goût pour ce breuvage. Il fait lever l'ancre pour la nuit, mais, au réveil, j'ai un marteau sous le crâne et une soif qui me renvoie tout droit aux confins du désert.

Broskrap boit de la bière matin et soir, et même du matin au soir. Au plus fort des moissons, il travaille à nos côtés dans les champs durant la journée. Mais, maintenant que le temps est venu de moudre le grain et de constituer des réserves, il se contente de nous regarder faire, assis sous son appentis, à l'extérieur de la maison longue, à brasser sa précieuse bière. Pour ma part, je préfère ça (quand il est à bonne distance), même si ça veut dire que je suis obligée de travailler deux fois plus.

Indifférent au regard haineux que je lui lance, Broskrap recommence à ruminer au-dessus de la grande cuve de *maische* qui bouillonne sur le feu.

— Yafeu veut échanger maintenant ? me demande Bronaugh.

Je lui réponds en gonflant mes muscles, ce qui la fait glousser :

— Pas encore. Moudre l'orge rend à Yafeu ses forces.

Je vois bien, à son sourire reconnaissant, qu'elle est soulagée de pouvoir rester du bon côté de la meule un peu plus longtemps.

En réalité, et en dépit des efforts auxquels ils sont soumis, mes muscles sont loin d'être redevenus ce qu'ils étaient. Broskrap ne nourrit pas assez ses *thrall* : ainsi, il entretient chez eux un état permanent de faiblesse qui les rend plus dociles.

Par les dieux, je n'aurais jamais cru regretter un jour la bouillie de mil à tous les repas ! Elle me manque tellement, maintenant.

Au moment même où le chagrin menace de m'emporter, les deux jeunes enfants de Broskrap font irruption, sortant brusquement de la maison longue, nus comme des vers. Aïré surgit à son tour, ses courts cheveux noirs fouettant son front aux sourcils froncés, alors qu'elle les poursuit, courant en rond derrière eux dans les champs.

— Rentrez immédiatement prendre votre bain, *stallos* ! s'époumone-t-elle.

Les garçonnets pouffent et n'en courent que plus vite.

Bronaugh m'a dit que, depuis la mort de la femme de Broskrap, quelques mois plus tôt, c'est à Aïré, la *thrall* qui avait le plus d'ancienneté, qu'était revenue la charge de s'occuper des enfants. Je ne l'envie pas. Bien que ce soit sans doute moins éprouvant pour les bras que de moudre le grain.

Elle ne tarde pas à ramener les deux chenapans qui hurlent de rire, à présent. Bronaugh et moi ne pouvons que sourire entre nous de la manière dont elle les houspille sans répit, en les chassant vers la maison longue comme de la volaille.

Mon sourire se fige quand je vois Broskrap se lever en chancelant de son tabouret pour lui barrer la route. Il l'attire à lui, l'attrape par son tablier et se penche vers elle pour lui chuchoter quelque chose à l'oreille. Elle réussit à lui échapper pour se faufiler dans la maison avec les enfants, mais son regard de loup affamé quand il l'observe suffit à me faire bouillir le sang.

Ma main se porte inconsciemment vers le couteau que j'ai sanglé à ma cuisse, sous ma chemise. Ça me fait du bien de sentir la forme du manche sous mes doigts à travers le tissu. C'est rassurant.

C'était la toute première fois que je volais Broskrap, mon premier (petit) acte de rébellion. Chaque jour, Broskrap fait le tour de ses réserves comme un vautour pour s'assurer qu'aucun de ses *thrall* n'a pris plus que les rations qui leur sont allouées. La moitié du temps, même si on le faisait, il serait trop ivre pour s'en rendre compte. Mais l'autre moitié… Un jour, je l'ai vu se servir de l'extrémité du manche d'une houe pour matraquer un des petits maigrichons qui gardent ses moutons, juste pour avoir abattu une vieille brebis malade sans lui demander la permission. Et qu'importe si la maladie s'était propagée à tout le troupeau ; qu'importe si le garçon avait fait preuve du bon sens le plus élémentaire.

Tant pis : je me sentais trop vulnérable sans mes dagues et, quand j'ai repéré le couteau pendu à l'une des poutres de l'appentis qui lui sert de brasserie (un mauvais petit couteau de cuisine à manche d'os en spirale, prévu pour rester accroché à un trousseau ou à un tablier), j'ai été sûre qu'on ne s'apercevrait pas de sa disparition. Abandonné, ne servant plus à personne, il avait dû appartenir à la femme de Broskrap. Son *nyama* a interpellé le mien. Bronaugh montait la garde pendant que je le prenais. Il ne m'a pas quittée depuis, comme un bijou secret dont je serais la seule à me savoir parée.

Je sens bien que Bronaugh me surveille.

— Yafeu parle mieux norrois que Bronaugh déjà, s'empresse-t-elle d'improviser.

Je laisse retomber ma main, me forçant à détourner les yeux du démon aux cheveux jaunes.

— Non, ce n'est pas vrai.

Mais elle a raison. J'ai écouté Broskrap s'adresser à ses fils et aux gens qui lui rendent visite de temps à autre. Je me suis entraînée à m'exprimer comme eux, à imiter ces vagues déferlantes des voyelles, en peaufinant leurs subtiles intonations.

— Oh si. Et Yafeu est meilleure à moudre aussi.

Elle me fait un clin d'œil en ouvrant sa main pour révéler une poignée d'orge moulue qu'elle escamote dans une petite bourse pendue à son tablier. Tant que Broskrap regarde ailleurs, il ne remarquera rien si nous prélevons un peu de farine avant qu'elle ne soit stockée dans la réserve.

— *Beaucoup* meilleure, renchérit-elle.

Je me force à lui rendre son sourire complice, même si je me sens submergée par une soudaine bouffée de chagrin. Elle cherche à me distraire de ma colère, exactement comme Ampah le faisait.

Son souvenir me fait monter les larmes aux yeux, alors je le repousse pour me concentrer sur ma haine de Broskrap, reportant toute cette rage qui court dans mes veines dans le maniement du pilon. Et Bronaugh se tait en me voyant broyer les grains avec hargne comme je voudrais pouvoir le broyer, lui.

C'est fou, la rapidité avec laquelle on en est arrivées à se comprendre, Bronaugh et moi. J'irais même jusqu'à dire qu'on est devenues amies, ce qui fait d'elle la deuxième amie que j'aie jamais eue de ma vie. Elle a été enlevée d'un endroit qui s'appelle « Irlande », d'un village où les falaises plongent dans la mer et où la bière est encore plus forte que celle de Broskrap. Les Majous (que Bronaugh appelle « Norrois ») s'étaient emparés des deux plus grands ports de son île pour en faire des places fortes d'où ils pouvaient piller les grosses fermes et les hameaux alentour. Quand ils ont débarqué, elle a été séparée de sa famille. Comme moi, elle ne sait pas ce qui est arrivé aux siens, s'ils sont même encore en vie.

En revanche, Aïré demeure un mystère pour moi. Elle passe la majeure partie de son temps avec les enfants de Broskrap et, même quand nous nous retrouvons toutes les trois, elle nous parle à peine. Ce que je sais d'elle, je le tiens de Bronaugh. Et ce n'est pas grand-chose : elle vient d'une contrée plus au nord encore qu'ici et les Majous l'ont arrachée à sa famille quand elle n'était encore qu'une fillette. Bronaugh elle-même ignore depuis combien de temps elle vit à Skíringssal.

Lorsque nous avons fini de moudre le reste de l'orge séchée, il nous reste un peu de temps avant la nuit. Broskrap se prépare à partir pour un genre de fête organisée par le roi, je crois, une célébration appelée Freysblót. C'est du moins ce que j'ai compris des conversations qu'il a eues avec ses visiteurs ces derniers jours. Les moutons paissent gentiment au pré ; l'orge que nous n'avons pas touchée sèche encore en gerbes contre le mur de la grange, et il est trop tôt pour cueillir les légumes rustiques qui ne seront mûrs qu'au début de la saison froide. Il nous laisse donc quartier libre, nous congédiant d'un geste de la main en bougonnant.

Broskrap ne se préoccupe pas de savoir où je me rends quand je ne travaille pas pour lui. À quoi bon ? Je n'ai nulle part où aller. Tant à l'Est qu'à l'Ouest, Skíringssal est cerné de collines couvertes d'épaisses forêts à perte de vue et par une chaîne d'immenses montagnes au Nord. Je n'ai jamais réussi à trouver la moindre piste au cours de mes brèves incursions dans les bois à l'Ouest, ceux qui bordent les pâturages de Broskrap ; les deux seuls chemins sont celui qui traverse la cité, reliant les fermes au port, et une ramification du premier qui relie le port à un mystérieux camp retranché au sommet d'une colline plus petite. À moins que les forêts à l'est de la cité soient moins touffues que celles de l'Ouest, la seule façon de venir à Skíringssal, ou d'en partir, c'est par la mer.

Alors ce soir, je vais faire ce que j'ai fait de chacun de ces précieux moments de liberté grappillés depuis que j'ai découvert que les forêts de l'Ouest n'offraient aucune échappatoire.

Je descends au port. Pour préparer mon évasion.

14

YAFEU

Sourde aux protestations de mes pieds enflés, je garde la cadence, descendant le chemin de terre défoncé à petites foulées. Ils ont hâte d'être délivrés de ces vieilles bottes trop grandes qu'on m'a données et que j'ai si souvent frottées et graissées au suif devant le feu, mais ils ont encore de la route à faire avant de l'avoir mérité.

Le chemin est juste assez large pour permettre le passage d'un chariot et donc l'échange entre les produits fermiers des paysans et ceux des artisans, et autres commerçants, qu'ils rapportent de la cité. Avec ses pâturages qui n'ont de limite que la forêt, le domaine de Broskrap est largement le plus grand. J'en déduis que, pour les Majous en tout cas, c'est un homme riche. La surface des parcelles devant lesquelles je passe se réduit à mesure que je me rapproche de la cité, tout comme le nombre de *thrall* dans les champs. Il n'y a pas que des *thrall*, d'ailleurs : certains des guerriers qui étaient à bord des bateaux, lors du dernier raid, travaillent à leurs côtés.

Après les avoir vus combattre les gardes d'Anfa, c'est étrange de les voir battre les épis et pelleter du fumier.

Lisa disparaît et le ciel reprend son habituelle couleur de cendre. Je fronce les sourcils en apercevant les nuages. Il risque de pleuvoir. Mais c'est difficile à dire : Sogbo ne s'est pas encore décidé.

Le temps est capricieux, dans ces contrées. On dirait que les dieux se disputent constamment le contrôle des cieux. Lisa ne peut guère briller qu'une heure ou deux avant que, jaloux, Sogbo ne lui tire son rideau gris au nez, faisant soudain planer la menace d'un orage imminent. Puis, tournant ces tentatives d'intimidation en ridicule, ne tombe alors qu'un petit grain, vif comme un lièvre dévalant une colline : à peine commencé, déjà terminé. En un clin d'œil, le ciel s'éclaircit et Lisa trône de nouveau au firmament, comme s'il n'en était jamais parti. Et ils jouent à ce petit jeu de cache-cache à longueur de journée. Sans doute est-ce la raison pour laquelle Lisa s'attarde si longtemps et empiète sur le règne nocturne de Mawu.

C'est Agé qui récolte les fruits de leur bataille incessante : le vert surgit partout de la terre, ce vert qui festonne les arbres, ce vert qui jaillit des broussailles de chaque côté du sentier. Je passe en revue les feuilles et les tiges en chemin : tant de plantes inconnues dont j'ignore l'usage et le nom !

Triste constat qui leste un peu plus l'ancre déjà si lourde au creux de ma poitrine. Toutes les choses que Baaba m'a enseignées, toutes celles que j'ai apprises par moi-même… ça ne sert à rien ici. C'est comme si j'avais passé ma vie entière assise sur le dos d'une tortue au milieu de l'océan : au moment où je crois avoir mémorisé chaque plat et méplat de mon monde, la tortue sort de l'eau et je me rends compte que sa carapace est bien plus grande que je ne l'avais imaginé. Sans parler des pattes, de la queue et de la tête, dont je ne soupçonnais même pas l'existence.

Le gris du ciel, qui s'épaissit au-dessus de ma tête, semble s'accorder à mon humeur alors que je parcours le marché à pas pressés sans croiser le moindre regard.

La première fois que je me suis aventurée seule ici, j'ai à peine réussi à traverser le marché avant la tombée de la nuit : je m'arrêtais sans cesse pour interroger chaque commerçant, chaque artisan, leur demandant, dans mon norrois approximatif, s'ils connaissaient Yafeu. La plupart d'entre eux se contentaient de me regarder avec des yeux ronds, hésitant entre hébétude et curiosité malsaine. Quelques-uns, un peu plus aimables (ou simplement polis), surmontaient leur surprise première pour me répondre. Mais toujours par la négative. Personne n'avait entendu parler de Baaba. Cette nuit-là, je suis rentrée juste à temps pour dormir, et je n'ai plus eu, pour me remplir l'estomac, que ma déception. Maintenant, je ne cherche même plus à parler à qui que ce soit.

À mesure que je me rapproche de la mer, le vent fraîchit : je suis bien contente de sentir dans ma course un sang chaud irriguer mes membres. N'empêche, je regrette de ne pas avoir emporté ma fourrure. Je serai transie dès que je m'arrêterai de bouger. Mais la vue de cette sinueuse étendue d'eau qu'ils appellent le « fjord » allège le poids sur ma poitrine. Bien avant d'atteindre les galets du rivage, j'ai cessé de m'inquiéter du temps.

Les dieux se disputent peut-être le contrôle du ciel, mais quand il s'agit du cœur des gens, il est clair qu'Agbé et Naété l'emportent sans conteste. Même dans les terres, on sent l'appel du fjord, on entend ses murmures qui remontent la route du port. Et à Skíringssal, toutes les constructions semblent pencher vers lui.

Les dieux de la mer ont ravi mon cœur, à moi aussi. Mais pas pour les mêmes raisons. Quelque part, là-bas, un navire majou emporte mon *baaba.* Encore plus loin, par-delà les océans, Ma, Kamo et Goleh nous attendent. La mer nous relie tous.

Mon regard se porte sur une poignée de bateaux qui glissent sur la surface bleue. Lisa pointe le bout de son nez entre les nuages au même moment, allégeant le poids dans ma poitrine. La crête des vagues lui renvoie son reflet scintillant. La brise marine balaie ma tresse serrée et j'aimerais pouvoir la détacher, sentir le vent caresser mes épais cheveux frisés. Mais je ne veux pas attirer l'attention : je suis déjà assez remarquable comme ça.

Un navire marchand aux voiles couleur crème titille mon œil. Je l'ai déjà vu au moins une fois ici. Il ressemble, par sa forme, au bateau de guerre sur lequel je suis arrivée, mais beaucoup plus petit, avec une panse plus ronde. Et il lui manque la tête de dragon à la proue. Déjà, il s'écarte du quai.

J'observe les deux hommes à son bord. L'un d'eux déroule la voile, levant l'index pour détecter la direction du vent. L'autre largue les amarres attachées à un petit poteau de bois et s'empare d'une rame. Puis, celui qui s'occupe de la voile l'oriente pour qu'elle prenne le vent, luttant contre le souffle qui la gonfle aussitôt, si fort qu'il menace de la lui arracher des mains. Son compagnon met la rame à l'eau et s'en sert pour manœuvrer dans l'étroit chenal : il la tire vers la gauche pour aller à droite et à droite pour aller à gauche. Pas trop compliqué.

Pourtant, il y a beaucoup d'autres gestes, infimes, subtils, trop pour que je puisse tous les enregistrer : les différents cordages qu'ils tirent, relâchent, attachent ; les parties du bateau qui se balancent d'un bord à l'autre avec les hommes qui se baissent brusquement et sautent d'un emplacement à l'autre avec l'aisance que confère une longue pratique.

Forcément, avec la chance que j'ai, et quoiqu'il m'ait enseigné bien des choses, Baaba ne m'a jamais appris comment naviguer à la voile. Je ne suis même pas sûre qu'il savait le faire lui-même. Nous n'avons jamais eu besoin d'un vrai bateau (le Wagadou n'a pas d'accès à la mer), juste de radeaux ou de pirogues pour traverser la Rivière-Blanche. C'est sûrement pour ça qu'il est parti parcourir les mers avec les Majous : il s'agissait d'un nouveau défi à relever, d'un nouveau territoire à conquérir.

J'imagine cette admiration qu'il a dû éprouver quand il a posé les yeux pour la première fois sur le navire étranger. Les Majous ont une façon de vivre beaucoup plus rustre que la nôtre (ils habitent dans des huttes de bois branlantes et sales), mais, pour ce qui est de construire des bateaux, ils n'ont pas leur pareil. Leurs navires peuvent fendre les flots à une vitesse sidérante, par petit temps, quand la mer n'est pas trop formée, et, par gros temps, se courbent sous l'assaut de vagues qui devraient les briser.

Il suffit de regarder autour de soi pour comprendre pourquoi : la mer demeure le passage obligé vers le reste du monde, pour les Majous.

Ce qui veut dire que mon seul moyen d'évasion, c'est un bateau.

Une fois de plus.

L'ironie de la situation est si amère que j'en sens le goût dans ma bouche.

Le petit navire marchand s'éloigne à présent rapidement vers l'embouchure du fjord jusqu'à ce que je ne puisse plus distinguer les hommes à bord. Quand il vire vers l'ouest, je suis la côte, sur le rivage de galets, pour essayer de ne pas le perdre de vue. Je mets ma main en visière, plissant les yeux pour observer les voiles jusqu'à ce qu'elles disparaissent.

À la longue, si je continue à venir au port regarder les Majous naviguer, je finirai par comprendre comment faire, moi aussi. Alors, je parlerai de mon plan à Bronaugh et, à nous deux, nous convaincrons Aïré de se joindre à nous. Par une belle nuit calme et claire, quand, assommé par la bière, Broskrap dormira comme une souche, nous nous faufilerons toutes trois hors de la grange pour gagner le port et voler un petit bateau comme celui-là.

Nous mettrons cap à l'ouest pour descendre le fjord jusqu'à ce qu'il s'ouvre sur la mer. Alors, nous virerons vers le nord, ou peut-être le sud, en suivant la côte jusqu'au village le plus proche. Là-bas, je demanderai aux gens s'ils ont entendu parler de Yafeu, un forgeron voyageur à la peau aussi sombre que la mienne. Nous visiterons toute la côte s'il le faut. *Quelqu'un* finira bien par le connaître, lui ou le navire sur lequel il était. *Quelqu'un* finira bien par nous dire où il est. Le trouver sera dangereux, mais une fois que nous l'aurons rejoint, il pourra nous protéger. Nous emmènerons Bronaugh et Aïré en Irlande, ou ailleurs, là où elles voudront aller. Et puis nous ferons ensemble le chemin inverse jusqu'au Wagadou, Baaba et moi. Nous n'aurons pas de repos tant que nous ne serons pas aux côtés de Ma, Kamo et Goleh. Nous redeviendrons enfin une famille, quel que soit le prix à payer.

Et si Baaba reste introuvable ?

La question me tombe dessus, sortie de nulle part. Après tout, il est parti avec un explorateur, un homme qui voulait découvrir de nouveaux horizons. Leur navire pourrait être n'importe où, à l'heure qu'il est. Plus loin d'ici encore que le Wagadou.

Nous ferons quoi, dans ce cas-là ? Nous irons où ? Le vague souvenir de la tempête à bord du navire d'Alvtir me revient en pleine face. Aussi flou soit-il, il suffit à me glacer jusqu'à la moelle. Nous ne survivrons jamais en pleine mer sur un malheureux bateau de pêche volé.

— C'est pas aussi compliqué que ça en a l'air.

Je me retourne d'un bloc et croise un regard gris-bleu. Pas glacé, comme celui d'Alvtir, mais liquide, comme les eaux du fjord. Celui d'un garçon qui a peut-être un ou deux ans de plus que moi, adossé à un poteau de bois, les bras croisés. Sur les côtés, ses cheveux brun clair sont rasés de manière à dessiner trois lignes bien nettes ; le reste est soigneusement ramassé en queue-de-cheval sur sa nuque. Seule une mèche volette au niveau de sa pommette. Un semis de petits points, semblables à ceux que Bronaugh a partout, constelle sa peau juste sous ses yeux.

— De naviguer à la voile, je veux dire. Mais il faut d'abord voler un bateau et c'est *ça*, le vrai problème.

Je le détaille du regard : il a la carrure d'un guerrier, mais ne porte qu'une vieille tunique grise usée. Pas d'armure, pas d'arme à la ceinture. Je croise à mon tour les bras, avec une conscience soudain aiguë du couteau à ma cuisse.

— Ah ?

Pointant sa mâchoire carrée vers le haut de la colline, il désigne le camp implanté au sommet. Je remarque alors que, dans sa barbe rase, des poils roux se mélangent aux bruns.

— Tu peux pas le voir d'ici, mais il y a une tour de guet là-haut, et un garde avec un œil aiguisé qui surveille le fjord d'Agder à toute heure du jour et de la nuit. Il est à l'affût des navires ennemis, bien sûr. Mais un bateau isolé qui quitterait Skíringssal, disons, au milieu de la nuit, risquerait d'éveiller les soupçons. Et, même si tu réussissais à t'échapper sans te faire remarquer, tu ne trouverais aucun port prêt à accueillir une esclave en fuite sur une embarcation volée. Pas sur les terres du roi Balli, en tout cas.

Il parle d'une voix douce et son expression n'a rien d'agressif, mais ses mots me transpercent comme des flèches.

Je lui réplique, cassante :

— Et, en quoi ça me concerne ? J'ai beau être une esclave, je n'en suis pas une voleuse pour autant.

Il arque un sourcil.

— Pas encore.

— Je n'ai aucune intention d'en devenir une.

— Pourquoi tu examines les bateaux si attentivement à chaque fois que tu viens ici, alors ?

Je plisse les yeux.

— Tu m'observes ?

— Difficile de te rater.

Je grogne d'exaspération. C'est une chose d'être méprisée et ridiculisée ; j'en ai l'habitude. Mais je ne sais pas à quoi joue cet inconnu, et je n'aime pas ça.

— Et si ça me plaît, à moi, d'admirer les voiles ? Peut-être que ça me fait du bien. Peut-être que ça me rappelle ma terre, ma famille. Ça ne te regarde pas, de toute façon.

Il se renfrogne. Ses sourcils mouchetés de roux se rapprochent. Il semble hésiter, presque déstabilisé tout à coup. Et puis, à mon grand étonnement, il se redresse et s'incline devant moi, comme si j'étais une noble dame et lui, un serviteur.

— Désolé. J'ai longtemps cherché désespérément à m'évader : j'ai peut-être tendance à me projeter dans le comportement des autres. (Il relève la tête et son regard océan happe le mien.) Crois-moi, mon intention n'était pas de blesser. Seulement de te donner un conseil.

Ses excuses me prennent complètement au dépourvu. J'ouvre la bouche pour lui répondre, mais je ne sais pas vraiment quoi lui dire. Alors je la referme, sans toutefois cesser de soutenir son regard.

Il semble sur le point de se remettre à parler quand s'élève soudain une voix de basse tonitruante :

— Brise-Écus !

Nous nous tournons tous les deux vers le braillard : un géant à la crinière noire hirsute qui émerge d'une des échoppes voisines. Il brandit un poisson mort de la taille de son avant-bras musclé, avec un sourire goguenard de chien qui aurait trouvé un os.

— J'nous ai dégotté un dîner pour pas cher. Viens donc bouffer avant qu'il pourrisse.

L'inconnu se retourne vers moi et courbe une nouvelle fois la tête, puis, sans un mot de plus, emboîte le pas du colosse qui s'éloigne déjà dans les ruelles.

Une fois que je suis seule, le désespoir me submerge. Les larmes me montent aux yeux, brûlantes, brouillant la limite entre mer et colline, entre colline et ciel. Je m'éloigne à mon tour du rivage, fendant à contre-courant le flot des visiteurs du jour et des pêcheurs du crépuscule qui regagnent en masse les bateaux avant que Lisa ne leur fausse compagnie. Artisans et commerçants replient leurs étals tandis que je franchis le marché, la tête basse, retraçant le chemin que j'ai emprunté avec Alvtir le jour de mon arrivée.

Par tous les dieux, ça ne fait vraiment que deux lunes ? Je l'ai suivie aveuglément alors, marchant droit à ma perte. Maintenant, j'ai les yeux grands ouverts. Mais ça ne change rien. J'emprunte le même chemin, tout en sachant ce qui m'attend au bout. Parce que je n'ai pas d'autre solution.

Parce qu'il n'y a pas d'échappatoire.

Parce que je ne reverrai jamais ma famille.

Une nouvelle lame de désespoir s'abat sur moi, menaçant de m'engloutir tout entière.

La brume du soir se referme sur moi à mesure que je me rapproche de la ferme, si épaisse que je peux à peine voir où je mets les pieds. Quand j'atteins enfin la grange, l'ancre plantée dans ma poitrine me pèse plus que jamais.

15

YAFEU

D'habitude, le ciel ne s'assombrit pas complètement la nuit. Il garde ce bleu cobalt du crépuscule, comme si Lisa répugnait à s'effacer devant Mawu. Mais plus le temps devient froid, plus les nuits deviennent noires, et mieux je dors. Ou alors, je me fais à cette nouvelle vie.

En général, nous partageons tout ce que nous avons réussi à empocher dans la journée, Bronaugh et moi, pour améliorer notre « souper », comme elle dit : une poignée de grains moulus en plus ou quelques baies cueillies dans les buissons en lisière de forêt. Chaque fois que je le peux sans risquer de me faire prendre, je chaparde un poisson de la pêche du jour sur les étals du marché. Ces soirs-là, nous mangeons comme des femmes libres. Mais aujourd'hui, il n'y avait pas foule au marché et j'ai estimé que je ne pourrais rien escamoter de frais sans perdre une main pour ma peine. Comme j'y tiens, je me suis contentée d'un petit bout de morue salée subtilisé dans un fumoir resté sans surveillance pendant que le gros cuisinier marchandait avec un client à l'extérieur.

Le plus souvent, je dîne juste avec Bronaugh ; ou, plus exactement, avec Bronaugh et Sainte-Brigid, puisque c'est le nom qu'elle a donné au petit chat de la grange. Mais, aujourd'hui, Broskrap a amené ses garçons rendre visite à son fils aîné dans la cité, libérant ainsi Aïré de ses obligations de nounou et de cuisinière. Ce soir, donc, nous sommes trois à nous réunir autour du feu, tandis que les vieux os d'un bélier abattu depuis bien longtemps s'efforcent de transformer en bouillon la marmite d'eau suspendue au-dessus du foyer. Bronaugh y ajoute une poignée d'orge moulue. Une soupe fade et crayeuse est toujours meilleure que de l'eau chaude, fade et crayeuse.

Et, maintenant, c'est mon tour. Je hausse les épaules pour me faire pardonner de n'avoir que mon malheureux bout de morue salée à leur présenter, emballé à la va-vite dans le premier bout de tissu propre que j'ai trouvé. Sainte-Brigid saute du haut d'une botte de foin et trottine vers moi, comme elle le fait toujours quand j'apporte du poisson. Je lève le petit paquet bien haut et elle proteste énergiquement, à grands coups de queue agacés, en dépit de mon excellente justification :

— Il n'y en a pas assez pour toi, ce soir.

Je m'apprête à jeter le poisson dans la marmite (il va falloir le faire bouillir un bon moment avant qu'il ramollisse assez pour devenir mangeable) quand Aïré me saisit le poignet.

— Garde-le, Yafeu.

Elle m'adresse alors un sourire qui paraît presque espiègle à la lumière des flammes. Puis elle plonge la main dans son grand panier d'osier et en sort avec les jambes de derrière d'un agneau fraîchement abattu.

Bronaugh porte les mains à sa bouche pour étouffer une exclamation de surprise. Mon propre estomac en saute de joie. Même Sainte-Brigid miaule plaintivement en slalomant entre les jambes d'Aïré.

— Aïré ! s'écrie Bronaugh. Mais comment... ?

— Un des agneaux avait le piétin. Alors Broskrap l'a abattu, explique Aïré. Il m'a donné le reste.

J'hésite. Pourquoi Broskrap ferait-il une chose pareille ? Il n'est pas du genre à se montrer généreux avec nous, sans même parler des autres *thrall*. Mais Bronaugh se lève et se met à danser, chassant mon inquiétude. Je ne peux pas m'empêcher de rire, alors qu'elle fredonne sur un ton monocorde et virevolte sur ses orteils calleux, ses longs cheveux roux tourbillonnant autour de ses épaules. Même Aïré pouffe.

Pour une fois, nous ne sommes, toutes les trois, que sourires et légèreté.

Portant déjà la main à mon couteau, je propose mes services pour débiter le morceau :

— Je peux le préparer ?

Je ne me rappelle même pas la dernière fois que j'ai mangé de la viande. J'ai oublié ce goût fort qui emplit la bouche. Peut-être qu'aucune de nous ne s'en souvient : nous ne dédaignons aucun morceau.

Après ce festin, nos esprits sont comme assoupis. Un calme bienfaisant nous envahit. Un ventre plein met les soucis au lit, sans même le secours de la bière. Les piétinements des bêtes dans l'étable se mêlent en une étrange berceuse avec les craquements et les grésillements du feu. Me sentant de bonne composition, je donne un petit bout de morue salée à Sainte-Brigid pendant que Bronaugh nous raconte une histoire de son Irlande natale. C'est une drôle de légende au sujet d'un prêtre qui chasse les serpents à travers toute l'île jusqu'à ce qu'ils s'enfuient dans l'océan. Et ça se termine par une grande fête. Le regard perdu dans l'âtre, j'imagine que les flammes sont autant de serpents. En pensée, je revois le sorcier d'Anfa jeter un sort au crotale pour le faire danser.

Troublée, je demande à Bronaugh :

— Pourquoi célébrer la disparition des serpents ? Est-ce qu'ils attaquaient les gens ?

Bronaugh glousse.

— Les serpents sont mauvais, Yafeu. Ils sont… des messagers. De l'ange du mal. On l'appelle le Diable.

Je lorgne Aïré pour savoir si elle est d'accord. Elle ne dit rien. À la lueur du feu, je peux à peine voir son torse qui monte et descend paisiblement : elle dort à poings fermés.

— Bronaugh ?

Ma voix n'est plus qu'un murmure.

— Mmm ?

— C'était donc si terrible en Irlande, pour que tu préfères être une *thrall* ici ?

Elle hausse les épaules.

— Ma famille est pauvre et j'ai beaucoup de sœurs. Mon père… Il fait vivre moi dans un couvent.

— Un *couvent* ?

Je ne connais pas ce mot qui pèse sur ma langue et m'encombre la bouche.

— Là où les femmes vont prier Dieu.

Un temple réservé aux femmes ? Ça ne doit pas être si mal, pourtant.

— Quand tu es dans un couvent, tu n'as pas l'amour avec un homme, jamais, enchaîne-t-elle, répondant déjà à mes interrogations. Jamais mariage. Jamais famille.

— Mais pourquoi ? (Je n'en reviens pas.) Quel dieu peut bien vouloir que ceux qui le prient vivent sans amour ?

— Ils disent parce que tu es mariée avec Dieu, et aimer Dieu est… comme un gros repas, tente-t-elle d'expliquer en me montrant la marmite vide. Pas d'amour qui reste pour les autres.

— Ma mère me disait qu'on montre son amour pour les dieux en honorant toutes leurs créations.

— *Les* dieux ?

C'est maintenant au tour de Bronaugh de se tourner vers moi, stupéfaite.

Je me rends alors compte que je ne lui ai jamais beaucoup parlé de chez moi.

— Au Wagadou, là d'où je viens, on adore beaucoup de dieux, pas juste Nana Buluku, la Grande Déesse créatrice.

— C'est très…

— Il n'y a pas de dieux ! (La voix tranchante d'Aïré nous fige toutes les deux dans le silence.) Ni les dieux d'Irlande, ni les Ases et les Vanes de Skíringssal, ni tes dieux du Wagadou. Tout ça, c'est des mensonges. Des mensonges que nos parents nous racontent, exactement comme leurs parents leur ont raconté, pour qu'on croie que le monde est plein de magie et de justice, que tout a un sens. Mais il n'y a pas de magie dans le monde. Pas de justice. Pas si tu es une *thrall.* Pas si tu es une *fille.*

Elle crache le dernier mot qui plonge en moi comme une dague empoisonnée. Je frémis, mais n'ose lui répondre ; je ne veux pas attiser sa colère. Bronaugh ne réagit pas non plus.

Alors, je me tourne sur le côté pour faire face au mur, contemplant les collines de nos ombres qui se mélangent à celles des seaux, des paniers et des outils suspendus aux poutres. Ces ombres ne me font plus pleurer mais, en pensant à Aïré, j'ai du mal à m'en empêcher.

Quand je me réveille, Aïré est partie. Mais Bronaugh ronfle encore.

C'est bizarre. Aïré se lève toujours la première, c'est vrai, mais je ne me réveille jamais avant Bronaugh. D'habitude, je profite de chaque instant de bienheureuse inconscience, avant qu'elle ne me secoue gentiment pour la longue journée de labeur qui m'attend. Pourtant, aujourd'hui, mes membres fourmillent d'impatience, animés par un *nyama* turbulent et plein d'allant qui a besoin de se libérer dans l'activité physique. C'est peut-être dû au repas très riche d'hier soir.

En un clin d'œil, j'ai passé mon tablier, sanglé mon couteau à ma cuisse et enfilé mes bottes trop grandes. Quelques secondes plus tard, je pousse la porte de la grange.

L'air froid me gifle en pleine face. Je peux même voir mon haleine s'échapper de ma bouche. Lisa ne s'est pas encore montré au-dessus des collines de l'Est, même si le ciel a déjà pris la pâleur de l'aube pour annoncer sa venue imminente.

Si seulement je pouvais aller chasser ! Cette pensée m'a traversé l'esprit des centaines de fois au cours des deux dernières lunes. Mais je ne sais même pas si ce ridicule couteau de cuisine est assez aiguisé pour tuer. À cause de sa drôle de forme, je ne pourrais jamais le lancer avec précision, de toute façon.

Faute de mieux, je décide d'aller prendre un bain dans la forêt. Bronaugh m'a montré l'endroit où la rivière s'élargit pour former un petit bassin. Ce n'est pas très loin, à une courte marche de distance, après les pâturages. L'eau glacée éteindra ce feu qui coule dans mes veines, ou l'apaisera, du moins.

Je ne tarde pas à passer de la marche à la course. L'exercice et le bruit cadencé de mes pieds qui frappent le sol me calment peu à peu. J'embrasse du regard la beauté des massifs sans âge qui se dressent vers le nord. Ces montagnes couronnées de blanc semblent se blottir les unes contre les autres pour se réchauffer sous d'épaisses couvertures d'ombre et de lumière.

La nature environnante n'a rien à envier aux montagnes. Ces verts, ces bleus et ces nuances de gris à l'infini participent tous à la singularité de cette contrée. Au début, je trouvais cette palette bien pâle à côté de celle dont j'avais l'habitude : ces bruns, ces ocres et ces rouges si chauds du Wagadou. Elles me manquent encore, ces couleurs. Mais, les semaines passant, j'en suis venue à accepter que Skíringssal peigne son propre tableau. Ni plus beau, ni plus laid : juste différent.

Je franchis bientôt l'orée de la forêt, inspirant avec bonheur l'odeur fraîche de résine des arbres d'ici. Le moelleux tapis d'aiguilles brunes qui jonchent le sol amortit mes pas. Après avoir gravi et redescendu un dernier coteau, j'entends le murmure familier de l'eau et ne tarde pas à atteindre le petit bassin.

Je m'en approche, le cœur plus léger qu'il ne l'a été depuis longtemps. Surtout quand j'aperçois Aïré, déjà immergée jusqu'aux épaules dans l'eau bleue glacée. Elle me tourne le dos, mais le calme de ses gestes et cette façon qu'elle a de troubler à peine le miroir de la surface révèlent une paix que j'ai rarement eu l'occasion de voir chez elle. Un sourire se dessine sur mes lèvres. Pas étonnant qu'elle se lève toujours avant l'aube.

J'en suis encore à me demander si je peux la rejoindre, ou si je devrais la laisser tranquille, quand une silhouette massive émerge sur le versant opposé.

Je me fige, tétanisée. Du coin de l'œil, je regarde Broskrap épier Aïré pendant qu'elle se baigne, inconsciente de cette intrusion.

Il ne m'a pas vue, lui non plus. Pour une fois, la chance est de mon côté.

Je m'efforce de ralentir mon *nyama* et me tapis derrière un arbre.

Broskrap s'approche alors de la rivière à grands pas conquérants. L'expression que je lis sur son visage me donne des crampes d'estomac. Aïré pivote brusquement et lève la tête vers lui. La peur écarquille ses paupières. Elle porte aussitôt ses mains sur ses seins pour couvrir sa poitrine dénudée.

— Viens là, toi ! lui ordonne-t-il, en l'attrapant par le bras pour la forcer à sortir de l'eau et la tirer sur la berge.

Elle laisse échapper un petit cri plaintif. Je perçois parfaitement la douleur et la terreur qui se disputent son *nyama.* Ma respiration s'accélère et tous mes muscles se contractent sous l'effet de la colère.

D'un violent coup de pied, Broskrap la jette dans l'herbe et l'y maintient, face contre terre, appuyant sa botte boueuse sur son dos.

Impossible de rester plus longtemps immobile. Je soulève mon tablier, passe la main sous ma chemise et referme mes doigts sur le manche torsadé de mon petit couteau. Je fais glisser la lame sous la lanière qui le retient contre ma cuisse, alors que Broskrap défait le lien qui ferme son pantalon et se baisse au-dessus d'Aïré.

Armée de mon ridicule couteau de cuisine, je m'avance à pas de loup. Ils me tournent tous les deux le dos, celui de Broskrap couvrant celui d'Aïré.

Le sifflement entre mes oreilles devient de plus en plus fort. Mon corps tremble. En moi, le barrage se rompt et, cette fois, je m'en fiche. Je *veux* qu'il déborde. Je *veux* que la colère me submerge jusqu'à la dernière goutte.

Je m'attends à un raz-de-marée, mais c'est un incendie. Un incendie qui dévore tout ce qui se trouve entre Broskrap et moi.

Enfin, je vois la vérité en face, la vérité que j'ai passé tant d'années à essayer de nier, de ne pas *éprouver.* Je la repoussais sans cesse, mais sans cesse elle revenait à la charge. Elle se décantait dans mon sang, elle se terrait dans mes os. Ce n'était pas un mauvais esprit, non, pas un ancêtre vengeur.

Juste moi. L'autre face de moi, comme Mawu et Lisa sont les deux faces d'un même dieu.

La rage.

La rage qui est concentration. La rage qui est pouvoir. La rage qui est cet instinct agissant à travers moi pour faire ce qui doit être fait.

Je lève mon bras et bondis. Un cri primal m'arrache les tripes comme je le plaque au sol, délivrant Aïré.

Un halètement rauque ravage mes poumons. Immobile, je regarde le corps sans vie de Broskrap qui gît à mes pieds. Le sang gicle du gros vaisseau dans son cou et une mare se forme autour de sa tête, comme un foulard de satin rouge qui se dénoue. Son visage a été réduit en bouillie. En palpant le mien, je me rends compte qu'il est éclaboussé de sang encore chaud.

Je l'ai tué.

Ça devrait me traumatiser. Ça devrait m'horrifier. Mais tout ce que je ressens, c'est de l'exaltation : une pure sensation de jouissance, grisante, d'une puissance stupéfiante, comme l'éclosion de la végétation après les premières pluies. Celle-là même qui se lisait sur le visage d'Alvtir quand elle massacrait soldats et marchands d'esclaves à Anfa.

Broskrap est mort. Je l'ai tué.

Alors que, peu à peu, je reprends ma respiration, j'attends qu'un vent de culpabilité, de remords, ou ne serait-ce que de peur, souffle et éteigne cette exaltation. Mais rien ne vient.

Au bout d'un certain temps, je finis par tourner mon attention vers Aïré. Assise dans l'herbe, toujours nue, les bras autour des genoux remontés contre sa poitrine, grelottante, elle est secouée de violents tremblements.

C'est seulement à ce moment-là que je ressens vraiment quelque chose : l'inquiétude.

Je m'agenouille près d'elle. Les yeux exorbités, le regard aimanté au cadavre de Broskrap, elle ne semble pas percevoir ma présence. Je tends le bras pour lui toucher l'épaule, mais elle se recroqueville avec un petit cri suraigu, et je m'aperçois que j'ai les mains rouges. Du sang de Broskrap.

C'est alors que j'ai une vision éclair : je me revois toucher l'épaule d'Ampah, cette toute première nuit dans le désert. Elle a eu la même réaction.

Je murmure doucement :

— Ça va ?

Aïré tourne ses yeux vers moi pour les planter dans les miens comme une dague. La fureur dans ses prunelles me frappe plus violemment que Broskrap ne l'aurait jamais pu.

— Tu ne te rends pas compte de ce que tu viens de faire.

Déstabilisée, je fronce les sourcils.

— Je... je t'ai sauvée.

Elle secoue la tête, fort, comme si elle voulait, par ce geste, effacer ce moment.

Et, cette fois, je prends vraiment peur.

— C'est nous que tu as tuées, hurle-t-elle. Tu nous as tuées toutes les trois, Yafeu !

Ses mots dansent autour de moi sans que je puisse les saisir. Je n'ai pas réfléchi : je n'ai vu que sa souffrance à elle, que sa monstruosité à lui...

Je bredouille comme une idiote :

— Je... je voulais juste te protéger.

— Mais pas *eux* ! Tu ne comprends donc pas ? Comment tu peux être aussi bête ?

Je ne sais plus quoi dire. Alors je reste juste là, à genoux, comme assommée. Brusquement, Aïré se lève et enfile sa chemise sur son corps nu couvert de boue séchée. Les mains de Broskrap, quand il l'a empoignée, ont laissé des sortes de brûlures sur ses bras, qui se changeront bientôt en grosses marques violacées.

Déjà, elle se dirige à grands pas vers la grange. Mes jambes la suivent, mais ma tête reste dans la rivière, noyée sous l'incrédulité.

Je l'ai sauvée. Je nous ai sauvées, toutes les trois.

Non ?

16

FREYDIS

— Je ne peux pas commencer à faire des exceptions, Tófi.

Alors que mes yeux s'habituent à la pénombre de la Grande Halle, je distingue deux inconnus au pied du dais. Assis sur son trône, mon père les considère, la tête appuyée sur son poing. Ses bras musclés croisés sur la poitrine, Tante Alvtir se tient à ses côtés, arborant la même expression de profond ennui. À en croire les longs brassards de cuir étroitement lacés par-dessus les manches de sa simple tunique noire, on pourrait croire qu'elle revient de la chasse.

Ignorant ma présence, Père poursuit son réquisitoire :

— Quelle impression cela donnerait-il aux autres, si je vous témoignais une telle indulgence ? Ils s'empresseraient d'envahir cette salle d'audience pour venir se jeter à mes pieds et débiter chacun leur histoire, faisant tous valoir leur très noble cause.

En m'approchant, je m'aperçois que je connais le plus âgé des deux visiteurs. C'est un des jarls de mon père : le seigneur

Tófi de Hvitbjorg. Il est déjà venu à Skíringssal pour remettre sa part de récolte ou assister à l'Althing, l'assemblée qui réunit les jarls et autres hommes importants pour discuter des affaires du royaume. Lorsque Père est devenu roi, il a édicté une loi selon laquelle toutes les terres ancestrales d'Agder lui appartenaient et tous les fermiers, aussi humbles fussent-ils, devaient lui payer un impôt. En homme avisé, il a choisi les jarls les plus loyaux pour prélever cette redevance et les dédommageait de leur peine en leur octroyant un tiers des taxes, pour peu qu'ils gardent les fermiers sous leur coupe et les fassent marcher droit.

Je me souviens du jarl Tófi, de sa chevelure auburn (maintenant mêlée de blanc) et du bleu de ses yeux pleins de bonté. Il n'est pas comme les autres : il émane de lui une dignité qui le distingue immédiatement. Près de lui se tient un garçon dégingandé aux mêmes cheveux auburn et aux mêmes yeux doux : son fils.

Je m'arrête quelques pas derrière eux, ignorant quel rôle je suis censée jouer dans cette étrange partie de *tafl*.

Pourquoi m'a-t-on fait venir ?

— Mon roi Balli, je ne solliciterais point votre clémence si la situation n'était désespérée, plaide le seigneur Tófi. Les gelées hivernales se sont attardées bien au-delà de la lune des semences, cette année. Le sol était si dur qu'il ne cédait pas sous le soc. Il était temps de rentrer les agneaux avant de planter l'herbe pour les nourrir. On a sacrifié plusieurs ours à Freyr et mes deux plus beaux taureaux à Skadi et à Hod. Les récoltes d'orge et de foin n'en ont pas moins été maigres et la moisson, la pire de tous les étés que j'ai passés ici-bas. Si je réclame davantage à mes fermiers, ils n'auront plus assez pour nourrir leurs bêtes cet hiver. Leurs familles ne mangeront pas à leur faim. Certains n'y survivront pas.

Je sens malgré moi ma bouche s'arrondir de surprise. Le jarl Tófi n'a pas dû parvenir à réunir la totalité de son écot cette année.

À ma connaissance, cela n'est jamais arrivé. L'idée paraît même *inconcevable*. Cependant, Tófi est connu pour être un honnête homme et sa voix a un indéniable accent de vérité : il est sincère.

Père a toutefois une expression qui ne trompe pas. Un air à la fois glacial et fiévreux. Une angoisse familière m'étreint quand je le vois sur son visage.

Je sais ce qu'il signifie.

— Quelle histoire ! lâche-t-il d'un ton las. (Il examine ses ongles, affichant le plus parfait désintérêt.) Mais si tel est le cas, comment se fait-il que vos confrères aient réussi à payer la totalité de leur impôt ? Tout le royaume a connu un dur hiver. Mais l'été n'a pas été si mauvais. Pourquoi la province de Hvitbjorg a-t-elle été la seule à ne pas récolter de ses terres tous les bénéfices qu'elle peut en tirer ?

— Parce que Hvitbjorg se trouve dans la partie la plus au nord d'Agder, mon seigneur. Et qu'elle est la plus éloignée de la mer. C'est aussi pour ces raisons que notre province a toujours été la plus froide. En outre, les hivers allongent et deviennent de plus en plus rudes. Pas seulement pour nous, mais à travers toute la contrée. Cela s'aggrave d'année en année. Hvitbjorg est peut-être la première à connaître la famine, mais je peux vous assurer que, tôt ou tard, les autres jarls viendront se présenter devant vous comme je le fais aujourd'hui, avec la même requête.

— Vous croyez donc *m'apprendre* ce qui se passe dans mon royaume ? (Cette fois, Père empoigne les accoudoirs de son trône.) Ce que j'entends, moi, c'est que vous avez laissé vos fermiers passer le printemps à se tourner les pouces. C'est donc à vous de compenser le manque à gagner avec un pourcentage de votre propre part.

— Mais nous l'avons déjà fait, roi Balli ! intervient le fils de Tófi, en s'avançant vers le dais.

Le regard de Père se tourne vers le garçon, tandis que Tófi le retient par le bras.

— Magnus...

— Nous n'avons plus rien à donner, plaide-t-il encore, rejetant la main de son père d'un mouvement d'épaule. Vous ne comprenez pas ? Jamais nous ne serions venus vous voir, sinon.

Un long silence s'ensuit.

Père desserre les poings. Un sourire s'épanouit sur son visage. Le trône grince quand il se lève. On n'entend résonner que ses pas lorsqu'il descend du dais pour venir se camper face au garçon. Ma respiration est restée coincée dans ma gorge. Je suis paralysée, comme tout le monde dans la salle, sauf Alvtir, qui ne s'est pas départie de son air détaché habituel.

— Il ne voulait pas vous manquer de respect, supplie le jarl Tófi à voix basse.

Blanc comme un linge, il frémit à présent. L'incompréhension passe sur le visage de Magnus, mais il soutient le regard dur de Père. Il n'est guère qu'une petite chose maigrichonne et boutonneuse : un garçon qui n'a pas encore atteint l'âge d'homme – trois ans de moins que moi, peut-être.

— Dites-moi, lui lance Père en commençant à tourner autour du garçon. (Mon ventre se contracte.) Pourquoi avez-vous amené votre fils ?

— Je...

La voix de Tófi s'étrangle. Elle tremble maintenant aussi violemment que son corps.

Que peut-il répondre ? Qu'il a amené son fils sans autre intention que d'inspirer à mon père un peu de pitié ?

Mais Père n'est pas réputé pour sa compassion.

— Un charmant jeune homme…

Père se tait, le temps de passer son bras droit autour des épaules du garçon et de l'étreindre fermement en une accolade paternelle. Magnus lui jette un coup d'œil incrédule, manifestement déconcerté. Mais il se tient bien droit, garde la tête haute. Peut-être est-il flatté de se voir ainsi complimenté par le roi lui-même. Peut-être croit-il le devoir à la témérité de sa protestation. Je préfère regarder obstinément le sol. Las, cela ne m'empêche pas d'entendre, trop clairement, les mots que prononce alors mon père :

— Assez grand pour comprendre une importante leçon, n'est-ce pas ?

— De grâce…, l'implore faiblement Tófi. C'est mon fils unique.

— Et quel heureux père vous êtes d'en avoir un.

Le ton de Père, méprisant, ne m'échappe pas.

— J'aurais aimé avoir ce bonheur, poursuit-il. Mais, parfois, les voies des dieux sont impénétrables.

Je ressens aussitôt une crispation familière au creux de mon estomac : la honte. Je me demande si Père m'observait en disant cela.

Je me force à relever les yeux. Il ne faut pas qu'il puisse voir ma faiblesse : cela ne ferait qu'attiser sa colère.

Erreur fatale. Le regard de Tófi cherche le mien dans une supplication muette. Las, je ne peux rien faire pour lui.

De simple crispation, la honte se change en une terrible étreinte.

— Alvtir.

Père fait signe à ma tante d'approcher. En trois enjambées elle a rejoint le jarl et se tourne vers son frère, attendant ses ordres.

— Quel sort réservons-nous à ceux qui volent le roi ?

Le temps d'un éclair. L'instant d'avant, le jarl tremblait à côté d'Alvtir. Sa tête roule à présent au pied du dais.

Je me fige, tétanisée. Le garçon hurle, mais le bras de Père autour de ses épaules l'empêche de bouger.

Alvtir a gardé la pause, la jambe légèrement en fente. Ses longs cheveux noirs tombent devant son visage, tels les rideaux de Hel voilant l'apparition d'un spectre. S'il y a moins d'une seconde, elle est passée à l'action avec une fulgurance sidérante, elle est à présent aussi immobile que la pierre runique dressée au-dehors. Puis elle se redresse en levant son épée au-dessus de sa tête. Mon cœur s'arrête quand je la vois jeter sa lourde épée de côté, projetant le sang qui souille sa lame sur le sol.

Père arbore un sourire satisfait en la regardant remettre son arme au fourreau. Il murmure alors à l'oreille du jeune homme, désormais blême.

— Te voici jarl, à présent, mon garçon. Crois-tu que tu feras mieux que ton père, ou as-tu besoin d'une autre leçon ?

— Je… (Il se reprend aussitôt.) Je vous remettrai la totalité de l'impôt avant l'hiver.

— Brave petit, le félicite Père en lui tapotant l'épaule avant de le lâcher. Dès que je l'aurai reçu, je t'enverrai le corps de ton père pour que tu puisses l'enterrer.

L'adolescent ne perd pas un instant. Il se retourne et sort de la halle aussi vite qu'il le peut sans courir, me frôlant au passage sans m'accorder un regard.

Alvtir part alors d'un rire qui évoque le cri de la sterne et, sur le moment, je crois presque voir la soif sanguinaire de la *berserker* briller dans ses yeux.

— Dis à Wérian de nettoyer, ordonne mon père au garde posté à l'entrée.

Pendant qu'il s'empresse d'obéir, Père remonte sur son trône. Alvtir reprend sa place, à sa droite, impavide. Pourquoi en serait-il autrement ? Pour elle, c'est un meurtre parmi tant d'autres. Des centaines d'autres, sinon des milliers.

Mère peut parfois se mettre dans une colère noire, et la fureur de Père est bien pire encore. Mais l'une et l'autre ne sont rien comparées à la rage féroce d'Alvtir. Elle mérite toutes les choses horribles que l'on dit à son sujet.

Je fais de mon mieux pour ignorer le cadavre et lutte contre une violente nausée, lorsque la tête de Tófi attire mon regard à la limite de mon champ de vision. Je garde le front baissé et je prie pour que Père interprète cette attitude comme un gage de ma déférence et non comme un signe de faiblesse.

— Bien, maintenant, passons aux choses sérieuses, déclare-t-il, m'invitant d'un geste à m'approcher.

Je fais quelques pas vers le dais et m'incline légèrement, veillant, comme toujours, à rester à distance respectueuse.

— Hakon de Trøndelag et moi sommes parvenus à un accord, annonce-t-il. Tu seras mariée avant l'été. Nous organiserons les noces ici dès la fin des gelées hivernales.

Je lève les yeux vers lui, abasourdie. Il me faut un moment pour comprendre le sens de ses paroles.

Hakon de Trøndelag ? Mais… j'ai été promise à Harald !

— Pardon, Père, mais je croyais… Harald…

Je bafouille et le sang me monte au visage.

— Oublie ce béjaune couronné. Hakon nous sera plus utile.

Mon cœur se brise en mille morceaux. Et les éclats se plantent, tels des poignards de verre, au fond du puits de honte béant dans mon ventre. Je n'aurais jamais dû entretenir ce rêve d'une vie avec Harald. Je n'aurais jamais dû laisser ces illusions s'enraciner dans mon cœur.

Mais… Hakon de Trøndelag ?

Tout ce que je sais de Hakon Grjotgardsson, c'est qu'il est veuf. Et vieux. Au moins aussi vieux que mon père.

Cependant, en amour, l'âge n'a peut-être pas d'importance. En outre, Hakon est roi lui aussi. Je serai donc toujours reine et j'aurai ma propre halle – loin d'ici, surtout.

— Tu as dit quelque chose ? aboie Père.

— Je… Merci, Père. Je vais faire une offrande à Frigg pour qu'elle bénisse cette union. (Soudain, j'ai recouvré ma présence d'esprit et je me demande…) Puis-je me permettre de vous soumettre une requête ?

Père manifeste son agacement d'un raclement de gorge, mais agite la main pour m'inviter à poursuivre.

— Puisque je vais me marier, peut-être est-il temps que j'aie ma propre servante ? Comme Helge est au service de Mère ? Je vais avoir besoin d'aide avec les préparatifs…

Je laisse ma phrase en suspens.

— Soit. Alvtir te trouvera une *thrall* lors de son prochain raid.

Tante Alvtir, apparemment surprise, jette un coup d'œil à Père.

Loki me joue-t-il des tours ou ignorerait-elle les projets de mon père tout autant que moi ? Je croyais qu'il n'avait aucun secret pour elle.

— Inutile de mobiliser la *hird* pour une simple servante, lui répond-elle d'un ton railleur. J'ai déjà la fille qu'il lui faut.

— Oh ? s'étonne Père. Je croyais que tu ne voulais pas de *thrall*.

Chacun sait que Tante Alvtir fuit toute compagnie, outre celle de ses farouches *skjaldmö*. Elle préférerait encore vivre comme une simple bergère qu'accepter la présence d'une servante dans sa propre maison.

— Je n'en ai pas. C'est une des *thrall* de Broskrap, lui explique-t-elle, en grattant entre ses dents quelque chose qu'elle jette par terre.

Je réprime un tressaillement de dégoût et refoule une nouvelle vague de nausée.

— Elle n'est bonne à rien à la ferme et il veut s'en débarrasser. Je suppose qu'elle est faite pour des tâches plus… « féminines » : elle conviendra très bien. Freydis et elle devraient s'entendre à merveille, persifle-t-elle avec un rictus sarcastique.

Je me demande ce que Tante Alvtir connaît aux « tâches féminines ». Je peine à l'imaginer, assise devant un métier à tisser. *Il faut pourtant bien que quelqu'un fabrique les vêtements que tu portes, ma chère tante. Même si ce sont des vêtements d'homme.*

— Alors, c'est réglé. Cette fille est à toi, conclut Père, balayant la question d'une chiquenaude, comme s'il s'agissait d'une vulgaire mouche qui l'importunait.

Je m'empresse d'exprimer ma gratitude :

— Merci. Et merci à vous, Tante Alvtir.

L'intéressée crache par terre. J'en déduis que je suis autorisée à prendre congé.

Tandis que mes pieds me ramèrent mécaniquement à ma chambre, j'essaie de démêler le nœud de mes pensées et de mes émotions.

J'ai toujours su que je ne pourrais jamais me marier par amour. Je suis fille de roi : je ne peux jouir d'une telle liberté. Il est de mon devoir d'épouser le prétendant le mieux à même d'accroître la puissance du royaume. Je croyais m'être fait une raison à ce sujet. Mais peut-être était-ce plus facile à accepter quand j'étais promise à Harald. D'autant qu'aimer un garçon (un homme, à présent) comme lui paraissait… inévitable. Ce n'aurait pas été la raison de notre union, naturellement, mais l'amour serait fatalement né entre nous, tôt ou tard. Parce qu'il est beau, brave et bon, et que je… eh bien, je sais que je ne suis pas laide, du moins, et j'aurais fait de mon mieux pour exceller dans d'autres domaines. Nous nous serions compris : je sais ce que c'est de grandir en tant qu'enfant unique d'un roi. Je connais ce sentiment de solitude, si pénible parfois. Je sais combien on se sent isolé...

Pourtant, il doit y avoir une bonne raison pour que Père ait préféré Hakon à Harald. Certes, il n'y a pas plus opportuniste que lui, mais il est aussi calculateur, rusé, et il sait ce qu'il en coûte de rompre une promesse de mariage et de manquer à sa parole. Peut-être y a-t-il un lien avec la position stratégique du Vestfold sur la route commerciale de la Volga... ou peut-être que non. Je regrette amèrement que Père n'ait pas jugé bon de partager ses motivations avec moi. Je sais que je ne suis pas bonne à grand-chose, mais je suis moins bête qu'il ne l'imagine.

Quoi qu'il en soit, c'est perdre son temps que penser de la sorte. Je devrais plutôt essayer de me concentrer sur l'aspect positif des choses. Avant la fin de l'année, ma destinée de princesse sera scellée. Comme un cygne en mue, je vais me libérer de toute la violence de Skíringssal et de son isolement. Je ne connaîtrai peut-être pas le grand amour, mais je ferai de mon mieux pour être une bonne reine, aimée de son peuple.

Et, quoi qu'il arrive, j'aurai ma propre maison, ma propre *famille.* Peut-être cela suffira-t-il à mon bonheur.

Je n'ai cependant pas mis un pied dans ma chambre que le plus noir désespoir fond sur moi tel un oiseau de proie. Des années durant, j'ai rêvé de Harald, de cette merveilleuse existence que nous mènerions tous les deux... et, en l'espace d'un instant, on m'a arraché mon rêve à jamais. On m'a volé ma vie ! Je me laisse tomber sur ma couche, tentant de chasser ces idées de mariage de mon esprit. Il est au moins une chose agréable dont je peux me réjouir : je vais enfin avoir une servante ! Une servante qui pourra être mon amie, ma confidente, comme Helge l'est pour Mère. À dire vrai, je ne sais pas ce que Mère deviendrait sans Helge. Si les choses devaient mal se passer entre Hakon et moi, du moins trouverais-je auprès de cette fille réconfort et consolation.

J'espère qu'Alvtir voyait juste lorsqu'elle présumait que nous nous entendrions à merveille.

ALVTIR

J'attends que ma nièce ait vidé les lieux avec ses airs de chien battu, avant de me tourner vers mon frère.

— Un *autre* raid ?

— Tu repars avec la *hird* à la prochaine pleine lune.

Je fronce les sourcils.

— Dans quel but ?

— Il faut que tu me rapportes une dot convenable pour Freydis.

La rage s'abat sur moi avec toute la puissance de Mjöllnir. Il y a moins d'une lune, je lui ai rapporté un plein coffre d'or et d'argent. Il était déjà aussi riche que Njörd lui-même. Et il refuse de lâcher ne serait-ce qu'une pièce de ce trésor pour doter sa propre fille ? Il va envoyer des soldats épuisés sur des mers déchaînées, fouettées par les vents glacés de l'hiver, juste pour conserver le butin de leur plus récent pillage ?

— L'été est passé.

J'ai du mal à garder mon sang-froid. Mais il ne faut pas que la colère perce dans ma voix.

Il hausse les épaules.

— Eh bien, tu n'as qu'à retourner en Ibérie. Tu dis qu'il fait plus chaud là-bas. En plus, ça te permettra d'éviter ces chrétiens que tu redoutes tant.

Alors que je plonge mon regard dans ses yeux glauques, je me rends compte que je n'éprouve plus la moindre once d'amour fraternel pour lui. Non, plus rien. Que de la honte.

La honte de savoir qu'un même sang coule dans nos veines. La honte de m'être laissé commander par ce pervers cupide pendant des années.

Je refoule mon indignation pour m'accorder deux secondes de réflexion. Les cités sarrasines surpassent largement les quelques trop rares monastères de Northumbrie qu'on pillait avant, et leurs soldats n'ont rien de moines sans défense. Si leurs troupes sont rentrées de leur propre guerre contre les chrétiens, qui peut dire ce qui nous attendrait si on menait un nouveau raid sur leurs terres ?

— Je ne suis pas persuadée qu'une telle entreprise serait profitable, au vu du montant des soldes pour la *hird.* Ce jarl n'avait pas tort : les hivers sont de plus en plus rudes. Ce sera pire que le Fimbulvinter sur les eaux écumeuses de Njörd. Et les soldats ont à peine eu le temps de réchauffer leurs lits avec leurs femmes ; enfin, ceux qui ont un lit et une femme.

— Ce sont des Vikings. Ils sont nés avec la rage de combattre au ventre.

— Et s'ils meurent…

— Alors les Valkyries les emmèneront au Valhalla, m'interrompt Balli. C'est le rêve de tout guerrier, non ?

— … qui protégera Skíringssal ?

— Les mercenaires se trouvent sans peine.

— Mais pas les hommes braves et loyaux.

— Ma chère sœur, me dit-il en ricanant, tu te poses trop de questions. Odin accordera la victoire à sa guerrière préférée.

C'est alors qu'une possibilité que je n'avais pas envisagée jusqu'à maintenant prend forme dans mon esprit. Une idée si riche de perspectives qu'elle doit m'avoir été envoyée sur les ailes de Huginn lui-même.

J'accorde un coup d'œil reconnaissant au bouclier accroché derrière nous. *Merci à toi, sage messager. Maintenant, je sais ce qu'il me reste à faire.*

J'observe mon frère descendre d'un trait sa bière corsée à la jusquiame en portant à ses lèvres un calice saxon : un des nombreux trésors rapportés lors d'un raid précédent. Sa cupidité est comme le bain d'eau glacée dans lequel trempe la lame chauffée à blanc de ma résolution, plus que jamais affermie et désormais inébranlable.

On dit que l'argent change l'homme bon en rapace. Mais mon frère n'a jamais eu une once de bonté.

Je me ferai un plaisir de remplir cette mission, mon cher frère, puisque j'ai la mienne à présent.

— Tes désirs sont des ordres.

La soudaine clarté m'éblouit. En sortant, je suis surprise de trouver le chariot de Sól encore si haut dans le ciel. J'ai l'impression d'avoir passé des siècles dans cette maudite halle.

Je descends le chemin en direction de la cité, hâtant le pas pour ne ralentir qu'aux abords du marché. L'activité bat toujours son plein à cette période de l'année ; de fait, le port est rempli de *knarr* à la panse rebondie. Les étals débordent et les allées grouillent de chalands affairés.

Si j'avais encore besoin d'une preuve du soutien d'Odin, la présence du négociant franc, ici, aujourd'hui, me l'apporterait. Il est occupé à marchander avec un fileur de laine au sujet d'un de ses cailloux scintillants.

À mon approche, le fileur s'enfonce dans sa cahute.

J'interpelle mon homme pour le saluer :

— Chlothar !

— Tu fais fuir le client, Alvtir.

Les bajoues de Chlothar tremblent quand il soupire.

— L'exclusivité a un prix que je paie toujours grassement.

Il croise ses gros bras dodus et se tourne vers moi. La quantité de gemmes qui brillent à ses doigts boudinés est là pour attester de ma dépense.

— Et que viens-tu m'acheter aujourd'hui ? Il vaudrait mieux que ce soit ce magnifique cristal de fluorine, car je n'ai aucun nouveau renseignement.

— Ce ne sont pas des renseignements que je viens chercher, ni tes gemmes.

Il fronce les sourcils.

— Dans ce cas, en quoi puis-je t'être utile ?

Je jette un regard alentour. Comme toujours, du tisserand au menuisier, tout le monde garde ses distances en ma présence. Je n'ai jamais été aussi contente de faire le vide autour de moi.

— Certaines de tes pierres viennent bien d'Al-Andalus, non ?

Son froncement de sourcils s'accentue.

— Pourquoi ?

Je me penche à son oreille.

— J'ai besoin de ton aide pour m'arranger une entrevue…

17

YAFEU

En achevant sa course dans le ciel, Lisa étire nos ombres sur le sol de la grange. Instinctivement, je ferme la porte. Et puis ça me revient : plus aucun maître ne risque de nous entendre. Juste les deux garçons de Broskrap, sortis jouer au ballon quelque part dans les parages, qui pouffent probablement en entendant leurs ventres vides gargouiller et se demandent pourquoi cette rabat-joie de *thrall* n'est pas encore venue les chercher pour dîner.

Des garçons qui vont grandir sans père. À cause de moi.

— Il faut dire à personne qu'il est mort, affirme Bronaugh d'une voix tremblante. (Elle réfléchit à haute voix en jetant une nouvelle bûche dans le feu, avant de se remettre à remuer le brouet qui mijote dans la marmite. Depuis que nous sommes rentrées de la forêt, elle ne tient pas en place.) Nous occupons de la ferme et des garçons. Nous continuons. Tout pareil.

— Et qu'est-ce que tu crois qu'ils feront quand ils trouveront le corps ? siffle Aïré, entre ses dents serrées. On sera les premières accusées !

Je reste plantée là, muette, à regarder l'ombre d'Aïré aller et venir sur le mur.

— Ils ne verront pas lui, tente de la rassurer Bronaugh. Nous mettons déjà le corps de lui dans la rivière, moi et Yafeu.

— Tôt ou tard, il sera rejeté sur la berge ! (Aïré tire nerveusement sur les pointes de ses courts cheveux noirs.) Ils trouveront le cadavre et ils nous tueront ! Ou pire !

Leurs voix étouffées se fondent en un murmure confus tandis que, dans ma tête, je retourne au bord du bassin d'eau claire.

Aïré en danger, c'est tout ce que j'ai vu. Aïré, livrée sans défense aux mains de cet homme brutal. De cet homme *jugu*. Je n'ai pas pensé aux conséquences. J'ai juste voulu sauver mon amie.

Et refermer mes mains sur le cou de Broskrap. Oui, ça aussi je le voulais.

— Aïré…

Son regard affolé quitte Bronaugh pour se braquer sur moi.

— … je comprends que tu aies peur. Moi aussi, j'ai peur. Mais la rivière va emporter son corps loin d'ici. Tu es en sécuri…

— Non ! Tu ne comprends rien ! Tu ne les connais pas comme moi. On ne sera *jamais* en sécurité, plus jamais !

Les larmes qui coulent sur ses joues scintillent dans la faible clarté des braises. Elle se recroqueville, comme une fleur d'oiseau-de-paradis qui se fane juste après s'être épanouie. Sauf qu'Aïré n'a jamais eu la chance d'éclore.

Lentement, les remords s'insinuent en moi, me remontent dans la gorge…

— Je suis désolée. (C'est bien la centième fois que je le dis dans un murmure contrit.) J'aimerais pouvoir revenir en arrière, effacer mon acte.

Au moment même où je les prononce, je sais que ces mots-là sont un mensonge. Je ne veux rien annuler du tout. Quelles que soient les conséquences, Broskrap l'a bien mérité. Je regrette juste de ne pas l'avoir fait souffrir plus longtemps.

Bronaugh verse la soupe dans trois bols de bois poli. Aucune de nous n'a seulement songé à aller chaparder de quoi améliorer notre dîner, alors que plus personne n'est là pour nous rouer de coups et nous le faire payer. Elle tend le liquide fumant à Aïré, qui l'ignore et se laisse choir près du feu.

Bronaugh soupire et me lance un coup d'œil à la fois apeuré et crispé. Elle me donne mon potage. Je le prends, refermant aussitôt mes mains autour du bol chaud, plus pour me réconforter qu'autre chose. Nous trouvons nos places habituelles autour du foyer.

— Savez-vous ce qui arrive aux *thrall* quand leur maître meurt ? demande alors Aïré, le regard perdu dans les flammes. Ils les enterrent avec lui. Vivants. Pour qu'ils le suivent dans sa prochaine vie.

Un silence sinistre envahit la grange.

Je lance un coup d'œil à Bronaugh qui tient toujours sa soupe contre elle. Elle n'y a pas touché.

— Allez, Aïré, murmure-t-elle doucement. Nous ne savons pas si…

Tout à coup, la porte s'ouvre à la volée. Une voix familière, aussi âpre qu'un morceau de minerai brut, s'engouffre dans la grange, portée par une rafale glacée.

— Yafeu.

Je sursaute, saisie, si brusquement que j'en lâche mon bol pour me lever d'un bond. Une robuste silhouette noire se dessine à contre-jour sur le seuil. J'ai une soudaine vision de Sasabonsum, un démon de la forêt sur lequel Ma nous racontait les histoires quand nous étions petits. Il avait de longs cheveux noirs et des crocs aussi pointus que des clous, dont il se servait pour dévorer ses victimes humaines.

— Alvtir.

Je tremble malgré moi. *Qu'est-ce qu'elle vient faire ici ?*

Elle entre d'un pas conquérant dans la grange, laissant la porte entrouverte derrière elle.

— Suis-moi, m'ordonne-t-elle, en me reluquant à travers le rideau de ses cheveux noirs.

Elle sait. D'une façon ou d'une autre, elle sait ce que j'ai fait à Broskrap.

Un épais silence envahit de nouveau la pièce. Je sonde le *nyama* qui irradie d'Alvtir, à la recherche de la moindre trace d'empathie ou de compassion. Sans résultat.

Soit.

Mes tremblements cessent peu à peu quand je me tourne vers Bronaugh pour la serrer dans mes bras.

— Dieu te garde, me chuchote-t-elle à l'oreille.

C'est elle qui grelotte, à présent. Elle m'étreint une dernière fois, très fort, avant de s'écarter.

Je ramasse ma fourrure par terre et me dirige vers celle qui me l'a donnée. Du menton, elle me désigne la porte.

Je jette un dernier coup d'œil à Aïré. Mais elle garde les dents serrées et le regard impénétrable.

Alors, j'emboîte le pas d'Alvtir, comme une condamnée marchant à sa mort.

Nous cheminons longtemps en silence, suivant le trajet que nous avons emprunté ensemble il y a deux lunes. En sens inverse, cette fois-ci. Le ciel orange-bleu jette un étrange éclat sur les champs d'orge. On dirait presque qu'ils sont en feu.

Je revois soudain mon village brûler, l'orange éclatant des flammes déchiquetant le drap noir du ciel.

Aux abords de Skíringssal, le chemin s'élargit et Alvtir accélère le pas. Dans la pénombre du crépuscule, je parviens à peine à discerner les toits de chaume des maisons longues agglutinées comme un troupeau d'hippopotames. Et puis, tout à coup, elle bifurque vers l'est, évitant la cité pour escalader la colline qui domine le port. Nous récupérons bientôt un étroit sentier qui monte en pente raide jusqu'au sommet.

Est-ce qu'elle m'emmène dans ce mystérieux camp perché sur la colline ?

— Le roi veut te voir, lâche-t-elle, au moment même où j'ouvre la bouche pour l'interroger.

Aurait-elle lu dans mes pensées ?

— Le « roi » ?

Je ne connais pas ce mot.

— Le grand chef, celui qui gouverne, qui commande.

La peur me poignarde en pleine poitrine à la manière d'une dague récemment affûtée. Nous arrivons bientôt devant un grand bâtiment. C'est de loin le plus imposant de tous ceux que j'ai vus à Skíringssal. Il fait presque toute la longueur du terrain aplani couronnant la colline. Deux soldats montent la garde devant la porte à double battant et, devant eux, se dresse une grosse pierre verticale dont l'une des faces minérales est creusée d'étranges marques. Je me demande si ces entailles ne seraient pas une sorte d'écriture. En tout cas, elles sont manifestement là pour signaler l'importance de l'édifice.

Ses murs de bois sont au moins trois fois plus hauts que moi. J'essaie d'en estimer la surface. Un champ d'orge pourrait tenir à l'intérieur. Évidemment, à côté du palais du Ghāna, c'est à peine une grange. Mais les Majous sont un peuple primitif. Leur « roi » s'estimerait sans doute heureux s'il vivait dans une des écuries dorées du Ghāna.

Alvtir fait un signe de tête aux deux gardes qui s'écartent pour nous laisser passer. De plus près, je constate que les portes de bois sombre sont ornées de tresses de fil d'or qui s'entrelacent autour de signes gravés, semblables à ceux que j'ai aperçus sur la pierre dressée. Le motif semble simple, mais a sans doute une portée symbolique qui m'échappe. Comme pour la pierre dressée, même si je ne le comprends pas, j'en perçois l'importance.

Je glisse un regard vers Alvtir, cherchant à déceler dans son profil stoïque un indice de ce qui m'attend. Y aura-t-il un procès ? Est-ce qu'on va me jeter dans la prison du « roi » ? Ou va-t-il ordonner qu'on m'exécute sur-le-champ ?

— À partir de maintenant, tu es au service de la princesse Freydis, m'annonce-t-elle.

Au service d'une princesse ? J'ai un nouveau maître ? C'est ça… mon châtiment ?

Est-ce que ça veut dire qu'on va me tuer ?

Avant que je ne puisse poser la moindre question, Alvtir appuie ses mains sur les lourds battants de la porte et l'ouvre.

Alors que je la suis, ma respiration se fait de plus en plus saccadée. Je sens le nœud familier de l'angoisse et de l'incertitude se resserrer au creux de mon ventre.

L'intérieur du bâtiment ne ressemble pas à ce que j'imaginais. Au lieu d'une multitude de pièces, ce n'est qu'une immense halle soutenue par des colonnes. Ça me rappelle les salles de banquet que j'ai aperçues, un jour, à Koumbi Saleh. Sauf que celle-ci est plongée dans l'ombre et à peine éclairée par les flammes des torches. Un tas de rangées de tables et de bancs s'alignent devant nous jusqu'au fond : assez de places pour accueillir la moitié de la cité, au moins. À l'autre bout de la salle, on a dressé une estrade sur laquelle est posée une lourde chaise en bois sculpté : un trône. Ce doit être ici que le roi donne des fêtes pour son peuple.

Pour le moment, la salle est quasiment déserte, à l'exception des trois silhouettes assises à la table du fond, d'une autre paire de gardes et de la poignée de serviteurs qui se tiennent derrière eux. D'après les couleurs chatoyantes de leurs vêtements, j'imagine que le trio qui siège là-bas appartient à la famille du chef. Même à cette distance, je sens leurs regards brûlants de curiosité braqués sur moi.

Dominant ces trois personnes se trouve un homme à la mine sévère : le roi.

Ses traits se précisent à mesure que nous avançons vers lui. Soit c'est un vieil homme, soit il est usé avant l'âge. L'or de ses larges bracelets scintille à la lumière du feu qui brûle dans l'énorme foyer central. Ils ont l'air trop lourds pour ses bras décharnés. Il fixe sur moi des yeux ternes et je sens chaque fibre de mon corps se crisper sous son regard froid. Il y a quelque chose d'anormal dans son *nyama*, une… corruption dont je ne sais pas le nom.

À sa droite se trouve une femme richement parée dont les cheveux, enroulés autour de sa tête, évoquent de la paille tressée. À côté d'elle est assise une fille qui ressemble beaucoup à ce qu'elle a dû être à mon âge. Ses cheveux dorés, fins comme de la toile d'araignée, cascadent librement sur ses épaules. Au rictus méprisant de la femme qui me toise et aux colliers étincelants qui couvrent sa poitrine (sans oublier la fourrure blanche qui drape ses épaules), je déduis que c'est la femme du roi. La fille à côté d'elle doit donc être la princesse. La princesse Freydis, c'est le nom qu'Alvtir lui a donné.

Pour une fille de roi, elle ne paie pas de mine. Alors que sa mère, dédaigneuse, se tient droite et immobile, avec un port de tête majestueux, la princesse s'agite, avachie sur sa chaise, manifestement mal à l'aise. Son *nyama* fragile s'effiloche aux entournures. Je me prends à me rapprocher d'Alvtir, soudain aussi douloureusement consciente de ma différence, de mon étrangeté, que je l'étais quand je me suis réveillée sur son bateau.

Alvtir prend son temps pour m'amener jusqu'à eux. J'en profite pour regarder autour de moi. Sur les murs, les tapisseries se succèdent. La plupart représentent des scènes de bataille. Même les colonnes de bois sont couvertes de guerriers sculptés. Au fond est accroché un bouclier, identique à celui que portaient les hommes d'Alvtir à Anfa : jaune avec un oiseau noir de chaque côté.

Cet édifice est un temple voué au culte de la guerre.

Nous nous arrêtons à quelques pas de la table derrière laquelle sont alignés les trois personnages. Le fumet de leur repas me monte aux narines, mélange d'odeurs si riches et si variées que j'en ai des vertiges, à la fois dus à la faim et à la nausée. Alvtir écarte ses bras musclés en guise de salut et je remarque qu'elle porte des protections de cuir du coude au poignet, une peau fine et noire que viennent sangler des nerfs rouges.

— Ma très chère famille, dit-elle d'un ton sarcastique.

Famille !

Elle est une des leurs ?

Un membre de la famille royale *?*

Je me raidis, résistant au brusque accès de colère qui me saisit.

Comment est-ce que j'ai pu me tromper à ce point sur Alvtir à Anfa ?

— Elle est aussi sale qu'un elfe noir, commente le roi, en me reluquant de haut en bas.

Il me rappelle l'homme qui a voulu m'acheter au marché aux esclaves.

— Tu es sûre que tu n'es pas allée la chercher à Svartalfheim ? raille-t-il.

Je serre les poings et repousse ce sinistre souvenir, avant de faire quelque chose que je pourrais regretter. *Garde la tête froide.* Je me cuirasse. *Tu as réussi à rester en vie jusqu'ici. Maintenant, débrouille-toi pour que ça continue.*

Je respire un bon coup et redresse la tête. Ignorant délibérément le monarque, je braque les yeux droit dans ceux de la princesse. Son petit visage rond d'oiseau effarouché se crispe sous le poids de mon regard insistant. Pour l'éviter, elle se tourne vers son père en se tordant nerveusement les doigts. Rien que de penser au jugement qu'elle doit porter sur moi, j'ai la rage ventre. Elle, avec sa belle tunique de lin fin et sa robe de brocart rouge, face à moi, dans ma simple chemise d'esclave et mon tablier. Sa peau plus blanche qu'une défense d'éléphant et la mienne, aussi foncée que l'écorce de marula.

— C'est la fille en question, annonce Alvtir. Elle s'appelle Yafeu.

— Et cette créature est-elle douée de parole ? s'enquiert la reine.

— J'ai toujours réussi à me faire comprendre, en tout cas, répondis-je, venimeuse.

La reine arque un sourcil hautain, mais Alvtir ricane sourdement.

— Elle a appris à parler notre langue. Mais c'est à peu près tout ce qu'elle sait faire. D'après Broskrap, aux champs, elle n'est bonne à rien.

Je jette à Alvtir un coup d'œil incrédule. Impossible que Broskrap ait dit une chose pareille. Je sais que je n'étais pas « bonne à rien » ; comparée aux autres esclaves, j'étais même bien meilleure.

Pourquoi ment-elle ? À quel jeu joue-t-elle ?

Son visage est toujours aussi impassible.

— Il a dit qu'elle était plutôt faite pour les tâches féminines, poursuit-elle. Ce n'est pas du tout le genre de *thrall* dont il a besoin, évidemment. Mais elle fera une bonne domestique pour Freydis.

Je manque m'étouffer tant j'ai du mal à me retenir de rire. « Les *tâches féminines* » ? S'il y en a une qui n'est *pas* faite pour ça, c'est bien moi ! Mais une petite lueur d'espoir vacille au fond de mon être. Elle doit avoir ses raisons pour m'infiltrer dans la famille royale. Dans *sa* famille.

Apparemment lassé du sujet, le souverain empoigne une corne fichée dans un trou de la table et la tend. Aussitôt, un des esclaves postés derrière lui (un garçon beaucoup plus jeune que moi) se précipite avec une cruche pour y verser un liquide ambré.

— Est-ce là tout, ma sœur ? demande-t-il, avalant une lampée avant même que le jeune homme ait eu le temps d'en remplir la moitié.

Ma sœur !

Avant qu'Alvtir ne réponde, le roi se lève d'un bond, renversant son fauteuil dans l'élan, et recrache sur celui qui l'a servi. J'ai un mouvement de recul. La princesse et sa mère elles-mêmes tressaillent.

— D'où vient cette saumure, Wérian ? Des cuves de Broskrap ? hurle-t-il, le visage grimaçant, rouge de colère.

Il renverse le reste du breuvage sur le petit esclave grelottant de peur.

Pas le moins du monde impressionnée, Alvtir me fait un clin d'œil. À moins que mon imagination ne me joue des tours. C'était rapide : plus vif qu'un éclair de Sogbo.

Par tous les dieux, qu'est-ce qui se passe ici ?

— Apporte-moi de la vraie bière, espèce de crétin ! Tu n'as pas plus de cervelle qu'une poule !

— Tout… tout de suite, Majesté !

Le pauvre gamin passe en courant à côté de nous et disparaît bientôt derrière la porte d'entrée.

Je reste stoïque, malgré ma confusion.

Alvtir se racle la gorge.

— Si tu le permets, mon frère. Mon propre repas m'attend chez moi.

Le roi la congédie d'un geste de la main. Il recommence à s'empiffrer, aussi apathique qu'à notre arrivée, comme s'il ne s'était rien passé. La reine se remet à picorer, quoique à contrecœur – c'est, du moins, l'impression qu'elle me donne.

Alvtir se dirige déjà vers la porte, me laissant plantée là. Je me retourne pour regarder, éberluée, sa robuste carrure s'éloigner.

— Merci, Tante Alvtir ! lui lance alors Freydis, d'un ton si exalté, si enfantin que j'en ai honte pour elle.

Comme si j'étais quelque colifichet dont sa tante lui aurait fait cadeau.

Freydis se dandine hors de son fauteuil pour venir vers moi. Son timide sourire m'emplit immédiatement d'une haine corrosive. Elle a le visage rond et poupin de la fille qui a toujours mangé à sa faim. Des sourcils jaune paille surmontent ses yeux vert mousse débordant d'innocence. Une innocence que je reconnais car il y a bien longtemps que j'ai perdu la mienne.

— Viens, je vais te montrer ta chambre !

Elle en sauterait presque de joie. Je la suis à reculons quand elle se dirige vers la porte du fond.

Les rituelles stridulations des insectes nous accueillent au-dehors. Mawu n'est qu'un mince croissant dans le ciel. Je cligne des yeux pour m'habituer à l'obscurité, en la suivant vers un vague ensemble de structures noires situé en retrait, au sommet de la colline.

— La prochaine fois, tu devrais prendre une torche au passage avant de sortir de la halle… Pour la lumière… Une torche ? Le feu ?

Freydis articule sciemment, comme si j'étais un peu lente. Comme si je n'avais pas été obligée de parler sa langue ces deux dernières lunes.

— Pourquoi, il en reste ? Les crachats de ton père ne les ont donc pas toutes éteintes ?

À mon grand étonnement, Freydis part d'un gloussement hystérique, avant de se plaquer les mains sur la bouche, comme si ce rire lui avait échappé.

— Tu ne dois pas manquer de respect au roi.

Le silence qui retombe est palpable. Elle ralentit le pas pour marcher à ma hauteur.

— Comment tu t'appelles, déjà ? Yafou ? C'est bien cela ?

Elle massacre le nom de mon père exactement comme Alvtir l'a fait la première fois.

Je la reprends en serrant les dents :

— *Yafeu.*

— Ya-fé-ou, tente-t-elle de répéter, en détachant chaque syllabe. Pardon. À partir de maintenant, je m'en souviendrai, promis.

Elle est sincère, je l'entends, et sur le moment, je m'en veux presque d'avoir été cassante.

Et puis je me souviens de Ma appelant au secours quand les marchands d'esclaves la plaquaient au sol. J'entends les hurlements de Kamo et de Goleh dans l'air envahi de fumée. Je revois le corps inerte d'Ampah, traîné dans le sable ; mon propre corps desséché s'écroulant, sans défense, la lame du négociant plantée dans l'épaule ; son sang chaud m'éclaboussant soudain le visage quand Alvtir lui a perforé le crâne. *Tante* Alvtir. Je me souviens comment *Tante* Alvtir m'a sauvée… pour mieux me vendre comme esclave, dès que nous avons posé le pied dans cette contrée froide et grise. Je me souviens que cette princesse est ma *maîtresse,* exactement comme Broskrap l'était avant elle. Et le peu de considération que j'aurais pu avoir pour ce qu'elle ressent s'évapore dans l'air froid de la nuit.

— Et, moi, je m'appelle…

— Freydis, je sais.

Freydis m'entraîne vers une sorte de case trapue et mal bâtie, non loin d'une maison longue de belle taille : la niche des esclaves, d'après ce que je peux en voir. Elle ne devrait pas sentir l'étable, au moins.

Je prends le ton le plus monocorde possible :

— Est-ce qu'il y a encore quelque chose à faire ce soir, ou je peux aller dormir maintenant ?

La princesse penche la tête de côté à la manière d'un oiseau.

— Ce… ce n'est pas ainsi que Mère et Helge se comportent, bredouille-t-elle.

D'un geste hésitant, elle me prend la main. Je dois mobiliser tout mon sang-froid pour ne pas la retirer et lui envoyer une gifle. Au lieu de quoi, je la laisse pendre, inerte, dans la sienne. Freydis rayonne, prenant apparemment mon manque de réaction pour un accord tacite.

— Tu es ma servante, maintenant, mais je veux aussi que nous soyons amies.

Une étrange émotion se met à bouillonner en moi, et monte, monte… Impossible de retenir un éclat de rire. Stupéfaite, Freydis me lâche la main. Et me voilà pliée en deux, les paumes appuyées sur les genoux, secouée d'un fou rire incoercible. J'ai mal au ventre et j'en pleure tellement que je ne vois plus rien.

— *Amies* ! (Je m'étouffe entre deux éclats de rire.) *Amies* !

Son air, de plus en plus pincé, entre la confusion et l'inquiétude, me remplit d'une joie malsaine et ne fait que redoubler mon hilarité.

Je finis par me calmer et je m'essuie les yeux, respirant à fond jusqu'à ce que mes poumons reprennent un rythme régulier. Soudain terrassée de fatigue, je lui demande de nouveau :

— Je peux aller me coucher maintenant ?

Sidérée, Freydis ouvre la porte sans un mot et désigne la pièce plongée dans le noir. J'y entre d'un pas hésitant. Le feu est presque éteint. À la faible lueur des braises, je parviens à peine à distinguer un petit espace, vide hormis les bancs alignés contre les deux murs les plus longs. Sur celui qui fait face à la porte, une forme se soulève.

Le visage hagard d'une femme d'âge mûr émerge de l'épaisse peau de bête qui la couvre. Le front déjà plissé se ride encore davantage quand elle jette un regard renfrogné à Freydis.

— Qu'est-ce qui se passe ? demande-t-elle d'un ton acerbe.

— Pardon, Helge, s'empresse de se disculper Freydis. Je ne faisais que montrer à Yafeu l'endroit où elle dormira.

« Pardon ? » Elle présente des excuses à une *esclave* ?

— Tu partageras cette chambre avec Helge, m'explique-t-elle. Mère lui a demandé de te préparer un lit.

Un lit. Depuis combien de temps n'ai-je pas dormi dans un vrai lit ? Je hoche lentement la tête et mon regard passe du banc couvert de fourrures à un baquet de bois dans un coin. Je le montre du doigt.

— Pour me laver ?

J'en ai des palpitations. Un luxe pareil ! C'est tellement inespéré !

— Oui. Il y a un puits dehors. Tu peux faire chauffer l'eau dans la marmite pour le remplir et prendre un bain.

J'en ai des frissons d'impatience. Je me retourne vers elle.

— Je voudrais m'en servir demain matin.

J'imagine déjà la merveilleuse sensation de l'eau chaude sur ma peau nue.

Ses grands yeux étonnés croisent les miens, s'y accrochent un instant incertain, avant qu'elle ne me détaille des pieds à la tête.

— Voilà qui conviendrait. Tu fais désormais partie de la domesticité de la famille royale : il te faudra soigner ton apparence.

Elle a pris un ton sec et hautain, tout simulacre d'amitié oublié.

Parfait. Je préfère qu'elle se comporte comme la maîtresse qu'elle est.

— Je reviendrai demain matin.

Et, sur ces bonnes paroles, elle tourne les talons.

— T'as pas intérêt à utiliser mon baquet, m'avertit Helge, sifflant comme un cobra, à peine la porte refermée. Même pas en rêve. Ta peau dégoûtante noircirait le bois.

Ses paroles méprisantes me font l'effet d'un coup de poing à l'estomac. J'inspire à pleins poumons. Je sens presque la haine qui émane d'elle, alors qu'elle me tourne le dos pour contempler le mur sans ajouter un mot.

Je ne sais pas pourquoi, mais j'ai l'impression que nous non plus, nous ne serons pas amies, Helge.

Je me glisse dans le lit déjà ouvert, surprise de voir que le banc est couvert de peaux d'animaux sous la fourrure. Il y a même un matelas bien rembourré de paille. Je pousse un soupir en m'allongeant, m'efforçant de trouver quelque plaisir dans ce nouveau confort. Couchée sur le dos, je contemple une étoile isolée par le petit trou central ménagé dans le toit pour évacuer la fumée, lorsqu'une émotion inconnue m'envahit. Pas du regret, non, pas de l'angoisse non plus : quelque chose qui tient des deux à la fois.

Je n'arrive pas à chasser la vision de Broskrap de ma tête. Le choc et la rage gravés sur son visage. Sa langue pendant de sa bouche ouverte. La mare de sang sous son cadavre.

J'ai déjà pris des vies avant : celle d'innombrables animaux. Mais jamais celle d'un autre être humain. Et je *voulais* le faire. J'aurais déjà tué le négociant à Anfa, si j'avais pu, comme tous les marchands d'esclaves. Si Alvtir m'avait laissée rejoindre son armée, j'aurais fatalement massacré de nombreux soldats au combat, ou j'aurais tout fait pour, quitte à y laisser ma propre vie.

Alors, pourquoi cette réaction maintenant ? Je sais, au fond de moi je *sais*, que Broskrap le méritait. Quoi qu'Aïré ait pu dire, je n'aurais jamais pu la regarder se faire violer sans intervenir. Il s'est comporté comme une bête, alors je l'ai abattu comme une bête.

Aucune de ces réflexions ne m'apaise, pourtant. Le malaise persiste. Chaud et froid, lourd et vide tout à la fois, il me colle à la peau.

Tremblante, je porte la main au petit loup peint pendu à mon cou. Je suis du doigt les rainures familières et j'entends la voix de Ma, calme et mélodieuse, s'élever dans ma mémoire : « Quand tu étais petite, je devais t'apprendre à trouver l'équilibre. À te maîtriser. Mais tu es une femme, maintenant, et c'est à toi de savoir qui tu veux être. »

Oh, Ma, je n'ai pas été à la hauteur des espoirs que tu fondais sur moi. Cette existence-là ne peut pas être la grande destinée que tu imaginais. J'ai encore agi sans réfléchir et, maintenant, je ne peux pas défaire ce que j'ai fait. Aïré et Bronaugh sont bien mieux sans moi. Et les fils de Broskrap… les fils de Broskrap sont désormais orphelins. Par ma faute.

Je ne sais pas combien de temps je reste allongée comme ça, dans le noir. Mais le sommeil finit par me tendre les bras et je m'abandonne à son invitation.

Mon regard se concentre sur une silhouette bipède qui fuit à travers la forêt. La douce clarté de Mawu filtre à travers l'enchevêtrement des branches et crée un passage, comme si elle suivait la piste de la silhouette noire. Je me rends alors compte que je fonce à sa poursuite. Mes pattes frappent le sol deux par deux : antérieures, postérieures ; antérieures, postérieures. Je sens le vent dans ma fourrure. Je gagne du terrain : plus près, toujours plus près…

C'est tellement facile de chasser comme ça. Je vais la rattraper bientôt. Quelques instants encore. Voilà, je suis presque sur elle… Mais je suis blessée. Je ne le sens pas, mais je le sais. Et grièvement. Je jette un coup d'œil à mon épaule. Mes poils sont englués d'un sang épais et poisseux qui se répand partout sur mon corps. Il provient de deux blessures de couteau. Peu importe. Je la tiens maintenant. Je bondis sur mes pattes postérieures au moment où la silhouette se tourne vers moi pour me viser avec une nouvelle dague. Je reconnais ses cheveux trop clairs et clairsemés, sa peau rose, son front ridé : c'est Broskrap.

La dague se plante dans mon cou. Mon corps s'écroule, vaincu. Je ne peux plus bouger. Impuissante, je regarde du coin de l'œil Broskrap tituber vers moi. La pâle clarté de Mawu éclaire faiblement son visage… Mais, apparues aux limites de mon champ de vision, les ténèbres se rapprochent, convergeant vers lui pour l'envelopper tout entier et je sais que je suis en train de mourir.

Je le perçois qui s'agenouille à côté de moi et, quand la lumière revient, ce n'est plus Broskrap mais moi, mon propre visage qui se penche vers moi.

C'est étrange de me voir. Comme un reflet dans l'eau claire et plate d'une mare. La large bouche aux lèvres pleines, froncée en une moue maussade, me rappelle celle de Ma ; la mâchoire affirmée et les longs cils me viennent de Baaba. Ma main d'un brun très foncé se tend pour toucher mon museau ensanglanté.

Soudain, je vois de nouveau à travers mes yeux et contemple le loup à l'agonie. Mais ce n'est plus un loup : c'est Alvtir. Ou plutôt la tête d'Alvtir sur le corps d'un loup. Le sang coule de ses lèvres, écarlate, sur la blancheur de sa peau. À la fois dégoûtée et fascinée, incapable de détacher les yeux de ce spectacle, j'ai un mouvement de recul.

Sa respiration saccadée s'étrangle dans sa gorge.

— Vive la reine noire ! dit-elle dans un râle.

Elle m'adresse alors un sourire qui découvre ses crocs couverts de sang et, du plus profond de moi monte une panique absolue...

Je me redresse en sursaut. La terreur me plombe l'estomac. Je ne reconnais pas mon environnement. Il me faut un petit moment pour me souvenir où je suis. Je porte la main à mon front trempé de sueur et plisse les yeux pour discerner la couche de Helge de l'autre côté de la pièce. Sa poitrine se soulève régulièrement au rythme d'un sommeil profond.

Ce n'était qu'un rêve.

Je pousse un soupir de soulagement et retombe sur mon lit pour me rendormir aussitôt.

18

FREYDIS

Durant la lune suivante, j'ai tout essayé pour inciter Yafeu à sortir de sa coquille. Mais rien de ce que je dis ou fais ne semble avoir le moindre effet. Si je lui pose des questions à son sujet, ses réponses sont toujours vagues ou lapidaires. Si je lui propose de prendre part à diverses activités, elle ne les accomplit que plus vite pour éviter ma compagnie. Je lui ai même donné une ancienne tunique et une de mes vieilles robes pour remplacer son tablier et sa méchante chemise de *thrall* toute rêche. Mais elle a froncé le nez, les tenant à bout de bras, pincées entre deux doigts, comme si ma garde-robe empestait le vieux flétan et qu'elle ne voulait pas risquer de laisser cette immonde odeur dans son sillage. Elle est un peu comme Freyr avant qu'il n'épouse Gerd : d'humeur revêche et renfrognée. Ma seule consolation, c'est qu'elle ne semble supporter *personne.* Elle reste à distance des autres *thrall* et ils font de même.

Nous aurions pu nous attendre à quelque gratitude de sa part : nous l'avons tout de même arrachée à son existence de fille de ferme ! Mais les recommandations de Tante Alvtir selon lesquelles Yafeu serait plus adaptée aux tâches féminines étaient… Eh bien, à dire vrai, il ne me semble pas que Yafeu ait jamais accompli la moindre tâche féminine. Elle sait entretenir le jardin et peut filer la laine à peu près correctement, mais les ouvrages plus délicats de couture ou de tissage requièrent une patience dont elle est manifestement dépourvue.

Tout doit être si différent, là d'où elle vient. Il se murmure qu'il existe en Afrique des monstres gigantesques, des dragons qui crachent le feu et des bêtes aussi grosses que vingt hommes. Un jour, j'ai interrogé Yafeu à ce propos. Elle m'a tout simplement ri au nez. Une fois de plus.

Il semblerait que je ne puisse susciter chez elle que moquerie ou mépris. Je pouvais bien espérer une amie loyale et une confidente, comme Mère l'a trouvée en Helge !

Je n'ai rien à attendre de l'avenir, sinon mes épousailles au printemps prochain. Mais, chaque fois que mes pensées se tournent vers le roi Hakon, un bourgeon de panique éclôt dans ma poitrine. Je ne peux guère que me concentrer sur les tâches du jour en m'efforçant de ne pas songer au destin que les Nornes ont filé pour moi. Las, au plus noir de la nuit, lorsque le sommeil me fuit et que je me sens plus seule que jamais, je ne peux m'empêcher de m'interroger sur leur dessein.

Cet après-midi, Yafeu et moi sommes occupées à tisser dans le jardin potager, assises pieds nus sur un édredon, profitant du temps étonnamment doux pour la saison. J'en profite, du moins. À cette période de l'année, la plupart des herbes et des légumes ont déjà été cueillis, mais les phlox d'automne qui bordent la parcelle sont en pleine floraison, et un parfum frais et poudré embaume tout le jardin. Les chants d'oiseau composent une polyphonie qui comble agréablement le silence.

Nous travaillons à une tapisserie oblongue que j'apporterai dans mes bagages à Trøndelag pour décorer ma nouvelle demeure. J'ajoute quelques motifs à la scène, pendant que Yafeu boude, penchée sur mon ancien métier à tisser, lissant les fils de laine brute que j'utiliserai pour la frange. Les jambes allongées devant elle, bien qu'elle n'ait aucun appui pour s'adosser, elle se tient aussi droite qu'une planche de chêne. Elle ne se voûte pas. En fait, je n'ai jamais vu de *thrall* se tenir comme elle : il n'y a, dans son attitude, aucune trace de la moindre déférence.

Comme elle en a l'habitude, elle a tressé ses épais cheveux noirs en deux nattes serrées. Je me demande souvent à quoi ils ressemblent lorsqu'ils sont lâchés.

Sans réfléchir, je tends la main pour toucher le bout d'une de ses nattes. Elle s'écarte vivement et me foudroie du regard comme si je venais de la gifler.

Je m'empresse de me justifier :

— Pardon, je… je voulais juste savoir quelle texture tes cheveux avaient.

— Pourquoi ?

— Parce qu'ils sont si différents des miens.

La réplique lui vient spontanément à la bouche :

— Je *suis* différente.

Avant que je ne puisse réfléchir à une réponse, les barrières de bois s'ouvrent dans un grincement sonore. Lorsque je lève les yeux, Mère s'avance vers nous d'une démarche souveraine. Les fibules d'or qui ornent sa robe bleu guède scintillent au soleil. Comme de coutume, Helge trottine à sa suite.

Je m'empresse de remettre mes bottines. Mère me grondera s'il y a ne serait-ce qu'un grain de poussière sur mes pieds. « Une reine ne court pas partout pieds nus », dit-elle toujours.

Je l'interpelle :

— Mère, venez regarder la tapisserie à laquelle Yafeu et moi travaillons. (J'oriente le métier vers elle.) C'est Odin offrant son œil à Mímir afin de pouvoir boire au Puits de la connaissance.

— Est-ce là ce que je devrais rapporter à ton père ? (Mère se campe devant nous, la main posée sur sa hanche gracile.) Que toi et ta nouvelle servante paressez dans le jardin au lieu de confectionner ta robe d'épousée ?

Helge tourne les yeux vers Yafeu avec un rictus sarcastique, se faisant ainsi l'écho de la réprobation de sa maîtresse.

— Mais les noces n'auront pas lieu avant plusieurs lunes : je ne pensais pas que...

— Exactement : tu ne penses pas. Te connaissant, tu attendras le dernier moment pour commencer et je n'aurai pas le temps de rectifier tes erreurs.

Je m'empourpre. J'ai tout à coup un tel poids sur l'estomac qu'il semble m'entraîner vers le sol jusqu'à faire ployer ma poitrine et mes épaules. Mère a raison : je n'ai cessé d'ajourner la confection de ma robe, même après que Père m'a acheté deux aunes de la plus belle soie de Grande Bulgarie, preuve s'il en fallait encore de ma stupidité.

Il n'empêche, je préférerais grandement m'éviter une correction, ce jourd'hui. Même si je la mérite.

— Je... j'avais songé que ce pourrait être mon cadeau de mariage au roi Hakon. Une tapisserie pour décorer sa halle.

— Hakon n'a que faire d'une *tapisserie*, Freydis. En guise de « cadeau de mariage », il aura ta dot. La seule tâche qui t'incombe, c'est de lui donner un héritier. C'est là ce que tout homme est en droit de...

Elle laisse sa phrase en suspens, tandis que, de son visage, toute couleur se retire.

J'accours à sa rescousse :

— Je ne sais si c'est votre robe, Mère, ou cette façon qu'a le soleil de la mettre en valeur, mais vous êtes particulièrement ravissante. Non que vous ne soyez pas toujours belle, vous l'êtes, naturellement. Seulement…

— Trêve de sottises ! m'interrompt-elle d'une voix tranchante. Mets-toi à l'ouvrage, et sans tarder !

Je plonge mon regard dans le sien. J'aurais tant voulu hériter de la couleur de ses yeux noisette au lieu de celle que Père m'a léguée. Elle est tellement plus jolie, avec ce mélange de marron et de vert pailleté d'or qui évoque un tapis de feuilles en forêt moucheté de lumière. Les visiteurs reçus à la halle remarquent souvent que nous nous ressemblons, Mère et moi. Mais je n'imagine pas que l'on puisse nous comparer : ma beauté est bien loin d'égaler la sienne.

— Oui, Mère. Pardonnez-moi. Nous allons nous y atteler sur-le-champ.

Je glisse un regard vers Yafeu qui considère Mère avec une étrange expression. Il y a, dans son regard, quelque chose de… d'inébranlable. Un nœud commence à se former au creux de mes entrailles.

Je me retourne vers Mère. Une sorte d'incrédulité passe sur son visage hautain : comment une simple *thrall* peut-elle oser la toiser de cette façon ? Un long silence s'ensuit, tendu, et je crains fort qu'elle ne lève la main sur Yafeu. Puis, brusquement, elle fait volte-face et s'éloigne à grands pas, soulevant à deux mains sa robe pour ne pas la salir. Helge adresse à Yafeu une grimace de profond dégoût, avant de se hâter pour rattraper sa maîtresse.

Je pousse un soupir en contemplant ma tapisserie inachevée. Je ne suis pas allée au-delà du bras d'Odin présentant son œil.

— Ta mère n'est pas comme la mienne, commente alors Yafeu.

Je me tourne vers elle, étonnée. Non en raison de sa familiarité, car j'ai depuis longtemps renoncé à lui enseigner le voussoiement. Faisant fi des ordres de Mère, elle a repris son ouvrage, s'acharnant sur les fils et empoignant la navette comme s'il s'agissait d'un gourdin.

— Rien de ce que tu fais n'est jamais assez bien pour elle, maugrée-t-elle.

Je déglutis avec peine en retirant le dernier rang de points de ma tapisserie.

— Il semblerait que personne ne parvienne à lui déplaire davantage, il est vrai. Sauf Tante Alvtir, évidemment.

— Alvtir ? (Yafeu tourne vers moi un regard avide.) Qu'est-ce qu'elle a fait pour devenir une guerrière ? Combien y a-t-il de femmes comme elles ?

— Qu'a-t-elle fait ? (Je n'en crois pas mes oreilles.) Mais personne ne *veut* devenir comme Alvtir.

— Moi, si.

Je me sens pâlir.

— Tu ne sais pas ce que tu dis, Yafeu.

Elle grimace. Une fois de plus, je l'ai déçue. Et je n'ai pas la moindre idée de ce que j'ai fait de mal.

Portant le regard sur mon métier à tisser, j'examine mon ouvrage inachevé.

— Tu es une *nyamakala.*

— Une… ?

— Tu crées des choses. Tu as un don.

— Ma tapisserie ? Oh, c'est un simple passe-temps.

Je scrute ses traits, cherchant à y déceler la moindre trace de raillerie. Mais elle semble sincère.

— Qui est ce « Odin » ?

De son long index, elle touche l'œil dans la main du personnage sur mon ouvrage.

— Odin est le Père des Âges, bien sûr. Le dieu de tous les dieux. Il règne sur le Valhalla.

— Le « Valhalla » ?

— Une magnifique halle dans un autre monde où il accueille les esprits des guerriers qui sont tombés au combat. Les plus vaillants, du moins, les plus nobles : ceux choisis par Odin et par les Valkyries.

— Valhalla, répète lentement Yafeu, comme si elle soupesait le mot avec sa langue. (Elle recommence à me fixer avec son expression étrange.) Est-ce qu'Alvtir ira au Valhalla ?

Je fronce les sourcils. Je ne me suis jamais posé la question. J'évite de penser à Alvtir, en général, et je ne le fais jamais sans réprimer un frisson. Mère m'a toujours dit de garder mes distances, de peur que la malédiction ne s'abatte sur moi. Mais Yafeu semble particulièrement intéressée par ma tante, curieusement.

Sous peu, il faudra que je la mette en garde contre la malédiction. Mais pas maintenant que nous réussissons enfin à avoir une vraie conversation.

— Je ne sais pas. Je ne suis pas sûre que les femmes puissent accéder au Valhalla.

Elle se renfrogne aussitôt. Et voilà ! Je l'ai encore froissée sans le vouloir. Elle ramène à elle ses jambes avec souplesse et se lève.

— M... mais les Valkyries sont des femmes. (J'improvise pour tenter de retenir son attention.) Alors, elle pourra peut-être y entrer. Et Odin lui-même est... efféminé.

Elle marque une pause.

— Qu'est-ce que tu veux dire ?

— C'est un *seidr* : un sorcier. Et la sorcellerie est le domaine des femmes.

Elle plisse le front.

— Donc... un homme féminin commande aux meilleurs guerriers ?

— Je... je n'avais jamais vu les choses sous cet angle.

Elle sourit, révélant de ravissantes fossettes au creux de ses joues. C'est si inattendu que je ne peux pas m'empêcher de lui rendre son sourire. Elle laisse alors échapper un gloussement et, soudain, je me mets à pouffer. Comment n'ai-je pu m'apercevoir plus tôt combien c'était étonnant ?

Lorsque nous avons finalement repris notre sérieux, je m'apprête à tout lui dire sur Frigg, Thor, sans oublier les jumeaux Freyja et Freyr ; mais, au dernier moment, ma curiosité l'emporte :

— Et, chez toi, qui est le dieu suprême ?

— Qu'est-ce que tu veux dire ?

— Le dieu... le plus haut : celui qui domine tous les autres.

— Eh bien, Nana Buluku est la créatrice, la déesse mère. Mais c'est Mawu-Lisa qu'on prie surtout.

— Maouaouliseu ? (J'essaie d'imiter les sonorités étrangères.) Et à quoi ressemble-t-il ?

— *Mawu-Lisa* n'est pas un « il », me reprend Yafeu.

J'en reste bouche bée.

— Votre dieu suprême est une *femme* ?

— Nana Buluku est une femme. Mais Mawu-Lisa n'est ni l'un ni l'autre. Ils sont les deux : il *et* elle. Lisa... (elle pointe le soleil du doigt), c'est la face masculine. Et Mawu, la lune, la face féminine. Mais, ensemble, ils ne font qu'un. (Elle frappe dans ses mains et les joint pour illustrer son propos.) Un tout. Leur complémentarité est à l'origine de l'ordre du monde et ils ont donné naissance à tous les dieux du ciel, de la terre et de l'eau.

Je n'ai jamais entendu parler d'un être qui soit à la fois mâle et femelle. C'est d'une extraordinaire étrangeté.

— Nous aussi, nous avons des divinités similaires… En fait, non, pas vraiment similaires, mais… Sól est associée au soleil et c'est une entité féminine. Et Máni, la lune, est une entité masculine.

Yafeu hoche la tête, comme pour se réconcilier elle-même avec cette idée. Après cela, nous gardons le silence un moment. Puis, subitement, mes pensées me ramènent vers Mère. Je me lève à mon tour, époussetant ma robe pourtant dépourvue du moindre grain de poussière.

— Nous devrions rentrer avant que Mère ne revienne. Elle me tuera, si jamais ma robe de mariée n'est pas prête avant Skammdegí.

— Skammdegí ?

— Les jours les plus courts et les plus froids de l'année.

Une lueur de pure détresse traverse son regard.

— Plus froid ? Il peut faire plus froid ?

Je m'esclaffe malgré moi. Cette fois, elle ne partage pas mon hilarité.

— Vous n'avez donc pas d'hiver là d'où tu viens ?

— D'hiver ?

Je lui explique les changements de saison pendant que je l'entraîne hors du jardin potager, passant devant les cuisines, d'où s'échappent bruits de marmites et de casseroles et bavardages étouffés des *thrall* préparant le dîner. Yafeu m'explique à son tour qu'il n'y en a que deux, là d'où elle vient : la saison des pluies et la saison sèche. D'après elle, *toutes les deux* sont plus chaudes que nos étés.

Nous longeons à pas lents la Grande Halle.

— Je ne parviens pas imaginer vivre la moitié de l'année sans une goutte de pluie. Ni des étés éternels !

— Je n'aurais jamais pensé que je…

Elle se raidit et se tait tout à coup. Je finis par comprendre qu'elle écoute les sentinelles postées à la porte, à l'angle du bâtiment. Inconscientes de notre présence, elles poursuivent leur conversation, le verbe haut et parfaitement intelligible.

Je reconnais la voix d'Orm en premier :

— Tout le monde sait que Broskrap a l'habitude d'aller à la ferme du vieux Ødger à Nideby. On dit qu'il est sans doute allé là-bas pour…

— Je sais c'qu'on dit et j'en crois pas un mot… (Et, maintenant, c'est la voix de Gunnar, un des plus vieux gardes de Père.) J'y suis allé, *moi*, à Nideby, mon garçon. Y a rien pour lui là-bas qu'il a pas déjà chez lui. M'est avis qu'il a plutôt fini par se saouler à mort.

Yafeu semble avoir avalé un scarabée. Je m'interroge, troublée, avant de me le rappeler : Oncle Broskrap était son maître avant moi. Elle a dû entendre parler de sa disparition.

— Se saouler à mort, hein ? (Orm ricane.) Broskrap a rien d'un guerrier, pour sûr, mais c'est pas une femmelette non plus. Pas quand y s'agit d'tenir sa bière.

— Les accidents, ça arrive, quand un gars est plein comme une outre. Et Broskrap est trop souvent plein. Ou *était*.

Au moment où nous dépassons l'angle de la halle, les deux gardes nous aperçoivent et se taisent. Gunnar nous salue poliment, mais Orm devient écarlate et m'adresse une profonde révérence. Je les salue de la main.

Dès que nous ne sommes plus à portée de voix, je me tourne vers Yafeu.

— La disparition de Broskrap doit t'inquiéter, j'en suis navrée.

Elle grimace.

— Oui.

J'ai honte de mon égoïsme. Je tenais tant à gagner son amitié que je n'ai même pas pensé à lui faire part de la triste nouvelle.

— Il reviendra bientôt, je n'en doute pas.

J'essaie de prendre un ton rassurant. En vérité, je suis aussi sceptique que Gunnar. Personne n'a revu Oncle Broskrap au port depuis le retour de la *hird*. S'il s'en était allé visiter un jarl de ses amis, on l'aurait certainement aperçu quittant Skíringssal. Quoique regrettable, assurément, un accident dû à un excès de boisson est bien plus probable. Ou pis encore. Oncle Broskrap était connu pour ses… appétits : il se peut qu'un époux trompé… ou même une femme abusée… Enfin, je ne devrais pas laisser libre cours à mon imagination. Je ne doute pas qu'il réapparaîtra bientôt, et je me trouverai alors bien sotte de m'être abandonnée à de telles élucubrations.

Entraînant Yafeu à ma suite, je contourne la longue maison pour rejoindre la porte qui donne directement accès à ma chambre. Aucun garde n'étant posté devant l'entrée principale, j'en déduis que Mère a probablement rejoint Père dans la Grande Halle. Je préfère toutefois ne pas prendre le risque d'une nouvelle confrontation.

Je m'apprête à pousser le vantail lorsqu'un cri suraigu se fait entendre à l'intérieur.

La peur me saisit. Le regard aimanté à celui de Yafeu, je me fige. Semblant lire mon désarroi, elle esquisse un signe de tête m'indiquant qu'elle comprend la situation.

Un intrus. Voire plusieurs, à en croire les craquements du parquet.

Qui a bien pu tromper la vigilance d'Orm, de Gunnar *et* du garde de la tour de guet ? Étaient-ils distraits à ce point, ou serait-ce quelqu'un qu'ils connaissent ?

M'armant d'un courage dont j'ignorais jusqu'à l'existence, j'entrouvre la porte. Yafeu et moi nous penchons pour risquer un coup d'œil par l'entrebâillement du battant.

On a laissé le feu s'éteindre dans l'âtre, mais un rayon de soleil filtre par l'ouverture ménagée du toit et je reconnais aussitôt les deux silhouettes qui batifolent dans la pièce.

Il s'agit là d'Astrid, la fille du verrier, et de son amie Solvi, une tisserande. Elles étaient mes compagnes de jeu lorsque nous étions enfants. Cependant, nos relations ont changé quand nous sommes devenues assez grandes pour comprendre nos différences de condition. Elles sont devenues plus distantes, plus solennelles en ma présence. Nous échangeons toujours plaisanteries et commérages lorsque nous nous croisons au marché, mais cela fait des années qu'elles ne sont pas venues me rendre visite.

— C'est « Votre Altesse » pour toi, Solvi, pépie Astrid, d'une voix haut perchée. Va donc me chercher un seau d'eau, et assure-toi qu'elle vient des sources de Himinbjörg et non d'un vulgaire puits. Je ne suis pas une simple vachère !

Je m'empourpre jusqu'aux oreilles. Mes mains se mettent à trembler.

— Oh, *Votre Majesté*, c'est donc comme ça que vous gardez vos cheveux aussi dorés que ceux de Sif ? lui répond Solvi, en imitant son ton affecté.

— Ah ! La déesse voudrait bien avoir des cheveux aussi dorés !

J'ai un haut-le-cœur avant de me recroqueviller sous le poids de l'humiliation. Je recule à pas feutrés pour sortir discrètement en évitant le regard de Yafeu. Mais elle tousse ostensiblement et pousse la porte pour l'ouvrir en grand, révélant notre présence.

Les deux filles se figent. Un long silence des plus embarrassants s'installe.

— Ah, vous voilà, Princesse Freydis ! s'exclame enfin Astrid, en donnant un coup de coude à Solvi.

Elles exécutent une révérence dans un bel ensemble.

— Nous, euh…, bredouille-t-elle.

— Nous avons appris vos fiançailles et nous sommes venues vous présenter nos félicitations, s'empresse de compléter Solvi.

Je me force à sourire.

— Comme c'est aimable !

Mais mon sourire s'évanouit lorsque je reconnais les robes qu'elles portent : l'une, d'un rouge garance, vaporeuse ; l'autre, en laine épaisse, jaune sumac. Astrid et Solvi ont toutes deux des gorges plus opulentes que la mienne, lesquelles semblent près de faire éclater les corsages qui les compriment.

— Ne seraient-ce pas mes robes ?

La question m'échappe, et je me sens immédiatement idiote de la poser tant la réponse crève les yeux.

— Oh, nous... ne faisions que jouer en attendant votre retour.

C'est au tour de Solvi de balbutier, à présent. Elle lance à Astrid un coup d'œil affolé.

Le regard de Yafeu alterne entre les deux visiteuses, d'un côté, et sa maîtresse, de l'autre. Elle se demande manifestement ce qu'il faut déduire de cette situation. Quant à moi, je dois être plus rouge que ne l'était Orm tout à l'heure.

Si seulement un gouffre pouvait apparaître dans le plancher et m'avaler tout entière ! Je pourrais aller vivre sous terre avec le petit peuple. Je n'aurais plus jamais à voir Astrid ou Solvi, ni Yafeu.

Je pars d'un petit rire qui se veut léger, mais ressemble davantage à un couinement.

— Elles vous vont mieux qu'à moi. Gardez-les, vous me ferez plaisir !

Je vais le payer cher, si Mère découvre que mes robes ont disparu. Et si Père l'apprend... Je vais devoir dire que je les ai déchirées et supporter seule le châtiment qui ne manquera pas de tomber. Il ferait exécuter Astrid et Solvi, sinon. Leurs familles également, pour faire bonne mesure.

Leurs épaules se voûtent sous le coup d'un soulagement évident.

— Merci, marmonne Astrid, en s'inclinant de plus belle.

— Vous êtes trop bonne, Princesse, renchérit Solvi.

— Revenez bientôt, mes amies ! Nous célébrerons dignement l'événement avec un tonnelet du meilleur hydromel.

Sans plus attendre, toutes deux passent devant nous pour sortir, si vite qu'un courant d'air chaud nous enveloppe à leur passage.

Je pénètre dans la pièce à grands pas. Les larmes me brûlent les yeux, mais j'essaie désespérément de les retenir.

— Ah ! Les voici ! (Je m'efforce de mettre autant de gaieté que possible dans ma voix alors que, déjà, je fouille dans mon panier à ouvrage, en quête des aunes de soie et de mon porte-aiguille. Je me retiens de jeter le tout en paquet dans les bras de Yafeu.) Tu peux commencer. Je reviens.

Il me faut bien trouver un prétexte pour me détourner et cacher mes larmes. Je vais m'agenouiller aussitôt devant la cheminée et rassembler les braises, en faire une pile que je tisonne inutilement.

De grâce, Odin, Frigg, ou tout autre dieu ou déesse, pour peu que vous exauciez ma prière : faites que je ne pleure pas devant Yafeu !

YAFEU

Il y a un bracelet d'argent sur le sol de la chambre, sans doute perdu par une des deux filles dans sa hâte de partir. Je me penche pour le ramasser. Après avoir déposé la soie sur la table à ouvrage, je prends un moment pour examiner les symboles imbriqués gravés dans le métal. Ils me rappellent ceux que j'ai vus sur les portes de la Grande Halle et sur la pierre qui monte la garde devant l'immense halle de bois.

Pourquoi Freydis était-elle si gentille avec ses prétendues « amies » ? Elles se *moquaient* d'elle, c'était évident. Nous l'avons vu toutes les deux avant d'entrer dans la chambre. Et même en sa compagnie, elles ne se sont pas montrées très aimables.

Je repense à Masireh et aux autres garçons du village. Quand je les ai surpris à ricaner derrière mon dos, je leur en ai vite fait passer l'envie par quelques bleus et un nez cassé.

Un autre souvenir vient chasser celui-là et s'impose à mon esprit sans y être invité. Masireh avait un chien, un grand bâtard efflanqué à la peau sur les os qu'il emmenait à la chasse. Il était extrêmement cruel avec la pauvre bête, se vengeant souvent sur elle quand il revenait bredouille. Je l'ai vu lui donner des coups de pied dans le ventre plus d'une fois – ce que les autres garçons trouvaient très amusant et qui, moi, m'horrifiait. Même dans ses bons moments, Masireh semblait indifférent à la présence de son compagnon. Je ne l'ai jamais vu le caresser ni le gratter derrière les oreilles.

Et pourtant, la bête le suivait partout comme son ombre. Masireh avait beau le maltraiter, le frapper, le délaisser, quelle que soit la cruauté, la brutalité ou l'indifférence qu'il ait pu lui témoigner, le chien ne le quittait pas d'une semelle, attendant toujours une caresse qui ne viendrait pas.

Freydis me rappelle un peu ce chien.

En me faisant cette réflexion, je sens la haine que j'éprouvais pour elle se retirer comme la marée à l'aube. Je glisse le bracelet dans ma poche.

Dès que le feu crépite de nouveau dans l'âtre, Freydis revient lentement avec un tabouret et un tas de vêtements dans les bras. Elle me tend une des robes (« comme modèle », dit-elle), et s'assied en face de moi.

J'épingle la soie autour de la robe sans mot dire. Je me demande si je ne ferais pas mieux de tenir ma langue, sans compter que le silence est plutôt bienvenu : ça change des habituels bavardages futiles de Freydis. Mais un tenace sentiment de révolte me tenaille et c'est plus fort que moi :

— Qui étaient ces deux filles ?

Freydis se frotte la joue.

— Comment cela ? Je te l'ai déjà dit : ce sont mes amies.

Nos regards se croisent. Elle baisse la tête et pose les mains sur ses genoux.

— Il vaut mieux avoir de fausses amies que pas d'amies du tout, soupire-t-elle.

— Je n'en suis pas si sûre. (Comme elle ne répond pas, je repose le porte-aiguille pour sortir le bracelet de ma poche et le fais scintiller à la lueur des flammes.) Ça me rappelle les bijoux que fabriquait ma mère.

J'ignore tout de ces étranges symboles gravés, mais la forme du bijou pourrait vraiment être une de ses créations.

Un léger sourire étire le coin de ses lèvres.

— C'est un des premiers bijoux que je me suis offerts. Mère a coutume de décider de mes atours : elle dit que j'ai mauvais goût. Mais celui-ci, c'est moi qui l'ai choisi, et il aura toujours une place particulière dans mon cœur. (Elle désigne d'un doigt effilé l'une des entailles dans le métal.) Ce sont des runes. Celle-ci est un symbole de protection. Et celle-ci, ici… (elle en montre une autre) est un signe d'alliance, avec la famille, les amis ou l'être aimé.

— C'est donc bien un langage.

Elle laisse retomber sa main.

— Ta mère doit être une grande artiste si ce travail d'orfèvre t'évoque son ouvrage.

J'acquiesce d'un hochement de tête, et sors le pendentif caché sous ma chemise.

— C'est elle qui a fait ça.

Freydis se penche pour l'examiner. Elle caresse le petit loup sculpté du pouce avec une sorte de respect.

— Il est magnifique.

Nous regardons toutes les deux le collier de Ma un long moment, elle, étudiant sa délicate férocité et, moi, perdue dans les souvenirs de ma dernière chasse et de ma rencontre avec le lycaon.

Toute l'excitation de la traque me revient d'un coup, réveillant au fond de moi une impatience qui ne me quitte jamais vraiment. Sauf que, cette fois, elle m'ouvre de nouveaux horizons : j'ai soudain envie de saisir cet instant de complicité inattendue avec Freydis. Je sens déjà un sourire malicieux illuminer mon visage.

Freydis le remarque aussitôt.

— Qu'y a-t-il ?

Je lui prends la main.

— Je travaillerai sur ta robe toute la journée demain. Mais, pour ce soir… si on allait s'amuser un peu ?

Elle arque un sourcil.

— « S'amuser » ?

19

ALVTIR

Tous ces malheureux soldats font peine à voir. Je passe leurs visages en revue. Agglutinés comme un troupeau de bestiaux dans la vaste clairière, les yeux cernés de fatigue, leurs épées d'exercice pendant au bout de leurs bras ballants, ils attendent. Ils attendent que je leur explique pourquoi je leur ai demandé de rallier notre terrain d'exercice si peu de temps après notre dernier raid. De méchantes rafales accentuent la morosité de ce matin gris et froid. À croire que les dieux veulent nous faire part de leur mécontentement.

En marge de la troupe, droites et fières, se tiennent mes *skjaldmö* : Hétha, Wisna et la jeune Rånveig. Je n'en ai qu'une pour plusieurs dizaines d'hommes, mais elles brillent comme des lingots d'argent dans un tas de ferraille.

Comme toujours, Hétha est la première à prendre la parole :

— Pardon, Alvtir, mais pourquoi ce rassemblement aux aurores ?

C'est à tous que j'adresse ma réponse :

— Vous vous demandez pourquoi nous reprenons l'entraînement si tôt après notre raid de l'été ?

Les raclements de pieds et d'épées sur le sol trahissent le malaise des hommes. Je tire Angrboda du fourreau et la brandis au regard de tous. La lame a été forgée dans le fer des dieux eux-mêmes. Je l'ai vue de mes propres yeux tomber des étoiles sur Midgard. Le bruit court, parmi les soldats, qu'Odin a ordonné aux nains Dvalin et Durin de la forger avant de m'en faire présent et de me témoigner ainsi sa faveur. Je la montre toujours quand j'ai besoin de plier mes troupes à ma volonté.

Ou à celle de mon frère.

— Le roi nous a ordonné de retourner en Ibérie. Nous partons demain. Préparez-vous pour un long voyage.

Des murmures courent dans les rangs et je surprends plus d'un coup d'œil brûlant de colère ou de révolte. Mais les bons soldats (mes *skjaldmö* et la poignée de vrais guerriers) reçoivent la nouvelle avec des étincelles dans les yeux. Ça me fait mal au cœur. Je les ai trop bien formés : ils ne mettent jamais mes ordres en doute, même quand ils le devraient.

Je lève la main. Lorsque le silence se fait, mon ordre tombe :

— Par deux pour l'exercice !

Bientôt, les claquements secs du bois heurtant le bois résonnent à travers toute la clairière. Je zigzague entre les combattants, jaugeant leur forme et leur vigueur, triant mentalement ceux qui sont trop jeunes ou trop vieux pour une telle expédition.

J'aboie sur une jeune recrue, alors qu'elle trébuche, reculant devant Ingmar, l'un de mes meilleurs soldats :

— Tu serais déjà mort sur le champ de bataille ! Pense donc à tes appuis !

— Alors, comme ça, on s'entraîne ? lance une voix nasillarde.

Je grimace en voyant Snorri émerger de derrière un gros chêne. *Par Loki et sa maudite insolence !* J'espérais que ce planqué soit trop occupé à chercher son père disparu pour répondre à l'appel.

— Certains d'entre nous, en tout cas.

— Dis-moi, ma cousine, pourquoi le roi nous pousserait-il à reprendre la mer si vite après le dernier raid ? Ne cherches-tu pas simplement à trouver un nouveau *thrall* pour réchauffer ta couche ?

Il ricane de sa propre plaisanterie et surveille les hommes du regard avec un air d'autorité qui me donne une furieuse envie de lui tordre le cou.

Je crache à ses pieds.

— Le roi a ses raisons. Tu es le bienvenu parmi nous, évidemment. Mais je te croyais parti à la recherche de ton père.

Il se raidit et je sens mon pouls s'accélérer sous le coup de la jouissance. Je me penche encore plus près pour lui murmurer droit dans l'oreille :

— Peut-être qu'il n'a pas supporté la honte de voir ce que son fils est devenu et qu'il a préféré se jeter du haut d'une falaise.

Snorri serre la poignée de sa dague, sans doute pour maîtriser la colère qui le fait frémir.

— Il semblerait que tu n'aies pas encore trouvé d'adversaire à ta mesure pour t'entraîner, Alvtir.

Ah, enfin !

Je plisse le front, feignant la surprise.

— Ce serait un honneur, Snorri, fils de Broskrap.

Snorri interrompt alors l'échange des soldats les plus proches pour s'emparer de l'épée de bois et du bouclier de l'un d'eux. Les deux hommes se tournent vers nous pour assister au spectacle, poussant des acclamations quand Snorri commence à tourner autour de moi.

Je remets mon épée au fourreau. Comme si elle avait lu dans mes pensées, Hétha apparaît immédiatement à mes côtés et me tend sa propre lame d'entraînement et son bouclier, que j'accepte sans hésiter. Après tout, il faut juste que je le blesse dans son orgueil. Pour le moment.

Un à un, les hommes de la *hird* abandonnent leurs duels afin de nous observer. Leurs cris et leurs vivats enflent bientôt en une clameur assourdissante. Soit je ne suis pas la seule à vouloir donner à Snorri une bonne leçon d'humilité, soit il n'est pas le seul à souhaiter me voir tomber.

Quoi qu'il en soit, je vais leur montrer ce que ça veut dire, d'être l'élue d'Odin.

Le vent se met à hurler alors que Snorri continue à me tourner autour, tel un chasseur avec sa proie, des éclairs de haine dans les yeux. Je lui laisse croire qu'il a une ouverture, sachant très bien qu'il ne passera pas à l'action tant qu'il ne s'imaginera pas en position de force. Aussitôt, il fond sur moi. Je pare le coup, avance en pas chassés et projette mon bouclier, à bout de bras, frappant le sien de plein fouet. Il recule, chancelant. L'écho des éclats de rire moqueurs des spectateurs ricoche sur les arbres.

Bien. Il y a au moins une partie des hommes qui soutiennent leur *stallari.*

J'affiche un sourire sardonique qui découvre mes dents. Le regard de Snorri se porte sur ma bouche et il hésite.

Impossible de ne pas rire devant tant de couardise. Cela suffit à réveiller sa rage et il se rue dans ma direction, l'épée brandie. Cette fois, j'esquive le coup, mais le tranchant de bois m'érafle l'épaule au passage. Je me mords l'intérieur de la joue, étouffant un cri de douleur. Nul doute que j'aurai des échardes à retirer plus tard. Peut-être que je suis devenue trop sûre de moi en vieillissant…

Son épée poursuit sa trajectoire et ricoche sur le sol. Profitant de l'effet de rebond, je lui écrase l'avant-bras du pied, juste assez fort pour lui laisser un souvenir durable et violacé sans toutefois le casser.

Il hurle, lâche son arme et bascule vers l'avant. Son corps s'abat dans l'herbe avec un bruit mat jouissif. Il roule sur le flanc et se recroqueville sur son bras blessé comme un bébé à peine sorti du ventre de sa mère. Il doit réprimer l'envie de pleurnicher.

Un sourire narquois me monte aux lèvres devant ses mines d'agonisant. C'est un net progrès par rapport à ses habituelles jérémiades. À quelques pas de moi, Hétha et Wisna échangent un coup d'œil amusé, et Ránveig ne prend même pas la peine de retenir son fou rire.

Bien. Aucune femme digne de ce nom n'a de compassion pour Snorri Broskrapsson. Autant qu'il le sache.

Quant aux hommes de la *hird*, ils préfèrent détourner les yeux, dégoûtés. Certains font semblant de s'intéresser aux feuilles balayées par le vent. Snorri est capitaine, ils ne veulent pas aggraver son cas en l'insultant. Mais je suis sûre qu'il sent la répulsion qu'il leur inspire aussi cruellement que la douleur dans son avant-bras. Je ne les en blâme pas : j'aurais honte de n'importe quel frère d'armes qui succomberait si facilement à une blessure légère. L'un après l'autre, ils se détachent du groupe de spectateurs enthousiastes qu'ils ont formé pour reprendre leur entraînement.

Je me retourne comme si je m'apprêtais à m'éloigner, maintenant que le duel est terminé. Soucieux de laver son humiliation, Snorri en profite pour tenter de se relever. Trop vite. Exactement l'erreur que j'attendais. Je fais mine de me sentir menacée et pivote d'un bloc pour lui donner un coup de tête. Snorri hurle de nouveau et porte la main à son nez, qui saigne désormais abondamment.

— Pour Alvtir ! s'époumone alors Ránveig, en levant haut son épée d'exercice.

Je la bâillonne d'un regard. Ces hâbleries sont pour les minables. Ce qui devait être prouvé l'a été. Le combat a tranché, comme toujours.

— C'est assez pour aujourd'hui. (J'élève la voix pour m'adresser à la troupe entière, aux femmes comme aux hommes.) Rentrez chez vous. Départ demain à la mi-journée.

Snorri ramasse son épée d'entraînement par terre et file sans demander son reste.

En le regardant disparaître dans les bois, je ne peux pas m'empêcher de me demander s'il était utile de m'en faire un ennemi encore plus féroce. Je suis bien placée pour savoir combien l'hostilité des hommes faibles peut être destructrice. Je n'en devais pas moins étouffer, dans le cœur de mes hommes, toute velléité de remise en cause de mon autorité. J'ai mis des années à gagner leur allégeance et une seconde d'hésitation pourrait briser ce résultat. C'est l'inconvénient d'être une femme qui commande : ils attendent toujours que je tombe, qu'un homme ait le dessus sur moi. Et, tout comme le serpent mord quand l'ours baisse la garde, je sais que Snorri essaiera de me supplanter à la tête de la *hird* à la première occasion.

Quand ce jour viendra, j'aurai intérêt à avoir su me montrer digne de leur loyauté.

20

YAFEU

Nous traversons les bois au nord-est de Skíringssal. Lisa est déjà bas derrière nous. Freydis m'a fait faire un large détour, contournant à bonne distance les vergers du roi avant de regagner les contreforts de la colline. Je suppose que c'était pour qu'on ne nous voie pas.

Quand Mawu reprend enfin son empire, la forêt devient Autre. Son *nyama* tout à la fois s'apaise et s'anime, battant au rythme d'une vie différente : celle des créatures de la nuit, qui sortent de leur torpeur dès le soir tombé. Notre crépuscule est leur aube.

Un cours d'eau gazouille au loin. Son murmure charrie l'image du corps de Broskrap. Ce ruisseau coule d'ouest en est : le cadavre pourrait donc se trouver sur ses berges, quelque part dans les parages, à l'heure qu'il est. S'il en reste quelque chose.

Je repousse ce sinistre souvenir pour reporter mon attention sur cet environnement méconnu. Les arbres sont vieux, par ici, et robustes. Ceux aux troncs élancés et aux aiguilles, qui abondaient aux abords de la ferme, se font plus rares. Ce n'est pas la première fois que je passe la nuit en brousse et j'ai l'habitude de laisser mes oreilles prendre le relais de mes yeux pour me guider. Mais cette forêt m'est encore étrangère, avec ses animaux et ses esprits inconnus. J'ai la sensation d'être un nouveau-né qui doit se familiariser avec tous les sons de la vie extérieure en arrivant au monde. L'air est de nouveau empli de stridulations cadencées, et aussi des bruissements de rongeurs à la queue touffue ; à moins que ce ne soit un lézard qui se faufile dans les sous-bois pour s'éloigner de nos bruits de pas. Une chouette nous interpelle de la cime d'un arbre avec des « hou, hou » interrogateurs : qui sommes-nous donc pour oser fouler ce lieu sacré ?

« Mon oiseau de nuit ». C'est comme ça qu'Ampah m'appelait parce que j'aimais tant la nuit, chez nous. Je croyais que cette partie de moi était morte. Mais je me demande si elle n'était pas seulement… assoupie. Et, maintenant, elle se réveille.

Repenser à Ampah devrait m'attrister. Et pourtant non. J'ai l'impression d'être dans une sorte de transe. J'habite intensément mon corps et, en même temps, je flotte dans un état second propre au rêve. Chaque frottement se change en chuchotement des esprits de la forêt ; chaque branche tordue devient le bras d'un ancêtre m'agrippant pour revenir à la vie.

Une brindille se courbe sur mon passage, prise dans les fibres grossières de ma cape, et Freydis proteste quand elle la fouette en se détendant. Son « Aïe ! » étouffé me tire de ma rêverie.

— Oups !

Je n'ai pas l'habitude de me déplacer avec tant de couches empilées sur le corps : ça gêne mes mouvements. Même ma tunique de chasse (qui me manque tant) n'était pas aussi lourde que tous ces vêtements portés par les Majous pour braver le froid.

Je ne peux pas m'empêcher d'afficher un sourire narquois quand je sens Freydis se rapprocher dans mon dos.

Je lui glisse un calme « Tout va bien » pour la rassurer. Je perçois son *nyama* aussi clairement que j'entends chacun de ses pas maladroits : elle est à peu près aussi à l'aise dans la forêt que je le suis devant un métier à tisser.

On aurait peut-être dû attendre l'aube pour aller chasser. Au Wagadou, quand il se lève, Lisa offre une meilleure protection contre les prédateurs. Et même si Mawu est censée montrer, cette nuit, sa face pleine et ronde, seule une fraction de sa clarté nous éclaire à travers l'enchevêtrement des ramures : on peut aisément éviter de se heurter à un tronc d'arbre, mais il est plus difficile de repérer la moindre piste. C'est Freydis qui a lourdement insisté pour que nous fassions cette excursion de nuit. Pour éviter de rencontrer d'autres chasseurs. Elle a chargé Helge de dire à ses parents qu'elle ne se sentait pas bien et préférait sauter le dîner pour mieux se reposer, de sorte que personne ne vienne nous déranger avant demain.

— C'est la première fois que tu t'éloignes autant de la cité ?

Je l'interroge, plus pour la distraire que par réelle curiosité.

— Non, mais les occasions de sortir sont rares. Et je ne m'aventure *jamais* dans les bois… (Elle s'interrompt, puis chuchote :) Helge m'a dit un jour qu'il y avait des trolls dans la forêt.

— Des trolls ?

— De gros monstres. Très gros. Ils mangent les enfants.

J'ai du mal à me retenir de rire.

— J'imagine que Helge t'a raconté ça quand tu étais petite, non ?

— Oui, me répond-elle avec le plus grand sérieux, passant complètement à côté de l'allusion.

Je suis soudain prise d'une irrépressible envie de me retourner pour la secouer, juste pour le plaisir de lui faire peur. Je me réjouis déjà de sa réaction, mais elle se mettrait sans doute à hurler si fort qu'elle ferait fuir n'importe quel gibier à des mille à la ronde.

Et, du gibier, il y en a. C'est ce que je me dis avec satisfaction en remarquant des traces sur un tronc. Au Wagadou, l'antilope mâle se sert de ses cornes pour racler l'écorce des arbres pendant la période de reproduction. Quand j'ai décrit l'antilope à Freydis avant de partir, elle m'a appris qu'on les appelait des « rennes », ici, et qu'ils vivaient dans les bois. Je ne sais pas si je dois la croire parce que je n'ai jamais mangé leur chair ni vu leur peau nulle part. Ce n'est que plus exaltant d'apercevoir des indices de leur passage : je vais enfin pouvoir donner la preuve des talents que j'ai acquis au cours de mon ancienne vie dans la nouvelle.

— Elle m'a dit aussi que…

Je la bâillonne de la main.

Des voix étouffées. Et un bruit de pas. Qui se rapprochent.

J'attire brusquement Freydis derrière l'arbre éraflé. Son tronc est bien trop étroit pour nous dissimuler toutes les deux, mais je n'ai pas le temps de trouver une meilleure cachette.

— … si ce que tu dis est vrai, Chlothar.

La voix est nasillarde, désagréable.

— Je vous jure, par mes dieux et les vôtres, que c'est la vérité, mon seigneur.

Le ton de la réponse est craintif.

— S'il en est ainsi, et seulement si, tout sera pardonné. Mais, tant que je n'aurai pas la preuve de ce que tu avances, tu ne diras pas un mot de ceci à quiconque. Si nous en acquérons la certitude, j'en parlerai moi-même au roi. Me suis-je bien fait comprendre ?

— Très bien, mon seigneur. Je garderai le silence.

— Parfait. (Les pas s'arrêtent.) Si je découvre que tu m'as trompé…

La voix nasillarde se tait brusquement. Mon cœur s'emballe.

— Mon seigneur ?

Le bruit métallique d'une épée que l'on tire du fourreau. Je retiens mon souffle.

— Vous, là, derrière cet arbre ! Montrez-vous !

C'est un ordre, pas une invitation.

— Y aurait-il quelqu'un dans ces bois ? lance alors Freydis d'un ton innocent en s'écartant de l'arbre, avant que je n'aie le temps de l'en empêcher. Oh ! *Heill*, mon cousin ! Le bonsoir à vous et à votre compagnon.

Je grimace, mais suis son exemple et sors de ma cachette pour la rejoindre.

Dans ses rais blafards, Mawu révèle la silhouette de deux hommes. Le premier est très mince avec un visage glabre en forme de fer de hache. Il me dit quelque chose… À en croire son allure, ce doit être un soldat de l'armée royale. Comme beaucoup de guerriers majous, ses cheveux raides sont rasés sur les côtés et longs sur le dessus du crâne. Par contre, son compagnon n'est pas un soldat, c'est certain. Peut-être qu'il n'est même pas majou. Il a tout d'une barrique, ce qu'il cache sous une longue robe ample qui ressemble presque à un vêtement de femme, et il porte un chapeau très allongé qui retombe sur le côté. Il n'a pas de barbe non plus et, même dans l'obscurité quasi totale, la peur se lit sur sa figure.

Ce n'est pas moi qu'il craint, ni même Freydis.

Se rappelant brusquement les bonnes manières, l'homme en robe s'incline devant Freydis. Mais, son épée toujours à la main, Face-de-Hache plisse les yeux.

— Vous êtes bien loin de votre lit, Princesse, siffle-t-il. Que faites-vous donc dans les bois en pleine nuit ?

— J'ai bien peur que mon ventre me fasse souffrir, lui répond Freydis sans s'émouvoir. (Elle pose la main sur mon épaule.) Ma servante et moi sommes venues quérir de l'armoise.

— Ne s'en trouve-t-il pas dans les cuisines ? insiste Face-de-Hache.

— Ils n'en ont plus.

— Ne pouvait-on envoyer un *thrall* en chercher pour vous ?

La meilleure défense étant l'attaque, je décide d'intervenir :

— Et vous ? Qu'est-ce que vous faites là ?

Il se tourne aussitôt vers moi. Ce pourrait être un effet de l'obscurité, mais il me semble qu'il y a quelque chose de… malfaisant dans le sourire plein de morgue qu'il m'adresse, et je le sens dans son *nyama* aussi.

— Amusant que vous posiez la question. Nous cueillons justement de l'herbe-au-soldat pour notre départ demain. Elle permet d'empêcher le trop grand saignement d'une plaie, comme vous le savez sans doute. Il est toujours bon d'en avoir sous la main, au cas où mes hommes seraient blessés durant les attaques.

Son compagnon hoche la tête avec empressement.

— Quelle coïncidence ! (Je garde un visage impassible.) Nous sommes tous de cueillette, ce soir !

Un silence tendu salue ce constat ironique. Face-de-Hache darde sur moi un regard à me percer le crâne. Je relève le menton d'un air de défi. Il serait fou de s'attaquer à la servante de la princesse. Mais je reconnais l'expression de ses prunelles et je n'ai jamais reculé devant une provocation, même s'il est un soldat aguerri avec une épée (et je ne sais quelles autres armes cachées), et même si je suis juste une esclave avec de malheureux couteaux à découper empruntés aux cuisines glissés à la ceinture.

Freydis brise le silence la première.

— Fort bien. Bonne chance pour vos recherches.

— Bonne chance à vous, Princesse, lui répond Face-de-Hache.

Cette fois, il s'incline en même temps que son compagnon. Puis les deux hommes passent devant nous et s'éloignent prestement.

À peine le bruit de leurs pas s'est-il assourdi que je pose la question qui me brûle les lèvres :

— Crois-tu qu'ils diront à ton père qu'ils nous ont vues ?

— J'en doute. Ils ne m'ont pas donné l'impression de tenir plus que nous à ce que le roi sache ce qu'ils faisaient ici.

Nous reprenons notre marche et gardons le silence longtemps. Je vois bien qu'elle est plongée dans ses pensées, réfléchissant probablement aux paroles que ces deux hommes échangeaient quand ils nous ont surprises. J'ai envie de lui demander qui ils étaient (elle en a appelé un « mon cousin ») et si elle croit que leur discussion avait quelque chose à voir avec Broskrap. Mais j'ai trop peur d'éveiller ses soupçons.

Je me répète pour la centième fois que je n'ai rien à craindre, qu'elle ne découvrira jamais la vérité. Malgré les cauchemars qui me hantent chaque nuit, malgré la peur qui s'attarde chaque jour à mon réveil et au-delà, il n'y a aucune raison que quelqu'un, hormis Alvtir, fasse le rapprochement entre la disparition de Broskrap et moi. Et, même si ça devait arriver, Freydis serait la dernière : quand on a entendu ces deux gardes bavarder, un peu plus tôt dans la journée, elle a pris ma panique pour de l'inquiétude ! Les dieux soient loués, j'ai été trop sidérée pour réagir, sinon je lui aurais encore ri au nez. Comme s'il était envisageable que je m'inquiète pour Broskrap ! Soit elle ne le connaissait pas du tout, soit elle est encore plus naïve qu'elle n'en a l'air. Ou peut-être les deux, si la chance est avec moi. Elle a beau vouloir à tout prix être mon « amie », je ne doute pas qu'elle me dénoncerait à son père à la seconde où elle découvrirait la vérité. Je ne serais pas surprise que Balli ait déjà tué un esclave pour une broutille comme une assiette cassée ou un rôti trop cuit. Pour une esclave qui a assassiné son maître, la mort serait un châtiment trop doux. Je n'ose pas imaginer le sort qu'il me réserverait. J'en frissonne d'avance.

Je suis tellement absorbée par ces potentiels dangers que je ne me rends pas tout de suite compte du changement. Je m'arrête net, laissant Freydis se heurter à mon dos, et je dresse l'oreille.

— Que se passe-t-il encore ? chuchote-t-elle.

C'est plutôt ce qui ne se passe pas qui me préoccupe. Je pose un index sur mes lèvres. Les stridulations, les bruissements, les frottements… tout s'est tu. Et pas à cause de nous, ni d'un quelconque être humain en balade alentour. Il y a quelque chose d'autre, tout près. Quelque chose de gros. Je sens sa présence.

Un cri étranglé rebondit d'arbre en arbre, provoquant en moi une véritable décharge d'excitation. Je plisse les yeux dans sa direction. Un mur de feuillage tendu entre deux arbres entrelacés me bouche la vue. L'animal qui a hurlé doit se trouver derrière. Une impatience familière fourmille dans mon ventre quand je m'approche, évitant racines et branches tombées à terre en essayant d'assourdir le bruit de mes lourdes bottes de cuir.

Doucement, doucement. La voix de Baaba résonne dans ma tête. Ça fait si longtemps que je n'ai plus chassé. J'ai peur d'avoir oublié tout ce qu'il m'a enseigné. D'avoir oublié sa sagesse : celle d'Agé.

— Humpf !

Freydis trébuche sur l'ourlet de sa robe.

— Chuuut !

Ce sifflement cache mal mon agacement. Mais je n'ai pas quitté le rideau de feuilles des yeux.

Je me baisse pour m'accroupir et me prépare à l'affût. Au bout d'un long moment de silence, je décide d'avancer sur la pointe des pieds pour aller voir ce qui se cache derrière l'arbre de droite. J'aperçois alors une sorte d'antilope ensanglantée, inerte, traînée par le cou sur le sol par un autre animal. Un animal beaucoup plus gros.

Le prédateur s'arrête au pied d'un tronc aussi large que celui d'un vieux baobab, à un jet de pierre du rideau de feuillage. Puis il se met à déchiqueter sa victime. Dans la faible clarté de la lune qui passe entre les arbres, je peux à peine discerner sa forme. C'est une espèce de loup. Il n'est pas tacheté, comme le lycaon, mais couvert d'une épaisse fourrure grise et argentée, et beaucoup plus large que n'importe quel loup peint du Wagadou.

Vraiment plus large.

Mon pouls bat dans ma gorge comme un tambour. Je lève la main, paume ouverte, sans me retourner, en espérant que Freydis comprendra le message et se tiendra tranquille. La robe du loup luit comme de l'obsidienne. Tout à son festin, il change de position, lançant brusquement l'antilope de côté.

J'abaisse la main vers mes couteaux de cuisine. Ils sont tous les trois façonnés sur le même modèle : une lame de longueur moyenne avec un gros manche d'os poli. Par chance, ils sont assez équilibrés pour servir d'armes de jet, bien qu'ils n'aient pas été façonnés pour, évidemment, et encore moins pour abattre un monstre de cette taille.

Le bruit de feuilles écrasées retentit comme un coup de tonnerre quand Freydis se rapproche pour venir s'accroupir à côté de moi. Aussitôt, le loup lâche sa proie. Sa tête pivote vers nous. Son grondement sourd fait trembler la terre sous nos pieds.

Je me retourne d'un bloc, croise le regard terrifié de Freydis, livide.

— Sauve-toi !

J'ai murmuré et, dans la panique, je suis revenue à ma langue natale. Mais la peur n'a pas besoin de traduction. Avec un hoquet d'effroi, elle se retourne pour fuir à toutes jambes, tandis que je me plaque contre le tronc.

Le loup se cabre avant de se ruer à sa poursuite, salivant déjà à la perspective d'ajouter un deuxième mets de choix à son repas.

Je brandis le couteau à hauteur de ma tête et invoque Agé en silence. J'espère de tout mon cœur qu'il peut m'entendre, que son empire s'étend jusqu'ici, par-delà l'immensité de l'océan, et que son pouvoir imprègne ces futaies comme les brousses que j'ai connues.

Le loup passe devant ma cachette tel un éclair d'argent. Ma dague fend l'espace.

Agé soit loué, elle se fiche dans l'épaule du monstre. Sa gueule ensanglantée se tourne aussitôt vers moi, et il se met à hurler. Bientôt, un concert de cris s'élève de la forêt tout entière.

Il n'est pas seul.

Je m'élance en trombe pour suivre Freydis. Jamais je n'ai couru aussi vite de ma vie.

La galopade derrière nous se rapproche. Freydis pousse un cri à glacer le sang. Pas le temps de viser : je me retourne et lance mon deuxième couteau.

Il atterrit entre les pattes antérieures du loup qui s'arrête net, glissant sur les feuilles dans son élan. Il grogne, fou de rage, puis charge, semblant redoubler de vitesse. J'écarquille les yeux ; de frayeur, bien sûr, mais aussi d'autre chose : une impression de plus en plus troublante de déjà-vu. C'est peut-être ce qu'on ressent quand on va mourir, comme si une partie de nous savait déjà ce qui allait se passer.

Non ! Ce n'est pas comme ça que ça finit.

Il ne me reste qu'un couteau. Le loup est presque sur nous maintenant.

Je ne recule pas quand il se ramasse sur ses pattes postérieures pour bondir, montrant les crocs. Dans ses yeux noirs brûle un feu que je reconnais. C'est le même qui fait rage au plus profond de moi, contenu mais jamais éteint. Ce même feu qui me tirait hors de notre case bien chaude et bien douillette pour aller chasser, avant que Lisa ne soit levé ; ce feu qui m'a fait tenir, quand les marchands d'esclaves m'ont traînée à travers le désert ; ce feu qui brûlait en moi, pendant les nuits de tempête sur le bateau d'Alvtir, quand la mer glacée menaçait de m'engloutir à chaque seconde ; ce feu qui a fait courir une coulée de lave dans mes veines quand j'ai vu Broskrap menacer Aïré.

Le temps paraît suspendu ; je tire le dernier couteau de ma ceinture et recule le bras derrière ma tête, visant le monstre entre les yeux.

FREYDIS

Mon cœur bat si fort dans mes oreilles que, lorsque la galopade cesse derrière moi, je ne m'en aperçois pas tout de suite.

Je ne suis plus poursuivie : le loup est parti.

Je m'arrête si brusquement que je tombe à genoux, pantelante, cherchant désespérément mon souffle.

Dès que je peux de nouveau respirer, ignorant les douleurs qui se manifestent dans mes jambes et au creux de ma poitrine, je me retourne pour fouiller l'obscurité à la recherche du moindre signe de Yafeu.

Elle a fait volte-face pour affronter le loup. Un monstre qui ne le cède en rien à Fenrir lui-même. Et je me suis sauvée. Je n'ai pensé qu'à préserver ma vie, la laissant seule face au danger.

Mon instinct de survie me hurle de continuer à courir, d'aller me réfugier à la maison. Pourtant, puisant dans mes ultimes réserves de courage, je force mes jambes à faire demi-tour pour me ramener dans la forêt à petites foulées. Je dois trouver Yafeu. Je le *dois*. Je ne peux tout de même pas laisser ce loup la déchiqueter. Elle s'est montrée plus brave que Týr lorsqu'il a plongé la main dans la gueule de Fenrir, sachant pertinemment que la gigantesque créature allait la lui arracher. À mon tour, à présent, de prouver ma bravoure.

Les goussets de ma chemise de lin sont trempés de sueur. Je me déleste vivement de ma cape et m'empare du couteau de cuisine, toujours glissé sous la lanière de cuir qui me ceinture la taille – le couteau que je n'ai pris que sur insistance de Yafeu. Je le maintiens pointé devant moi dans ma course. Je n'ai pas la moindre idée de la façon d'en user, mais feindre de le savoir attise mon courage. J'essaie de percer les futaies faiblement éclairées par la lune à la recherche d'une forme familière. Mais je ne peux distinguer aucun arbre d'un autre : je vais devoir faire confiance à mes pieds pour retrouver le dernier endroit où je me trouvais quand j'ai pris la fuite.

Qu'avais-je donc en tête lorsque j'ai consenti à suivre Yafeu dans cette folle expédition ? Chasser ! Et à la tombée de la nuit, qui plus est ! Helge avait raison : Nòtt et ses enfants n'apportent que des maux de toutes sortes à folâtrer dans la nature sous l'égide par trop complaisante de Máni. Les dieux ont dû envoyer ce loup pour nous punir d'avoir menti à mes parents et d'être sorties en catimini de la maison. Quelle arrogance de notre part d'avoir voulu rejouer la Chasse Sauvage en nous prenant pour les veneurs d'Odin !

— Je voulais juste lui faire plaisir.

Ce n'est guère là qu'un chuchotement, une supplique que je murmure en espérant que les dises, les esprits de mes ancêtres féminins, me croiront.

J'ai à peine parcouru un demi-mille que je tombe sur Yafeu, saine et sauve, penchée au-dessus du corps inerte du loup.

Elle l'a tué !

Elle a tué le loup !

Une vague d'admiration et de soulagement me submerge. C'est comme si je plongeais dans l'eau tiède d'un bon bain. Mes jambes manquent de se dérober sous la violence du choc.

— Yafeu !

Mais elle ne m'entend pas. Elle marmonne quelque chose dans sa langue, une main posée sur la tête du loup, l'autre sur son poitrail ensanglanté. C'est un peu comme si elle priait ou comme si elle l'offrait en sacrifice aux dieux.

Je la regarde en silence, clouée sur place, aussi immobile que les arbres alentour, fascinée par ce spectacle.

Peut-être ce loup n'a-t-il pas été envoyé pour nous châtier, finalement. Peut-être était-ce un tout autre présage. Ou une sorte d'épreuve ? Les dieux sont friands de tels divertissements.

Je baisse la tête, accablée de honte. Quelles qu'aient été les intentions du Grand Sage, ma couardise n'a pu que le décevoir. Je suis si faible et « bonne à rien », comme Père aime à me le rappeler.

Mais pas Yafeu. Yafeu est aussi forte que n'importe quel homme. À l'instar des dieux, homme ou femme, elle ignore la peur.

Je sens comme un souffle lorsque l'esprit du loup se dissipe dans les airs. Yafeu se tait, mais elle ne quitte pas sa dépouille. Tandis que le silence se prolonge, je reprends conscience de mon corps qui se rappelle cruellement à mon bon souvenir. Chaque inspiration est un élancement au creux de ma poitrine. Chacun des muscles de mes jambes semble enflé et à vif. Les dizaines d'égratignures de ronces qui couvrent mes bras me brûlent, une sensation que je n'ai plus éprouvée depuis l'enfance.

J'inspecte ma chemise. Les manches sont presque complètement déchirées. Au moins ai-je été assez clairvoyante pour me changer et en choisir une vieille avant de partir. Je vais devoir la jeter au feu et l'ajouter à la liste de mes vêtements mystérieusement volatilisés. Il ne me reste qu'à prier pour que ces disparitions passent inaperçues.

Par tous les dieux, je ne parviens pas à croire que je me préoccupe de ma toilette en un pareil moment ! Quelques instants plus tôt, n'étais-je pas à la recherche du corps sans vie de Yafeu, me préparant déjà à combattre un loup ?

Elle se lève, soulevant le cadavre sur ses épaules en grognant sous l'effort. Elle se retourne vers moi, sans paraître le moins du monde surprise de me voir, comme si elle savait depuis le début que je la regardais.

Eh bien, oui, naturellement. Elle entend des choses que je ne peux percevoir. Elle entend des choses qu'aucun *humain* ne pourrait entendre. C'était, du moins, ce que je pensais avant de la connaître.

— Tu veux le rapporter ?

Je n'en crois pas mes yeux. Sans doute, à le voir jeté ainsi sur son dos, ce loup n'était-il pas *tout à fait* aussi gros que je l'avais imaginé.

Elle passe devant moi sans même prendre la peine de me répondre.

J'ai envie de le lui dire : « Je suis revenue pour toi ! Cela ne compte-t-il pas un peu à tes yeux ? »

Faute de quoi, je lui emboîte le pas, alors que, déjà, elle se dirige vers la maison, laissant le silence s'installer entre nous, plus épais que les futaies de la forêt, plus prégnant encore que l'odeur métallique du sang qui imprègne ses vêtements.

Jamais de toute ma vie je n'ai été aussi contente de revenir dans cette chambre sombre et désolée. Yafeu attise le feu et met à chauffer ce qu'il reste d'eau dans la marmite, pendant que je me change, ôtant mes habits crottés pour enfiler ma chemise de nuit. L'étoffe de coton me paraît merveilleusement propre et douce sur ma peau. Je drape mes épaules d'une fourrure de zibeline et m'assieds près de la cheminée, inspirant avec bonheur la senteur apaisante du bois d'érable qui se consume. J'en profite pour envoyer une prière à Frigg, la remerciant en pensée de nous offrir le confort de l'âtre et du foyer. La chaleur dans ma chambre devient presque étouffante. Je ne parviens pourtant pas à me réchauffer. Tant d'émotions, en une seule soirée, ont dû suffire à épuiser tout ce que mon corps conservait d'énergie.

De l'autre côté de la pièce, Yafeu a jeté le cadavre du loup sur un des bancs vides alignés le long du mur. J'étudie son profil pendant qu'elle s'active. Elle a lâché ses cheveux et ils se dressent en couronne autour de sa tête, lui arrivant presque jusqu'au milieu du cou (qu'elle a fort long et gracile) en un cercle quasi parfait. Cette vision m'évoque un portrait volé dans un monastère chrétien que Père a récupéré, et qui représente un homme avec une auréole dorée. Le haut de la chemise que je lui ai donnée est raide de sang séché. À la lueur des flammes, sa peau sombre luit. Elle a des bras puissants et musclés, et ses mains, manifestement exercées, travaillent avec méthode et rapidité tandis qu'elle détache la peau du loup des chairs sanguinolentes avec un de ces couteaux dont elle s'est servie pour lui ôter la vie.

Maintenant que je sais de quoi ces mains-là sont capables, je me sens idiote d'avoir tant insisté pour qu'elles apprennent à manier le métier à tisser.

La curiosité me taraude ; trop pour que je puisse me refréner plus longtemps.

— Que disais-tu lorsque nous étions dans la forêt ? Quand le loup...

Je m'interromps, doutant soudain de ce que j'ai vu.

— Je recommandais son esprit à Agé, répond-elle. C'est lui qui protège la forêt au nom de Mawu-Lisa.

Je me mords la lèvre, songeuse. Je me demande si Agé est l'équivalent de Vidar le Silencieux, fils d'Odin et dieu de la nature. Fritjof m'a dit, un jour, que Vidar survivrait au Ragnarök et vengerait la mort de son père en abattant le loup Fenrir. Si Agé est un autre de ses noms, alors c'est peut-être *lui* qui a envoyé la bête et lui qui a emporté son esprit dans la mort.

Un frisson remonte le long de mon échine. Est-ce à dire que ce loup était un signe annonciateur du Ragnarök ? Et, si tel était le cas, que cela signifie-t-il pour Yafeu, puisque c'est elle qui l'a abattu ?

Je refoule ces funestes pensées. Après tout, c'était la première fois que je chassais : pour ce que j'en sais, ce qui s'est passé ce soir pourrait n'être rien que de très ordinaire. Hormis, naturellement, l'exploit de Yafeu.

— Les femmes deviennent-elles forcément chasseuses là d'où tu viens ?

— Non.

J'attends qu'elle développe, mais elle grimace et porte la main à son cou. Lorsqu'elle l'ôte, sa paume est maculée de sang frais.

Je retiens une exclamation d'horreur en découvrant la balafre qui dépasse de l'encolure de sa chemise. Je croyais que le sang qui la souillait était seulement celui du loup.

— Ton cou !

Je me lève d'un bond, faisant tomber mon étole de zibeline dans l'élan.

— Ne t'inquiète pas. Je vais nettoyer ça après, m'assure-t-elle.

Je lui désigne un des sièges placés devant l'âtre.

— Assieds-toi !

Elle soupire et se laisse choir devant le feu sur des jambes flageolantes : elle est beaucoup plus fatiguée qu'elle n'a bien voulu le montrer.

Je déglutis pour ravaler mes nausées (que la seule vue de sa blessure a suffi à réveiller), et vais fouiller dans le fatras des paniers d'osier posés au pied de ma table à ouvrage pour récupérer des bouts de linge propre, une aiguille et du fil. Je m'approche d'elle et pose les mains sur son épaule, aussi délicatement que possible de peur qu'elle ne me repousse.

Encouragée par son manque de réaction, je baisse l'encolure de sa chemise pour dénuder l'intégralité de la plaie. Elle est aussi impressionnante que la griffe qui l'a causée, courant du milieu de son cou jusqu'à sa clavicule. Une seconde griffure la longe en parallèle, assez profonde pour marquer sa peau, mais pas suffisamment pour la faire saigner.

— Tu as de la chance que ce ne soit pas plus grave. Mais je vais devoir te recoudre.

Mes mains tremblent quand je passe le fil dans le chas de l'aiguille. Je leur ordonne intérieurement de se tenir tranquilles.

Elle ricane.

— De la *chance* ? Ce n'est pas le mot que j'aurais choisi.

Je trempe le bout d'un linge dans l'eau bouillante et l'applique sur la blessure en espérant que cela suffise à éviter que la plaie ne se corrompe. Yafeu serre les dents en silence.

Je commence alors à la questionner, tant par curiosité que pour détourner son attention :

— Comment s'appelle ta langue ?

— Le soninké, répond-elle en posant la main sur la gemme verte taillée qu'elle porte en pendentif.

Ce serait plus facile si elle enlevait son collier, mais quelque chose me dit qu'il vaut mieux ne pas le lui demander.

Je poursuis sur ma lancée :

— Comment traduit-on « douleur » en soninké ?

— *Dou-leur,* articule Yafeu dans son idiome.

Ce serait peut-être une bonne idée que j'apprenne les bases du soninké. Si nous pouvions communiquer dans sa langue, elle s'ouvrirait peut-être davantage…

— Très bien. Alors, la *douleur* sera bientôt apaisée.

Je me suis exprimée en norrois, mais en troquant le mot « douleur » contre son équivalent en soninké. Je profite de ce que mes pitoyables efforts la fassent rire pour enfoncer l'aiguille dans sa chair. Elle inspire alors brusquement. Une sensation familière de vertige me submerge. Je me mords l'intérieur de la joue, fort, en essayant de me persuader que sa plaie béante est juste une étoffe déchirée que je dois repriser.

— Si les femmes ne chassent pas, là d'où tu viens, qui t'a enseigné cet art ?

Cette fois, il s'agit plutôt de nous distraire toutes les deux.

— C'est mon père.

Malgré l'atroce souffrance qui se lit sur ses traits déformés, elle force encore mon admiration en ne bougeant pas d'un cil pendant que je la recouds.

— Que t'a-t-il appris d'autre ?

— À pêcher. À trouver du minerai dans les roches et au fond des grottes, à le fondre et à fabriquer des outils et des armes avec. À me battre, à me défendre.

Je me fige, stupéfaite.

— Tu sais forger une arme ? Et te battre ? Comme un guerrier ?

— Dépêche-toi de finir, s'il te plaît, implore-t-elle, la mâchoire contractée.

Je m'éclaircis la voix.

— Pardon… Et voilà ! (Je noue soigneusement le fil au dernier point et me sers d'un couteau propre pour le couper. Puis je recule pour admirer mon œuvre, assez contente de moi, je l'admets.) La cicatrice se verra à peine. Mais prends garde à ne pas trop tourner la tête ou tu risques de rouvrir la plaie.

Elle fait rouler son épaule en arrière.

— Merci.

Je cherche des yeux un autre linge pour essuyer le sang resté sur mes doigts. Bizarrement, sa vue ne me rend plus aussi nauséeuse, maintenant que je l'ai touché.

Toute ma vie, j'ai eu peur du sang, de le voir, de le sentir. À chaque retour de la *hird*, je me suis cachée, terrifiée à l'idée d'être confrontée aux diverses blessures dont les soldats auraient pu être affligés. En y repensant, à présent, je me demande si je ne craignais pas que ce soit mon propre sang ; j'avais beau savoir que c'était impossible, c'était bel et bien ce que je *ressentais*, presque comme si mon humeur, ma force vitale pouvait s'écouler par les plaies des autres.

La vision de ma mère baignant dans son sang, lors de son accouchement, s'impose à mon esprit, avec une vague de culpabilité.

Et si Mère m'avait vue, ce soir ? Oh, je sais ce qu'elle aurait dit : « Aucun roi ne prendrait une telle sauvageonne pour épouse. » Et elle aurait raison. J'aurais dû laisser Yafeu partir chasser toute seule. C'est une *thrall* : elle peut se comporter comme un homme autant qu'il lui plaira, tant que personne ne se trouve alentour pour me le reprocher.

Cependant, à la réflexion… si je n'y étais pas allée, je n'aurais jamais su ce dont elle est capable. Je doute que Tante Alvtir elle-même, avec cette férocité animale qui la caractérise, puisse tuer un loup adulte en étant seulement armée de quelques couteaux de cuisine.

Ignorant le dilemme qui m'agite, Yafeu se lève, pressée de retourner s'occuper de sa prise.

Tandis que je la regarde s'échiner à récupérer la fourrure tachée, je sens se réveiller quelque chose qui n'a cessé de sommeiller en moi toute ma vie. Elle possède une sorte de… *savoir.* Voilà ce qui lui procure cette fierté, cette assurance. Et, saisie d'une étrange jalousie, je me prends à l'envier.

Mon regard tombe sur ma chemise crottée et déchirée qui traîne sur le sol. Prise d'une impulsion, je la ramasse pour la jeter au feu. Je regarde alors les flammes lécher les côtés, l'étoffe s'enrouler, puis se racornir à leur contact.

Lorsqu'il ne reste que des cendres, je me fais une promesse muette : *Ce qui s'est passé ce soir ne se reproduira jamais.*

Soudain, mes paupières semblent lestées de plomb.

— Yafeu, je ne vais guère pouvoir demeurer éveillée plus longtemps. Mais, de grâce, reste. Je ne veux pas que tu me laisses seule. (Je désigne d'un geste vague les bancs vides le long du mur opposé. Il y en a trois de chaque côté de la pièce, le mien compris, et celui qui sert de table à ouvrage : un pour chacun des enfants que mes parents pensaient avoir.) Tu peux mettre quelques peaux de bête sur l'un d'eux. Ils étaient censés servir de lit, de toute façon.

Il me semble qu'elle hoche légèrement la tête, mais ce peuvent tout aussi bien être les ombres qui me jouent des tours. Sans chercher plus loin, je titube jusqu'à ma couche et m'écroule sur le banc, laissant les épaisses fourrures engloutir mon corps épuisé.

Lorsque, perdue dans ce dédale de réflexions confuses, je finis par sombrer dans le sommeil, c'est pour rêver aux couleurs et aux bruits de la forêt. Ils m'appellent, m'attirant vers quelque chose que je ne trouve jamais.

21

YAFEU

Mes mains tremblent de fatigue, mais je n'arrêterai pas tant que je n'aurai pas fini. Encore une dent de loup à graver, la dernière. Un cercle avec six triangles longeant son périmètre et pointant vers l'extérieur. *Voilà.* Assise sur le tabouret de Freydis, j'étire mon dos, fais craquer mon cou ankylosé. Par le trou à fumée, j'aperçois le ciel. Dans son cadre de chaume, il m'apparaît strié de rose et d'orange pastel : Lisa étend ses doigts sur le monde. Il va bientôt se hisser au-dessus des cimes des bois que nous avons explorés hier soir, envoyant les créatures de la nuit se coucher.

Je me retourne vers le feu. Dans le chaudron, le ragoût mijote et épaissit. Je le remue d'un rapide coup de cuillère, le goûte et ajoute une poignée du mélange d'herbes que, enfreignant sans doute un des milliers de règles que l'on m'a rabâchées, j'ai subtilisées dans les cuisines pendant que Freydis dormait. Mais j'ai rendu deux des trois couteaux que j'avais empruntés. L'échange me semble donc équitable.

Sur un des bancs, de l'autre côté de l'âtre, le corps assoupi de Freydis se soulève au rythme de sa respiration. Je ris intérieurement. Elle a dormi comme une pierre toute la nuit sans rien voir de mon travail ininterrompu. Le contrecoup de la chasse.

Je suspends le collier à un poteau, celui auquel j'ai déjà accroché le gilet que j'ai taillé pour Freydis dans la peau du loup. Il devrait lui arriver au niveau des hanches. Il se ferme grâce à des griffes et, c'est là ma marque de fabrique favorite, désormais, une cordelette de nerf teinte en rouge que j'ai trouvée dans un de ses paniers à couture.

Je recule pour contempler mes œuvres. Une fois de plus, j'éprouve l'impression de récupérer une chose que je croyais perdue, tout en ayant la satisfaction d'accomplir une chose nouvelle. Ma voulait que je m'essaie à des motifs plus délicats, plus précis, mais je n'ai jamais cédé. Maintenant, je crois que j'ai trouvé un juste milieu entre mes dons naturels et ce qu'elle tentait de m'enseigner. Après tout ce que j'ai traversé, je suis enfin capable d'embrasser son art.

Chagrin et gratitude se mêlent en une grosse boule compacte au fond de moi. Je serre le petit loup vert dans mon poing, lui chuchote dans un souffle :

— Oh, Ma, je voudrais tant que tu voies ça. Tu serais si fière.

Je ferme les yeux pour refouler mes larmes.

Un bâillement sonore et des bruits étouffés m'arrachent à ce moment d'émotion. Les cheveux blonds de Freydis ressemblent à un nid de bulbul quand elle émerge, toute rouge, du tas de fourrures sous lequel elle était ensevelie.

FREYDIS

J'essuie le sommeil au coin de mes yeux, clignant des paupières pour réussir à les ouvrir et… trouve une Yafeu, un sourire jusqu'aux oreilles, penchée au-dessus de moi. Je sursaute. Je ne suis pas habituée à me réveiller avec une présence étrangère dans ma chambre – hormis Helge lorsqu'elle vient me secouer pour le petit déjeuner, les jours où je n'ai pas réussi à me lever. Je m'apprête à lui demander ce qu'elle fait ici, lorsque ma propre requête me revient à l'esprit : c'est moi qui l'ai priée de passer la nuit dans ma chambre. Dans ce brouillard ensommeillé dont je peine à m'extirper, je ne sais trop ce qui me paraît le plus étrange : qu'elle m'ait écoutée hier soir, ou qu'elle me sourie maintenant.

Je pose sur elle un regard incrédule, remarquant qu'elle s'est changée pour réenfiler sa tunique d'esclave. Elle a dû se débarrasser de sa chemise et de sa chasuble ensanglantées pendant la nuit. Des effluves appétissants montent de la marmite, arrachant à mon estomac vide un grondement sourd.

— Bonjour ! me dit-elle aimablement.

— Bonjour, Yafeu.

Mon salut tient du croassement.

— Tu as dormi comme une souche. Ce matin, j'ai bien cru que tu étais morte et j'ai failli en profiter pour m'échapper. Et puis, malheureusement, tu as bougé.

Choquée et quelque peu froissée par tant d'insolence, j'ai un hoquet étranglé. Mais son sourire s'élargit.

Ouf ! elle plaisantait.

Le soulagement m'envahit. Je lui rends son sourire.

— Navrée de t'avoir déçue.

Elle me montre du doigt le poteau qui domine la table à ouvrage. Je plisse les yeux, peinant à discerner ce qui ressemble à… un vêtement ? Elle pose la louche et va dépendre l'habit en question pour me le présenter, le tenant à bout de bras vers la lumière.

— Pour toi, m'annonce-t-elle avec un visage rayonnant.

C'est une sorte de blouse… non, un gilet, un gilet extraordinaire ! Il a été confectionné avec la fourrure, les tendons et les griffes du loup qu'elle a tué hier soir.

Quelque chose se serre dans ma poitrine.

— Ça faisait si longtemps que je n'avais pas chassé, me confie-t-elle. Et hier… je me suis sentie revivre.

Je me surprends à lui répondre :

— C'est ce que j'ai éprouvé aussi.

Les mots ne sont pas sortis de ma bouche que je me rends compte de leur profonde résonance en moi. En apprenant les runes, j'ai cherché la sagesse d'Odin, mais, hier soir, j'ai éprouvé sa nature sauvage pour la première fois. C'était terrifiant, et tellement… grisant, pourtant. J'ai perçu la présence des dises dans chaque rocher, dans chaque branche, chaque racine. Je les ai senties consacrer la mort du loup. J'ai deviné la solennité du moment, alors que son esprit s'élevait vers Ásgard.

Je prends une profonde inspiration, me rappelant à ma promesse : je ne pourrai jamais retourner à la chasse avec Yafeu. Pourtant, lorsque mon regard plonge dans l'ambre fumé de ses yeux, brillants et débordants de gratitude, je sens ma résolution se briser comme une brindille.

Ma curiosité l'emporte, comme toujours, et je ne peux pas m'empêcher de lui demander :

— Pourquoi aimes-tu tant la chasse ? Est-ce seulement à cause de l'exaltation qu'elle te procure ou y a-t-il autre chose ?

Yafeu penche la tête de côté, réfléchit.

— Je crois que c'est aussi pour me prouver que je sais me débrouiller toute seule. Que je n'ai pas besoin de dépendre des autres pour survivre. Ça me donne un sentiment de liberté. Même si ce n'est qu'une illusion, je le sais.

Je m'empourpre.

— Je n'ai jamais entendu une femme tenir un tel discours.

Il y a de l'amertume dans la courbe de sa bouche quand elle sourit.

— Les femmes ne sont pas censées parler comme ça. Mais ça ne m'en a jamais empêchée.

Ne trouvant rien à redire, je reporte mon attention sur le gilet qu'elle tient toujours devant moi.

— Mon père m'a appris à chasser, poursuit-elle, son rictus laissant place à un sourire malicieux. Mais c'est ma mère qui m'a enseigné à faire ça.

Elle dépose avec précaution le vêtement sur mes genoux.

Je contemple, éberluée, cette merveille, laissant courir mes doigts sur la fourrure, m'arrêtant sur chaque détail singulier. La pièce est bien coupée et cousue avec soin. Vu de dos, le capuchon semble ne faire qu'un avec le reste du vêtement, mais une couture invisible à l'intérieur révèle l'habileté de la fabricante.

Et moi qui pensais qu'elle n'avait aucune patience pour les travaux d'aiguille !

— Yafeu, je... je ne sais que dire...

— Tu peux dire que tu meurs de faim, me coupe-t-elle avant que je ne m'embourbe davantage, en s'emparant d'un bol accroché au mur. Ou ton estomac peut continuer à le dire pour toi. (Elle se dirige vers l'âtre pour le remplir d'une copieuse louchée de ragoût.) *Viande,* commente-t-elle en soninké.

— *Vi-ande* ?

J'articule distinctement pour bien prononcer.

La bouche de Yafeu se fend d'un large sourire réjoui. Elle me met d'autorité le bol et une cuillère dans les mains.

— Goûte donc cette *viande*, me dit-elle, en m'y incitant d'un geste de la main.

Je porte une cuillerée à ma bouche. Les fibres fondent sur ma langue, puis laissent place à un afflux de saveurs, puissant mélange d'herbes et d'épices. Bientôt mes yeux larmoient.

— C'est excellent ! (Je m'extasie entre deux bouchées, cachant mes lèvres derrière ma main.) Et très relevé.

Son jugement tombe, sans appel :

— Votre nourriture est trop fade et insipide. On a du *pawuda* chez moi, mais j'ai dû improviser avec ce que j'avais à disposition.

— Je retrouve le goût de l'aneth… (Je me concentre sur ce que je mâche, à présent.) Et un peu de graines de moutarde. Et du thym.

Elle secoue la tête en signe d'incompréhension. Je vais devoir l'emmener dans le garde-manger et lui apprendre le nom des herbes. Elle s'assied à côté de moi et attend patiemment que j'engloutisse le reste comme un véritable cochon.

Lorsque je relève enfin la tête de mon bol vide, je remarque, pour la première fois, les grands cernes qu'elle a sous les yeux.

— Combien de temps as-tu veillé ?

Yafeu jette un coup d'œil au ciel par le trou d'évacuation du toit.

— *Peu importe*, me répond-elle en soninké avec un haussement d'épaules éloquent.

Je ne comprends pas ses mots, mais j'ai une petite idée de leur sens général.

Elle se met à regarder ses mains.

— C'était un beau lever de soleil, reprend-elle en norrois.

Elle est restée éveillée *toute la nuit* pour me confectionner cette merveille !

— C'est moi qui devrais t'être reconnaissante, Yafeu. Comment dit-on « reconnaissante » en… ?

C'est alors que la porte s'ouvre à la volée. Le regard méfiant de Helge se braque sur nous. Prise de panique, je cache le gilet sous mes couvertures de fourrure et m'empresse de la saluer :

— Bonjour, Helge !

— Ah, te voilà, toi ! lance-t-elle à Yafeu. (Elle hume l'air ambiant, fronçant le nez en reluquant la marmite.) Un ragoût ? Pour le petit déjeuner ?

Je réponds rapidement à sa place :

— Je me suis levée tôt et je mourais de faim après avoir sauté le dîner d'hier. Alors, j'ai demandé à Yafeu de me préparer à manger.

Elle arque un sourcil soupçonneux, accentuant les rides sur son front parcheminé.

— Tes parents prennent leur petit déjeuner dans la Grande Halle. Je vais leur dire que tu as déjà mangé. Dès que le disque de Sól sera plein à l'est, tout le monde ira fêter le départ de la *hird* pour son prochain raid.

Je hoche la tête avec conviction, en priant intérieurement pour qu'elle s'en aille au plus vite. Elle se dirige vers la porte, puis s'arrête net et se retourne afin de détailler Yafeu de la tête aux pieds avec dédain.

— Essaie de te rendre présentable, lui jette-t-elle avant de refermer le vantail derrière elle.

Dès que ses pas se sont éloignés, je récupère le gilet de Yafeu pour le serrer contre mon cœur en tentant de me disculper :

— Je suis désolée d'avoir menti, mais nous devons nous montrer prudentes.

— C'est quoi, un « raid » ? me demande Yafeu, ignorant totalement mes excuses.

Je me détends un peu, rassurée par son apparente indifférence. Elle semble ne pas se formaliser le moins du monde que j'aie caché son cadeau à Helge.

Rassérénée, je me fais un devoir de l'éclairer :

— Tous les étés, la *hird* traverse les mers en quête de nouvelles terres et de nouveaux trésors. Les navires reviennent toujours chargés de somptueux butins.

— « Bu-tins », répète lentement Yafeu. Et moi, je suis un « butin » ?

Je me sens aspirée dans l'abîme sans fond de ses prunelles. Craignant de m'y noyer, je préfère reporter les yeux sur mon nouveau gilet. Il y a tant de questions sous-entendues dans la sienne. Des questions que je n'ai jamais eu à me poser jusqu'alors. Les miens présentent les choses d'une certaine façon ; mais, au fond de moi, un instinct me murmure une autre version.

Je me force à soutenir son regard qui se durcit à mesure que le silence se prolonge, et je me hais chaque seconde davantage.

— N… non ! Bien sûr que non ! Tu… tu es ma serv…

Yafeu pousse un soupir exaspéré avant de m'interrompre :

— Les guerrières d'Alvtir seront là, non ?

Les mots informulés s'étranglent dans ma gorge.

— Où ?

Ma voix est un couinement.

— Au *port*, me répond-elle, d'un ton propre à exprimer son impatience croissante.

— Ah ! (Sa question m'a plongée dans de si sombres réflexions que je n'en ai presque oublié l'événement du jour.) Oui, toute la *hird* sera réunie.

— Je veux y aller.

Mon regard descend automatiquement vers sa tunique d'esclave et mon ventre se noue à l'idée de ce que Mère dirait si une servante de la maison royale se présentait dans cette tenue pour assister au départ de la *hird.*

— C'est possible, mais tu ne peux pas t'y rendre habillée comme cela.

Elle me lance l'un de ses coups d'œil espiègles.

— Tu n'y penses pas !

Je fais les cent pas devant la porte du fond. Je ne voudrais pas bousculer Yafeu, mais le *lur* va retentir d'un moment à l'autre et mes parents seront fâchés si je ne suis pas prête.

Je retourne à la cahute des *thrall* et m'apprête à toquer lorsque le vantail s'ouvre devant moi. En la voyant apparaître, j'ai le souffle coupé.

Elle a obéi à Helge. Elle est même allée bien au-delà. Six tresses serpentines remontent de son front au sommet de son crâne, laissant sa crinière frisée se déployer librement derrière sa tête. Les nattes sont tellement serrées qu'elles étirent ses yeux en amande vers les tempes, accentuant encore leur charme. En plus de son pendentif de gemme verte, elle porte un collier de… dents ! Celles du loup qu'elle a tué. Elle a dû le confectionner cette nuit, en même temps que mon gilet. Elle a ceinturé la robe vert foncé que je lui ai donnée avec deux épaisses lanières de cuir, ce qui accentue la courbe de ses hanches. Je déglutis en remarquant la dague qu'elle a glissée à son côté : un des couteaux d'hier soir, propre et poli.

— Est-ce que je suis « présentable » ?

Elle tourne sur elle-même. Entre ses cheveux lâchés et son collier, ses points de suture se voient à peine. *Un souci de moins !*

— Tu ne vas assurément pas passer inaperçue… (Je m'empresse d'ajouter, en examinant obstinément les motifs élaborés gravés dans chaque dent :) En bien.

Au même moment, le *lur* sonne du haut de la tour de guet : une seule et même note tenue. Je fais signe à Yafeu.

— C'est l'heure.

Elle me suit jusqu'au portail de la maison longue, où Père, Mère, Helge et notre escorte de gardes en armes nous attendent. Je passe outre les expressions irritées de mes parents, préférant focaliser mon attention sur la vue panoramique. Skíringssal s'étale à nos pieds. Pourtant, chaque ruelle de la cité semble attirer l'œil vers l'impressionnant spectacle : deux dizaines de drakkars dansant sur les eaux bleues de l'Agdersfjord. Ils viennent de tous les ports d'Agder : la flotte de mon père au grand complet. Le chemin qui relie la cité aux fermes environnantes grouille d'une foule de fermiers, bergers et *thrall* mêlés, marchant vers les quais comme des fourmis rentrant à la fourmilière. Même du sommet de la colline, j'entends la clameur : cris, acclamations et adieux déchirants portés par la brise du fjord. Je peux presque sentir le poisson fumé, la viande séchée et les galettes de pain frais que les hommes transbordent par tonneaux entiers sur les navires – autant que les ponts des bateaux peuvent en porter.

— Il n'est guère avisé de faire attendre ses aînés, me lance Mère à notre approche, les lèvres pincées.

Je m'accuse aussitôt :

— Je suis sincèrement navrée. C'est ma faute. Je ne me sentais pas bien.

La bouche de Père se tord lorsqu'il détaille Yafeu. Mère échange un coup d'œil avec Helge, avant de lui jeter un regard en coin. Je m'empourpre, sans trop savoir si c'est Yafeu ou le comportement de mes parents qui me fait rougir.

Nous passons devant la Grande Halle, puis devant les écuries royales. Sentant l'agitation ambiante, les chevaux hennissent et piaffent, frappant le sol de leurs sabots. Dès que nous atteignons la route du port, nos gardes s'alignent en deux files pour nous escorter. Je prends ma place derrière le couple royal et fais signe à Yafeu de marcher derrière moi avec Helge. Elle lève les yeux au ciel, mais, grâce aux dieux, s'exécute sans protester.

Mère est toujours aussi belle, avec sa vaporeuse robe garance brochée d'argent couverte d'une fourrure de renard blanc, un collier de rubis agrafé entre les deux fibules ornant ses épaules. Pourtant son attention ne cesse de se reporter sur Yafeu qui, sans avoir besoin de si riches atours, attire l'œil de tout Skíringssal.

J'adresse aux dieux une prière muette pour que cette matinée se passe sans incident.

YAFEU

Mon regard se porte, par-delà la masse de corps entassés sur les quais, sur la harde de dragons de bois flottant sur l'eau. Entre puissance brute et maniabilité racée, les navires de guerre me frappent telle la foudre de Sogbo, comme la première fois que j'ai posé les yeux sur un tel équipage. Évidemment, le bateau d'Alvtir m'attire immanquablement, avec ses belles voiles blanches rayées de rouge et le monstrueux dragon à sa proue, si grand qu'il semble dominer tous les autres. Je déglutis avec peine, m'efforçant de garder un visage impassible.

Le roi et la reine nous entraînent jusqu'à la côte, puis tournent le dos au fjord pour regarder les guerriers défiler les uns derrière les autres avant d'embarquer à bord des navires amarrés aux pontons. Comme ils passent devant nous, je remarque pour la première fois la disparité entre les tenues des hommes : certains ne portent qu'une tunique et des chausses, les jambes emmaillotées de bandelettes jusqu'aux genoux, alors que d'autres arborent de rutilantes cottes de mailles, grèves et vambraces. Mais tous sont armés du même bouclier jaune avec un oiseau noir peint de chaque côté, signe distinctif des soldats du roi Balli.

La majorité d'entre eux saluent respectueusement le couple royal d'un hochement de tête martial et soit me détaillent avec de grands yeux, soit évitent sciemment de me regarder. Je ne sais pas ce qui m'énerve le plus. Je ne suis pourtant pas la seule étrangère dans cette cité. Mais je suis la seule « elfe noire », comme le roi se plaît à m'appeler. Les marchands et les autres habitants sont habitués à me croiser, tant à cause de mes régulières promenades solitaires sur le port que de mes excursions avec Freydis. Mais beaucoup de soldats ne m'ont jamais aperçue ; du moins, pas depuis le retour d'Anfa.

C'est alors qu'arrive l'homme à la figure en fer de hache dans une armure complète et sans défaut. En plein jour, je distingue mieux ses traits. Même pour un quelqu'un de son peuple, il a les cheveux trop fins et trop clairs, ce qui (je réprime un haut-le-cœur) me rappelle Broskrap. Il m'adresse un regard hostile au passage.

La colère me submerge comme un raz-de-marée et s'écrase contre le barrage érigé autour de mon cœur. Je ne baisse pas les yeux et mes doigts se referment instinctivement sur le manche de mon couteau. Mais, déjà, il embarque sur l'un des navires, avant de se mettre à aboyer des ordres à ses hommes d'équipage. Je serre les dents, dardant sur son dos un regard assassin. Mais je ne tarde pas à sentir qu'on m'observe.

Je reporte mon attention sur le défilé des soldats, me préparant déjà à un nouveau coup d'œil salace. C'est pourtant tout le contraire.

Incertain, ce regard cherche le mien. Des yeux gris-bleu, comme la mer sous un ciel couvert. Une vague de douceur me recouvre et, tout à coup, ma colère reflue. C'est l'homme qui m'a parlé ici même, il y a quelques mois, celui qui m'a dissuadée d'essayer de m'évader. Et puis il détourne la tête pour se diriger vers les quais. Je l'examine avec curiosité pendant qu'il poursuit sa progression sur le ponton. Il est grand, avec des muscles bien dessinés, mais pas aussi puissamment charpenté que la plupart des autres Majous. Son armure aussi est différente : sa cotte de mailles qui lui tombe presque aux genoux est faite de petites plaques de métal reliées, au lieu des habituels anneaux de fer. Il porte des protections de cuir sur les avant-bras et sur les mollets. Une grosse hache lui bat la hanche, avec un fer très large et un manche très long. Quand il saute souplement à bord de son navire (celui d'Alvtir), les rayons de Lisa donnent à sa barbe brune bien taillée des reflets rougeoyants.

Était-il sur le bateau d'Alvtir quand on est revenus d'Anfa ? En le regardant dérouler la voile avec des gestes parfaitement maîtrisés, je me demande comment j'ai pu ne pas le remarquer à l'époque. J'étais trop concentrée sur les guerrières pour accorder de l'importance aux hommes d'équipage, j'imagine.

Je me penche à l'oreille de Freydis pour chuchoter :

— Qui est ce soldat ?

Aussi discrètement que possible, elle tourne les yeux vers l'homme à l'armure singulière que je lui désigne du doigt, inclinant la tête vers le bateau d'Alvtir.

— Qui ? demande-t-elle beaucoup trop fort.

Je grimace et m'apprête à lui demander de se taire quand une voix rauque (ou plutôt un grognement) s'élève, couvrant le vacarme :

— Place !

Alvtir ! La foule se fend comme des épis de blé sous la faux. Sa simple présence impose le silence. Les deux guerrières d'Anfa la suivent de près, ainsi qu'une autre, plus jeune – pas plus vieille que moi, en tout cas.

Je sens la morsure de la jalousie en regardant avec un mélange d'admiration et d'envie les quatre femmes avancer en martelant le sol en direction du bateau d'Alvtir, dans un parfait ensemble, battant de leurs bottes les planches du ponton tel un tambour de guerre.

Alvtir nous jette un coup d'œil amusé. Un éclat sarcastique fait luire son regard magnétique entre les mèches rebelles de ses longs cheveux noirs claquant au vent.

À son approche, une attente palpable se fait sentir du côté du couple royal. Mais, au lieu d'aller leur parler, elle s'arrête pile devant moi.

Hein ?

J'écarquille les yeux et mon cœur se met à cogner contre mes côtes.

Un sourire moqueur étire un coin de sa bouche devant mon admiration béate, puis elle se penche vers moi. Une odeur de métal me monte au nez quand elle me chuchote à l'oreille :

— Bientôt.

FREYDIS

J'en reste bouche bée. Tante Alvtir s'écarte de Yafeu et fait aussitôt volte-face pour se diriger vers son drakkar – le navire de guerre le plus impressionnant de toute la flotte. Sans même adresser la parole à Père !

Par Odin, qu'est-ce que Tante Alvtir pouvait bien avoir à dire à ma servante *?*

Je vois soudain la sœur de mon père sous un nouveau jour. D'aussi loin qu'il m'en souvienne, j'ai toujours assisté au départ de la *hird*, invariablement, chaque été, et pourtant, jamais je n'ai remarqué comment le vent malmène la longue chevelure noire de ma tante, ainsi qu'un étendard déchiqueté, tandis qu'elle remonte le ponton à grandes enjambées ; ni la grâce et la souplesse avec lesquelles elle saute à bord de son navire ; ni la façon dont la fusée d'argent d'Angrboda accroche les rayons du soleil lorsqu'elle se tourne vers ses hommes ; ni la manière dont les runes gravées dans le métal précieux étincellent...

Alvtir attend patiemment que la dernière guerrière soit montée à bord, puis, d'un geste fluide, elle tire son épée du fourreau, pivote d'un bloc et sectionne la corde qui retient son dragon des mers à la terre. Une sorte de hoquet de stupeur monte de la foule. Voyant là le signal du départ, les autres capitaines coupent à leur tour leurs amarres. Déjà, les soldats sortent les rames et les drakkars commencent à rejoindre le reste de la flotte mouillée dans le fjord. Les spectateurs hésitent, incertains, puis quelques acclamations fusent, éparses.

Je coule un regard vers Père. Il plisse les yeux pour suivre la silhouette de sa sœur qui s'éloigne. C'est toujours lui qui a donné l'ordre de larguer les amarres, jusqu'à présent. Du coin de l'œil, Mère l'observe, elle aussi, se demandant probablement comment il va réagir à l'inconduite de sa *stallari*.

Normalement, nous devrions acclamer la flotte avec tout Skíringssal jusqu'à ce que les voiles disparaissent au détour de la côte. Cette fois, cependant, Père se tourne vers Yafeu avec un éclat métallique dans les yeux. Elle est tellement captivée par le ballet des voiles rapetissant sur les eaux bleues qu'elle ne s'en rend même pas compte.

La peur me broie le cœur et une soudaine appréhension me plombe l'estomac. Yafeu est un spectacle à elle toute seule – presque autant que la *hird*. *J'aurais dû la faire changer de tenue pour qu'elle soit moins voyante.* J'ai beau me tancer en silence, une autre petite voix au fond de moi se demande si cela aurait eu la moindre incidence.

Qu'Odin nous vienne en aide !

Heureusement, le dieu des dieux exauce ma prière. Père s'éloigne de Yafeu et commence à remonter le chemin qui mène à la Grande Halle. Les gardes se précipitent pour l'escorter, aussi déroutés que nous par toutes ces violations du protocole.

Je m'apprête à le suivre lorsqu'une poigne de fer sur mon bras m'arrête net. Je me recroqueville instinctivement.

— Ton elfe noire de servante se prend pour une reine, me siffle Mère à l'oreille.

Même à travers l'épaisseur de ma chemise, ses ongles s'enfoncent douloureusement dans ma chair.

— Reprends-la en main ou nous l'offrirons en sacrifice à Njörd pour qu'il accorde sa protection à la *hird* pendant la traversée.

— Non ! (La panique referme ses griffes sur ma poitrine.) Je voulais dire : laissez-moi me charger de son châtiment. (Je veille à prendre un ton aussi incisif que le sien.) Je saurai lui apprendre à rester à sa place.

Mère hésite, puis me lâche pour passer devant moi et emboîter le pas à son époux. Je décide d'y voir une marque d'assentiment. Helge croise mon regard et secoue la tête : un avertissement muet. Il vaut mieux que je ne les suive pas. Elle rattrape Mère et je les laisse partir sans moi, trop contente de prendre mes distances.

Le soleil aveuglant sort de sa cachette derrière la colline et enveloppe bientôt leurs silhouettes. Je me protège les yeux de la main pour les observer gravir le versant. Mère penche la tête vers Helge dans cette attitude conspiratrice qui lui est si familière, l'ourlet brodé de sa robe se balançant impérieusement derrière elle. Elles ressemblent à Frigg et à Fulla, la déesse et sa plus fidèle confidente, gravissant le *bifröst* pour regagner Ásgard de conserve. La vision d'Alvtir traversant le ponton d'un pas conquérant s'impose à mon esprit. Je ne peux que comparer les deux scènes, telles deux tapisseries que je pourrais tisser : Frigg et la Valkyrie, la déesse et la guerrière.

Mère m'a toujours découragée (pour ne pas dire « interdit ») d'avoir le moindre contact avec Alvtir, tant elle craint que je sois contaminée par la malédiction qui a frappé ma tante bien avant ma naissance et la hante depuis. Toujours les mêmes mises en garde répétées à l'envi : « Alvtir est une abomination » ; « Alvtir ne se comporte pas comme une femme » ; « Tu ne dois jamais approcher Alvtir, sous aucun prétexte, sinon elle risque de te transmettre sa malédiction, ou de te transformer en une monstruosité de son espèce. »

Mais… serait-ce si terrible d'être de l'« espèce » d'Alvtir ?

Pour la première fois de ma vie, j'en viens à penser qu'entre Mère et Alvtir, la plus à plaindre et la plus méprisable n'est sans doute pas celle que l'on pense. Mère fait tout ce qu'elle m'ordonne pour être une femme admirable : être belle et obéissante, savoir répondre aux attentes des hommes. Mais, telle que je la vois à présent, dans le sillage de mon père, marchant derrière lui avec cette même distance qu'elle met toujours entre elle et ma tante, il est évident que, quoi qu'elle fasse, elle ne peut « répondre à ses attentes ». C'est à peine s'il la supporte. Quant à l'aimer, n'en parlons pas ; c'est encore moins le cas chaque année qui s'écoule sans qu'elle lui donne un héritier. Pourtant, elle reste enchaînée à lui, indépendamment de leurs sentiments.

Oh, certes, Mère pourrait demander le divorce. Mais Père est à la tête des pairs du Thing : quels motifs assez solides pourrait-elle leur fournir pour réussir à les convaincre de défier l'autorité royale et de lui accorder la dissolution légale de son mariage ? Et quand bien même, où irait-elle ? Elle est née à Alfhaimar, dans une ferme, et sa dot ne devait pas être très grosse, d'autant qu'elle a épousé Père avant qu'il n'accède à la fortune, lorsqu'il n'était encore qu'un jarl à la botte du roi danois. Elle pourrait retourner à Alfhaimar, où son frère s'occupe de la ferme avec sa propre épouse et ses enfants. Mais je ne parviens pas à imaginer Mère vivant comme une domestique dans la maison de son frère, au service de sa belle-sœur, parasite dépendant de l'hospitalité qu'ils voudraient bien lui accorder. Ce serait pire que la mort pour elle. Comment accepter pareille déchéance, alors qu'à ses yeux, il n'existe plus haute aspiration que de faire partie de la maison royale ?

Mère est donc condamnée à vivre avec un homme qui la méprise, ou peu s'en faut, sans même être libre de prendre un amant sous peine de déchoir de son statut. Les dieux savent pourtant que Père a trompé Mère à maintes reprises, comme les hommes ont coutume de le faire. Cependant, je n'ai jamais entendu ne serait-ce qu'un murmure sur l'existence d'un enfant résultant d'une de ces incartades. Je n'ai peut-être pas autant de talents que Yafeu mais, s'il est une chose que j'ai appris à faire, et plutôt bien, c'est de me rendre pratiquement invisible et de prêter une oreille attentive à ce qui se chuchote. Quelle amère consolation, pour Mère, que les dieux n'aient pas accordé à Père un bâtard !

Pendant ce temps, Alvtir navigue à travers le monde. Elle ne dépend d'aucun homme pour sa subsistance, n'est redevable à aucun homme pour ce qu'elle possède, n'est obligée de donner son corps à aucun homme. Et, de tout Agder, elle est bien la seule à ne pas craindre Père. Quelle raison aurait-elle ? Certes, elle mène une existence pleine de risque et de violence. Mais est-ce une raison pour dire qu'elle est une « abomination » ? N'en est-elle pas une femme pour autant ?

Yafeu, quant à elle, préférerait être comme Alvtir. Yafeu *est* comme Alvtir à bien des égards. Et, si l'on en croit la manière dont les hommes la regardent, elle n'est manifestement pas moins désirable que n'importe quelle autre femme. En dépit de sa forte tête, indomptable... ou peut-être même grâce à cela.

Je me retourne vers Yafeu, qui me regarde sans me voir. Sur le moment, je me demande si tout ce qui vient de se passer n'est pas le fruit de mon imagination, une sorte de rêve éveillé.

Et, tout à coup, je me souviens qu'ayant l'ouïe extrêmement fine, malgré les acclamations de la foule autour de nous, elle a dû entendre ma conversation avec Mère !

Je baisse la tête, accablée de honte.

— Je suis désolée, Yafeu.

Et je suis sincère.

— Et, maintenant, je vais être punie, me dit-elle.

Ce n'est pas une question. Une constatation, plutôt. Comme si elle avait accepté son sort. Je me demande si Yafeu a déjà présenté des excuses à qui que ce soit pour ce qu'elle a fait, si elle a jamais imploré le pardon de quiconque. Je suis sûre que Tante Alvtir ignore jusqu'au sens de ces mots-là.

Je pousse un soupir à fendre l'âme, avant de passer aux aveux :

— Non. C'était un mensonge, une fois de plus.

J'ai menti à ma mère. Pour la deuxième fois en autant de jours. Cette idée me gêne et, pourtant, me grise malgré moi.

Les traits de Yafeu se détendent, comme s'il y avait en elle une appréhension que je n'avais pas perçue. Elle hoche la tête, solennelle.

Cédant alors à la curiosité, je lui pose la question qui me taraude :

— Que t'a raconté ma tante ?

Elle hausse les épaules.

— Je n'ai pas compris ses paroles.

C'est elle qui ment, à présent. Nous savons aussi bien l'une que l'autre qu'elle connaît suffisamment notre langue pour savoir ce qu'on lui dit, même si le sens d'un mot lui échappe ici ou là. Mais si elle ne veut pas me le révéler maintenant, je vais devoir attendre. J'ai encore beaucoup à faire pour mériter sa confiance.

Cependant…

— Yafeu, je t'ai évité une correction aujourd'hui, ou bien pis. Mais, si tu n'apprends pas nos usages, jamais tu ne pourras… (j'hésite, parcourant tour à tour sa peau couleur marron grillé, les dents de loup qu'elle arbore crânement à son cou, cette rébellion affichée dans ses yeux liquides) t'intégrer.

Elle ricane en sourdine et, une fois de plus, je pense à Tante Alvtir en la voyant.

— Je ne crois pas que je m'« intégrerai » ici un jour, Princesse.

— Non, pas complètement, je le reconnais. Mais c'est chez toi, ici, maintenant, que tu le veuilles ou non. Et il va falloir que tu te plies à nos coutumes, si tu ne veux pas provoquer la fureur de mon père.

Yafeu se renfrogne, aussi surprise que moi par ma propre franchise. Mais elle ne proteste pas. Elle sait que j'ai raison.

Je m'enhardis :

— Je t'apprendrai tout ce que tu auras besoin de savoir afin de passer pour une vraie habitante d'Agder. Mais je veux quelque chose de toi en échange.

Elle arque un sourcil.

— D'abord, tu dois me promettre que tu te feras discrète devant mes parents. Baisse la tête ; ne réponds pas ; obéis aux ordres que l'on te donne.

Elle maugrée, mais finit par acquiescer.

— Et ensuite… (Je relève le menton, sûre de mon petit effet.) Je veux que tu m'apprennes à me battre.

22

YAFEU

Freydis recrache de la terre et se relève tant bien que mal, pantelante. Sa respiration sifflante forme de minuscules nuages blancs dans l'air glacé du petit matin. Elle essuie les gouttes de sueur sur son front luisant.

J'étire mes bras derrière mon dos en attendant qu'elle reprenne son souffle. L'air pur embaume, parfumé par ces étranges feuilles hérissées de pointes à moitié collantes : des aiguilles de pin et d'épicéa, d'après Freydis. Leur odeur me calme et m'aide à me concentrer. Cette petite clairière, au cœur de la forêt du Nord-Est, est devenue notre quartier général. Le sol est jonché d'aiguilles brunes que j'ai rassemblées pour en faire un matelas suffisamment épais pour amortir nos chutes.

Ou, plus exactement, *ses* chutes.

En y pensant, je ne peux m'empêcher de pouffer comme une gamine.

— Moque-toi... autant que tu veux, maugrée-t-elle entre deux halètements poussifs. Mais tu ne m'as... toujours pas répondu.

Elle serre les poings et les lève devant son visage. Elle n'a encore ni la force, ni la coordination nécessaire pour manier l'épée. Je lui ai donc appris les bases du combat à mains nues.

« Si tu comptes trop sur tes dagues, elles vont devenir ton point faible, disait toujours Baaba. Gu t'a accordé la maîtrise de sa magie, ça ne veut pas dire pour autant que tu ne peux pas te défendre autrement. »

Un sourire goguenard me monte aux lèvres, avec le bonheur familier de sentir la mémoire des gestes inscrite dans mes muscles me revenir comme un chien fidèle.

Je m'exécute :

— Le roi répartit les terres d'Agder entre les jarls. Et, en échange, ils lui donnent un tribut correspondant à un tiers de la récolte locale et lui prêtent allégeance en mettant leurs propres bateaux et leurs hommes au service de la *hird*.

C'est devenu notre rituel depuis plusieurs semaines, maintenant. Nous nous réveillons bien avant l'aube pour venir nous entraîner ici, pendant que Freydis m'apprend les « us et coutumes » des Majous : leurs lois, leurs traditions, leurs dieux, et comment ils les honorent. Elle m'a aussi enseigné le nom de tous les animaux et de toutes les plantes que je ne connaissais pas et, pour ces dernières, leurs vertus médicinales. J'ai appris que les arbres avec les gros troncs rugueux et les feuilles en forme de cuillère sont des chênes, et que leur écorce est utilisée pour traiter les irritations de la peau et de la gorge. Les plantes avec les feuilles dentelées et les tiges poilues rouges se nomment « armoise » et sont utilisées pour soigner les maux d'estomac et stimuler le cycle lunaire des femmes. La fourrure qu'Alvtir m'a donnée vient d'un animal qui s'appelle « loutre » et qui est très apprécié pour les graisses spéciales qu'il produit car elles empêchent l'eau de pénétrer la peau et gardent celui qui la porte au sec. Tout ça, je l'ai appris de Freydis, et bien plus encore. Je dois reconnaître qu'elle est plus dégourdie que je ne le pensais quand je l'ai rencontrée.

Elle m'envoie un direct à l'épaule et je fais en sorte qu'il atteigne sa cible. Un sourire satisfait illumine son petit minois d'oiseau tombé du nid. Elle ne se rend pas compte que je la laisse gagner.

— Mais pourquoi… (je tourne sur moi-même et repousse son poing d'un coup de pied, effaçant ce petit sourire agaçant de ses lèvres) les jarls acceptent de lui donner autant ? S'ils ont leurs propres bateaux et leur propre armée, pourquoi ils ne se rebellent pas contre lui ?

— Parce qu'en prêtant serment, il s'est engagé à les protéger. Il leur a promis gloire et prospérité, me répond-elle en décrivant un cercle autour de moi.

Je tourne en même temps qu'elle pour lui faire face en permanence, sautillant sur la pointe de mes pieds de façon à rester constamment en mouvement.

— En retour, ils lui ont juré fidélité, poursuit-elle. Et il a tenu parole. Alors, ils doivent honorer leur promesse. Ainsi, un roi et son peuple sont liés par des obligations réciproques. Violer son serment d'allégeance est un acte très grave. C'est un tel déshonneur pour le parjure que cela n'arrive presque jamais. De toute façon, la *hird* de Père est la plus puissante, au cas où…

On a du mal à l'imaginer maintenant, mais, d'après Freydis, quand il était jeune, Balli était un guerrier valeureux : un véritable héros pour son peuple. Il a mené la *hird* à la victoire dans une grande bataille qui a libéré Agder, encore sous l'autorité d'un roi étranger, à l'époque. Chez les Majous, les grands guerriers sont vénérés et respectés plus que n'importe qui. Les meilleurs peuvent devenir jarls ou même rois, même s'ils sont nés sans terre ni titre. La concurrence entre les rois et les jarls est donc rude, le pouvoir va et vient comme les marées dans le fjord. On peut tout aussi bien se le transmettre de père en fils que s'en emparer, les armes à la main. C'est la loi du plus fort.

Mais, du roi le plus puissant à la plus humble vachère, tout le monde ici se conforme à un code d'honneur personnel. Un homme (ou une femme, d'ailleurs) aura beau être le plus grand guerrier que le monde ait jamais connu, s'il se déshonore d'une manière ou d'une autre, il perdra le respect et l'influence qu'il a gagnés.

Mieux, grâce à Freydis, j'ai appris sur Alvtir tout ce qu'elle pouvait m'en dire. Alvtir et ses guerrières sont appelées des *skjaldmö* – ce qui veut dire « jeune fille au bouclier ». Il n'est pas courant, chez les Majous, que les femmes combattent aux côtés des hommes, mais ça n'a rien d'extraordinaire pour autant. Certaines des héroïnes du passé (dans des histoires comme celles que mes parents me racontaient) étaient des *skjaldmö*. Quand Alvtir était petite, elle s'est fait enlever par des soldats étrangers. Elle a réussi à s'échapper et elle est revenue plusieurs lunes plus tard. Mais elle avait changé : ce qu'elle avait subi pendant son absence l'avait rendue cruelle et dangereuse. Ne sachant que faire de cette bête sauvage qu'était devenue sa sœur, le roi Balli l'a acceptée dans la *hird* et l'a autorisée à recruter une petite escorte de femmes – trois qui, pour des raisons que Freydis ignore, s'étaient retrouvées « sans époux pour veiller sur elles ».

Freydis est aussi investie dans son propre entraînement que je le suis dans les leçons qu'elle me donne. Au cours de la dernière lune, son corps a perdu un peu de sa fragilité, et a gagné pas mal de plaies et de bosses. Mais, à ma grande surprise, elle ne se plaint jamais. J'ai l'impression qu'encore hier, elle pleurnichait pour une brindille qui lui égratignait le bras dans les bois. On a été obligées de lui confectionner en secret une tunique et un pantalon pour éviter d'abîmer ou de tacher ses robes. Je suis également étonnée de voir combien elle semble apprécier cette tenue, pratique et toute simple, étant donné les manières qu'elle fait, le reste du temps, pour avoir l'air « féminine et distinguée ».

Elle m'envoie un nouveau coup de poing, visant cette fois ma tête. Je l'évite aussi facilement que les précédents.

— Par les ruses de Loki ! jure-t-elle. Comment savais-tu que j'allais frapper là ?

— Ton regard t'a trahie. Il faut que tu apprennes à passer directement de l'intention à l'action.

Mon propre poing décrit un arc de cercle pour s'arrêter juste devant son menton. Elle se ratatine sur place avant de se ressaisir.

— Tu dois toujours prendre tes adversaires au dépourvu.

— Mais tu n'es *jamais* prise au dépourvu, bougonne-t-elle en se penchant, mains sur les cuisses, pour reprendre son souffle.

Déjà, mes pensées se reportent sur Balli et Alvtir.

— Pourquoi ton père ne commande pas lui-même son armée ? (Je m'interroge à haute voix.) Est-ce que c'est parce qu'elle est la meilleure guerrière qu'Alvtir mène la *hird* ?

Freydis se raidit et rougit. J'ai comme l'impression que ce n'est pas seulement l'exercice qui lui donne des couleurs.

— Il reste ici, avec tous ses gardes, parce que c'est plus sûr, au cas où Skíringssal serait attaquée. C'est pour cette raison qu'il a fait d'Alvtir sa *stallari.* (Un petit sourire complice étire ses lèvres.) Tu essaies juste de me distraire pour gagner plus facilement. Ce n'est pas juste !

J'éclate de rire et elle m'imite aussitôt, s'étouffant presque à force de glousser.

Elle n'en est pas moins la première à reprendre son sérieux.

— Bien. Et après ? Qu'y a-t-il en dessous des jarls ?

Elle recommence à me tourner autour.

— Les karls : des hommes libres mais sans titre. Des fermiers, des artisans, des commerçants, des soldats…

Freydis hoche la tête, manifestement satisfaite. Je bondis, prête à frapper. Mais, soudain, elle saute de côté pour esquiver le coup, et c'est à mon tour d'être satisfaite de mon élève.

— Et après les karls…

Elle s'interrompt brusquement.

— Les *thrall*.

Je crache presque le mot. Et, avant qu'elle n'ait le temps de réagir, je balance ma jambe pour la faucher aux chevilles. Elle se retrouve, le derrière par terre, et grogne en heurtant le sol.

— Dans mon village, il n'y avait pas de *thrall*. (J'insiste sur le mot, tandis qu'elle se relève et se frotte les fesses en grimaçant.) On devait tout partager avec tout le monde. Il en allait de notre survie commune. On formait un tout.

Enfin, « tout le monde » sauf ma famille. Mais je préfère laisser cette partie de côté. Je ne veux pas dire à Freydis que personne ne partageait rien avec nous, que, même si mon oncle était le chef, on devait toujours se débrouiller tout seuls. Je n'ai pas envie de lui dire qu'aux yeux de tout le village, j'étais *jugu*.

Freydis se racle la gorge.

— Allez ! Recommençons ! lance-t-elle avec enthousiasme pour changer de sujet. Cette fois, c'est toi qui vas mordre la poussière.

Et elle se met à sautiller d'un pied sur l'autre pour m'imiter.

Je souris, mais secoue la tête.

— C'est assez pour aujourd'hui. Il faut que tu récupères, maintenant.

— Encore une fois ! supplie-t-elle comme une gamine.

Comme je suppliais Baaba quand il voulait mettre fin à nos leçons. Ça suffit à me rappeler qu'à côté de moi, elle *est* une gamine. Nous avons à peu près le même âge, mais, contrairement à elle, j'ai déjà vécu plusieurs vies et traversé bien des épreuves.

— Sól n'a pas fini de se lever : nous avons encore le temps, argumente-t-elle.

Elle a, dans le regard, cette étincelle forcenée qui me donne toujours des crampes d'estomac.

Malgré tout ce que les siens m'ont fait subir, je m'inquiète pour Freydis, et je suis la première à m'en étonner. Elle ne respecte pas les limites de son corps. Je ne peux qu'admirer sa soif d'apprendre et sa détermination, mais elle exige trop d'elle-même. Elle brûle de maîtriser des compétences de combattante aguerrie sans avoir fait les efforts nécessaires pour les acquérir.

Je serre les dents, repoussant ces inquiétudes. *Qu'est-ce que j'en ai à faire, si Freydis se blesse ?* Au moins, quand je l'entraîne, je ne me morfonds pas devant le métier à tisser. C'est toujours ça de gagné. Et puis ça me permet de m'entretenir, de m'entraîner au combat, de sorte que, quand Alvtir viendra me chercher, je serai prête.

C'est sans doute ce qu'Alvtir voulait dire par ce « bientôt » : qu'à son retour, elle me libérerait et me prendrait sous son aile, comme elle l'a fait pour ces autres guerrières qui l'accompagnent partout. J'ai eu raison de lui faire confiance à Anfa, en fin de compte. Elle attendait juste que je fasse mes preuves, comme lorsque j'ai tué Broskrap. Elle devait être là. Elle a dû assister à la scène. C'est pour ça qu'elle est venue me chercher le soir même et m'a donnée à Freydis. Bientôt, je ne serai plus une esclave.

Bientôt, je mènerai la vie de guerrière pour laquelle je suis née.

À cette idée, un frisson d'excitation me parcourt des pieds à la tête. J'exécute un saut en arrière sur les mains, faisant basculer mes jambes au-dessus de ma tête pour atterrir dans une parfaite posture de prédateur à l'affût.

— Voilà ce qui s'appelle fanfaronner, commente Freydis avec un sourire en coin.

Je lui fais un clin d'œil.

— Bon d'accord, une dernière fois.

Son visage s'illumine et elle adopte aussitôt une position défensive. J'attends qu'elle ouvre les hostilités. Elle m'assène un direct que j'esquive facilement. Elle tape du pied comme une gamine frustrée et me dépasse en trombe, ulcérée.

— Tu es trop prévisible. (Je me penche pour refaire les lacets de mes bottes.) Il faut que tu prennes ton adversaire au dépour…

Son bras se referme sur ma gorge, me coupant la respiration. Je passe aussitôt en mode instinct de survie. Je me cabre en avant, empoignant son avant-bras à deux mains et donne un violent coup de tête en arrière.

Freydis pousse un cri perçant et recule en titubant, sonnée. Je me redresse d'un bond et fais volte-face, prise de panique.

Elle se tient le nez, puis se détourne avec un spasme de douleur.

— Laisse-moi voir.

J'essaie d'abaisser le bras qu'elle a levé devant son visage, mais elle recule.

Finalement, elle accepte de me montrer les dégâts : elle saigne abondamment du nez. Mais, les dieux soient loués, il ne semble pas cassé.

— Ce n'est pas grave. (Je prends un ton calme, propre à la rassurer.) Ce sera vite guéri. Penche la tête en arrière pour empêcher le sang de couler.

Elle ne se fait pas prier.

— Pourquoi tu as fait ça ? s'enquiert-elle. J'essayais juste de mettre ton conseil en pratique !

Je déchire un bout de ma manche et en fais un tampon que je place doucement sous son nez. Elle grimace de plus belle quand je lui pince les narines. Bientôt, le saignement cesse.

Je la suis alors sur la piste que nous avons tracée à travers bois. Une petite rivière coule en parallèle. Le bruit de l'eau qui dévale la pente comble le silence pesant. J'ai bien envie de lui dire que je l'ai avertie des risques, qu'elle ne peut pas se servir de moi pour tester ses limites… mais je préfère tenir ma langue. La douleur est une punition suffisante. Je sais de quoi je parle.

— Que vais-je raconter à Helge ? finit-elle par demander.

— Tu trouveras une excuse. Tu trouves toujours.

Même si elle ne veut pas l'admettre, elle ment à sa famille depuis le début. Elle ment à propos des endroits où nous allons, de ce que nous faisons. Elle n'est pas à un mensonge près, au point où elle en est.

Tout à coup, elle glisse sur une flaque de boue.

— Freydis !

Je la rattrape par les épaules, juste avant qu'elle ne se précipite vers la rivière. Elle se redresse.

— Tout va bien, m'assure-t-elle en se tournant vers moi.

Nous partons toutes les deux d'un même fou rire ; c'est le contrecoup de notre frayeur commune. Nos rires s'arrêtent net quand une odeur épouvantable envahit l'atmosphère.

— Pouah ! (Freydis se couvre de nouveau les narines à deux mains.) Je préférerais presque avoir le nez cassé.

Je respire par la bouche, en réprimant un haut-le-cœur.

— Il faut continuer.

Nous reprenons notre chemin, mais la puanteur s'accentue à chaque pas. La peur étire alors ses tentacules, plongeant dans ma poitrine et au fond de ma gorge.

Je connais cette odeur. C'est l'odeur de la mort.

Et elle provient de la rivière.

FREYDIS

Yafeu me lance un regard nerveux avant de descendre dans le ravin. La pulsation de mon sang s'accélère dans mon cou lorsque je lui emboîte le pas, avançant avec précaution sur la pente boueuse. Ma peur est telle qu'elle étouffe ma douleur : je ne sens même plus mon nez. En revanche, je hume toujours parfaitement l'immonde odeur. J'ignore ce qui produit cette pestilence, mais cela n'augure rien de bon.

Une coalition de corbeaux prend son essor à notre approche en coassant furieusement. Je frissonne à la vue de ce qui semble être un mauvais présage.

Et c'en est un. Quand nous atteignons la rivière et que le festin dont ces oiseaux se repaissaient devient évident, je crois défaillir.

Un cadavre. Le torse échoué sur la berge, baignant dans la boue, tandis que les jambes ballottent dans la rivière. Boursouflé et bleuâtre à cause de la température de l'eau, il commence seulement à se décomposer. Le cours d'eau ne doit l'avoir rejeté que très récemment. La peau porte des traces d'égratignures, des entailles, et une longue estafilade s'étale sur son cou, trop profonde pour avoir été infligée par un volatile.

Bien que les yeux aient été arrachés par les oiseaux, je reconnais son visage.

Oncle Broskrap !

Je me retrouve à quatre pattes dans la glaise, vidant mon estomac dans l'herbe. Secouée de nausées, je vomis jusqu'à ce qu'il ne me reste plus rien à régurgiter.

Qui peut avoir fait pareille chose ? L'infâme pleutre n'a même pas eu la décence de l'enterrer !

— Il nous faut appeler à l'aide.

Ma voix est affreusement rauque et j'ai besoin du bras de Yafeu pour me relever.

— Non, dit-elle tout bas.

Je fronce les sourcils.

— Comment cela ? Ton ancien maître, Broskrap, mon oncle, a été assassiné !

Les muscles de son cou se tendent comme des cordes quand elle détourne la tête. Je me redresse de toute ma hauteur. J'atteins à peine son menton, mais tente malgré tout d'adopter une attitude autoritaire.

— Yafeu, je t'ordonne de…

— Je l'ai tué.

L'ordre meurt sur mes lèvres. Je me sens vaciller. La Terre se met à tourner autour de moi.

— Pardon ?

Son regard impénétrable d'ambre fumé se relève vers moi.

— J'ai tué cet homme.

Yafeu !

C'est comme un geyser de lave qui monte en moi, une éruption de rage telle je n'en ai jamais connu auparavant. Je tremble, vibrant sous la puissance de cette fureur incendiaire.

Yafeu !

— Comment… comment as-tu *pu* ?

Broskrap n'était certes pas le meilleur des hommes, mais il faisait partie de ma famille. Il a toujours été loyal envers mon père. Et il avait deux jeunes garçons à élever. Dieux, que vont-ils devenir, à présent ?

Yafeu me regarde fixement sans mot dire.

Je ne parviens pas à taire ma colère.

— Comment ai-je pu être aussi bête ? Voilà pourquoi tu veux ressembler à Alvtir. Il y a quelque chose qui ne va pas chez toi. J'aurais dû le voir dès le début. Tu n'es qu'une *barbare* ! Un *monstre* !

Et je crache sur le sol à ses pieds pour lui montrer l'étendue de mon mépris. Puis je tombe à genoux, épuisée de rage, de chagrin et d'incrédulité. Ces mensonges à mes parents, ces fois où j'ai désobéi... tout cela pour une meurtrière ! Une meurtrière qui m'a appris ses *méthodes* ! Une nouvelle vague de nausées m'assaille. Comment ai-je pu être aussi naïve ? *J'avais confiance en toi, Yafeu !*

Comme si elle pouvait lire dans mes pensées, elle se met à parler :

— Quand j'étais la *thrall* de Broskrap, je vivais dans une grange avec deux autres filles. Broskrap nous épuisait à la tâche. Il ne nous donnait pas assez à manger et nous battait si on essayait d'obtenir plus. On était toujours affamées, toujours gelées. On dormait par terre, si près du feu que la fumée nous noircissait le nez et la bouche. Un jour, il a suivi une des deux filles dans la forêt. Il l'a regardée se baigner, profiter de l'un des rares plaisirs de notre misérable existence. Mais regarder ne lui suffisait pas. Ton *oncle* l'a tirée hors de l'eau, l'a jetée à terre, et alors qu'elle hurlait et pleurait, il l'a violée.

Les mots de Yafeu me font l'effet d'une cataracte d'eau glacée. Je referme les bras sur ma poitrine, comme pour me protéger du choc.

— Tu m'as traitée de « barbare » ? poursuit-elle, alors que son regard s'assombrit. Tu m'as appelée « monstre » ? Ton oncle était tout ça à la fois, et pire encore. Alors, oui, je lui ai tranché la gorge. Et, si je pouvais le refaire, je le referais. Mon seul regret, c'est de ne pas l'avoir fait souffrir plus longtemps.

Je baisse les yeux, écrasée de honte jusqu'au plus profond de mon être. Ma colère s'est évanouie, laissant place aux plus accablants des remords.

— Maintenant, tu connais la vérité. Ce que tu en fais te regarde. Tu peux me faire tuer par ton père, si c'est ce que tu veux.

Je puise la dernière goutte de courage qu'il me reste pour regarder Yafeu dans les yeux. Elle se tient droite, immobile. Elle attend. Elle attend que moi, sa *maîtresse*, j'use de mon droit de vie ou de mort sur elle et décide de son sort. Cette simple pensée suffirait presque à me faire vomir de plus belle.

— Yafeu… Je ne soupçonnais pas cela.

Rien.

— Je suis tellement navrée. Pour tout. Je ne le dirai à personne. Je te le promets.

Toujours rien. Elle me fixe encore un moment, puis elle tourne les talons pour remonter le talus.

— Attends ! (Je me précipite pour la rattraper.) Il faut l'enterrer. Sinon quelqu'un va…

Yafeu me plaque soudain la main sur la bouche. Ses yeux s'écarquillent. C'est alors que je les entends aussi : des aboiements. Les limiers !

Je me souviens brusquement que c'est la saison de l'élan. J'étais tellement grisée à l'idée de m'entraîner au combat que j'ai complètement oublié. Ces bois pourraient fort bien grouiller de chasseurs, à l'heure qu'il est.

Yafeu gravit la pente à toute allure en me tirant derrière elle jusqu'au tronc d'un gros chêne. Elle ramasse un tas de terre et frotte ma peau et mes vêtements avec avant d'en faire autant pour elle. Je suis si tétanisée de panique que je ne pense même pas à lui demander ce qu'elle prépare. Je ne peux que rester là, statufiée, à écouter les aboiements se rapprocher.

— Ton foutu chien va faire fuir le gibier, se plaint une grosse voix d'homme. Rien dans l'citron, tout dans la gueule, comme son putain d'maître avec son haleine de phoque.

La raillerie provoque un ricanement de baryton.

— Ta sœur se plaint pas d'mon haleine de phoque, elle, rétorque l'autre.

Ces voix ressemblent fort à celles de Knut et Erik, les gardes de Père. Je me souviens alors avec un profond malaise qu'Erik est parent avec Broskrap par son père.

Les aboiements s'intensifient : les chiens sont à présent déchaînés.

— C'est quoi ça ?

— Bons dieux, c'est Broskrap !

Yafeu et moi échangeons un coup d'œil terrifié. J'adresse une prière muette à Vidar, dieu de la forêt, afin que les bêtes ne nous trouvent pas. Qu'ils n'entendent pas le martèlement de mon cœur, trop fort pour ne pas nous trahir.

Erik lâche un juron.

— Il faut prévenir le roi et vite !

Un sifflement strident et les chiens font demi-tour. Bientôt, bruits de pas et aboiements s'amenuisent. Je relâche ma respiration en une sorte de sanglot étranglé.

— Il faut qu'on rentre avant eux, siffle Yafeu entre ses dents, manifestement en proie à la panique. Et, surtout, que personne ne nous voie.

Mes yeux balaient d'avant en arrière les feuilles mortes écrasées à nos pieds, pendant que mon esprit tourne comme un moulin.

Réfléchis Freydis, réfléchis !

Erik et Knut vont emprunter le même chemin que nous : ils vont couper par le verger royal, l'itinéraire le plus direct pour rejoindre la Grande Halle. Une seule route peut nous faire arriver avant eux. Une route où aucun autre être vivant ne nous apercevra.

Celle de la Cité Fantôme.

La terreur plante ses griffes dans ma poitrine comme un revenant qui tente de sortir de sa tombe. Je relève les yeux vers Yafeu.

Elle me devine trop facilement.

— Tu connais un chemin.

— Il y a bien un autre passage… (Je secoue la tête avec véhémence.) Non, non c'est impossible.

— Pourquoi ?

— C'est interdit.

— On n'a pas le droit d'être ici, déjà ! Alors, qu'est-ce que ça peut bien faire ?

— Tu ne comprends pas. Il nous faudrait passer par un lieu frappé par le malheur. Un endroit *maudit.* Si jamais nous y allons, nous risquons d'être nous-mêmes touchées par la malédiction. Et alors… *(Alors, je risquerais de n'avoir jamais d'enfants. Et Mère, de perdre les fils qu'elle n'a pas encore eus.)* Nous mettrions la cité en danger.

Elle passe la main sur ses cheveux soigneusement tressés.

— Je n'ai pas le choix, Freydis. Si on me voit sortir des bois où le cadavre de Broskrap a été retrouvé, on pourrait…

Elle laisse sa phrase en suspens, le front plissé par l'inquiétude. Non, par la peur.

Quelqu'un pourrait soupçonner… la vérité. Voilà ce qu'elle ne dit pas.

— Je ne crois pas que qui que ce soit imagine quoi que ce soit. Je doute même que mon père se souvienne…

— Je t'en prie, Freydis. Tu ne sais pas ce que ça a été pour moi : pas un instant ne passe sans que je sois terrifiée à l'idée que quelqu'un découvre que… Et encore plus ton *père* ! Tu sais ce qu'il me fera subir !

J'hésite. Yafeu n'a pas tort de craindre Père. Il se moquerait bien que Broskrap ait frappé et violé ses *thrall.* Peu lui importerait qu'il l'ait ou non mérité. Il tuerait Yafeu sans hésiter. Ce ne serait pas une mort par décapitation qu'il lui réserverait, trop douce pour une esclave qui a tué son maître, pis encore, un membre de la famille royale. Il la torturerait des jours durant et savourerait chaque seconde de son atroce agonie.

Je ne peux pas laisser faire une chose pareille. Yafeu a raison : nous n'avons pas le choix.

Ma terreur n'en est pas moins grande.

Je hoche la tête.

— Suis-moi.

Le char de Sól semble vouloir nous rattraper, tandis que nous courons en direction de la Cité Fantôme. Derrière moi, Yafeu me pousse à accélérer le pas. Mais, déjà, mes poumons commencent à me brûler. Je me force à maintenir la cadence alors que nous contournons le lac Vitrir.

Au bout de l'étendue, nous arrivons enfin aux abords de la Cité Fantôme. Une souche calcinée monte la garde. Les deux moignons de ses ramures, pratiquement à angle droit du tronc, lui donnent l'apparence d'une silhouette humaine. Les gens disent que c'est l'un des esprits des morts qui interdit l'accès au site pour le protéger des vivants.

De nous.

Je ralentis, m'arrête pour reprendre mon souffle. Yafeu s'immobilise à ma hauteur. Elle surveille les ruines du regard, le sol jonché de détritus, les pans de murs à moitié éboulés… les vestiges de ce qui fut naguère la cité danoise de Geirstad. Et tout est noirci par les flammes.

— C'est quoi, cet endroit ? murmure-t-elle.

Je prends une profonde inspiration et rassemble mes esprits.

— Il y a vingt étés, alors que mon père avait proclamé qu'Agder était désormais un royaume indépendant, le roi Godfred du Danemörk a envoyé sa *hird* au grand complet sur nos côtes en pleine nuit. Agder était le dernier bastion du Danemörk au Norvèg, et Godfred n'allait pas l'abandonner sans combattre.

» Ils avaient l'avantage de la surprise et du nombre, mais Père les a pris à leur propre piège. Dès que les premiers navires ont été aperçus, il a envoyé Alvtir se poster avec les deux tiers de sa *hird* au cœur de la cité, pendant qu'il prenait la tête du reste des hommes et les emmenait au port. Il leur a alors ordonné de feindre la lâcheté et, dès que les Danois mettraient pied à terre, de battre en retraite.

» Les Danois ont cru que Père ne commandait guère que quelques dizaines de couards. Dans leur arrogance, ils ont suivi les soldats qui les entraînaient dans l'ancienne salle des banquets, s'attendant à une victoire facile. Mais Alvtir a dirigé son propre contingent d'hommes pour les prendre à revers et refermer le piège sur eux.

» Comprenant rapidement qu'ils étaient battus, les Danois se sont rendus sans résistance. Mais ma tante n'avait que faire d'une capitulation. Elle a ordonné à ses hommes d'enfermer les survivants dans la salle des banquets et d'y mettre le feu. Helge m'a raconté que les Danois ont demandé grâce en pure perte. La nuit a résonné de leurs cris alors qu'ils brûlaient vifs. Alvtir, en revanche, riait à gorge déployée : elle prenait plaisir à leurs souffrances.

» Njörd a dû prendre ombrage d'un massacre aussi déshonorant : un terrible blizzard venu du fjord, s'est levé et a propagé le feu de maison en maison, réduisant tout en cendres, de la salle des banquets jusqu'à ce lac. Nombreux sont ceux qui ont trouvé la mort dans cet incendie : des soldats danois, mais aussi des nôtres, les épouses, les sœurs, les mères de nos propres soldats, leurs enfants. Brûlés vifs dans leurs lits.

» Au matin, Thor a envoyé les pluies pour éteindre les flammes. Les hommes de la *hird* ont fouillé les ruines à la recherche des dépouilles pour honorer les morts et leur donner une sépulture décente. Mais ils n'en ont trouvé aucune. Le feu les avait consumés jusqu'aux os. Maintenant, les esprits hantent ce lieu maudit, ceux des soldats, des femmes et des enfants, condamnés à errer sans jamais trouver le chemin de Niflheim. Il ne leur reste plus qu'à se venger sur les vivants, en jetant sur ceux qui sont assez téméraires pour pénétrer dans leur territoire une terrible malédiction.

Yafeu me laisse terminer mon récit sans m'interrompre. Lorsque je finis par me taire, nous restons un long moment sans rien dire, immobiles.

J'examine son profil, tandis qu'elle considère les ruines, la bouche pincée, les sourcils froncés, inquiète. Je ne l'ai jamais vue si nerveuse. En un sens, cela me rassure : au moins comprend-elle les risques que nous prenons en venant ici.

C'est alors que, à ma grande surprise, elle me saisit la main, nouant ses doigts aux miens.

— Si tu crois que la malédiction ne peut pas nous frapper, elle ne le fera pas. Elle ne le pourra pas. Les esprits n'ont aucune raison de nous punir : nous ne sommes pas responsables de ce qui leur est arrivé : on n'était même pas nées !

Je déglutis avec peine.

— Tu le penses vraiment ?

Elle hausse les épaules.

— Tu crois qu'on a le choix ?

Elle a raison. C'est le seul moyen. Il n'empêche. Alors que, déjà, elle s'aventure parmi les ruines, je m'agrippe à sa main comme si c'était celle que Tÿr lui-même avait sacrifiée. Dans la gueule du loup.

23

FREYDIS

Nous avançons à petites foulées, en prenant soin de ne pas marcher sur les fragments acérés de poteries, ni les pointes noircies des clôtures qui jonchent le sol autour des ruines. Même avec cette peur oppressante au creux de ma poitrine, la curiosité l'emporte et je ne peux m'empêcher de regarder autour de moi. La majeure partie de ce qui était autrefois des maisons, des granges et des dépendances n'est plus guère qu'un tas de pierres et de planches calcinées. Les rares structures branlantes restées partiellement debout sont encore plus perturbantes : on voit toujours les marques déposées par le feu sur les murs. Certains portent même des griffures. Je me demande si elles ont été laissées par les familles piégées qui essayaient désespérément d'échapper aux flammes.

Il règne autour de nous un silence surnaturel. Même le chant des oiseaux ne peut atteindre le royaume des morts. Sous nos pieds, le sol ressemble à de la suie. Pas de fleurs, pas un brin d'herbe, pas même un pissenlit ni une vulgaire ortie. Juste des champignons jaunes semblables à des éponges de mer qui poussent en grappes çà et là. Une bouchée suffirait probablement à expédier le plus robuste guerrier sur son lit de mort.

Lorsque nous passons devant un bateau de pierre, Yafeu se démanche presque le cou. Les survivants ont dû ériger ce monument pour honorer leurs proches qu'ils n'ont pu enterrer.

Yafeu ouvre la bouche, sans doute pour m'interroger sur cette singulière sépulture, mais se ravise dès qu'elle se tourne vers moi. La terreur doit se lire sur mon visage.

J'adresse une prière silencieuse aux esprits de mes ancêtres : *Oh, dises, laissez-nous traverser saines et sauves ce lieu désolé. Préservez-nous de la malédiction qui le hante. Par pitié, pour Mère, sinon pour moi.*

Yafeu me lâche la main et se retourne d'un bloc, son couteau à la main.

C'est alors que je l'entends aussi : un bruit de pas.

Ma gorge se contracte bloquant ma respiration. Je me fige.

Quelque chose nous suit.

Pendant un trop long moment, chaque battement de mon cœur me frappe les tympans, telle une percussion de Mjöllnir entre mes oreilles. Jusqu'à ce que Yafeu se détende et glisse son couteau sous sa ceinture.

— C'est juste un renne, dit-elle.

Je risque un coup d'œil alentour en chuchotant dans un souffle :

— Comment sais-tu que ce n'est pas un revenant ?

Je ne vois aucun animal dans les parages. Yafeu m'adresse un regard acerbe.

— Je sais reconnaître un renne à l'oreille, Freydis. Les revenants n'ont pas quatre sabots.

Elle se remet en marche, et je marmonne en sourdine :

— Comment peux-tu avoir la certitude que ce ne sont pas *deux* revenants ?

Une petite pluie fine nous surprend dans notre course, maculant notre peau et nos vêtements de traces noirâtres. Nous dépassons cependant la dernière bâtisse sans aucun incident. C'est la seule construction qui soit encore debout : une grange délabrée miraculeusement épargnée, bien que se trouvant juste à côté de l'ancienne salle des banquets, d'où est parti l'incendie. Quelques instants plus tard, nous atteignons les hautes herbes qui délimitent le périmètre de la Ville-Morte. La tension dans mes épaules se dissipe et je m'avachis sous l'effet d'un immense soulagement. Les longs brins d'herbe se balançant dans le vent dans un doux bruissement apaise mes nerfs à vif.

Je lève les yeux vers le ciel. Le soleil trône au-dessus du mont Skagafell. Mes parents doivent avoir achevé leur petit déjeuner, à présent. Il nous faut être rentrées avant que Helge ne vienne nous chercher dans ma chambre, si ce n'est déjà fait.

— Par où ? me demande Yafeu.

— D'abord, vers le sud jusqu'au sommet de la colline, puis vers l'est à la tour de guet. Le garde nous tournera le dos : il surveille le fjord et la cité. Tant que nous restons discrètes et à couvert dans les hautes herbes, on ne nous verra pas.

Lorsque nous fendons leurs rangs serrés, les herbes se courbent et crissent sous nos pieds. Nous gravissons la pente jusqu'à ce que la tour de guet se profile. Je me mets alors à quatre pattes ; Yafeu m'imite aussitôt. Exactement comme je le faisais étant petite, nous contournons la tour de guet.

Sans surprise, nonchalamment appuyé à la rambarde, le garde regarde devant lui, en direction du fjord. Après tout, avec les montagnes au nord, il est impossible d'attaquer Skíringssal à revers.

Et personne ne serait assez fou pour oser passer par la Ville-Morte.

Enfin, nous pénétrons dans le domaine royal. Je jette un dernier coup d'œil alentour, puis fonce vers la maison longue, Yafeu sur les talons.

Je pousse la porte sans m'arrêter et déboule dans ma chambre pour m'écrouler sur mon lit, exténuée.

YAFEU

Je secoue Freydis sans ménagement. Il ne faut pas qu'elle s'endorme. Pas maintenant.

— Helge va arriver : tu dois te laver !

La tête dans l'oreiller, elle dit quelque chose que je n'entends pas.

— Quoi ?

Elle se retourne pour me lancer un regard noir.

— Laisse-moi reprendre mon souffle !

Je la reluque de haut en bas. Ses cheveux hirsutes lui font une véritable crinière de lion ; elle a la figure couverte de traînées noires et de sueur, et du sang séché sous le nez.

— Et tu as besoin d'un bon coup de peigne.

— Je suis sûre que ça a déjà été pire.

— Ça m'étonnerait.

Cette réplique lui arrache un sourire.

— Je peux toujours compter sur toi pour me mettre du baume au cœur, plaisante-t-elle à son tour.

Mais, soudain grave, son visage se fige. Elle se redresse pour s'asseoir sur le bord de son lit.

— Yafeu, nous ne devons à aucun prix nous approcher de ma mère. Ni d'aucune autre femme en âge de procréer. Pas sans avoir la certitude que la malédiction nous a épargnées.

Je viens m'asseoir auprès d'elle.

— Quelle est donc cette malédiction qui te fait si peur ?

Elle détourne les yeux et remonte ses genoux contre sa poitrine, enroulant ses bras autour de ses jambes.

Quand elle finit par me répondre, sa voix est à peine plus qu'un murmure :

— On dit que toute femme qui met un pied dans la Cité Fantôme ne pourra plus jamais porter d'enfant, et que celles qu'elle touchera subiront le même sort. Ça a commencé avec Alvtir, puisqu'elle est à l'origine de l'incendie. Aucune femme ne veut plus l'approcher, à présent, sous peine d'être frappée par sa malédiction. Même les hommes gardent leurs distances, par mesure de précaution.

C'est donc pour *ça* qu'on évite Alvtir ! Tout s'explique maintenant.

— Je ne sais pas ce que je ferais, poursuit Freydis, en regardant fixement les cendres froides dans l'âtre, si c'était à cause de moi que Mère ne pouvait pas… si elle perdait… Et mon propre époux ne me le pardonnerait jamais, si moi non plus…

Elle n'arrive même pas à prononcer les mots. Les larmes inondent ses joues noircies. Elle les sèche de la paume des mains, puis se lève brusquement et se déshabille, envoyant valser ses vêtements sales sous le banc d'un coup de pied. Il y a quelque chose de nerveux dans ses gestes quand elle enfile une chemise de lin propre et une chasuble jaune, toute simple, dont elle agrafe les bretelles avec des broches d'argent.

Une boule se forme dans ma gorge. J'avale ma salive et ferme les yeux, laissant aller ma tête contre le mur.

— Les gens de mon village disaient que j'étais possédée par un esprit malin. Que c'était pour ça que je me comportais comme un garçon et non comme une fille. Ils racontaient même que mon père avait abandonné ma famille pour y échapper. Ils ne devaient pas très bien connaître Baaba. Parce que c'est lui qui m'a appris que ce qui compte, c'est de croire, que c'est nous qui donnons du pouvoir à nos croyances, et qu'on peut *choisir* ce qu'on croit. Alors, moi, j'ai choisi de *ne pas* croire à cette malédiction.

Quand je lève les paupières, Freydis me regarde fixement avec une expression indéchiffrable.

Alors, j'ajoute doucement :

— Mais ça n'en faisait pas moins mal quand ils me traitaient ainsi. À chaque fois.

Freydis attend manifestement que je poursuive. Mais je trouve que j'en ai déjà suffisamment dévoilé et je détourne les yeux, mal à l'aise. Au bout d'un moment, je sens sa présence à côté de moi et, tout à coup, elle me prend dans ses bras et me serre fort. Je dois me retenir pour ne pas me reculer.

Le temps s'étire dans un silence plutôt gênant. Puis elle s'éloigne et s'empare de son peigne pour le passer dans ses cheveux emmêlés en grimaçant.

Je me lève à mon tour pour aller chercher un linge propre. Heureusement, il reste un peu d'eau dans le seau. Je mouille la serviette et la tends à Freydis, la troquant contre le peigne en l'invitant d'un geste à s'asseoir sur le tabouret. Elle se nettoie le visage pendant que je finis de la coiffer.

— Doucement ! s'écrie-t-elle quand le peigne accroche un nœud et que je lui tire brusquement la tête en arrière.

— Pardon.

Elle se retourne vers moi, les sourcils froncés.

— J'ai dit « pardon » !

— Non, non, ce n'est pas ça, me rassure-t-elle. C'est juste que… Yafeu, as-tu confiance en moi ? Me crois-tu quand je te dis que je ne révélerai jamais ce que tu as fait ?

— Je te fais plutôt confiance, oui…

Mais je parle si bas que c'est presque inaudible.

Elle referme la main sur mon bras.

— La mort de Broskrap va faire beaucoup de bruit. Non seulement il était le cousin du roi, mais c'était un homme de pouvoir doté d'une immense fortune, si influent que mon père en a fait un pair du Thing. Il aurait pu lui donner le titre de jarl, mais il a dû avoir peur que Broskrap ne devienne trop puissant, assez pour lui disputer le trône. Lorsque son meurtre sera annoncé, les autres pairs craindront pour leur vie et exigeront des réponses. Père lui-même pourrait penser qu'on cherche à lui nuire en sapant le contrôle qu'il exerce sur le Thing. Il n'est pas impossible que cela joue en notre faveur et qu'ils se soupçonnent d'abord les uns les autres. Mais cela signifie également que leur enquête ne prendra fin que lorsqu'ils auront trouvé un coupable, ou, du moins, un bouc émissaire.

Je hoche la tête, étrangement engourdie.

— Qu'est-ce qu'il faudrait faire alors ?

Freydis se met à jouer avec le petit duvet qui couvre ses tempes. Je peux presque voir la meule tourner sous son crâne, moudre les options pour échafauder un plan. Quand elle relève la tête, la conviction dans son regard fait étinceler le vert mousse de ses prunelles.

— Je n'en suis pas certaine. Peut-être qu'il n'y a rien à faire. En revanche, je suis sûre d'une chose : je gagnerai ta confiance, Yafeu. Ta confiance *pleine et entière.* Quoi qu'il m'en coûte.

24

FREYDIS

Nous avons à peine eu le temps de laver nos corps fourbus et de leur accorder un peu de répit que déjà Helge fait irruption dans la chambre.

— Broskrap a été assassiné ! s'écrie-t-elle d'une voix suraiguë. On a trouvé son cadavre dans les bois !

J'échange un bref coup d'œil avec Yafeu. Nous jetons nos capes fourrées sur nos épaules pour la suivre aux écuries. Une petite pluie commence à clapoter sur le toit de bois. Helge se précipite auprès de Mère qui, secouée de sanglots silencieux, s'appuie contre la porte. Dans toute cette agitation, personne ne semble remarquer mon nez enflé. Le garçon d'écurie a sorti les quatre chevaux, qui frottent nerveusement le sol de leurs sabots pendant qu'il s'empresse de les seller. Père marche de long en large, sa cape rouge claquant au vent – ce qui a pour effet d'affoler davantage les chevaux.

Quatre des soldats de la garde personnelle de Père marchent alors à sa rencontre. Je remarque que Gunnar est du nombre.

Bien qu'encore habillés en civil, ils sont armés d'épées et de haches. Dès que les bêtes sont harnachées, ils sautent en selle.

— Ramenez le corps à la ferme, ordonne Père. Cherchez s'il y a des traces de vol. Et reprenez l'interrogatoire des *thrall.* Peut-être la vue du cadavre leur déliera-t-elle la langue.

— Bien, mon seigneur, répond Gunnar.

Yafeu fait un pas en avant, mais je la retiens par le bras pour qu'elle reste auprès de moi.

— *Non,* murmuré-je en soninké. *Pas encore.*

Elle serre tellement les dents que les tendons de son cou ressortent. Mais elle se tient tranquille.

— Yah !

Les gardes enfoncent leurs talons dans les flancs de leurs montures. Le sinistre fracas des sabots martelant le sol mouillé emplit le silence, tandis qu'ils descendent la colline au trot.

Mon emprise se resserre sur le bras de Yafeu. Je ne relâche mon étreinte que lorsqu'on n'entend plus les chevaux.

Je marque une pause avant de pénétrer dans la Grande Halle et regarde le ciel. La pluie a cessé et les étoiles brillent, étincelantes, dessinant une broderie de lumière sur la toile noire du firmament. Est-ce là un bon présage des dises ? J'adresse une prière aux étoiles pour obtenir un autre signe, un signe qui éclairera mon propre chemin, autant qu'elles éclairent le ciel nocturne.

Ce soir marque le début du Goí et annonce la nuit du Disablót. En temps normal, je m'en ferais une joie car, de toutes les fêtes de l'année, elle est ma préférée : c'est une nuit où les femmes commandent et où toutes les plus prestigieuses familles d'Agder convergent vers la Grande Halle pour festoyer, danser et chanter. Mais, entre la malédiction et le meurtre de Broskrap, mon humeur s'est assombrie et il ne reste guère de place dans mon cœur pour les réjouissances.

Plusieurs jours se sont écoulés depuis que les gardes de mon père sont partis pour la ferme de Broskrap et ils ne sont toujours pas rentrés. Avares de mots, Yafeu et moi avons vaqué à nos occupations respectives. Je sais qu'elle a peur pour les deux esclaves. Quant à moi, j'ai bien plus de craintes pour Yafeu elle-même.

Et si ces filles parlaient ? Si elles disaient aux gardes que Yafeu a tué Broskrap, Père me l'arracherait et… et bien pis encore. La panique m'étrangle à cette seule pensée. Si cela devait arriver, je ne pourrais plus jamais me regarder en face.

Avec un profond soupir, je rejoins la procession des jeunes filles qui entrent une à une dans la Grande Halle. La salle est magnifiquement décorée, avec des couronnes de fleurs accrochées aux poutres et une débauche de chandelles sur les tables. Devant l'âtre, un autel de pierre consacré à Freyja a été placé sur une table de bois dédiée marquetée de serpents d'or et, sur le mur, derrière le dais royal, est tendue une nouvelle tapisserie chatoyante qui représente Freyja, ouvrant grand les bras au-dessus du Folkvang.

Yafeu m'accompagne lorsque, avec toutes les autres jeunes filles à marier, je me dirige vers la partie nord de la halle. Viennent ensuite les hommes qui, de leur côté, prennent place dans la partie sud. Fritjof entame alors un air de luth et nous nous tournons tous dans la même direction, tandis que Mère fait son entrée, suivie de toutes les autres mères, qui marchent derrière elle en un long cortège. Leurs pieds frappent le plancher au rythme de l'hymne solennel. Chacune vient déposer une offrande devant l'autel : une cruche d'hydromel ou quelques gâteaux au gingembre nappés de miel. La superbe chevelure de Mère cascade librement dans son dos, comme celle de la déesse elle-même, et, à son cou, elle porte une réplique du collier des Brísingar avec ses sept lourdes tresses d'or, mythique merveille forgée par les nains pour Freyja.

Une fois la dernière offrande déposée, la musique laisse peu à peu place au silence.

— Grâce vous soit rendue, Freyja, à toi et aux dises qui veillent sur notre famille et sur toutes les familles d'Agder. Nous vous faisons ces offrandes en remerciement de ce que vous nous avez accordé. Puissiez-vous toujours nous guider, nous mener vers la gloire et la prospérité.

La voix claire et forte de Mère résonne d'un bout à l'autre de la Grande Halle et même les hommes courbent la tête en signe de respect.

Yafeu se penche vers moi.

— Pourquoi c'est ta mère qui conduit la cérémonie, et pas ton père ? me chuchote-t-elle à l'oreille.

— Le Dísablót est une fête en l'honneur des dises, les ancêtres et esprits féminins qui veillent sur nous et nous guident vers notre destin. C'est donc à elle que revient le titre de maîtresse de cérémonie. (Mon cœur se gonfle de fierté quand j'ajoute :) Et, lorsque je serai reine, c'est moi qui conduirai la célébration dans ma propre halle.

Yafeu acquiesce avec solennité et incline la tête. Évidemment, il faut que la seule fois où elle manifeste un respect sincère pour nos traditions, ce soit pour le Dísablót.

Les dévotions achevées, la fête peut commencer. Tout le monde se place autour des tables qui croulent sous les plats de langue de bœuf salée, de pains aux noix et de fromage caillé, sans oublier les pichets d'hydromel pour faire passer le tout, tandis qu'un ragoût d'une douzaine d'agneaux à l'alléchant fumet mijote au-dessus de l'âtre. Déjà, Fritjof entonne une nouvelle chanson, beaucoup plus entraînante, que l'on entend à peine au milieu du brouhaha des conversations. Yafeu m'abandonne pour aller aider Helge et les autres *thrall* préposés au service, et je rejoins mes parents pour le dîner.

Je suis trop tendue pour avaler quoi que ce soit, alors je repousse la nourriture sur les bords de mon assiette pour feindre l'appétit que j'ai perdu. Je voudrais tellement croire Yafeu lorsqu'elle dit que la malédiction de la Ville Fantôme existe seulement dans nos têtes. J'ai tout de même veillé à ne pas m'asseoir trop près de Mère – sait-on jamais… Père grommelle en évoquant le coût faramineux de ce festin (plus encore que d'habitude), mais la vue de Mère, si somptueusement parée dans son costume de Freyja, plus resplendissante que toutes les épouses des jarls réunies, le ragaillardit – ne serait-ce que parce qu'il peut, à travers elle, s'enorgueillir de sa propre richesse, comme un fermier qui exhibe une truie primée devant ses rivaux.

Il n'en demeure pas moins que le spectre de Broskrap plane sinistrement sur les festivités. Comme leurs épouses échangent des plaisanteries, regroupées en bout de table, les éminents pairs du Thing confèrent à voix basse. À leur mine sinistre, je sais qu'ils débattent du sort de Broskrap – au grand dam de mon père.

Alors que le festin tire à sa fin, les esclaves se retrouvent à l'écart (à la table la plus éloignée des invités) pour avaler rapidement le maigre repas qui leur est réservé. Je les observe, remarquant pour la première fois à quel point Yafeu est isolée : les autres *thrall* lui parlent à peine et elle ne leur adresse guère plus la parole. J'ai toujours pensé qu'elle les évitait parce qu'elle n'appréciait pas leur compagnie. Je me demande, à présent, si cela n'aurait pas un commencé avec les esclaves de Broskrap et avec ce qu'elle a accompli pour les protéger contre lui. Peut-être craint-elle d'avoir à recommencer…

Après lui avoir laissé le temps de se restaurer, je lui fais signe de me rejoindre. Nous nous retrouvons dans l'angle le plus proche, là où Fritjof s'occupe à présent de distraire les jeunes enfants avec quelque conte ou histoire de son cru.

Ses mimiques et ses gesticulations fascinent ses petits spectateurs qui suivent le moindre de ses mouvements en ouvrant de grands yeux, bouche bée, ou avec un sourire jusqu'aux oreilles.

Les adultes ont tendance à considérer Fritjof avec méfiance, comme si ses excentricités risquaient de les contaminer. Même Père, qui s'appuie pourtant lourdement sur ses conseils de devin pour gouverner, le maintient toujours à distance. Mais les enfants sont attirés par son fantasque personnage comme des papillons de nuit par la flamme d'une bougie. J'ai moi-même passé des heures à ses côtés durant les longs hivers de mon enfance, le suppliant de me parler des dieux, de me conter leur histoire. Je lui enviais ses dons, à l'époque. Je brûlais d'explorer les racines et les branches d'Yggdrasil, de converser avec les dieux et de pouvoir plonger, comme lui, dans le Puits du destin. En grandissant, j'ai vu ce que ce don de clairvoyance lui coûtait. Je me suis alors contentée d'apprendre les vertus des plantes et la magie des runes : mieux valait rester à Midgard et garder la raison.

Fritjof m'adresse un sourire en coin – bien que, comme de coutume, j'ai l'impression qu'il sourit à quelqu'un derrière moi, voire *à travers* moi ? Avec Fritjof, je ne sais jamais : ce qu'il fait est-il intentionnel ou est-il encore victime de l'un de ses tics ?

Postée à côté de moi, Yafeu écoute son récit :

— Et alors, Odin et ses frères utilisèrent le sang d'Ymir pour façonner les océans ; avec sa peau et ses muscles, ils fabriquèrent la terre ; avec ses cheveux, les plantes, les arbres et les fleurs ; avec son crâne, le ciel et, avec ses méninges, les nuages. (Il fait semblant d'extraire son cerveau de sa propre tête, à grand renfort de mimiques et de gesticulations qui lui valent un concert de « beurk ! » et de « pouah ! » enfantins, ce qui le fait bruyamment glousser à son tour – il n'y a que

Fritjof pour se mettre en scène ainsi.) Finalement, Odin en vint à façonner le premier homme et la première femme, dont les noms m'échappent pour l'instant…

Je m'empresse de venir à son secours :

— Ask et Embla !

— Ah oui ! Ask et Embla. (Il m'adresse un clin d'œil avant de poursuivre :) Odin créa Ask et Embla à partir des troncs de deux chênes. Et il comprit tout de suite qu'il fallait protéger Ask et Embla des géants. Alors, il édifia une barrière autour de leur maison : Midgard. C'est aussi le nom de notre monde, vous savez ?

— C'est votre griot ? me chuchote Yafeu à l'oreille.

— *Griot* ?

J'ai du mal à prononcer le mot inconnu.

— Le gardien des histoires.

Je hoche la tête.

— Fritjof est notre scalde : un poète et un conteur.

— Scalde, répète-t-elle.

— Le plus grand de toute la contrée. Le meilleur devin, aussi. Il voit dans les autres royaumes, y compris dans le Puits des Nornes qui lui donnent des visions, des bribes de l'avenir. Mais sa clairvoyance lui a coûté une bonne partie de sa raison. Je voudrais lui parler des recherches lancées pour retrouver le meurtrier de Broskrap, lui demander s'il sait ce qu'elles vont donner. Il ne l'a peut-être pas « vu », ou il ne sera pas en mesure de nous le dire, mais cela vaut la peine d'essayer.

— Quelle est cette histoire qu'il raconte ?

— Il explique la création de notre monde.

D'un air absorbé, Yafeu gratte machinalement la légère cicatrice qu'elle a désormais dans le cou.

— Au Wagadou, on dit que Mawu-Lisa ont voyagé à dos du grand Serpent Cosmique aux couleurs de l'arc-en-ciel,

Aido-Hwedo. D'abord, ils ont créé la Terre. Les reliefs ont été sculptés par les ondulations du grand corps d'Aido-Hwedo. Partout où ils s'arrêtaient pour se reposer, ils formaient des montagnes à partir des excréments d'Aido-Hwedo, où ils déposaient de l'or et des pierres précieuses. Et, une fois la création du monde achevée, ils ont demandé à Aido-Hwedo d'encercler la Terre pour la maintenir en place et en soutenir le poids.

— Aido-Hwedo me rappelle un peu Jörmungand. Jörmungand est un gigantesque serpent qui entoure les océans autour de Midgard. Il est le fils du dieu Loki et de la géante Angrboda.

— Hmm, marmonne distraitement Yafeu sans quitter Fritjof des yeux.

J'ouvre la bouche, prête à lui expliquer la suite, lorsque les battants du portail s'ouvrent à la volée. Sur le seuil se tiennent les quatre gardes de mon père. Je me fige, le cœur au bord des lèvres.

Le brouhaha des conversations s'interrompt. Toutes les têtes se tournent pour suivre leur progression vers la table royale. Le regard de Yafeu se durcit, sa mâchoire se crispe. Heureusement, ils nous dépassent d'un pas martial sans même nous remarquer.

Père balaie la salle d'un œil noir et chacun reprend aussitôt sa discussion, s'empressant de faire comme si tout allait pour le mieux – même si les coups d'œil furtifs des convives vers la table royale trahissent leur curiosité.

Alors que, d'un geste impérieux, Père intime à ses gardes de s'asseoir, je réfléchis à toute allure.

Je me tourne vers Yafeu et lui murmure :

— Vite ! Va leur servir de l'hydromel pour écouter ce qu'ils disent.

YAFEU

Attrapant au passage plusieurs cornes à boire et un pichet d'hydromel, je me dirige vers la table du roi aussi nonchalamment que possible. Se voyant remplacé, Wérian, le petit *thrall* affecté au service exclusif de Balli, plisse le front, dérouté. Mais je le congédie d'un regard dur et il s'éclipse aussitôt en courbant le dos.

— … un interrogatoire musclé, dit un des gardes au moment où je m'approche.

Je tends une corne d'hydromel à l'un de ses compagnons qui la prend sans même me regarder.

— Elles ont répété la même histoire : elles croyaient qu'il était parti rendre visite à un ami dans une autre cité. Ce n'était pas la première fois qu'il s'en allait sans prévenir, alors elles ne se sont pas inquiétées.

— Donc, vous n'avez rien appris de nouveau, conclut sèchement Balli.

Mon cœur s'emballe. Je garde les yeux rivés au plancher pendant que je fais le tour de la table, distribuant les cornes aux gardes et remplissant celles d'Yngvild et de Balli avec mon pichet.

Le garde change de couleur.

— Nous avons quand même découvert quelque chose en examinant le corps, mon roi. La plaie dans son cou n'était pas assez large pour correspondre au fer d'une hache et pas assez profonde pour être due à la lame d'une dague. On dirait plutôt qu'elle a été faite par un petit couteau. Un couteau de femme. C'est pour ça que nous ne sommes pas rentrés tout de suite : nous avons torturé les deux *thrall* jour et nuit. Mais elles n'ont pas changé de version.

Je me fige derrière le fauteuil du roi, m'agrippant à deux mains à mon pichet.

Ils ont *torturé* Bronaugh et Aïré ! Et, pourtant, aucune d'elles ne m'a dénoncée. Pas même pour s'épargner d'horribles souffrances.

Oh, Aïré, je suis tellement désolée ! C'est toi qui avais raison depuis le début.

Le roi soupire, agacé, en se pinçant l'arête du nez.

— Même un demeuré comme toi devrait savoir qu'elles ne font que se protéger mutuellement, Gunnar. L'épouse de Broskrap est morte. Si c'est une femme qui l'a tué, c'est forcément l'une des deux. Ramène-les ici. Je les questionnerai moi-même. Et, si elles refusent toujours de parler, eh bien, elles seront exécutées toutes les deux.

J'ai la bouche sèche. Les murs semblent pencher, tout à coup.

Le pichet manque de m'échapper des mains, mais je le rattrape juste avant qu'il se fracasse sur le sol.

Le roi jette un coup d'œil exaspéré par-dessus son épaule.

— Pardon, murmuré-je.

Je m'incline, avant de me replier prestement vers Freydis (qui fait mine de ne pas me regarder), en grande conversation, semble-t-il, avec une personne que je ne reconnais pas, la fille d'un des pairs du Thing, sans doute.

Dès qu'elle surprend mon expression, Freydis change d'attitude. Elle salue son interlocutrice d'un hochement de tête et glisse son bras sous le mien pour m'inviter à une promenade autour de la salle, bras dessus bras dessous, comme deux vieilles amies. Sauf qu'elle m'entraîne discrètement à l'écart des festivités.

Je me revois soudain avec Ampah, marchant sur la route de Koumbi Saleh, le jour où j'ai provoqué les deux inconnus au marché. Ces hommes qui se sont révélés être des marchands d'esclaves et qui sont venus incendier notre village le soir même.

Ampah est morte à cause de moi. Parce que je n'ai pas su maîtriser ma fureur.

Je refuse que ça arrive de nouveau.

Dès que nous sommes assez loin pour ne plus être entendues, je m'arrache à l'emprise de Freydis.

— Les gardes vont amener Bronaugh et Aïré ici. Ils savent, d'après la blessure, que c'est une femme qui a tué Broskrap. Ton père croit que c'est l'une des deux.

Freydis devient blanche comme un linge. Je n'ai pas besoin de lui rapporter le reste : elle sait ce que ça veut dire. Elle sait ce qui va se passer.

— Je suis navrée, souffle-t-elle.

Je me sens soudain vide, dans une sorte d'état second.

— Je vais lui dire que c'est moi.

Elle m'adresse un regard perçant.

— Non.

— Je n'ai pas le choix.

Je tourne les talons pour me diriger vers la table du roi. Mais elle me retient par l'épaule.

— Yafeu, *non* ! Cela ne résoudra rien ! Tu ne devrais pas mourir, tu as fait ce que ton devoir te dictait !

— Et je dois *toujours* faire ce que me dicte mon devoir ! (Je retire sa main de mon épaule pour la serrer entre les miennes.) Je n'ai pas sauvé Aïré pour qu'elle meure à ma place.

— Je t'en prie... (Sa voix se brise et ses yeux brillent à la lumière des torches.) Laisse-moi juste un peu plus de temps. Je vais réfléchir. Je trouverai bien quelque chose : un moyen de les sauver, elles *et* toi.

— C'est trop tard. Je suis désolée.

Je reprends le chemin de la table royale, mais elle m'agrippe le bras.

— Attends, j'ai une idée !

Je m'arrête, suis son regard buté tourné vers la tablée la plus proche où une poignée de soldats de la garde royale ripaillent allégrement. Ses yeux se posent sur un solide gaillard avec de longues tresses orange et une barbe semblable. Un duvet de cette même teinte couvre ses bras, qu'il a passés autour d'une jeune esclave juchée sur ses genoux – une fille d'au moins sept hivers ma cadette. Elle essaie de descendre, mais il la rassied avec un ricanement rocailleux, enfouissant la tête dans son cou.

Instinctivement, je serre les poings. Mais ma colère laisse bientôt place à la confusion quand je vois Freydis se frayer un chemin jusqu'à sa table, m'invitant d'un geste à la suivre.

— Erik ! lance-t-elle au garde éméché.

Erik tourne la tête, l'incline respectueusement. La petite esclave en profite pour se sauver. Il dit quelque chose que je ne peux pas entendre dans le brouhaha des conversations, mais je reconnais sa voix : c'est celle de l'un des chasseurs qui ont découvert le corps de Broskrap.

Freydis s'entretient brièvement avec lui, puis elle pose la main sur son bras pour lui parler à l'oreille. Aussitôt, le visage d'Erik se contracte. Dès que Freydis s'éloigne, il se lève et quitte sa place à pas lourds.

À peine Freydis revient-elle auprès de moi que je l'interroge :

— Qu'est-ce que tu lui as dit ?

— Ce que je devais.

Il ne faut pas longtemps avant que des cris commencent à s'élever, couvrant le vacarme ambiant.

— Assassin ! tonne Erik. Espèce de chien !

Un silence de mort interrompt brusquement la fête.

— Arrête de bavasser, Erik. T'as trop bu.

Je reconnais la voix de baryton de son compère chasseur.

— Comment t'as pu, Knut ? Comment t'as pu l'tuer ? Tout ça pour ta pute de sœur !

Je comprends ce que Freydis a fait.

L'autre homme se lève d'un bond, dominant son accusateur de toute sa hauteur. Erik est plus costaud, mais Knut a bien une tête de plus que lui, et il est livide, défiguré par la colère. Les deux hommes seraient prêts à s'étriper s'ils ne se trouvaient pas dans la Grande Halle pour une célébration aussi solennelle.

— J'ai tué personne, bougre d'imbécile ! rugit Knut.

Le roi Balli se lève soudain. Tous les yeux se tournent vers lui quand il apostrophe son garde :

— C'est une grave accusation que tu portes là, Erik. As-tu des preuves de ce que tu avances ?

Erik se balance d'un pied sur l'autre.

— Je le sais au plus profond de mon être ! braille-t-il en retour.

— Cette affaire nous a tous profondément touchés, lui rétorque posément le roi. Mais je ne peux pas imputer un crime à Knut sans...

— Je défie Knut en *holmgang* ! s'écrie alors Erik.

Une palpable impatience agite alors l'assemblée, excitée par le tour inattendu que prennent brusquement les événements. Une femme se recroqueville contre le mur du fond et se met à pleurer silencieusement. Comme personne ne va la consoler, j'en déduis que c'est la sœur de Knut.

— Je relève le défi ! clame l'intéressé.

Un sourire goguenard fait pétiller ses prunelles. On dirait une hyène qui vient d'acculer sa proie. Le roi semble réfléchir un instant, puis hoche la tête.

— Qu'il en soit ainsi.

À ces mots, tous explosent de joie. Tous, excepté la sœur de Knut qui laisse échapper une longue plainte, jusqu'à ce que deux femmes se dévouent pour l'emmener, échangeant des regards dégoûtés en l'entraînant à l'extérieur.

Prise entre soulagement et confusion, je me tourne vers Freydis.

— Qu'est-ce qui se passe ?

— Erik a provoqué Knut en *holmgang* pour le meurtre de Broskrap, me répond-elle d'un ton étonnamment neutre. Ce qui signifie qu'ils vont se battre à mort.

25

YAFEU

Lisa se lève et se couche trois fois avant que, à l'aube du quatrième jour, nous ne fassions route vers Leidhom. C'est une île minuscule à une courte distance à la rame, par-delà le méandre du fjord en aval. Elle est étonnamment proche de Skíringssal, mais invisible de la côte à cause de la crête montagneuse du continent.

Je barre une petite barque à travers les courants de plus en plus forts du fjord. Il fait froid, aujourd'hui, et la brise marine qui balaie l'eau est glaciale. Heureusement que je rame : l'exercice me réchauffe un peu les os. Mais Freydis frisonne et ajuste sa pelisse de loutre autour de ses épaules.

— Donc, tout… tout le monde peut défier tout le monde en… en *holmgang* ?

J'en bégaye tant je claque des dents.

Le vent forcit et Freydis grimace quand des petites mèches échappées de sa tresse lui fouettent le visage.

— Seulement si celui qui lance le défi a été grièvement lésé par celui qu'il défie. C'est ainsi qu'un homme peut obtenir réparation, faire valoir ses droits, sans passer par un procès.

— Et l'autre peut refuser ?

Elle secoue la tête.

— Il serait banni, regardé comme un pleutre, un homme sans honneur. Pour nous, c'est un sort pire que la mort. On le chasserait de Skíringssal avec interdiction formelle d'y revenir. Et partout il trouverait porte close : personne, dans aucun des royaumes du Norvèg, ne lui offrirait le gîte ni le couvert. À jamais il serait un réprouvé. Nos lois lui interdiraient même de monter à bord d'un navire.

— Ils vont où, alors, ceux à qui ça arrive ? Qu'est-ce qu'ils deviennent ?

— Je l'ignore. On dit que certains parias tentent de survivre au fond des bois. Mais si les bêtes sauvages ne les tuent pas, l'hiver s'en charge. Même l'homme le moins honorable préfère mourir au combat.

Quelles drôles de lois ont ces gens. Je suis la courbe du fjord et rame encore un moment en silence. Leidhom se profile devant nous, de plus en plus grand, et, bientôt, nous touchons terre. Je tire la barque sur le rivage, avant de suivre Freydis à travers les hautes herbes. Cet îlet n'est qu'herbes folles et fleurs sauvages, avec de rares bouquets de bouleaux et quelques souches qui portent encore les marques de récents coups de hache.

Freydis me guide vers une petite clairière, partie centrale de l'îlet où les herbes ont été fauchées à ras. À notre arrivée, Yngvild et Balli, Erik, ses camarades de la garde et un petit contingent de pairs du Thing sont déjà là, emmitouflés dans leurs épaisses fourrures pour se protéger du froid mordant. L'un des hommes du roi a aussi amené une chèvre qui tourne en rond au bout de sa longe.

Erik marche de long en large, un peu comme elle. Il tient dans sa main droite une épée courte et, dans la gauche, un bouclier jaune. Il porte aussi un casque de métal qui descend si bas sur son nez que je me demande comment il peut y voir assez pour combattre et défendre sa vie.

Balli ne semble pas ravi de la présence de sa fille au spectacle, mais il ne fait aucun commentaire. C'est ma faute : j'ai insisté auprès de Freydis, arguant qu'il était de mon devoir d'être au moins témoin du duel, puisque je suis la vraie meurtrière de Broskrap. Elle m'a adressé un coup d'œil perplexe, mais n'a pas protesté.

Knut ne tarde pas à atteindre le rivage et à rejoindre la petite assemblée. Il est, lui aussi, armé d'une épée courte (une lame de belle facture et qui porte de nombreuses éraflures) et un plastron de cuir élimé couvre son torse. Si la cuirasse d'Erik est immaculée et que son casque brille, celle de Knut a manifestement connu le fer de nombreux adversaires.

Je supposais que seuls les soldats les plus aguerris de la *hird* étaient sélectionnés pour former la garde royale. C'est plutôt le contraire, apparemment. D'après Freydis, ils obtiennent la même part du butin que ceux qui ont physiquement participé aux raids. Et même s'il est moins risqué de rester à Skíringssal pour protéger le roi, c'est aussi moins exaltant et beaucoup moins glorieux. Or, la plupart des Majous font passer la gloire et l'aventure avant la sécurité. D'autant que les guerriers qui trépassent au combat ont une chance d'aller au Valhalla. Mourir de vieillesse est presque déshonorant. C'est aussi pour cette raison que les guerriers se battent avec un tel abandon.

Les soldats de la *hird* se moquent souvent des gardes, qu'ils traitent de lâches. Il arrive néanmoins qu'un soldat, qui a eu son content de gloire et d'aventure, demande à entrer dans la garde royale. En général, il est marié et a plusieurs enfants : il se sent prêt à mener une vie moins dangereuse pour peu qu'il puisse nourrir sa famille.

Knut fait manifestement partie de cette dernière catégorie, ce qui explique sa réaction lorsque Erik l'a défié. Il ne demande qu'à se battre, comme le montrent la façon dont il bande ses muscles et l'impatience que je sens dans son *nyama.* Cette énergie guerrière semble imprégner l'air ambiant comme une brume invisible qui rend tout le monde nerveux.

Sur un geste de Balli, deux de ses gardes étalent des peaux de bête sur le sol meuble, les attachant avec des piquets pour délimiter la zone de combat. Quand tous ont pris place, Balli énonce les règles du duel, dont la liste paraît interminable. Dans le village de mon oncle, aucun différend ne serait réglé avec une telle brutalité, mais cette manière de faire a sa logique. Les Majous sont violents, sauvages même, mais leurs guerriers ont leur code de l'honneur et chacun le respecte. S'il y a quelque chose que j'admire chez eux, c'est bien cela.

Finalement, Balli lève les bras, signalant le début du combat.

Kurt n'attendait que ça pour frapper. Il attaque immédiatement, visant le flanc de son adversaire. Mais Erik pare le coup et réplique d'un brutal coup d'épée. D'un pas léger, Knut se met hors d'atteinte, comme s'il dansait.

Pendant que je les regarde échanger esquives, assauts et parades, je sens une étrange excitation m'envahir. Je n'ai encore jamais vu deux Majous s'affronter, et étudier leur art et leur technique de près me captive. Mais ce n'est pas tant leurs tactiques qui m'intéressent : ils se battent comme s'ils étaient en transe. Ça me rappelle le chaman de mon village, le jour où il a consommé de l'écorce de racine d'iboga. On aurait presque dit que son *nyama* miroitait. Comme le sien alors, leurs corps sont dans notre monde, mais leurs esprits s'élèvent vers un autre, invisible.

Bien qu'il soit plus fort, il devient vite évident qu'Erik a moins d'endurance que Kurt, plus souple. Ses gestes ont une fluidité, une grâce qui résultent d'un long entraînement. Erik ne tarde pas à s'essouffler. Sa respiration est rauque, haletante. Sa colère ne suffit plus à maintenir le rythme de ses coups frénétiques.

Il recule, chancelant, et Knut se rue immédiatement sur lui, tel un loup sur une proie aux abois. D'un violent coup de bouclier, il arrache le sien des mains d'Erik et lui enfonce sa lame dans la poitrine.

Les spectateurs exultent quand ce dernier tombe à genoux. Il pousse un dernier râle, puis s'écroule dans une mare de sang. J'en ai l'estomac retourné.

À peine a-t-il été proclamé vainqueur que Knut place un large bol sous le cou de la chèvre et l'égorge. Elle meurt sans un cri – ce qui semble lui valoir l'approbation de tous. Puis il laisse le sang couler, tant dans la calebasse que sur la terre mouillée.

— Au roi et à la victoire ! clame-t-il, en levant le bol.

Je me tourne vers Freydis, en quête d'explications sur cette sorte de sacrifice. Mais elle ne dit rien. Ses yeux écarquillés sont rivés au cadavre d'Erik et son teint est un peu trop pâle.

Voilà, c'est fait. Un crime de sang lavé dans le sang.

Cette nuit-là, dans la chambre de Freydis, les yeux fixés sur le plafond, emmitouflée dans des fourrures bien chaudes sur le banc qui me sert de lit, le ventre plein à éclater de viande de chèvre, je prie les dieux. Je supplie Mawu-Lisa de me pardonner parce que j'ai laissé un autre payer à ma place. Peu importe quelle sorte d'homme Erik était de son vivant, il ne méritait pas de périr pour mon crime.

Mais il est mort. À cause de Freydis. Parce qu'elle voulait gagner ma confiance. Elle ne m'a pas seulement sauvé la vie, elle a aussi sauvé celles de Bronaugh et d'Aïré, sachant pertinemment qu'un homme de son propre peuple y laisserait la sienne. Elle a manipulé deux adultes pour les pousser à se battre à mort sous un prétexte.

Je l'ai terriblement sous-estimée. Ça m'effraie qu'elle soit capable d'une chose pareille, et ça m'impressionne, en même temps. Mais, toute reconnaissante que je sois, je ne me sens pas moins coupable. Ces émotions contradictoires tourbillonnent et s'entrechoquent dans ma tête, tant et si bien que je ne sais plus où j'en suis.

— Freydis ?

Le banc grince sous mon poids quand je me tourne vers elle. Elle roule sur le flanc pour me faire face.

— Oui ?

« Je gagnerai ta confiance, Yafeu. Ta confiance *pleine et entière.* Quoi qu'il m'en coûte. »

J'ai envie de lui confier ce qu'Alvtir m'a murmuré à l'oreille sur les quais, envie de lui dire que je n'irai pas à Trøndelag avec elle. Pourtant, au dernier moment, je me retiens. Je m'installe sur le dos, les yeux au plafond.

— Rien. Bonne nuit.

Je peux compter sur Freydis pour me sauver la vie, mais ça ne veut pas dire que je peux compter sur elle pour me laisser partir…

Lisa se couche alors que je parcours les vertes collines. Je me dirige vers le clapotis de l'eau, au loin, réglant mon pas sur le rythme de la terre.

J'atteins bientôt un bassin alimenté par une petite cascade et m'arrête pour me désaltérer. L'eau coule dans ma gorge desséchée et se répand à travers tout mon corps. Cette fraîcheur… C'est un peu comme mâcher de la menthe. Je respire profondément et ouvre les yeux.

Surprenant mon reflet à la surface de l'étang, je me rends compte qu'au lieu de deux jambes, j'ai des pattes couvertes de fourrure… pourtant, le haut de mon corps est le même. Ma fourrure argentée luit de l'éclat surnaturel propre au monde des esprits. Je frémis, transie d'admiration, quand mon regard passe de mes yeux humains à mes bras couleur de marula. Ma poitrine nue oscille légèrement tandis que je déplace mes pattes postérieures pour mieux me voir.

— Elle est là !

Soudain, j'entends la voix de Freydis toute proche.

La panique me submerge. Je m'élance pour fuir, mais j'ai l'impression que mes pattes se débattent dans la mélasse…

26

YAFEU

Le lendemain matin, il fait trop froid pour s'aventurer dehors. Freydis décide donc de m'initier à l'art des runes. Elle dit qu'elles renferment, à elles seules, toute la magie de son peuple, et que les apprendre, c'est apprendre à invoquer les dieux.

Je ne sais toujours pas quoi penser de ses dieux. Certains ne sont pas si différents des miens, et je me suis souvent demandé si ce ne sont pas les mêmes qui porteraient des noms différents, selon la contrée où ils sont vénérés. Les frasques de Loki le Farceur n'ont rien à envier à celles du facétieux Legba ; Thor, le dieu du tonnerre et des éclairs, ressemble beaucoup à Sogbo.

Mais ses dieux ne se *comportent* pas comme des dieux du tout. Ils préfèrent le chaos à l'ordre, passent leur temps à se mesurer les uns aux autres, obéissant toujours aux caprices les plus extravagants. Les histoires qu'elle me raconte sont absurdes, au point d'en devenir risibles : dans l'une, Thor doit s'habiller en femme pour se faire passer pour Freyja à son mariage ; dans une autre, Loki accouche d'un cheval à huit jambes. Je doute que ces histoires soient vraies… si tant est que ses dieux eux-mêmes soient de vrais dieux.

Mais apprendre les runes est une manière comme une autre de passer la matinée – meilleure, en tout cas, que la plupart des autres propositions que Freydis pourrait me faire. Nous nous asseyons donc en tailleur sur des coussins devant le feu et elle se saisit de plusieurs branches dans le tas de petit bois pour graver une rune sur chacune d'elles en m'expliquant sa signification. Une étincelle espiègle pétille dans ses yeux : la même que j'y vois souvent pendant nos séances d'entraînement au combat.

— Voici *fé*, m'explique-t-elle en creusant une longue ligne droite coupée par deux autres plus petites, obliques et ascendantes. Elle correspond au son « fff ».

J'étouffe un bâillement.

— Comme dans ton nom.

J'ai mal dormi, la nuit dernière, et j'ai du mal à me concentrer sur la leçon. Elle hoche la tête avec ravissement, ignorant ma fatigue.

— Exactement ! C'est pour cette raison qu'on l'utilise pour invoquer Frigg, Freyja et Freyr. C'est du mystérieux feu de *fehu* (un feu né de l'eau) que Frigg et Freyja tiennent leur pouvoir de prophétesses. *Fehu* est donc également la source à laquelle le runomancien puise sa maîtrise de la magie des runes. Fritjof dit que chacun de nous possède ce pouvoir caché au fond de lui, comme le loup se cache au fond de la forêt, mais que, pour y faire appel, il faut se confronter à ce que l'on a de plus sombre.

Un loup dans la forêt… Le songe de la nuit dernière me revient à l'esprit.

— Cette nuit, j'ai rêvé que j'étais un loup dans une forêt, lâché-je d'un air distrait.

Freydis se redresse.

— Que s'est-il passé dans ton rêve ?

Je hausse les épaules et m'absorbe dans la contemplation des flammes, revoyant les quelques vagues souvenirs que j'en ai gardés. Le vent rugit au-dehors, faisant trembler les murs.

— Je me souviens que j'étais… je me regardais dans un bassin d'eau claire au pied d'une cascade. Et mon reflet était étrange. La moitié inférieure de mon corps était celle d'un loup, je crois. Mais le haut… en haut, c'était bien moi.

Elle blêmit.

— Ta *fylgja*, chuchote-t-elle. Ta *fylgja* t'est apparue…

Je fronce les sourcils.

— C'est quoi, une *fylgja* ?

— Une sorte de compagnon. Un esprit qui t'accompagne, qui te protège tout au long de ta vie.

La voix de Ma résonne alors dans ma tête : « Depuis cette première nuit, la nuit même de ta naissance, quand j'ai entendu un loup hurler… l'esprit du loup peint t'accompagne… »

— Qu'est-ce ce que ça veut dire ?

Elle baisse les yeux. Le couteau et la bûche qu'elle vient de graver tressautent entre ses doigts tremblants. Elle les pose sur le plancher et joint ses mains pour les serrer très fort.

— Je… je ne peux rien affirmer. Quand ta *fylgja* t'apparaît sous la forme d'un animal, c'est généralement de bon augure pour l'avenir. Mais se voir *soi-même* sous l'apparence d'une *fylgja*… (Elle cherche mon regard, baisse encore la voix.) C'est un présage de mort.

Je réprime le sourire sarcastique qui me monte aux lèvres. Après tout ce que nous avons déjà traversé, elle croit encore à ces superstitions ?

Je fais semblant de peser ses mots, la mine grave, jusqu'à ce que je me rende compte que je les considère sérieusement. Après tout, c'était un rêve très perturbant.

— Ça veut peut-être dire que je suis prise entre deux destins différents.

Elle se penche vers moi et me saisit les mains. La petite étincelle s'est rallumée dans ses yeux verts.

— Mais oui ! C'est forcément cela ! Nous devrions jeter un sort.

Elle se relève d'un bond et commence à fouiller dans son assortiment de paniers, renversant leur contenu dans sa hâte. Je lève les yeux au ciel, sachant pertinemment que c'est moi qui vais devoir ranger derrière elle.

— Ah, ah ! s'exclama-t-elle triomphalement en brandissant un os. C'est un fémur du loup que tu as tué.

— Tu as déjà fait ça ? lui demandé-je avec curiosité.

Je n'aurais jamais imaginé Freydis jeter des sorts. Mais maintenant que j'ai eu un aperçu de ce qu'elle sait des inscriptions magiques, je m'interroge…

— Oui, répond-elle simplement. (Elle replie ses jambes sous elle et ramasse le couteau, focalisant son attention sur l'os qu'elle veut graver.) Bien, nous allons commencer par *perthro*…

Son front se plisse sous la concentration, pendant qu'elle trace la première rune avec l'habileté que confère l'entraînement.

— Tu as des talents cachés, plus que tu ne veux bien le montrer. (Je choisis mes mots avec soin.) Non seulement tu sais tisser, mais tu connais d'autres choses. Des choses utiles.

Elle a un petit gloussement ironique.

— Mes parents m'ont toujours dit que je n'étais bonne à rien. Alors, j'imagine que j'ai essayé de trouver des façons de leur prouver le contraire. Non que cela les ait fait changer d'avis. (Le ton est léger, mais on lit la peine sur son visage.) Ils n'apprécieraient pas vraiment cette compétence, en tout cas. Père me rouerait de coups s'il découvrait que je suis runomancienne…

Je dévisage Freydis, me souvenant d'une autre leçon de Baaba : « Il y a toutes sortes de forces dans la vie, autant qu'il y a de gens qui les possèdent. » Je n'avais jamais compris ce qu'il voulait dire. Mais je commence à voir où il voulait en venir…

— Je ne sais pas ce que je serais devenue si ma famille m'avait traitée comme ça. Mon père devait bien se douter que ce qu'il m'apprenait ne convenait pas à une fille. Mais il n'a jamais semblé s'en préoccuper. Et quand il est parti, ma mère et mes frères étaient les seuls de tout le village à ne pas me haïr pour ce que j'étais. Avec Ampah.

— Ampah ? Je ne pense pas t'avoir jamais entendue prononcer ce nom-là. Est-ce également quelqu'un de ta famille ?

Une boule se forme dans ma gorge. Je remonte mes genoux et les entoure de mes bras pour les serrer contre ma poitrine.

— C'était ma seule amie. Elle est morte dans le désert.

Le couteau de Freydis se fige sur l'os sculpté.

— Elle doit beaucoup te manquer, dit-elle doucement.

— Oui.

J'ai du mal à avaler ma salive. Freydis pose la main sur mon bras. Nous restons assises comme ça, sans rien dire, un long moment. Je suis la première à rompre le silence, refusant de sombrer plus profondément dans le chagrin.

— Alors, c'est quoi, ce sort que tu veux jeter ?

Un drôle de petit sourire éclaire le visage de Freydis, à moitié dans l'ombre. La faible lumière du feu pour tout éclairage, elle se penche vers moi, les yeux brillants. Dehors, le vent se met à hurler.

— Nous allons invoquer les Nornes. Pour infléchir le cours de ta destinée.

27

YAFEU

Au début, j'adorais l'hiver.

Lorsque les premières minuscules particules de blanc sont tombées du ciel, Freydis m'a emmenée marcher dehors. Elle n'arrivait pas à croire que je n'avais jamais vu cette « neige » avant, et elle s'est moquée de moi quand j'ai étalé cette impalpable matière fondante sur mes doigts de plus en plus rouges en m'extasiant comme une gamine émerveillée. Et j'ai ri à mon tour quand des flocons se sont accrochés à ses cils. Nous avons passé tout l'après-midi à faire des batailles avec des boules de neige que nous tassions entre nos mains, riant aux éclats alors même que notre peau cuisait de froid.

Mais le charme s'est vite émoussé. Et c'est encore pire maintenant que la cité est ensevelie. Nous n'avons pu faire qu'une sortie, depuis. Et encore ! C'était juste pour rendre visite à Fritjof, et seulement parce que Freydis voulait s'assurer qu'il avait ce qu'il lui fallait pour passer l'hiver. Mais ces chutes de neige à répétition ont transformé notre brève excursion en une véritable expédition, interminable et exténuante.

La neige n'est rien à côté du froid, un froid brutal, implacable, qui la change en glace, couvrant les arbres d'épines de givre étincelantes – qui me rappellent Alvtir et ne font que décupler mon impatience de la voir revenir au plus vite. Heureusement, le fjord ne gèle pas. Mais tout le reste, si. À tel point qu'il est devenu dangereux d'aller dehors : on peut glisser sur la glace et tomber, ou avoir si froid que nos doigts et nos orteils noircissent et qu'il faut les couper. Alors, nous sommes restées enfermées ici, lune après lune. Comment peut-on vivre calfeutré comme ça, des années durant ? Ça me dépasse.

Lisa traverse le ciel de plus en plus vite, et ses trajets quotidiens deviennent aussi brefs et fugaces qu'ils étaient longs et paresseux pendant l'été. Cette obscurité persistante a fini par assombrir mon humeur, comme un poison. Mon sommeil commence à s'en ressentir. L'énergie nerveuse accumulée faute de pouvoir me dépenser physiquement la journée m'empêche de dormir. Mes bras ont perdu une bonne partie de la force qu'ils avaient regagnée, ce qui me rend agressive, sans que ma colère soit dirigée vers personne en particulier.

Yngvild a annoncé qu'elle était grosse et, bien que le bébé n'ait pas encore commencé à bouger, c'est le branle-bas de combat parmi les esclaves. Toutes s'agitent et s'activent servilement autour d'elle, à commencer par Helge. L'avantage, c'est que la plupart du temps, on nous laisse tranquilles, Freydis et moi. Nous avons pris l'habitude de partager nos repas seules dans sa chambre. C'est un véritable soulagement, même si je suis obligée de préparer tous les plats : je n'apprécie pas vraiment la compagnie de Balli et d'Yngvild. Au-delà de leur mépris manifeste à mon égard, c'est le *nyama* du roi qui me gêne : quelque chose ne va pas chez lui, quelque chose qui me laisse un goût âcre dans la bouche. Je partirais avec plaisir avec Freydis à Trøndelag, rien que pour ne plus avoir à supporter leur présence. Si ce n'était cette promesse d'Alvtir. *Bientôt, bientôt, bientôt...* Il ne se passe pas une journée sans que j'entende sa voix résonner dans ma tête.

Le mariage de Freydis aura lieu dès la fin du dégel. Mais nous ne pouvons pas faire grand-chose pour le préparer. Pas tant que la neige persiste, en tout cas. Alors nous nous rabattons sur les finitions de sa robe de mariée. On n'aurait dû avoir besoin que de quelques jours pour la terminer, mais rien ne paraît lui plaire, pas même son propre ouvrage. À peine a-t-elle fini de broder un brocart sur l'ourlet qu'aussitôt, elle veut le défaire. Le motif n'est pas tout à fait comme il le devrait, prétend-elle. Et nous voilà obligées d'enlever le fil d'argent : un travail d'autant plus long et minutieux qu'il ne faut pas abîmer la soie. Elle a bien essayé huit paires de « fibules » différentes avant que l'une d'elles ne trouve enfin grâce à ses yeux. Chaque fois que nous reprenons le dé à coudre et le fil, elle pousse un énorme soupir, son dos s'arrondit et ses épaules se voûtent. Je me demande si c'est juste l'effet de cette même fébrilité que je ressens moi-même, ou si elle n'essaierait pas plutôt de faire durer les préparatifs – comme si une robe inachevée pouvait suffire à empêcher son mariage. À vrai dire, chaque fois que je mentionne le roi Hakon, son futur époux, elle se replie sur elle-même et change de sujet.

La dernière fois qu'elle a tenté de se dérober, j'ai fini par lui demander pourquoi elle refusait de parler de lui.

Alors, elle m'a raconté qu'elle avait d'abord été fiancée à un autre. Un roi qui s'appelait Harald. Qu'elle l'avait rencontré quand ils étaient encore enfants et qu'elle s'était surprise à l'apprécier. Elle était plutôt contente quand son père l'avait choisi, même si on ne lui avait pas demandé son avis. Maintenant, elle ne sait pas vraiment comment réagir : elle n'a même jamais *vu* Hakon. Elle va épouser un inconnu, un homme qui pourrait tout aussi bien être le meilleur des époux qu'un monstre de cruauté.

Je n'envie pas son sort, malgré le pouvoir et le respect qui l'accompagnent. Et, chaque fois qu'elle parle de notre prochain départ pour Trøndelag, c'est plus fort que moi, je me sens coupable. Mais j'imagine que, pour le moment, il vaut mieux la laisser se raccrocher à cette illusion. Elle sera bien assez chamboulée quand Alvtir reviendra et annoncera ce qu'elle a prévu pour moi. Si je le lui dis avant, Freydis serait bien capable de trouver un moyen de m'empêcher de partir. Je garde donc mes perspectives d'avenir pour moi et fais de mon mieux pour l'empêcher de penser aux siennes.

Nous passons souvent la soirée à échanger des histoires. Je lui raconte celles que je suppliais Ma et Baaba de me dire encore et encore quand j'étais petite. Comme celle d'Amanirenas, la reine-guerrière borgne de l'Est, qui a conduit son armée à la victoire en combattant les étrangers qui avaient pris ses terres. Après s'être emparée de leurs forts et les avoir chassés, elle a décapité la statue d'un roi honni et a enterré sa tête sous un des temples sacrés de son peuple pour célébrer son triomphe. Et la vie de l'*ogiso* Emose, la première femme à avoir régné sur Igodomigodo, d'où Ma est originaire. La mère d'Emose était une puissante négociante, réputée à travers tout le royaume pour la beauté des perles et des vêtements dont elle faisait commerce. Elle est morte en donnant naissance à Emose, qui a hérité de sa fortune, de sa renommée et de son sens du commerce (ainsi que de son éternel amour des belles choses) et elle est devenue un des plus grands *Ogiso* qui aient jamais régné. C'est l'histoire que Freydis préfère, forcément. En échange, elle me fait découvrir celles que Fritjof et Helge lui racontaient quand elle était enfant. Ma favorite reste celle du fils de l'ours : le récit d'un guerrier qui possède la force et le courage d'un ours et qui combat le monstre féroce ayant tué ses compagnons et semé la terreur dans la halle du roi.

Finalement, la neige commence à fondre. Il ne fait pas encore chaud (il s'en faut de beaucoup), mais l'hiver desserre ses griffes sur la contrée. La cité s'étire lentement, comme si elle se réveillait d'un profond sommeil. La glace qui couvrait le ruisseau au pied de la colline a craqué, le laissant couler en un mince filet paresseux. Il y a comme une odeur de mouillé et de renouveau dans l'air.

— Je me demande combien de temps il faudra aux fermiers pour se soulever contre mon père, me dit Freydis un soir.

Nous étions chacune dans notre lit et je commençais à m'assoupir, bercée par les crépitements du feu. Depuis un moment, nuit après nuit, Freydis me demandait de rester avec elle. Jusqu'à ce qu'elle n'ait plus besoin de le formuler pour que je la comprenne. Contente d'échapper aux silences renfrognés de Helge, je n'allais pas me plaindre de dormir près d'elle, désormais.

La tête embrumée par les prémices du sommeil, je marmonne d'une voix pâteuse :

— Qu'est-ce que… tu veux dire ?

Elle roule sur le côté pour me faire face.

— Je ne me souviens pas avoir connu d'hiver plus long ni plus glacial que celui-ci. Les fermiers ressentent les effets du froid bien après que la saison s'est enfuie. Il durcit le sol, ce qui affaiblit les graines. À Hvitbjorg, l'été dernier, la récolte a été si maigre que le jarl a craint pour ses producteurs : il redoutait qu'ils n'aient pas assez pour nourrir leurs familles pendant l'hiver. Père a tout de même exigé sa part de céréales habituelle. (Elle soupire et remonte sa couverture de fourrure jusqu'au menton.) Je me demande comment se portent ces familles à présent, si elles ont perdu des enfants. Si elles en veulent à Père d'ignorer leur détresse.

J'aimerais pouvoir lui répondre : « Bien sûr qu'elles lui en veulent ! Moi, je suis en colère pour elles. Pas toi ? » Mais je préfère me taire, et le sommeil ne tarde pas à nous rattraper toutes les deux.

Je n'ai plus revu ma *fylgja* et, d'après Freydis, c'est bon signe. Quand je rêve désormais (et que je me souviens de mes songes), c'est de ma famille, ou d'Alvtir, ou de ce curieux soldat qui a croisé mon regard juste avant que les bateaux de la flotte ne quittent Skíringssal.

Il ne fait pas encore jour lorsque je me réveille, arrachée à un doux rêve de Ma me berçant dans ses bras par un profond malaise qui me noue les entrailles. Je me frotte les yeux pour chasser le sommeil, roule hors du lit, et enfile mes bottes avant de jeter une des capes de Freydis sur ma chemise, sans prendre la peine de la réveiller pour lui en demander la permission.

Comme sur commande, mes pieds m'entraînent au-dehors pour contourner la Grande Halle et atteindre le versant de la colline qui fait face à la mer. Je tourne les yeux vers le fjord, resserrant la cape autour de mes épaules pour lutter contre le froid du crépuscule. Lisa commence à peine à éclairer le ciel et je parviens tout juste à discerner les formes floues qui glissent sur les eaux noires…

La flotte !

Alvtir !

Je dévale la colline, sans me soucier de savoir qui me voit ou s'il pourrait paraître suspect que « l'elfe noire » de la princesse se balade toute seule à l'aube. Trois longs coups de *lur* résonnent du haut de la tour de guet pour alerter la cité endormie que la *hird* est de retour.

Bientôt. La promesse d'Alvtir tourne en boucle dans ma tête, de plus en plus insistante, de plus en plus forte. Mais quand j'atteins enfin le port, seules des voiles vert et blanc apparaissent au sortir du méandre.

Où est le navire d'Alvtir ?

Déjà, les premiers bateaux accostent et les soldats, épuisés, débarquent. L'accueil qui leur est réservé est bien morne : l'attroupement qui commence à se former est encore maigre et les gens, tirés du lit aux aurores, sont frigorifiés et somnolents. Le nombre des hommes qui franchissent les passerelles est significativement inférieur à celui de ceux qui sont partis : je ne sais pas où ils sont allés, mais ils ont essuyé de lourdes pertes.

Les nœuds au creux de mon estomac se resserrent quand le guerrier à la figure en fer de hache saute sur le ponton. Il m'adresse un sourire carnassier, comme s'il était content que je sois venue.

Je ne tarde pas à comprendre pourquoi : le dernier des soldats qui débarque traîne une bonne douzaine de prisonniers, ligotés les uns aux autres par une grosse corde. Des gens qui ont la peau couleur de racine, d'écorce et de terre.

Il a capturé d'autres des miens. Mon cœur sombre, entraîné par le poids d'un nouveau désespoir. Je me revois dans la caravane, entravée à une chaîne de corps titubants comme celle-ci.

— Un vrai don des dieux, ceux-là, tu sais ?

Je fais volte-face vers Face-de-Hache, les yeux plissés. Il croise les bras et penche la tête en me regardant avec un sourire triomphant.

— Le navire qui les transportait vers l'Ibérie devait avoir accosté juste avant le nôtre, poursuit-il. On les a trouvés attachés au ponton. Ils n'attendaient que nous pour les cueillir.

Il me fait un clin d'œil. Je serre les dents, tout en soutenant son regard sarcastique, et j'enfonce mes ongles dans la paume de mes mains jusqu'au sang. Mais je ne lui sauterai pas à la gorge. Parce que c'est justement ce qu'il attend.

Je m'oblige plutôt à me retourner vers les nouveaux *thrall*. Les yeux creux d'un ancien se soudent aux miens. Il émet un son et tous les autres se tournent vers moi. Je vois les lueurs d'espoir qui se rallument dans leurs prunelles quand ils remarquent la couleur de ma peau, aussi foncée que la leur, et mon apparence : en bonne santé, propre et chaudement vêtue.

Mais je n'ai aucun espoir à offrir à cet homme. Ni à aucun d'entre eux.

Déjà, le vieillard ouvre la bouche, mais, avant qu'il puisse parler (et récolter une bonne volée de coups pour sa peine), je tourne les talons et m'en retourne vers la colline.

Tout le long du trajet jusqu'à la demeure royale, je cours aussi vite que je peux, ignorant la brûlure atroce de mes muscles. Freydis ronfle comme une bienheureuse quand je prends sa cape et me recouche, le martèlement de mon pouls affolé dans les oreilles. Elle dort comme si rien ne s'était passé. Comme si tout était normal. Parce que, pour elle, c'est le cas.

Je ne doute pas un seul instant que cette ordure de Face-de-Hache ait ramené ces pauvres gens ici rien que pour me faire du mal. En même temps, je me demande si, dans un autre monde, ce n'est pas un châtiment des dieux en vue de me punir d'avoir laissé un innocent payer pour mon crime et mourir à ma place.

À cette pensée, mon cœur se serre. Je fais le serment à Mawu-Lisa d'aider ces nouveaux *thrall* du mieux que je le pourrai.

Cela n'empêche pas les peaux sous ma tête d'être mouillées de larmes.

Au petit déjeuner, Freydis m'apprend que Face-de-Hache s'appelle Snorri et qu'il est le fils aîné de Broskrap. J'aurais dû m'en douter. Alors que nous mettons la dernière main à sa robe de mariée, je tiens ma culpabilité à distance en imaginant toutes les méthodes que je pourrais employer pour faire passer ce serpent aux cheveux pâles de vie à trépas. L'encolure du vêtement devient son cou sur lequel je referme les doigts, serrant, serrant jusqu'à lui faire cracher son dernier souffle. Et puis c'est mon aiguille qui se transforme en dague et lui sectionne la jugulaire. Il se vide lentement de son sang, comme son père. Les images deviennent de plus en plus précises, jusqu'à ce que je me rende compte que je me fais peur toute seule avec mes idées macabres.

— Il faut qu'on trouve les nouveaux *thrall*, dis-je à Freydis alors qu'elle enfile la robe.

— Pourquoi ? demande-t-elle distraitement, en faisant glisser ses mains de chaque côté de sa taille. Ne crois-tu pas que c'est trop étroit ici ?

Je frappe du pied de frustration, ce qui lui arrache un sursaut.

— Parce que ! Tu n'imagines pas ce que j'ai traversé quand je suis arrivée ici. Il faut que je fasse tout mon possible pour les aider.

— Soit, me répond-elle, toujours aussi perplexe.

— Tu n'es pas obligée de venir avec moi. Juste… Donne-moi mon après-midi.

— Je veux aider, moi aussi, proteste-t-elle. Et ce sera plus facile si je t'accompagne, de toute façon.

Le temps de nous habiller et de rejoindre le centre de la cité, l'après-midi est déjà presque achevé. Nous allons d'échoppe en échoppe, puis de maison en maison, demandant à tous, des marchands aux artisans en passant par les pêcheurs, s'ils ont vu des *thrall* de la même couleur de peau que la mienne. Ça me rappelle mes inlassables tournées à la recherche de mon père, quand j'étais encore l'esclave de Broskrap. Sauf que, cette fois, avec la princesse à mes côtés, les gens se montrent beaucoup plus respectueux et serviables. La plupart savent de qui je parle. Même si la couleur de leur peau ne leur a guère valu d'attention, Snorri les a apparemment fait défiler à travers toute la cité, avant de les vendre aux plus offrants. Mais personne ne se rappelle exactement qui étaient les « heureux acquéreurs ». Jusqu'à ce qu'on arrive à une maison appartenant, se souvient Freydis, à la famille d'un charpentier.

Une matrone corpulente ouvre la porte, la mine renfrognée, mais sa figure rougeaude s'éclaire dès qu'elle voit qui se tient sur le seuil.

— Princesse Freydis ! Qu'est-ce que j'peux faire pour vous ?

Freydis s'empresse de fouiller dans ses souvenirs.

— Vous êtes bien Thurid, n'est-ce pas ? La femme de Skarde.

L'épouse du charpentier rayonne de fierté.

— Quelle mémoire, Princesse !

J'écourte les civilités d'usage :

— Nous sommes à la recherche des *thrall* qui sont arrivés ce matin. Ceux qui ont la peau foncée, comme moi.

Elle fronce le nez. Mais Freydis lui adresse un sourire mielleux.

— Si vous savez où se trouve ne serait-ce que l'un d'entre eux, je vous en serais *extrêmement* reconnaissante.

L'autre hésite.

— Nous en avons acheté deux : un garçon et un vieil homme. Je crois qu'ils s'appellent… (Elle plisse le front.) Na-hé-ro et Ma-ba-no. Les autres ont été emmenés dans les fermes pour travailler aux champs.

Malgré sa prononciation épouvantable, je reconnais les noms : Nyeru et Mbaneh, des noms soninkés.

Mon sang ne fait qu'un tour. J'échange un coup d'œil avec Freydis. De tous les esclaves que Snorri aurait pu ramener à Skíringssal, quelle était la probabilité qu'ils soient eux aussi soninkés ? Voilà qui semble un peu trop invraisemblable pour être une simple coïncidence.

— Je sais pas si on va garder le vieux très longtemps, ajoute la femme du charpentier. Snorri nous a fait un bon prix pour qu'on l'prenne avec le garçon, vu qu'aucun des deux n'est taillé pour le travail à la ferme. Mais il est déjà usé : il s'pourrait bien qu'il soit pas assez costaud pour nous servir à grand-chose. Sans compter qu'il parle pas un mot de not' langue. Et les vieux, ça apprend pas aussi vite que les jeunes.

Je saute sur l'occasion :

— Je peux l'aider… vous aider. Je viens du même royaume qu'eux : je parle leur langue. Je peux leur apprendre la vôtre. Même au plus vieux.

Elle réfléchit un moment en nous considérant à tour de rôle.

— Bah, ça peut pas faire de mal, j'suppose. Si ça vous va aussi, Princesse.

Freydis hoche la tête aussitôt.

— Où sont-ils ?

La femme pointe du doigt un genre de cahute à l'extérieur, avant de retourner dans la maison.

Nous nous dirigeons vers la cahute, devant laquelle Freydis m'abandonne.

— Tu n'entres pas ?

Elle secoue la tête et lève les yeux vers les nuages roses : Lisa est déjà bas dans le ciel.

— Je ne peux guère faire davantage, me dit-elle. Tu es libre de passer la soirée ici.

Ce mot : « libre ». Est-ce que quelqu'un est vraiment « libre », si c'est seulement pour une soirée ?

Je ne lui en suis pas moins reconnaissante – pas de me laisser rester, mais de continuer à m'aider en recherchant les autres.

— Merci.

J'ouvre la porte et pénètre dans la pénombre moite. Deux silhouettes sombres sont assises devant un petit feu crépitant : un enfant et un adulte. Je reconnais immédiatement l'ancien que j'ai remarqué sur le bateau de Snorri. Il s'est manifestement lavé depuis que je l'ai vu, ce matin, mais ça n'a pas changé grand-chose à son apparence. La femme du charpentier n'avait pas tort : il est trop frêle, même pour un vieux. Pourtant son *nyama* est plein de vigueur et ses grands yeux bruns pétillent sous une fine frange de courtes torsades grises. Il m'examine pendant que je m'approche, son visage parcheminé penché sur le côté. Près de lui se trouve un jeune garçon (sept ou huit ans, tout au plus) qui fixe sur moi un regard craintif. Ramenée en arrière, je revois avec un pincement au cœur Kamo et Goleh tels qu'ils étaient à son âge.

— Je te l'avais dit, Mbaneh, notre sœur est venue nous chercher, fait le vieil homme en soninké, enveloppant le garçon d'un bras protecteur pour le rassurer.

L'immense bonheur d'entendre, pour la première fois depuis si longtemps, les sonorités soyeuses de ma langue est vite chassé par une bouffée de culpabilité.

— Je suis désolée d'avoir fui ce matin, vieux père. (Je m'adresse à lui avec la même familiarité affectueuse dont il a si généreusement fait preuve à mon égard.) Je ne savais pas que vous veniez du Wagadou jusqu'à ce que j'entende vos noms.

— Ne sommes-nous pas tous les enfants des dieux, que nous soyons soninkés ou non ?

J'hésite, m'interrogeant sur le sens qu'il faut donner à ces mots presque mordants.

— Je m'appelle Yafeu.

J'ai dit ça sans réfléchir. Depuis quand m'est-il devenu si naturel de donner le nom de mon père à la place du mien ?

— Et moi, Nyeru. Et je te présente Mbaneh.

Le garçon se cache derrière l'ancien et son ample tunique souillée. Je lui adresse un sourire crispé. Je n'ai jamais été très à l'aise avec les enfants. Je les ai toujours considérés comme des ennuis sur pattes, et les mères du village n'étaient que trop contentes de garder leurs rejetons hors d'atteinte de la « fille *jugu* ».

— C'est une bénédiction de te rencontrer, Mbaneh.

— Je sens que tu as fait un bien long voyage, Yafeu, me dit alors Nyeru. Encore plus long que le nôtre.

Ses yeux sont doux ; son regard, lourd de chagrin. Il y a quelque chose de divin dans son *nyama*, quelque chose qui me rappelle étonnamment les prophètes de Koumbi Saleh. Et, pourtant, il semble… tellement plus *chaleureux* que n'importe quel prêtre que j'ai rencontré. On dirait qu'il ne voit pas la nécessité de cacher ses cicatrices. Alors, pourquoi cet impérieux besoin, chez moi, de dissimuler les miennes ?

Je sens soudain l'étau dans ma poitrine se desserrer et un torrent de larmes me monter aux yeux. Je hoche la tête en silence.

— Parle-moi, me demande-t-il doucement, en tapotant la place vide à côté de lui.

Je m'agenouille docilement et m'exécute. Je lui raconte ma capture au village, comment ma mère a fui pour mettre mes frères en sécurité, alors que je me faisais rattraper ; la longue caravane traversant le désert ; la mort d'Ampah ; le marchand d'esclaves à Anfa ; l'incroyable connexion que j'ai ressentie avec Alvtir ; la cruelle sensation de trahison que j'ai éprouvée quand elle m'a abandonnée chez Broskrap ; la colère aveugle qui m'a submergée quand j'ai vu Broskrap agresser Aïré ; comment je l'ai tué sous le coup de la rage, et puis comment j'ai été donnée à Freydis le soir même ; la mystérieuse promesse d'Alvtir ; comment je me suis peu à peu rapprochée de Freydis ; comment elle a menti pour m'éviter le terrible châtiment qui m'attendait pour le meurtre… À mesure que les mots se déversent, je sens ma réserve fondre comme neige au soleil. Je m'aperçois que je n'ai jamais dévoilé mon histoire, pas du début à la fin ni surtout à haute voix. J'en ai bien confié quelques bribes à Freydis, mais j'ai toujours gardé certaines choses pour moi. Sans que je comprenne vraiment comment, la compassion que je sens dans le regard de Nyeru m'incite aux confidences, exigeant de moi la plus totale sincérité. Mais c'est peut-être aussi le fait de raconter mon histoire dans ma propre langue : il est plus difficile de se cacher ainsi que derrière la langue traîtresse des Majous. Quand, à certains passages, le chagrin ou le désespoir me submergent et que ma gorge se noue, Nyeru me prend la main et l'étreint. Au bout d'un moment, Mbaneh me saisit l'autre, m'accordant sa confiance, puisque son aîné le fait. Je me cramponne à ses petits doigts, laissant le manque de mes frères m'envahir, au lieu de repousser systématiquement la douleur comme j'en ai l'habitude.

J'en arrive au retour de la *hird* :

— Et vous êtes les premiers que j'ai vus.

Puis je me tais, envahie par une merveilleuse sensation de légèreté, comme si, parce qu'ils ont été partagés, le fardeau de ces souvenirs s'était allégé.

Nyeru se laisse aller contre le mur derrière lui. Quelque chose dans son expression, à la fois douce et solennelle, me rappelle Ma.

— N'aie aucun doute, Yafeu, ton esprit sait où tu vas et comment y aller.

J'ai du mal à assimiler ces paroles, et je m'interroge, décontenancée.

— Qui étiez-vous dans votre village ? D'où venez-vous ?

— Comme toi, j'ai été capturé par des trafiquants, répond-il.

Nyeru me parle alors de son village, à moins d'une demi-journée de marche du mien, sur la route de Koumbi Saleh. Il est chaman, l'un de ceux qui appartiennent aux clans maghans, les descendants directs de Diabe Cissé, le premier Soninké. Un chaman issu d'une telle lignée… On devait lui témoigner le plus grand respect, le vénérer même. Il avait une famille, me confie-t-il. Comblé par ce que les dieux lui avaient prodigué, il se satisfaisait parfaitement de son sort.

Et puis ils avaient changé d'avis. Les marchands d'esclaves étaient arrivés et avaient détruit leur village, capturant autant d'individus qu'ils le pouvaient, comme dans mon propre village. Dans la panique, sa femme et ses enfants avaient été massacrés. Le petit-fils de son frère cadet, Mbaneh, et lui sont les seuls membres de sa famille à avoir survécu à la terrible traversée du désert. Les trafiquants les avaient vendus, eux et les derniers survivants, à un marchand étranger qui les avaient emmenés à Al-Andalus. C'était là que Snorri les avait capturés à son tour.

Mbaneh finit par s'assoupir. Nyeru et moi poursuivons notre conversation, échangeant des souvenirs de notre vie passée.

Et puis je me rappelle la promesse que j'ai faite à Thurid.

— Nyeru, vous devez apprendre la langue locale, comme je l'ai fait moi-même. Les Majous ne sont pas un peuple clément. Si vous ne leur êtes pas utiles, ils vous offriront en sacrifice à leurs drôles de dieux. Mais je peux vous montrer, à tous les deux, comment survivre ici.

Nyeru hoche la tête avec gravité et prend de nouveau ma main dans les siennes.

— Merci, ma fille. J'ai su, dès que je t'ai vue, que tu nous avais été envoyée par les dieux.

Une nouvelle bouffée de culpabilité ternit le sourire que je lui adresse. Snorri a prétendu, quant à lui, que c'étaient *eux* qui lui avaient été envoyés *à lui* par les dieux. Je me demande s'il y a une once de vérité dans chacune de ces revendications. Peut-être que les dieux de Snorri les lui ont envoyés et qu'ensuite *mes* dieux m'ont mandatée auprès d'eux. Ou peut-être que mes dieux les ont délégués ici, mais pas pour me punir : peut-être qu'ils voulaient me délivrer de ma solitude. Je me demande si je le saurai un jour. Je me demande si tout ça a la moindre importance.

Moi aussi, je risque de m'endormir si je ne retourne pas à la maison longue dès maintenant. Alors, je finis par me lever à regret.

— Je reviendrai dès que je le pourrai. Avec des vivres. Et nous pourrons commencer nos leçons.

Nyeru me retient soudain par la main. Son regard, si vif, s'assombrit.

— Yafeu...

Mais, avant qu'il ne puisse en dire plus, Mbaneh pousse un hurlement à nous glacer le sang. Il se débat frénétiquement. Ses membres s'agitent dans tous les sens pour repousser les peaux de bête qui le couvrent. Nyeru le prend dans ses bras.

— Non ! s'écrie Mbaneh, en cherchant à griffer son compagnon tant il est terrifié.

Alarmée, le cœur battant, j'aide le vieil homme à le contenir.

— C'est ainsi chaque nuit depuis qu'on nous a capturés, m'explique-t-il. Je remercie juste les dieux qu'il ne se souvienne de rien au réveil.

Mon cœur se serre. Il est trop jeune. Trop jeune pour avoir déjà connu tant de souffrances.

— Il ne se rappelle peut-être pas, mais il en portera les cicatrices à jamais, murmuré-je.

— Rien ne dure éternellement, Yafeu, rétorque Nyeru. Sogbo transforme la terre aride et stérile en un humus humide et fertile, et inversement. Les eaux sont calmes quand Agbé et Naété sont en paix, et déchaînées lorsqu'ils se disputent. Agé prend l'esprit de l'antilope tombée sous la sagaie du chasseur, et envoie de nombreuses petites antilopes à naître. Même Mawu et Lisa doivent se relayer pour gouverner le ciel. Le changement est la seule constante sur laquelle nous pouvons compter.

Une fois de plus, je repense à Ma. À ce qu'elle me disait toujours, dès que je commençais à désespérer de ce qu'on pensait de moi au village : « Rien n'est éternel. »

Mbaneh finit par se calmer et je salue Nyeru avant de m'en aller. Je regagne la chambre de Freydis sous la faible clarté de Mawu, mince croissant blême dans l'obscurité. Mes pieds suivent leurs propres souvenirs pendant que, mentalement, je feuillette l'album de mon passé : les berges inondées de la Rivière-Blanche, les champs de mil dorés, Baaba sautant du dos de son dromadaire et Ma peignant des perles dans son atelier.

Rien n'est éternel.

Le bateau d'Alvtir est le dernier à arriver, plus d'une semaine plus tard. Je suis déjà dans la cité, passant en revue les étals du marché avec Freydis après ma deuxième leçon avec Nyeru et Mbaneh, quand j'entends le triple appel du *lur*. Mon cœur bondit dans ma poitrine. Je me fraye un chemin jusqu'au premier rang de la foule qui déjà se rassemble sur le port.

Les guerrières sont les premières à sauter pour amarrer le navire au ponton. J'ai l'impression qu'il s'écoule une éternité avant qu'Alvtir elle-même ne finisse par débarquer.

Je l'interpelle, transportée de joie :

— Alvtir !

Mais elle me frôle sans m'accorder un regard.

J'en reste ahurie, clouée sur place, et la regarde, muette, gravir la colline en direction de la demeure royale.

Je me sens brûlante des pieds à la tête, comme si on m'avait couverte de poix. Autour de moi, les habitants de la cité continuent d'affluer pour accueillir leurs proches et s'empresser de leur raconter ce qu'ils ont raté : la découverte du cadavre de Broskrap ; l'altercation au banquet ; le *holmgang*. Les voix se fondent en un brouhaha assourdi alors que je rejoins Freydis.

— Ah te voici ! Où étais-tu donc… ?

La question meurt sur ses lèvres quand elle voit mon expression. Je la suis en silence. Elle reprend ses déambulations pour finir par acheter quelques perles à un artisan verrier.

Comment Alvtir a-t-elle pu m'ignorer comme ça ? Elle m'a fait une promesse avant de partir : « Bientôt. » Combien de temps je vais encore devoir attendre ?

À moins qu'elle n'ait changé d'avis pendant son absence ?

Je fais de mon mieux pour chasser les doutes qui m'assaillent comme des mouches agaçantes, mais ils reviennent me harceler toute la journée. Si Freydis a remarqué mon humeur, elle se garde de m'en demander la raison.

Pendant tout ce temps, j'ai attendu qu'Alvtir m'enrôle dans sa troupe de guerrières d'élite. Mais, si elle a changé d'avis (si je ne représente vraiment rien pour elle), je vais partir pour Trøndelag avec Freydis. Et je resterai son esclave jusqu'à la fin de mes jours.

Non. Je ne me résignerai pas à ce sort. Je dois rejoindre la troupe d'Alvtir et devenir la guerrière que j'ai toujours voulu être. Je suis faite pour ça. J'ai *choisi* cette destinée à Anfa, je la choisis encore aujourd'hui. Et je l'accomplirai coûte que coûte.

Allongée sur ma couche, cette nuit-là, je me fais une autre promesse : si Alvtir ne me recrute pas avant le mariage de Freydis, je trouverai un moyen de m'échapper. Alors, je convaincrai Alvtir que je suis digne de devenir une de ses *skjaldmö*.

C'est exactement ce que disait Baaba : les dieux me sauveront, à condition que je sois prête à me sauver moi-même.

ALVTIR

Une chaleur épaisse m'enveloppe dès que je passe le portail de la Grande Halle. L'odeur cuivrée du sang me monte au nez. Mon frère doit encore avoir fait un de ses « sacrifices », hier soir. Ou peut-être que ce sont les esprits de toutes ses victimes qui hantent les lieux, peut-être la puanteur de leur désespoir sur la longue route qui mène vers Niflheim.

Je n'ai jamais aimé me trouver dans la Grande Halle pendant la journée. Les soirs de festin, la « halle de lumière » mérite bien son surnom, étincelant de mille feux dans l'éclat des chandelles et des torches. Mais, de jour, ce lieu se transforme en prison, sombre et oppressant. Même après des semaines et des semaines passées à lutter sans interruption contre les éléments en plein hiver, le refuge qu'elle offre me fait suffoquer.

Mon frère est en grande conversation avec Snorri devant l'âtre. Dès qu'ils me voient, ils se taisent.

Quand je m'approche, Balli se détourne pour s'asseoir sur son trône et Snorri croise les bras, composant sur sa face de fouine un sourire carnassier.

Quelque chose cloche.

— Salut à toi, mon frère !

Je m'arrête à la hauteur de Snorri, le bousculant légèrement de l'épaule en guise d'avertissement, pendant que nous attendons tous les deux que le roi prenne la parole.

Mon frère darde sur moi un regard accusateur.

— Pourquoi t'es-tu séparée du reste de la flotte ?

Je lui réponds sans hésiter, vu que j'ai préparé cette excuse avant même d'avoir quitté nos côtes.

— J'ai mis le cap sur Lisbonne. La cité est fortifiée et bien gardée, mais on dit que certains des nobles à la peau bleue les plus riches s'y sont installés. Les risques étaient trop grands pour attaquer de front. J'ai préféré débarquer à distance du port et je suis allée repérer les enceintes toute seule à pied. J'ai attendu, cachée, jusqu'au milieu de la nuit, et puis j'ai cherché des brèches dans leur système de défense. J'espérais trouver une faille qu'on aurait pu exploiter, mon équipage et moi, pour lancer une attaque furtive. Malheureusement, j'ai dû me rendre à l'évidence : la cité est imprenable. Il n'y a aucune ouverture dans les remparts et les patrouilles des Peaux-Bleues sont bien organisées et disciplinées. Ça valait quand même le détour, ne serait-ce que pour te rapporter ces informations capitales.

Une ombre de déception passe sur le visage de mon frère, mais le sourire de Snorri s'élargit. Il ressemble à un homme qui vient de remporter une très longue partie de *tafl*.

— Oooh ? dit-il d'une voix traînante. Es-tu allée à Lisbonne en quête de nouveaux trésors pour ton roi ? Ou es-tu allée chez les Peaux-Bleus pour obtenir une audience auprès de leur *roi* ?

Par tous les bâtards de Loki ! Comment a-t-il su ?

Comme en réponse à ma question, Snorri sort quelque chose de la bourse pendue à sa ceinture et le jette sur le plancher.

Une grosse main sectionnée au poignet, avec de larges anneaux incrustés de gemmes exotiques aux doigts.

Chlothar ! Le pauvre Franc. Je me demande combien de temps mon frère l'a soumis à la torture. C'était inutile, en plus. Tel que je connais Snorri, il a promis à Chlothar le double de ma récompense, et puis il l'a fait tuer par Balli pour ne pas avoir à payer.

Balli claque de la langue face à mon silence, le prenant pour un aveu.

— Qu'espérais-tu ? Que cette brute fasse de toi sa reine ?

Je sens presque Snorri se rengorger à côté de moi. Cette insulte ne peut venir que de sa langue fourchue. Quel autre poison a-t-il encore déversé dans l'oreille de mon frère en mon absence ?

— Mon frère. (Ignorant Snorri et m'approchant du trône, je mets un genou en terre pour prendre la main droite de Balli dans les miennes. Aux rides qui plissent son front, je vois que ma soudaine gravité le prend au dépourvu.) Les Peaux-Bleues d'Al-Andalus feraient de formidables alliés. Ils ont repoussé les chrétiens pendant des siècles.

Balli laisse échapper un rire sans joie, m'arrachant brutalement sa main.

— Ma mémoire me jouerait-elle des tours ? T'ai-je *donné l'ordre* d'aller chercher des alliés ? Était-ce là la mission que j'ai confiée à ma *stallari* ?

Sa raillerie fait sauter le dernier verrou qui me retenait.

— Tu refuses de reconnaître la menace que les chrétiens font peser sur nous. Mais tu ne peux nier que les hivers sont de plus en plus froids chaque année et que les récoltes diminuent. Tu as entendu ce qu'a dit Jarl Tófi : ses fermiers pourraient mourir de faim avant la fin de la saison. Que se passera-t-il quand les autres jarls ne parviendront pas à réunir leur écot ? Je vais te le dire : tu seras obligé d'accepter ce qu'ils te donnent ou ils devront se rebeller contre toi. Dans un cas comme dans l'autre, tu n'auras plus les moyens d'entretenir une *hird* de cette taille. Tes soldats ne peuvent pas se contenter de poisson et d'eau fraîche. Quand il n'y aura plus de céréales et que le flot d'argent se tarira, ils briseront leur serment et déserteront. Nous serons alors plus vulnérables que jamais. Une alliance avec Trøndelag ne protégera pas notre peuple. Le sol dans le Nord a toujours été pauvre et les gelées, là-bas, durent bien plus longtemps qu'ici. Nous avons *besoin* d'alliés dans le Sud.

— Comment oses-tu me donner des leçons sur la façon de gouverner ? rugit Balli, en frappant du poing l'accoudoir de son trône. C'est moi qui nous ai délivrés des Danois ! C'est moi qui ai fait d'Agder un royaume puissant et prospère ! Quant à toi, ma sœur, tu ne serais qu'une femme perdue avec un *ventre maudit* sans ma clémence !

Ses mots me font l'effet d'un terrassant coup de Mjöllnir. Malgré moi, je tressaille.

— Je ne remets pas en question ta sagesse en tant que roi. Je ne considère, quant à moi, que le champ de bataille. Et je vois ce que toi, tu ne peux pas voir. Je suis ta *stallari* et, à ce titre, je dois te prier de prendre en compte…

— Tu n'es *pas* ma *stallari*, Alvtir.

Mes oreilles me jouent des tours, ensorcelées par Loki lui-même.

— Mon frère…

— Tu ne m'as pas laissé le choix. Snorri va te remplacer pour me représenter à la tête de la *hird*. Tu seras désormais un simple capitaine sous ses ordres. Je te laisse tes *skjaldmö* et tes hommes d'équipage.

Non.

— Mon frère… mon roi… (Les mots me manquent tout comme les dieux qui m'ont abandonnée. Je me raccroche à ce que je peux.) Que dis-tu de toutes ces années ? T'ai-je si mal servi que tu veuilles me dépouiller de mon honneur ?

— Je t'avais prévenue.

Il claque des doigts pour me congédier sans ajouter un mot.

Mes pieds sont cloués au sol et mon esprit tourne à vide sous le choc.

— J'attends avec impatience de vous voir à l'exercice, ajoute Snorri, goguenard.

Déjà ma main s'est refermée sur sa gorge.

— Je devrais t'ouvrir du nez au nombril, vipère !

Il gargouille et bat désespérément des bras. Je resserre mon emprise, me délectant de la teinte bleuâtre que prennent ses joues taillées à la serpe.

— Gardes ! beugle mon frère, une panique manifeste dans la voix.

Quatre paires de bras arrachent de force mes doigts agrippés au cou de Snorri, puis me plaquent fermement les mains dans le dos.

— Tu ne peux pas me faire ça ! (Je hurle, tandis que les gardes m'entraînent déjà vers le portail.) Tu ne peux te soustraire à la volonté des dieux ! Je suis une *berserker*, choisie par Odin *lui-même* !

Une vague de remords déferle sur son visage. Et puis il ferme les yeux et détourne la tête.

Lâche !

Les gardes me tirent à l'extérieur et me jettent sur le sol gelé.

— Je suis la gloire de… !

Ils me claquent les portes au nez.

Je lève le regard vers le ciel gris, le souffle court, tandis que, déjà, ma rage brûlante se change en colère froide dans ma poitrine.

En un sens, c'est un mal pour un bien. Au moins, maintenant, je ne m'en voudrai plus pour ce que j'ai fait. Je suppose que le bonheur arrive sous bien des apparences, tout comme le Père des Âges foule la terre sous bien des masques.

Les quatre gardes restent dehors, faisant un rempart de leurs corps devant l'entrée de la Grande Halle. Les yeux qui m'examinent sous le couvert des heaumes sont exorbités de peur. Même à quatre contre un, je pourrais les massacrer en un clin d'œil, et ils le savent aussi bien que moi.

Leur soulagement est palpable quand ils comprennent que je ne le ferai pas. Je me relève en grognant, frottant mes fesses pour en enlever la neige et la glace. Mais au moment où je me retourne pour partir, une esclave me bouscule de plein fouet.

Ma rage se réveille instantanément et j'explose :

— Idiote, tu n'peux pas… !

Et puis je remarque la fourrure de renard blanc autour de ses épaules, la couronne de tresses blondes striées de gris. Ce n'est pas une esclave.

Yngvild fait volte-face et a un mouvement de recul en me reconnaissant à son tour. Elle porte la main sur son bas-ventre.

J'en reste bouche bée.

Impossible.

Elle laisse aussitôt retomber sa main, se repentant manifestement de son geste. Et puis elle pivote d'un bloc et se sauve sans même me saluer.

C'était juste un instant. Mais ça a suffi.

Par le gros derrière poilu de Thor Odinsson !

Ma belle-sœur porte de nouveau un enfant.

Les pensées se bousculent dans ma tête tandis que je descends la colline, laissant la Grande Halle derrière moi. Cette chiffe molle de scalde aurait-il eu raison, finalement ? Ou Freyja envoie-t-elle encore à Yngvild de faux espoirs ? Mais *pourquoi* ?

Triple buse ! me réprimandé-je. Peu importe, de toute façon. Yngvild ne mérite pas plus de pitié que Balli. Un bébé à naître n'y change rien.

Oh, Odin le Sage, je te servirai jusqu'à la fin.

28

YAFEU

— Il devrait être arrivé à l'heure qu'il est !

Freydis trépigne et jette une énième robe par terre.

Je lève les yeux au ciel et me penche pour la ramasser. Depuis qu'elle a ouvert les paupières ce matin, Freydis tourbillonne dans sa chambre comme une tempête de sable en plein désert. Elle a de la chance que le sol de sa maison longue soit en bois, contrairement à la grange de Broskrap ou à la case aux esclaves que je partageais avec Helge. Ou plutôt, *j'ai* de la chance, puisque c'est *moi* qui lave ses affaires.

Je tente de la rassurer en étalant le vêtement sur son lit à côté des autres :

— Je suis sûre qu'il est en route.

Déjà, elle me tourne le dos pour enfiler une autre robe en se tortillant. Pendant que j'attache les bretelles de la chasuble derrière ses épaules, je la vois qui se ronge anxieusement l'ongle de l'index.

— Freydis. (Je la fais pivoter vers moi.) Dis-moi la vérité : qu'est-ce qui ne va pas ?

Elle détourne les yeux.

— Et si son navire subit une avarie et coule ? Ou… ou s'il est dérouté par un vent contraire, ou une tempête ?

— Pourquoi ? C'est ce que tu veux ?

Un silence. Puis Freydis soupire et se tourne vers la porte.

— Bien sûr que non.

J'attrape une de ses capes et la suis dehors. Lisa brille haut et fort au-dessus de nos têtes. Le ciel est du bleu le plus subtil qu'un ciel puisse être ; les nuages sont d'un beau blanc délavé. La brise s'est réchauffée, apportant la promesse de l'été, même si cet épouvantable hiver, toujours bien visible dans les plaques de givre et la boue accumulée contre les murs de la halle, ne veut pas encore relâcher son emprise. C'est presque une belle journée, ce grand jour qui est censé amener le futur mari de Freydis sur les côtes de Skíringssal.

Pour la centième fois, Freydis scrute le fjord. Et pour la centième fois, je lui répète :

— Helge viendra nous chercher quand Hakon aura débarqué.

Je la vois se mordiller la lèvre inférieure et résiste à l'envie d'essayer, encore, de la réconforter. Elle ne sait toujours pas que je n'ai aucune intention de l'accompagner à Trøndelag. Qu'à peine la cérémonie de mariage achevée, notre amitié (si on peut appeler ça comme ça) s'achèvera. N'empêche, c'est plus fort que moi, je me fais du souci pour elle : que deviendra-t-elle dans la halle du roi Hakon ? Je lui ai demandé quel genre de personne était ce monarque, mais tout ce qu'elle sait, c'est qu'il est plus vieux qu'elle. Est-ce qu'il saura tolérer son insatiable curiosité ? Est-ce qu'il la laissera s'épanouir, devenir la femme qu'elle veut être ? Ou est-ce qu'elle finira comme sa mère, liée à un homme qui ne verra en elle que son potentiel de future poulinière ?

J'en viens à penser à Baaba et Ma. Je les revois rire ensemble. Ils semblaient toujours se toucher : une main sur l'épaule, un bras autour de la taille… Je suis le fruit d'un mariage d'amour. Je n'imagine pas combien il doit être difficile de ne pas pouvoir choisir son partenaire.

Un petit point finit par apparaître au sortir du méandre du fjord. Au lieu de s'illuminer de joie, le visage de Freydis semble se changer en pierre. Elle fait volte-face et, sans un mot, rentre dans sa chambre. Je la suis et ferme la porte derrière nous.

— Je crois que c'est celle-là, la mieux.

Je parle fort, en faisant bouffer les plis de sa robe d'un air joueur.

Elle m'adresse un sourire morne et se laisse choir sur un coussin devant l'âtre.

— Tu as déjà dit la même chose de la verte.

Je l'observe alors qu'elle plonge un regard perdu dans les flammes, tirant sur les mèches qui dépassent de la tresse que je lui ai faite ce matin. Ses cheveux, fins et fuyants, s'en échappent déjà.

Je vais chercher la brosse et quelques lanières de nerfs teints. Je me place derrière elle, défais sa coiffure et lisse ses mèches jusqu'à ce qu'elles soient parfaitement disciplinées.

En même temps, j'essaie de l'amadouer :

— Chaque fois que je me sentais dépassée ou bouleversée, mon amie Ampah me faisait asseoir pour me tresser les cheveux pendant que je lui racontais ce qui me tracassait.

— Voilà qui semble bien agréable, commente-t-elle.

Mais elle n'en dit pas plus. Je la coiffe, en nattant une grosse couronne autour de sa tête comme elle me l'a demandé. Je suis en train de la fixer avec des épingles quand la porte s'ouvre dans un grincement. Freydis se lève d'un bond en défroissant nerveusement sa robe.

— Le roi Hakon de Trøndelag est arrivé, annonce Helge, en prenant son ton le plus diplomate. Ton père attend déjà son invité dans la Grande Halle.

La courte distance entre la maison longue et la Grande Halle semble interminable. Quand nous arrivons toutes les trois devant le portail, Helge et moi nous écartons pour laisser Freydis entrer la première.

Le roi tambourine des doigts sur les accoudoirs de son trône. Freydis jette un regard circulaire, cherchant probablement Yngvild des yeux ; bizarrement, sa mère n'est pas là.

— Père.

Elle s'incline respectueusement, mais Balli ne nous prête aucune attention. Je sens aussitôt monter en moi une haine implacable, que je m'empresse de refouler fermement. Je n'aurais rien à gagner à apostropher publiquement le souverain. Et beaucoup à perdre.

Freydis s'arrête au pied du trône, et pivote pour faire face à la porte. Je devrais rejoindre les autres *thrall*, derrière les gardes, sur les bas-côtés. Mais Freydis m'agrippe la main avant que je puisse m'éloigner, la serrant avec l'énergie du désespoir. Nous attendons en silence, tandis que les bruits de bottes se rapprochent, de plus en plus forts. Les deux portes monumentales s'ouvrent alors en grand pour révéler une demi-douzaine de soldats au garde-à-vous.

— Le roi Hakon de Trøndelag, déclare l'un d'eux, qui se replie sur le côté.

Un vieil homme à la bedaine débordant par-dessus son ceinturon de cuir se dirige vers nous. Il a une face rougeaude, bourrue, et ridée comme la peau des Majous quand elle a supporté de nombreux hivers. Sa barbe est longue et fournie, mais de rares cheveux gris, fins et clairsemés s'accrochent désespérément à son crâne dégarni. Derrière lui s'avance une fille aux cheveux noir corbeau, au visage inexpressif et aux yeux fuyants. Elle est vêtue d'une chemise de lin qui épouse la forme de son corps et d'une robe diaphane bleue. Elle semble avoir notre âge, à quelques années près.

Je fronce les sourcils en voyant l'homme approcher.

— Princesse Freydis, dit-il d'une voix gutturale, avant de faire disparaître la main délicate de la jeune femme dans sa grosse patte rougie.

Cette dernière lui adresse un bref sourire, qui ressemble davantage à une grimace.

— Soyez le bienvenu en Agder, roi Hakon.

Je dois vraiment prendre sur moi pour garder une mine impassible. Cet *ancien* est le roi Hakon ? Il a l'âge de Balli – si ce n'est plus !

— Mon envoyé m'a dépeint votre grande beauté, reprend l'intéressé. Mais ses mots ne vous rendaient pas justice.

Il porte la main de Freydis à ses lèvres et y dépose un baiser sonore et baveux. Freydis tressaille, mais se reprend aussitôt, baissant timidement la tête au moment où il relève la sienne.

Les yeux de Hakon, d'un brun chaud, se durcissent lorsqu'il les tourne vers son hôte.

— Balli ! s'exclame-t-il avec un sourire, tel un sanglier découvrant ses défenses.

Balli le toise d'un air narquois.

— Roi Hakon.

— Cela fait bien longtemps, mon ami. Permettez-moi de vous présenter ma propre enfant, Asé.

La fille aux cheveux aile-de-corbeau s'incline brièvement.

— C'est un honneur de vous rencontrer, roi Balli, fait-elle.

Elle a une voix poisseuse comme un vieux sirop, et m'inspire une méfiance immédiate. Elle se tourne ensuite vers Freydis avec un sourire trop radieux pour être honnête.

— Et vous, bien sûr, Princesse Freydis. Serait-il prématuré de vous appeler « Mère » ?

Freydis blêmit. Une adolescente de son âge va devenir sa propre fille par les liens du mariage.

— En parlant de mères, où est votre charmante épouse ? demande Hakon.

— Elle se repose, répond Balli. Elle ne se sentait pas très bien. Je n'ai pas voulu éprouver sa santé juste avant la cérémonie.

— Elle prend de l'âge, j'imagine, lui rétorque Hakon d'un ton ironique.

Les lèvres de Balli se crispent, puis se fendent en un sourire sans joie.

— Nous en sommes tous là, Hakon, n'est-ce pas ? Nous en sommes tous là.

Freydis fixe obstinément le sol devant elle. Ma gorge se contracte quand je vois la profonde détresse qui se peint sur son visage. Pendant que les deux rois échangent des plaisanteries équivoques, je me penche pour chuchoter à son oreille en soninké :

— Tu avais dit que Hakon était plus âgé que toi, mais tes mots ne rendaient pas justice à ses rides.

La main de Freydis se plaque sur sa bouche pour étouffer un fou rire.

— Arrête ! me souffle-t-elle à son tour dans ma langue.

— Je n'ai jamais vu un ventre pareil sur un homme. Il a l'air plus enceint que ta mère…

Le crissement du trône royal sur le plancher du dais nous ramène brutalement à la réalité. Balli descend de son piédestal pour se camper devant nous, dardant sur moi un regard assassin, que je soutiens sans faillir.

Avant que j'aie le temps de réagir, il me gifle à toute volée.

Ma tête part sur le côté, mais mes pieds fidèles ne reculent pas d'un pouce. Je redresse le visage pour affronter de nouveau le regard du roi. Je sens la rage se réveiller en moi, non moins brûlante que celle qui le défigure. Déjà, il lève le bras pour me frapper encore.

Recommence un peu pour voir.

— Pardon, Père, intervient Freydis. Yafeu était… en prière, invoquant les dieux de son peuple pour bénir mon union avec Hakon.

Le visage de Balli se tord en un sourire inquiétant. Il laisse sa main retomber.

— Tu oses invoquer tes dieux *africains* ici ? Dans cette halle bénie par Odin lui-même ?

Je ne réponds pas.

— Je devrais t'abattre comme l'animal que tu es pour un tel blasphème.

— Père…

— Mais… (Il la muselle d'un geste.) Je me sens magnanime, aujourd'hui. L'arrivée de mon vieil ami Hakon m'a mis de bonne humeur. (Son rictus se fait presque bestial, maintenant.) Incline-toi devant moi et je demanderai au Père des Âges de te pardonner.

Un long silence envahit la halle. Je lui adresse un bref hochement de tête sans le quitter des yeux.

Il émet un petit claquement de langue réprobateur.

— Est-ce ainsi que tu faisais la révérence devant ton elfe noir de roi ? (Il recule d'un pas, désignant le sol d'un index impérieux.) Prosterne-toi devant moi comme tu te prosternerais devant lui.

Je sais ce qu'il veut. Derrière Balli et Hakon, Asé plisse ses lèvres minces en un rictus méprisant, l'air satisfait. J'enfonce mes ongles dans mes paumes. La fureur en moi se déchaîne.

Mais je ne veux pas mourir. Pas aujourd'hui.

Alors, je tombe à genoux, puis me mets à quatre pattes devant lui et courbe la tête, front contre terre. Je reste ainsi, aplatie à ses pieds, le temps d'une inspiration. La plus longue de ma vie. Quand, enfin, je relâche mon souffle, je me relève péniblement.

— *Beaucoup* mieux, se félicite Balli d'un ton triomphant.

Hakon salue ce commentaire d'un rire tonitruant.

— Quelles sottises de gamine ! Cela lui passera quand je lui aurai mis un petit prince dans le tiroir, ajoute-t-il, hilare, alors qu'il tâte d'un gros doigt boudiné le ventre de Freydis, en adressant un clin d'œil à son père.

— Le voyage a dû vous fatiguer, répondit Balli en se tournant vers Hakon et ses hommes. Nous avons prévu plusieurs hébergements pour votre séjour. Vous pourrez vous reposer avant les festivités. Laissez-moi vous montrer le chemin.

Il me menace d'un dernier regard par-dessus son épaule en entraînant Hakon et Asé vers le portail.

29

FREYDIS

Gênée, je me tortille dans l'eau fumante, tentant d'éviter de me brûler le dos et les fesses sur les pierres chaudes au fond du bassin. J'ai déjà la peau rouge et les extrémités affreusement fripées. Mais je dois encore endurer un peu ce supplice.

Les femmes des pairs du Thing n'ont cessé d'entrer et sortir toute la matinée en un va-et-vient virevoltant, pour rendre hommage à Frigg, ajouter quelques gouttes d'essence de rose rouge à l'eau de mon bain et s'agenouiller avec des sourires entendus pour me murmurer à l'oreille les secrets des devoirs conjugaux. Si elles remarquent ma terreur, elles ne semblent pas s'en préoccuper.

Lorsque enfin j'ai un instant pour moi seule, je m'allonge dans l'eau parfumée, trouvant quelque consolation à me sentir flotter. Je prie pour que ce rituel fonctionne et que je sois bel et bien lavée de mon ancienne vie. Que ne donnerais-je pas pour émerger de ce bain purifiée, et me découvrir transformée en une femme nouvelle, une femme meilleure : une femme qui peut affronter son destin avec la grâce et le courage d'une véritable reine.

Plus que tout, j'aimerais que Yafeu soit avec moi. Las, seules les femmes mariées sont autorisées à m'assister durant la retraite. Laisser une jeune fille vierge pénétrer dans les étuves reviendrait à provoquer Frigg le jour de mes noces. Et je vais avoir besoin de tout ce que Frigg pourra m'accorder, si j'espère trouver ne serait-ce qu'un semblant de bonheur dans mon union avec le roi Hakon.

L'avantage, c'est que Solvi et Astrid ne peuvent pas m'assister non plus. Je suis persuadée qu'elles sont folles de joie : « La belle princesse Freydis va épouser un vieillard, elle qui est dans la fleur de l'âge ! »

S'il n'y avait que son âge ou son physique, mais il y a bien pire encore : sa réaction face à la brutalité dont mon père a fait preuve envers Yafeu. La vue de sa panse secouée de rire est gravée dans mon esprit comme une marque au fer rouge. Il conviendrait mieux à Tante Alvtir qu'à moi.

Je tente de me rassurer. *Peut-être ne se montrait-il sous ces dehors de butor que pour plaire à mon père. Il doit être beaucoup plus gentil qu'il ne l'était dans sa jeunesse. Ne dit-on pas que les hommes âgés s'adoucissent avec les années ?*

Il n'empêche que la perspective de « remplir mes devoirs conjugaux » après le repas de noces me fait monter la bile à la bouche.

— N'affiche donc pas cette mine dégoûtée ! (La voix acerbe de Mère résonne contre les murs des étuves.) Les hommes comme Hakon ne sauraient souffrir l'amertume des femmes.

Je me redresse brusquement, éclaboussant toute la salle et m'ébouillantant les fesses sur une des pierres. Je ne l'ai même pas entendue entrer.

Elle s'assied sur le bord du bassin et pose la main sur son ventre rebondi. Critique, son regard détaille ma silhouette nue. Je remonte les genoux contre ma poitrine, soudain intimidée.

Son expression s'adoucit. D'un geste hésitant, elle tend la main vers l'arrière de ma tête. Je réprime un mouvement de recul instinctif. Il n'y a pourtant rien de brutal dans ce contact inattendu. Elle caresse mes cheveux mouillés du sommet de mon crâne au creux de mon cou.

— Je sais ce qui te tourmente, dit-elle doucement.

Les larmes me montent aux yeux et ma vue se brouille. Je ne parviens pas à me rappeler la dernière fois qu'elle m'a prodigué de telles caresses.

— Le roi Hakon n'a certes rien d'un grand homme, poursuit-elle. Mais ce n'est pas ton père. Et c'est déjà une bénédiction.

Je hoche la tête contre mes genoux.

— Pourrai-je jamais l'aimer ?

Ce n'est là qu'un murmure.

Elle pousse un profond soupir, et dans cette longue expiration, j'entends toute la souffrance qu'elle a dû endurer auprès de Père.

— L'amour dont tu parles n'est guère de mise au sein d'une union matrimoniale. À plus forte raison pour une reine. Mais tu aimeras tes fils, pour peu que les Nornes jugent bon de t'accorder des garçons. Et… Et tu aimeras tes filles tout autant.

Je relève la tête, surprise. Son visage, habituellement si fermé, si crispé, rayonne de fierté, accentuant encore mon incrédulité.

Regarderai-je un jour ma fille de cette façon ? Si telle est la volonté des Nornes, peut-être finirai-je par trouver la félicité…

Mère se lève brusquement, recouvrant immédiatement son masque de dédain tranchant. Je regarde sa longue tresse se balancer impérieusement dans son sillage alors qu'elle sort d'un pas martial, me laissant de nouveau seule.

YAFEU

Je n'ai jamais vu la Grande Halle aussi resplendissante. Le roi n'a pas regardé à la dépense : les sols ont été fraîchement balayés ; les colonnes luisent sous leur nouvelle couche de cire lustrée ; des peaux de mouton immaculées drapent les bancs et les poutres ; l'hydromel coule par barriques entières et les tables croulent sous toutes sortes de viandes, de poissons, de fromages, de fruits et de pains. J'ai l'impression d'entrer au Valhalla lui-même – tel que Freydis le décrit, du moins. Ne manquent que les boucliers d'or au plafond. Toutefois, des centaines de chandelles brillent sur leurs supports de fer suspendus à de longues chaînes à la charpente. Elles jettent une chaude clarté sur la foule des invités (une centaine, au bas mot) venus de tout Agder et de Trøndelag pour célébrer les noces. Quant à moi, je me tiens avec Helge et les autres *thrall* de la famille royale sur le bas-côté, me tordant le cou pour essayer d'apercevoir la cérémonie entre les têtes qui me bouchent la vue.

Freydis a pris place à côté de Hakon. Asé et les dizaines d'hommes de sa suite se trouvent sur leur gauche ; Yngvild, Balli et Alvtir, sur leur droite.

La reine porte une robe bleu guède très ample – bien trop grande pour elle, même avec son ventre arrondi. Voudrait-elle cacher sa grossesse ? Mais pourquoi ? Elle cherche tant à attirer l'attention d'habitude.

Une volute de fumée s'enroule autour d'elle, provenant de la place voisine où Alvtir, vêtue d'une simple tunique noire ourlée d'or et d'un pantalon assorti, tire avec insolence sur sa pipe d'os sculpté. Yngvild agite la main pour chasser l'irritant panache et jette à sa belle-sœur un coup d'œil réprobateur. Si celle-ci le remarque, de toute évidence, elle s'en moque éperdument.

Je darde sur elle un regard noir, en espérant qu'elle le sente et qu'elle se souvienne de la promesse qu'elle m'a faite avant la fin de la soirée. Malheureusement, elle ne se préoccupe pas de moi non plus.

Contrairement à elle, j'ai été forcée d'enfiler une robe pour l'occasion. Hier soir, avant qu'on ne se sépare, Freydis m'a mis dans les bras une de ses plus jolies robes et une paire de sandales, qu'elle m'a suppliée de porter pour son mariage. Plutôt simple, en lin, grenat foncé, le vêtement ne me rend pas plus voyante que je ne le suis déjà, même si elle est un peu trop près du corps à mon goût.

Les yeux de Freydis ne quittent jamais le sol, même lorsqu'elle se tourne vers Hakon. Elle a vraiment l'air d'une reine, ce soir. *Elle* est *reine, maintenant.* Ça me fait un choc quand j'y pense.

Ses longs cheveux blonds cascadent librement dans son dos et ses yeux verts sont ourlés de khôl, ce qui leur ôte un peu de leur innocence habituelle. La robe de soie, que nous avons passé tant de temps à confectionner, galbe ses courbes discrètes. Sur sa tête trône une couronne de fleurs champêtres.

Les mains croisées devant elle, Asé la regarde comme si elle se délectait d'un moment de pure félicité. À sa seule vue, je sens un flot de haine monter en moi. Son large sourire n'atteint pas ses yeux. Mais, même d'ici, on voit qu'ils luisent de suffisance.

Hakon a déjà été marié dans sa jeunesse. Sa première épouse est morte l'hiver dernier. Des enfants qu'elle lui a donnés, seule Asé a survécu. C'est pour cette raison qu'il se remarie : pour avoir des héritiers. Ce que je ne comprends pas, c'est pourquoi Balli a préféré ce vieillard au jeune homme auquel Freydis était promise.

Hakon tend à Freydis une vieille épée rouillée.

— L'épée de mes ancêtres est tienne, jusqu'à ce que tu me donnes un fils, proclame-t-il haut et fort.

Peut-être qu'elle pourra s'en servir pour repousser ses avances. Je ricane intérieurement à cette idée.

À ma plus grande surprise, Balli s'avance alors vers Hakon et lui tend à son tour une épée usée.

— En acceptant l'épée de mes ancêtres, tu reconnais qu'il est désormais de ton devoir de protéger ma fille, déclame-t-il, d'un ton aussi morne que Freydis est abattue.

— Je l'accepte.

Un sourire lubrique dévoile les dents d'Hakon. Dans un parfait ensemble, Freydis et lui retirent quelque chose sur les fusées respectives de leurs lames (des anneaux, je crois), provoquant une soudaine explosion de vivats dans l'assistance.

Balli lève les bras vers les invités.

— Que la fête commence !

Adossée au mur du fond, j'attends que l'excitation du festin retombe. Les *thrall* n'ont pas le droit de manger tant que le dernier invité n'est pas rassasié.

Je n'ai même pas faim. Mon estomac est déjà plein de panique : celle de voir que le temps qui me reste pour trouver un plan d'évasion sera bientôt écoulé.

Demain, Freydis voguera vers Jómssal, à Trøndelag. Et si je ne réussis pas à imaginer un moyen de me libérer de mes obligations d'ici là, je partirai avec elle. Comme toutes ses « affaires ».

Pour la millième fois ce soir, mon regard cherche celui d'Alvtir. Assise à l'une des extrémités de la table royale, elle fume toujours aussi langoureusement sa pipe. J'ai eu beau multiplier les tentatives de capter son attention, elle m'a ignorée toute la soirée.

Combien de fois faudra-t-il qu'elle me trahisse avant que j'apprenne ma leçon ?

Je n'ai donc rien à attendre de son côté : je dois me débrouiller seule.

Freydis m'adresse un pauvre sourire. Elle croit que je la regarde. On vient justement de lui mettre un marteau sur les genoux – encore un de ces étranges rituels de mariage chez les Majous. À cette vue, Hakon laisse échapper un rire gras qui résonne à travers le vacarme de la salle bondée et me fait grincer les dents. Si je n'agis pas, ce vieil éléphant deviendra mon maître au même titre que Freydis.

Je serre la mâchoire et préfère détourner la tête pour observer les convives. Chacun a sorti ses plus beaux atours pour l'occasion. Couronnées d'une guirlande semblable à celle de Freydis, les femmes arborent des robes colorées avec les teintures les plus coûteuses et retenues par des broches d'argent ou de cuivre. Les hommes portent des tuniques à motifs, parmi lesquelles certaines sont brodées de détails complexes. Déjà, ils quittent leur place pour aller danser avec leur femme – ou tripoter des esclaves dans un coin. Hommes comme femmes sont parés de toutes sortes de bijoux : bagues, bracelets, colliers et larges bracelets de métal précieux, allant de l'or à la simple verroterie, en passant par l'ambre. Si je le pouvais, je leur arracherais ces joyaux pour acheter ma liberté.

Les gens de Hakon me rendent mes regards avec une évidente curiosité. Je suppose qu'ils n'ont jamais vu une peau comme la mienne. Freydis m'a dit que Jómssal est beaucoup plus petite et isolée que Skíringssal : ils ne doivent pas avoir souvent l'occasion de rencontrer des étrangers, pas même de contrées plus proches que le Wagadou. Je me demande s'ils me prennent aussi pour une « elfe noire ».

Je braque un œil glacial sur un des membres de la suite de Hakon qui me reluque et m'inspire une méfiance certaine, quand je sens quelqu'un m'approcher sur le côté. Je me raidis instinctivement. Ma main se plaque aussitôt sur le haut de ma cuisse, où est sanglé un des couteaux de cuisine que j'ai gardés, caché sous ma chemise. Les *thrall* n'ont pas le droit de porter d'armes, nulle part, jamais. Et ce soir, comme lors de n'importe quel soir de fête, même un soldat de la *hird* royale n'y est pas autorisé. Entasser autant d'hommes armés et ivres dans une salle surchauffée reviendrait assurément à provoquer une catastrophe, m'a expliqué Freydis. Voilà précisément pourquoi il ne me serait jamais venu à l'idée de venir désarmée.

Je jette un coup d'œil en coin à celui qui s'est avancé, notant la mèche de cheveux bruns frôlant sa mâchoire carrée, qui commence là où le sommet de ma tête finit. C'est le soldat que j'ai rencontré l'autre jour, au port.

— Tu veux que je lui demande d'arrêter de te dévisager comme ça ?

Un sourire ironique au coin des lèvres, il désigne du menton l'homme de la suite du roi Hakon.

— Tu peux toujours essayer, ou je peux lui casser le nez.

Inconscient de faire l'objet d'un tel débat, l'individu en question m'adresse une nouvelle œillade lubrique. C'est de lui que je parle, mais j'espère avoir l'air suffisamment menaçante pour éviter que le soldat à côté de moi tente sa chance lui-même.

— Pourquoi ne pas se servir des mots avant d'en venir aux mains ?

Je réagis au quart de tour. Qui est-il pour me donner des leçons ?

— Est-ce que ça a déjà marché contre tes ennemis, soldat ?

Quand il se tourne vers moi, les poils roux de sa barbe accrochent la lumière des chandelles. Il porte une simple tunique bleue qui fait ressortir la couleur de ses yeux : le gris-bleu d'une rivière aux eaux paisibles, comme s'ils étaient liquides, en mouvement.

— Les fois où j'ai préféré discuter plutôt que de me battre sont les seules que je n'ai jamais regrettées, répond-il doucement. Bien des conflits peuvent se régler sans verser le sang.

— Nous n'avons pas tous le *privilège* d'être entendus quand nous nous exprimons.

Ses yeux s'écarquillent de surprise, et je souris intérieurement, fière de ma victoire. Pourtant, d'où me vient cette impression d'avoir triomphé ? Triomphé de quoi, d'ailleurs ? C'est donc une compétition qui se joue entre nous ?

Je recule d'un pas hésitant.

— Je n'avais pas conscience…

Il laisse sa phrase en suspens.

— Je suis une *thrall* et une femme. Et une elfe noire – c'est du moins ce que racontent les tiens.

— Pourtant, le feu qui brûle en toi est trop vif pour qu'ils puissent l'ignorer. Ils ont beau faire, ils n'arrivent pas à l'éteindre.

C'est à mon tour, maintenant, d'être surprise.

— Ingmar ! beugle une voix avinée à l'une des tables qu'occupent les hommes de la *hird*.

L'un d'entre eux lui fait signe de venir en agitant sa corne, renversant de l'hydromel sur le sol.

Ingmar.

Je murmure ce nom, le faisant tourner dans ma tête, comme une dague précieuse entre mes mains.

Ingmar.

Il jette un coup d'œil au groupe attablé, puis son regard revient se poser sur moi.

— C'est dommage, dit-il. On n'aura pas l'occasion de se revoir…

J'hésite. Mais l'eau bleue de ses yeux glisse sur moi et je m'apaise.

— Yafeu.

— … Yafeu. Puissent les dieux t'accorder un destin favorable à Trøndelag.

Je lève la tête vers lui, muette, incapable de trouver une réponse. Il me salue en s'inclinant respectueusement, avant de se diriger vers ses frères d'armes.

Alors que je le regarde retourner à sa place, pour la première fois de la soirée, je prends cruellement conscience de ma solitude. Tout le monde boit et rit avec ses amis ou sa famille. Même les autres *thrall* peuvent partager plaisanteries et confidences, entre leurs allers et retours pour servir les plats et remplir les cornes d'hydromel. Freydis m'a demandé de m'amuser, ce soir, mais je regrette presque de ne pas travailler aussi pour éviter de donner mon désœuvrement en spectacle. Si seulement on pouvait arrêter de me regarder comme une bête curieuse et venir me parler, comme l'a fait Ingmar.

Un profond soulagement m'envahit quand Fritjof s'approche de la table royale, un instrument à la main – une longue boîte de bois avec des cordes tendues à la surface. Les musiciens cessent de jouer et le silence se fait. Tout le monde se tourne pour le regarder. Son instrument ressemble à un *ngoni*, mais alors que les griots jouent avec les doigts, Fritjof, lui, frotte les cordes avec une sorte de longue brosse, tirant de son instrument des sons fluides et envoûtants. Une fois installé, il se met à chanter :

Erik le Rouge et ses hommes de haut rang
Las des anciens dieux, vénéraient le Christ blanc.
Découvrant, un soir d'hiver, une nouvelle contrée,
Le Christ blanc s'empressèrent de remercier.

Impossible, pourtant, de trouver quoi manger
Ils n'avaient pas de viande et le poisson fuyait.
Trois fois Sól s'élança à l'assaut des nuées.
Trois fois Máni navigua dans l'obscurité.

Puis, mourant de faim, ils découvrirent, surpris
Que le sombre Thornhall s'était évanoui.
Pour chercher l'homme d'Erik en bateau ils partirent
Au bord d'une falaise, sain et sauf, l'entrevirent.

Yeux au ciel, bras en croix, il marmonnait,
Criait, gesticulait, tonnait, tourbillonnait.
Les hommes s'en effrayèrent : ils avaient oublié
Comme parler aux dieux pouvait transfigurer.

Ils eurent beau supplier, rien ne le fit céder.
Bredouilles, ils regagnèrent la plage et le campement.
Là, sur le rivage, grand fut leur étonnement
De voir une baleine échouée sur les galets.

Tous se réjouirent et firent cuire la chair.
Mais un mal les prit, la sueur couvrit leur front.

Alors Thornhall revint et dit d'une voix claire
« Contemple vieil Erik le fruit de ta déraison. »

Ils ne peuvent manger car ils ont négligé
L'ancien dieu de la mer qu'ils devaient honorer. »
Erik sagement se tourna vers sa horde
Et lui ordonna un sacrifice pour Njörd.

Quand l'aube se leva, l'air était parfumé,
Le poisson revenu, et les oiseaux chantaient,
Lièvres, élans et rennes couraient la contrée
Car les hommes de nouveau les Vanes louaient.

C'est à peine si j'entends le tonnerre d'applaudissements tant mon cœur cogne à mes oreilles. Tout tourne autour de moi, même si je n'ai pas bu une goutte d'hydromel. Je referme les doigts sur mon pendentif et le serre, fort.

C'est l'histoire de Ma ! Celle qu'elle me racontait sur Baaba quand je ne pouvais pas dormir. Il y a des différences par rapport à celle que je connais, mais le fond est le même : les voyageurs affamés, la baleine, la maladie, les prières aux dieux…

Comment Fritjof peut-il connaître cette histoire ?

Je me fraie un chemin au milieu des convives éméchés, trinquant, riant et rotant. On dirait qu'une foule entière s'est massée entre le scalde et moi, m'empêchant d'avancer.

Je suis sur le point de le rejoindre quand quelqu'un me bouscule en me dépassant. Je surprends alors un éclat métallique sous la cape virevoltante. Et, tout à coup, je me souviens : les armes sont interdites, ce soir.

Je me fige pour suivre des yeux l'homme encapuchonné qui se faufile à travers l'assemblée. Il se dirige vers la table royale. Il se déplace trop vite, avec trop d'adresse, de détermination.

Il y a quelque chose d'anormal. Son *nyama* est focalisé sur quelqu'un.

Sur Freydis.

La course du temps s'arrête. Et ce moment infime s'étire jusqu'aux confins de l'éternité.

L'instant suivant, Freydis mourra et je serai libre.

— Au nom du Christ ! hurle l'inconnu.

Déjà, il brandit la lame au-dessus de sa tête, prêt à frapper.

30

YAFEU

Mon couteau s'enfonce dans son œil comme dans du beurre. Le potentiel assassin s'effondre dans un grognement étranglé.

Freydis et Hakon se retournent sur leurs sièges et restent bouche bée en découvrant la scène : l'homme gisant à terre, une dague à la main et une envie de meurtre brûlant dans son œil unique.

Asé se retourne à son tour. Son regard s'arrête sur moi, comme aimanté. Alors, tout le monde m'observe, et je prends conscience de la situation : c'est moi qui ai lancé le couteau.

J'examine mes mains, incrédule. Elles ont fait le choix pour moi.

Soudain, un peu partout dans la salle, une douzaine d'hommes se lèvent d'un bond. D'autres émergent des coins sombres, surgissent de derrière les colonnes. Ils se ruent sur la table royale, les lames étincelant à la lumière des chandelles quand ils tirent leurs dagues, leurs haches et d'autres armes qu'ils ne sont pas censés porter.

Tout à coup, c'est le chaos.

Des hurlements de femmes résonnent d'un bout à l'autre de la pièce.

— Protégez le roi ! crie quelqu'un – je ne sais ni qui, ni de quel roi il parle.

Les combattants assis à la table royale se sont levés, juste à temps pour contrer la première vague d'assaillants avec ce qui leur tombe sous la main : cornes à boire et couteaux à découper en guise d'armes de poing ; plats de service en guise de boucliers.

Plusieurs gardes tombent au premier assaut. Balli se replie en chancelant sous le dais, avant d'être rapidement entouré d'un mur de soldats. Yngvild et Asé ont déjà disparu sous la table.

Je me précipite vers Freydis qui demeure pétrifiée, bouché bée devant le cadavre de l'assassin.

— Cache-toi sous la table !

Elle tressaille à mon appel et me regarde, les yeux exorbités, sans comprendre ce que je lui dis. Avec un grognement de frustration, je me plaque sur le sol, l'attrape par le bras et l'entraîne dans ma roulade, l'attirant violemment à moi. Je dégage le couteau de l'œil du mort avant de faire volte-face pour affronter de nouveaux adversaires.

Le marteau tombe des genoux de Freydis avec un bruit mat. Comme sortie de sa torpeur par ce fracas, le roi Hakon le récupère aussitôt, se redresse en rugissant et pivote pour l'abattre sur la tête d'un agresseur qui arrive à sa hauteur.

Le crâne vole en éclats dans un craquement écœurant.

Mais ce n'était pas à lui que l'attaquant en voulait : c'était à Freydis.

Sur notre droite, Alvtir pousse un cri inhumain et charge, tête baissée, un groupe d'ennemis. De leur côté, les quelques dizaines de soldats de la *hird* présents à la cérémonie tentent de forcer le passage, remontant le flot des convives en fuite. Dans la panique, ils ne pourront arriver à temps pour nous sauver. J'agrippe le surplus de tissu au bas de ma robe et le déchire pour libérer mes jambes.

Un traître contourne la mêlée, cherchant à nous approcher à revers. Je me jette sur lui. Mon esprit se vide de toute pensée et mon instinct prend le dessus. Une concentration vivifiante déferle dans mes veines, aiguë, pure et aussi ancienne que les racines du premier baobab. J'égorge l'assaillant avec mon couteau de cuisine et lui arrache sa dague des mains dans sa chute.

Un hurlement sauvage m'échappe quand je fais volte-face pour affronter l'adversaire suivant. Je surprends l'éclat métallique de sa hache, mais mon couteau lui balafre le torse avant qu'il n'ait le temps de s'en servir. Le sang coule entre ses doigts quand il se plaque une main sur les côtes. Sans plus attendre, je lui plante ma dague dans l'épaule, découpant les chairs pour atteindre son cœur.

Une fois de plus, au fond de moi, le barrage a cédé et la rage coule à flots, imprégnant mes muscles, donnant à mes gestes une vitesse et une précision stupéfiantes. Je ne connais pas ces hommes. Je ne sais pas ce qu'ils veulent. Mais ça m'est égal. Ces Majous-ci ou ces Majous-là, c'est du pareil au même pour moi. Je ne me connais plus moi-même. Je ne connais plus rien que ce viscéral besoin de tuer.

C'est ce pour quoi je suis née. C'est le feu que les dieux m'ont insufflé quand ils m'ont créée.

Et, maintenant, enfin, je peux le laisser brûler.

Déjà, tous les assaillants autour de moi sont à terre. Trop tôt à mon goût. Ma soif de combat est loin d'être étanchée.

Avide d'en découdre, je jette autour de moi un regard circulaire. Là, je vois Ingmar porter à son rival un coup expert à la tempe, qui envoie l'autre s'écraser au sol. Ici, Alvtir tournoie sur elle-même et ses longs cheveux ondoient autour d'elle comme une eau sombre. Hyène enragée, elle ricane en plongeant sa dague dans le ventre du premier adversaire à sa portée.

Je repère alors deux hommes qui s'attaquent au rempart de gardes entourant Balli. L'un d'eux tombe, mais l'autre parvient à se tailler à la hache un passage dans leurs rangs, les abattant un à un. Il est à deux doigts d'atteindre le roi.

J'hésite. Mes yeux se portent sur la dague dans ma main droite.

Devrais-je l'arrêter ? Ou le laisser tuer Balli ?

Avant que je ne puisse trancher, Freydis s'empare du couteau de cuisine que j'ai toujours à la main gauche, se rue sur l'assaillant et lui plante sa lame dans le dos. L'inconnu s'effondre, face contre terre.

Un étrange silence envahit soudain la Grande Halle. Freydis s'écarte du corps d'un pas mécanique et considère sa robe éclaboussée de sang avec de grands yeux écarquillés.

Je reprends subitement mes esprits, clignant des yeux, secouant la tête, comme étourdie. Une odeur putride m'emplit les narines. J'ai la bouche sèche, des élancements dans les bras, des crampes dans les doigts.

Je balaie la salle du regard. La dague ennemie m'échappe des doigts sans que j'essaie de la retenir. Tous les assaillants sont morts. Les soldats de Hakon sont aussi nombreux que ceux de Balli à y avoir laissé la vie. La plupart des femmes et des enfants ont fui, de même que bon nombre des pairs du Thing.

Un sanglot éclate soudain. Un des gardes de Balli se baisse sous la table pour attraper Yngvild par les coudes et la hisser sur le banc. Certains de ses compagnons font de même avec Asé. Yngvild se tient le ventre à deux mains en gémissant, les yeux écarquillés. Asé a l'air aussi accablée.

Une sensation d'humidité entre mes orteils attire soudain mon attention. Je baisse la tête.

Trois corps. Leur sang forme une flaque autour de moi, s'infiltrant dans mes sandales, peignant mes doigts de pied en rouge.

Je les ai tous tués.

Sans me poser la moindre question, je les ai envoyés à la mort. Ces hommes qui n'étaient sans doute pas plus mes ennemis que n'importe qui à Skíringssal.

Et j'ai *aimé* les tuer.

Des vagues d'horreur et de honte déferlent sur moi. Je tombe à genoux et, ne sachant que faire, murmure en soninké la bénédiction réservée aux proies abattues à la chasse. Un tout petit geste. Insignifiant et inutile, mais je n'ai rien d'autre à leur offrir.

Quand je me relève, je sens tous les yeux rivés sur moi. L'un des gardes de Balli, un jeune homme au visage presque enfantin, s'avance en pointant du doigt mon collier.

— *Úlfheðinn,* chuchote-t-il.

Par réflexe, je fourre le petit loup vert sous l'encolure de ma robe.

— *Úlfheðinn.*

Le murmure parcourt la salle.

Pour la première fois depuis qu'elle est rentrée, Alvtir me regarde en face, ses yeux s'enfonçant en moi comme deux pics de glace.

Tout à coup, elle baisse la tête pour s'accroupir à côté d'un des assaillants qui gît à terre. Elle arrache quelque chose à son cou (un collier) et le lève bien haut pour le présenter à la lumière des torches.

Pendant ce temps, Ingmar donne un coup de botte au corps couché à ses pieds pour le faire rouler sur le dos. Il s'accroupit à son tour, remonte la manche du mort et agrippe l'objet accroché à son bras pour le lui retirer d'un geste brusque.

— Ces brassards portent la marque du roi Hakon, lance-t-il d'une voix vibrante.

— Et le signe des chrétiens pend à leur cou, renchérit Alvtir en brandissant le collier pour que tout le monde le voie.

Je plisse les yeux. Le pendentif ressemble à *naudiz*, la rune de la nécessité : une branche courte horizontale qui en coupe une plus longue, verticale.

Les hoquets de stupeur me font comprendre que ce n'est pas *naudiz*. Je me tourne vers Freydis, qui se détache vivement de l'homme qu'elle vient d'épouser, son visage figé par l'horreur.

— C'est ridicule ! proteste Hakon. C'est mon mariage ! Pourquoi irais-je tuer ma propre femme ?

Balli plisse les yeux pour le dévisager : deux meurtrières. Flanqué des derniers survivants de sa garde, il a désormais repris sa place sur le trône.

— Peut-être n'as-tu jamais eu l'intention de l'épouser…

— Peut-être que ce mariage n'était qu'une ruse, s'empresse d'enchaîner Snorri. Peut-être que votre intention première était de tuer le roi et sa lignée d'un seul coup, pour vous emparer du royaume d'Agder au nom de votre dieu Christ.

— Blasphème ! tonne Hakon. Je suis un adepte de Thor jusqu'à la moelle.

— Tu es un adorateur de la croix qui avance masqué ! lui lance Balli.

Déjà, les injures volent de part et d'autre de la halle. Tant les hommes de Hakon que ceux de Balli portent maintenant la main à leurs armes de fortune. Mais Alvtir lève les bras.

— Assez ! clame-t-elle à pleine voix. Nous ne devrions plus verser le sang aujourd'hui.

Le silence retombe.

Le roi Balli est le premier à le rompre.

— Ma sœur a raison, accorde-t-il sans cesser de foudroyer Hakon du regard. Il n'en demeure pas moins que je ne peux laisser ce mariage se poursuivre tant que ton innocence n'a pas été prouvée.

Hakon semble faire appel à ses ultimes réserves de sang-froid pour ne pas étrangler Balli sur son trône.

— Freydis est *déjà* mienne, gronde-t-il.

— Tu ne l'as pas encore mise dans ton lit, lui rétorque crûment Balli. Le mariage n'a pas été consommé. Il est donc nul, et le restera tant que la lumière n'aura pas été faite.

Hakon réfléchit un long moment. L'atmosphère se tend. Puis il pousse un profond soupir.

— J'accepte cette condition, dit-il finalement. Seulement parce que je *suis* innocent.

— La fête est finie, annonce inutilement Balli.

Déjà, Hakon sort de la Grande Halle en trombe, ses hommes sur les talons. Les derniers invités se dirigent à leur tour vers le portail en échangeant à voix basse.

La fatigue me ronge. Je ne rêve que d'une chose : retourner dans la chambre de Freydis, ou même dans la cahute de Helge ; n'importe où pourvu que je puisse me coucher en boule sous une épaisse fourrure et me retrouver seule.

Mais je dois d'abord m'occuper de Freydis.

Je tourne la tête vers elle. Les yeux toujours rivés sur l'homme qu'elle a poignardé, elle est clouée sur place et tremble de tout son corps.

— Une dernière chose.

La voix dure d'Alvtir s'élève.

Balli lui lance un regard ourlé de menace.

Sans crier gare, elle se tourne vers moi.

— La *thrall* de la princesse s'est conduite avec honneur et a prouvé sa valeur. C'est grâce à *elle* que la princesse respire encore.

Je n'en reviens pas. Me voilà redevenue le point de mire. Le sang me monte au visage.

— Comme l'a dit Orm, elle a révélé sa véritable nature d'*Úlfheðinn*, poursuit Alvtir. Odin le Sage a dû nous l'envoyer pour nous protéger. Je demande qu'elle soit placée sous ma responsabilité pour qu'elle puisse te servir dans la *hird*.

Il me faut un moment pour comprendre le sens de ses paroles. Je lève les yeux vers Balli, une supplique muette dans les prunelles, examinant le moindre changement de son expression tandis qu'il me scrute en silence.

— Jures-tu sur ton honneur d'être loyale à ton roi ? finit-il par demander. Obéiras-tu à mes ordres et donneras-tu ta vie pour moi, s'il le faut ?

Je marque une pause. Ce n'est pas rien, de prêter un tel serment. Mais quand je me tourne vers Alvtir qui m'observe sans ciller, ses yeux de glace chargés d'une résolution que je n'arrive pas à déchiffrer, je comprends que c'est la chance que j'attendais. Ma *seule* chance.

— Oui. (Les leçons de Freydis me reviennent à l'esprit et j'ajoute :) Sur mon honneur.

— Alors, qu'il en soit ainsi, répond Balli. Elle fera une valeureuse guerrière – *si* elle continue à se comporter avec honneur.

La menace voilée ne m'échappe pas. Je suis sûre qu'il n'a aucune envie de m'enrôler dans sa *hird*. Mais d'après ce que Freydis m'a appris, il n'a pas le choix. Ma seule intention était de sauver Freydis. Cependant, les hommes que j'ai affrontés étaient autant ses ennemis que ceux de Balli. Et je me suis bien battue. Toute femme que je sois, il doit reconnaître que je suis une vraie guerrière, ou risquer de perdre la face devant les siens.

Pour ce soir, en tout cas. Car il est roi, et, à ce titre, il peut encore me faire exécuter quand bon lui semble. Au moindre soupçon de déloyauté, mon sort sera vite réglé.

Ces idées en tête, je m'incline profondément, en glissant, parant mon visage de la plus humble gratitude. Quand je me redresse, mon regard croise celui, brûlant, de Snorri, et je ne peux m'empêcher de lui adresser un imperceptible sourire narquois.

Alvtir hoche la tête et sort de la Grande Halle sans ajouter un mot.

— Qu'on prépare le navire de Hakon ! ordonne Balli à l'un de ses gardes, qui opine et se précipite à la suite d'Alvtir.

Les quelques *thrall* qui n'ont pas fui dans la panique commencent à débarrasser les tables. Freydis semble alors se réveiller de sa transe et, toujours frissonnante, me prend la main. En silence, nous regagnons d'un même pas la maison longue.

FREYDIS

À peine rentrée dans ma chambre, je m'écroule à plat ventre sur le lit.

— Tu vas tacher tes couvertures, me gronde gentiment Yafeu, en m'aidant à me relever avec douceur.

Je me relève pour m'asseoir et la laisse m'ôter la robe de mariée, qu'elle fait glisser par-dessus ma tête. Je la regarde sans réagir lorsqu'elle la jette au feu. Tant de vêtements ont fini consumés dans les flammes, ces derniers temps. Trop pour que ce soit une coïncidence.

Ma couronne de fleurs nuptiale s'est prise dans une mèche de mes cheveux. Je l'arrache et lui fais suivre le même chemin, soulagée de m'en débarrasser.

Nous restons alors assises côte à côte en chemise. Le silence s'éternise et je finis par comprendre : elle attend que je parle.

— J'ai tué un homme, ce soir.

C'est la première chose qui me vient à l'esprit.

— Tu as sauvé la vie de ton père.

— Et toi, la mienne.

Elle ne répond pas.

J'ajoute alors :

— Tu vas me quitter.

Ma voix se brise et, malgré moi, mes yeux s'embuent de larmes.

— Ma place est avec les *skjaldmö*, souffle-t-elle tout bas.

— Tu n'étais pas faite pour être une *thrall*. J'imagine que je l'ai toujours su, médité-je à voix haute.

Soudain, les yeux de Yafeu se changent en abysses sans fond où se déchaîne une tempête.

— *Personne* n'est fait pour être un *thrall* !

Ses mots sont plus tranchants qu'aucune lame. Je m'empourpre de honte, me forçant pourtant à soutenir son regard.

— Tu as raison.

Elle a toujours eu raison.

— Mais, toi, tu étais faite pour devenir une guerrière.

J'espère, en affirmant cela, qu'elle aura une meilleure opinion de moi.

Yafeu prend mes mains dans les siennes.

— Toi aussi, tu as de la force en toi, Freydis. Mais il faut que tu y *croies*.

Une vague de gratitude me submerge. J'étreins ses doigts, clignant des paupières pour retenir mes larmes.

— Tu n'es pas trop triste de ne pouvoir devenir reine tout de suite ? De devoir attendre ? s'enquiert-elle.

— Je ne voulais pas épouser Hakon. (En lui faisant cet aveu, je sens quelque chose se contracter au creux de ma poitrine. Une fois énoncée à haute voix, la vérité devient impossible à nier.) Mais je ne voulais pas que les choses se passent… de cette façon-là.

Yafeu me jette un drôle de coup d'œil.

Avant que je ne puisse m'expliquer, la porte s'ouvre.

Tante Alvtir. C'est à peine si l'on distingue le sang sur le noir de sa tunique. Je me force à décoller les épaules de mes oreilles pour me redresser.

— Il est temps, dit-elle à Yafeu, sans même m'accorder un regard.

Déjà, la porte se referme derrière elle.

Je laisse échapper un petit rire sans joie.

— Comme c'est aimable à toi de venir prendre de mes nouvelles, Tante Alvtir. Je vais bien, merci, c'est gentil de t'en inquiéter.

Yafeu m'adresse de nouveau un coup d'œil étrange. Sans que je sache pourquoi, je recommence à trembler. Je m'en veux de ne pas me contrôler. Si seulement je pouvais ne pas être une petite fille apeurée, une bonne à rien faible et timorée.

Yafeu tend une main hésitante vers mon épaule, mais je m'écarte. J'ai besoin d'un instant pour me ressaisir. C'est seulement quand je me suis reprise que je m'en souviens.

— J'attendais le bon moment pour te la donner.

L'effort pour me lever me semble énorme, et plus encore pour me diriger vers mon coffre à habits. Je le déverrouille et en sors ce que j'y ai caché : une cape pour Yafeu, bleu indigo, qui se ferme par une broche d'argent. Je suis très fière du motif que j'y ai fait graver par un des meilleurs orfèvres de la cité. C'est une combinaison de nos deux langues (du moins, de la façon dont j'écris sa langue avec nos runes) associées pour créer un motif abstrait, de sorte que nous soyons les seules à en connaître la portée.

— J'ai pensé qu'elle pourrait t'être utile à Trøndelag. Mais même une *skjaldmö* peut avoir besoin d'une bonne cape de temps à autre.

En la voyant écarquiller les yeux, je rayonne de fierté.

— Elle est magnifique ! souffle-t-elle.

— J'ai dessiné la broche moi-même. C'est un mélange de ma langue et de la tienne. Ceci... (Je pointe du doigt le premier ensemble de runes, *féhu* et *ísa* jointes à la pointe avec *féhu*, tête en bas.) C'est pour nos deux noms. Les runes sont unies pour représenter notre amitié. Et ceci...

Je désigne la deuxième paire de runes entrelacées en dessous.

— C'est *maðr* et *lögr*, dit-elle, me prenant de vitesse. *M* et *L* pour Mawu-Lisa.

J'acquiesce, ravie comme toujours de son excellente mémoire.

— Dans les temps anciens, on les appelait *mannaz* et *laguz* : l'esprit de l'humanité et l'énergie qui circule dans tous les êtres vivants. C'est donc un peu comme le *nyama* dont tu m'as parlé, en un sens.

Yafeu drape ses larges épaules de la cape. Elle lui sied à la perfection. Son visage s'illumine. Un sourire radieux découvre ses dents blanches. C'est peut-être le plus beau sourire que je lui aie jamais vu.

— Viendras-tu me rendre visite ?

Ma voix se brise encore.

— Autant que je le pourrai.

— Promis ?

— Juré.

Je sais qu'elle va détester ces effusions, mais c'est plus fort que moi : je me jette dans ses bras.

Elle me rend mon étreinte et j'éclate en sanglots.

Évidemment, il faut que les Nornes m'arrachent Yafeu au moment où elle devient enfin mon amie.

Lorsque mes pleurs se tarissent, elle s'écarte doucement. Je m'essuie les joues et la regarde rassembler ses maigres possessions. Elle m'adresse un dernier sourire avant de se tourner vers la porte. Sa belle cape flotte derrière elle lorsqu'elle sort de ma chambre. Elle n'est plus ma *thrall*, mais une *skjaldmö*.

Et, une fois de plus, je me retrouve seule.

YAFEU

L'air frais de la nuit entre dans mes narines, coule vers ma poitrine, dilate mes poumons.

Je suis libre. Enfin, aussi libre qu'une *skjaldmö* sous les ordres d'Alvtir.

Marchant d'un bon pas, elle m'entraîne sur le chemin qui descend vers la cité. Si elle a remarqué ma nouvelle cape, elle ne fait aucun commentaire.

Je voudrais la remercier de ce qu'elle a fait pour moi, mais quelque chose, dans son attitude, me dit qu'il vaut mieux s'abstenir. Nous passons devant les étals du marché, les maisons longues des artisans les plus réputés avec leurs dépendances (réserves, appentis, ateliers…), massives silhouettes noires qui se découpent dans le clair de lune, leurs toits se touchant presque au-dessus de l'étroit chemin de planches. J'entends des cris du côté du fjord : l'équipage du roi Hakon s'apprête à prendre la mer pour Trøndelag. Malgré le froid de la nuit, ma cape me tient bien chaud et un nouvel élan de gratitude envers Freydis me saisit.

J'ai l'impression de marcher depuis une éternité. Nous avons déjà dépassé la maison la plus à l'ouest de la cité, qui marque la limite de Skíringssal et l'orée de la forêt. Je ne me suis jamais aventurée dans ces bois

Nous suivons une piste étroite qui se faufile entre bouleaux et conifères pour enjamber un ruisseau chantant. Mawu penche sa face pâle tout près de nous et sa clarté luminescente perce les rameaux au-dessus de nos têtes. C'est presque comme si elle nous donnait sa bénédiction.

Nous finissons par arriver dans une clairière au centre de laquelle se trouve une maison longue, modeste par rapport aux modèles locaux.

C'est à ce moment-là qu'un trio de massives créatures se rue sur nous. Je porte la main à mon couteau (un réflexe), mais Alvtir s'agenouille, ouvrant largement les bras. Trois énormes molosses se jettent sur elle, aboyant, geignant, sautant partout. Dans le clair de lune, je discerne le dessin de leurs muscles puissants sous leur pelage ras.

Je n'en crois pas mes oreilles quand Alvtir se met à roucouler :

— Oui, je suis rentrée à la maison ! Oui, je suis là, mes féroces !

Heureusement qu'il fait nuit, parce que les yeux me sortent de la tête. Elle tire de la nourriture d'une bourse accrochée à sa ceinture et les jette aux trois chiennes qui les gobent goulûment.

— Elle, c'est Yafeu, reprend-elle, et cette fois-ci, elle prononce correctement mon nom. Allez lui dire bonjour !

Et voilà les trois molosses qui me sautent dessus ! Leurs truffes humides s'écrasent sur mes orteils et farfouillent sous ma cape. Je tends la main pour leur caresser la tête et la retrouve couverte de bave.

Comme Alvtir s'avance vers la bâtisse, elles trottinent derrière elle. Je plisse les yeux pour avoir un meilleur aperçu de son domaine. Une petite grange et une remise, peut-être, se dressent derrière la maison longue, et, derrière encore, un petit enclos : un jardin ? Je distingue à peine une autre cahute un peu plus loin. Peut-être est-ce là que dorment ses esclaves ? Le local semble pourtant trop petit pour abriter plus d'une personne.

Elle pousse la porte de bois et je pénètre à sa suite dans une obscurité quasi totale. La source de lumière se limite au faible rougeoiement de quelques braises mourantes. Alvtir jette du petit bois dans l'âtre et attrape un bout de silex. Elle en frappe la barre métallique de l'allume-feu jusqu'à ce que les étincelles prennent et que les brindilles s'enflamment.

Je jette à la pièce un coup d'œil circulaire. Des poteaux la divisent en trois parties et des bancs de bois courent le long des murs de rondins : de simples espaces pour manger et dormir. La partie centrale est occupée par un modeste foyer où pend un gros chaudron et par un petit trou dans le toit pour évacuer la fumée. Pas de peaux de bête ni de tapisseries pour décorer les murs, ici, mais une impressionnante collection de haches, de dagues et de boucliers jaunes avec les deux habituels corbeaux noirs : Huginn et Muninn. C'est Freydis qui m'a appris leurs noms. La pensée et la mémoire.

Le souvenir d'Alvtir me traverse l'esprit, telle que je l'ai vue la première fois. La manière dont elle a sauté de ce balcon sur la place, dont elle a lancé sa lame dans les airs. Comme si son *nyama* m'appelait, mes yeux tombent sur le fourreau d'où émerge sa lourde épée couchée sur un des bancs.

Alvtir me fait passer devant pour me conduire à un autre banc couvert d'une peau.

— Ça fait un moment que personne n'a dormi là, grommelle-t-elle d'un bourru. (À la lumière du feu, ses iris brillent comme des cristaux de sel.) C'est ton lit.

J'acquiesce et pose mes trop maigres affaires au pied du banc, soulevant un nuage de poussière. Il n'y a pas de quoi s'attarder : ma fourrure de loutre ; une paire de bottes ; la tunique et le pantalon de *thrall* que j'ai reçus chez Broskrap ; la robe et la chemise que je portais quand j'étais la servante de Freydis ; la chemise de nuit qu'elle m'a donnée pour dormir et le collier en dents de loup sculptées que je me suis fabriqué. J'enlève ma nouvelle cape et la suspends au poteau le plus proche. Quant au couteau à découper que j'ai emprunté dans les cuisines royales (et, qu'après ce soir, j'ai bien mérité de garder), je le fourre sous mon oreiller.

Quand je me tourne vers Alvtir, elle se racle la gorge et se balance d'un pied sur l'autre. Le plancher craque sous son poids, meublant le silence qui s'épaissit entre nous. Elle se passe la main dans les cheveux.

— Bon… il va falloir te fabriquer une armure.

— Merci.

C'est tout ce que je trouve à lui répondre.

Elle hoche la tête une fois et se retourne pour se déshabiller. Une image s'impose alors à moi : celle d'une Alvtir dormant en armure de pied en cap. Je dois me mordre les joues pour ne pas rire. C'est la pensée délirante d'un esprit épuisé.

La fatigue s'abat brutalement sur moi lorsque je me glisse sous les fourrures. Ma tête n'a pas touché l'oreiller que je tombe dans les ténèbres du néant.

Mes pattes frappent le sol dans une course éperdue. La forêt n'est plus qu'une nasse d'ombre et de lumière mêlées s'ouvrant et se refermant devant moi.

Est-ce qu'elle est toujours dans mon dos ? Est-ce que je l'ai semée ?

Je puise dans mes dernières réserves d'énergie pour me jeter sous un buisson. Les ronces m'écorchent les bras et s'accrochent à ma fourrure. J'essaie de calmer ma respiration haletante et adresse une prière muette à Agé : Faites qu'elle ne me trouve pas, je vous en prie, faites qu'elle ne me trouve pas !

Au moment où mon souffle commence à se réguler, une main plonge à travers les broussailles et agrippe ma fourrure. Je crie, me débattant de toutes mes forces, donnant des coups de griffes à la silhouette noire qui me lâche. Je tombe sur le sol avec un bruit mat et me relève précipitamment.

Freydis me contemple fixement avec une expression étrange, comme si, au lieu de me regarder moi, elle regardait à travers *moi. Des larmes de sang coulent sur ses joues, tachant sa robe de soie verte.*

— Je ne te laisserai jamais partir, dit-elle.

Prise de panique quand elle s'approche, je me redresse sur mes pattes postérieures pour essayer de l'attaquer. Mais j'ai beau donner des coups de griffes encore et encore, je n'arrive jamais à l'atteindre. Troublée, j'examine mes pattes et me rends compte que ma fourrure a changé. Une de mes pattes a le poil tacheté du lycaon, et l'autre, la fourrure grise unie du loup du Norvèg.

J'ouvre des yeux horrifiés. Quand je relève la tête vers Freydis, elle a disparu.

31

YAFEU

Je me réveille des élancements dans la tête et les genoux lestés de plomb. Lisa s'immisce dans le trou du toit, jetant un rayon oblique sur ce qui m'entoure. Je ne reconnais rien. Prise de panique, je me redresse d'un bond, m'emparant du couteau sous mon oreiller… Et puis ça me revient : je suis chez Alvtir.

Chez moi, maintenant.

Le sommeil me tend les bras. Je suis tentée de fermer les yeux… Mais je me redresse et m'étire, résistant à l'envie de me rendormir.

— Alvtir ? (J'ai la voix affreusement éraillée.) Alvtir ?

Pas de réponse. Pas la moindre trace d'une présence humaine, à vrai dire. Pas de gardes qui plaisantent dehors, pas de fracas de marmites ni de couverts dans les cuisines. Je n'entends que des chants d'oiseaux et le bruissement des branches balayées par le vent. Un parfum d'agrume et de résine flotte dans l'air. J'inspire, apaisée. Je pourrais vite m'habituer à me réveiller ici.

Quand je bascule les jambes hors du lit, je me rends compte que je porte toujours ma chemise d'hier soir. D'un geste rageur, je l'arrache, espérant arracher en même temps de ma mémoire le souvenir qui y est attaché. Je remarque alors avec soulagement qu'un tas de vêtements propres m'attend sur le banc voisin. J'appréhendais de devoir réenfiler ma tunique de *thrall* après si longtemps. La perspective de porter mon autre robe ne m'enchantait pas non plus.

Je noue le ceinturon de cuir sur la tunique gris clair, passe la main sur le lin froissé et suis du doigt le motif de l'encolure : comme une cordelette de diamants jaunes et roses enchaînés. C'est un vêtement tout simple, mais soigneusement coupé. Je suis surprise qu'il m'aille si bien, épousant parfaitement mes formes, tombant juste au-dessus de mes genoux et au-dessous de mes poignets. Je ne sais pas pourquoi, j'ai toujours pensé qu'Alvtir était beaucoup plus grande que moi.

Je repère une galette de pain, un morceau de fromage et un assortiment de fruits séchés qui m'attendent sur un plateau, près de l'âtre, avec une carafe d'eau et une coupe remplie à ras bord de cerises fraîches. À la vue de ce festin, mon estomac se contracte violemment. Je n'avais pas mesuré à quel point j'étais affamée. Mais je dois d'abord trouver mon hôtesse. J'ignore donc la faim qui me tord le ventre et sors la chercher.

— Alvtir ?

Je lève la main pour me protéger les yeux de Lisa. Il trône déjà en majesté à l'est : j'ai dormi tard.

Pas de réponse. Elle a dû retourner à Skíringssal. Les trois chiennes accourent bientôt, la langue pendante. Elles geignent et poussent du museau mes mains tendues, exigeant des caresses.

Son domaine paraît plus petit à la lumière du jour. Il a une drôle de forme, comme si elle s'était installée dans une clairière naturelle plutôt que sur un terrain déboisé pour y construire sa demeure. Un cerisier incline ses branches tachetées de rouge, telle une arche, au-dessus du petit jardin que j'ai remarqué hier soir et dans lequel s'alignent, rangée après rangée, de petites spires vertes à intervalles réguliers. Quelques poulets se baladent en liberté devant la grange, grattant et picorant le sol. C'est un poulailler. C'est pour ça que je n'entends pas les meuglements familiers du bétail ni les bêlements des moutons dans leurs stalles. Ça n'a pas de sens d'élever du bétail quand on vit en forêt, j'imagine.

Où sont donc les *thrall* d'Alvtir ? En tant que sœur du roi et chef de son armée, elle a sans doute les moyens de posséder un bataillon d'esclaves. À moins qu'avec une propriété aussi petite, elle n'en ait pas besoin ? Ou qu'elle n'en veuille pas.

Elle vit seule, ici. Du moins, elle *vivait* seule jusqu'à hier.

Prise d'un doute, je me demande soudain si je ne suis pas censée faire quelque chose en son absence. Mais elle m'aurait réveillée avant de partir. Les poulets ont été nourris ; le jardin est entretenu et désherbé... Pour la première fois depuis que j'ai posé le pied dans cette contrée, j'ai une journée de libre.

Et je n'ai aucune excuse pour ne pas aller voir Bronaugh et Aïré.

Je me suis dit et répété que je ne pouvais pas leur rendre visite après le *holmgang*, sous peine d'éveiller les soupçons – même si les pairs du Thing considéraient l'affaire comme réglée. Quand le printemps est arrivé, je me suis cachée derrière les tâches à accomplir, qui passaient en priorité, tout comme derrière les leçons que je donnais à Nyeru et Mbaneh. Mais, pour être honnête, j'avais honte. Honte qu'elles aient souffert à cause de moi.

Maintenant, cette honte me frappe de plein fouet. Le moment est venu de les affronter. Je ne me pardonnerai jamais d'avoir été la cause de leur supplice. Le moins que je puisse faire, c'est de leur dire en face combien je suis désolée.

Armée de ce nouvel objectif, je retourne d'un pas résolu dans la maison longue. Je pourrais dévorer ce qu'Alvtir a préparé pour moi, mais je préfère manger une petite partie du pain et du fromage (assez pour calmer ma faim) et emporter le reste dans un panier d'osier. J'aurai au moins quelque chose à leur offrir. Pour finir, je glisse mon couteau sous mon ceinturon et me mets en route.

Le temps que j'aie retrouvé le chemin de la cité et parcouru le long trajet jusqu'à la ferme de Broskrap, Lisa a déjà entamé sa descente. Mon cœur s'accélère quand j'entends des enfants rire. Les garçons de Broskrap jouent au bord du champ de céréales, leurs épées de bois abandonnées à leurs pieds.

L'un des deux saute pour atteindre l'épi d'un plant d'orge.

— T'es pas cap de le toucher ! défie-t-il son frère.

Le plus petit bondit à son tour.

— Si, je peux ! Même que je l'ai touché avec mes doigts !

— Menteur !

— Si ! Regarde, tu vois ?

Honte et tristesse me montent à la gorge comme un reflux de bile. *Ils grandiront sans père à cause de moi.*

Je refoule cette pensée. Ils deviendront en réalité meilleurs sans l'influence de Broskrap. Aïré et Bronaugh sauront les élever.

Ils me jettent un coup d'œil quand je passe à côté d'eux. Je leur fais un geste hésitant de la main. Mais ils sont déjà retournés à leurs jeux. Pour eux, je ne suis qu'une esclave quelconque venue et vite repartie, si tant est qu'ils se souviennent de moi. Ils ne sauront jamais que je leur ai arraché leur père.

Je repère les silhouettes familières de Bronaugh et Aïré courbées dans le jardin. Mon appréhension croît à mesure que je m'approche. Je m'arrête à quelques pas d'elles, attendant que Bronaugh relève la tête.

Dès que nos regards se croisent, son visage s'illumine, rayonnant de joie. Je lui rends son sourire, et ma crainte reflue. Elle ouvre déjà la bouche pour me parler, puis la referme en lorgnant Aïré, qui ne s'est toujours pas redressée, les yeux rivés sur les mauvaises herbes qu'elle arrache.

Mon angoisse remonte en flèche. Je lève le panier et penche la tête en direction de la grange. Bronaugh acquiesce d'un geste et se redresse avec effort. J'ai le cœur brisé en la voyant grimacer quand elle boitille pour me rejoindre.

Une fois dans la grange, Bronaugh me saute au cou.

— Yafeu est revenue ! s'exclame-t-elle, radieuse.

Je l'enlace de toutes mes forces. Elle m'a tellement manqué ! C'est seulement maintenant que je m'en rends compte. Elle a l'air bien en chair dans mes bras, ça me rassure. Disparue l'ombre décharnée qui survivait avec les miettes que lui jetait un maître cruel. Elle s'écarte et fait voleter ma cape.

— Regardez-moi Yafeu ! s'extasie-t-elle, admirative.

— Es-tu blessée, Bronaugh ? As-tu mal quelque part ?

L'expression douloureuse réapparaît sur son visage.

— Les gardes… Mais je guéris.

La boule dans ma gorge grossit. Je détourne les yeux, incapable de la regarder en face.

— C'est ma faute. (Je bredouille des excuses d'une voix étranglée.) Je… je regrette tellement. Aïré avait raison depuis le début.

— Non ! (Elle me serre farouchement les mains.) Tu as libéré nous. La vie est plus bonne, maintenant. Et regarde !

(Un sourire espiègle danse sur ses lèvres quand elle me lâche les doigts et ouvre grand les bras en tournant sur elle-même.) Bronaugh grosse maintenant !

Je lui rends son sourire, c'est plus fort que moi. Bronaugh a toujours su me remonter le moral.

— J'imagine que vous n'avez plus besoin de ça, alors ?

Je lui montre le panier.

— À ton maître ? demande-t-elle avec de grands yeux.

Elle doit penser que j'ai volé la nourriture et que ça va me valoir une correction. Elle n'a pas l'air prête à l'accepter.

Et je m'interroge tout à coup : qui *est* Alvtir pour moi, maintenant ? Ma nouvelle maîtresse ? Pas vraiment. Ma tutrice ? Mon instructrice ?

Je préfère une réponse évasive :

— De ma nouvelle maison.

— Nous mangeons beaucoup ce matin. Mange, toi ! Mange ! (Elle me chasse d'un geste vers le panier, comme une mère le ferait pour un enfant désobéissant.) Tss, tss, tss, Yafeu est trop maigre !

Je refuse de me nourrir tant qu'elle ne partage pas au moins les cerises avec moi. Elle finit par céder. Pendant ce repas improvisé, Bronaugh me raconte combien la vie à la ferme a changé depuis la disparition de Broskrap. À ma grande surprise, elle m'apprend qu'Alvtir est revenue les voir peu après mon départ. Elle leur a donné vingt lingots d'argent et leur a demandé de gérer l'exploitation comme elles l'avaient toujours fait. Si on leur posait des questions, elles devaient s'en tenir à la version selon laquelle Broskrap était en visite dans une autre cité. Moi qui croyais qu'Alvtir n'avait que faire de moi et de mes amies ! Une fois de plus, je suis frappée par mon manque de perspicacité : je me suis trompée sur elle.

L'argent ainsi que les produits de la terre et de l'élevage du bétail sont répartis équitablement entre tous les *thrall*. Aïré s'occupe toujours des deux jeunes fils de Broskrap. Après le premier retour de la *hird*, Snorri venait de temps en temps vérifier que tout se passait pour le mieux. Mais, voyant qu'ils continuaient à travailler normalement et que la ferme prospérait, il les avait laissés la gérer à leur façon.

Tout à coup, la réalité me rattrape : en tant que fils aîné de Broskrap, Snorri est leur maître maintenant ! Je ne sais pas pourquoi je ne l'ai pas compris. Que va-t-il leur arriver, s'il décide de s'installer à la ferme ? Ou s'il la vend à plus cruel que Broskrap ? Mon sang se glace à cette idée.

Bronaugh me raconte que, la première fois qu'il est venu, les deux garçons l'ont supplié de les emmener vivre chez lui, dans la cité. Mais il a prétendu qu'avec ses lourdes responsabilités au sein de la *hird*, il ne pouvait pas prendre soin d'eux et qu'ils étaient mieux là où ils étaient. Forcément, Snorri ne s'abaisserait pas à s'occuper de ses propres frères !

Pendant que Bronaugh engloutit les derniers fruits, je grignote distraitement la galette de pain et laisse mon regard errer dans la pièce. Ça fait un drôle d'effet de se retrouver ici, après tout ce qui s'est passé. La grange est plus petite que dans mon souvenir.

Une forme noire se profile bientôt dans l'encadrement de la porte. Aïré claque la porte derrière elle, chassant la lumière du jour.

Quand je la vois, mon cœur se serre. Sa tunique pend lamentablement sur son corps squelettique. Même dans le peu de clarté qui tombe du toit, elle a la peau pâle, les cheveux poisseux et en bataille. Comment a-t-elle pu perdre tant de poids en si peu de temps ? Bronaugh m'a dit qu'elles mangeaient bien !

J'adresse à Aïré un sourire plein d'espoir. Elle ne me le rend pas.

— Quelqu'un t'a vue ? demande-t-elle en jetant des coups d'œil nerveux en tous sens.

— Non, Aïré. Tu sais, j'aurais voulu revenir plus tôt, mais je ne pouvais pas. Alvtir m'avait donnée à la princesse. Je suis libre, maintenant. (Je les regarde alternativement, frémissante d'excitation.) Je ne suis plus une *thrall* !

Aïré se laisse choir sur une peau de bête et se couche sur le flanc, nous tournant le dos sans ajouter un mot. Elle dort peut-être encore ici. Les lits vides ne doivent pourtant pas manquer dans la maison de Broskrap. Mais j'imagine que je n'aimerais pas dormir sous ce toit-là non plus, si j'étais Aïré.

Sans plus se préoccuper d'elle, Bronaugh me harcèle de questions sur ma vie auprès de Freydis. Elle ouvre de grands yeux quand je lui raconte l'attaque du mariage. Pourtant, durant ce dialogue enfin renoué, je ne peux pas ne pas remarquer l'étrange distance qui s'est installée entre nous. Nous avons du mal à maintenir le flot de la conversation pour qu'elle coule sans heurt, évitant prudemment les sujets sensibles, comme deux explorateurs sautant de rocher en rocher au-dessus de rapides. Mais les eaux vives sont là, juste en dessous. C'est *nous* qui avons changé. Je me rends compte que nous ne sommes plus dans la même position qu'autrefois : si le maître de Bronaugh ne vit pas ici, elle n'est pas libre pour autant.

Je décide de m'en aller plus tôt que prévu. Je promets de revenir et Bronaugh feint de s'en réjouir. Mais il vaudrait mieux que je ne revienne pas, nous le savons aussi bien l'une que l'autre.

Je voudrais lui demander pourquoi Aïré est si maigre et si maladive. Je n'ose pourtant pas l'interroger devant elle. Quand je me lève pour partir, Bronaugh me serre dans ses bras mais ne me raccompagne pas à la porte.

Je peux juste lui murmurer à l'oreille :

— Je suis contente que tu ailles bien.

— Grâce à Yafeu, me murmure-t-elle à son tour.

J'ai le cœur lourd en laissant la grange derrière moi.

J'essaie de me raisonner, me rappelant que je vais enfin avoir ce que j'ai toujours voulu depuis Anfa – non, toute ma vie : devenir une guerrière. Une excitation puérile me gagne à cette idée. Et, cette fois, je n'essaie pas de la refouler.

Alors que mes pas me portent vers le chemin familier de la cité, je me rends compte que je ne sais pas quoi faire de ma journée. Je comptais la passer avec Bronaugh et Aïré. Puisque je suis encore à la ferme, je pourrais chercher à voir les esclaves avec lesquels j'ai travaillé... mais quelque chose en moi se rebelle à cette perspective. Juste pour aujourd'hui, plus de devoirs, plus de responsabilités. Juste pour cette fois, j'ai le droit de faire ce qui me plaît.

Il reste à Lisa un grand bout de ciel à parcourir et les petits nuages clairsemés sont d'un blanc prometteur : pas de pluie aujourd'hui. Je décide de profiter d'une des trop rares siestes de Sogbo pour me promener le long du fjord et m'aérer la tête.

Quand j'atteins les abords de la cité, je quitte le chemin pour la contourner. Après le carnage d'hier soir, je préfère éviter les regards insistants et les messes basses. J'aimerais ne pas être au centre de l'attention partout où je passe. J'aimerais, cet après-midi, n'être qu'une Majou ordinaire.

Arrivée sur la berge du fjord, je décide de me diriger vers l'est en suivant la côte. La vue de cette vaste étendue bleue paisible me détend. L'air marin chargé d'humidité est une agréable caresse pour qui est à l'abri sous une cape bien chaude. C'est un vrai bonheur d'être au bord de l'eau. Agbé et Naété sont des divinités ombrageuses. Certains jours, elles se déchaînent, remplissant d'effroi ceux qui les ont courroucées. Aujourd'hui, elles sont placides, semant la paix dans le terreau des âmes perturbées. Peut-être que Baaba, où qu'il soit, a trouvé la paix sur cette même mer intérieure ?

Baaba !

Avec tout ce qui est arrivé, j'avais oublié la chanson de Fritjof. Le héros, dans l'histoire, s'appelait autrement, mais c'était quand même peut-être Baaba. Après tout, les Majous me connaissent sous un autre nom que le mien. Peut-être que Baaba est là, quelque part, qu'il explore toujours de nouvelles contrées nordiques en compagnie de cet « Erik le Rouge ». Qui sait… La *hird* parcourt les mers, elle aussi : nos chemins se croiseront peut-être un jour. C'est peut-être ça, les « grandes choses » auxquelles Ma me croyait destinée.

Mais je ne vais pas retenir mon souffle en attendant ce moment. Je ne suis plus la petite fille qui avait besoin de son Baaba pour la sauver. Je me suis sauvée toute seule, exactement comme il me l'a appris.

Une bouffée de fierté me fait bomber le torse – un peu de baume sur mon cœur cabossé.

Je flâne, passant devant quelques pêcheurs qui lancent leurs longues lignes du rivage en espérant que leur dieu de la mer se montrera généreux, même s'ils n'ont pas choisi la bonne heure. En m'apercevant, ils détournent la tête, et se rapprochent du bord. C'est une réaction différente de celle des gens de la cité, plus teintée de crainte que de fascination. J'ai du mal à avaler ma salive, mais je m'efforce de les ignorer.

Mon ombre devient bientôt celle d'un géant avec des jambes de plus en plus longues à mesure que je marche. Je ne me suis jamais aventurée aussi loin vers l'est. Bientôt, le sentier côtier disparaît et je suis obligée de gravir une petite colline à travers bois pour poursuivre ma route. L'herbe se fait rare et le sol, glissant.

Sur l'autre versant, je tombe sur une sorte de campement : une douzaine de maisons longues disséminées entre les arbres. Il y a des hommes partout : qui se battent, jouent au *tafl* et au tir à la corde, s'entraînent à l'arc sur un panneau de bois peint, se moquant mutuellement de leurs résultats. Ce doit être le camp où vivent les soldats de la *hird* – ceux qui n'habitent pas dans les fermes environnantes, du moins.

La nervosité me noue l'estomac. Je ne m'attendais pas à les rencontrer si tôt. Les yeux droit devant moi, je sens leurs regards inquisiteurs ; ils ne me quittent pas le temps que je longe leur camp.

J'entends alors un bruit de pas étouffé derrière moi : on me suit.

Mon cœur commence à s'emballer. Je m'arrête net et tire mon couteau de ma ceinture.

Quand les pas sont assez près, je fais volte-face et me jette sur mon poursuivant, écrasant ma lame contre le cou de…

Ingmar ?

— Tout doux, m'apaise-t-il en levant les mains.

— Pourquoi tu me suis ?

La peur ne m'a pas quittée et je ne relâche pas la pression du tranchant affûté contre sa gorge.

— Je ne te suis pas ! Je voulais juste te rattraper. Je t'ai vue passer et je me suis dit que j'allais te demander si tu ne voulais pas un peu de compagnie.

Dans le bleu-gris de ses yeux brille une indéniable sincérité. Je fourre mon couteau sous mon ceinturon avec un soupir d'exaspération.

— Tu devrais savoir que ce n'est pas une bonne idée de me tomber dessus en douce !

Je bougonne et me remets en marche pour cacher mon embarras.

— Maintenant, je le sais ! me rétorque Ingmar en allongeant le pas pour venir à ma hauteur. Crois-moi, je n'ai aucune envie de te donner une raison d'utiliser ce couteau !

Je ne sais pas pourquoi, ça me fait rire. Surpris, il en fait de même, et nous voilà pris tous les deux d'un énorme fou rire. Quand je réussis à recouvrer mon calme, je lui souris.

Mais c'est lui qui bredouille, à présent :

— Je… Il n'y a pas de souci si… enfin, si tu préfères rester seule. (Il regarde obstinément ses pieds.) Je ne veux pas t'ennuyer.

— Non, non, ça va. Mais il est temps que je rentre chez Alvtir, maintenant.

— Je vais te raccompagner.

— C'est loin.

Il hausse les épaules.

— Je devais aller au marché, de toute façon.

Nous rebroussons chemin et marchons bientôt d'un même pas, côte à côte. Une étrange timidité s'empare de moi quand je me rends compte que je ne sais pas quoi lui raconter.

Je finis par dire la première chose qui me passe par la tête en remarquant les taches vertes sur sa tunique brune et la terre sous ses ongles noirs :

— Tu es sale.

— Je désherbais un bout de terrain à côté de ma tente quand tu es passée. Il ne faut pas espérer obtenir un vrai jardin ici, bien sûr. Mais j'aimerais planter quelques herbes, au moins : un romarin, un peu de fenouil peut-être…

Il travaillait la terre quand il m'a vue arriver ? Et il s'est arrêté pour me courir après ? Drôle de réaction. Je me demande s'il a vraiment besoin d'aller au marché, en réalité. Je me demande aussi ce qu'Ampah en penserait…

— Je ne t'aurais pas imaginé en jardinier.

Il sourit et ses paupières se plissent. Au coin des yeux, il a ces rides qui sont le lot de tous les rieurs.

— Qui a la main verte fait de chaque souper un festin.

« Souper ». Ingmar parle comme Bronaugh. Il prononce les mots de la même façon, en hésitant autour des voyelles. Je lui rends son sourire.

— Ça me paraît un bon dicton.

— Pour ne rien te cacher, ajoute-t-il, soudain sérieux, je préférerais largement être jardinier que soldat.

J'arque un sourcil.

— Ah bon ?

Il hoche la tête.

— Je mets de l'argent de côté. Un jour, je quitterai Skíringssal et m'installerai dans ma propre ferme. Je construirai une maison. Je planterai un peu d'avoine. Je m'achèterai une vache, quelques moutons peut-être…

Je ne cache pas mon étonnement.

— C'est ça, la vie dont tu rêves ? Traire les vaches ? Pousser la charrue ?

Il hausse les épaules de plus belle.

— On a tous le droit d'avoir sa terre, sa maison : un chez-soi.

Mon regard se perd au-delà du fjord.

— Je ne sais pas si j'ai jamais eu un chez-moi.

Ma, Kamo et Goleh sont quelque part, là-bas, par-delà de nombreuses mers. Je me suis souvent demandé où ils étaient, comment ils se débrouillaient maintenant que le village a brûlé. Leur absence est un fardeau qui ne me quitte jamais. Mais j'ai passé six ans à rêver de quitter ce lieu, et je n'arrive pas à le regretter – même si eux me manquent terriblement.

— La *hird* est une sorte de maison, j'imagine, dit-il alors d'une voix songeuse. Toi, en tout cas, tu ne me sembles pas du genre à te lasser de la vie de soldat.

— Peut-être que ça m'arrivera un jour. (Je croise son regard, aujourd'hui, plus gris que bleu.) Mais ce n'est pas demain la veille. J'ai attendu trop longtemps qu'on me donne ma chance. J'ai toujours voulu être une guerrière.

— Yafeu, hésite-t-il alors, je n'ai jamais vu quelqu'un se battre comme tu t'es battue hier soir. Pas même Alvtir.

Ah. C'était donc ça. *Voilà* pourquoi il voulait me parler. Déçue, je détourne les yeux pour les braquer sur les falaises de granit qui dominent le fjord, au loin.

— Tu étais… (il cherche ses mots) inspirante. On ne parle que de ça au camp.

— Même Snorri ?

Il me surprend en partant d'un gros rire franc.

— Non. Mais Snorri n'a rien d'un guerrier. Par contre, si tu lui apprends que je t'ai raconté ça, je jurerai par tous les dieux que tu mens.

Je pouffe et me détends un peu.

— Toi aussi, tu t'es bien battu.

— C'est un grand honneur, venant de toi.

Je sens mes joues brûler et mon cœur fait un bond dans ma poitrine. Je me mets à tripoter les bords de ma cape. Mais qu'est-ce qui *m'arrive* ?

— Où as-tu appris à te battre comme ça ? me demande-t-il.

Je m'empresse de répondre, soulagée de changer de sujet :

— Avec mon père. C'est un combattant aguerri et, surtout, un excellent chasseur.

Pendant qu'Ingmar continue à me poser des questions sur ma vie avant Skíringssal, je me prends à ralentir sciemment la cadence. Je lui parle du Wagadou et lui décris tout : la contrée, inondée par les pluies de longs mois, puis sèche comme du bois mort pendant de plus longs mois encore, qui ne connaît jamais d'hiver ; ma vie sur la route avec Baaba avant qu'il ne nous quitte ; Ma, Kamo et Goleh, nos pèlerinages mensuels à Koumbi Saleh, une cité mille fois plus grande et majestueuse que Skíringssal. Je m'étonne moi-même de la facilité avec laquelle je me livre. Je me surprends à lui raconter des choses que je n'ai jamais révélées à Freydis. Il m'écoute attentivement, comprenant intuitivement quand je ne veux pas en dire plus. Il ne cherche jamais à forcer les confidences, ne manifestant qu'un intérêt sincère. Ça change agréablement de cette sorte de fascination indiscrète à laquelle les Majous m'ont habituée. La différence est subtile, mais essentielle, comme celle qui distingue l'argent du fer poli.

Je finis par l'interroger à mon tour, me rendant compte que j'ai parlé beaucoup plus que lui.

— Et toi, ta famille ?

J'avais deviné juste : comme Bronaugh, Ingmar est originaire d'Irlande. Il vient d'un royaume appelé Connacht. Son père était un Majou. Il ne l'a jamais connu : le monstre a violé sa mère pendant un raid et pillé son village. Il l'a abandonnée à son sort sans rien lui laisser, hormis un bébé dans le ventre. Après la naissance d'Ingmar, elle a commencé à faire commerce de son corps pour survivre. Ils ont réussi à rejoindre une cité du nom de Dublin, mais elle est morte d'une grave maladie quand Ingmar était enfant. Un homme du Nord, client de sa mère, l'a pris en pitié et élevé comme son propre fils. Il l'a rebaptisé Ingmar. Soldat, il a formé Ingmar au combat. Ils ont fini par voyager vers le sud pour rallier l'armée de l'empereur romain. Mais un autre souverain a usurpé le trône, comme cela arrive souvent, et la solde des mercenaires a entamé son déclin en même temps que l'empire. Après avoir vu son père nourricier tué au combat, Ingmar a quitté l'armée et remonté vers le nord. Il voulait se mettre au service d'un chef qui partagerait le butin avec ses hommes, comme le veut la coutume des Majous. Il valait mieux piller pour de l'or et de l'argent, songeait-il, que batailler dans une autre guerre interminable au nom de quelque lointain seigneur dont il ignorait tout.

En me rappelant comment le premier assassin, hier soir, a invoqué le nom de son dieu, je l'interroge :

— Ta mère était-elle une adoratrice du Christ ?

— Elle n'avait de chrétienne que le nom. La vie a été trop dure avec elle pour qu'elle croie que Jésus veillait sur elle.

— Et toi ?

— Je rends hommage aux dieux du pays dans lequel je me trouve, quels qu'ils soient. Mais, dans mon cœur, je ne sais pas si je crois non plus vraiment que l'un d'eux veille sur moi.

Je hoche la tête.

— Mon père pense que les dieux sauvent ceux qui se sauvent eux-mêmes.

— Ton père m'a l'air d'un homme très sage.

— Et toi, tu n'as pas peur de devenir comme ton père ?

Les mots m'ont échappé sans que j'aie pu me retenir. Il détourne les yeux, et je m'en veux tout de suite d'avoir posé cette question. Je vois bien que j'ai touché du doigt la plus profondes de ses blessures.

— C'est pour ça que j'ai choisi de venir ici, répond-il finalement. Pour suivre Alvtir. Avec elle, le viol est interdit pendant les raids. Les hommes râlent, mais nous avons plus d'honneur que les autres Vikings. Et nous repartons toujours avec ce que nous sommes venus chercher.

Je n'en suis que plus reconnaissante à Alvtir de m'avoir prise sous son aile.

— Pour être honnête, ajoute-t-il à mi-voix, je n'ai jamais voulu être un guerrier. Je me bats bien, mais je n'aime pas ça. Si elles existent, les Nornes ont dû juger bon de me tisser ce destin. Elles ont fait de moi un orphelin, ne m'ont donné ni terres ni nom. Alors il faut que je les gagne par moi-même. Je n'ai pas le choix.

J'acquiesce en silence, sentant son fardeau comme s'il pesait sur mes propres épaules.

Au moment où nous allons bifurquer vers le rivage, plus large à cet endroit, une vibration se répand sur ma peau. Je commence à avoir la chair de poule.

Un étrange et vibrant *nyama* émane de la forêt. En scrutant le rideau des arbres, j'aperçois un homme aux cheveux blancs hirsutes au pied d'un chêne. Accroupi sur le sol comme un crapaud, il fouille la terre avec un bâton, plus proche de la bête que de l'être humain.

Cette fois, les poils de mes bras se hérissent. Serait-ce un représentant de ceux que Freydis appelait « le peuple » ? J'ai toujours cru que c'était encore une de ses superstitions.

Si Ingmar remarque la créature, il ne lui prête aucune attention. Quand nous approchons, je me rends compte que l'homme marmonne dans son coin en dessinant quelque chose sur le sol avec une petite branche morte.

C'est le scalde ! Je le reconnais avec un haut-le-corps. *C'est Fritjof !*

— Eh !

Je m'élance vers lui. Fritjof se relève brusquement, le regard affolé, comme s'il avait peur de moi. Apparemment, tout le monde me craint, maintenant. Décontenancée, je ralentis et lui adresse un petit salut, pour lui montrer que je ne lui veux pas de mal.

Je m'immobilise devant lui.

— Vous êtes le scalde royal.

— Le scalde de Balli, maintenant, marmonne-t-il.

Fritjof a l'air aussi bizarre que ses propos. Les Majous ont beau n'avoir aucun goût, ils n'en sont pas moins très propres. Ils aiment prendre des bains et soignent particulièrement leur barbe et leur coiffure. Mais lui est couvert de terre, ses longs cheveux et sa longue barbe sont en bataille. Sa face anguleuse est creusée de deux yeux dépareillés : un bleu et un gris à l'éclat laiteux. Il me paraît à la fois familier et étranger.

Je me reprends suffisamment pour lui dire :

— Je suis Yafeu.

— On m'appelle Fritjof, me répond-il, lucide tout à coup.

— Je sais. Je vous ai déjà rencontré, quand j'étais la *thrall* de la princesse.

Il émet un drôle de caquètement qui me rappelle l'argent et me fait grincer des dents.

— Mon nom, elle connaît mon nom, la reine noire.

La « reine » ? À mon tour de retenir un fou rire. Freydis disait que Fritjof a toujours un œil dans le monde des dieux : je me demande combien de temps il me reste avant qu'il ne soit de nouveau complètement aveugle à celui des humains.

— Oui, je connais ton nom. Mais, dis-moi : comment Fritjof a-t-il appris la berceuse de ma mère, celle qui parle de la baleine ?

Il s'accroupit de nouveau et reprend sa brindille.

— Tout le monde connaît la légende d'Erik le Rouge, même les petits enfants.

Je m'adosse au tronc rugueux du chêne.

— Raconte-la-moi.

Puisqu'il me prend pour une reine, autant asseoir mon autorité et lui ordonner ce que je veux.

— Erik Thorvaldsson, l'explorateur, l'exilé. Il a navigué vers l'ouest, plus à l'ouest que personne avant lui et il a découvert une magnifique terre vierge. Il l'a baptisée Vinland et a invité du monde à le rejoindre. On raconte que le Chasseur, son plus proche compagnon, était plus basané que toi.

Il me désigne d'un geste saccadé.

— Thornhall. (Je me souviens du poème, maintenant.) Et vous dites que beaucoup connaissent cette histoire ?

— Tout le monde. Le mythe parcourt les océans dans le sillage d'Erik le Rouge.

La déception me plombe l'estomac. Si cette histoire est un mythe connu, alors Ma devait la tenir de Baaba, qui devait lui-même l'avoir entendue de quelque marchand, au cours d'un de ses nombreux voyages. Elle a fait de lui le personnage principal, au lieu de ce Thornhall, pour me consoler. Pour me rassurer. Pour que je puisse continuer à adorer Baaba, à voir en lui un héros, même après son départ. J'aurais dû m'en douter : c'est du Ma tout craché.

Fritjof se tourne vers moi, le regard lointain. Il lâche la brindille et me prend soudain les mains. Alarmée, j'ai un mouvement de recul, mais il m'agrippe fermement et se met à psalmodier :

Vive la reine noire !
À la couronne forgée dans le fer et dans le sang
Vive la reine noire !
Les Nornes lui tisseront un triomphe éblouissant !

Son chant à peine achevé, il laisse échapper un nouveau caquètement qui s'achève en une quinte de toux. Mon sang s'est glacé dans mes veines. Je m'arrache à son emprise, l'empoigne par l'encolure de sa tunique loqueteuse et le soulève brusquement pour l'obliger à me faire face.

— Où avez-vous entendu ça ? Dans quelle chanson ?

Cette fois, reine ou pas, j'exige une réponse.

— Ça vient quand ils le veulent.

Il pointe le ciel du doigt. Je lève les yeux, troublée, provoquant chez lui une nouvelle crise de gloussements hystériques.

Dépitée, je le lâche. Je n'obtiendrai rien de lui. Plus maintenant. Il est parti trop loin, dans son monde.

Il s'accroupit aussitôt et cherche son bâton à tâtons. À ce moment, je vois ce qu'il a dessiné par terre.

C'est le motif de la broche de ma cape, les mêmes runes, exactement, telles que Freydis les a disposées : tête-bêche et entrelacées. Un frisson me remonte l'échine, enserrant chacune de mes vertèbres comme des tentacules de glace.

Je me répète en boucle : *Ça ne veut rien dire.* C'est lui qui a appris ces runes à Freydis, elle a dû lui demander son aide pour créer ce motif.

Je retourne vers le fjord, l'abandonnant à son dessin.

— « À la couronne forgée dans le fer et dans le sang... », marmonne-t-il derrière moi.

Ingmar est parti. Mon comportement me fait grincer des dents. M'être sauvée comme ça ? Il doit me prendre pour la fille la plus rustre qu'il ait jamais rencontrée.

Je me mets à courir à petites foulées en direction de la cité. Lisa descend toujours dans le ciel, le balafrant de grandes traînées roses au-dessus du port, au loin. L'étrange chant de Fritjof résonne toujours dans ma tête.

Soudain, une vision de la Cité Fantôme s'impose à moi. « Il nous faudrait passer par un lieu frappé par le malheur. Un endroit *maudit.* Si jamais nous y allons, nous risquons d'être nous-mêmes touchées par la malédiction », disait Freydis. Je ne crois pas à cette malédiction, bien sûr.

Il n'empêche. Je me prends à forcer l'allure, comme pour distancer tout ce qui pourrait me poursuivre et me hanter.

ALVTIR

Fidèle à elle-même, Sól conduit allègrement son char à travers le ciel. Le lac Vitrir renvoie son reflet à l'azur limpide, ondoyant faiblement sous la brise. Par une journée aussi paisible, il serait facile de mettre un moment mes soucis de côté. Je pourrais promener mes chiennes autour du lac, me baigner.

Si je n'étais pas debout derrière mon frère, à le regarder battre son malheureux devin de scalde jusqu'à ce qu'il perde le peu de raison qui lui reste. Le fait que Snorri lui colle aux basques n'aide pas. Mon frère a trouvé un nouveau *stallari* qui le suit comme son ombre, ces temps-ci.

— Pourquoi est-ce arrivé ? insiste Balli en secouant Fritjof. Les dieux me puniraient-ils parce que j'ai manqué à ma parole envers Harald ?

Fritjof regarde d'un côté, puis de l'autre. Son air perdu le vieillit plus encore que son visage ravagé. On dirait que deux dieux lui parlent en même temps et qu'il ne sait pas qui écouter.

Que ne donnerais-je pas pour savoir qui sont ces dieux et ce qu'ils lui murmurent !

Est-ce que j'ai toujours la bénédiction d'Odin ? Ou est-ce que le Père des Âges a abandonné sa guerrière élue ?

Comme s'il lisait dans mes pensées, Fritjof me fixe soudain droit dans les yeux.

J'ai affronté sans crainte des légions de soldats assoiffés de sang, mais cet étrange regard du scalde-devin suffit à accélérer les battements de mon cœur.

— Le serment a été rompu dans du sang corrompu, déclame-t-il, énigmatique.

— Que veux-tu dire ? demande Balli.

Fritjof ricane comme un fou, mais ne répond pas, s'attirant les foudres de Balli qui lui envoie un coup de pied dans l'estomac. Je grimace en voyant Fritjof se plier en deux avec un cri de douleur.

— Réponds à ton roi, scalde ! aboie inutilement Snorri.

Je lève les yeux au ciel, si haut que je peux presque avoir un aperçu de ma voûte crânienne.

Fritjof tousse et s'agrippe à la cape de Balli.

— Le serment a été rompu dans du sang corrompu, répète-t-il. Abats le mouton et le sang est régénéré. Abats le troupeau et le sang est perdu.

Je ne bouge pas un cil, la main sur le pommeau d'Angrboda, un masque de parfaite indifférence sur le visage.

Mon frère soupire.

— Nous n'obtiendrons rien de plus de lui, aujourd'hui, annonce-t-il, comme s'il se parlait à lui-même. Va, maintenant.

Fritjof se sauve en trébuchant. Son ricanement hystérique résonne à travers les futaies alors qu'il se volatilise dans la forêt.

Balli se tourne vers Snorri.

— Une chose est claire : Freydis ne doit pas épouser cet adorateur de la croix, ce félon de Hakon. (Il crache par terre.) Envoie un messager à Harald et dis-lui que nous voulons honorer nos engagements et entamer les négociations. Mène les choses rondement. Il faut que la cérémonie ait lieu avant que l'état d'Yngvild ne devienne trop flagrant pour demeurer caché.

Je sens une lassitude familière m'envahir.

Snorri s'incline.

— Sur-le-champ, mon roi.

Il m'adresse un reniflement dédaigneux et manque sciemment de me bousculer en me frôlant pour s'éloigner d'un pas conquérant.

Mon frère finit par se tourner vers moi. La tristesse pour le moins inhabituelle de ses yeux me surprend.

— Tu avais vu juste à propos des chrétiens, admet-il.

Bel effort, mon frère. Mais c'est trop peu et trop tard.

Je hoche la tête, affichant une expression d'humilité solennelle.

— Si le dieu Christ a pu convertir un homme de la trempe de Hakon, qui résistera à son pouvoir ?

— Raison de plus pour que Harald et moi unissions nos forces, monologue-t-il à haute voix. Ensemble, nous maîtriserons aisément la *hird* de Hakon. Nous purgerons Trøndelag de cette peste chrétienne et nous nous partagerons ses terres. Nous ferons de même pour tous les royaumes qui ont abandonné les vrais dieux. (Il m'empoigne l'épaule et l'étreint, la perspective de nouvelles conquêtes rallumant dans ses yeux un éclat farouche que je n'y ai plus vu depuis nos jeunes années.) Imagine, ma sœur. Ensemble, le Vestfold et Agder sont assez puissants pour réunir tout le Norvèg sous notre bannière. Que de glorieuses batailles à venir avec le Père des Âges à nos côtés ! Une fois ce nettoyage achevé, tu t'occuperas de ce petit prétentieux de Harald, évidemment. Après cela, plus personne ne pourra nous arrêter. Le Christ blanc lui-même se prosternera devant le seul vrai roi du Norvèg !

Je réprime un soupir quand mon cœur, ou le peu qu'il en reste au bout de si longues années, tombe en poussière. Loki lui-même doit lui avoir obscurci l'esprit. Ou le Christ peut-être.

Non. Il n'y a là aucun dieu à blâmer : la folie de mon frère ne trouve sa source qu'en lui-même. Là où je vois l'annihilation, il voit l'expansion. La « peste chrétienne » n'est qu'un prétexte. Un de plus.

— Tu es sage, mon frère.

Le doute passe dans son regard, bientôt balayé par une inébranlable résolution. Il laisse retomber la main qu'il avait posée sur mon épaule.

Je lui demande alors d'un air zélé :

— As-tu besoin de moi pour d'autres interrogatoires ?

— Le scalde nous a déjà dit tout ce que nous devions savoir, tranche-t-il, avant de faire signe à son escorte pour reprendre le chemin de Skíringssal.

Je ne m'attendais pas à ce qu'il me reste une partie de la journée pour moi. Parfait. Je vais avoir besoin du plus de temps possible, maintenant : les préparatifs vont me demander au moins une lune.

— Profite bien de ta nouvelle protégée ! me lance Balli par-dessus son épaule.

Je n'y manquerai pas, mon frère. Je n'y manquerai pas.

32

YAFEU

Un bruit sourd me réveille en sursaut. D'un seul mouvement, je me redresse et attrape mon couteau sous l'oreiller. Mes yeux se posent sur un bouclier de bois et une épée assortie posés au pied de mon banc.

— Elle n'est pas bien belle, mais elle fera l'affaire.

Surprise de voir une lueur chaleureuse dans son regard de glace, je lève la tête vers le visage sévère d'Alvtir. Elle me tend une nouvelle tenue (du tissu brut aux teintes naturelles) très semblable à ma tunique de *thrall*, quoiqu'un peu plus épaisse au toucher.

— Tu commences aujourd'hui.

Je saute du lit et m'habille en vitesse. Un mélange de nervosité et d'excitation me noue l'estomac. Mais je me force quand même à engloutir un bol de bouillie au miel.

Les chiennes accourent dès que nous mettons un pied dehors.

— Marche vers l'est en suivant la côte, m'indique Alvtir en s'agenouillant pour les laisser lui lécher la figure. Tu les entendras avant de les voir.

Je fronce les sourcils.

— Tu ne viens pas ?

Elle repousse ses molosses et empoigne une hache, sans croiser mon regard. Sa bouche n'est qu'un trait quand elle pose une bûche sur le billot.

— Ce n'est plus moi qui commande la *hird*. Snorri Broskrapsson est le nouveau *stallari*.

L'angoisse me submerge, me clouant sur place.

— Snorri commande la *hird* ?

Elle acquiesce d'un bref coup de menton et lève la hache au-dessus de sa tête. Le bruit du fer fendant la bûche me secoue jusqu'à la moelle.

Snorri est désormais mon commandant ! Manquant de rendre mon petit déjeuner, je pince les lèvres pour réprimer mes haut-le-cœur.

Alvtir relève les yeux vers moi.

— Alors ? aboie-t-elle. Qu'est-ce que tu attends ?

Les mots se chevauchent, m'échappent en torrent.

— Je ne peux pas m'entraîner sous les ordres de Snorri ! Je le déteste. Et il me déteste encore plus. Il essaiera de me tuer à la première occasion.

Elle s'empare de la demi-bûche et la replace sur le billot.

— Tu préférerais redevenir la *thrall* de la princesse ?

Elle a raison : je n'ai pas le choix. Je serre les dents et oblige mes pieds à me porter jusqu'au sentier côtier. Quand j'atteins la lisière de la clairière, je jette un bref coup d'œil en arrière. Les muscles des bras d'Alvtir se contractent quand elle tire la hache du billot.

La clameur des voix masculines devient de plus en plus forte à mesure que je traverse le camp militaire et que je me rapproche de la vaste trouée où les hommes de la *hird* sont rassemblés. Le terrain est un marigot, entre boue et mauvaises herbes. Alors que je m'approche, des dizaines de soldats à la peau blanche se tournent vers moi.

— C'est ça, l'*Úlfheðinn* ? demande l'un d'eux.

Úlfheðinn. Le mot mystérieux résonne à mes oreilles.

— Je savais pas qu'c'était une elfe, murmure un autre.

Je jette un regard circulaire pour chercher une brèche dans la masse. Une masse d'hommes. Seulement des hommes. Ma respiration s'accélère. Où sont passées les *skjaldmö* ?

— Yafeu !

Une voix claire s'élève au-dessus de la clameur. Soulagée, je croise le regard d'Ingmar. Il me prend par le bras et se fraye un chemin à travers la cohue jusqu'à l'autre extrémité du terrain. Une fois que nous avons mis un peu de distance entre le reste des hommes et nous, mon anxiété commence à retomber.

— Il me semble que c'est elles que tu cherches, non ?

Il me guide vers deux femmes en grande conversation avec une sorte de colosse devant un gros chêne, à l'orée de la forêt. En m'avançant, je m'aperçois que ce sont celles du bateau : la liane aux cheveux brun clair qui a soigné ma blessure, et sa compagne, taiseuse, qui lit dans la mer comme Freydis lit dans les runes.

— Ah ! l'héroïne du moment, lâche la première, en se tournant vers moi. Bienvenue. Je m'appelle Hétha, et elle, c'est Wisna.

Elle désigne de la main la femme trapue aux cheveux blonds adossée au chêne qui me salue d'un hochement de tête. Leurs postures sont détendues ; leurs sourires, naturels. Mes épaules s'abaissent et je lui rends son salut.

— Moi, c'est Dag.

Le colosse tend la main, m'empoigne l'avant-bras et le secoue fermement. Ses yeux verts espiègles et ses joues rebondies lui donnent un air de gamin qui a grandi trop vite, malgré son épaisse barbe et sa tignasse noires. Son visage ne va pas vraiment avec son impressionnante stature. Mais son *nyama* est amical et, bien qu'il fasse deux bonnes têtes de plus que moi, je sais que je n'ai rien à craindre de lui.

— C'est un honneur que de voir une *Úlfheðinn* se joindre à notre bande de pendards, s'enthousiasme-t-il.

Encore ce mot. Je fronce les sourcils.

— Je m'appelle Yafeu, pas *Úlfheðinn.*

Ce qui les fait beaucoup rire et me laisse perplexe.

— Ah, voilà Ránveig, annonce Hétha.

Je suis son regard et aperçois une fille maigre approcher d'un pas vif et souple. C'est celle que j'ai vue quand la *hird* a pris la mer pour son dernier raid. Sa tête se perd dans une masse de cheveux écarlate qui s'agite dans la brise comme des flammes. Son corps est anguleux, des genoux au visage, son expression, renfrognée. Elle doit avoir mon âge, à un an près. S'arrêtant devant moi, elle me reluque de haut en bas avec un mépris manifeste. Le regard aimanté par les motifs élaborés de ses tatouages, je ne peux m'empêcher d'examiner ses bras qu'elle croise sur sa poitrine en crachant par terre.

— Ránveig, commence Hétha, je te présente…

— On a un proverbe, ici, *Úlfheðinn,* l'interrompt Ránveig. Là où sont les oreilles du loup, les crocs du loup sont proches.

Je réponds à son air dédaigneux par une attitude tout aussi hostile.

— Et c'est censé vouloir dire quoi, ça ?

— Ça veut dire que, si t'es les oreilles… moi, je suis les crocs.

J'ouvre la bouche pour répliquer, mais une voix plus perçante que la mienne crève la brume du petit matin.

— *Heill, Vikingar !*

Snorri.

— *Heill !* répondent en chœur les soldats.

Il s'avance face à l'assemblée. Sa seule présence m'embrase d'une haine aussi brûlante qu'un fer chauffé à blanc. Au lieu de la simple tenue d'entraînement que nous portons tous, il est en armure de la tête aux pieds. On dirait qu'il veut montrer à ses hommes qu'il est prêt à se battre à tout moment.

C'est alors qu'il braque les yeux sur moi, un rictus suffisant aux lèvres. Je lui rends son regard en m'efforçant de mettre autant de fiel dans mes prunelles que j'en ai dans le cœur.

— Comme certains d'entre vous le savent peut-être, Alvtir a été déchue de son commandement, annonce-t-il à pleine voix. Le roi m'a choisi pour être son nouveau *stallari*.

Des murmures courent dans les rangs. Hétha et Wisna ont l'air abasourdies. Ránveig se mord la lèvre et braque sur la boue un regard assassin. Des ondes de rage émanent de son *nyama*.

J'examine le visage des hommes les plus proches, histoire de vérifier les limites de leur loyauté. Certains semblent ravis, mais la plupart, surtout les anciens, sont perdus, déroutés. Peut-être ne savent-ils pas comment réagir. Je serais dans ce cas, si j'avais grandi avec Alvtir pour *stallari*.

Snorri fronce les sourcils. Il s'attendait manifestement à plus d'enthousiasme.

— Les choses vont changer, poursuit-il. Trop longtemps, nous avons rongé notre frein, piaffant sous le joug d'une femme qui nous interdisait de nous comporter en hommes. Elle se disait l'élue d'Odin, mais nous, nous sommes les hommes de Thor, tous jusqu'au dernier !

Il attrape son pendentif en forme de marteau et le brandit.

La réponse est tonitruante. Des cris approbateurs s'élèvent de toutes parts, encourageant Snorri à continuer.

— Odin briderait-il Thor, le puissant protecteur d'Asgard ? Refuserait-il à son propre fils d'exprimer sa vraie nature de guerrier ?

— Non ! braillent les soldats.

Le sol commence à trembler tant ils sont nombreux à le frapper du pied.

— Alors, pourquoi nous, les protecteurs d'Agder, nous verrions-nous interdire d'exprimer notre vraie nature de guerriers ? reprend Snorri, provocateur. Alvtir nous obligeait à suivre son prétendu code d'honneur : un code de femmelette, oui ! Mais moi, je dis : c'est fini ! Nous, les vrais hommes, nous méritons de *prendre* ce que nous voulons ! Nous avons gagné ce droit en servant notre roi sur le champ de bataille !

Ma gorge se serre quand les acclamations fusent. Les hommes lèvent leurs épées de bois en l'air et crient sauvagement leur joie aux dieux. Je me tourne vers Hétha et Wisna. Elles échangent un regard plein d'appréhension, avant de le partager avec moi.

Snorri lève les mains pour calmer ses auditeurs. Ce n'est peut-être pas un bon guerrier, mais je comprends, maintenant, qu'il a d'autres talents. Il se comporte presque comme un griot lorsqu'il joue ainsi avec les émotions de ses hommes, les poussant à s'indigner tout en attisant leur soif de violence. Ils les contrôlent d'une main de maître.

Ce qui est pire pour moi.

Justement, ses yeux cherchent les miens et il m'adresse un sourire menaçant. La clameur retombe. Il laisse le silence plein d'avidité s'éterniser. Les hommes sont comme un poisson sur un hameçon qui n'attendrait plus qu'on le remonte.

— Nous accueillons une nouvelle *skjaldmö* aujourd'hui, annonce-t-il enfin. Autant que vous le sachiez tout de suite : ce que vous avez entendu dire sur elle est vrai.

Des murmures bourdonnent autour de moi. Sans me détourner de Snorri, je plisse les yeux. À quoi joue-t-il maintenant ?

— J'ai assisté au mariage princier. Elle a tué dix hommes avec un simple couteau de cuisine émoussé. (Il gesticule, théâtral.) Nul doute que c'est *elle* qui va nous entraîner aujourd'hui.

Au fond de moi, je m'enflamme comme une torche.

Non, ce n'est pas possible ! C'est un piège : il me condamne d'emblée à l'échec. Je ne peux pas me montrer à la hauteur d'une telle légende, personne ne le pourrait. J'avais imaginé que Snorri comploterait pour me faire tuer. Mais il est plus intelligent que je ne le pensais. Il va d'abord me laisser mourir, étouffée sous le poids de ma propre réputation.

— J'parie que je pourrais m'la faire, moi ! braille une voix.

Rire général.

Mes mains se referment. Je serre les poings et les dents si fort que mes mâchoires me font mal.

Snorri ricane dans sa barbe.

— Aujourd'hui, nous allons commencer par le combat à l'épée, décrète-t-il d'un ton tranchant. Par deux !

Forcément. Il a fallu que Snorri choisisse le combat à l'épée. Les épées sont beaucoup plus chères que les dagues ou les haches, ce qui explique qu'elles ne se trouvent que dans la *hird* d'un roi riche et puissant. Il se dit que je n'ai jamais été familiarisée avec le maniement d'une telle arme. Et il a raison.

Je me tourne vers mes voisines, voulant à tout prix éviter de me confronter à un des hommes de la *hird*, qui semblent tous impatients de montrer ce qu'ils ont dans le ventre en se battant contre la nouvelle *skjaldmö*. Hétha et Wisna ont trouvé un espace dégagé et se mettent déjà en garde. Je tourne les yeux vers Ránveig, mais avant que je ne puisse ouvrir la bouche, Dag surgit de nulle part pour lui taper sur l'épaule.

— Tu veux être ma partenaire ? lui demande-t-il.

— Une autre fois, lui répond Ránveig, glaciale.

Les joues rondes de Dag s'empourprent, accentuant encore son air enfantin. Elle croise mon regard.

— Allez, *Úlfheðinn*, on y va !

— Je m'appelle *Yafeu*.

La mine renfrognée de Ránveig vire au sourire mauvais.

— D'accord, *Yafeu*. T'attends quoi ?

Elle balance son bouclier par terre et je l'imite. Je brandis mon épée de bois devant moi en essayant de me souvenir comment Alvtir tenait la sienne à Anfa, il y a des lunes. Le poids de cette longue arme est concentré au niveau de la main, en faisant un instrument lourd et encombrant dans mon poing malhabile.

Je n'ai pas le temps de cligner des paupières que Ránveig s'élance vers moi, sa propre lame dressée haut au-dessus de sa tête. Je lève instinctivement la mienne pour bloquer le coup, mais la puissance de sa frappe est trop forte. Mon épée m'est arrachée des mains. Elle arrête la lame de bois à un cheveu de mon cou et la maintient là un long moment, levant le menton, triomphante. Finalement, elle recule, et s'apprête à attaquer de nouveau. Je ramasse mon arme dans la boue, les joues en feu.

Ránveig avance brusquement d'un pas et plonge la pointe de son épée vers mon abdomen. Je saute sur la droite, esquive le coup, et abats le tranchant de la mienne sur son épaule. Ránveig se baisse et le bois érafle son biceps avant de heurter sa propre épée avec un bruit mat. Nos regards se soudent alors que nous poussons les deux tranchants l'un contre l'autre à deux mains et de toutes nos forces. Mes bras commencent à me brûler tant j'ai les muscles bandés. Mais je serre les dents et appuie davantage, ignorant la douleur.

Le même sourire mauvais réapparaît sur les lèvres de Ránveig. Elle recule d'un bond. Mon pied glisse dans la boue et je bascule vers l'avant, lâchant mon épée pour amortir ma chute.

Un concert de ricanements sarcastiques rallume la honte qui m'enfièvre les joues. J'essaie de me relever, mais la sensation aiguë d'une botte qui s'écrase dans mon dos m'en empêche. La rage explose en moi, submergeant mon barrage. Les rires redoublent avant que Ránveig ne me libère enfin.

Récupérant mon épée de bois, je me relève d'un bond, sans prendre la peine d'essuyer la sueur sur mon front ni la boue sur ma tunique. Les hommes de la *hird* ont formé un cercle autour de nous. À voir l'amusement sur tous leurs visages, on pourrait croire qu'ils assistent à quelque combat de coqs particulièrement distrayant. Si Snorri s'agace qu'ils aient interrompu leur entraînement, il se garde d'intervenir. Je le foudroie du regard quand il s'adosse à un orme, les bras croisés, un sourire narquois jusqu'aux oreilles.

C'est exactement ce qu'il avait prévu. Il voulait qu'ils me voient me faire battre à plate couture pour effacer tout semblant de respect à mon égard.

Je reporte mon attention sur Ránveig en luttant pour garder mon sang-froid. Est-ce qu'elle était de mèche avec Snorri ou est-ce qu'elle a une raison personnelle de m'humilier publiquement ? Je ne vois pas ce que j'ai fait pour mériter son mépris.

Si seulement on pouvait s'entraîner sans le lest inutile de cette ridicule arme de bois !

Mais c'est impossible tant que Snorri n'aura pas décidé que j'ai été assez humiliée aujourd'hui.

Cette fois, je focalise mon énergie sur l'esquive, au lieu d'essayer de battre Ránveig à son propre jeu. Je garde mon épée dressée devant moi, dans une position défensive, tout en sautillant souplement sur la pointe des pieds. Cette fille est en meilleure forme physique que moi. Pour tout arranger, elle est extraordinairement agile. À plusieurs reprises, elle trompe ma défense pour m'appliquer quelques bonnes claques du plat de sa lame de bois, pour le plus grand plaisir des spectateurs, qui ne manquent pas de s'esclaffer à chaque coup. Je ne sais pas ce qui fait le plus mal, mais je ne me retrouve pas face contre terre, cette fois.

Finalement, quand mon épée de bois et mon orgueil ont été réduits à la taille d'un cure-dent, Snorri laisse tomber.

— Passez au combat à mains nues ! ordonne-t-il à pleine voix.

Je lâche mon épée de bois avec soulagement. J'ai le bras endolori de l'épaule jusqu'au bout des doigts, et je sens déjà les bleus fleurir sur mon torse.

Ránveig jette sa propre épée et lève aussitôt les poings. Cette fois, c'est à mon tour de sourire. Impatiente de lui donner la leçon qu'elle mérite, j'imite sa posture.

Elle est peut-être douée à l'épée, mais, au corps-à-corps, j'ai deux ou trois petits trucs à lui apprendre.

Au moment où je m'approche d'elle, Ingmar s'interpose pour me faire face.

— On fait équipe ?

Une lueur d'espoir danse dans ses yeux gris-bleu.

— Enfin, si tu trouves un autre partenaire, Ránveig, ajoute-t-il.

Je me renfrogne, frustrée. C'est maintenant qu'il veut s'entraîner avec moi ? Quand c'est enfin à mon tour de flanquer dans la terre cette espèce de paon qui se pavane ?

J'ai envie de lui crier : « Tu n'as pas besoin de me sauver de quoi que ce soit ! » Mais je sais qu'il croit me rendre un service.

— Elle est tout à toi – du moins, ce qu'il en reste, lui crache Ránveig.

Triomphante, elle pivote sur les talons et heurte de plein fouet une barrique ambulante.

— Tu cherches un partenaire, on dirait ! se réjouit Dag, piaffant d'impatience.

Ránveig grogne. Son air revêche exacerbe la dureté de ses traits taillés à la serpe.

— C'est bon, lâche-t-elle sourdement.

Dag a l'air aussi content qu'un hippopotame dans un bain de boue. Ingmar me lance un coup d'œil entendu et je sens ma frustration s'apaiser. Peut-être que Ránveig n'a que ce qu'elle mérite, en fin de compte.

Nous nous dirigeons vers un petit coin d'herbes sèches, moins glissant que le bourbier dans lequel je me suis battue avec Ránveig.

Dès que nous nous mettons en position, j'annonce la couleur :

— Ne me ménage pas.

— Non, *toi*, ne me ménage pas, me réplique-t-il.

J'ouvre la bouche pour protester, mais l'étincelle espiègle qui brille dans ses prunelles m'arrête net.

— Promis.

— Parfait.

Alors, il bondit.

J'esquive son attaque sans peine, puis feins un direct qui le pousse à prendre une position défensive. Je mets toute mon énergie dans le coup suivant, le vrai, exactement comme Baaba me l'a appris. J'arrête mon poing à un doigt de son flanc pour contenir ma frappe.

Ingmar écarquille les yeux quand il voit où se trouve ma main : juste au-dessus de ses reins. Il se roulerait par terre de douleur si je n'avais pas retenu mon coup. Le grand sourire qui s'épanouit sur ses lèvres n'est pas moins large que le mien. Ses yeux pétillent. Il jubile.

Je me suis réjouie trop tôt. Déjà, il se saisit de mon poing et me tord le bras derrière le dos. Je ne peux pas me libérer : plus je me débats, plus il renforce sa prise. Au contact de son torse musclé contre mon dos, un frisson me dégringole l'échine. Il sent la résine et le sel : la forêt et la mer réunies.

— Il faudra… que tu me l'apprennes, celle-là.

J'ai du mal à parler tant j'ai le souffle court.

— Quand tu veux, rétorque-t-il, aussi essoufflé que moi.

On n'entend pratiquement plus que les grognements de Ránveig. Quand je jette un coup d'œil dans sa direction, elle passe ses nerfs sur le pauvre Dag en le rouant de coups. En dehors d'eux, et d'Hétha et Wisna, le reste des soldats a cessé de faire semblant de s'entraîner : ils sont agglutinés autour d'Ingmar et moi, curieux de voir comment ce nouvel affrontement va se jouer.

Nous reprenons nos positions face à face et, bientôt, nous alternons coups et parades dans un échange équilibré. Les hommes de la *hird* commentent en sourdine et s'exclament de temps à autre, pour nous encourager cette fois.

Leurs cris se changent en une sorte de chant et nous avons soudain l'impression de danser. Je lui balance un coup de pied à la tête, qu'il évite en se baissant. Il pivote pour frapper, et j'utilise sa force pour le faire passer de mon autre côté, mais il se rétablit aussitôt et m'envoie un direct à la joue. Je m'en remets vite. D'un mouvement fluide, je lui assène un coup de pied renversé, prenant son cou en tenaille avec l'arrière de mon genou et forçant son corps à se tordre jusqu'à la chute. Quand Ingmar heurte l'herbe avec un grognement, j'en profite pour caler son bras entre mes cuisses, poussant l'arrière de mes jambes contre sa poitrine et levant les hanches en projetant l'intérieur de son coude vers le ciel. Je lui jette alors un regard qui veut dire : « Je pourrais te casser le bras comme une brindille si je le voulais. »

— Ça suffit pour aujourd'hui !

Quelque part derrière le cercle de spectateurs captivés, la voix de Snorri retentit.

Je lâche Ingmar et me relève d'un bond, encore vibrante d'énergie. Je lui tends la main.

— Il faudra que *tu* me l'apprennes, ce coup-là, un jour, me lance-t-il, en la prenant pour se relever à son tour.

Ses yeux bleus étincellent à la façon dont la lumière du jour frappe le fjord au petit matin. Je plonge mon regard dans leurs eaux scintillantes, une bonne tête au-dessus de la mienne, et sens naître au fond de moi une étrange chaleur, qui se répand dans tout mon corps.

Il me faut une longue seconde pour me rendre compte que je lui tiens toujours la main. Je la lâche aussitôt et détourne les yeux avec une espèce de gloussement essoufflé digne de Freydis.

— Quand tu veux.

— Quand tu veux, alors, conclut-il en s'inclinant poliment.

— Bien joué, Brise-Écus ! le félicite Dag en lui assenant une bourrade dans l'épaule. Quant à toi, *Úlfheðinn*, le premier qui botte le cul d'Ingmar est mon ami !

Ingmar éclate de rire et je ne peux m'empêcher de l'imiter. Puis de couler un œil discret à la partie de son anatomie dont il est question pendant qu'il s'éloigne à grands pas.

Au bout d'un moment, je me rappelle que Dag a dit « le premier », pas « la première ». Je commence à le trouver bien sympathique, ce Dag.

Les hommes entassent leurs armes d'exercice et bavardent avant de se disperser, en jetant de curieux regards dans ma direction. Je ne me suis pas rendue *totalement* ridicule, aujourd'hui. C'est déjà ça.

— Alors, elle t'a donné une leçon, Ingmar ? raille l'un d'eux en passant.

— Exactement comme Snorri l'avait prédit, lui rétorque l'intéressé.

Ce qui lui vaut une salve de gros rires gras de la part de ses camarades. Trop contente à l'idée de voir sa face de hache s'empourprer de rage en entendant ses propos détournés, je jette un coup d'œil circulaire à la recherche de Snorri. Mais il reste introuvable.

Je ramasse mon épée et mon bouclier de bois en soupirant. J'ai mal au dos quand je me penche et je m'accorde un étirement, la tête contre les genoux. Pour une fois, j'accueille avec bonheur la brise fraîche qui sèche la sueur sur ma peau. Je suis déjà complètement courbatue, et ce sera pire demain. Mais c'est une bonne douleur. C'est ainsi quand on renforce son corps : la sensation est plus grisante que n'importe quel hydromel.

— Yafeu ! me hèle Wisna.

Je me redresse quand elle me rejoint avec Hétha.

— En général, on dîne chez Alvtir après l'exercice, m'annonce Hétha.

— Ah.

Je cherche Ránveig des yeux derrière elles, mais elle n'est nulle part en vue.

— Ránveig ne vient pas, déclare froidement Hétha, suivant mon regard.

Hmm. Je me demande si elle a une famille avec laquelle partager son repas… ou si elle m'évite.

Sur le trajet, je me prends à m'ouvrir aussi facilement à Hétha et Wisna qu'à Ingmar, hier. Peu à peu, les épreuves de la journée se retirent comme la mer du fjord avec la marée, remplacées par une sensation pleine de chaleur, communicative et nouvelle.

Le temps que nous atteignions la maison longue d'Alvtir, les longs doigts du couchant s'immiscent déjà par la porte ouverte. Seul le silence nous accueille. Le feu s'est depuis longtemps éteint, les cendres blanchissant dans l'âtre. Le poulailler est fermé. Le jardin est vide. Même les chiennes sont parties, sans doute avec leur maîtresse, où qu'elle soit.

Son absence ne semble pas perturber Hétha et Wisna. Cette dernière s'éclipse pour aller chercher du bois pendant qu'Hétha accroche une marmite au-dessus du foyer. Leurs gestes ont l'aisance que confère la familiarité et je comprends qu'elles ont dû les répéter des centaines de fois.

Je m'éclaircis la voix. Je ne suis pas habituée à ne rien faire et mon impression d'inutilité me met mal à l'aise.

— Je vais voir si je trouve quelque chose à manger.

Je me dirige vers l'arrière de la maison où sont alignées les cuves de conservation.

— Il devrait y avoir du poisson salé à mariner dans un tonneau, dehors. On va le mettre à bouillir avec tout ce que tu pourras dénicher.

Je me change, enfilant ma tunique d'esclave tout en me promettant de laver ma tenue d'entraînement avant d'aller me coucher. Je vais ensuite récupérer le poisson, quelques légumes et un assortiment d'herbes séchées. J'insiste pour cuisiner. Après tout, Hétha et Wisna sont mes invitées, en l'absence d'Alvtir.

Peu après, je leur tends des écuelles fumantes, presque en m'excusant :

— Elle n'a pas beaucoup d'épices, mais j'ai fait de mon mieux.

Je les observe de près. Hétha prend une première gorgée, ferme les yeux et fronce les sourcils pendant que les arômes se répandent dans sa bouche.

Sa réaction commence à m'inquiéter.

— Ça va ?

— Si ça va ? (Elle avale une deuxième cuillerée.) Tu nous as gâtées, Yafeu !

— Ce sera encore plus dur d'ingurgiter la cuisine d'Alvtir, après ça, commente Wisna.

Un sourire de satisfaction s'épanouit sur mes lèvres pendant qu'elles engloutissent le reste de leur écuelle. Particulièrement contente de moi, je prends mon temps pour savourer mon propre repas.

Quand elles commencent à ralentir le rythme, je m'enhardis à les interroger :

— Ça fait longtemps que vous connaissez Alvtir ?

— Pratiquement huit ans, me répond Hétha en servant à Wisna quelques morceaux de poisson supplémentaires.

— Vous êtes dans la *hird* depuis huit ans aussi ?

Wisna hoche la tête.

— Aucune de nous deux ne pouvait supporter l'idée de se coltiner un mari, grommelle-t-elle entre deux bouchées.

— Ni d'être séparées, intervient Hétha, en posant la main sur le genou de sa voisine.

Je me souviens alors de cette tendresse que j'avais remarquée pendant notre traversée jusqu'ici. Cette fois, je comprends. Elles sont vraiment faites l'une pour l'autre.

— Ce n'est pas la voie la plus facile, mais c'est la nôtre, affirme à son tour Wisna.

Je ne peux pas m'empêcher de sourire devant cette détermination.

— Ça a l'air pas mal, comme vie.

— Et toi ? me demande Hétha.

La question me prend de court.

— Moi ?

Elle m'adresse un sourire en coin.

— Vous êtes de force égale, Ingmar et toi : vous faites une bonne équipe. Peut-être pas seulement sur un terrain d'entraînement…

Les joues me brûlent, tout à coup, et je suis bien contente d'avoir la peau aussi foncée.

— Oh ! lâche-la un peu, la pauvre, la rabroue Wisna.

— C'est juste un ami. (Je me redresse et tente d'adopter un air mature.) Je... respecte son zèle au combat.

Aucune des deux ne semble convaincue. J'essaie de changer de sujet :

— Et Alvtir ? Est-ce qu'elle a... déjà eu un compagnon ? Je veux dire, comme vous deux ?

Un épais silence s'installe.

— La guerre est la seule compagne d'Alvtir, finit par répondre Wisna. De ce qu'on en sait, en tout cas.

— Tu es la première devant laquelle elle baisse la garde, ajoute Hétha.

Une soudaine nervosité s'entortille comme un serpent au creux de mon estomac. Sur la défensive, je lui demande d'un ton un peu sec :

— Qu'est-ce que tu veux dire ?

— Elle est généreuse avec nous, et on sait qu'elle nous apprécie, à sa façon, m'explique Wisna. Mais elle n'a jamais *hébergé* quelqu'un chez elle. Pas même une *thrall*.

— Pas étonnant que Ránveig soit si jalouse de toi, renchérit Hétha.

Ránveig, *jalouse* de moi ? Il y a encore deux jours, je n'étais qu'une humble servante. Une *thrall*. Et voilà que j'ai suscité la jalousie d'une *skjaldmö* ?

Je prends le temps de choisir mes mots.

— Je ne vois pas pourquoi Alvtir s'intéresserait plus à moi qu'aux femmes à côté desquelles elle a combattu pendant des années.

Hétha et Wisna échangent un coup d'œil amusé.

— Moi, je vois, réplique Hétha.

Un petit sourire reste vissé à ses lèvres, comme s'il avait toujours été là, et je me demande si je la verrai jamais sans, dorénavant.

Je viens de me glisser sous mes couvertures de fourrure quand la porte d'entrée s'ouvre. Je me redresse, croisant aussitôt le regard impassible d'Alvtir.

— Comment ça s'est passé ? me demande-t-elle nonchalamment, en glissant une main sale dans les cheveux.

Ses vêtements sont couverts de traînées noires.

J'ignore sa question, lui préférant la mienne :

— Pourquoi on est si peu nombreuses ? Pourquoi il n'y a pas plus de femmes dans la *hird* ?

Elle soupire et détache une grosse bourse de cuir usée de sa ceinture.

— Quand j'ai enrôlé ma dernière protégée, Ránveig, mon frère m'a interdit de recruter d'autres femmes.

Elle me jette la bourse, avant de s'asseoir sur le banc qui me fait face, de l'autre côté du foyer. Je regarde l'objet sur mes genoux sans comprendre.

— Balli ne voulait pas voir sa *hird* remplie de femmes à cause de sa *sauvage* de sœur, poursuit-elle, d'une voix dégoulinant de sarcasme. Il m'a dit que je gâchais trop de « jeunes femmes fécondes ». Que leur place était dans la chambre à coucher, pas sur un champ de bataille. En fait, ça le dérangeait.

Alvtir ricane en prenant sa pipe, qu'elle commence à bourrer d'herbes séchées.

C'est pour ça qu'elle ne m'a pas enrôlée avant. J'en suis presque reconnaissante aux assassins de Hakon : s'ils n'avaient pas tenté de tuer Freydis, je n'aurais jamais eu la chance de faire mes preuves devant le roi.

Je reporte mon attention sur la bourse et tire sur les cordons de nerfs teints qui tiennent ensemble les peaux souples. Un éclat métallique attire mon regard à l'intérieur.

Je prends une brusque inspiration en sentant la magie de Gu quitter la lame noire et lisse pour me remplir comme une corne à boire. Je lève la dague d'un geste révérencieux pour la tendre vers le feu. La poignée en bois d'élan sculptée représente une silhouette de loup. La lame effilée, sans runes ni incrustations, témoigne d'une précision d'exécution hors du commun. Je sens les larmes me monter aux yeux. La pureté de cette lame sublimement forgée est plus fascinante que si des motifs sophistiqués avaient été gravés dans le métal, comme la grande majorité de celles qu'on vend au marché.

Sans voix, je lève les yeux vers Alvtir. Elle tire tranquillement sur sa pipe, mais les coins de ses lèvres se retroussent quand elle voit ma réaction.

C'est alors qu'un torrent de rage et d'incompréhension me submerge.

— Mais… tu n'étais pas obligée de m'abandonner !

Les mots jaillissent de ma bouche en cascade, des mots que je contenais depuis mon premier jour passé à la ferme de Broskrap.

— Tu n'étais pas obligée de me laisser avec cette ordure ! Tu n'étais pas du tout obligée de faire de moi une *thrall* ! Pourquoi m'avoir fait subir tout ça ? C'était une évaluation ou du sadisme ?

L'expression d'Alvtir ne trahit pas la moindre émotion. Elle exhale une longue volute de fumée, puis, quand le nuage gris s'est dissipé, se met à parler lentement.

— Je ne prends pas une protégée à la légère, Yafeu. Quand je commandais les raids, je me conformais à un code très strict : on ne touche ni aux femmes ni aux enfants. Je t'ai sauvée de ce marchand à Anfa pour une seule raison : parce que je le pouvais. C'était bien plus que ce que n'importe qui aurait fait à ma place. Tu ne m'étais rien, juste une *thrall* étrangère. Je t'ai vendue à quelqu'un que je pensais pouvoir contrôler et qui, à mon avis, ne te ferait pas de mal, du moins pas celui que l'homme que j'ai tué à Anfa t'aurait infligé. Encore une fois, c'était plus que ce que n'importe qui d'autre aurait accompli. Tu n'étais rien à mes yeux jusqu'à ce que je te voie assassiner Broskrap. Alors j'ai découvert ton potentiel. Alors j'ai compris qu'Odin m'avait menée jusqu'à toi à Anfa, exactement comme il m'a menée vers cet étang, à ce moment précis, pour que je puisse être témoin de ta bravoure et de tes talents. Puis je t'ai donnée à Freydis pour que tu sois en sécurité, pour gagner du temps aussi ; assez pour échafauder un plan qui me permette de convaincre mon frère de revenir sur son décret. Mais tu es bien plus que je l'avais imaginé à ce moment-là. Tu es une *Úlfheðinn*, une guerrière habitée par l'esprit d'un loup, capable d'exploits qu'aucun soldat ordinaire ne peut réaliser. Je suis moi-même une *berserker* : une guerrière habitée par l'esprit d'un ours. Odin t'a élue, comme il m'a élue, pour triompher de nos ennemis et exécuter sa volonté.

Une fois de plus, je reste sans voix, abasourdie par sa franchise brutale et presque naïve.

Úlfheðinn. Voilà ce que ce mystérieux mot veut dire. Alvtir croit vraiment que je suis bénie par le plus important des dieux majous… *Maintenant.* Car avant que je donne la mort à un humain, je n'étais rien pour elle. Je n'étais rien pour personne.

— Si tu étais aussi proche des dieux que tu le prétends, tu traiterais toutes leurs créatures avec le même respect. Sans te préoccuper de savoir si elles te seront *utiles*, lui rétorqué-je.

— Mes dieux ne sont pas compatissants envers ceux qui ne leur sont pas « utiles », comme tu dis. (Elle tire une nouvelle fois sur sa pipe et se penche en avant, les avant-bras calés sur les genoux, pour expirer un nouveau nuage de fumée.) Avant de devenir l'élue d'Odin, je n'étais rien.

— Ce n'est pas une excuse.

Cette fois, Alvtir se contente de hocher la tête, le regard perdu dans les flammes, comme si elle était ailleurs.

J'ai envie de lui dire qu'elle n'a pas le droit de décider qui m'a choisie, ni pourquoi. J'ai envie de lui dire que je ne crois pas en son Odin, mais que je rends grâce à Gu, Agé et Mawu-Lisa pour mes dons. Mais, à ce moment-là, les paroles de Ma résonnent dans ma tête : « L'esprit du loup peint t'accompagne. N'oublie pas de l'honorer et il te guidera sur la voie qui est la tienne. »

Peu importe ce qu'Alvtir ou les autres ont cru alors, ou ce qu'ils croient maintenant. Ce qui importe, c'est que j'honore l'esprit du loup en trouvant ma propre voie du mieux que je le peux. Voici une chose sur laquelle mes parents auraient pu s'accorder, pour une fois.

— Le chemin qui s'ouvre devant toi est dangereux, poursuit Alvtir. Chaque *skjaldmö* a dû prouver qu'elle valait cinq soldats de la *hird* pour gagner ne serait-ce que la moitié du respect d'un seul. Avec Snorri comme *stallari*, il te faudra en valoir dix.

En pensant au guet-apens que Snorri m'a tendu aujourd'hui, soigneusement préparé pour saper ce respect, j'aboie :

— Ça, je l'avais compris, merci.

J'ai envie de lui raconter ce qui s'est passé, mais je suis sûre qu'elle ne m'accordera aucune pitié. Alvtir a été la première femme à joindre la *hird* – et pas comme simple soldate, mais comme meneuse d'hommes.

Je l'observe tandis qu'elle regarde le feu mourir et, pour la première fois, je note la lassitude qui marque ses traits.

Désignant la lame posée sur mes genoux, je lui demande :

— Tu l'as forgée où ?

Elle arque un sourcil.

— Comment tu peux savoir que c'est moi qui l'ai faite ?

— Tu es couverte de suie.

Elle s'examine comme si elle remarquait les taches sur ses vêtements pour la première fois.

— Ah oui. (Elle donne un coup de menton en direction de la porte.) Et si je te montrais ?

L'air glacé me mord les joues alors que je la suis, dépassant le poulailler pour pénétrer dans la forêt, sans m'éloigner de la petite aura de lumière que dispense sa chandelle de stéatite. Les chiennes gambadent joyeusement derrière nous, leurs halètements accompagnant nos pas dans le noir. Une sorte de cabane se profile dans l'obscurité. Alvtir ouvre la porte d'un coup de pied.

Immédiatement, je reconnais le crissement des scories sous mes bottes, les odeurs puissantes de charbon et de métal. Comme mes yeux s'habituent à l'obscurité, j'assimile les outils pendus aux poutres, le soufflet qui pointe vers une table de pierre couverte de cendres à côté d'une enclume.

Je crois que mon cœur va exploser.

Une forge !

— C'est à toi, tout ça ?

— Je l'ai construite il y a quinze ans, me répond Alvtir. C'est ici que j'ai forgé Angrboda de mes propres mains.

Elle dégaine son épée et me la tend pour que j'en admire la perfection. Les runes gravées, de la garde au centre, scintillent presque à la lumière de la petite flamme.

— Elle a été forgée dans le fer des dieux eux-mêmes, catapulté d'Asgard dans une boule de feu.

Du fer tombé du ciel !

— Je savais que j'avais senti la magie de Gu dans cette lame.

J'ai parlé tout bas, mais elle m'a entendue.

— Gu ?

— Le dieu du fer. Je viens d'une lignée de forgerons. Mes ancêtres ont appris leur art de Gu lui-même. Et c'est à moi que mon père a transmis ce savoir sacré.

— Décidément, tu es pleine de surprises, Yafeu ! (Elle ouvre largement les bras.) Tu peux utiliser cette forge quand tu veux. J'achèterai du fer au marché.

Folle de joie, j'embrasse la forge du regard avec une détermination nouvelle.

— Tu ne seras pas déçue.

Elle me lance un sourire malicieux. Ses dents paraissent étonnamment pointues dans la pénombre.

— Je sais.

33

YAFEU

Les jours passent au rythme du *tama* d'un griot. Se réveiller ; manger, s'entraîner ; manger ; dormir. Et recommencer. L'air se réchauffe, les arbres déploient leurs feuilles : bientôt, on pourra cueillir des baies et acheter du veau à l'étal des bouchers. Pendant ce temps, mon corps perd progressivement les capitons accumulés durant le long confinement de l'hiver pour laisser place à une musculature bien dessinée. J'adore voir mes muscles saillir et se contracter quand je bouge.

Je ne peux pas passer autant de temps que je le voudrais à la forge, mais cette routine a aussi ses petites compensations : les innocentes facéties de Dag ; le rire facile d'Hétha ; la sagesse insoupçonnée de Wisna… Tous concourent à rendre les longues heures d'entraînement moins pénibles, comme la mélasse adoucit le gruau. Snorri saisit le moindre prétexte pour me discréditer. Mais plus je progresse, moins ça m'atteint. Je suis même parvenue à une sorte de trêve implicite avec

Ránveig. Il a fallu que je la batte plusieurs fois au corps-à-corps pour rétablir l'équilibre entre nous : maintenant, chacune a assez de bleus pour prouver la vaillance de l'autre. Nous sommes encore loin d'être amies, mais elle me respecte assez pour me laisser tranquille et je ne suis que trop contente de lui rendre la politesse.

À force d'être confrontés les uns aux autres pendant l'exercice, nous apprenons à nous connaître. En tout cas, moi, j'ai découvert à quel genre de guerriers j'avais affaire. Dag possède la force et l'acharnement d'un taureau, ce qui finit toujours par épuiser son adversaire. Ránveig, elle, préfère mener l'offensive, mais elle est trop petite pour jouer les gros bras. Alors, elle compte sur son agilité et son ingéniosité, tirant avantage de tout ce que le terrain lui offre. Une fois, alors que je venais de la plaquer au sol, elle m'a jeté de la terre dans les yeux. Nous ne nous sommes pas adressé la parole pendant plus d'une semaine, ensuite.

Hétha, en revanche, combat sur la défensive. Pour elle, le bouclier est une arme au même titre que l'épée, et elle attend toujours une ouverture avant de frapper. Mais, quand celle-ci se présente, elle ne rate jamais sa cible. En me battant contre elle, j'ai pris conscience de toutes les erreurs que je commets et qui me rendent vulnérable. La prudence n'est pas vraiment mon fort, mais j'apprends.

Wisna, quant à elle, ne se sert même pas du bouclier. Je lui ai demandé pourquoi, et elle m'a expliqué qu'elle s'était fait poignarder à l'épaule gauche en Northumbrie.

— Ils ont raté mon cœur de peu, m'a-t-elle raconté avec un sourire en coin.

La blessure n'a jamais vraiment guéri et elle a du mal à supporter le poids du bouclier trop longtemps. Elle peut parer la plupart des coups avec ses haches, de toute façon. Mais un adversaire suffisamment observateur verra immédiatement qu'elle privilégie trop son côté droit. Heureusement, dans la mêlée, aucun ennemi n'a jamais le temps de le remarquer.

Ce sont surtout les entraînements avec Ingmar que j'attends avec impatience. Hétha avait raison : nous sommes vraiment de force égale au combat. Nous alternons équitablement victoires et défaites. Et chacun apprend des techniques de l'autre. Il est meilleur que moi à l'épée, mais je mène avec une dague au poing. Il est plus fort, mais je suis plus rapide. J'ai envie de demander à Hétha et Wisna ce qu'elles pensent de lui, si c'est un homme bien – autant qu'il semble l'être, du moins. Mais je ne veux pas encourager les racontars. Elles s'imaginent déjà assez de choses.

Ils ont tous été blessés plus souvent qu'à leur tour, au fil des années, et ils arborent leurs cicatrices avec fierté. J'en ai si peu à montrer, quant à moi, que je me sens ridicule. Je me croyais forte, mais ces hommes et ces femmes sont des soldats aguerris. Ils ont participé à de nombreux raids, combattu d'innombrables ennemis, et ils ont survécu. J'ai eu ma part d'égratignures, mais j'ai participé seulement à trois batailles, si je peux les appeler ainsi : quand les marchands d'esclaves ont incendié mon village, à Anfa, au mariage de Freydis. Et encore ! Les deux premières fois, j'ai fui plus que je ne me suis battue pour rester en vie. Même au mariage, les assassins ne représentaient pas une véritable menace. J'aurais pu me cacher ou m'échapper si j'avais voulu : ce n'était pas après moi qu'ils en avaient. Donc le raid de cet été sera mon premier vrai test.

Le raid.

Cette idée rôde toujours dans un coin de ma tête et l'appréhension qui l'accompagne croît de jour en jour, à mesure que la date fatidique approche. Obsédée par mon désir de devenir la guerrière que j'ai toujours voulu être, je n'ai jamais pris le temps de réfléchir à ce que ça impliquait, à ce que ça me coûterait. Il ne s'agira plus de me défendre, comme je l'ai fait contre les marchands d'esclaves ou contre les gardes à Anfa, ni de protéger Freydis en tuant ses potentiels assassins. La *hird* pille des villages entiers, des *cités* même. Des villages comme celui d'Aïré. Comme celui de Bronaugh. Remplis de gens qui n'ont fait aucun mal, ni à moi ni aux miens. Pourtant, je serai obligée de leur en faire.

Et j'agirai sous le commandement de Snorri, au profit de Balli. Le serment que j'ai prêté m'y engage.

Le pire, c'est que j'en suis capable. J'ai tué trois hommes, au mariage. Et j'y ai pris plaisir. J'ai même adoré ça. Avec Snorri à la tête de la *hird* et Balli pour le contrôler à distance, je ne peux nier la possibilité que de pures horreurs soient commises par l'intermédiaire de l'*Úlfheðinn*. Par *mon* intermédiaire.

N'est-ce pas là le lot de tout guerrier ?

Je revois les soldats du Ghāna à l'exercice sur les terrains d'entraînement militaire, aux abords de Koumbi Saleh. Combien je brûlais d'intégrer leurs rangs, d'être l'un d'entre eux ! Aujourd'hui, je m'interroge : quand le Ghāna leur ordonne d'attaquer ses ennemis, est-ce qu'ils se demandent si c'est juste ? Et, s'ils estiment que non, si l'ordre qu'on leur a donné leur répugne, trouvent-ils honorable, voire glorieux, de l'exécuter ? Ou est-ce qu'ils se contentent d'obéir sans y penser ? Après tout, la plupart des soldats ne choisissent pas le roi qu'ils servent, ni le chef qu'ils suivent au combat. Ils ne perdent probablement pas leur temps à ruminer des choses sur lesquelles ils n'ont aucune emprise.

J'aimerais être comme eux : ne pas réfléchir, ne pas me remettre en question. Mais je ne peux pas. Pas après tout ce que j'ai vécu. Je sais ce que c'est, d'être une victime – et d'être une tueuse.

Je me suis promis de ne me battre qu'en respectant le code d'Alvtir, quels que soient les commandements de Snorri. Je ne toucherai ni aux femmes ni aux enfants. Avec ma part du butin, j'achèterai la liberté de Mbaneh et de Nyeru. Et de tous les autres *thrall* soninkés, aussi – j'économiserai, et je finirai par tous les libérer. Cet objectif seul vaudra la peine d'obéir aux ordres pendant les raids.

« Parfois, il faut infliger des souffrances pour mettre fin aux souffrances. » Baaba aurait pu dire quelque chose comme ça.

J'essaie de rendre visite à Nyeru et Mbaneh au moins une fois par semaine, en revenant de l'entraînement. Ils ont déjà assimilé une bonne partie de la langue des Majous. Mais la vie de *thrall* a sur eux des effets dévastateurs. Je leur ai promis de les délivrer de l'esclavage chez le charpentier, dès que je le pourrai. Ça allège mes préoccupations concernant les raids.

En réalité, je n'ai jamais été aussi éreintée. Mais, sous cette accablante fatigue, je ressens quelque chose de nouveau, de positif. Au lieu de me contenter d'*être*, de *survivre*, j'ai ce sentiment de… *devenir*. C'est comme un flot qui m'entraîne, une sensation à laquelle je ne suis pas habituée, mais je ne demande qu'à me laisser emporter. Même Snorri et son harcèlement incessant ne peuvent me retenir, encore moins me tirer à contre-courant.

Tous les quatre jours, la *hird* se voit accorder une journée de repos – tout le monde sauf moi. Alvtir tient à profiter de ces trop rares moments de répit pour me donner des cours particuliers. Elle dit que nous ne nous reposerons pas tant que je ne saurai pas manier correctement l'épée et le bouclier.

— Snorri la Vipère porte bien son nom, m'a-t-elle expliqué avant notre première leçon. Il ne chasse pas sa proie. Il se tient à l'affût, observe son comportement, étudie ses points forts et ses points faibles. Et puis il attaque sans prévenir, frappe là où elle est le plus vulnérable et injecte son venin dans la morsure, jusqu'à la dernière goutte. Si tu ne veux pas devenir sa victime, tu ne dois avoir aucune faille.

J'ai beau détester passer mes précieuses journées de liberté à redoubler d'efforts, je dois reconnaître que, pour exigeante qu'elle soit, sa méthode fonctionne. Manifestement, mes progrès flagrants n'enchantent pas Snorri : il devra bientôt trouver une autre façon de me rabaisser. Cette idée suffit à m'empêcher de me plaindre.

J'essaie de garder à l'esprit ce que je lui dois, alors qu'elle plonge son épée vers ma poitrine et que, momentanément aveuglée par un Lisa pressé d'aller se coucher, je ne parviens pas à parer le coup avec mon bouclier. Profitant de ce moment de distraction, Alvtir percute mon bouclier du sien, tant et si bien qu'elle me l'arrache des mains. L'onde de choc se propage dans mon épaule et je retiens un cri de douleur.

— Ne baisse jamais ta garde ! aboie-t-elle. Ton bouclier est ton seul rempart entre toi et le Valhalla. Recommence !

— Tu n'as même pas de bouclier au combat ! je proteste, frustrée. Et puis, est-ce que ce n'est pas le rêve de tout guerrier d'aller au Valhalla ?

— Tu n'es pas encore une guerrière, me rétorque-t-elle en brandissant son épée. Pour toi, les Valkyries devront attendre. *Recommence !*

Je me jette sur elle comme une furie ; une fois de plus, elle me repousse avec une facilité exaspérante.

— Tu te laisses dominer par ta colère, me sermonne-t-elle.

Je me plie en deux pour reprendre mon souffle. Maintenant, je sais ce que Freydis ressentait quand je l'entraînais.

— Je suis l'*Úlfheðinn*. (Je maugrée plus que je ne parle.) C'est *dans la colère* que je puise ma force, tu as oublié ?

Elle m'adresse un drôle de regard. Je me redresse, déstabilisée pour ce soudain changement d'attitude.

— Crois-moi d'expérience, Yafeu : l'eau de ce puits-là n'est pas inépuisable.

J'ai du mal à déglutir, et la sécheresse de ma gorge contraste avec ma tunique trempée de sueur. Ses mots, chargés d'une signification qui m'échappe, me mettent mal à l'aise.

— C'est la fatigue, prétexté-je.

Elle soupire et se détourne, s'essuyant le front d'un revers de manche.

— C'est assez pour aujourd'hui. Étire-toi et va te reposer. Peut-être que tu ne te battras pas comme un chiot, la prochaine fois.

Faisant tournoyer son épée autour de sa main, elle la plante dans son fourreau avec la précision que confère une longue pratique, accentuant le geste pour marquer sa déception.

Je lève les yeux au ciel dans son dos. *Je ne me bats pas comme un chiot quand je m'exerce avec la* hird.

Je me traîne, jambes et bras rompus, vers la maison longue. Mais Alvtir fait volte-face pour s'éloigner d'un pas martial vers la cité.

Je crie, bien que je connaisse déjà la réponse :

— Tu vas où ?

— J'ai des affaires à régler, me lance-t-elle, alors que j'articule en silence les mots en même temps qu'elle, en imitant sa mine impassible.

Elle a toujours des « affaires à régler », à n'importe quelle heure du jour ou de la nuit. C'est à peine si je la vois en dehors de ces séances d'entraînement. Quand je me lève le matin, elle est déjà partie. Parfois, elle rentre longtemps après que je me suis couchée. Quand elle rentre. Depuis que j'ai rejoint les rangs de la *hird*, Mawu s'est arrondi, puis s'est caché, puis s'est arrondi à nouveau, et elle n'est pas venue une seule fois s'entraîner avec nous. Hétha et Wisna continuent à prendre leur repas en ma compagnie après l'exercice et, quand Alvtir daigne se montrer, elles discutent avec elle comme si de rien n'était. Mais je sens une pointe d'incertitude dans les silences qui planent entre leurs mots. Je sais qu'elles se demandent si elle fait encore partie de la *hird*. J'ai pensé à lui poser la question, mais j'ai trop peur de la réponse.

Même si je le lui demandais, je ne suis pas sûre qu'elle me le dirait. Elle ne me dit même pas ce que sont ses fameuses « affaires ». C'est ainsi que j'ai décidé qu'elle passait ses journées à échafauder un plan pour se débarrasser de Snorri et reprendre sa place de *stallari*, et que, si elle ne nous en parle pas, ni à moi ni aux autres, c'est pour nous protéger. C'est la seule explication que j'ai trouvée à ces secrets.

— C'est ça. Et je te garderai ton dîner. Pour changer.

Elle ne m'accorde même pas un regard avant de s'évanouir dans la forêt.

34

FREYDIS

— Mais pas ici ! (L'ordre claque à l'intention des deux pauvres garçons qui portent le mât de la fête du solstice.) Il est beaucoup trop près de la clôture, voyons ! Il devrait être planté au *centre* du champ pour que tout le monde puisse danser autour !

Les *thrall* hochent précipitamment la tête et se démènent pour déterrer le pilier décoré d'une longue guirlande de fleurs. Je me tourne vers les jeunes servantes occupées à poser des pierres autour du foyer du feu de joie.

— Allez donc les aider !

Je suis des yeux le groupe de *thrall* qui traînent le poteau jusqu'au milieu du champ pour le replanter dans la terre brune. Je regrette déjà de m'être montrée aussi sèche avec eux : ce n'est pas leur faute si je suis nerveuse. Cette matinée s'étire à n'en plus finir, et pas seulement parce que c'est le jour le plus long de l'été. Au moins la préparation du festival du solstice m'aide-t-elle à passer le temps en attendant l'arrivée de Harald.

Ce soir, ce champ fourmillera de joyeux ripailleurs : pairs du Thing fermiers et *thrall* se régaleront pareillement de porc fumé et feront ensemble la fête, adressant haut et fort leurs prières à Frey pour solliciter une récolte abondante. Les garçons cueilleront des fleurs des champs pour les offrir à leurs bien-aimées. Les amoureux s'éclipseront dans les bois ou sauteront la clôture des champs de Père pour aller se cacher sous les hauts épis d'orge. Bien des enfants naîtront au printemps prochain.

Harald et moi présiderons aux festivités. Les pairs déposeront des présents à nos pieds, déclarant que nos épousailles sont bénies des dieux puisqu'elles se déroulent en ce jour sacré. Même les *thrall* trinqueront à notre union. Peut-être prendrons-nous notre tour pour danser et chanter main dans la main autour du mât du solstice, oubliant ainsi, pour quelques précieuses heures, notre rang. Cette perspective me fait sourire.

Je peine à croire que, après tout ce qui s'est passé, mon rêve se réalise enfin. Il m'a fallu frôler la mort pour me réapproprier ma vie. Demain, Harald sera enfin mien.

Pourtant, alors que je devrais baigner dans la douce chaleur de l'allégresse, l'inquiétude me glace. Une inquiétude que je n'ai pas connue avec Hakon. Et si Harald ne me trouvait pas attirante ? Les rumeurs vantant sa beauté sont si débridées qu'il doit être le portrait craché de Frey. En admettant que mon apparence lui plaise, qu'en sera-t-il de mon esprit ? Et s'il me trouve insipide ? Et si nous n'avons rien à nous dire ? Et s'il est déjà tombé amoureux d'une autre ?

Je ferme les yeux, tentant d'imaginer une nouvelle (et énième) supplique à adresser à celle dont je porte le nom. Mais au cours de la dernière lune, j'ai accompli tous les sacrifices auxquels j'ai pu penser, jeté tous les sorts que Fritjof m'ait jamais appris. Il ne reste aucune prière que je n'aie déjà récitée. Alors, je murmure simplement :

— Je m'en remets à toi, Freya.

Si seulement Yafeu était là ! Que m'a-t-elle dit le dernier jour ? « Chaque fois que je me sentais dépassée ou bouleversée, mon amie Ampah me faisait asseoir pour me tresser les cheveux pendant que je lui racontais ce qui me tracassait. »

Il me suffit de penser à Yafeu pour que mon cœur se serre. Père m'a certes proposé d'acheter une nouvelle servante après le départ de Yafeu. Mais je me suis vite rendu compte que l'idée de prendre une autre *thrall* m'était insupportable. Je lui ai répondu qu'emmener avec moi une servante jusqu'au Vestfold coûterait très cher, alors que je pourrais aussi bien trouver sur place une fille qui puisse m'initier aux coutumes locales et aux usages de la cour de Harald – et dont les frais seraient à sa charge. Père a semblé enchanté de mon raisonnement. C'est probablement la seule fois où j'ai trouvé grâce à ses yeux.

Deux lunes ont eu le temps de parcourir entièrement la voûte céleste, pourtant Yafeu n'est pas venue une fois me voir. Je suis contente pour elle, naturellement : elle mérite de suivre sa propre voie. J'avais cependant espéré que nos chemins se croiseraient de temps à autre.

Il m'est impossible de lui rendre visite, pour ma part : une telle escapade risquerait de venir aux oreilles de Mère. Je ne crois plus à la malédiction depuis que Père a officiellement annoncé mes noces avec Harald. Si les dieux ont conspiré, c'était en ma faveur cette fois. Il n'en demeure pas moins que Mère, elle, y croit. Elle me châtierait si je me rendais chez

Alvtir, même si elle n'attendait pas un enfant. Elle pourrait même aller jusqu'à m'isoler sous bonne garde.

Si Yafeu vient à mon mariage demain, ce pourrait donc être la dernière fois que je la vois. Après la cérémonie, je partirai pour le Vestfold et la fameuse cour du roi Harald.

Comme j'en ai toujours rêvé. Pourquoi ai-je donc tant besoin de me le rappeler ? Je pourrai me faire de nouveaux amis là-bas. Des amis qui me verront comme la reine que je suis destinée à devenir : digne, généreuse et bénie des dieux. Plus jamais on ne se moquera de moi derrière mon dos, comme Astrid et Solvi. Plus jamais on ne me considérera comme la fille timide et idiote d'un roi sans pitié.

Au loin, un triomphant coup de *lur* interrompt mes réflexions.

Il est arrivé !

Dans ma hâte de rejoindre la Grande Halle, je manque me prendre les pieds dans ma chemise de corps. Je porte ma plus jolie robe – la plus jolie de celles qui sont encore intactes, du moins : une chasuble en soie de Miklagard, avec de délicats parements d'argent à l'ourlet. Je l'ai agrafée à ma chemise de lin avec une paire de fibules d'argent. Harald a amassé une fortune considérable avec les royaumes qu'il a adjoints au sien : je sais que Père tiendra à étaler sa richesse pour lui montrer qu'il n'a rien à lui envier. J'ai tressé mes cheveux en y glissant quelques boutons-d'or pour le festival, mais je me demande à présent si une telle coiffure ne paraît pas ridiculement puérile avec ces atours princiers.

Une demi-journée semble passer avant que Père ne sorte de la Grande Halle. Il finit toutefois par me rejoindre devant le portail.

— Allons-y, m'enjoint-il brusquement.

Étonnée, je demande d'une voix hésitante :

— Sans attendre Mère ?

— Elle ne vient pas, me répond-il, cassant. Si Harald découvre qu'elle est grosse, il exigera une dot plus importante. Est-ce là ce que tu veux, petite sotte ?

Je m'empresse de secouer la tête. Il est dans un de ses mauvais jours. Au moins semble-t-il avoir les idées claires : pas de jusquiame en cette occasion solennelle.

Alors que nous nous dirigeons vers le port, mon impatience me devance, bondissant comme un chiot surexcité.

La dernière fois que je devais me marier, une escorte de gardes a amené Hakon jusqu'à la Grande Halle où nous l'attendions. C'était, de la part de Père, une démonstration de force : nous n'allions pas descendre de notre piédestal, là-haut sur la colline, pour aller l'accueillir en personne. Mais Hakon n'était pas un roi de la stature de Harald, et depuis le désastre de mon mariage avorté, Père est devenu étonnamment superstitieux : il se conforme plus que jamais aux traditions et aux rituels. Sans doute ne veut-il pas risquer d'offenser les dieux.

Le temps que nous arrivions, les hommes d'équipage ont déjà amarré le navire. Au lieu d'une tête de dragon, la proue d'érable sombre sculptée représente une tête humaine. Bientôt, son modèle paraît à son côté : un homme aux cheveux d'or qui remonte le ponton à grands pas.

Harald !

Lorsque je le vois, mon cœur s'arrête. Il *est* le portrait craché de Frey : grand, large d'épaules, avec des boucles d'or filé tombant librement dans son cou, encadrant une mâchoire carrée et des lèvres pleines au dessin parfait. Une cape pourpre doublée d'une fourrure immaculée frôle ses talons. Il a le maintien altier, la silhouette souple et harmonieuse d'un guerrier chevronné. Comment s'étonner que Sól soit sortie des nuages pour darder sur lui ses rayons ?

Un homme plus âgé ne tarde pas à le rattraper. Ils s'avancent vers nous côte à côte. Bien que les cheveux de l'aîné grisonnent, et en dépit de son visage buriné, il a la démarche d'un homme jeune. Il se dégage de lui une autorité naturelle qui lui donne un air sévère. Ce doit être l'oncle de Harald, Guthorm. Il était régent du royaume lorsque Harald était encore enfant.

— Seigneur Harald, le salue Père. Bienvenue à Skíringssal !

— Nous sommes honorés d'être vos hôtes en ce jour de liesse, Seigneur Balli, répond Harald d'une voix aussi soyeuse que ma robe. Je vous présente mon oncle, Guthorm Nialsson.

Père salue l'aîné des deux hommes d'un hochement de tête protocolaire, puis me désigne de la main.

— Ma fille, la princesse Freydis.

Harald me détaille de la tête aux pieds avec un regard approbateur. Je m'empourpre et baisse les yeux pour considérer obstinément le sol, à la fois choquée par son impudence et ravie, semble-t-il, de lui plaire.

— Vous êtes le portrait de la déesse dont vous portez le nom, Princesse Freydis.

Un délicieux frisson me fait tressaillir tout entière lorsqu'il s'incline en une profonde révérence.

— Vous me flattez, Seigneur Harald.

J'ose enfin relever les yeux vers son visage hâlé. Son regard noisette s'attarde sur ma gorge et je m'empourpre de plus belle.

Guthorm s'éclaircit la voix.

— Nous devons discuter de bien des choses avant demain, Seigneur Balli, dit-il d'un ton bourru. Votre messager nous a exposé les conditions de la dot. Certaines ne sont pas acceptables.

Père fronce les sourcils. Cependant, renversant la tête en arrière, Harald part d'un grand rire chevalin – un son étonnamment agressif de la part d'un si bel homme.

— Mon oncle, toujours obsédé par la politique ! s'amuse-t-il plaisamment en assenant une bourrade à Guthorm. Il a une fâcheuse tendance à gâcher l'ambiance. Mais c'est assurément parce qu'il a à cœur de défendre au mieux mes intérêts.

Je m'efforce de détendre l'atmosphère, prenant mon ton le plus affable :

— Une indéniable qualité pour qui est chargé de protéger un roi.

— Absolument, acquiesce aussitôt Harald. Mon oncle me décharge de mes obligations, ce qui me permet de m'adonner à des activités plus… *intéressantes.*

Son regard revient se fixer sur ma gorge.

Une fois de plus, je suis stupéfaite devant tant d'audace. Je me demande si tous les hommes du Vestfold se comportent de façon si cavalière.

— Chacun de nous ne rêve-t-il pas d'avoir un oncle Guthorm dans sa vie ? commente sèchement Père.

— Mon oncle, poursuit Harald, ignorant la remarque, pourquoi n'allez-vous pas vous entretenir en mon nom avec le roi Balli pendant que Freydis me fait visiter cette cité réputée pour sa beauté ? Nous pourrons nous retrouver pour le festival du solstice ce soir.

— Excellente idée, répond Père, avant que Guthorm n'ait le temps de répondre.

Il pense sans doute qu'il aura la haute main sur les négociations si Harald n'y participe pas. Un coup d'œil à Guthorm suffit toutefois à comprendre que ce ne sera pas le cas. Il est aussi protecteur envers Harald qu'une maman ourse avec son petit.

— Splendide ! s'exclame Harald.

Père et Guthorm prennent la direction de la colline et se lancent sans attendre dans une âpre discussion sur ma dot, cependant que Harald m'offre son bras avec un grand sourire comme si, déjà, ces deux fâcheux n'existaient plus.

Plaçant la main au creux de son coude, je m'essaie à l'échange de civilités :

— N'êtes-vous pas las après votre long voyage ?

Au contact de sa tunique d'un noir de jais, ma paume semble vibrer.

— Il me faut plus qu'une petite traversée en mer pour me fatiguer, ma reine.

« Ma reine ». Mon cœur bondit dans ma poitrine lorsque ces mots s'échappent de ses lèvres. Cet homme pourrait être le fils des Ases et je vais être sa reine, moi ! Les scaldes composeront des poèmes sur notre amour, d'interminables sagas qui traverseront les âges.

Oh, merci, merci, merci, Freya ! Et merci à vous, les dises de ma Maison, pour m'avoir menée à bon port ! Et merci à vous, les Nornes, d'avoir ainsi noué nos destinées ! Merci à tous les dieux à travers tous les mondes, même aux géants de glace de Jötunheim !

Je m'empresse auprès de mon hôte :

— Je me ferais un plaisir de vous montrer tout ce que vous souhaitez voir. Voulez-vous commencer par le marché ? Nos artisans sont réputés pour l'excellente facture de leur ouvrage et les négociants viennent des plus lointaines contrées pour nous proposer une grande variété de…

— J'ai eu mon content de marchés pour le restant de mes jours. Emmenez-moi plutôt dans un endroit que vous êtes la seule à connaître. Un endroit qui vous est cher et où nous pourrons être seuls tous les deux.

Je lui rends son sourire malicieux.

— J'ai exactement ce qu'il vous faut, *mon roi.*

— Où sommes-nous ? demande Harald, en parcourant du regard la petite clairière.

Sól a conduit son char par-delà la clef de voûte céleste, étirant nos ombres sur l'herbe de ses rayons obliques. Les conifères ondoient sous la brise légère et je respire à pleins poumons, savourant leur frais parfum boisé. J'espère qu'il y a des conifères au Vestfold.

— C'est une sorte de terrain d'exercice. J'avais coutume de venir ici avec ma servante qui est une guerrière accomplie. (Je relève fièrement le menton, croisant son regard brûlant. Je commence à m'habituer à ses petits coups d'œil provocateurs. Il faut qu'il sache que sa reine n'est pas aussi docile qu'elle en a l'air.) Elle m'a appris à me battre.

Il arque un sourcil.

— La princesse Freydis serait-elle une redoutable *skjaldmö*, comme sa fameuse tante ?

Je pouffe derrière ma main.

— Pas vraiment.

— Et plus personne ne vient ici ?

Je secoue la tête.

— Vous n'imaginez pas ce que mon père ferait, s'il savait que ma *thrall* m'entraînait au combat ! Il m'administrerait une correction dont je me…

Harald m'attire brusquement à lui et me bâillonne d'un baiser.

Je me fige, pétrifiée de stupeur, puis m'efforce de me détendre. Ses lèvres sont chaudes et insistantes. Je laisse échapper un petit gémissement, sens ses mains empoigner mon fessier et m'écarte, interrompant le baiser aussi doucement que possible.

— Nous devrions rentrer. (Je recule d'un pas.) Le festival va bientôt commencer.

— Je sais que tu n'attends que ça, souffle-t-il.

Je recule de plus belle. Mais, déjà, il franchit la distance qui nous sépare. Mon dos heurte un tronc d'arbre quand il se plaque contre moi, enfouissant sa tête dans le creux de mon épaule pour me mordiller le cou.

— Arrêtez ! (Cette fois, je crie.) De grâce, nous devons attendre le mariage !

J'essaie de le repousser, mais il m'agrippe les poignets et me fait pivoter. Il me projette si violemment contre l'écorce rugueuse que j'en ai le souffle coupé. Impossible de crier lorsqu'il me tord les bras derrière le dos, les immobilisant d'une main tandis que, de l'autre, il retrousse ma robe.

— Je veux tester la marchandise avant, me murmure-t-il à l'oreille, alors que je suffoque. Après tout, ton père n'a pas la réputation d'honorer ses engagements.

J'entends mes sous-vêtements se déchirer lorsqu'il me les arrache. La panique me submerge, m'ôtant tout entendement.

Réfléchis, Freydis. Réfléchis !

Yafeu. Que ferait Yafeu à ma place ? Je me remémore la dernière fois que nous sommes venues ici. Je l'avais attaquée à revers et elle m'avait presque cassé le nez en me flanquant un coup de tête en arrière.

Je cesse de me débattre, devenant inerte entre ses mains. Il va croire que je lui cède. Du moins, je l'espère. La boucle de son ceinturon émet un cliquetis métallique lorsqu'il la défait. Il se baisse légèrement…

Maintenant ! Je me catapulte en arrière en me redressant brusquement. Ma tête entre en contact avec une partie de son visage, violemment. Nous basculons dans l'herbe. Entraînée par mon élan, j'atterris de dos sur son torse.

— Espèce de garce ! hurle-t-il en me lâchant.

Ne perdant pas une seconde, je me relève tant bien que mal et me lance dans une course éperdue, ignorant les coups de boutoir dans ma poitrine et sous mon crâne.

Je cours à perdre haleine d'une traite jusqu'à la Grande Halle, si essoufflée que je manque m'effondrer devant le portail.

— Princesse ! s'exclame Gunnar.

Je l'entends, mais sa voix est déformée, comme si j'avais la tête sous l'eau. Le sol penche et le courant me fauche les jambes. Je me cramponne à son bras pour ne pas couler.

Puis le monde se redresse et, avec ma respiration, la douleur revient. J'ai mal partout.

Je lâche le garde.

— Merci.

Cependant, lorsque je tends la main vers la poignée de la porte, il me barre le chemin.

— Désolé, Princesse Freydis. Le roi a donné des ordres pour qu'on le dérange sous aucun prétexte.

— Allons ! Il ne parlait pas de *moi* !

Je le contourne et pousse la porte avant qu'il ne puisse m'en empêcher.

Des rires retentissent d'un bout à l'autre de la halle. Le trône de Père est vide. Je le trouve assis à la table royale en face de Guthorm. À leurs mines réjouies et au nombre de pichets de bière sur la table, je déduis qu'ils sont parvenus à un accord.

Mon cœur se décroche. *Trop tard.*

— Freydis, dit Père, en me foudroyant du regard, malgré ses yeux légèrement vitreux. J'ai ordonné aux gardes de ne laisser entrer personne.

— Père, je dois vous parler sans attendre.

Il soupire et tend la main vers un des pichets.

— Qu'y a-t-il encore ?

— J'aimerais vous parler *en privé.*

J'insiste assez sur le dernier mot pour faire passer le message.

Guthorm me considère en arquant un sourcil.

— Guthorm sera bientôt ton oncle, ma petite fille, me raisonne Père d'une voix traînante, en remplissant sa corne. Parle sans crainte.

J'inhale à pleins poumons et ferme les yeux.

— Harald a tenté de… d'abuser de moi.

Silence. Quand je soulève les paupières, c'est pour voir Père et Guthorm échanger un sourire goguenard.

— … Et ?

— Et, je ne… Nous… nous ne sommes pas m… mariés… (Ma voix tremble et se brise, cédant sous le poids du désespoir.) Les dieux n'ont pas… pas encore béni notre union : ce n'est pas…

La corne de Père heurte le sol avec fracas et les mots s'étranglent dans ma gorge.

— Idiote ! explose-t-il en se levant brusquement. Tu vas donner à Harald tout ce qu'il veut prendre. Tu lui appartiens, à présent, et il peut user de toi à sa guise. Tu lui seras *reconnaissante* de l'honneur qu'il te fait, de surcroît !

Je regarde mon père fixement, incrédule. Je commence à ressentir une sorte d'étrange détachement, comme si je le voyais à travers les yeux de quelqu'un d'autre. Ses mains osseuses sont accrochées à la boucle en or de son ceinturon. Son torse cave se soulève poussivement pour souffler comme un bœuf de labour contre la grosse broche en or de sa cape rouge sang. Tant de dorures ! Comme si tous ces royaux atours pouvaient cacher sous leur éclat trompeur ce corps qui dépérit. Sa face aux traits affaissés est aussi violette qu'une betterave et ses lèvres se tordent de rage.

— Jamais.

C'est un murmure, mais il l'a entendu, même s'il feint le contraire. Il émet une sorte de reniflement sarcastique.

— Qu'as-tu dit ?

— Vous ne vous souciez pas de moi. Vous ne l'avez jamais fait. (Je marche lentement vers lui et sens le courage monter en moi, plus fort à chaque pas.) Vous ne vous souciez de rien ni de personne. Ni de Mère, ni de votre peuple. (Ma voix monte.) Vous n'êtes qu'un vieil homme pitoyable, pétri de vanité et cupide, indigne de la vie qu'Odin vous a insufflée.

Je m'immobilise devant lui, mon visage à un cheveu du sien, et je me redresse de toute ma hauteur. Il m'assassine de ses yeux injectés de sang – des yeux qui m'ont toujours obligée à baisser les miens, à m'écraser, à douter de mon esprit et de mon cœur.

Toute ma vie, il m'a terrifiée. Et il n'est même pas plus grand que moi !

— J'ai *honte* d'être votre fille.

C'est comme si je lui crachais au visage.

Sa main frappe ma joue. Fort. Je n'ai pas le temps de cligner des paupières que je suis déjà à terre.

Ma tête heurte le plancher. La douleur éclate comme la foudre de Thor devant mes yeux. Je lutte pour lever le regard vers Père (mes deux pères, non, trois à présent) avant que les ténèbres ne m'engloutissent tout à fait.

35

FREYDIS

Des lambris de chêne se dessinent, d'abord flous, puis de plus en plus nets. Sous ma tête, la douceur d'une épaisse fourrure moelleuse a remplacé la dureté rêche du plancher… Je suis dans ma chambre, sur ma couche.

D'horribles élancements me vrillent le crâne. Je porte la main à ma joue. L'endroit est si sensible sous mes doigts que je grimace.

Combien de temps ai-je dormi ? Je me redresse difficilement, luttant contre une sensation de vertige accompagnée de nausées qui m'étourdit. Je bois d'un trait le reste d'eau dans la carafe au pied de mon lit. Les étourdissements se calment un peu, mais j'ai encore soif.

Allez, lève-toi ! Mais lève-toi donc !

Je tangue jusqu'à la porte, la pousse… Elle refuse de s'ouvrir.

De nouveau, la panique me submerge. Les élancements dans ma tête redoublent lorsque je me jette de tout mon poids contre le battant, poussant sur le vantail avec l'énergie du désespoir.

— Princesse Freydis ! (La voix d'Orm me parvient du dehors.) On a reçu des ordres du roi : on peut pas vous laisser sortir. C'est « pour votre propre sécurité », il a dit.

Je recule, stupéfaite.

Je suis prisonnière ! Prisonnière dans ma propre chambre !

L'évidence me terrasse. Je m'effondre, les larmes aux yeux.

Ce que j'ai avoué à mon père était en deçà de la vérité. Pour lui, je suis, au mieux, un trophée qu'il peut troquer à sa guise et, au pis, un constant rappel à ce fils tant attendu qu'il n'a pas eu. Mère n'est guère plus aimable. Quant à Harald… Dieux ! comment ai-je pu être aussi naïve ?

Yafeu est la seule qui ait su voir au-delà du rôle que je suis censée jouer. Elle est la seule à m'avoir perçue telle que je suis. Ou, du moins, telle que je *pourrais* être. Telle que je *veux* être.

Oh, Yafeu, où es-tu alors que j'ai plus que jamais besoin de toi ? T'es-tu un jour vraiment souciée de moi ?

Y a-t-il *quelqu'un,* en ce monde, qui se soucie de moi ?

Les sanglots me déchirent la poitrine, violents, incontrôlables. Je me couche sur le sol sous la violence de leur assaut qui ravage mon crâne tambourinant. Je sens quelque chose de terrible se déployer en moi, comme un rapace affamé pris au piège qui lutte désespérément pour ouvrir ses ailes. Je me tords, me débats, recroqueville doigts et orteils, frappe le sol des poings jusqu'à m'écorcher la peau, les mains criblées d'échardes, avant de me frapper moi-même, martelant mes cuisses. De quelque part, au creux de mon ventre, monte un cri, entre pleurs et hurlement strident. Je me moque qu'Orm m'entende de l'autre côté de la porte. Je me moque de tout pour peu que je puisse me libérer de cette intolérable tension.

Lorsque la purge est achevée, je me sens vide.

Au début. Puis un souvenir émerge du néant, une parole de Yafeu : « Toi aussi, tu as de la force en toi, Freydis. Mais il faut que tu y *croies.* »

Que ferait Yafeu, si elle était à ma place ?

Lentement mais sûrement, le vide en moi le cède à une détermination de fer. Je me traîne, prends appui sur le banc pour me relever, puis me change, revêtant ma robe la plus simple. Je tends la main vers ma cape, mais me ravise, lui préférant celle, vieille et usée, que je prêtais à Yafeu. J'empoigne la casserole de fer martelé accrochée au mur et me dirige vers la porte pour héler le garde :

— Orm ! J'ai besoin d'utiliser le petit coin.

— Désolé, Princesse, mais le roi a dit…

Je l'interromps, insistante :

— C'est urgent. De grâce, Orm. Ne me laisse pas ainsi. Tu peux m'accompagner et me ramener, si tu veux.

Silence. Je retiens mon souffle. Au moment où je pense qu'il va faire la sourde oreille, je l'entends soupirer.

— Bon, d'accord.

Lorsqu'il ouvre la porte, je me tiens prête.

Je lui lance la casserole en pleine tête. Il s'écroule, inconscient.

— Pardon, Orm.

Il me faut plus de force que je ne m'imaginais en posséder pour le tirer à l'intérieur. Je dégrafe son ceinturon, le sangle autour de mes hanches. Son épée, toujours au fourreau, pend désormais à mon côté. La présence de cette longue lame contre ma cuisse affermit ma résolution. Je sais, à présent, pourquoi Yafeu tenait à avoir constamment une arme sur elle.

Je passe la tête au-dehors, jette un coup d'œil alentour. Le domaine royal est désert ce soir, les dieux soient loués ! Sól a plongé derrière les montagnes : tout le monde doit être autour du feu de joie.

Peut-être que Yafeu y sera aussi. Je ne peux que prier pour la retrouver avant qu'on ne me reconnaisse.

Je me mets en chemin et rabats mon capuchon pour dissimuler mon visage.

Dieux, dises, si vous veillez un tant soit peu sur moi, de grâce, guidez-moi vers Yafeu.

36

YAFEU

— Vous l'avez vue ?

Dag se tord les mains et manque d'écraser le bouquet de fleurs des champs qu'il a passé l'après-midi à cueillir.

Hétha pose une main compatissante sur son épaule.

— Ránveig ne raffole pas de ce genre de célébrations, mon bon Dag. Pourquoi ne pas profiter de la fête et boire une petite corne d'hydromel, plutôt ?

— Je n'aurais jamais cru voir le jour où *nous* devons t'entraîner à boire ! raille Ingmar, en flattant la panse de son voisin.

— Tes critiques, ce soir, tu t'les gardes, Brise-Écus, lui rétorque Dag, en le repoussant à coups de bouquet, achevant de flétrir ses malheureuses fleurs – aucun de nous n'a encore eu le cœur de lui dire qu'elles sont pour moitié de mauvaises herbes.

J'enchaîne, pince-sans-rire :

— Je n'en reviens pas de voir comme vous buvez, tous autant que vous êtes.

Autour de nous, les soldats de la *hird* sont dans un état d'ébriété plus ou moins avancé. Lisa vient à peine de se coucher et quelques-uns sont déjà ivres morts, couchés face contre terre un peu partout dans le grand champ. Les autres dansent gaillardement autour du mât du solstice, courent après les filles qui piaillent, ou se bousculent dans la queue devant la table où l'on sert l'hydromel. L'air du soir est saturé d'un mélange entêtant de levure, de fumée et de cochon grillé.

— Oh, arrête, Yafeu ! s'exclame Hétha, en m'assenant une claque amicale dans le dos. C'est le festival du solstice ! On dit que si tu te réveilles avec l'esprit clair demain, c'est que t'auras pas fêté ça dignement.

— Nous au moins, mon amour, on aura une bonne gueule de bois ! se félicite Wisna en trinquant avec l'intéressée.

— Si on se réveille, renchérit Hétha.

Je lève les yeux au ciel en les voyant vider leurs cornes d'un trait. Mais je prends quand même une lampée d'hydromel. Peut-être que ça ne me ferait pas de mal de boire un peu plus que d'habitude ce soir : j'ai eu l'estomac noué toute la journée à la perspective de revoir Freydis.

Je lui avais dit que je reviendrais la trouver. Mais entre les entraînements avec Alvtir et la *hird*, et mes activités auprès de Nyeru et Mbaneh, je n'en ai jamais eu le temps. C'est du moins ce que je me dis. Je me demande, maintenant, si je n'ai pas plutôt cherché à l'éviter parce que je me sens coupable.

Je sais que je ne devrais pas. Freydis ne va-t-elle pas enfin obtenir ce qu'elle a toujours voulu : épouser Harald de Vestfold ? Si ce qu'on raconte est vrai, il est l'homme de ses rêves et cette union sera un mariage dont on se souviendra longtemps. Quand je la verrai ce soir, elle rayonnera de bonheur, c'est certain. Et elle comprendra parfaitement que j'aie été trop occupée. Après tout, nous réalisons toutes les deux nos destinées. Séparément.

Je prends une autre gorgée d'hydromel et jette nerveusement un coup d'œil alentour. Mais au lieu des longues mèches lisses couleur de miel de Freydis, j'aperçois l'éclat d'une crinière flamboyante. Oui, c'est bien Ránveig, campée devant le feu de joie, les bras croisés et les yeux perdus dans les flammes du brasier. Et toute seule, forcément.

— La voilà, ta bien-aimée !

Je la désigne du doigt à Dag, qui déglutit bruyamment en l'apercevant.

Il essaie vainement d'aplatir les épis dans ses cheveux noirs avant de se diriger vaillamment vers sa camarade d'entraînement.

— Ça promet, me murmure Ingmar à l'oreille, en le suivant à distance respectueuse.

— Pour vous, ma Dame, déclare Dag, en s'inclinant profondément devant Ránveig, son pauvre bouquet tendu à bout de bras.

— Tu vas me laisser tranquille, oui, espèce d'abruti !

D'une tape, Ránveig fait tomber les fleurs de ses mains. Dag la regarde s'éloigner d'un pas martial avec des yeux aussi ronds que la face de Mawu cette nuit.

J'échange un coup d'œil amusé avec Ingmar.

— Désolé, Dag, dit-il à son ami en lui tapotant l'épaule. Tu auras plus de chance l'année prochaine.

— Même le feu de joie pâlit à côté d'elle, soupire Dag. Bon, je crois que j'vais la boire, cette corne, finalement.

Sur ces bonnes paroles, il se dirige vers le débit d'hydromel, s'ouvrant, un chemin à travers les groupes de joyeux noceurs comme un éléphant en pleine charge.

— Il ne se laisse jamais démonter, hein ?

Je secoue la tête en me tournant vers Ingmar, tout sourire. Au lieu de partager ma gaieté, il me dévisage d'un air incertain.

— Je voulais en apporter un pour toi. (Il se gratte la nuque.) Mais j'ai pensé que tu ne… Je n'étais pas très sûr que ça te plaise.

— Oh !

Je détourne le regard, peu certaine de ce que je dois répondre.

— Tu cueilleras des fleurs plus tard, Ingmar.

Alvtir émerge soudain de l'ombre. Quand je la vois, une vague de soulagement me submerge. Je ne l'ai pas revue depuis hier et je commençais à m'inquiéter.

— Je vous cherchais, ajoute-t-elle.

— Lequel de nous deux, exactement ?

Je plaisante, évidemment.

— Vous deux, entre autres, répond-elle d'un ton solennel. Rameutez Hétha et Wisna, Ránveig et Dag. Dites-leur de prendre leurs affaires, mais ne vous faites surtout pas remarquer. Venez deux par deux, pas plus. Retrouvez-moi à la maison. Armés.

Elle tourne les talons et se fond dans l'obscurité. J'échange un regard troublé avec Ingmar.

— Qu'est-ce qui se passe, à ton avis ? me demande-t-il.

— Je ne sais pas. Mais ça ne me dit rien qui vaille…

Quand Ingmar et moi quittons l'étroit sentier pour pénétrer dans le fief d'Alvtir, Mawu est pleine et déjà bas dans le ciel, accentuant encore la clarté de cet agaçant crépuscule permanent des nuits estivales. Nous trouvons Alvtir en train d'attiser un énorme brasier dans la fosse creusée à l'extérieur de la maison longue – modèle réduit du feu de joie du festival, mais non moins flamboyant. Les quatre autres se tiennent sur le côté, attendant manifestement notre arrivée.

En m'approchant, je remarque qu'Alvtir s'est changée. Je reconnais l'impressionnant gilet en peau d'ours qu'elle portait à Anfa et la poignée d'Angrboda qui dépasse de son fourreau sur sa hanche.

— Pas trop tôt ! commente Ránveig en croisant les bras, avant de se tourner vers Alvtir. Et maintenant, on est là pour se déguiser ou quoi ? Parce que j'ai mieux à faire, moi.

Alvtir lui lance un regard glacial.

— Mieux que d'écouter celle qui t'a arrachée à ta vie de *catin* ?

J'ouvre la bouche comme un soufflet de forge. Alvtir a *sauvé* Ránveig ? Où ça ? Quand ça ? Je me tourne vers Hétha et Wisna, qui évitent ostensiblement mon regard.

Ránveig foudroie Alvtir des yeux. Elle crache par terre, mais ne pipe mot.

— Que se passe-t-il, Alvtir ? demande Hétha.

Alvtir se redresse pour nous faire face, nous d'un côté du feu de camp, elle de l'autre. Je l'imagine franchissant les portes du Valhalla, exactement telle qu'elle est maintenant, avec Mawu dans le dos et des flammes qui embrasent ses yeux cobalt dans la nuit.

Et puis elle expire (un long souffle saccadé) et mon cœur s'emballe. Elle semble presque… *nerveuse.* À voir la réaction des autres, il est clair qu'ils le sentent aussi.

Elle nous scrute alors un à un, droit dans les yeux, en finissant par moi. Son regard est perçant, inquisiteur, comme si le feu était une torche dont elle se servait pour sonder les recoins les plus sombres de mon cœur.

Enfin, quand elle paraît satisfaite de ce qu'elle a perçu, elle se lance :

— Tous les six, vous êtes les seules personnes en qui j'ai une totale confiance : je mettrais ma vie entre vos mains. Vous êtes les meilleurs de la *hird*, pas seulement parce que vous êtes doués, mais aussi parce que vous êtes des femmes et des hommes d'honneur. Vous n'avez jamais remis en question mon autorité, tout comme je n'ai jamais douté de votre loyauté. Je vais donc vous confier les secrets que j'ai gardés jusqu'à présent. (Ses yeux ne quittent toujours pas les miens.) Yafeu, tu es nouvelle, donc tu ne sais pas : à notre retour du dernier raid, j'ai mis le cap sur la cité sarrasine de Lisbonne. J'ai laissé les autres sur une plage, loin de la ville, et je m'y suis rendue seule, en prétextant que je voulais repérer les failles dans le système de défense ennemi. (Elle se tourne maintenant vers les autres.) Je ne pouvais pas parler de ma véritable mission, à ce moment-là. Mais elle était tout autre. Avant de quitter Skíringssal, j'ai payé un négociant franc qui faisait commerce avec l'Ibérie pour qu'il trouve le moyen de m'obtenir une audience auprès de l'émir d'Al-Andalus. L'émir ne s'est pas déplacé, mais il a envoyé deux de ses conseillers pour s'entretenir avec moi en son nom. Je leur ai proposé une trêve : la fin de nos raids en échange d'une coalition contre les chrétiens quand notre royaume ou le leur serait attaqué. J'ai négocié sans que mon frère le sache. Quand Balli l'a découvert, il m'a dégradée et a nommé Snorri à ma place.

Elle s'interrompt, nous laissant le temps d'encaisser le choc.

Alors c'est pour ça qu'Alvtir n'est plus à la tête de la *hird* ! Avant même l'attentat du mariage de Freydis, elle savait que les chrétiens représentaient un danger. Un danger tel qu'elle a agi dans le dos de son frère pour former une alliance contre eux.

— Pendant de longues années, j'ai cru qu'il était de mon devoir de sauver ce royaume des chrétiens : non seulement, notre peuple, mais nos dieux, notre mode de vie, poursuit-elle. Je n'ai pas réussi à faire entendre raison à mon frère. Sa cupidité est si dévorante qu'elle l'a rendu aveugle à cette menace. Même quand elle a frappé dans sa propre halle, il a refusé d'ouvrir les yeux. Il préfère sacrifier vos vies dans une quête insatiable de richesse que mettre vos forces au service de son peuple pour défendre son royaume. Et il préférerait saigner son peuple à blanc qu'accepter des redevances d'un montant inférieur à ce qu'il estime être son dû. Il agit ainsi au nom de nos dieux, se cachant derrière de fausses déclarations de leur volonté. (Elle secoue la tête d'un air désolé.) Il n'est pas le seul coupable. Quand il a décidé de marier sa fille à ce roi conquérant, Harald de Vestfold, mes yeux se sont dessillés : moi aussi, j'ai été aveuglée par l'arrogance et par ma conviction de détenir la vérité. Je voulais croire que l'ennemi, c'étaient les chrétiens. Mais je me trompais. Le véritable ennemi, c'est mon *frère*. Les chrétiens se battent pour leur dieu, eux, au moins. Alors que nous ne nous battons, année après année, que pour satisfaire la cupidité de Balli. Nous pillons des villages inconnus et nous massacrons des innocents pour satisfaire cette convoitise. Harald et les autres rois du Norvèg ne valent pas mieux. Comme lui, ils rendent hommage aux dieux par de belles paroles, mais n'agissent que dans leur propre intérêt. Il ne reste pas une once d'honneur en aucun d'eux. Ils ne méritent pas d'être sauvés, pas plus que les peuples qui les suivent. Que les chrétiens les mettent en pièces – s'ils ne se sont pas entretués avant !

Elle s'interrompt une nouvelle fois. Personne ne dit un mot. Le silence est si complet que, quand le feu crépite, c'est comme un coup de tonnerre dans un ciel dégagé.

— Au début, j'ai cherché à faire des Sarrasins d'Al-Andalus des alliés parce qu'ils menaient déjà, depuis longtemps, leur propre combat contre les chrétiens. Quand les conseillers de l'émir m'ont fait entrer dans Lisbonne, je m'attendais à voir une cité fortifiée, des habitants claquemurés, endurcis par des siècles de guerre. Et j'ai découvert exactement le contraire.

» J'ai vu une cité qui surpasse de beaucoup la nôtre, dans laquelle de multiples populations différentes (des gens venant de différentes contrées, avec des dieux différents) cohabitent en paix. Les chrétiens et les Sarrasins, et bien d'autres encore, ont trouvé une façon de vivre ensemble sans violence.

» Je crois que je pourrais vivre en paix là-bas, moi aussi. Alors, je vais abandonner Agder et le Norvèg à leur sort. J'ai l'intention de demander à l'émir une parcelle de terre fertile et de lui proposer d'exercer ses soldats à notre art du combat en échange. Je pars cette nuit même : je profiterai de ce que les hommes de Balli soient trop saouls pour s'en apercevoir et m'en empêcher. Je vous ai rassemblés pour vous proposer de venir avec moi.

» Je ne vais pas vous mentir : ce ne sera pas une existence glorieuse, surtout comparée à la vie que vous connaissez. Nous serons d'abord fermiers, seulement ensuite guerriers. Nous devrons construire nos propres maisons, cultiver la terre de nos mains. Le travail sera épuisant et ne nous vaudra aucune renommée. Et vous devrez laisser tous ceux que vous aimez derrière vous.

» Je sais que c'est trop vous demander, alors je ne vous le *demanderai* pas, mais je vous le *propose.* Je vous donne le choix. Vous pouvez rester ici, si c'est ce que vous voulez. Mais, sachez-le, que ce soit sous la bannière du roi Harald ou sous celle des chrétiens, la guerre viendra.

Le silence pesant s'éternise. L'appréhension est palpable dans l'air froid de la nuit.

Une foule d'émotions tourbillonnent dans ma tête. Je suis bien trop chamboulée pour pouvoir aligner deux pensées cohérentes.

D'un côté, je suis soulagée de ne plus être forcée de tuer des innocents pour enrichir Balli – et, bien sûr, de ne plus avoir à supporter cette vipère de Snorri Broskrapsson. Mais, de l'autre, je ne veux pas devenir fermière – quoique, si je suis honnête, je n'aie jamais envisagé cette possibilité avant. Et puis en demeurant ici, nous resterions des soldats…

C'est alors que me revient à l'esprit le souvenir des marchands d'esclaves. Je ne porte pas Balli dans mon cœur, pas plus que ses sujets, mais comment Alvtir peut-elle être sûre que cet émir vaille mieux ? Comment peut-elle savoir que la vie parmi les Sarrasins ne sera pas exactement la même qu'ici, à combattre les chrétiens ou Harald ?

Wisna brise le silence avant que je puisse poser ma question :

— Tu devrais le savoir, maintenant, que tu réussiras jamais à te débarrasser de nous, Alvtir.

Hétha prend la main de Wisna.

— Mon seul regret, c'est qu'on n'ait pas le temps d'étriper Snorri Broskrapsson avant.

La belle voix d'Ingmar s'élève, vibrante :

— Tu es toujours ma *stallari*, Alvtir. Où tu vas, j'irai.

— Vous avez tous perdu la tête ! grogne Dag. Alors… j'me sentirai moins seul.

Alvtir hoche la tête, les yeux débordant d'émotion. Elle se tourne vers Ránveig.

— Toujours mieux à faire ?

Ránveig secoue la tête.

— Je suis avec toi, répond-elle du ton le plus sincère que j'aie jamais entendu dans sa bouche.

Le regard d'Alvtir glisse maintenant vers moi. Je plonge dans le bleu pâle de ses yeux, qui semblent baignés de larmes. Le silence reste suspendu entre nous. Il y a, dans ce silence, tant de non-dits. Nous savons toutes les deux que, d'une manière ou d'une autre, le lien qui nous unit est devenu indestructible.

Un bruissement provenant de la forêt nous fait tous tourner la tête en même temps. Chacun porte la main à son arme quand une silhouette encapuchonnée surgit de l'obscurité, chancelante.

— Emmenez-moi ! s'écrie l'inconnue.

En entendant cette voix, je sens comme un étau se refermer sur ma poitrine. Je lève aussitôt la main pour calmer Alvtir et les autres.

— Freydis ! Qu'est-ce que tu fais ici ?

Elle respire profondément et rejette son capuchon.

Mon cœur se serre au spectacle de la grosse tache violacée qui s'épanouit sur sa joue. J'inspire brusquement.

— Qu'est-ce qui t'est arrivé ?

Elle vient se poster à côté de moi, mais se tourne vers Alvtir.

— J'ai vu Yafeu s'éloigner du feu de joie et je l'ai suivie jusqu'ici. Je suis partie pour échapper à mon mariage avec Harald. Ce sont les dieux qui ont guidé mes pas jusqu'ici, j'en suis certaine. De grâce, ma tante, emmenez-moi !

Alvtir reste muette. Son visage semble sculpté dans la pierre.

Le regard suppliant de Freydis passe de visage en visage. Mais Ránveig se plie en deux en s'esclaffant.

— Elle veut venir avec nous, *elle* ? halète-t-elle entre deux éclats de rire.

Freydis tressaille comme si on l'avait frappée, luttant visiblement pour ne pas perdre contenance. Mais elle s'accroche.

— Absolument.

Je prends le ton le plus doux possible.

— Tu ne comprends pas, Freydis. Il n'y a pas de place pour une princes…

— Je préfère encore mourir que de vivre un jour de plus dans la peau de cette princesse Freydis ! (Une larme coule sur sa joue tuméfiée qui commence à enfler. Elle l'essuie d'un geste rageur.) J'ai passé mon existence enfermée dans une cage, prisonnière de ma peur. Peur des colères de mon père, peur de décevoir ma mère… Je les ai laissés décider de mon sort parce que je craignais de remettre leurs décisions en cause, et plus encore de penser par moi-même. Je me contentais de prier les dieux de m'accorder ne serait-ce qu'un lambeau de bonheur dans ma vie future. C'est alors que Harald... (Elle effleure sa joue du bout des doigts, secoue tristement la tête.) Harald est la preuve vivante de l'erreur dans laquelle mes parents sont enferrés depuis toujours. Je ne veux pas de la vie qu'ils ont choisie pour moi. Je veux plus. Je veux être libre d'écrire mon propre destin. (Elle se tourne brusquement vers sa tante.) Exactement comme vous le faites. Comme vous le faites *tous*.

Ses mots ont déchiré le silence. Je suis bien placée pour savoir ce que c'est que de se sentir piégée dans une existence que l'on n'a pas choisie et dont on n'a jamais voulu. Mais quitter une vie de princesse, ce n'est pas comme quitter une vie d'esclave, ni même de soldat.

— Je suis sensible à ta détresse, mais tu n'es pas prête à affronter les épreuves qui nous attendent, ma petite, lui répond Alvtir. Je suis désolée. Il n'y a pas de place pour toi dans cette expédition.

Freydis baisse la tête, accablée. Le désespoir dans ses yeux provoque en moi une profonde souffrance qui me touche jusqu'à l'âme et dont j'ignore le nom, une souffrance intime qui, pourtant, se reconnaît toujours quand elle se perçoit chez les autres. Je sais que je ne peux pas lui tourner le dos.

Alors, je me tourne vers Alvtir.

— On ne pourrait plus se regarder en face si on la laissait là.

À ces mots, les autres ont un mouvement de recul. Même Freydis s'écarte de moi sous l'effet de la surprise. Mais l'expression d'Alvtir est dure comme du silex quand elle me toise.

Mon cœur s'emballe en la voyant se diriger vers nous deux à grands pas. Elle attrape d'un geste brusque le poing crispé de Freydis et ouvre ses doigts de force, suscitant un couinement de protestation chez sa nièce.

— Regardez ses mains ! s'exclame Alvtir d'un ton tranchant. Pas la moindre trace de corne, pas la moindre cicatrice. Elle ne tiendra pas un seul jour en Ibérie, si tant est qu'elle arrive jusque-là.

Je dois mobiliser ce qu'il me reste de courage pour tenir tête à Alvtir et à sa condamnation sans appel. Pourtant, je me redresse.

— Elle n'est peut-être pas comme nous, Alvtir, mais ça ne veut pas dire qu'elle n'a rien d'intéressant à nous offrir. D'abord, elle maîtrise la magie des runes.

Alvtir hausse les sourcils, mais je continue :

— Et elle manie l'aiguille comme nous, l'épée. Elle est capable de recoudre une plaie. (Je leur montre ma cicatrice dans le cou.) Elle peut raccommoder les vêtements. Elle sait quelles plantes guérissent quelles blessures et quels maux. Elle se sert de sa tête pour réagir vite et bien, comme toute future reine y est préparée. Elle voit clair dans le cœur et l'esprit des autres, et elle sait comment les plier à sa volonté. C'est comme ça qu'elle m'a sauvé la vie, à un moment où la force d'une *Úlfheðinn* n'aurait servi à rien.

— Je ne prétends pas être aussi brave qu'aucun d'entre vous, enchaîne Freydis, s'adressant à tous. Mais, quoi qu'il m'en coûte, quelque épreuve que je doive surmonter, je saurai mériter ma place en votre sein.

Je dois soutenir le regard furieux d'Alvtir un bon moment. La gorge nouée, je retiens ma respiration. Personne n'ose bouger un cil, tous sont pendus à ses lèvres en attendant sa décision.

Finalement, elle pousse un soupir excédé.

— Tu la veux ? Tu t'en charges : elle est sous ta responsabilité.

— C'est compris.

J'ai effectivement compris. Alors même qu'au fond de moi, je me réjouis pour Freydis, je sens déjà le poids de cette charge me tomber sur les épaules comme une cape lestée de plomb. Une cape que je ne pourrai jamais enlever.

Pas avant que la mort ne nous sépare.

FREYDIS

Je me sens plus légère que depuis des années. Comme si j'allais m'envoler.

Ils vont m'emmener ! Je vais quitter Skíringssal !

Je suis *libre* !

Je me tourne vers Yafeu pour lui exprimer ma gratitude. Mais les mots que je peinais déjà à trouver meurent sur mes lèvres lorsque je vois son regard tourmenté et son visage crispé.

« Elle est sous ta responsabilité. » C'est ce qu'Alvtir lui a dit. Il n'y a pas si longtemps, elle était sous *ma* responsabilité. Qui pourrait croire que quelques lunes seulement ont passé depuis ?

La culpabilité resserre sa prise autour de mon cœur. Il n'y a cependant plus rien que je puisse faire, à présent. C'est le seul chemin qui s'ouvre à moi. Je n'ai d'autre possibilité que de le suivre.

Je saute au cou de Yafeu et lui murmure à l'oreille avec fougue :

— Je ne serai pas une charge pour toi. Je te le promets.

Alors même que je prononce ces mots, des larmes inopportunes me montent aux yeux et, avant que je ne sache ce qui m'arrive, je suis en pleurs, tremblant telle une enfant dans ses bras.

Je me raccroche à elle comme si ma vie en dépendait. Et je m'en veux terriblement.

Elle me caresse le dos.

— Ça va aller. Tu es arrivée jusqu'ici : tu t'en es sortie. (Elle recule d'un pas pour saisir doucement mon visage à deux mains.) Tu vois ? Je te l'avais dit : tu es forte, plus forte que tu ne le crois.

Je prends une profonde inspiration et exhale lentement pour tenter de me calmer.

— Je le crois, à présent. Je le crois.

Je sens une autre main dans mon dos et, en me retournant, découvre derrière moi une des *skjaldmö* – la plus grande, celle au corps élancé et au regard généreux.

— Chacune a ses batailles à mener, dit-elle. Mais on n'est pas obligée de les mener toute seule.

— Bienvenue dans notre bande de pendards ! ajoute sa camarade, la blonde, provoquant des petits rires complices.

Je ne peux pas m'empêcher de partager leurs rires, soulagée de me voir accueillie avec tant de gentillesse.

— Déserter ? Enlever la princesse ? gronde le colosse au poitrail de taureau. Je crois bien qu'c'est l'moment de trinquer, les amis !

— Bien dit ! applaudit le plus mince des deux hommes, le brun aux cheveux courts dont les yeux me rappellent le lac Vitrir par un jour d'été.

Yafeu arque un sourcil et me prend par la main.

— Viens, je vais faire les présentations.

La colonne de feu tangue, tout comme les paires de jambes allongées autour. Je n'ai aucune idée de la quantité de bière que j'ai bue, seulement qu'Hétha ne cesse de remplir ma corne.

Non mais voyez-vous ça ! Moi, ivre, dans le fief de Tante Alvtir avec une coterie de traîtres ! Si la fille que j'étais il y a encore un an pouvait me voir à présent, elle serait horrifiée. Elle me tancerait encore plus que Helge, si elle pouvait me surprendre en pareille compagnie.

Pourtant, je n'ai jamais été aussi heureuse d'être là où je suis. Plus depuis que, petite fille, je vagabondais sans crainte dans les bois entourant Skíringssal. C'est la dernière fois que je me suis sentie aussi libre.

Au début, j'étais nerveuse lorsque j'ai vu Alvtir entraîner Yafeu à l'écart, me laissant seule avec le reste du groupe. Les autres se sont cependant montrés très gentils et accueillants. Tous, sauf cette fille aux cheveux roux et à la mine renfrognée : Ránveig. Malgré mon état d'ébriété avancée, je la vois me lancer des coups d'œil accusateurs à travers les langues de feu, tandis qu'elle aiguise son épée. L'assurance de Yafeu ne suffira pas à me gagner son respect.

— Alors, t'as jamais eu ton mot à dire sur celui que t'allais prendre pour mari, rien du tout ? Pas même pour accepter ou non le candidat ? me demande Hétha, en me resservant une rasade de bière.

J'essaie de la repousser, mais elle me met la corne fermement dans la main.

— Mon mariage a toujours été une question d'alliance à forger au bénéfice d'Agder. (Je ne prends qu'une petite gorgée.) Dans le jeu de *tafl* du roi Balli, il importe peu que le pion soit ou non d'accord avec le coup que mon père lui fait jouer.

— Je comprends que tu te sois enfuie, compatit Hétha. J'en aurais fait autant. Surtout avec un père comme le tien !

— Au moins, on est libres de choisir qui on aime, nous, ajoute Dag, en coulant un regard hésitant vers Ránveig.

— Vaut mieux entendre ça que d'avoir un bras coupé, marmonne-t-elle.

J'essaie d'étouffer un gloussement… qui m'échappe quand même sous la forme d'un hoquet sonore. Je plaque ma main sur ma bouche, morte de honte.

Ránveig plisse les yeux en me regardant de travers.

— Alors, la *princesse*, on tient pas l'alcool ? (Elle fait glisser sa lame sur la pierre à aiguiser, produisant un crissement à percer les tympans.) On sait pas tenir une épée non plus, j'parie.

Un silence de plomb tombe sur le groupe. Elle a raison : je ne sais pas manier l'épée. Yafeu ne me l'a jamais appris. Mais elle m'a montré d'autres techniques. J'ouvre la bouche pour répondre à sa provocation lorsque Ingmar se lève d'un bond, tirant sa lame du fourreau.

— Tu as peur de pas avoir la grâce d'une princesse, Ránveig ?

Ránveig sourit comme un molosse qui retrousse les babines et se lève à son tour en faisant sauter son épée d'une main dans l'autre.

— Je vais t'apprendre la grâce, moi, bâtard d'Irlandais !

Horrifiée par ces injures, je me recroqueville. Mais Ingmar part d'un grand rire guttural.

— En garde, alors, la rouquine !

Ils commencent à se battre, prompts en dépit de la bière accumulée dans leurs estomacs. Je hasarde un coup d'œil de l'autre côté du feu, craignant le pire. En voyant l'expression amusée sur tous les visages, je me détends. Je suppose que la limite entre un vrai combat et un simple affrontement amical est mince quand on est un guerrier digne de ce nom.

Je prends une nouvelle gorgée de bière et laisse mon regard se perdre dans les flammes. Une des chiennes de ma tante vient poser sa tête sur mes genoux et je la grattouille distraitement derrière les oreilles. Le bruit des fers qui s'entrechoquent se mélange aux rires dans l'air enfumé de la nuit. Bientôt, je saurai plaisanter, chiner et me battre avec tout le monde. Bientôt, ils m'adopteront comme l'une des leurs. Même Ránveig.

Un claquement sec me tire de mes pensées. Ingmar vient de faire tomber l'épée de Ránveig, la lui arrachant du poing. Elle lève les mains en l'air.

— Beau combat, Ingmar Brise-Écus, admet-elle, légèrement essoufflée, en revenant s'asseoir devant le feu. Au fait, tu défendais l'honneur de la princesse… ou celui de sa servante ?

Elle parle de Yafeu. Même à travers le rougeoiement des flammes, je vois clairement Ingmar s'empourprer.

— Oh, arrête de l'asticoter parce qu'il t'a battue, la rabroue Wisna.

De « l'asticoter » ? Avec l'honneur de Yafeu ?

Où est-elle, justement ? A-t-elle passé tout ce temps à discuter avec Alvtir ? J'espère que ce n'est pas de moi qu'elles parlent. Je tourne la tête pour scruter l'obscurité dans la direction de la cabane du fond, mais je n'y vois rien.

Une voix s'élève, tout à coup, entonnant un chant. Je me retourne vers le groupe, stupéfaite de découvrir que c'est celle de Dag. Sorte de trémolo constant, elle est étonnamment douce, même quand il beugle les mots sur un air qui me paraît familier.

Des pics enneigés aux mers déchaînées,
Poussé par tous les vents, sur terres et océans
Dans le chant du poète, le regard de l'enfant,
J'ai parcouru le monde, pillé et ferraillé.

C'est une vieille chanson à boire, je la reconnais à présent. Les hommes de la *hird* l'entonnent de temps à autre, lorsqu'ils rentrent d'un raid. Helge fredonnait parfois cette mélodie en me donnant mon bain ou en me lavant les cheveux lorsque j'étais petite.

Oh, qu'il est las ce cœur qui bat dans ma poitrine !
Rêvant du Valhalla, de ripailles divines
Sous le regard d'Odin, de mes pairs entouré,
Finir mes jours debout, tout de gloire paré.

Wisna se met à chanter avec lui. Elle a également une belle voix, au timbre grave et suave. Ingmar tend la main à Hétha en lui faisant une gracieuse révérence. Elle rit et répond à son invite. Ils dansent autour du feu pendant que les autres chantent :

Rudes furent les combats menés en terres lointaines
Sous l'éclat de l'étoile guidant mes pas, sereine
J'ai fendu les écus, ouvert la ligne de front
Et du sang ennemi, abreuvé les sillons.

J'attends pourtant, piaffant, du cor d'Heimdall l'appel
Pour me lever à l'aube de ce jour éternel
Où tous les Einherjar pourront se retrouver
Où amis, ennemis, nous pourrons festoyer.

J'ai vu tant de navires, dragon en proue, partir,
Bravé tant de blizzards, cru tant de fois périr.
Entendu des corbeaux le cri victorieux
Quand rois et jarls tombaient, déboutés, sous mes yeux.

Le fil s'est élimé, que les Nornes ont tissé,
Et la fin tant rêvée bientôt va commencer.
Oyez, jeunes guerriers, épée et hache aux poings,
La vie n'est qu'un grand vent, que l'on retient en vain.

Je me plonge dans la contemplation du feu. Si seulement j'étais devineresse, je pourrais lire notre destin dans la danse des flammes. Lorsqu'ils entonnent le dernier couplet, je me mets à chanter, surprise que ma propre voix soit aussi claire et ne tremble pas.

Pourfends-moi, ô mon brave, mon frère, mon ami !
Laisse-moi chevaucher avec les Valkyries !
Le Valhalla m'attend, hâte-toi de frapper !
Car c'est là qu'enfin libre, à jamais je vivrai.
Oui, c'est là qu'enfin libre, à jamais je vivrai.

37

ALVTIR

— Tu seras la première à entendre mon histoire, Yafeu. On me connaît sous le nom d'« Alvtir la *Berserker* », mais ce n'est qu'un masque. Derrière ce masque, il y a une femme. Du moins, il y *avait* une femme. Pour ne rien te cacher, quand j'étais jeune, je n'étais pas si différente de Freydis. Comme elle, je n'étais rien qu'une monnaie d'échange entre les mains d'hommes calculateurs. Comme elle, je rêvais d'amour et de liberté.

» Contrairement à elle, j'ai trouvé les deux.

» Il s'appelait Aonghas. Il était tout ce que je pouvais désirer chez un compagnon : un homme d'honneur, loyal et profondément bon. Il était sensible à la beauté du monde, mais ne se voilait pas la face devant sa laideur. Il acceptait les deux dans son cœur, tout comme il m'acceptait telle que j'étais.

» Cette cité s'appelait Geirstad, avant que mon frère ne la rebaptise Skíringssal. Aucun homme à Geirstad ne m'avait jamais remarquée (ne m'avait jamais vraiment *regardée*) en dehors ce que je représentais, en tant que fille de jarl. Je n'ai jamais été belle. J'étais juste intelligente, débrouillarde et forte comme un homme. Aonghas appréciait ces qualités chez moi. Il me considérait comme son égale. Du jour où je l'ai rencontré, j'ai éprouvé pour lui une passion que je n'aurais jamais imaginé pouvoir ressentir.

» Mais Aonghas était un guerrier picte qui ne faisait que passer à Skíringssal avec l'armée d'un seigneur d'origine norroise, avant de retourner en Skotland pour s'établir dans les Norðreyjar. Il parlait avec une grande ferveur de ces îles battues par les vents, des différents peuples qu'elles hébergeaient, des gens qui avaient parcouru le vaste monde à la recherche d'un endroit pour fonder un foyer dans une contrée en paix. Fils cadet d'une grande fratrie, il avait servi dans différentes armées comme mercenaire, combattant dans des guerres qui n'étaient pas les siennes, et il avait fini par amasser assez d'argent pour s'acheter son propre lopin de terre.

» Pendant la dernière nuit de son séjour à Geirstad, j'ai fait le mur pour aller le retrouver et on a passé la nuit ensemble dans la grange de mon père, couchés dans le foin à côté des bêtes comme des *thrall*, mais heureux comme des rois. Père m'aurait battue s'il nous avait découverts – et il aurait fait exécuter Aonghas pour avoir déshonoré sa fille. Mais on était jeunes et amoureux. On aurait défié les dieux pour être dans les bras l'un de l'autre.

» Alors qu'on s'agrippait l'un à l'autre dans le noir, il m'a murmuré : “Il n'y a rien pour toi ici. Pars avec moi et je ferai de toi ma femme. On pourra commencer une nouvelle vie tous les deux.”

» J'ai dit oui tout de suite. Il avait raison : il n'y avait rien pour moi ici. Je surpassais mon frère en tout mais, même si je l'éclipsais, je n'aurais jamais pu le priver de son droit d'aînesse. Par le seul fait qu'il était un descendant mâle, il allait devenir jarl à la mort de notre père. Tandis que moi, on me marierait au plus offrant, et bon débarras ! Avant la venue d'Aonghas, ce que je pouvais espérer de mieux, c'était d'épouser un mari qui ne serait pas trop cruel.

» Cette nuit-là, on a volé le *knarr* d'un marchand et on a mis les voiles, avant que Sól ait pu sortir son char dans le ciel. Les vents ont été avec nous durant toute la traversée, preuve manifeste que notre cause était juste. Dès l'aube du lendemain, on a débarqué sur son île, dans les Norðreyjar, et, avant le coucher du soleil, on était mariés selon les lois de son peuple : un mariage picte. D'après les coutumes du mien, cette union n'était pas légitime. Mais ça me suffisait largement.

» L'île n'avait été peuplée que quelques années auparavant. On pouvait difficilement parler de "village" pour une si petite colonie. L'ouvrage ne manquait pas : il fallait désherber, labourer, semer ; maisons, puits, cairns… tout restait à construire. Créer une ferme sur une terre en friche, ça représentait beaucoup plus de travail que je n'aurais pu l'imaginer. On trimait du lever au coucher du soleil, tous les jours, et on tombait de fatigue, toutes les nuits. Le plus souvent, on allait se coucher le ventre vide.

» Mais j'ai toujours été forte. J'ai toujours été une battante.

» Et puis, l'amour nous nourrissait et nous comblait. Et l'île était exactement comme Aonghas l'avait promis. Nos voisins étaient de braves gens qui partageaient nos valeurs. Ils venaient d'Irlande, du Dál Riata, de Northumbrie et d'encore plus loin. On accueillait tout le monde à bras ouverts dans notre village. Pictes, Hommes du Nord, Samis… peu importe d'où tu venais, ou quel dieu tu vénérais. Tant que tu venais en paix et que tu étais prêt à te retrousser les manches, tu étais le bienvenu. Mon odieux jumeau avec sa jalousie, et mes parents avec leur parfaite indifférence ne me manquaient pas. Et ça m'étonnerait que je leur aie manqué.

» Au bout de bien des lunes, on a finalement réussi à faire tourner la ferme. On a construit des autels à Njörd, à Frey et à Odin, levé des pierres en l'honneur de ses propres dieux, qui étaient tout à la fois différents et les mêmes que les miens. Tout allait bien, sauf que je semblais ne pas pouvoir avoir d'enfant. Je me disais que c'était à cause du manque de nourriture et du travail pénible et que, dès que la ferme donnerait sa première vraie récolte, mon corps serait prêt, lui aussi, à recevoir le fruit de notre amour.

» Mais, avant même la première moisson, notre village a été rasé.

» Pas par des Vikingar, non. Par un nouveau roi chrétien de Skotland, poussé par son dieu Christ à convertir les Pictes de force – et à massacrer tous ceux qui refuseraient de l'adorer.

» J'ai assisté, horrifiée, au meurtre de mon mari, égorgé sous mes yeux par les soldats de ce roi. J'ai vu son sang répandu sur cette terre qu'on avait cultivée tous les deux à la sueur de notre front.

» Et puis les soldats se sont tournés vers moi. À ce stade, j'aurais accueilli la mort avec soulagement. Mais ce n'était pas la mort qu'ils avaient en tête. Ils se sont relayés, chacun leur tour, encore et encore, me frappant à l'envi tout en abusant de moi. Finalement, après s'être bien amusés, ils m'ont laissée pour morte.

» Mais j'ai toujours été forte. J'ai toujours été une battante.

» Quand j'ai repris connaissance, le village (*mon* village) n'était plus qu'un désert de cendres, ils avaient massacré tout le monde. Et ceux qui n'étaient pas morts avaient été capturés.

» Longtemps, je suis restée prostrée sur le sol de notre maison, espérant que Hel viendrait me chercher, vite, que je n'aie plus à endurer cette torture. Je me traînais juste pour aller grappiller deux ou trois bouchées dans nos maigres réserves ou boire quelques gouttes d'eau de pluie récoltée dans un sceau abandonné dehors. Je ne sais pas combien de jours et de nuits j'ai passés comme ça, attendant la mort. Mais les dieux avaient d'autres projets pour moi. Peu à peu, mon corps s'est remis de toutes les horreurs qu'on lui avait infligées, et j'ai dû me résoudre à rentrer à Geirstad, en priant pour que mon père accepte de me reprendre. Je n'avais pas le choix.

» Dès que j'ai été assez forte, j'ai enterré Aonghas et pris la poignée de pièces qu'il avait cachées. Par la grâce de Njörd, j'ai trouvé un vieux canot que les soldats n'avaient pas brûlé. Il n'aurait pas pu tenir toute la traversée jusqu'au Norvèg, mais je m'en suis servi pour regagner le continent. Après plusieurs longs jours de malchance, j'ai fini par trouver un marchand qui m'acceptait sur son navire en route pour Geirstad. J'y ai laissé les pièces qui me restaient.

» C'est pendant ce voyage que je m'en suis rendu compte : je n'avais pas eu mes lunes. Il était encore trop tôt pour que ça se voie : le bébé n'avait même pas encore pris vie. Mais je savais, comme seule une femme le sait, que j'étais grosse. Ce qui me rongeait plus que tout, c'était de ne pas savoir si l'enfant avait été engendré par Aonghas ou par un de mes violeurs.

» Je suis donc retournée à Geirstad pour découvrir que mes parents étaient morts, emportés par une peste qui avait balayé la contrée après mon départ. Alors, je suis tombée à genoux devant mon frère qui se faisait désormais appeler le « roi Balli ». Je l'ai supplié de me reprendre. Ça m'a arraché la gorge, mais je lui ai raconté qu'Aonghas était, en fait, un espion chrétien à la solde du roi de Skotland. Je lui ai dit que, cette nuit-là, il m'avait capturée avec l'intention de m'utiliser pour obtenir une rançon, qu'il m'avait gardée prisonnière, mais que je m'étais enfuie et que j'avais réussi à rentrer par mes propres moyens.

» Balli a accepté ma version des faits sans poser de questions. Probablement parce qu'il savait que je pourrais lui être utile.

Il avait proclamé l'indépendance d'Agder, s'affranchissant du joug du roi Godfred de Danemörk, et il avait besoin d'un *stallari* pour mener son armée. Il ne m'a jamais interrogée sur ce que j'avais vécu pendant mes longs mois d'absence. Je ne lui en ai jamais parlé. C'était un accord tacite entre nous : on devait faire comme s'il ne s'était rien passé.

» Peu de temps après, les hommes de Godfred ont débarqué sur nos côtes pour reprendre possession d'Agder. Ils étaient trois fois plus nombreux que nous. Mais j'ai échafaudé un plan qui allait rétablir l'équilibre des forces. Dès que les premiers navires danois ont été en vue, j'ai emmené les trois quarts de la *hird* dans la forêt. J'ai ordonné au reste de mes hommes de se comporter en pleutres : quand les navires ennemis accosteraient, ils devaient se replier dans le domaine de la famille royale, au cœur de la cité. Les Danois se sont laissé berner, pensant qu'on n'avait pas plus de quelques dizaines de mercenaires sous notre bannière, des hommes dénués tant de courage que de loyauté. Sûrs de leur fait, ils ont suivi les fuyards jusque dans l'ancienne salle des banquets, courant après une victoire qu'ils croyaient acquise. J'ai mené le gros de mes troupes à l'assaut pour leur couper toute retraite, prenant leurs forces au piège.

» La bataille a été rude, mais il n'a pas fallu longtemps avant que les derniers survivants danois jettent leurs armes et se rendent.

» Mais je ne voulais pas d'une reddition : je voulais leur peau.

» J'ai enfermé les Danois dans la salle des banquets et ordonné à nos hommes d'y mettre le feu. L'incendie s'est propagé, réduisant les lieux en cendres, de la salle des banquets au lac Vitrir. La moitié de la cité a été détruite. Tous ont succombé : non seulement les soldats danois, mais aussi nos propres femmes et nos propres enfants, brûlés vifs dans leurs lits. Par ma faute.

» J'avais conquis notre indépendance, mais le peuple me craignait. Je n'inspirais à tous que répugnance et mépris. Mon frère s'est attribué le mérite de mon plan, laissant sans scrupule retomber sur moi le déshonneur de ce déchaînement de violence. Tant que ses sujets le révéraient, il pouvait raconter tout ce qu'ils voulaient sur moi. Il s'est fait construire une nouvelle salle des banquets au sommet de la colline, la Grande Halle, bien plus vaste que celle de nos aïeux, et l'a baptisée Skíringssal, la salle de lumière. Il a fait agrandir le port et a attiré sur nos côtes des marchands et des artisans de toutes les contrées. Il était le sauveur de la cité. J'étais celle par qui le malheur était arrivé : une malédiction.

» Les mois passaient et ma grossesse a commencé à se voir. Dégoûté, mon frère m'a envoyée vivre avec ma tante qui était veuve. Elle n'avait pas eu d'enfants et s'est montrée bonne avec moi. Mais, pour tous les autres, j'étais une dépravée. Ils pensaient que j'avais été déshonorée pendant mes mois d'« esclavage » en Skotland. Je ne pouvais pas leur dire la vérité sans révéler ma trahison – et, pour être honnête, je me fichais bien de ce qu'ils pensaient. Rien ne comptait pour moi que mon enfant à naître. J'espérais juste qu'il ressemblerait à Aonghas ; assez, du moins, pour que je puisse être sûre qu'il était le sien. C'était cet espoir qui me faisait tenir.

» Je ne le saurai jamais. Le bébé est né prématurément. Ma tante n'a pas voulu me laisser voir son visage. Elle n'a même pas accepté que je le prenne dans mes bras. Elle disait que les femmes devenaient folles quand elles tenaient leurs enfants mort-nés contre elles et refusaient de croire qu'ils étaient morts.

» Mon désespoir était total : je n'avais plus aucune raison de vivre.

» Les femmes chuchotaient que mon ventre avait été maudit par les dieux pour me punir d'avoir brûlé vif mes semblables. La rumeur s'est alors répandue que toutes celles qui me toucheraient seraient maudites à leur tour et ne pourraient porter que des enfants mort-nés.

» Je me suis souvent demandé s'ils n'avaient pas raison. Peut-être que j'avais vraiment été maudite à cause de ce que j'avais fait. Cela dit, la malchance m'avait trouvée bien avant cette terrible bataille, et elle ne me lâcherait pas bien après.

» Ma tante était fragile et âgée : elle est morte peu de temps après mon fils. Je me suis alors retrouvée seule, sans personne pour veiller sur moi, et sans rien avoir à offrir que la rage d'une femme désespérée.

» Mais j'ai toujours été forte. J'ai toujours été une battante.

» J'ai décidé de m'entraîner deux fois plus dur que je n'entraînais mes propres hommes, pour qu'aucun d'eux ne puisse m'accuser de faiblesse. J'allais leur prouver que je méritais d'être leur cheffe. Et, bientôt, je suis devenue la meilleure, une *berserker* dont la renommée s'est répandue à travers tout le Norvèg. J'ai cru que je savais pourquoi les dieux m'avaient épargnée, pourquoi ils m'avaient laissé la vie sauve, alors qu'ils m'avaient pris tout le reste. J'imaginais que j'avais été choisie par le Père des Âges, le dieu des dieux, pour sauver mon peuple de l'annihilation par les mains des chrétiens.

» La bataille de Geirstad était finie, mais la bataille pour nos coutumes ne faisait que commencer. J'ai laissé mon frère se leurrer : puisque j'étais sa *stallari*, j'étais à son service, pensait-il. Mais je ne servais d'autre roi qu'Odin. C'était Odin qui me protégeait alors que je me vengeais des chrétiens. Consumée par la haine, j'étais convaincue qu'on se souviendrait de moi dans les sagas, que les scaldes chanteraient mes louanges, qu'ils raconteraient comment Alvtir la Victorieuse avait empêché le Ragnarök d'arriver. Toute seule comme une grande.

» Quelle idiote !

» Été après été, raid après raid, on semait la terreur sur les terres des chrétiens. Plus d'un millier d'entre eux sont morts sous mes coups, et pourtant, ma soif de vengeance n'était jamais étanchée. On a une ancienne malédiction chez nous : « Puisses-tu trouver ce que tu cherches. » De fait, il y avait toujours plus de chrétiens à tuer, encore et encore et encore. On avait beau les massacrer par milliers, on avait beau réduire leurs villages en cendres, je ne parvenais pas à endiguer le raz-de-marée.

» Quand j'ai appris que le fils de Godfred, Rollon, était devenu l'un d'entre eux, j'ai compris que mon entreprise était vouée à l'échec. Le Ragnarök était à notre porte. J'en étais persuadée.

» J'ai cherché en vain à en convaincre mon frère. Il fallait donc que je prenne les choses en main. Il n'y avait aucune autre issue : il fallait que je me débarrasse de lui pour sauver son peuple. Je devais m'emparer du trône. Alors, j'ai engagé des assassins qui devaient se faire passer pour des hommes du roi Hakon et infiltrer le mariage de ma nièce. Ils devaient tuer mon frère au nom du Christ, ainsi que Yngvild et Freydis.

» Ça peut paraître cruel de ma part, mais, tant qu'un enfant de Balli serait en vie, ma légitimité de monarque serait remise en cause. Balli disparu, Hakon aurait pu se prévaloir de son mariage avec Freydis pour s'emparer du trône. J'ai donc saisi ma chance de faire d'une pierre deux coups : éliminer la lignée de mon frère et, par la même occasion, montrer à tous que j'avais raison à propos des chrétiens et de la grave menace qu'ils représentaient.

» Mais c'est toi qui m'as arrêtée. Tu aurais pu rester à l'écart et laisser Freydis se faire tuer – après tout, c'était ta maîtresse. Et voilà que tu as décidé de la sauver. Ce faisant, tu as révélé ta véritable nature d'*Úlfheðinn*.

» Au début, je ne parvenais pas à comprendre. Je croyais qu'Odin guidait ma main. Mais, si tel avait été le cas, il aurait guidé la tienne pour que tu me viennes en aide et non pour que tu m'empêches d'arriver à mes fins.

» C'est alors qu'en venant te chercher chez Freydis, plus tard dans la soirée, je l'ai entendue te dire comment elle avait lié ta langue à la sienne. Je vous ai vues vous enlacer dans un élan de sincère amitié.

» Et je me suis rendu compte que je m'étais trompée. Sur toute la ligne.

» J'avais en moi la force d'Odin, mais pas sa sagesse. Je pensais que moi seule pouvais sauver notre peuple du Christ blanc et prévenir le Ragnarök. Je croyais que, si j'y parvenais, ça prouverait que j'étais bénie des dieux et non maudite. J'ai pris conscience que rien de tout ça n'était vrai. Tout ce que j'avais accompli, tout ce que j'avais enduré et toute la souffrance que j'avais moi-même fait endurer servait un autre dessein, bien supérieur. Pas celui que j'avais envisagé.

» Le dessein d'Odin n'a jamais été que j'arrête le Ragnarök. Le Ragnarök est inévitable.

» Le dessein d'Odin, c'était que je te sauve, toi.

38

YAFEU

— Il ne me reste plus qu'à t'emmener en lieu sûr, où tu pourras résister à la tempête qui s'annonce. Toi et les meilleurs d'entre nous : les rares qui connaissent encore le sens du mot « honneur ».

Alvtir désigne d'un geste notre petite troupe, à un jet de pierre des souches sur lesquelles nous sommes assises, devant le jardin. Ils dansent et chantent autour du feu, célébrant dignement leur dernière nuit à Skíringssal. Bien haut au-dessus du brasier, on a suspendu une dizaine de poulets pour en fumer la viande. Personne ne nous prête attention.

Abasourdie par ces révélations, je cherche vainement mes mots. Alvtir attend patiemment que je réussisse à formuler mes pensées.

Je finis par lui demander :

— Pourquoi Odin voudrait me sauver ? J'ai mes propres dieux. Je ne crois pas en lui.

Alvtir se penche vers moi avec un regard pénétrant.

— Parce que le Ragnarök n'est pas la fin du monde : c'est un nouveau départ. Et prendre un nouveau départ exige d'emprunter de nouvelles voies et de suivre de nouveaux chefs. Des chefs comme celui que je vois en toi.

L'avertissement de Ma résonne dans ma tête : « Tu feras de grandes choses, ma fille. Grandes et terribles. »

— Un déluge se prépare, enchaîne Alvtir. Les chrétiens y participent. Mais tu en fais partie aussi. Quand le vieux monde aura été balayé, il réémergera, purifié et délivré des engeances comme mon frère. C'est dans ce monde-là que tu devras planter les graines de ta vérité. Tu ne crois peut-être pas en Odin, mais le Grand Sage, lui, croit en toi. C'est là ta chance *et* ton malheur.

— Pourquoi moi ? Pourquoi pas toi ? Tu n'as qu'à montrer la route et on te suit. Si on le fait, d'autres nous emboîteront le pas.

Elle secoue la tête en souriant tristement.

— Je n'ai toujours été bonne que pour brûler et détruire. Tu as le feu en toi, tout comme moi. Mais le feu ne suffira pas. Brûler et détruire ne suffira pas. Il faudra que tu saches construire aussi.

Ça ne sert à rien de discuter avec elle. Mais quelque chose de plus pressant me tracasse.

— Alvtir, comment tu peux être sûre que les gens d'Al-Andalus nous laisseront en paix ? La guerre est partout : les gens trouveront toujours une excuse pour s'en prendre aux autres, si ça sert leurs intérêts. Est-ce qu'il peut vraiment exister une contrée préservée de ce fléau ?

— J'ai eu les mêmes doutes que toi, au début. Mais l'émir a la réputation d'être un homme d'honneur. Il nomme ses conseillers en choisissant les plus méritants et non ses proches, et j'ai perçu tant l'honneur que le mérite des hommes que j'ai rencontrés. Ils avaient même appris notre langue pour pouvoir communiquer avec nous sans l'intervention d'un interprète. Ils tenaient à se distinguer, comme la plupart des jeunes hommes, mais leur désir de paix était sincère. J'en ai eu la preuve concrète à Lisbonne. Je me suis souvent fourvoyée dans ma vie, mais, quand il s'agit de juger du cœur des gens, mon intuition m'a rarement trompée.

Je lui rends son sourire.

— Si tu leur fais confiance, alors je leur fais confiance aussi.

Son expression se fait solennelle. Elle tend la main vers moi, hésite, comme pour me demander la permission. En voyant que je n'ai pas de mouvement de recul ni de répulsion, elle me prend la main pour l'enfermer dans les siennes. Ce n'est pas la première fois que je sens le contact de sa peau sur la mienne, mais c'est la première fois que j'y prête *vraiment* attention. Même si elle est calleuse, il y a de la douceur dans son geste

— Ne commets pas les mêmes erreurs que moi, Yafeu. Il n'y a pas que servir les dieux dans la vie. Et il ne suffit pas de servir les mêmes dieux pour garantir la paix. On peut faire le mal au nom du bon dieu, et le bien au nom du mauvais. C'est celle que tu es dans ton cœur qui compte.

Je regarde les autres en méditant ses paroles. Vu de l'extérieur, nous n'avons pratiquement rien à voir. Mais Alvtir a raison : au fond de nos cœurs, nous avons plus de points communs que de différences.

C'est peut-être ce que Baaba a essayé de m'apprendre depuis le début. Les dieux sont une chose et la vie en est une autre. Tous les huit, nous partageons une même vision du monde, et c'est en la *vivant* ensemble que nous la faisons exister.

— Va les rejoindre. (Alvtir me chasse de la main.) Amuse-toi.

— Et toi, tu ne viens pas ?

— Je voudrais dire au revoir à mes bébés, avant de les lâcher dans la nature. (Elle se lève et siffle ses chiennes qui déboulent en bondissant.) Tu sais, il y a un autre vieux dicton, ajoute-t-elle en caressant la tête des trois molosses avec un sourire triste. On n'apprend pas à un vieux chien à faire de nouveaux tours.

Elle s'éloigne déjà, me laissant réfléchir au sens de ses paroles.

À peine a-t-elle parcouru quelques pas que je l'interpelle :

— Alvtir !

Elle fait volte-face, les yeux étincelant comme le givre au clair de lune.

— Merci.

Elle hoche la tête et se détourne. Je la regarde disparaître avec ses bêtes dans les futaies.

— Tu fais encore cette tête.

Ingmar s'approche de moi. Quelques mèches rebelles oscillent sur ses pommettes au rythme de ses pas.

— Quelle tête ?

— Comme si ton esprit ferraillait avec lui-même. (Il prend la place d'Alvtir auprès de moi.) De quoi avez-vous pu parler si longtemps ?

Je secoue la tête.

— Je ne saurais même pas par où commencer !

Assis côte à côte dans un silence complice, nous regardons les autres brailler une énième chanson à boire. Ránveig envoie, d'un coup de pied, une assiette vide dans le feu, dans l'hilarité générale.

Saisie d'un brusque sentiment d'urgence, je me tourne vers Ingmar.

— Et si on allait quelque part, rien que nous deux ?

Il sourit.

— Je sais où aller.

Je prends la main qu'il me tend pour me lever.

Nous nous retrouvons debout face à face, exactement comme le premier jour, à l'exercice. Le bleu liquide de ses yeux clairs me submerge. Sauf qu'au lieu de me refroidir, il m'embrase comme une torche.

Nous nous éclipsons discrètement dans les bois.

Nous émergeons dans une clairière plus petite que celle dans laquelle Alvtir a installé sa tanière. Deux gros rochers émergent des herbes hautes. Je perçois le murmure d'un filet d'eau quelque part, tout près. Même sans feu, l'air est tiède, et Mawu est si proche que je me demande si c'est sa chaleur que l'on sent, comme on sent celle de Lisa durant le jour.

Ingmar m'entraîne entre les rochers. Nous nous allongeons sur le dos pour regarder le ciel bleu nuit criblé d'étoiles. Des étoiles qui m'étaient toutes inconnues quand je suis arrivée, et auxquelles je me suis habituée au fils des mois. C'est alors qu'à ma grande surprise, de nouvelles étoiles apparaissent, s'éteignent, puis réapparaissent plus loin. J'en reste bouche bée.

— Des lucioles, m'explique Ingmar. On appelle cet endroit le bois de Týr. Il m'arrive d'y venir pour être seul avec mes pensées.

— Merci de le partager avec moi.

Je lui étreins la main.

Je l'entends déglutir et, du coin de l'œil, vois sa pomme d'Adam monter et descendre.

— Tu es la seule avec qui j'ai envie de le partager, me souffle-t-il.

Je me tourne vers lui et, comme il en fait autant, j'appuie la main sur sa poitrine. Son cœur cogne contre ma paume et ses yeux s'assombrissent comme des saphirs jumeaux.

— Yafeu…

Lentement, je pose mes lèvres contre les siennes. Il m'attrape par le bras pour m'attirer à lui. J'ouvre la bouche et laisse sa langue danser avec la mienne. Un gémissement m'échappe.

Immergée dans le flot de mon désir, je roule sur le flanc pour le chevaucher.

Il place ses mains en coupe comme pour cueillir mon visage et fait courir un chapelet de petits baisers le long de mon cou. Je laisse mes doigts s'aventurer sous sa tunique, épouser tour à tour les vagues fermes de son ventre, de sa poitrine, de ses épaules. Il enlève son vêtement et glisse une main hésitante sous le mien. Sa bouche cherche de nouveau mes lèvres. Le baiser devient plus intense, plus ardent. Ce n'est pas assez.

Et puis, soudain, c'est beaucoup trop.

Ses mains remontent de long de mon torse et j'ai un mouvement de recul. Je me maudis aussitôt pour cette réaction involontaire. Ingmar s'arrête et me dévisage.

— Ça ne va pas ?

Son front se plisse et l'inquiétude chasse le désir dans son regard.

— Si. Non ? Je sais pas vraiment.

Il me prend la main pour la porter à ses lèvres et y déposer un baiser qui se veut rassurant.

— Ingmar, je n'ai jamais...

— Y a pas d'urgence, ne t'inquiète pas, me répond-il tendrement.

Un immense soulagement m'envahit. Il me recouche doucement dans l'herbe, me couvre de sa cape. Il me regarde et le bleu clair de ses iris suffit à dénouer les nœuds au creux de mon ventre.

— Mais je peux faire quelque chose d'autre, juste pour toi, si tu veux...

Une lueur malicieuse s'allume dans ses prunelles, comme le scintillement du fjord au clair de lune.

Sentant les commissures de mes lèvres se retrousser, je hoche la tête... un peu trop vite, avant de me reprendre.

— Pour peu que ce soit convenable.

J'ai adopté un ton aussi détaché que possible.

Il laisse échapper un petit rire étouffé. Lentement, sa tête descend, puis disparaît sous sa cape. Je sens des petits baisers entre mes côtes, qui glissent vers mon nombril, puis il m'embrasse tendrement au creux de chaque hanche. Des ondes de choc me traversent au contact de ses lèvres douces, se propageant en rayonnant à partir de mon bas-ventre. Un gémissement m'échappe. Ses doigts suivent le trajet de ses lèvres pour défaire aisément les attaches de mon linge de dessous avant de…

Des frissons d'extase courent à travers mon corps tandis que la chaleur de sa bouche m'enveloppe. Je retiens mon souffle. Il dessine méandres et arabesques avec sa langue, m'embrasant davantage. Mon corps est devenu sa toile. Bientôt, mes mains l'empoignent par les cheveux sous la cape. La tension monte en moi comme la pression de l'air que Djo avant un orage. Ingmar agrippe mes cuisses, répondant au rythme de mon désir fiévreux. Je me cambre et ondule en cadence avec sa langue experte, m'ouvrant entièrement à lui.

La pression devient trop forte et je rejette la cape. Il faut que je le voie. L'air tiède de la nuit ne fait rien pour éteindre le feu qui crépite sous ma peau. Ses yeux, illuminés par les rayons de Mawu, se lèvent langoureusement vers les miens, me plongeant dans un océan de plaisir inconnu.

Quand la dernière vague se retire, Ingmar me fait tendrement rouler de nouveau sur lui. Je pose la tête sur sa poitrine, inspirant avec bonheur son parfum de sel, de résine et de fumée.

— C'était convenable ? me demande-t-il, railleur.

Ça me fait rire.

— On ne peut plus convenable.

— J'avais envie de le faire depuis la première fois où tu m'as battu à l'entraînement.

Je sens une bouffée de chaleur me monter aux joues en me revoyant, pratiquement à califourchon sur ses épaules. L'attirance faisait déjà des étincelles entre nous, attisée par l'ardeur du combat.

Ses doigts tracent de languides courbes sur ma joue et je me blottis contre lui, savourant cet instant magique.

Pourtant, malgré l'état second dans lequel me plonge cette nouvelle ivresse, je me prends à penser inexorablement à l'avenir.

— Ton visage s'assombrit, chuchote Ingmar. Aurions-nous été trop convenables ?

Je lui donne des petits coups dans les côtes en étouffant un fou rire.

— Je pensais à demain et… aux jours qui vont suivre.

Je sens sa poitrine se gonfler quand il inspire.

— Tu préférerais rester ?

J'hésite, le temps de considérer sa proposition.

— Pour être honnête, je suis contente d'échapper aux raids. J'ai bien essayé de me convaincre du contraire, mais je sais, au fond de moi, que je ne pourrai jamais m'en prendre à des innocents. Pas pour Balli et encore moins pour Snorri. Mais pas pour Alvtir non plus. Peu importe qui donne l'ordre : si je l'exécutais, je ne vaudrais pas mieux qu'un trafiquant d'esclaves.

Les mots ne sont pas plus tôt sortis de ma bouche que je mesure à quel point ils sont vrais.

— Alvtir ne nous demandera pas ça. Plus maintenant.

— Je sais. Je sais aussi qu'Al-Andalus est beaucoup trop près du Wagadou. Ma terre me manque et je donnerais n'importe quoi pour revoir Ma et Kamo et Goleh.

— Mais ?

Il y a un « mais ».

— Je n'ai pas trouvé mon père.

Je n'ai jamais voulu me l'avouer, mais, du moment où j'ai mis le pied à Skíringssal, je me suis raccrochée à l'espoir que Baaba était dans les parages. Que, d'un jour à l'autre, je pourrais le trouver, ou qu'il me trouverait, lui. Et maintenant, je dois abandonner mon espoir dans ces contrées ? C'est comme si je l'abandonnais lui.

À cette pensée, mon cœur se serre et de nouvelles larmes me brûlent les yeux.

— Je suis tellement désolé, Yafeu, me dit Ingmar avec douceur.

Allez savoir pourquoi, sa compassion ne fait qu'aggraver les choses. Je cherche ce que je pourrais dire pour détendre l'atmosphère, mais rien ne me vient à l'esprit. Je me redresse à regret.

— On devrait y retourner.

Nous marchons main dans la main vers la maison d'Alvtir, aussi prêts que nous le serons jamais à nous ouvrir à l'inconnu.

39

YAFEU

Aucun de nous ne va se coucher. Au lieu de dormir, nous consacrons la nuit aux préparatifs.

Je sais enfin en quoi consistaient les « affaires » d'Alvtir : elle a fait des réserves de vivres, mettant de côté tout ce dont une petite troupe de sept pourrait avoir besoin pour un voyage sans retour. Nous allons de surprise en surprise en découvrant ce qui nous attend dans le poulailler : une grande tente, des fourrures en nombre, un arc avec des tonnes de flèches et de robustes sacs à dos en écorce de bouleau tissée pour porter le tout. Quand elle ne pouvait acheter ce qu'elle voulait, elle le fabriquait elle-même, nous dit-elle.

Nous remplissons les sacs à ras bord, fourrant les armes supplémentaires qu'Alvtir nous a fournies sous nos ceinturons. Avec sa permission, je prends une des dagues accrochées au mur. En avoir deux me procure une plaisante sensation de complétude. Nous remplissions les outres au puits et tassons autant de fruits secs et de galettes de pain que nous pouvons en porter dans des sacoches, en gardant de la place pour le poulet fumé. Avec un peu de chance, ça nous suffira à tenir toute la traversée – sauf situation exceptionnelle, Alvtir ne prendra pas le risque d'accoster avant Al-Andalus.

Mes bagages terminés, je jette ma cape sur mes épaules pour aller voir où en est celle qui me l'a donnée. Elle devrait avoir fini d'emballer la viande, maintenant. Freydis n'a rien apporté, outre l'épée qu'elle a volée et les habits qu'elle a sur le dos. Nous sommes toutes les deux tributaires de la générosité d'Alvtir.

Je la trouve en train de tisonner les braises du feu mourant d'un air morose. De grosses mèches se sont échappées de la tresse qui couronne sa tête et elle ne s'est même pas donné la peine de la refaire.

— Il y a quelque chose que j'aurais dû te demander beaucoup plus tôt, Freydis. (Elle m'adresse un regard interrogateur quand je m'assieds à côté d'elle.) Comment tu vas ?

Son sourire est bien mince.

— Je ne sais pas, reconnaît-elle. Je suis partie pour te retrouver, et fuir Harald et mon père. Les dises m'ont guidée pour que ces deux souhaits soient exaucés. C'est juste que... C'est arrivé si vite.

Les paroles énigmatiques de Nyeru me reviennent spontanément aux lèvres : « Ton esprit sait où tu vas et comment y aller. »

Je me sens coupable en repensant à Mbaneh et à lui. Si seulement j'avais pu les emmener ! Mais jamais Alvtir ne l'accepterait – il a déjà été assez difficile de la convaincre d'emmener Freydis ! Et, même si elle y consentait, ça ne changerait rien. Ni Nyeru ni Mbaneh n'auraient assez de force pour survivre à un tel voyage. J'espère juste qu'ils ne croiront pas que je les abandonne. Qu'ils me pardonneront.

Freydis hoche la tête d'un air absent. Mon regard glisse vers l'épée calée contre la grosse bûche qui nous sert de banc, la lame qu'elle a apportée, rangée dans le fourreau pendu à un gros ceinturon.

— Je suis contente que tu viennes avec nous.

Je lui étreins affectueusement l'épaule.

Ses yeux cherchent les miens et elle sourit, sincèrement cette fois.

— Moi aussi.

Le dos lourdement chargé et l'esprit guère plus léger, notre troupe se met en route en direction du port.

Dès que nous sortons de la forêt pour entrer dans la cité, la tension monte, palpable. Le ciel est bien trop clair pour le cœur de la nuit (ce qui n'est pas vraiment fait pour nous rassurer), mais la cité est déserte. C'est précisément pour cette raison qu'Alvtir a choisi le jour du festival du solstice. Nous avançons aussi discrètement que des souris du désert pour contourner le marché. Dag renverse un seau près d'un petit fumoir et nous nous figeons comme des statues. Ránveig le foudroie du regard.

Par chance, personne ne vient voir d'où vient ce tapage et nous nous remettons bientôt en route. Le fjord est plongé dans un calme sinistre. Indifférentes à notre approche, les petites vagues de la haute mer rident à peine la surface pour venir lécher l'étroite grève. Les pontons sombres s'étirent comme de longs doigts de bois dans l'étendue bleue. Même dans la pénombre, le *Jörmungand*, le navire d'Alvtir, se distingue parmi tous les autres dragons endormis, comme l'or se distingue du bronze. Il tangue au bout de ses amarres, pressé qu'on le libère de ses entraves.

Plus nous nous en approchons, plus les battements de mon cœur s'accélèrent. Les longs cous des dragons se courbent devant nous comme pour nous saluer.

Nous sommes près, si près de notre liberté. Mais je n'arrive pas à me débarrasser de cette pénible impression… Seuls nos pas prudents sur le sable pierreux brisent le silence. Pourtant, j'ai la chair de poule. Même si tout Skíringssal est autour du feu de joie, ce calme est trop parfait.

Un étrange *nyama* émane du navire. Une nervosité encore plus fébrile que la nôtre.

Bientôt, l'impatience prend le pas sur la prudence et la petite troupe accélère. Ránveig et Dag doublent Alvtir, passant en tête. Je les vois sauter sans bruit sur le ponton.

— Attendez !

Je n'ose pas parler trop fort et nul ne m'entend.

La panique déferle en moi, saturant mes veines.

— *Attendez !* (Cette fois, ma voix siffle, vibrante d'appréhension.) Ça ne va pas !

Les mots n'ont pas franchi mes lèvres qu'une dizaine de soldats se redressent sur le pont du *Jörmungand*.

Ránveig et Dag s'arrêtent net, coupés dans leur élan.

Et sous nos yeux écarquillés d'horreur, des hommes surgissent toujours plus nombreux des bateaux. Ils tirent leurs armes et chargent le long des pontons.

C'est la *hird*.

Ils savaient. Balli savait.

Je rattrape Alvtir, alors que, déjà, Ránveig et Drag se replient.

— J'aurais dû me douter que tu ne me laisserais pas partir si facilement, mon frère, marmonne-t-elle.

À côté d'elle, la silhouette encapuchonnée de Freydis s'est figée.

Les soldats de la *hird* se ruent sur nous.

— Qu'est-ce… qu'on fait ? demande Ránveig, à bout de souffle.

Alvtir me regarde. La terreur est comme un maelström qui menace de m'entraîner par le fond. Mais je me tiens droite et lui adresse un petit hochement de tête.

Si ses dieux peuvent affronter dignement leur propre mort, alors je le peux aussi.

Un crissement résonne, métallique, quand Freydis tire soudain son épée volée du fourreau, avec une expression de si farouche détermination que sa bouche n'est plus qu'un trait.

Alvtir lui jette un coup d'œil étonné. Le regard de Freydis ne trahit pas la moindre peur.

Tirant sa propre lame, Alvtir se retourne pour faire face à la charge des soldats.

— Pour le Valhalla ! crie-t-elle, en brandissant bien haut Angrboda.

Nous rugissons en chœur :

— Pour le Valhalla !

Puis ils sont sur nous.

Je n'entends rien que les battements affolés de mon cœur et ma respiration haletante.

Le chaos environnant est étrangement assourdi quand, face à moi, l'un des soldats fend l'espace de sa lame. Je pare l'assaut et lui donne un violent coup de pied dans l'entrejambe. Il chancelle, tombe à genoux. Je plonge alors la dague d'Alvtir dans ce creux, si vulnérable, entre l'épaule et le cou. Je profite de la courte pause qui s'ensuit pour jeter un regard circulaire, cherchant désespérément à localiser Freydis.

Je ne la vois pas, mais je repère les autres, chacun aux prises avec une poignée de ses anciens frères d'armes.

À ce moment-là, je comprends pourquoi Alvtir les a choisis.

Ránveig glisse entre les jambes d'un soldat, lui entaillant la cheville au passage. Lorsqu'il met un genou à terre, elle se redresse d'un bond derrière lui pour lui planter sa lame dans le dos. Un cri sauvage monte de ses lèvres quand elle fait volteface, faisant tournoyer son épée, et percute de plein fouet un homme qui ne s'y attendait pas, lui arrachant sa hache à la ceinture dans l'élan. Il s'écroule et elle lance la hache sur un troisième qui fonce sur elle. Un coup net entre les deux yeux.

« Là où sont les oreilles du loup, les crocs du loup sont proches. »

M'arrachant à ma fascination, un autre guerrier se rue sur moi, hache au poing. Je me baisse aussitôt pour attraper le bouclier de celui que je viens d'occire, le relevant juste à temps pour parer l'attaque. Mon bras vibre sous la violence du choc, mais le bouclier tient le coup. Je le jette de côté, la hache plantée dedans, et plonge ma dague dans la gorge de mon assaillant. Il tombe comme une masse, éclaboussant mon visage et ma tunique de sang.

C'est en m'essuyant les yeux que j'aperçois Freydis. Elle est à une dizaine de pas de moi, s'efforçant de repousser deux soldats. Heureusement, ils ne semblent pas vouloir la blesser, juste à la désarmer. Elle peste de frustration, donnant des coups d'épée en tous sens, qu'ils évitent aisément.

Je me précipite à son secours, quand une violente douleur à la nuque me coupe dans mon élan.

Je m'effondre. Des points noirs dansent devant mes yeux. Je cligne des paupières pour les chasser, lève la tête vers celui qui m'a frappée.

Un soldat désarmé brandit les poings au-dessus de mon crâne, la fureur inscrite sur son faciès grimaçant.

Wisna l'intercepte avant qu'il n'ait le temps de frapper, lui plantant sa hache dans le dos. Il émet une sorte de gargouillis, crachant du sang sur le sable.

Je m'empare de ma dague et me relève tant bien que mal. Freydis se démène, fouettant l'air de son épée. Mais les soldats sautent de côté, attendant une ouverture.

— Freydis ! (Je hurle pour tenter de couvrir le vacarme.) Je ne peux pas te protéger. Sauve-toi !

— Ils ne me toucheront pas, me répond-elle à pleine voix, envoyant toujours son épée à tort et à travers.

Trois soldats fondent alors sur moi, me bouchant la vue.

Freydis pousse soudain un cri qui me glace le sang. La peur me plombe le ventre comme un rocher tombant d'une falaise.

— *Freydis !*

Une poigne de fer se referme sur ma nuque et m'écrase la figure dans le sable. Des genoux s'enfoncent dans mon dos, m'interdisant tout mouvement.

Le rire guttural d'Alvtir résonne haut et fort. Je redresse la tête pour tenter de regarder autour de moi. Les soldats l'ont plaquée au sol, elle aussi. Tout comme Hétha, Wisna, Dag et Ingmar.

Ils ont gagné.

Freydis gît à terre comme une poupée de chiffon. Les trois soldats qui l'entourent m'empêchent de la voir.

Oh non ! Non, non, non…

La pression dans mon dos se relâche lorsqu'on m'attrape par les cheveux pour me relever de force et me mettre à genoux. Je serre les dents quand on me tord les bras derrière le dos pour m'immobiliser.

Alors que le ciel s'éclaircit, annonçant le lever imminent de Lisa, quatre silhouettes noires émergent de la cité. C'est Balli, Snorri, un grand blond richement vêtu (probablement Harald) et un homme grisonnant qui marche à côté de lui.

Le rire d'Alvtir se fait plus sarcastique à leur approche, mais s'étrangle en une quinte de toux quand elle essaie d'inspirer.

— Mon cher frère, siffle-t-elle d'une voix éraillée. Comment as-tu su ?

Balli s'avance d'un pas.

— Ma fille, si je peux encore lui donner ce nom, a conduit mes gardes jusqu'à vous. Directement, lui répond-il d'un air goguenard.

Les autres se tournent vers Freydis avec des expressions de choc et de dégoût : ils se sentent trahis. Mais Alvtir ne dit rien. Elle lève les yeux vers le ciel qui rougit. Un sourire énigmatique illumine peu à peu son visage.

— C'est une chose de les contaminer avec ta couardise, poursuit Balli en nous désignant de la main. Mais *ma fille*, Alvtir ? Tu aurais arraché la princesse à son propre époux ?

— Oh ! Je ne l'épouserai pas telle qu'elle est, à présent, Balli, se récrie Harald. Elle ne vaut plus rien.

Harald s'agenouille devant Freydis. Il empoigne sa tresse, puis se relève pour la tirer hors du demi-cercle de gardes. Elle se balance, inerte, entre ses mains quand il l'inspecte, tournant sa tête d'un côté et de l'autre.

Mon cœur s'arrête.

Une profonde entaille court de son sourcil droit à la commissure de ses lèvres. Le sang qui s'en échappe dégouline sur le devant de sa robe.

Harald fronce le nez.

— Quel dommage ! murmure-t-il, assez fort pour que tout le monde l'entende.

Il lâche les cheveux de Freydis qui s'écroule.

Je réprime un hurlement de rage et lutte contre la prise des soldats qui m'écrasent les bras contre les flancs comme dans un étau.

— Une bonne correction aurait sans doute suffi à lui mettre un peu de plomb dans la tête, Balli. Mais défigurée comme elle est à présent…

L'homme aux cheveux grisonnants laisse sa phrase en suspens.

Les mâchoires de Balli se crispent, puis il soupire.

— Alors, elle mourra avec les autres, conclut-il d'un ton détaché, comme s'il annonçait qu'il allait pleuvoir dans la journée.

— Ils n'ont fait qu'exécuter mes ordres, intervient Alvtir, la mine sévère, tout à coup. Je te donne ma vie en échange de la leur.

Snorri se dirige vers elle, tirant déjà l'épée.

— Et pourquoi ne devrions-nous pas prendre ta vie *et* la leur ? Vous n'êtes que des parjures, des traîtres à la couronne !

Sa voix vibre de colère, mais son expression est pure jubilation.

Au fond de moi, la rage se réveille. Alvtir, quant à elle, le regard toujours soudé à celui de son frère, demeure impassible.

— « Le serment a été rompu dans du sang corrompu. » (Dans sa bouche, ces mots étranges semblent couler de source.) « Abats le mouton et le sang est régénéré. Abats le troupeau et le sang est perdu. »

Balli blêmit. Il fixe sur Alvtir de grands yeux incrédules. Snorri s'apprête à intervenir mais, d'un geste, le roi le fait taire.

— C'était toi..., souffle-t-il.

Alvtir retrousse les lèvres, découvrant ses dents. Une goutte de sang tombe de sa bouche.

Les yeux dans les yeux, les jumeaux se regardent en silence un long moment. Quand Balli parle enfin, c'est avec une détermination froide qui me glace jusqu'aux os.

— Ils vivront en parias, réprouvés, déshonorés. Personne ne les accueillera nulle part, ni dieu ni homme. Ni dans ce monde, ni dans l'autre.

Alvtir lui répond d'un simple hochement de tête.

Alors, Balli s'avance vers sa sœur. Quand il s'approche, je vois que ses yeux débordent de larmes. Si je pouvais bouger, je secouerais la tête tant je peine à le croire.

Il s'arrête devant elle et un des soldats lui tend Angrboda.

— Ainsi soit-il, dit Alvtir à mi-voix.

Elle soutient le regard de Balli un long moment d'insupportable tension. Et puis les soldats lui abaissent la tête vers le sol.

Ma gorge se serre et mon cœur cogne sauvagement contre mes côtes. Balli brandit Angrboda bien haut, agrippant la poignée à deux mains. La lame étincelle en accrochant les premiers rayons de Lisa.

Un battement d'ailes se fait entendre quelque part, au loin, suivi par le cri perçant des corbeaux.

Alvtir tourne la tête pour chercher mon regard. Elle affiche un sourire goguenard dégoulinant de sang.

— Vive la reine noire ! assène-t-elle.

Et puis Balli abat la lame sur son cou.

Ránveig pousse un hurlement de bête égorgée en voyant la tête d'Alvtir rouler vers elle. Elle se débat violemment pour échapper aux deux soldats qui la retiennent.

— Relâchez-les, ordonne Balli d'une voix d'outre-tombe. (Il lève les yeux au ciel comme pour le prendre à témoin.) Aux traîtres qui l'ont suivie : dorénavant, vous n'êtes que des proscrits. Vous avez jusqu'à midi pour quitter Skíringssal ou vos jours seront comptés. Et comme, désormais, le navire d'Alvtir m'appartient, je vous engage à fuir dans la forêt.

Il tourne alors les talons et se dirige d'un pas martial vers la colline.

Harald et l'homme grisonnant échangent un coup d'œil indéchiffrable.

— Il est temps que nous prenions congé, nous aussi, annonce le plus âgé. Il n'y a plus rien pour nous ici.

Harald acquiesce.

— Rassemblez les hommes. Nous levons l'ancre dans une heure.

L'ancien se retourne pour gravir la colline à la suite de Balli, tandis que Harald se dirige résolument vers le dernier ponton. Il n'accorde même pas un regard à Freydis en passant à sa hauteur.

Les soldats nous relâchent pour aller former un barrage devant le ponton où le navire d'Alvtir est amarré.

Non, pas le « navire d'Alvtir ». C'est le navire de Balli, maintenant.

Je me redresse en chancelant, alors qu'une Ránveig aux yeux fous s'effondre près de la tête d'Alvtir, poussant des cris stridents et s'arrachant les cheveux. Devant ce spectacle morbide, je suis prise de nausées. Heureusement, Hétha et Wisna l'extraient de sa macabre adoration.

À peine libérée, je me rue vers Freydis qui gît, inconsciente, sur le sable. Je la fais rouler sur le côté pour examiner sa joue. La balafre est plus large qu'un doigt et si profonde qu'on voit le muscle. Le sang qui s'en écoule dégouline à flots dans son cou. Son œil droit est si enflé qu'il semble condamné à rester fermé.

Ingmar m'aide à la soulever.

— Je vais la porter, déclare-t-il aussitôt.

Je l'aide à positionner Freydis sur son dos, avant de récupérer à la hâte le sac qu'il a laissé par terre, ainsi que le mien, ceux de Freydis et d'Alvtir, les prenant en bandoulière. Où que nous allions, nous aurons plus que jamais besoin de tout ce que nous pourrons emporter.

Hétha et Wisna attrapent leurs propres sacs et celui de Ránveig, avant de l'entraîner vers les bois à l'ouest de Skíringssal, tandis qu'elle hurle toujours et se débat comme une furie.

— Emmenez-la chez Alvtir, nous lance Wisna.

Je ne sais pas comment elle s'y prend, mais Hétha réussit à faire taire Ránveig et courir sur ses deux jambes.

Je suis soulagée de voir qu'il n'y a pas d'autres blessés parmi nous. Nous nous alignons bientôt en file indienne, évoluant à petites foulées sur l'étroit sentier pendant une éternité avant d'atteindre la clairière. Dans le fief d'Alvtir, rien n'a changé, comme s'il ne s'était rien passé depuis notre départ. Mais les bois tout autour résonnent des cris des soldats qui, à nos trousses, beuglent, braillent, hululent comme des soudards ivres à la poursuite de quelque malheureux chien boiteux.

— Pourquoi ils nous suivent ?

Je me tourne vers Ingmar qui émerge des futaies derrière moi, portant toujours Freydis sur son dos. Sa poitrine se soulève au rythme de sa respiration irrégulière et de ses haut-le-cœur.

— Pour pouvoir nous éliminer si on dégage pas assez vite, me répond Dag, avant d'ouvrir la porte de la tanière d'Alvtir d'un coup de pied.

Nous nous précipitons à l'intérieur. Ingmar allonge doucement Freydis à côté de l'âtre froid. Elle se réveille à moitié et, prise de spasmes, se tord sur le sol en geignant.

— C'est sa faute ! crache Ránveig. On devrait la laisser crever !

Tout le monde feint de n'avoir rien entendu. Wisna s'agenouille près de Freydis, à hauteur de sa tête.

— Il faut cautériser la plaie, dit-elle sourdement. Elle perd trop de sang. Il faut arrêter ça.

Un long silence s'ensuit. Tous, y compris Wisna, me regardent comme s'ils attendaient quelque chose. Mon sang se glace dans mes veines quand je comprends que je suis censée leur dire quoi faire.

Je prends une inspiration profonde, quoique haletante.

— Dag, trouve quelque chose que Freydis pourra mordre. Wisna, rallume le feu. Je vais chercher un linge pour lui bander la tête.

Pendant qu'ils exécutent mes ordres, je déchire ma vieille tunique de *thrall* pour obtenir une longue bande d'étoffe. Quand je reviens près de l'âtre, le feu rugit et Freydis a la fièvre. Je m'agenouille à mon tour devant elle et plonge la lame de ma dague dans les flammes.

Wisna fait couler de l'eau sur la joue de Freydis pour essayer d'enlever le sable, avant de saupoudrer la plaie de quelques herbes sorties de son sac. Freydis hurle et se débat, mais Ingmar lui plaque les bras au sol pour l'empêcher de bouger et Dag enferme ses pieds dans ses bras de colosse.

— *Non !* grogne Freydis, quand Hétha lui fourre une lanière de cuir dans la bouche.

Wisna passe de l'autre côté pour aider Ingmar à la tenir.

La lame rougit, je la retire du feu et reviens m'agenouiller auprès de Freydis. L'eau s'est mélangée au sang sur son visage. Elle me lance un regard affolé de son œil valide sans me reconnaître. Je me revois en train d'examiner la blessure d'Ampah, la première nuit dans le désert.

Hétha lui maintient la tête. Je lui caresse doucement les cheveux.

— Par tous les dieux, les tiens et les miens, je te jure que tu survivras à cette épreuve. (J'essaie de prendre un ton rassurant, malgré la boule qui s'est formée dans ma gorge. Je reviens à ma propre langue.) Tu vas vivre.

Et puis j'applique le fer rouge de la lame sur la plaie. Un hurlement la secoue, alors qu'elle s'arc-boute et qu'une odeur âcre de chair brûlée envahit la pièce.

Quand je retire la lame, elle se tait. Son œil papillote puis se ferme. Son corps devient flasque et les autres la lâchent.

Je pose la dague, puis enroule ma bande de tissu autour de son visage en faisant de mon mieux pour couvrir la longue balafre. Mes doigts frôlent son autre joue, brûlante et trempée de sueur.

Ingmar va jeter un coup d'œil aux bois alentour par la porte ouverte.

— Ça m'étonnerait qu'on ait jusqu'à midi, fait-il d'un ton sinistre. On devrait lever le camp dès que possible.

Je demande alors à la ronde :

— Est-ce que l'un d'entre nous connaît ces bois ? Est-ce qu'il y aurait un endroit où on serait en sécurité pour la nuit ?

— J'en connais un où j'allais, tout gosse, avec mon père, propose Dag. Une falaise qui domine le fjord. C'est à l'ouest – hors des limites de Skíringssal, avec un peu de chance, mais j'en suis pas sûr. J'y suis jamais retourné depuis. En partant maintenant, on peut y être avant la nuit.

Je carre les épaules.

— On te suit.

40

YAFEU

Il faut gravir une sente raide et sinueuse pour parvenir au sommet de la falaise de granit et de gneiss. Il nous a fallu attacher Freydis, toujours inconsciente, dans le dos de Dag, mais tout le monde arrive en haut en entier.

La corniche est étonnamment plate et plane, juste assez longue et assez large pour qu'on puisse y dresser un camp pour sept. Je m'approche du bord. L'orange et rose du couchant s'étendent sur une vue imprenable et vertigineuse du fjord qui serpente entre les montagnes. Je soupire. Cette époustouflante beauté contraste avec l'angoisse qui monte dans ma poitrine.

Je me retourne et passe notre petite troupe en revue. Alors qu'ils posent leurs sacs et détachent Freydis, les mines sont hagardes et les visages, couverts de poussière, de sueur et d'un sang qui n'est pas le leur.

— Mon père appelait cet endroit l'Enclume de Völund, nous raconte Dag quand il a recouvré son souffle. On campait ici quand on faisait des parties de chasse, de temps en temps.

C'est trop haut pour les ours ou les loups, et les soldats nous verront pas et nous entendront pas d'en bas. Même s'il prenait à quelqu'un l'envie de grimper jusqu'ici, on serait en position de force.

— C'est une excellente solution, Dag. (Ma gratitude est sincère.) On va passer la nuit ici.

Pendant qu'Hétha et Wisna s'occupent du feu de camp, mettant à profit le silex et le bois qu'elles ont eu la bonne idée de récupérer chez Alvtir, Ingmar, Dag et moi montons la tente. Adossée à un gros rocher, Ránveig reste assise, murée dans le silence, refusant de participer.

La brise est plus forte ici qu'en bas. Beaucoup plus. Elle vient gémir à nos oreilles, cinglant le moindre bout de peau que nous n'avons pas pensé à protéger. J'en viens à me dire qu'à une telle hauteur, cette tente est notre seule protection contre le terrible vent du Nord qui souffle du fjord.

— Il va falloir qu'on se relaie. (Je pense à haute voix, tout en accrochant mon sac à un des piquets.) On peut tenir à cinq, peut-être à six, à l'intérieur, mais pas plus.

— Les deux restants pourront monter la garde, déduit Ingmar,

Comme il n'y a pas de terre pour enfoncer les piquets, nous sommes obligés de lester les bords de la tente avec tous les cailloux que nous trouvons, assez légers pour être transportés et assez lourds pour que la tente ne s'envole pas. Quand elle est suffisamment bien attachée, nous y portons Freydis. Je l'enroule dans sa cape pour qu'elle n'ait pas froid. Sa poitrine se soulève si faiblement que son mouvement est à peine perceptible.

Je reste assise près d'elle un moment, à chuchoter des prières : à ses ancêtres, à Mawu-Lisa, et même à Freya, la déesse des Majous qui lui a donné son nom. C'est la première fois que je prie un de leurs dieux et j'ai bien peur que ce ne soit pas la dernière.

Quand je ne sais plus à quel dieu me vouer, je m'en remets une fois encore à ma langue maternelle pour lui murmurer :

— Pardon de n'avoir pas su te protéger. Tu étais sous ma responsabilité et je t'ai laissé tomber. Mais il faut que tu vives. D'accord ? T'es obligée parce que, sinon, tu vas me faire passer pour une menteuse. Promis ? Sois forte.

Les larmes me montent aux yeux, mais je les ravale. Il faut que je sois forte aussi. Sinon pour moi, au moins pour les autres.

La nuit tombe vite. Tout le monde se rassemble autour du petit feu, sauf Ránveig. Le vent malmène nos cheveux qui virevoltent autour de nos têtes. Pour la seconde et dernière nuit, Mawu trône en majesté dans le ciel, projetant une fantomatique clarté argentée sur la corniche. Cette même clarté que j'ai trouvée si belle, hier soir, dans le bois de Týr nous donne maintenant des mines blafardes et tire nos traits.

Mon estomac grogne sauvagement. Les chocs de la journée l'ont anesthésiée, mais ma faim se réveille, féroce. Je tire une galette de pain et un morceau de poulet fumé d'une sacoche pour les tailler en fines tranches que je fais passer à la ronde sans un mot. C'est un maigre repas, mais il faut nous rationner. Personne ne proteste.

Je me lève pour donner sa part à Ránveig. Elle s'est déjà roulée en boule contre son rocher sous une peau de mouton. Elle a les yeux fermés, mais, à la façon dont elle grelotte, je sais qu'elle ne dort pas.

J'essaie de prendre un ton autoritaire :

— Rapproche-toi du feu. Tu n'es pas obligée de manger avec nous, mais tu vas geler, si tu restes ici.

Elle ouvre les yeux et se renfrogne. Mais elle se lève et se traîne jusqu'à la flambée. Elle s'installe à côté d'Hétha, que je découvre en larmes, pleurant sans bruit dans les bras de Wisna.

Je reprends ma place sans souffler mot. Assis à côté de moi, Ingmar mange sa maigre ration en silence lui aussi, un silence de plus en plus pesant. Même Dag ne trouve rien à dire pour détendre l'atmosphère.

N'y tenant plus, je finis par lâcher :

— Il faut qu'on trouve un plan.

— Un « plan » ? raille Dag avec un ricanement sarcastique. On a été bannis : y a pas de plan.

Je fronce les sourcils.

— Où tu veux en venir ?

— Elle ne comprend pas, intervient Ingmar. Yafeu, être proscrit, c'est vivre dans le déshonneur. Même si on trouvait un village au beau milieu de ces forêts, personne ne nous ouvrirait sa porte.

— Certains pensent même qu'il vaut mieux mourir que vivre une pareille vie, maugrée Dag.

— Tu en fais partie ? le provoqué-je.

— J'suis un déserteur, gronde-t-il. La mort est trop douce pour moi.

— C'est complètement faux ! Tu es resté loyal à Alvtir. C'était elle, ta vraie *stallari*, et…

— Et maintenant elle est morte, me coupe Ránveig.

Son ton, dur et définitif, m'arrache une grimace.

Personne ne répond.

C'est alors que ça me frappe vraiment, comme une gifle : *Alvtir est morte.*

Alvtir, qui m'a tirée des griffes du marchand d'esclaves à Anfa, qui m'a accueillie chez elle, qui m'a donné une vie dont je n'aurais même pas osé rêver… Alvtir est morte. Et tous nos projets avec elle.

L'ancre plonge plus profondément que jamais, entraînant mon cœur dans la noirceur du gouffre béant de ma poitrine. Je devrais couler avec, mais je me rends compte que je suis déjà au fond.

Je ne m'étais jamais rendu compte que, toutes les fois où j'ai senti l'ancre me peser, il y avait en moi une petite voix qui refusait de capituler, qui continuait de ramper de l'avant, même écrasée par son poids. C'était peut-être la petite voix qui avait foi en ce que Baaba m'a appris : que si je *croyais* en moi, tout finirait par s'arranger.

Mais maintenant, j'accueille presque ce fardeau avec bonheur. Parce que ça, au moins, je sais que je l'ai mérité.

Un hurlement de loup monte des futaies en contrebas. Je porte la main au petit lycaon pendu à mon cou. Mais le toucher ne m'apporte aucun réconfort. Je plonge un regard désespéré dans les flammes et les mots de Ma me reviennent une fois de plus à l'esprit : « Tu feras de grandes choses, ma fille. Grandes et terribles. » *Toi aussi, tu t'es trompée, Ma.*

Mes épaules commencent à trembler. Je ne veux pas que les autres voient mes yeux brillants de larmes, alors je lève la tête pour regarder la fumée monter vers le ciel. Elle s'entortille et se débat, chahutée par le vent qui va l'anéantir, avant de disparaître dans la nuit, emportant le rêve d'Alvtir.

41

YAFEU

Les jours se succèdent avec une désespérante lenteur, des jours passés à ne poursuivre qu'un objectif : survivre. Cette première nuit, le vent a éteint plusieurs fois le feu. Alors nous avons commencé à dresser le camp au pied de la falaise, assez près pour qu'on puisse l'escalader à la moindre alerte, tout en étant moins exposés aux pouvoirs d'Agbé et Naété. La discussion a été animée ce matin, pour savoir s'il valait la peine de s'exposer ainsi aux prédateurs et soldats. Si Ingmar et Ránveig étaient pour, Hétha, Wisna et Dag leur ont répliqué qu'il était plus prudent de rester où on était. J'ai fini par intervenir, avançant que, même si la corniche était sûre, l'escalade de la falaise non : ce n'était qu'une question de temps avant que l'un d'entre nous, affaibli et épuisé, puisque nous l'étions tous, ne glisse et ne se rompe le cou en tombant.

Le débat s'est clos, même si Hétha et Wisna m'en veulent, je le vois bien. Je me demande si je n'aurais pas dû me taire. Ce n'était pas mon intention d'avoir le dernier mot. Je ne faisais que donner mon avis, comme tout le monde. Cet incident m'a minée le reste de la matinée.

Freydis est demeurée inconsciente toute la journée, en proie à un mal ardent qui lui enfiévrait le sang. N'ayant rien d'autre à faire que la regarder souffrir le martyre et me vautrer dans le remords, j'ai été soulagée, cet après-midi, quand Ingmar a proposé d'organiser une cérémonie pour rendre à Alvtir les derniers honneurs. Ça nous a donné un but commun dont on avait bien besoin.

Comme nous n'avions pas de corps à enterrer, nous avons ramassé des cailloux pour les disposer en forme de bateau – une ancienne coutume chez les Majous. Nous nous sommes regroupés en cercle autour du navire de pierre et nous lui avons rendu hommage de la seule façon dont nous le pouvions : avec des mots.

Chacun d'entre nous avait une dette envers Alvtir. En larmes, Hétha et Wisna ont raconté qu'elle les avait sauvées de mariages sans amour, leur donnant la chance de rester ensemble et de gagner leur vie en se battant pour elle. Alvtir les avait prises sous son aile et les avait entraînées au combat alors qu'elles n'étaient pas plus vieilles que moi. Ingmar a confié que, même s'il ne s'était jamais livré sans honte à la violence et aux tueries qui font partie de la vie de soldat, le code imposé par Alvtir lui avait appris qu'on peut être un guerrier et garder sa dignité. Dag a décrit son enfance misérable en tant que fils cadet d'un pauvre paysan, le plus jeune d'une nombreuse fratrie. Sourd aux protestations de ses aînés, il avait quitté la ferme dès qu'il avait été en âge de le faire et s'était engagé dans la *hird* sous le commandement d'Alvtir, en quête d'une vie meilleure. Et il l'avait trouvée : même après tout ce qui s'était passé, il estimait toujours qu'il avait eu plus de chance que ses frères réunis.

J'ai pris la parole en dernier. Je leur ai raconté comment Alvtir m'avait protégée à Anfa et m'avait permis de la suivre à Skíringssal. Comment elle m'avait nourrie, vêtue et obligée à m'entraîner au combat à l'épée avec bouclier pour que Snorri ne puisse pas me tailler en pièces. Même si toutes ces émotions me prenaient à la gorge, je n'ai pas avoué combien je m'étais sentie trahie pendant toutes ces lunes, combien j'avais été en colère contre elle. Je n'ai pas parlé de la plaie, toujours ouverte, qui en avait résulté. Et c'est seulement après avoir fini que je me suis autorisée à pleurer.

Ránveig a été la seule à refuser de s'exprimer. Personne ne lui en a voulu. Elle a passé la journée pratiquement dans le même état que Freydis.

Ce soir-là, je me suis prise à invoquer tous mes dieux et tous ceux des Majous. Plus seulement pour Freydis, mais pour Ránveig aussi, pour qu'elle ne finisse pas par devenir folle de chagrin.

Je ne savais pas lequel remercier, mais par la grâce de l'un ou l'autre d'entre eux, Freydis est sortie de sa torpeur le lendemain matin. La fièvre était enfin tombée. Quand elle a émergé de la tente à la fin de mon tour de garde, j'en aurais presque pleuré de soulagement. Et puis elle nous a demandé, à Ingmar et à moi, où elle se trouvait et ce qui s'était passé. Et, là encore, j'en aurais presque pleuré, mais pour une autre raison : en le lui racontant, c'était comme si j'entendais de nouveau ses hurlements de douleur et voyais Alvtir mourir une deuxième fois.

J'ai passé sous silence le moment où Harald l'avait dénigrée, arguant qu'elle ne « valait plus rien ». Mais je ne lui ai pas épargné celui où son père l'avait pratiquement condamnée à mourir avec nous. Elle avait le droit de connaître la vérité, qu'elle ait été prête à l'entendre ou non. Si ces révélations l'ont choquée, elle n'en a rien montré. En fait, elle a pris cette histoire un peu trop bien. Mieux qu'aucun d'entre nous ne l'aurait fait à sa place.

Pendant que Freydis se rétablissait, nous avons occupé les quelques jours qui suivaient à explorer les alentours. Dag nous a conduits à un étang aux eaux fraîches et peu profondes, à une bonne matinée de marche de la falaise. Il faut faire bouillir l'eau pour la boire, mais c'est mieux que rien. Nous y allons tous les six chaque matin pour nous laver, remplir nos outres et cueillir quelques fraises des bois que nous avons dénichées non loin. En dehors de ça, nous n'avons rien trouvé qui puisse nous être utile, à part des orties avec lesquelles Freydis a confectionné un baume pour sa blessure.

Nous avons passé une autre journée à fabriquer une cabane contre le tronc d'un gros pin. Ça ne suffira pas à nous abriter quand l'hiver viendra, mais nous ne pouvons rien construire de permanent sur place. C'est déjà un miracle qu'on ne nous ait pas encore trouvés – peut-être qu'Agé ne m'a pas abandonnée, tout compte fait.

Il nous faudra bien nous aventurer plus loin, je le sais, mettre une plus grande distance entre Skíringssal et nous. Mais je n'ai aucune idée de la direction à prendre.

Il y a deux possibilités, en fait. La première, si nous voulons atteindre une autre cité, serait de suivre la côte. Nous ne pouvons pas retourner vers l'est : même si nous voulions contourner Skíringssal, nous risquerions de tomber sur les soldats de la *hird*. Et ça n'aurait pas de sens de nous enfoncer encore davantage dans le royaume d'Agder. Mais nous pourrions marcher vers l'ouest, vers le Rogaland, en suivant l'Agdersfjord jusqu'à ce qu'il rejoigne la mer, puis remonter vers le nord en longeant le rivage. Nous finirions bien par tomber sur quelque port ou hameau implanté sur le littoral.

La seconde option serait de traverser les montagnes. Personne ne sait avec certitude ce qui se trouve de l'autre côté – ni même s'il *y a* un « autre côté ».

Le littoral est plus dangereux : si nous le suivions, Balli veillerait à ce que notre peu glorieuse réputation de parias sanguinaires se répande vite et loin, et les Majous que nous pourrions rencontrer seraient plus enclins à nous trucider qu'à nous accueillir à bras ouverts. Ce serait aussi valable pour le Rogaland, apparemment. Je commence à comprendre ce que Dag entendait quand il disait que certains Majous préféreraient la mort à une vie de proscrit.

Mais les montagnes présentent un autre genre de danger. D'après Wisna, si, avec un peu de chance, nous parvenions à les traverser, nous pourrions atteindre les villages des Samis, le peuple d'Aïré. Mais ça nous prendrait de nombreuses lunes et je me souviens que, du temps où je vivais à la ferme de Broskrap, on apercevait ces montagnes avec leurs sommets enneigés avant même que l'hiver ne soit arrivé. Nous pourrions mourir de froid si nous nous faisions surprendre par le changement de saison, là-haut. Sans parler de la possibilité de se retrouver à court de nourriture.

Alors, je n'ai pas le courage de demander à tout le monde de quitter la falaise. Pas encore. Pas avant qu'on puisse se décider dans un sens ou dans l'autre.

Ou, mieux encore : trouver une meilleure idée.

La saison de l'élan est passée, mais Wisna a apporté quelques nasses et, à nous deux, nous avons déjà réussi à attraper plusieurs gros écureuils et de beaux lièvres. Sans le moindre assaisonnement, la viande n'a pas beaucoup de goût, mais elle nous remplit le ventre et c'est tout ce qu'on lui demande. En revanche, ces rongeurs sont bien gras, signe annonciateur, d'après Wisna, d'un hiver particulièrement froid.

La nuit, nous montons la garde à tour de rôle, deux par deux, pendant que les autres dorment : Ingmar et moi ; Hétha et Wisna ; Dag et Ránveig. Freydis veut faire sa part, mais j'insiste pour qu'elle dorme sans interruption toutes les nuits, tant qu'elle ne sera pas rétablie.

Je me demande, par moments, si elle pourra jamais se rétablir. Sa cicatrice est aussi large qu'un doigt d'homme adulte, et longue comme deux, s'étirant de son sourcil au coin de sa lèvre. Son œil est probablement condamné à rester fermé. Mais cette balafre lui a coûté bien plus qu'un œil : elle quitte rarement la tente et, quand elle le fait, elle ouvre à peine la bouche, si ce n'est pour protester dès qu'on essaie de l'aider. En même temps, les autres ne parlent pas beaucoup. Même si nos blessures sont moins visibles que les siennes, nous avons tous perdu la foi, en nous, en l'avenir, en la vie.

Pour occuper nos longues journées d'été, nous jouons au *tafl* avec le jeu d'Alvtir, que nous avons découvert dans son sac, le deuxième jour de notre exil. Il n'est pas toujours facile de rester actifs. Nous posons nos pièges, nous relevons nos pièges. Nous allons à l'étang, nous revenons de l'étang. Nous ramassons des racines, cueillons des champignons et coupons du bois pour le feu. Nous cuisinons, nous mangeons. Et, entre-temps, nous essayons de ne pas céder au désespoir.

Une semaine passe ainsi. Puis une autre. Et encore une.

Dès le début de notre quatrième semaine dans la forêt, les choses se gâtent. Je sens bien que mes compagnons deviennent nerveux, impatients. Des disputes éclatent pour des affronts imaginaires : l'un aurait écourté son tour de garde au détriment du suivant, l'autre prendrait toute la place dans la tente… Tout le monde est à fleur de peau.

Je ne suis pas surprise que Ránveig soit la première à craquer. Occupée à affûter un couteau sur une pierre, un après-midi, soudain, elle envoie tout promener.

— J'en ai marre d'attendre ! s'exclame-t-elle en se levant d'un bond.

Hétha et Ingmar lèvent le nez de leur jeu de *tafl.* Dag est parti avec Wisna chercher de quoi manger. Je m'entraîne à sculpter sur une bûche les runes que Freydis m'a apprises – j'espère que ça lui remontera le moral de voir que j'ai retenu ses leçons.

— Eh bien, va les retrouver. Ils ne doivent pas être loin.

Ránveig ricane.

— Tu sais que c'est pas ce que je veux dire, Yafeu. J'en peux plus, de cette foutue falaise. J'en peux plus, de ces foutus arbres. J'en peux plus, de toute cette foutue forêt !

Elle donne un coup de pied dans la tente pour bien montrer à quel point elle est arrivée à saturation.

— Eh !

En un éclair, je suis debout, tout comme Ingmar et Hétha.

— Pourquoi tu n'irais pas faire un tour, Ránveig ? intervient Hétha.

— Pourquoi on n'va pas *tous* faire un tour, Hétha ? riposte Ránveig, haussant le ton.

Une Freydis ahurie émerge de la tente, emmaillotée dans une peau de mouton comme un nourrisson.

— Que se passe-t-il ? demande-t-elle d'une voix ensommeillée.

— Ce qui se passe, *Princesse,* c'est qu'on en a marre d'attendre que tu te remettes d'une malheureuse égratignure. Faut qu'on bouge.

Freydis se tourne vivement vers moi.

— De quoi parle-t-elle ? Est-ce moi qui nous retiens ici ?

— Mais non ! (Je m'empresse de la rassurer.) On reste ici jusqu'à ce qu'on décide de notre prochaine étape, c'est tout.

— Et ce sera quand, ça, hein ? (Ránveig ouvre largement les bras.) Tu attends quoi ? Un signe d'un de tes dieux africains ? As-tu seulement la moindre *idée* de la suite ?

Ingmar s'interpose.

— Tu dépasses les bornes, Ránv…

Je le fais taire d'un geste.

— Si tu as une idée, toi, vas-y. On t'écoute.

— D'accord. (Elle se redresse, carre les épaules.) Je crois qu'on devrait retourner vers l'est, aller à Tønsberg dans le Vestfold. C'est à deux jours de mer de Skíringssal avec un vent favorable. Donc ça devrait pas prendre beaucoup de lunes à pied, tant qu'on longe la côte. On peut demander asile au roi Harald.

Si je ne voyais pas Freydis ouvrir une bouche comme un four, je douterais d'avoir bien entendu.

— Tu veux qu'on se présente devant le trône de Harald ?

— Pourquoi pas ? Il doit pas porter Balli dans son cœur, après ce qui s'est passé. On pourrait lui proposer un marché : la liste des failles dans le système de défense Skíringssal contre une place dans sa *hird*, ce qui nous rendra notre position et notre honneur.

Je laisse échapper un petit rire amer.

— Il n'est peut-être plus le meilleur ami de Balli, mais il n'en est pas pour autant le nôtre. Il n'est certainement pas celui de Freydis, en tout cas.

— Et alors ? Qu'est-ce qu'on en a à foutre, de Freydis ? Qu'est-ce qu'elle a accompli pour gagner sa place parmi nous, à part se faire mutiler ?

— Ránveig !

J'ai beau gronder pour la mettre en garde, je ne trouve rien à lui proposer en réponse.

— Elle a défié son propre père pour pouvoir nous rejoindre, plaide Ingmar.

Mais Freydis s'est déjà effondrée, se recroquevillant sur elle-même comme une fleur fanée.

— Ránveig a raison, dit-elle d'une voix morne. Vous ne devriez pas éviter le Vestfold par égard pour moi.

Mais je ne décolère pas.

— C'est hors de question, Freydis ! Alvtir elle-même ne lui faisait aucune confiance. On l'a tous entendue le dire. Et on n'a pas déserté l'armée d'un roi tortionnaire pour s'engager dans celle d'un autre.

— Et alors, c'est quoi la solution, sinon, Yafeu ? m'apostrophe Ránveig.

— Eh bien, je… je…

Mais je ne sais que bredouiller. Et, cette fois, personne ne vient à mon secours.

Ránveig croise les bras.

— Oui ? Vas-y, on t'écoute !

— On reste là jusqu'à ce qu'on soit tous d'accord sur la suite. (J'insiste.) Tous.

— C'est ça. Donc, en fait, t'en as pas.

Ránveig tourne les talons et part comme une furie, laissant ses mots résonner dans ma tête.

— Ne la laisse pas t'atteindre, me dit Ingmar au cours de notre tour de garde, cette nuit-là. S'en prendre aux autres, c'est sa façon à elle d'évacuer son chagrin.

Nous sommes tous les deux juchés sur de gros cailloux devant le feu, le regard perdu dans l'ombre des épicéas. Mawu est caché derrière la voûte des arbres. Les crépitements du brasier se mêlent au chant des criquets et aux ronflements sonores de Dag dans l'air froid du soir. Si nous ne nous attendons plus à voir les hommes de la *hird* nous tomber dessus en pleine nuit, le danger que représentent les ours et les autres prédateurs est réel. Alors, par sécurité, nous continuons à monter la garde.

— Mais elle a raison, Ingmar. Pas au sujet de Harald, mais du mien.

Je me rends compte, subitement, que, même si nous sommes devenus beaucoup plus proches, au cours des dernières semaines, j'ai évité de parler de ça à Ingmar. Nous avons passé beaucoup de temps tous les deux, durant ces tours de garde. À un moment (je ne sais plus exactement quand, ni lequel de nous deux en a pris l'initiative), nous avons commencé à partager une peau de mouton, nous pelotonnant l'un contre l'autre dans notre sommeil. Chaque matin, je me réveille pour découvrir ses bras autour de moi et nos jambes enchevêtrées. Mais ça ressemble moins à une relation amoureuse qu'à... du réconfort. Peut-être même à de l'instinct de survie. Ce même instinct qui m'a empêchée de partager mes doutes.

Cet instinct qui se réveille justement en moi. Je préfère le combattre. Je ne peux plus supporter ce fardeau toute seule plus longtemps : j'ai besoin de me confier à quelqu'un.

Je tire la dague qu'Alvtir a fabriquée exprès pour moi et la fais tourner dans mes mains, en essayant, non sans mal, d'avaler ma salive avant de me lancer :

— Tu m'as demandé de quoi on avait parlé, Alvtir et moi, la nuit du festival du solstice. Elle pensait que je serais appelée à commander, un jour. C'est ce qu'elle m'a dit, du moins. Mais elle a eu tort de croire en moi. (Je change de position pour lui faire face, croisant son regard, calme, imperturbable.) Tout le monde se tourne toujours vers moi pour obtenir des réponses, mais je... Je ne peux pas nous sauver, Ingmar. Je-ne-peux-pas. Je sais qu'il faut nous préparer pour l'hiver, faire des réserves de nourriture et bâtir des abris contre le froid. Et je sais aussi qu'on ne peut pas rester ici. Mais j'ignore où aller. Les rares chemins qui s'ouvrent à nous sont semés d'embûches. Si seulement Alvtir était là... (Je détourne les yeux en remettant la dague au fourreau.) Enfin, si Alvtir était là, on ne se trouverait pas dans cette situation.

Le feu brûle doucement devant nous. Je regarde Ingmar se pencher, calant ses coudes sur ses genoux. Plongé dans ses réflexions, il incline la tête.

— Alvtir était une bonne *stallari*, finit-il par dire. Mais elle n'était pas parfaite. Elle voyait le monde en noir et blanc. Elle ne comptait jamais sur personne, ne demandait aucun conseil, et encore moins de l'aide. Elle a pris les choses en main, alors qu'elle aurait dû nous faire assez confiance pour nous consulter. C'est à cause de ça qu'elle s'est fait tuer et qu'on se retrouve dans ce pétrin aujourd'hui. Personne ne veut l'admettre, mais c'est vrai.

Je garde le silence pendant qu'il se lève pour jeter une bûche dans le feu. C'est alors qu'au lieu de reprendre sa place, il vient s'accroupir devant moi et me saisit les mains.

Je regarde mes genoux, de peur de ce que je pourrais lire sur son visage. De peur qu'en plongeant les yeux dans les siens, je voie qu'il ne croit plus en moi.

Mais il continue :

— Peut-être qu'on a besoin d'une cheffe de troupe qui ne prétende pas détenir toutes les réponses. Une cheffe qui compte sur ceux qui l'entourent. Une cheffe qui perçoive même ce que le plus faible d'entre nous a à offrir et sache comment mettre ses dons à profit. Et ça, c'est quelque chose que tu fais mieux que personne. Je le sais parce que je l'ai vu de mes propres yeux. Alvtir l'a vu aussi.

Je relève la tête, surprise. Ses yeux gris-bleu sont profondément cernés. Son visage est devenu anguleux à force de privations, ses joues sont maculées de terre et de cendre, et ses cheveux bruns en bataille tombent pêle-mêle de chaque côté.

Mais il est pour moi tout aussi attirant qu'il l'était au port le jour où je l'ai vu pour la première fois.

Je me penche pour déposer un baiser sur ses lèvres craquelées et murmure :

— Merci.

Je ne sais pas si je crois ce qu'il a dit, mais je sais que *lui* le croit. Et, pour ce soir, ça me suffit.

42

YAFEU

Quand je me réveille le lendemain, Freydis est partie. La bande de tissu dont je me suis servi pour panser sa plaie (et dont elle se sert encore pour se protéger de la pluie et du vent) a été jetée en boule sur sa fourrure, abandonnée par terre.

— Où est Freydis ?

À peine sortie de la tente, j'interroge Dag et Ránveig à voix basse. Le ciel est balafré de grandes traînées roses et orange. Hétha, Wisna et Ingmar dorment encore.

Ils tournent la tête vers moi.

— Elle voulait se laver, me répond Ránveig. Alors, on lui a expliqué comment aller à l'étang.

Avec un grognement de frustration, j'enfile mes bottes. J'attrape la bûche que j'ai gravée de runes, restée à côté du tas de bois. Je n'ai pas eu le temps de la montrer à Freydis hier : elle s'est enfermée dans la tente après le départ de Ránveig et n'en est pas sortie, pas même pour manger. Je la cale sous mon bras et me dirige vers l'étang au pas de course, laissant Dag et Ránveig à leurs interrogations.

Lisa est déjà apparu dans le ciel quand j'arrive. Je trouve Freydis, de l'eau jusqu'aux genoux, tout habillée, la tête baissée. Le bas de sa robe est trempé.

— Freydis ! Agbé soit loué ! Tu m'as fait peur.

Elle ne répond pas. Elle ne lève même pas les yeux quand je m'approche.

— Qu'est-ce qu'il y... ?

Et puis je vois ce qu'elle regarde.

Son reflet.

Mon cœur se serre. Je savais qu'elle allait finir par le découvrir, un jour ou l'autre, mais j'espérais que ce serait le plus tard possible. Quand elle aurait regagné un peu plus de force, au moins.

— Tu sais pourquoi c'est arrivé, n'est-ce pas ?

Son ton est aussi acide qu'une prunelle.

Je pose ma bûche et m'assieds en tailleur sur l'herbe drue qui borde l'étang. Elle se tient de profil : je ne peux voir que le côté intact de son visage. Son ombre s'étire vers moi, allongée par la lumière du petit matin.

— C'est arrivé quand on se battait : j'aurais dû te protéger.

— Tu n'aurais rien pu faire. Il était déjà trop tard.

— Freydis...

— Tu ne comprends donc pas ? (Elle pivote d'un bloc pour me faire face, faisant disparaître son reflet dans une gerbe d'éclaboussures.) C'est la malédiction. Tout a commencé le jour où nous avons traversé la Cité Fantôme. La trahison de Hakon ; l'agression de Harald, et maintenant *ceci* !

Elle pointe sa cicatrice du doigt, me regardant de haut avec son œil valide. Je ne l'ai jamais vue en proie à une telle colère.

Pas même quand nous avons trouvé le corps de Broskrap dans la rivière.

Je résiste à l'envie de détourner les yeux.

— Je te l'ai déjà dit : je ne crois pas à cette malédiction. Je crois en *toi.*

— Quelles autres preuves te faut-il donc ? (Elle ouvre grand les bras comme Rânveig hier.) Regarde autour de toi, Yafeu. Nous avons été bannis. Nous n'avons plus rien. Lorsque l'hiver arrivera, nous ne tiendrons pas : nous sommes condamnés. Et tu le sais pertinemment. Tu le *sais* !

Ma gorge se contracte. Son visage balafré se brouille devant mes yeux noyés de larmes.

Je secoue la tête avec véhémence.

— J'ai vu mon village réduit en cendres. On m'a arrachée à ma famille, traînée à travers le désert, obligée à regarder la vie s'échapper du corps supplicié de ma meilleure amie et je n'ai rien pu faire pour elle. Et puis Alvtir m'a sauvée… pour mieux me vendre comme *thrall* à *Broskrap.* Tout ça s'est produit avant que j'aie mis un seul pied dans ta Cité Fantôme. (Mes larmes débordent, mais je me force à continuer.) Je ne sais pas pourquoi les dieux m'ont laissée souffrir à ce point. Je ne sais pas pourquoi ils *t'ont* laissée souffrir à ce point. Peut-être que tu as raison, peut-être qu'on est maudites. Mais, même dans ce cas, ça ne change rien. Parce que je ne capitulerai pas. Je ne vais pas rester sans rien faire à attendre que la mort vienne me chercher. Et toi non plus.

— Je n'ai plus rien, Yafeu ! proteste-t-elle d'un ton rageur. J'étais une princesse ! J'étais belle ! Et, maintenant, je ne suis plus ni l'une ni l'autre. Je ne suis plus *rien* !

Elle donne un coup de pied dans l'eau, provoquant un déferlement de vaguelettes à travers l'étang. Et puis elle se laisse tomber à genoux et bascule vers l'onde, ne se retenant qu'au dernier moment sur les mains. Sa longue tresse glisse dans l'eau. Son visage n'est plus qu'à deux doigts de la surface.

Je me relève, ramasse ma bûche. Et me voilà bientôt qui patauge dans l'étang, sans même avoir pris la peine d'enlever mes bottes. L'eau glacée me tétanise quand elle entre en contact avec ma peau, mais je ne m'arrête pas avant d'être arrivée juste devant elle. Je coince la bûche sous mon bras et j'attrape Freydis par les aisselles pour la relever aussi doucement que je le peux.

Son œil couleur de mousse est vide quand il croise mes yeux. Je lui tends la bûche. Elle y jette un regard absent.

— Freydis, tu vaux tellement mieux que ce que tu crois. Tu es intelligente, et cette sagesse-là n'appartient qu'à toi : aucune lame ne pourra jamais te l'enlever. Et tu m'as, moi. Je suis ton amie, Freydis. Et j'ai *besoin* de toi. (Alors même que les mots se pressent spontanément à mes lèvres, leur bouleversante vérité me transperce. Je porte instinctivement la main à mon cœur. Mes doigts se crispent sur ma tunique. Ma voix se brise.) Je ne sais pas quoi faire. J'ai besoin de ton aide, Freydis. Alors, aide-moi. Je t'en supplie.

Son œil valide papillote devant la bûche que je lui tends. Elle serre les dents. Son œil s'embue. Elle le frotte d'un geste enfantin.

— Tu as raté *uruz*, lâche-t-elle au bout d'un moment. Le haut devrait être incliné comme le toit d'une maison. Pas plat.

— Bah, au moins, les dieux ne peuvent pas être plus fâchés contre moi qu'ils ne le sont déjà.

Elle pouffe et, dans mes épaules, la tension se relâche brusquement. Quel soulagement ! Je la suis quand elle patauge à son tour pour regagner la rive. Elle balance la bûche dans l'herbe. Nous dégoulinons toutes les deux, frissonnant même sous les chauds rayons de Lisa.

Je la regarde en silence tirer machinalement sur les mèches échappées de sa tresse, tandis que son œil unique décrit un incessant va-et-vient : je sais qu'elle passe tout en revue dans sa tête, essayant, comme je l'ai tenté avant elle, d'aboutir à une solution.

— Une seule voie s'ouvre à nous, conclut-elle. Celle qui nous ramène à Skíringssal.

— On va se faire tuer. J'y ai bien pensé. Dans le meilleur des cas, on pourrait rester dans la ferme de Broskrap, et même ça, ce serait trop risqué. Il faudrait passer toute la journée enfermés dans la grange pour que les garçons de Broskrap ne nous voient pas, et vivre aux crochets des *thrall.*

Je ne pourrais pas vivre ainsi, ni faire peser un tel fardeau sur Bronaugh et Aïré.

— Pas si je revendique le trône. Nous tuerons mon père et nous nous emparerons de Skíringssal.

J'ouvre des yeux ronds et la regarde, bouche bée. Son ton, dur et froid comme la pierre, est un tel choc que j'en reste transie, plus que si je sautais dans l'étang au plus fort de l'hiver.

Tuer Balli et revendiquer la couronne d'Agder en son nom à elle ?

Je pourrais penser que Freydis plaisante (ou qu'elle a perdu la tête) si je ne la connaissais pas aussi bien. Elle ne peut plus épouser un roi, mais elle n'a pas renoncé à devenir reine. Je me souviens de cette ferveur avec laquelle elle parlait de trôner un jour dans sa propre halle. C'est ce qu'elle veut plus que tout, depuis toujours.

Le malaise me gagne peu à peu quand je revois Alvtir, il n'y a pas si longtemps, parlant de la tuer, elle, pour s'emparer du trône de Balli avec la même indifférence glacée.

— Le problème, poursuit-elle, c'est que nous sommes en infériorité numérique. Et largement. Nous sommes six (sept, si tu me comptes, moi, ce que je te déconseille fortement) contre près d'une centaine.

Je ne peux pas retenir un petit rire ironique.

— C'est le *plus gros* problème avec ce plan, effectivement.

— Mais il ne manque pas de gens, en Agder, qui sont las d'un tel roi. Certains pourraient même être assez révoltés pour prendre notre parti contre lui. Les fermiers des provinces frontalières ont sans conteste été poussés à bout. Je connais au moins un jeune jarl qui n'hésiterait pas à rallier ses hommes contre mon père si on lui en donnait la possibilité. Une fois que nous aurons mobilisé assez d'alliés dans tout Agder pour représenter une réelle menace, certains à Skíringssal pourraient trouver le courage de se joindre à nous. Peut-être même dans la *hird*. Alors, nous aurions une chance de l'emporter – pour peu que les dieux soient enfin avec nous.

Je réfléchis un moment.

— Comment entrer en contact avec les jarls sans se mettre en danger ? Y aller nous-mêmes à pied ? Envoyer quelqu'un à Skíringssal pour plaider notre cause auprès des marchands et des négociants, afin qu'à leur tour ils défendent nos intérêts ? Dans un cas comme dans l'autre, il suffit d'une personne assez loyale à Balli pour nous dénoncer et nous sommes morts. Même si ça n'arrive pas, même s'il y a autant de gens prêts à se soulever contre le roi que tu le crois, il faudra bien trop de temps pour rassembler le soutien nécessaire à le défier. Des années, sans doute. Comment on survivrait jusque-là ?

— Je ne sais pas. J'imagine que nous devrons trouver des partisans au sein de la cité. (Elle soupire, se mord la joue.) Si seulement nous pouvions savoir qui serait prêt à se battre avec nous contre mon père. Si seulement nous avions un moyen de faire passer un message à ces gens, de les rallier, d'une façon ou d'une autre…

Je ne sais d'où, une idée me vient subitement à l'esprit.

Malgré moi, un sourire illumine mon visage. C'est presque comme si Mawu-Lisa venait de me le murmurer lui-même à l'oreille. Ou plutôt Legba, parce que ce type de plan retors correspond bien à sa malice.

Je prends la main de Freydis.

— Peut-être qu'on l'a, ce moyen.

43

YAFEU

C'est fou, la vitesse à laquelle un refuge devient une prison et une prison, un refuge. Quand j'étais une *thrall*, la forêt était ma seule échappatoire, l'unique endroit où je me sentais à peu près libre. Aujourd'hui, alors que je rampe sans bruit dans le domaine de Broskrap au cœur de la nuit, laissant la forêt derrière moi, j'ai l'impression de m'échapper.

Sauf que, cette fois, c'est vrai.

Après avoir vérifié, revérifié et re-revérifié que j'étais seule, je m'accorde un moment pour jouir de l'immensité du ciel. Après plus d'une lune à tenter de le distinguer à travers l'épaisseur des feuillages, je suis presque étourdie de le voir si vaste. Par son absence, Mawu rend les étoiles encore plus éblouissantes, comme des milliers de petites chandelles dansant dans l'obscurité de l'océan.

Mon regard s'arrête sur la grange un peu plus loin, devant moi. J'ai le cœur battant. Et ce n'est pas une conséquence de la longue et pénible marche jusqu'ici. Tous mes doutes me reviennent à l'esprit, insistants. Des doutes que j'ai déjà partagés avec les autres, des doutes que nous avons décortiqués, sur lesquels nous avons débattu et délibéré, jusqu'à tomber d'accord : ça valait la peine de prendre de *nombreux* risques. Des risques comme : est-ce qu'elles vont nous aider ? Est-ce que je ne leur en demande pas trop ? Et, même si elles trouvent d'autres personnes prêtes à se mettre en danger, est-ce qu'au bout du compte, ça suffira ?

Ça me rappelle une chose que Ma disait souvent : « Tu peux mettre tes peurs au lit, mais tu ne peux pas les forcer à dormir. »

Les mains posées sur le bois rêche de la porte, je prends une profonde inspiration, envahie par l'appréhension. C'est ma dernière chance : si je veux tout annuler, c'est maintenant. Mais Freydis a raison : « C'est la seule voie qui s'ouvre à nous », notre seule option.

J'ouvre la porte et pénètre dans la grange. Des ténèbres plus noires que la nuit m'engloutissent. Je cligne des yeux pour accommoder ma vue. L'air est lourd, confiné, avec une légère odeur qui flotte, une odeur de pourriture…

Je hasarde un murmure :

— Bronaugh ? Aïré ?

— Yafeu ? C'est toi ? demande Bronaugh d'une voix ensommeillée.

— C'est moi.

J'entends des raclements, et puis les braises mourantes s'embrasent, illuminant son visage.

— Yafeu !

Elle se rue sur moi pour me serrer dans ses bras. Je lui rends son étreinte tout en cherchant Aïré des yeux par-dessus son épaule. Mais je ne la vois nulle part.

Dès que Bronaugh s'écarte, me prenant les mains, je lui pose la question :

— Où est Aïré ?

— Elle dort dans la maison, ce soir. Mais Yafeu fait quoi, ici ? On a appris ce qui s'est passé. On a cru avoir perdu Yafeu.

Même dans la faible clarté du feu, ça fait du bien de la revoir. Mais j'ai la poitrine broyée quand je me rappelle ce que je suis venu lui demander.

— Bronaugh, j'ai besoin de ton aide.

Elle hoche aussitôt la tête.

— Tout ce que tu veux.

— T'es sûre que c'est une bonne idée ? me demande Ingmar en baissant la voix.

La nuit, noire et sans lune, est tombée depuis longtemps. Mais nous avons attendu tous les sept au bord du lac Vitrir pour laisser aux habitants de Skíringssal le temps de s'endormir.

— On ne peut plus revenir en arrière.

C'est tout ce que je trouve à lui dire.

Je sais ce qu'il ressent. Contrairement à ce que j'ai raconté à Freydis, la première fois qu'elle m'a amenée ici (et ce dont j'ai tenté de me persuader moi-même) –, lui affirmant qu'il suffisait de décider de ne pas croire à la malédiction, au fond, *j'étais* nerveuse. Et, maintenant, je suis plus que nerveuse : j'ai vraiment peur. Le monde des esprits est toujours plus près de nous la nuit, et il y a assurément quelque chose de *jugu* dans cet endroit. Quelque chose qui me file la chair de poule et réveille chez moi un impérieux instinct : fuir, partir d'ici aussi loin que possible.

— T'inquiète pas, Ingmar. Ce qui nous attend à Skíringssal dans quinze jours est *bien* pire que quelques esprits mal lunés, lui répond Hétha d'un ton enjoué.

Un sourire retrousse le coin de mes lèvres. Il n'y a qu'Hétha pour faire une blague en un moment pareil.

— Je suis d'accord avec Brise-Écus, intervient Dag en se balançant d'un pied sur l'autre. On est des soldats, nous, pas des devins. On peut pas se protéger contre les esprits et les ombres.

Freydis est la première à avancer. Elle se retourne vers les deux hommes de la troupe, son épée volée tanguant contre sa hanche à chacun de ses pas.

— Si vous ne pouvez pas marcher parmi les esprits, vous feriez peut-être mieux de ne pas les libérer des vivants.

Mes sourcils manquent d'atteindre mes cheveux. Freydis a raison, bien sûr. Chacun de nous ici a pris des vies, à juste titre ou non. Si nous n'avons pas le cran de braver les morts, qui l'aura ? Mais je suis surprise par sa hardiesse – et pas peu fière. La dernière fois, c'était *moi* qui la poussais à avancer. Son courage, exemplaire, suffit à réveiller le mien

Je me redresse, rejetant les épaules en arrière, et je la suis. Ingmar ne tarde pas à me rattraper, puis Hétha et Wisna.

— Haut les cœurs, camarade ! lance Wisna par-dessus son épaule.

Dag maugrée. Il ne faut pourtant pas longtemps avant que j'entende ses pas précipités derrière nous.

C'est ainsi que Freydis Ballisdottir, ex-princesse d'Agder, mène les six meilleurs guerriers du Norvèg au cœur de la Cité Fantôme.

La souche qui marque le seuil de ce lieu maudit ressemble de façon troublante à une autre silhouette, dans l'obscurité. Plus perturbant encore, alors que nous la dépassons, tous les bruits de la nuit se taisent d'un coup, comme si nous venions de traverser un mur invisible. Une tension palpable envahit l'atmosphère. Nous gardons les yeux baissés pour regarder où nous mettons les pieds, slalomant entre les débris de bois et de terre cuite qui jonchent le sol noirci – ce qui permet de ne pas voir les bâtiments en ruine ni les ombres monstrueuses qu'ils projettent.

Nous passons bientôt en courant à petites foulées devant la forme ovale dessinée sur le sol. Je regarde cet alignement de cailloux d'un autre œil, maintenant que je sais ce qu'il représente : un bateau de pierre. Il a dû être placé là après la bataille pour honorer ceux qui ont péri dans l'incendie.

Les habitants de Skíringssal croient que les âmes des morts sont piégées ici, à jamais condamnées à errer sans trouver le repos. Si c'est vrai, Alvtir est-elle condamnée, elle aussi ? Ou est-ce que la petite cérémonie que nous avons improvisée pour lui rendre un dernier hommage a suffi, comme celle par laquelle les survivants de la bataille de Geirstad ont honoré leurs chers disparus ?

C'est alors que je m'aperçois que le bruit de nos pas s'est accru. Non pas en intensité, mais en nombre. Je m'arrête net et jette un regard circulaire en levant la main pour arrêter les autres.

Freydis recule pour revenir à ma hauteur.

— Qu'y a-t-il ? chuchote-t-elle.

Une pointe de crainte lézarde la ferme résolution gravée sur son visage.

Un sourire étire mes lèvres. Je chuchote à mon tour, en pointant du doigt le bateau de pierre derrière nous :

— Regardez !

Tout le monde se retourne. Dans la faible clarté des étoiles, je distingue à peine la silhouette d'un cerf au centre du bateau de pierre, son long cou penché vers le sol. Ébahis, nous le regardons grignoter les champignons qui poussent à cet endroit. Les champignons que je croyais toxiques pour réussir à pousser là où rien d'autre ne le peut.

J'avais oublié une des premières leçons de Baaba, qu'il m'a apprise après que j'ai tué ma première antilope : « Tous les êtres doivent mourir, mais la mort, à son tour, est source de vie. »

« Le Ragnarök n'est pas la fin du monde, a dit Alvtir. C'est un nouveau départ. »

Tout porte à croire que nous serons morts avant que Lisa ne se lève. Mais peut-être que nos efforts en inspireront d'autres. Peut-être que le changement est aussi inévitable qu'Alvtir en est arrivée à le penser.

— C'est un signe des dieux, chuchote Wisna.

J'échange avec Freydis un regard entendu.

— Peut-être qu'ils sont avec nous, en fin de compte.

— Je l'espère, me répond-elle, en prenant la main que je lui tends.

Portés par un nouvel élan, nous nous remettons en marche, main dans la main. Juste avant de pénétrer dans les hautes herbes, nous nous arrêtons au pied de la dernière construction encore debout : une grange pas très différente de celle de Broskrap. Ses murs calcinés s'écaillent, mais c'est le seul bâtiment qui ait survécu à l'incendie. Il se dresse vaillamment, semblant monter la garde à côté des ruines de l'ancienne salle des banquets. Une fine volute de fumée s'élève du toit, ruban gris se détachant sur le noir du ciel nocturne.

Nous gagnons la porte. Des voix étouffées nous parviennent de l'intérieur.

Les autres se tournent vers moi. Ils attendent. Freydis me lâche la main et m'adresse, de la tête, un signe d'encouragement. C'est le moment où je prends la direction des opérations.

Je sens cette crampe familière au creux de mon estomac, quoique je ne me souvienne pas en avoir jamais connu d'aussi violente. Je repasse mentalement le plan que j'ai échafaudé avec Freydis. Il me paraît incroyablement ténu, tout à coup. Bronaugh a-t-elle pu faire passer notre message à d'autres *thrall* au cours de la dernière lune ? A-t-elle réussi à se faire comprendre ? Ont-ils transmis le message à leur tour ?

Je pousse lentement la porte, quasi paralysée d'appréhension.

La grange est pleine à craquer.

Mon cœur bondit dans ma poitrine. C'est à croire que tous les *thrall* soninkés du Norvèg sont venus ! Et ils ne sont pas les seuls : près d'une quarantaine de visages graves se tournent vers nous quand nous pénétrons dans les lieux. Certains ont les mêmes paupières tombantes et le même teint chaud qu'Aïré ; d'autres ont les joues criblées de taches de son, comme Bronaugh et Ingmar ; des hommes et des femmes, jeunes et vieux, peau d'ébène et peau d'ivoire… tous rassemblés ici pour répondre à notre appel. Il y a même certains *thrall* de la maison royale, dont Wérian, le garçon à la peau grêlée qui sert la table de Balli.

J'en bredouillerais presque sous le choc : soulagement et stupeur me montent à la tête comme une rasade d'hydromel. À voir son air, Freydis est aussi sidérée que moi.

Bronaugh s'avance pour nous accueillir. Débordant de gratitude, je lui prends les mains.

— J'ai travaillé bien, non ? me demande-t-elle, les yeux brillants à la lumière du feu qui rugit dans l'âtre.

— Mieux que bien, Bronaugh. Je ne sais pas comment je pourrais te remercier.

— Tu remercies moi en gagnant.

Elle se tourne vers l'assemblée, attendant le silence.

— Voici Yafeu, la femme que j'ai parlé à vous. (Elle me désigne d'un geste.) Elle est *thrall* avant, comme nous. Elle se bat pour sa liberté et, maintenant, elle veut nous, on se bat comme elle pour liberté à nous.

Au même moment, Nyeru émerge d'un groupe de *thrall* soninkés.

— Nyeru ! (Je repasse instinctivement à notre langue natale.) Qu'est-ce que vous faites ici ?

Il est trop vieux pour se battre avec nous – même si je ne le dirais jamais tout haut.

Il pose une main sur mon épaule.

— Nous luttons tous à notre manière, petite sœur. (Il se détourne pour s'adresser à ses camarades de captivité.) Voici Yafeu, fait-il en soninké, complétant les présentations de Bronaugh.

Tout le monde se tait, attendant manifestement que je prenne la parole. Ils tiennent à la main toutes les armes de fortune qu'ils ont pu chaparder à leurs maîtres : pelles, faux, planes, ciseaux à bois, marteaux… Des armes qui ne pèseront pas lourd face à des épées et à des haches de guerre.

Je respire profondément et m'efforce de regarder chacun d'eux, un à un, dans les yeux.

— Vous avez été courageux de venir ici ce soir. (Je commence en soninké, essayant désespérément de contrôler les trémolos dans ma voix – à ma grande fierté, c'est Nyeru qui se charge de la traduction en norrois.) Il y a tant de choses que j'aimerais vous dire, mais le temps nous est compté. Je sais que vous avez tous durement souffert. J'ai connu ces souffrances, moi aussi. (Ma gorge se serre. Je déglutis, luttant intérieurement pour rassembler mes idées.) Je veux vous dire que vos souffrances n'ont pas été inutiles, parce qu'elles vous ont conduits ici, ce soir. Que tous nos dieux, même s'ils sont aussi différents les uns des autres que nous le sommes, sont à nos côtés. Qu'ils croient en nous. Mais le plus important, ce n'est pas ce que les dieux croient. Le plus important, c'est que nous croyions, nous.

Un puissant *nyama* rayonne en moi. Je m'interromps pour lui laisser le temps de m'insuffler sa force. Quand je reprends la parole, les mots me viennent du plus profond du cœur.

— Voici ce que je crois. Je crois que chacun d'entre vous devrait être libre. Je crois que les voleurs qui vous ont pris votre liberté devraient le payer de leur vie. Et je crois qu'on ne pourra les vaincre qu'ensemble.

» Pourtant, nous ne vous forcerons pas à combattre. Chacun de vous est libre de prendre sa propre décision. Je ne vous mentirai pas : la majorité d'entre vous ne sont pas des guerriers et, même si vous l'étiez, nos adversaires sont largement plus nombreux que nous ne le serons jamais. Il y a peu de chances que nous l'emportions. Il est plus probable que nous marchions vers notre mort. Mais que vous nous rejoigniez ou non, que vous vous battiez avec nous ou non, je vous jure que, si nous triomphons, quand la reine Freydis montera sur le trône, vous serez libres.

Je tourne les yeux vers elle, soudant mon regard au sien. Tout le monde attend qu'elle confirme mes dires. Elle pose la main sur la poignée de son épée volée et s'incline devant moi sans un mot. Des murmures approbateurs parcourent l'assemblée.

— Je ne suis pas devin. (Je poursuis, en norrois cette fois.) Je ne peux pas prédire ce qui nous attend, pas plus que je ne connais la volonté des dieux. Je peux juste vous offrir une chance et je ne jugerai aucun de ceux qui refuseront de la saisir. Quant à moi, je préférerais mourir en me battant pour ce que je crois que vivre dans le mensonge.

Le flot de mots qui me venait spontanément aux lèvres se tarit brusquement. Je reste muette, le souffle coupé, la gorge nouée.

Une jeune et souple soninké, à la peau et aux yeux brun ambré, fait un pas en avant, se détachant de l'assemblée. Elle plante sa faux dans la terre battue à ses pieds.

— Je suis avec toi, Yafeu, dit-elle dans ma langue.

Le cœur gonflé de gratitude, je lui adresse un hochement de tête muet. Et puis une autre s'avance à son tour, frappant le sol de son arme de fortune avant de répéter les mêmes mots, cette fois dans un norois appliqué.

— Je suis avec toi, Yafeu.

Et puis un autre :

— Je suis avec toi, Yafeu,

Et encore un autre :

— Je suis avec toi, Yafeu,

Bientôt, tous les *thrall* réunis dans la grange s'avancent. C'est à peine si je peux retenir mes larmes. Je parviens quand même à leur exprimer ma reconnaissance dans les deux langues, d'une voix étranglée par ce que je n'arrive pas à exprimer.

— Merci à tous.

Nyeru désigne un jeune homme au premier rang, qui doit avoir à peu près mon âge.

— Adémola, dit-il.

L'adolescent s'approche d'une démarche gracieuse. Et je ne peux pas m'empêcher de remarquer les muscles dessinés de ses bras.

— Voici Adémola, répète Nyeru en soninké. C'est le fils du grand chef Jawuru, et un guerrier renommé. Il pourra mener les nôtres au combat.

Adémola pose la main sur son cœur pour me saluer, tout en m'examinant intensément. Son *nyama* rayonne, comblant l'espace qui nous sépare. Ses yeux brillent comme des quartz fumés polis.

— Je suis à votre service, affirme-t-il dans notre langue natale, inclinant la tête en signe de respect.

Je lui rends son salut.

— Non, mon frère. C'est moi qui suis au vôtre.

La mine sérieuse d'Adémola s'efface derrière un sourire radieux.

Du coin de l'œil, je vois Freydis prendre Wérian à part.

— Nous avons une mission à te confier, Wérian, si tu te sens de taille à l'accomplir.

Je me retourne vers les visages impatients qui me font face.

— Voici notre plan.

44

YAFEU

Le ciel est noir comme de la poix. Mince croissant blafard, Mawu détourne sa face pâle, comme si elle ne pouvait pas supporter de voir ce qui allait arriver. L'air immobile et glacé annonce l'automne. J'ai pourtant renoncé à la cape que Freydis m'a offerte. Ce soir, je préfère avoir froid et garder ma liberté de mouvement. De toute façon, je ne vais pas geler très longtemps.

Par contre, j'ai décidé de porter mes deux colliers.

— Eh, Ránveig ! (Je me suis fait un plaisir de les montrer à la première qui, il y a peu, me ridiculisait encore à l'épée.) Qu'est-ce que tu disais, déjà : « Là où sont les crocs du loup » ?

Son sourire carnassier me rappelle Alvtir.

Elle me suit de près. Tous les sept, nous rampons à plat ventre, quittant le couvert des hautes herbes pour pénétrer dans le camp retranché où se terre la famille royale. Atteignant la Grande Halle, nous nous relevons l'un après l'autre pour contourner sans bruit l'arrière du bâtiment, à l'affût, comme les prédateurs que nous sommes. Il ne faudrait surtout pas nous faire repérer par les gardes de la tour de guet. Pas avant le dernier moment, en tout cas.

La peur est montée en moi toute la journée. Tant et si bien que, maintenant, elle se dresse comme un raz-de-marée prêt à m'engloutir. Mais je ressens autre chose, aussi : l'*Úlfheðinn* qui se réveille. Mon sang rugit à mes oreilles, de terreur, de ferveur, ou des deux à la fois.

Quand je m'entraînais avec la *hird*, j'ai toujours pensé que ce serait un raid qui mettrait, pour la première fois, ma crédibilité de *skjaldmö* à l'épreuve.

Voici qu'à la place, je mène une révolte !

Atteignant l'angle de la façade principale, je lève le poing pour signifier aux autres de faire halte. La conversation des gardes du portail couvre la musique et le bruit des festivités qui nous parviennent de l'intérieur.

— … *notre* tour d'lever nos cornes d'hydromel et d'profiter un peu d'la générosité du roi Balli, non ?

— Kjartan, vieille carne, t'auras encore d'la chance si tu récoltes les miettes d'la table d'une *thrall* !

— S'il a les miettes, moi, j'prends la fille !

Je risque un coup d'œil furtif. Éclairées par les torches fichées de part et d'autre, six sentinelles montent vaguement la garde devant les portes. Une pour chacun d'entre nous, sans compter Freydis.

C'est la nuit du Freysblót, la fête des moissons organisée en l'honneur du dieu Frey. D'après Freydis, en plus des fermiers de Skíringssal, tous les gardes royaux et les capitaines de la *hird* devraient y assister. Ça fait un an que Broskrap quittait sa ferme pour célébrer cette fête, me laissant libre d'aller rêver au port d'une évasion ? J'ai du mal à le croire.

Je regarde les autres droit dans les yeux. D'abord, Ránveig, puis Ingmar, puis Dag, Hétha, Wisna et enfin Freydis. Tous hochent la tête, à tour de rôle. La foudre zèbre le ciel noir. La lumière de l'éclair révèle la boue qui macule leurs vieilles cuirasses et la vengeance qui brille dans leurs yeux : ce ne sont plus de simples soldats. Ils sont faits de l'étoffe des cauchemars.

Même Freydis a l'air plus féroce que jamais. Elle porte la cuirasse d'Alvtir, bien trop grande pour elle et à peine éraflée, sous le gilet en peau de loup que je lui ai confectionné. L'épée qu'elle a volée à Orm lui bat la hanche. Nous l'avons entraînée à la manier, au cours de ces dernières semaines. Pour qu'elle sache se défendre, surtout, mais aussi pour qu'elle puisse attaquer, au besoin. Voilà qui pourrait suffire à la garder en vie. Quoi qu'il en soit, je sais que sa tante serait fière d'elle. Qu'elle serait fière de chacun d'entre nous.

Je bondis hors de ma cachette, secouant les six gardes de leur léthargie.

— Eh ! Vous vous souvenez de moi ?

Et je déguerpis.

Ils se lancent aussitôt à ma poursuite, me suivant à l'arrière du bâtiment. *Les idiots !* Mes compagnons leur sautent dessus, avant même qu'ils n'aient eu le temps de tirer leurs épées. Ránveig tranche la tête du premier, bien net, au ras des épaules, pendant qu'Hétha plante sa hache dans la poitrine du deuxième. Ingmar, Dag et Wisna liquident leurs petits camarades avec la même facilité. En moi, l'*Úlfheðinn* redresse la tête, alléchée par l'odeur du sang. Le dernier garde n'a pas tourné l'angle que je plonge ma dague dans le point sensible à la jonction de l'épaule et du cou. Déjà, il s'effondre, ouvrant et fermant la bouche comme un poisson hors de l'eau.

— Pas de jolies *thrall* pour toi ce soir, commente Ránveig, la lueur dans ses prunelles devenant sauvage à la lumière des torches.

Le tonnerre gronde au loin, saluant notre sortie comme nous émergeons tous les sept de l'ombre. Une goutte me frappe le front. Puis une autre. Soudain, la pluie se met à tomber à seau. Quand nous atteignons les portes, je laisse Freydis passer en tête, prenant position derrière son épaule.

Le *lur* résonne du haut de la tour de guet en une série d'appels convulsifs : l'alarme prévient d'une attaque.

Parfait. Nous en avions assez de nous cacher.

Le ciel nous aveugle et tonne : le cri de guerre des dieux. Quant à savoir s'ils sont avec nous ou contre nous… Nous n'allons pas tarder à avoir la réponse.

Pour l'heure, peu importe.

Pour l'heure, c'est pour nous que nous nous battons.

Freydis ouvre les portes à la volée et nous pénétrons dans la Grande Halle avec la tempête.

À l'intérieur, la musique s'est arrêtée. Cornes et plats vides gisent, abandonnés sur les tables. Les plus proches sont celles des fermiers et de leurs familles qui, déjà, se replient devant nous ; leurs murmures paniqués résonnent sous les voûtes de chêne. Mais ceux qui occupent les tables les plus éloignées, les capitaines de la *hird*, les gardes royaux et, enfin, Balli, Yngvild et Snorri, restent assis. Ils tournent la tête vers nous quand nous avançons, l'incompréhension sur le visage. Ils doivent être une quarantaine, peut-être même une cinquantaine au total.

— Freydis ! s'exclame Balli d'une voix pâteuse.

Freydis l'ignore pour s'adresser aux fermiers :

— Si vous tenez à la vie, rentrez chez vous. Sur-le-champ !

Nous nous rangeons sur le côté, libérant la large issue pour que les fermiers puissent s'échapper.

Les jours qui ont précédé notre réunion avec les *thrall* dans la Cité Fantôme, nous avons débattu avec animation de notre plan d'action. J'ai été choquée et consternée d'entendre Freydis déclarer froidement qu'elle voulait mettre le feu à la Grande Halle en bloquant les portes de l'extérieur. Ránveig était d'accord – c'était bien la première fois que ces deux-là étaient du même avis. Dag et Wisna avaient pris leur parti, arguant que, vu notre dramatique infériorité numérique, nous n'avions aucune chance. Mais je ne pouvais pas fermer les yeux sur l'innocence des fermiers et leurs familles. Sans parler des *thrall*, que nous n'aurions pas pu tous prévenir à temps.

Freydis et ses partisans estimaient le sacrifice nécessaire pour la bonne cause. Mais j'ai finalement réussi à l'emporter en leur faisant remarquer que tuer sans se montrer n'avait rien d'honorable, et que si Freydis devait vraiment devenir reine d'Agder, il ne suffirait pas de supprimer Balli : encore fallait-il qu'il meure dans les bonnes conditions et au bon moment. Dans un *holmgang*, Freydis n'aurait aucune chance contre lui : Balli est peut-être vieux et hors d'état de combattre, il n'en a pas moins été un guerrier accompli dans une autre vie. Pour prouver à son peuple qu'elle *méritait* de lui succéder, qu'*hériter* du trône ne suffisait pas, elle devait le défier publiquement et affronter ses forces loyalement. Sinon, n'importe quel jarl pourrait se contenter de le remplacer. Freydis elle-même avait reconnu la validité de mes arguments.

Nous avions décidé de nous battre, même si nous ne serions que sept face à des dizaines de soldats et de gardes. Il ne nous restait plus qu'à prier pour que les efforts de Bronaugh aient payé : que les *thrall* viennent à notre aide et que leur nombre suffise à faire pencher la balance de notre côté.

C'était avant que nous ayons vu Wérian dans la grange de la Cité Fantôme. À ce moment-là, nous avions trouvé un autre moyen d'équilibrer les forces.

Nous avions aussi parié que les fermiers ne prendraient pas les armes contre nous. Qu'ils préféreraient fuir avec femmes et enfants, plutôt que risquer leur peau en défendant leur roi, même contre sept malheureux assaillants.

Et nous avions vu juste : les fermiers ne se le font pas dire deux fois. Ils se ruent vers la sortie, passant devant nous comme un troupeau de bestiaux affolés, tout comme la plupart des *thrall* de service, laissant la halle à moitié vide derrière eux. Dag s'empresse de barrer les portes.

C'est alors que je remarque le *thrall* écroulé au pied de la colonne près de l'âtre. Il est ligoté au poteau, les mains attachées derrière le dos. Au même moment, il relève la tête – à croire qu'il a senti mon regard.

J'avise tour à tour sa peau d'un beau brun chaud, son visage ridé, ses courts cheveux gris… Mon cœur s'arrête.

Nyeru !

Il me sourit faiblement et la rage me submerge.

Qu'est-ce qu'ils avaient l'intention de lui faire subir, exactement ?

Je foudroie Snorri des yeux. Mon sang bout quand je vois son rictus triomphant plein de morgue. J'ai envie de hurler. J'ai envie de lui ficher ma dague en pleine tête – quoiqu'il soit sans doute trop loin pour que j'atteigne ma cible, même si je suis une lanceuse émérite. J'ai envie de tuer tout le monde dans cette salle, innocent ou pas.

Mais la voix de Freydis, qui résonne haut et fort, me retient. Pendant qu'elle parle, Dag, Ingmar, Ránveig, Hétha et Wisna tirent la table la plus proche jusqu'au portail pour bloquer les portes.

— Roi Balli de Skíringssal, vous avez violé votre serment de protéger le peuple et de gouverner en homme d'honneur.

Aujourd'hui, je viens réclamer mon dû. Avant le lever du soleil, vous serez passé de vie à trépas. Et je deviendrai reine d'Agder à votre place.

Un long silence s'ensuit. La Grande Halle semble figée, jusqu'à ce que Helge s'avance vers Yngvild, qui est restée assise, à regarder sa fille, bouche bée. La *thrall* souffle quelque chose que je n'entends pas, tout en aidant, non sans peine, Yngvild à s'extraire de son siège.

Naturellement, Helge, qui est trop vieille et a trop longtemps été asservie pour seulement rêver de reprendre sa liberté, est la première à protéger sa maîtresse.

Et puis Snorri se met à rire. Je soutiens son regard moqueur sans ciller.

— Tuez-les tous ! ordonne Balli.

Snorri se calme, tandis que le roi se lève tant bien que mal.

— J'ai dit : *Tuez-les tous !*

Les capitaines foncent sur nous, suivis de près par les gardes royaux. Ou, du moins, ils essaient. Leurs jambes semblent se dérober sous eux. Ils tanguent, se bousculant et se cognant dans les colonnes. Leurs mouvements ralentis et mal coordonnés sont les signes d'un sens de l'équilibre relatif que quelques cornes de bière ne suffisent pas à expliquer.

Je cherche le regard de Wérian. Le petit *thrall* au service de Balli est l'agent clef de notre plan. Il se tient à quelques pas derrière le couple royal avec une poignée d'autres *thrall* et Helge, qui est restée. Il arbore un sourire triomphant. Le mien ne l'est pas moins.

Wérian sait où Balli cache sa réserve de jusquiame. Il avait pour mission d'en verser dans certains pichets de bière : ceux qui seraient servis à la table royale, ainsi qu'aux hommes de la *hird* et aux gardes. Il pouvait se faire aider d'autant de *thrall* qu'il le voulait pour peu qu'il soit certain de pouvoir compter sur eux.

Au vu de l'état des soldats, il a parfaitement rempli son office.

D'après Freydis, la jusquiame soulage les douleurs et apaise les esprits. À petite dose. En excès, elle a l'effet inverse et provoque chez le buveur une agitation incontrôlée, une maladresse des gestes, voire un délire aussi puissant que la fièvre résultant d'une blessure infectée. Elle peut encore se révéler mortelle, Malheureusement, il ne semble pas que nous aurons cette chance ce soir. Les gardes et les capitaines de la *hird* ne comprennent manifestement rien à ce qui leur arrive, preuve en est qu'ils n'en sont pas moins prêts à se battre.

L'*Úlfheðinn* en moi exulte. Je la laisse m'insuffler sa fureur alors que je m'aligne épaule contre épaule avec mes compagnons. Mes amis. Mes guerriers. Ingmar se place à ma droite ; Dag, à la sienne. Ránveig vient se poster à ma gauche, suivie de Wisna, puis d'Hétha. Freydis se replie derrière nous, comme prévu.

Je brandis mes dagues au-dessus de ma tête et commence à les frapper l'une contre l'autre. Le claquement métallique résonne dans toute la halle.

— *Pour le Valhalla !*

— *Pour le Valhalla !* répondent-ils en chœur.

Avant que nous n'entamions la charge, Wérian crie soudain quelque chose dans une langue que je ne connais pas. Et le voilà qui se précipite sur Balli, un couteau de cuisine à la main.

— Wérian ! Non !

Mais j'interviens trop tard. L'épée de Snorri est déjà enfoncée dans son ventre.

Un regard de pure haine passe entre Snorri et moi. Je n'en prends pas conscience sur le moment, mais il a été trop rapide ; son coup, trop précis. Je lorgne la corne plantée dans la table devant lui.

Elle est pleine.

En dépit de ses nombreux vices, Snorri Broskrapsson n'est pas comme son père. Il n'a pas bu sa bière.

Wérian agrippe son estomac. Une expression d'atroce douleur déforme les traits de son jeune visage. Puis il s'effondre.

Cette fois, le barrage explose. Un cri sauvage me déchire les entrailles. Mes frères d'armes s'en font l'écho.

Hurlant comme des démons, nous nous ruons à l'attaque et fonçons dans le tas, fendant la première vague des hommes de Balli.

L'*Úlfheðinn* prend le contrôle. Hurlant toujours, je pare l'assaut d'un capitaine et le poignarde en plein cœur. Ma lame s'enfonce sans résistance : il ne porte ni cuirasse ni cotte de mailles. Un autre approche : un garde en armure. Alors, je lance ma dague dans sa cuisse, là où il n'est pas protégé, et la récupère quand, emporté par son élan, il passe devant moi en titubant. Le sang qui gicle de son artère sectionnée m'éclabousse le bras.

Je jette un coup d'œil alentour. On dirait que Balli a retenu deux ou trois petites choses de l'attentat au mariage de sa fille : il a ordonné à ses gardes de venir en armure, ce soir. Mais les hommes de la *hird* semblent n'avoir que leurs armes pour se défendre et n'en sont que plus vulnérables, surtout dans l'état où ils sont.

Ça pourrait fonctionner.

Rassérénée par cette idée, je fais front quand un autre garde vaseux tente de se jeter sur moi. Il ne tient même pas son épée correctement. Je la lui arrache des mains, avant de lui donner un coup de pied dans la rotule de toutes mes forces. Il pousse un cri de douleur quand son articulation se déboîte, qui s'étrangle au moment où je lui tranche la jugulaire.

Je fais volte-face, prête à régler son compte au suivant. Mais plus personne ne fond sur moi. Mes compagnons sont comme des faux et leurs anciens frères d'armes, comme des épis, mûrs pour la moisson.

Ránveig rit (elle rit !) alors même qu'elle sectionne le bras d'un des capitaines – Arinjorn, je crois. Elle le projette d'un coup de pied dans une table, si fort que celle-ci se renverse. Les plats vides se fracassent par terre. Un garde sans armes se jette sur elle et elle le gifle comme un gosse insolent. Ce qu'il est, comparé à elle. Elle ramasse un tesson de terre cuite et s'en sert pour lui crever l'œil, ricanant toujours pendant qu'il hurle de terreur.

Je vomirais si je n'étais pas transie d'admiration. J'avais raison au sujet de Ránveig : elle doit être une *berserker*, comme Alvtir. Frey aura son sacrifice, ce soir, finalement.

C'est à ce moment-là que je m'en souviens : *Nyeru !*

Ingmar est près de moi, toujours à ma droite, arrachant sa longue hache du cou d'un soldat.

Je l'interpelle :

— Ingmar ! Couvre-moi !

Il surveille mes arrières pendant que je cours vers le poteau auquel Nyeru est attaché.

— Je savais bien que tu viendrais à mon secours encore une fois, me dit-il d'une voix faible, alors que je coupe les cordes qui lui ligotent les poignets.

Libéré, il se relève en chancelant, mais se rétablit promptement.

— Cachez-vous, vieux père !

Je l'aide à se glisser sous l'une des rares tables encore debout, puis lance ma dague sur le capitaine le plus proche avant qu'il n'ait le temps de nous atteindre. Il s'écroule. Son nom, à celui-là, je ne l'ai jamais su.

Mais il existe un capitaine promu récemment et dont je ne connais que trop bien le nom. Un capitaine qui est toujours vivant, malheureusement.

— Snorri Broskrapsson ! hurle l'*Úlfheðinn* par ma bouche, tandis que je me tourne vers la table royale.

Mais je ne le vois pas, pas plus que je ne vois Balli. Sous le dais, les gardes ont levé leurs boucliers qui se chevauchent, formant une infranchissable carapace, leurs épieux dépassant par les interstices. Je me souviens de cette formation apprise à l'exercice : le mur de boucliers. Elle peut être utilisée offensivement pour briser la ligne de front de l'ennemi, ou défensivement pour protéger quelque chose… ou quelqu'un. C'est là que Balli et Snorri doivent s'être repliés.

Je me fraie un chemin jusqu'à l'estrade, sautant par-dessus les cadavres. Mais le rempart est déjà en mouvement : ayant atteint le mur latéral, ils tournent pour se regrouper, et le mur couvre leurs arrières avant que je réussisse à les rejoindre.

Je peux voir, maintenant, ce qui était caché derrière eux. Les *thrall* affectés au service des tables, qui s'étaient repliés là, sont tous à terre, baignant dans leur sang. Je reconnais la *thrall* qui était assise sur les genoux d'Erik au Disablót. Elle regarde fixement le plafond, une hache plantée dans le crâne.

La rage explose en moi de plus belle. Je m'élance et frappe en vain les boucliers, essayant de créer une brèche pour me frayer un passage. Un épieu surgit au niveau de mon estomac, manquant de peu de m'embrocher. J'effectue une pirouette juste à temps. Il ne m'en érafle pas moins le flanc. Ça brûle, mais je survivrai. La brèche se referme aussi vite qu'elle est apparue. Je porte la main à ma blessure en reculant, incrédule.

— Lâches ! Moins-que-rien sans honneur ! hurle l'*Úlfheðinn.*

Mes compagnons se débarrassent des derniers gardes et de ce qu'il reste de capitaines de la *hird,* pendant que j'abreuve les boucliers d'insultes, comme si mes mots pouvaient pénétrer les défenses ennemies mieux que mes dagues.

— Viens te battre, Snorri Broskrapsson ! Viens défendre la vie de ton roi !

Mais le rempart résiste. Le mur de boucliers avance comme si de rien n'était, approchant du portail, emmenant avec lui Balli et Snorri.

— Tu veux savoir pourquoi on m'appelle Brise-Écus ?

La main ensanglantée d'Ingmar se pose sur mon épaule. Je lui réponds par un sourire. Son visage est également couvert de sang.

Tout n'est pas encore perdu.

Nous nous rassemblons derrière Ingmar. La Grande Halle n'est plus qu'un champ de bataille jonché de tessons de terre cuite, de tranches de viande, de fruits écrasés, de peaux de mouton déchirées, de tables retournées, de bancs brisés en deux… et de cadavres, beaucoup, beaucoup de cadavres. De sang, aussi. Du sang partout, sur tout. Je cherche Nyeru des yeux et suis soulagée de le trouver recroquevillé contre le mur du fond, terrifié mais vivant.

Freydis est la dernière à nous rejoindre. Son visage dégouline de sueur, des mèches s'échappent de sa tresse poisseuse, collées à ses joues et dans son cou. Je la détaille de la tête aux pieds : elle ne semble pas avoir la moindre blessure. Elle me rassure sur son état d'un signe de tête.

Ingmar s'élance, accroche le fer de sa longue hache de guerre au bord de l'un des boucliers et tire un coup sec en arrière, créant une faille dans la défense adverse. Nous nous précipitons tous sur cette ouverture. Mais un faisceau d'épées et d'épieux surgit de la brèche, et le mur de boucliers se referme en moins de temps qu'il n'en faut pour le dire.

Ingmar grogne. Je me tourne vers lui alors qu'il recule en se tenant le bras.

Voyant le sang qui gicle de sa blessure, prise de panique, je crie aux autres :

— Repliez-vous !

Les dieux soient loués, Ingmar tire son épée et rejoint la troupe. Nous suivons le mouvement du mur de boucliers vers le portail en gardant nos distances.

— Je vais y retourner, dit-il, haletant.

— Non ! (J'empoigne son bras valide.) C'est trop dangereux.

— On n'a pas le choix.

— Attends qu'ils atteignent les portes. Ils seront obligés de rompre leur formation quand ils arriveront à la barricade.

À peine ces mots sont-ils sortis de ma bouche qu'un fracas tonitruant résonne en provenance des portes. La table qui barre les lourds vantaux de bois tremble et se courbe dangereusement.

— C'est le reste de la *hird*, annonce Hétha – même si tous l'ont déjà compris.

Non ! Pas maintenant.

Un autre fracas et la table racle le sol.

— Tenez-vous prêts !

Mais mon avertissement est inutile.

Nous nous alignons face aux portes. Cette fois encore, Freydis recule pour se mettre à l'abri derrière nous.

Un dernier coup de boutoir et les portes s'ouvrent à la volée. Les soldats de la *hird* envahissent la Grande Halle comme des fourmis regagnant le logis un soir d'orage.

Ce sont de simples soldats. Ceux qui n'étaient pas invités à la fête. Ceux qui ne se sont pas vus servir des cornes et des cornes de bière.

Ceux qui n'ont pas été drogués.

Ils fondent sur nous.

— Tenez bon ! braille Dag.

Et nous tenons bon. Nous sommes toujours meilleurs qu'eux. Nous sommes toujours l'élite : ceux qu'Alvtir a choisis. Et les portes, même ouvertes, les retiennent encore : ils ne peuvent pas nous attaquer en masse.

Nous les combattons sans relâche, ignorant notre fatigue. Ignorant le sang sur nos visages, dans nos cheveux, sur nos cuirasses. Le sang qui coule de nos blessures, désormais. Dag pousse un rugissement inhumain, soulevant un banc pour le jeter à la tête des soldats en pleine charge, en envoyant cinq au tapis d'un seul coup. Ránveig récupère une écuelle et la fracasse sur le crâne du premier qui passe à sa portée.

Soudain, il y a comme une accalmie. Le torrent se réduit à un maigre ruisseau : les soldats sont de moins en moins nombreux à nous attaquer. Nous parvenons même à regagner un peu de terrain. Et puis le mur de boucliers disparaît, avalé par l'ouverture béante. Ingmar projette sa hache de toutes ses forces, mais elle heurte un bouclier et rebondit sans avoir fait le moindre dégât.

— Ils nous échappent !

J'en crie de dépit quand je vois les guerriers reprendre leur assaut de plus belle.

— Soldats ! les interpelle Freydis, toujours retranchée derrière nous. Je vous en prie, jetez vos armes ou retournez-les ! Le roi que vous défendez ne mérite pas que vous risquiez vos vies pour lui !

Mais ils n'écoutent pas. Ils sont trop nombreux. Ils nous repoussent, nous forçant à reculer. Et à reculer encore.

Nous sommes pris au piège, maintenant. Impossible pour nous de tous les combattre. Et il n'y a pas d'autre issue.

Hétha trébuche sur un cadavre.

— Hétha !

Mais je me défends déjà contre deux soldats : je ne peux pas voler à son secours.

Wisna se rue à la rescousse, parant un coup mortel juste à temps. Hétha se relève en chancelant, bloquant l'assaut du guerrier suivant avec son bouclier.

Mon cœur se serre. Nous ne pouvons pas continuer à ce rythme. Il ne nous reste que quelques minutes, peut-être même quelques secondes, avant que les hommes de Balli ne nous étripent l'un après l'autre.

Nous allons tous mourir. Par ma faute.

Baaba avait tort. J'ai cru en ce plan suicidaire. J'y ai cru de toute mon âme. Mais y croire n'a pas suffi. Ça n'a servi qu'à mener mes amis à la mort.

Mawu-Lisa… Odin… Freya… Gu… si n'importe lequel d'entre vous est avec nous, faites que nous sortions d'ici vivants !

— Aaaaahh !

Une voix au-dehors. Les soldats de la *hird* suspendent leur offensive. Il y a un moment de flottement. Nous en profitons pour reprendre notre souffle.

C'est alors qu'ils se replient.

Dehors, par l'ouverture des portes, un éclair illumine la scène, révélant une tornade à la peau sombre : une peau de la même couleur que la mienne.

Mon cœur bondit dans ma poitrine.

C'est Adémola, à la tête des *thrall.* Sa tunique de toile brute est déchirée aux manches, dévoilant ses bras musclés alors qu'il s'élance dans les airs, brandissant une faux à deux mains.

— Aaaaaahh !

Les *thrall* fondent sur la *hird* des deux côtés à la fois. Pris au dépourvu par cette attaque inattendue, les soldats ont un moment de confusion, se retournent.

Mon ordre claque :

— Maintenant !

Nous chargeons tous les sept droit sur l'ouverture, tuant les hommes de la *hird* qui ne se replient pas assez vite au passage. La flamme s'est rallumée dans nos cœurs et tous ceux qui nous barrent le chemin ne sont que fétus de paille servant à l'attiser. Wisna tournoie tel un ouragan, projetant les soldats d'un bord et de l'autre. Ránveig se jette à genoux, ramassant un épieu dans son élan pour le plonger dans le ventre d'un soldat tandis qu'elle glisse entre ses jambes. Ingmar se saisit de l'épée de ce même adversaire quand il s'effondre et fend le suivant en deux.

Il ne reste plus que deux hommes de la *hird* dans la halle. Dag fonce sur eux, tête baissée. Ils se retournent, en panique, mais il les piétine comme un taureau lâché dans un poulailler. Hétha et moi nous occupons de les achever.

Enfin, nous atteignons le portail. Nous devrions être sortis d'affaire, à ce stade, ne serait-ce le monceau de cadavres qui nous barre l'entrée. Sans compter la mêlée de *thrall* et de soldats qui s'affrontent en une masse grouillante.

Le mur de boucliers a disparu, profitant du chaos ambiant pour se disperser. La pluie a cessé mais, à la faveur d'un nouvel éclair, j'aperçois une cape rouge juste avant qu'elle ne disparaisse plus bas sur la colline. C'est Balli qui fuit le combat, comme le pleutre qu'il est, pour rejoindre le refuge de ses champs. Balli qui s'échappe !

L'*Úlfheðinn* hurle de rage.

— Sortez-moi de là. Tout de suite !

Wisna noue ses doigts, paumes vers le haut, et se baisse pour me faire la courte échelle. Je place mon pied sur le tremplin improvisé et elle me projette dans les airs.

J'atterris en plein milieu des soldats, assommant celui qui amortit ma chute. Je profite de l'effet de surprise momentané pour taillader à tout-va.

J'entends Ránveig s'écrier au-dessus de nos têtes :

— Pour Alvtir !

Elle atterrit à son tour à côté de moi et plonge son épée dans la poitrine du premier soldat à sa portée. Dag est le suivant, puis Ingmar. À nous quatre, nous nous ouvrons un chemin à coups de lames.

Je me tourne vers Ingmar, qui fait tournoyer sa hache au-dessus de sa tête et l'abat sur le crâne d'un soldat et le fend en deux.

— Vas-y ! me crie-t-il. On va les retenir.

Je tourne les talons, prête à filer.

— Couvrez Yafeu ! braille Dag.

Adémola et un autre *thrall* surgissent devant moi pour m'ouvrir la voie, leurs armes de fortune à la main, repoussant les soldats pendant que je m'extirpe de la masse.

L'air froid de la nuit sur ma peau en sueur me saisit. Je manque de chuter et de dévaler la colline dans le noir. Je saute par-dessus la clôture du champ d'orge, vide et à découvert après la moisson, hormis une poignée de silhouettes sombres à l'autre bout. L'une d'entre elles se retourne.

— Arrêtez-la !

La voix de Snorri.

Deux autres silhouettes, des gardes ou des soldats, se dirigent vers moi.

Mais rien n'arrête l'*Úlfheðinn*.

Je fonds sur eux, les égorgeant dans ma course. Une dague pour chacun. J'entends les gargouillements de leur cou, alors que, déjà, ils gisent agonisants. Les grillons crissent et les arbres de la forêt juste devant grincent, courbés par le vent qui souffle toujours furieusement du fjord.

Snorri et le roi s'évaporent dans la nature. Je fonce vers la lisière aussi vite que mes jambes veulent bien me porter.

Je ralentis en franchissant le rideau d'arbres pour pénétrer dans l'obscurité, remettant une de mes dagues au fourreau. Mon instinct de chasseresse prend le dessus. Je me faufile à travers les futaies. J'ai appris à marcher avec ces bottes sans faire le moindre bruit. La vue cède alors le pas à l'ouïe. Je dresse l'oreille, attendant le craquement de brindille qui trahira la créature étrangère à ces bois.

Il ne tarde pas à se faire entendre, là, juste derrière les branches basses d'un gros bouleau. Je m'avance à pas de loup et tire le roi par sa cape hors de sa cachette.

Il brandit une épée dont, même dans les ténèbres, le *nyama* est parfaitement identifiable. C'est celle d'Alvtir : Angrboda. Une nouvelle éruption de rage afflue dans mes veines à la vue de la lame d'une si vaillante guerrière entre les mains d'un lâche.

Avant qu'il n'ait seulement le temps de comprendre ce qui lui arrive, je lui ai sectionné la main qui tient une arme trop prestigieuse pour lui.

Il hurle, rétrécissant à vue d'œil, alors que je le plaque contre le tronc d'une poigne de fer. Son sang est chaud sur ma poitrine. Je ne m'étais jamais rendu compte comme le « grand » roi Balli est petit.

Mawu brille par une brèche dans la canopée, éclairant son visage pétrifié de terreur. Je plonge un regard triomphant dans ses yeux, de plus en plus affolés à mesure qu'il prend conscience de sa fin prochaine.

— Regardez-moi bien, roi Balli, et sachez que celle qui va vous achever s'appelle Yafeu.

— J'aurais dû te tuer quand j'en ai eu l'occasion, me crache-t-il dans un grognement de roquet.

Je brandis ma dague, reprenant les mots de Ránveig :

— Pour Alvtir !

Je ne vois plus que l'éclat de Mawu sur ses dents et… je plisse les yeux parce que… Il me *sourit* ! Non, pas à moi. Mais à quelqu'un derrière mon épaule.

Je fais volte-face, juste à temps pour esquiver un coup fatal de… Snorri !

— *Heill, Úlfheðinn !*

Le roi échappe à mon emprise pour m'attaquer, refermant les bras autour de mon cou. Je balance violemment ma tête en arrière et la sienne se fracasse contre le tronc dans son dos. Il me lâche et s'écroule, inconscient, ce qui me laisse juste le temps de me baisser pour éviter l'assaut de Snorri et me rétablir dans le même mouvement.

— Ça fait longtemps que je rêve de ce moment, jubile le *stallari*, en faisant tournoyer son épée avec impatience.

— Et moi donc !

Je tire ma seconde dague du fourreau pour les faire virevolter toutes les deux autour de mes mains.

Il attaque en flèche. Je croise mes dagues pour parer le coup, mais la force de sa frappe se répercute jusque dans mes os.

Je repousse sa lame de côté, mes deux dagues lui écorchant le bras au passage. Il piaille et abat de nouveau son épée. Cette fois, je ne suis pas assez rapide : je m'écarte d'un bond, mais il m'entame profondément la cuisse.

Sur le moment, la douleur cuisante sature mes sens. Il en profite pour pousser son avantage, attaque de plus belle.

Je roule sur le flanc et me relève d'un bond, luttant contre la douleur. Mais je sens bien que tout devient de plus en plus flou autour de moi. Ma cuisse est poisseuse. L'*Úlfheðinn* s'échappe de moi avec mon sang.

À coups de pied, Snorri m'arrache mes dagues. Je n'ai plus assez de force pour les retenir. Je suis désarmée. Je suis perdue.

Il ricane quand je tombe à genoux. La clarté de Mawu disparaît et les ténèbres se referment sur moi.

Snorri se penche pour me murmurer à l'oreille :

— Tu n'es qu'une catin d'elfe noire qui se prend pour ce qu'elle n'est pas et ne sera jamais. Il est temps de mettre un terme à cette mascarade.

Il brandit son épée au-dessus de sa tête.

— Et tu n'es qu'un homme.

J'empoigne le petit couteau de cuisine caché dans un fourreau sanglé à mon mollet et lui sectionne le tendon juste au-dessus du talon droit.

Snorri hurle et s'effondre, lâchant son épée.

Je me relève tant bien que mal. Les rôles sont désormais inversés. Il geint et rampe à reculons sur ses coudes pour s'adosser au tronc le plus proche.

Mobilisant les ultimes forces de l'*Úlfheðinn*, je plante ma lame dans son épaule gauche, le clouant à l'arbre. Il hurle encore. Ce son est si doux à mes oreilles que je souris.

L'envie de le faire souffrir me ragaillardit. J'écrase mon pied sur son entrejambe. Il pousse un cri strident et crache du sang, qui rejoint celui qui dégouline de son épaule et souille sa belle tunique de fête.

Je me penche pour lui souffler à l'oreille, tout comme il a chuchoté à la mienne :

— Tu couines exactement comme ton père avant que je l'égorge.

Sa respiration est rauque, sifflante. Alors même qu'il se tord de douleur, ses doigts rampent vers son épée, hors de portée. Je l'envoie valser d'un coup de pied.

— Non ! Pour… le Valhalla ! supplie-t-il. Tu dois me… donner mon épée.

— Le Valhalla ne veut pas de toi. (J'arrache mon couteau de son épaule.) Pour Alvtir !

Et je le regarde au fond des yeux en faisant glisser la lame en travers de sa gorge.

Une vague de triomphe me submerge.

Snorri est mort !

Je l'ai tué !

Mais quand la vague se retire, elle ne laisse rien derrière elle.

Je m'écroule, les dernières lueurs du feu qui m'animait quittant mon corps en même temps que le sang de ma profonde blessure à la cuisse. Je suis prise de vertiges.

Une ombre se dresse au-dessus de moi. Mes ancêtres viendraient-ils déjà me chercher ?

À travers le brouillard qui m'enveloppe, j'ai un sursaut de lucidité : *le roi !*

Je lève les yeux vers lui. Il me domine de toute sa hauteur, brandissant l'épée de Snorri dans sa main gauche. J'essaie de lui échapper en roulant sur le côté, mais je peux à peine bouger. Je peux à peine le foudroyer du regard en mettant autant de provocation dans mes prunelles que j'en ai la force, bravant l'homme qui va réussir, enfin, à mettre un terme à ma courte vie.

Ainsi soit-il.

Ses lèvres se retroussent en un rictus goguenard, et…

Une épée jaillit de sa poitrine.

Les runes ensanglantées étincellent au clair de lune. Angrboda !

Son sang m'éclabousse la figure, exactement comme celui du marchand d'esclaves à Anfa. Balli baisse les yeux vers la lame, stupéfait, puis bascule, face contre terre, à côté de moi. Mort.

Je relève les yeux vers la silhouette derrière lui. Son visage est dans l'obscurité.

— Alvtir ?

Mais ses traits se précisent et révèlent une autre guerrière : Freydis ! Rouge du sang de son père.

Puis tout devient noir.

45

YAFEU

Des yeux comme une source d'eau claire miroitant dans une clairière éclaboussée de soleil. Je cligne des paupières. Le visage d'Ingmar est penché au-dessus du mien, le front creusé par l'inquiétude. Sa tête est auréolée d'un scintillement orangé et, sur le moment, je me demande si je ne suis pas morte.

Mais la vie éternelle ne commencerait pas par des coups de marteau dans ma tête et des élancements dans ma cuisse.

Je l'entends dire :

— Elle est réveillée.

Il m'aide à me redresser et je me rends compte que je suis sur un lit. Le lit de Freydis, exactement. Et qu'il fait jour.

— Tu nous as fait une peur bleue.

Une voix grave qui grommelle : Wisna. Je lève les yeux. Oui, elle est bien là, avec Hétha et Freydis, postées à quelques pas, comme des sentinelles. Leurs vêtements sont intacts ; leurs visages, propres et détendus.

Je soulève la couverture de fourrure pour jeter un coup d'œil à ma cuisse : ma blessure a été pansée ; le bandage, bien serré.

Hétha me tend un pichet d'eau. La soif me saisit brusquement, dévorante, et je vide le pichet d'un trait.

Freydis me tend une assiette de fromage avec un morceau de galette de pain rassis. Je ne me suis pas encore habituée à sa cicatrice et ce spectacle à lui seul me renvoie la réalité en pleine face. Cette fois, c'est sûr : je suis encore vivante.

— C'est tout ce que j'ai pu trouver. J'ai fait vit...

Elle s'interrompt en me voyant mordre dans le fromage avec voracité, comme si c'était le plus copieux et le plus appétissant des festins.

Mon repas royal à peine terminé, je l'interroge :

— J'ai dormi combien de temps ?

— Une journée, me répond Hétha.

Les souvenirs me reviennent, fragmentaires et confus. Je me raidis.

— Le roi ?

— Mort, de même que Snorri, s'empresse de me rassurer Freydis.

C'est un tel soulagement que tout mon corps se relâche d'un coup. Les dieux soient loués ! Tous les dieux, ceux des Majous et les miens.

Je crois rêver, mais non. C'est bel et bien réel.

— On a réussi ! croassé-je. On a gagné !

— On a gagné, me confirme Ingmar, en épousant la courbe de ma joue de sa main.

Son regard est calme et tendre. Le mien se porte sur son bras. L'entaille ne saigne plus, mais il aura une belle cicatrice.

J'aurais fait quoi s'il était tombé au combat ?

Je couvre sa main de la mienne, en espérant que ça suffise à exprimer ce que je ne peux pas dire devant les autres.

— Alors, c'est pour ça qu'on t'appelle Brise-Écus ?

Je revois la manière dont il s'est servi de sa hache pour ouvrir une brèche dans le mur de boucliers. Je n'avais jamais vu personne faire ça.

— C'est pour ça.

— Il faudra que tu me l'apprennes un jour, ce coup-là.

Il rit.

— Quand tu veux.

Je surprends le regard de Freydis.

— Freydis…

C'est alors que je remarque le fourreau sur sa hanche. Ce n'est pas l'épée qu'elle a volée au garde. Non, je reconnaîtrais ce pommeau-là n'importe où. C'est Angrboda, l'arme d'Alvtir. La vision de cette lame jaillissant de la poitrine de Balli me revient subitement à l'esprit. La manière dont, en basculant vers l'avant, il a révélé la silhouette de Freydis.

— … tu m'as sauvé la vie.

Hétha et Wisna se tournent vers elle, abasourdies. Elle ne le leur avait donc pas dit ?

— Je te dois une faveur, me répond-elle d'un air penaud. (Une ombre passe sur son visage.) Enfin, beaucoup plus que cela.

— Eh bien, tu peux considérer que nous sommes quittes.

Je rabats les fourrures, sans même me soucier de n'être qu'en tunique. Ingmar se penche pour m'aider à me lever, mais je le repousse d'un geste.

— Je peux marcher toute seule.

Il ricane en me voyant avancer d'un pas chancelant.

— Toujours aussi têtue.

— Tu baisserais pas dans l'estime des gens pour ça ? intervient Hétha. Pas après une bataille pareille.

— Qu'est-ce que tu veux dire ?

Elle arque un sourcil.

— T'es une héroïne, Yafeu.

— *Nous* sommes tous des héros. (Et j'insiste lourdement sur le « nous ». Je parcours en boitant la moitié du chemin jusqu'au poteau où est accroché mon pantalon, avant de renoncer et de laisser Ingmar m'aider.) Qu'est-ce que j'ai raté ?

Je grimace en remontant la jambe de mon pantalon sur ma cuisse.

— Dès que je leur ai dit que leur roi était mort, les hommes de la *hird* ont jeté leurs armes, me répond Freydis. Quel honneur y aurait-il à combattre pour un roi mort ?

— Il n'y aurait pas beaucoup d'argent à se faire non plus, ironise Ingmar.

— Nous avons pratiquement passé toute la journée d'hier à panser les blessés et à enterrer les morts, poursuit Freydis.

Mon cœur se serre quand je repense à Wérian et aux autres *thrall* qui ont perdu la vie pendant la bataille.

— Et à faire savoir à tous les fermiers ainsi qu'aux habitants de Skíringssal que nous avions triomphé, enchaîne-t-elle. Ma mère et Helge ont été placées sous bonne garde dans la cabane de Helge. Nous avons transporté le cadavre de mon père jusqu'au port. Nous avons trouvé celui d'Alvtir sur place. Ou plutôt sa tête. Mon père l'avait fait empaler au bout d'une pique. Alors nous l'avons remplacée par la sienne.

Elle a fait empaler la tête de son père au bout d'une pique ?

Une fois de plus, sa cruauté me surprend. Qu'est donc devenue la petite princesse naïve que j'ai rencontrée il y a un an ?

— Les fermiers et les habitants de Skíringssal se sont tous pratiquement déjà prosternés devant Freydis, ajoute-t-elle. Pour les soldats survivants de la *hird*, c'est une autre histoire. Ils ne portaient pas vraiment Balli dans leur cœur, mais, de là à se mettre au service de Freydis… Beaucoup ont fui dans la nuit. Ils ont pris la majorité des navires de la flotte.

Je ne peux pas réprimer une grimace. Pas à cause de ma cuisse. Mais c'est un coup dur de perdre ses guerriers et ses bateaux. En même temps, Balli étant mort, ils sont libres de faire ce qu'ils veulent.

Si Freydis était un homme, je suis bien sûre qu'ils n'auraient eu aucun problème à lui prêter allégeance.

— Et les *thrall* ? Tu les as libérés ?

Freydis hoche la tête.

— Ils sont libres. Tous, comme nous en sommes convenus. Même ceux qui n'ont pas participé au combat. Mais…

Elle échange un coup d'œil avec les autres.

Je me raidis.

— Mais ?

— Mais leurs anciens maîtres ne sont plus tenus de les nourrir ni de les héberger. Pour la plupart, ils ont été jetés dehors. Depuis, ils errent dans la cité, dormant sous les étals du marché ou sur les navires encore à quai. Je ne sais trop que faire d'eux.

Je dévisage Freydis, incrédule.

— Tu les as laissés dormir dehors ? Et les maisons du camp de la *hird* ? La moitié doivent être vides, maintenant. Pourquoi ils ne pourraient pas s'y installer ?

— Je…, bredouille-t-elle. Honnêtement, je n'y ai pas pensé.

— Il n'y aura pas assez de place pour tous. Il faudrait qu'ils commencent à déboiser une partie de la forêt pour y construire des maisons.

Freydis se mord la lèvre et acquiesce.

— Ils sont où ?

— Adémola et une partie des autres sont en train de nettoyer la Grande Halle, me répond Wisna.

— Avec Dag et Ránveig, s'empresse de préciser Freydis. Je ne leur ai pas ordonné de ranger derrière nous.

Mais c'est exactement ce qu'ils font, qu'elle l'ait demandé ou non.

Je lui lance un regard éloquent.

— Tu viens ? On va leur dire toutes les deux qu'ils peuvent commencer à construire une nouvelle maison longue sur ce terrain. (Je me tourne vers les autres.) Nyeru était le *thrall* d'un charpentier. Vous pourriez le trouver ? Les autres auront besoin d'être guidés pendant la construction.

Ils hochent tous trois la tête et quittent la pièce. Freydis m'aide à enfiler mes bottes. Elle évite de me regarder, bizarrement. Je me demande si ça la dérange de remplir momentanément le rôle que j'ai eu auprès d'elle. Mais j'écarte cette hypothèse : elle a autre chose en tête, en ce moment.

Je m'appuie sur son bras pour regagner la Grande Halle. C'est une belle matinée, chaude et sans nuages. La lumière de Lisa paraît plus douce que jamais.

— Adémola ferait un bon garde.

Je pense à haute voix.

— Effectivement, reconnaît-elle.

— Il pourrait peut-être recruter de nouveaux gardes parmi tous ceux qui viennent d'être libérés pour remplacer ceux qu'on a perdus pendant les combats. Ils peuvent vivre dans une des maisons du domaine, pour te protéger.

— C'est une bonne idée, reconnaît-elle encore.

— J'en ai encore une pour toi.

Je marque un temps en découvrant la cité de Skíringssal qui s'étale à nos pieds, avant de se jeter dans les eaux placides du fjord. Rien n'a changé et, pourtant, tout est et sera à jamais différent.

— Oui ?

Je soupire.

— Tu devrais organiser des funérailles pour Alvtir *et* Balli. En même temps.

Elle a un mouvement de recul.

— Tu veux que je rende à mon *père* les derniers honneurs ? Avec Alvtir ? Mais pourquoi ?

— Pour montrer à la population que tu n'es pas comme ton père, justement : tu rends hommage aux morts avec impartialité. (Je passe le bras autour de ses épaules.) Et puis, si on a appris une chose, c'est que, peu importe ce qu'ils ont fait de leur vivant, les morts ont le droit de reposer en paix.

Elle m'adresse un drôle de regard.

— Qu'est-ce qu'il y a ?

Elle ouvre la bouche, la referme.

— Rien. Tu as raison, *comme toujours.*

Ingmar, Hétha et Wisna n'ayant pas tardé à trouver le charpentier et l'ayant envoyé à la Grande Halle, tous se mettent à l'ouvrage pour fabriquer des radeaux funéraires destinés à Alvtir et Balli. Même Freydis participe. Mais ils refusent catégoriquement que je mette la main à la pâte. J'ai horreur de rester sans rien faire ; toutefois, je sais que je dois ménager mes forces jusqu'à ce que je sois complètement guérie.

Je demande à quelques-uns des *thrall* libres de répandre la nouvelle des funérailles, en indiquant qu'elles se tiendront à la tombée de la nuit. C'est Freydis qui a eu l'idée de me charger de cette démarche à sa place, estimant qu'ils accepteraient plus facilement si ça vient de moi.

La nuit n'a pas l'air pressée de tomber. En plus de nous sept, Adémola, Nyeru, une poignée de *thrall* libres et peut-être une douzaine de soldats de la *hird* et de gardes, parmi ceux qui ne sont pas partis, assistent à la cérémonie. Aucun habitant de Skíringssal n'est présent. Personne n'aimait Balli, mais nul n'aimait Alvtir non plus. Les soldats sont venus par devoir et les *thrall* ne sont là que parce que, comme Freydis l'a prédit, je le leur ai demandé.

Nous déposons tous des fleurs autour de la dépouille d'Alvtir. Tant et si bien que, quand nous avons fini, son radeau ressemble à un mausolée. Celui de Balli ne soutient que son cadavre.

Dès que les premières étoiles apparaissent dans le ciel nocturne, j'apporte une torche à Hétha. Elle plonge la pointe d'une flèche enduite de poix dans la flamme pour l'allumer.

— Puisse la fumée de ce feu emporter ton esprit au Valhalla, déclame Freydis.

Wisna pousse le radeau d'Alvtir dans le fjord. Le jusant l'emporte vers le large. Quand il est assez loin, Hétha bande son arc. La flèche fend les airs et va se ficher dans l'embarcation. Déjà, les flammes dansent, rougeoyantes, dans l'obscurité.

J'associe ma prière à celle de Freydis en soninké :

— Rejoins tes ancêtres.

Puis nous faisons de même pour Balli.

Après les funérailles, je décide de passer la nuit chez Alvtir. Hétha et Wisna m'accompagnent. Les chiennes sortent en bondissant des bois à notre approche. Je suis étonnée du plaisir que j'éprouve à les voir.

— Je croyais qu'elles étaient parties.

Je gratte derrière les oreilles celle qui me saute dessus.

— Moi aussi, dit Hétha.

Ça fait un drôle d'effet d'être chez Alvtir sans elle. Mais je suis si épuisée que, même après avoir dormi toute la journée d'hier, il ne me faut par longtemps pour sombrer dans le sommeil.

Alvtir tient la main de Mawu-Lisa, à sa droite, et celle d'Odin, à sa gauche. Ils l'emmènent quelque part où je ne peux pas les suivre. Je tends le bras vers elle et elle se retourne, croise mon regard. Quelque chose dans ses yeux bleu glacier m'apaise. Je baisse la tête et me rends compte que je tiens Angrboda.

— Elle est à toi, maintenant, dit-elle.

Puis elle disparaît.

46

YAFEU

Quand nous entrons dans la Grande Halle, tous les yeux se tournent vers nous. On dirait que Skíringssal au grand complet s'est entassé à l'intérieur. Tables et bancs ont été retirés. Le sol a été balayé et récuré. Mais le souvenir du carnage flotte toujours, comme une odeur dont l'origine a disparu.

Nous marchons tous les six derrière Freydis qui fend la foule en direction du trône. Ingmar me soutient le coude pour que je m'appuie sur lui. Adémola et Nyeru me saluent quand je passe devant eux.

J'espère que Freydis reconnaîtra publiquement ce qu'elle doit aux *thrall* libres dans son discours de couronnement, lorsqu'elle prêtera serment tout à l'heure. En l'entendant honorer leurs anciens esclaves, peut-être que les maîtres se résigneront plus facilement au changement.

Avant même que nous n'ayons atteint le dais, Freydis chancelle, soudain blême. Je suis son regard et découvre Yngvild et Helge, en retrait sur le côté, sous bonne garde entre deux hommes soninkés.

J'ai un pincement au cœur en imaginant ce que Freydis ressent. Yngvild a les cheveux hirsutes. Sa robe est sale et couverte de terre. Mais, une main protectrice posée sur son énorme ventre rebondi, elle toise sa fille avec hauteur. Rien ne peut faire courber la tête à cette femme. Ce simple constat suffirait presque à lui valoir mon respect si je ne la détestais pas autant.

Freydis poursuit pourtant son chemin. Angrboda est posée sur le trône, dans son fourreau. Il nous a semblé plus juste qu'elle prête serment sur l'épée d'Alvtir plutôt que sur celle de son père. Pourtant, quand elle arrive devant le trône, au lieu de prendre l'arme du couronnement, elle se retourne pour faire face à l'assemblée. Nous l'imitons tous les six en nous alignant derrière elle.

Ça paraît irréel de me retrouver ici, sous le dais de la Grande Halle, cette même halle où j'ai rencontré Freydis ; où elle m'a sauvé la vie au Disablót ; où je lui ai sauvé la vie lors de son mariage avec Hakon ; où l'esclave que j'étais a été libérée pour devenir une des *skjaldmö* d'Alvtir… Me voici campée sur cette estrade, à regarder une marée de visages de toutes origines. Des yeux rougis de chagrin ; des yeux qui nous foudroient d'accusations inexprimées ; des yeux brillants pétillant d'un nouvel espoir… Attendant de voir ce qui va se passer.

Freydis se redresse de toute sa hauteur avant de s'adresser à la foule :

— Le règne du roi Balli s'est achevé, annonce-t-elle, et je suis impressionnée par la fermeté de sa voix. Il est malheureux que tant aient perdu la vie en même temps que lui. Tous étaient des hommes braves, même si celui pour lequel ils se sont battus ne l'était pas. Maintenant, le combat est terminé, et nous devons nous tourner vers l'avenir. Nous avons besoin d'un chef qui nous unira et qui rendra à Agder ses lettres de noblesse. En tant que princesse de sang, je sais que je suis l'héritière légitime de la couronne. Mais je déclare renoncer à mon droit à la succession pour nommer une autre reine à ma place. (Elle se tourne vers moi.) Yafeu.

L'assistance plonge dans le chaos.

Je regarde Freydis fixement, trop abasourdie pour parler. Les cris se mélangent, tourbillonnent, résonnent sous les hautes voûtes de bois. Certains, d'approbation ; d'autres, d'indignation.

La tête me tourne. L'axe de la halle s'incline.

Freydis lève les mains jusqu'à ce que le calme revienne.

— Yafeu est la reine que vous méritez, renchérit-elle. (L'inébranlable conviction de son regard rencontre l'incrédulité du mien.) C'est une *Úlfheðinn*. Mais, surtout, nul autre n'a sa vaillance pour mener un peuple avec honneur et dignité. Elle a abattu le roi Balli avec l'épée de ma tante, forgée dans le fer des dieux eux-mêmes. Le Père des Âges a placé cette arme dans sa main. Il l'a choisie pour nous gouverner comme il l'a choisie pour combattre en son nom. Je la servirai au titre de conseillère royale. Si elle m'accepte à ses côtés.

Un caquètement familier s'élève du fond de la salle. Je croise des yeux vairons dans la foule : le scalde.

« Vive la reine noire ! »

— Approchez, reine Yafeu, dit alors Freydis avec solennité, me ramenant brusquement à la réalité.

Je sens vaguement Ingmar me lâcher le bras, me laissant tenir debout toute seule. Je lui jette un coup d'œil éberlué. Mais il a l'air tout aussi surpris que moi. Et nos compagnons ne le sont pas moins.

Que fait Freydis ?

Mon cœur cogne dans ma poitrine, palpite dans mon cou. Je marche vers elle avec autant de dignité que je le peux, prenant sur moi pour cacher que je boite et joignant mes mains afin de les empêcher de trembler. Son œil unique couleur de mousse luit d'une émotion que je ne parviens pas à déchiffrer. Elle se saisit d'Angrboda et met un genou à terre devant moi, me présentant la poignée de l'épée pour la remettre entre mes doigts frémissants.

Je pose sur l'arme d'Alvtir un regard incertain, puis me tourne vers la foule, plongée dans une attente silencieuse. Mon estomac se tord. J'ai le visage en feu.

Je ne peux pas être reine !

Le doute menace de m'étouffer ; son emprise est plus suffocante que celle du voleur de Koumbi Saleh.

Mais mon bras bouge de lui-même et, avant que je ne comprenne ce qui m'arrive, je brandis l'épée au-dessus de ma tête.

C'est comme si un dieu avait levé mon bras. Mais lequel ? Et le dieu de *qui* ?

J'entends alors Ingmar crier derrière moi :

— AAOOOH !

— AAOOOH ! AAOOOH ! AAOOOH !

D'abord, les *skjaldmö,* puis Dag, puis la moitié de la salle qui se joint à eux.

— AAOOOH ! AAOOOH ! AAOOOH !

Ce rugissement tonitruant vibre jusque dans mes os. Si ça continue, mon cœur va éclater. Mais plus sous l'effet de la peur. Quelque chose de pur et de puissant monte en moi. Ça ne ressemble à rien de ce que j'ai déjà éprouvé auparavant.

— AAOOOH ! AAOOOH ! AAOOOH !

J'étais une esclave. J'étais une *skjaldmö.* J'étais une « elfe noire ». J'étais une *Úlfheðinn.* J'étais une paria. J'étais *jugu.*

Maintenant, je suis reine.

— AAOOOH ! AAOOOH ! AAOOOH !

Mais plus je regarde les visages extatiques des hommes et des femmes qui ont combattu avec nous (ceux d'Adémola et de

Nyeru, de Bronaugh et de tant d'autres), plus je comprends : ce n'est pas moi qui suis au centre de tout ça. Ce sont eux. C'est leur *foi* en ce pour quoi nous nous sommes battus qui m'a donné ce pouvoir. À présent, je dois essayer de m'en montrer digne.

Je dois faire en sorte que notre vision commune se réalise.

Quand les acclamations finissent par s'apaiser, j'entame ma prestation de serment :

— Je jure de servir chacun de vous, même ceux qui se sont battus contre nous. Je jure de ne jamais exiger votre loyauté, mais de la *gagner* dans tout ce que je ferai en tant que reine. Surtout, je jure de ne jamais aliéner votre liberté. Ensemble, nous allons construire une autre Skíringssal. Sans *thrall*, sans maîtres. Nous vivrons ensemble comme un seul peuple.

Et puis, je me tais parce que c'est tout ce que je trouve à dire.

Adémola se frappe le torse en signe d'approbation et tous les miens en font autant. Les karls (les fermiers, les pêcheurs, les artisans et leurs familles) se balancent d'un pied sur l'autre, manifestement mal à l'aise.

Freydis prend alors la parole :

— Qu'on amène ma mère. Et Helge.

Les gardes empoignent les deux femmes par le bras et les font avancer jusqu'au dais.

— Vous avez entendu la reine, dit Freydis d'un ton cassant, assez fort pour être entendue de tous. Vous travaillerez toutes les deux comme tout le monde pour fortifier Skíringssal. Nous aurons besoin de tous les bras disponibles pour déboiser et défricher le terrain, bâtir de nouvelles maisons longues et stocker suffisamment de nourriture pour tenir tout l'hiver. Personne ne sera exempté de cette charge. (Elle relève les yeux vers l'assemblée.) Je sais que vous avez tous de nombreuses questions, mais, pour l'heure, rentrez dans vos foyers ou ce qui vous en tient provisoirement lieu. Demain, après le coucher de Sól, nous festoierons en l'honneur de notre nouvelle reine.

Des acclamations clairsemées saluent la nouvelle.

Comme la foule commence à faire la queue pour sortir, j'attire Freydis à l'écart. Ingmar, Dag et les *skjaldmö* nous tournent autour sans trop savoir quoi faire. Nous devons avoir une longue conversation, elle et moi, mais il nous faudra attendre de nous retrouver en tête à tête.

Pour le moment, je me concentre sur mes interrogations les plus pressantes :

— Un festin ? (Je baisse la voix.) Mais pourquoi ? Tu as dit qu'on devait faire des réserves de nourriture pour l'hiver.

— Parce que c'est un bon moyen de les encourager à t'accepter en tant que reine, affirme Freydis d'un ton résolu. Beaucoup de choses vont changer, Yafeu. Tu vas devoir, toi aussi, te conformer à certaines de nos coutumes, si tu veux unir les gens et rassembler ton peuple.

— La générosité est le premier pas vers la loyauté, renchérit Ingmar. Les anciens maîtres ripailleront au coude-à-coude avec les anciens *thrall* ; ça les aidera peut-être à accepter le nouvel ordre des choses.

Je regarde les karls sortir en échangeant des messes basses et en évitant soigneusement le moindre contact avec les *thrall* libérés.

— Je vois où vous voulez en venir.

Ingmar me prend la main et je serre étroitement la sienne.

Je lui tiens toujours la main quand Bronaugh remonte à rebours le flot de la foule pour m'approcher.

Mon cœur s'arrête. Dès que je vois l'expression sur son visage, je sais.

47

YAFEU

En poussant la porte de la grange, je sens grossir la boule dans ma gorge.

Le corps d'Aïré est couché devant l'âtre. Bronaugh lui a fermé les paupières pour faire comme si elle dormait. Mais même si je ne percevais pas le vide criant de son *nyama,* la pâleur de sa peau ne le révèle que trop.

Les larmes me montent aux yeux. La main d'Ingmar se pose sur mon épaule. Je la repousse avec humeur. J'empoigne une pelle et sors sans un mot.

De quel droit cette fin d'après-midi est-elle aussi radieuse ? C'est intolérable et ça ne fait qu'attiser ma colère. J'enfonce l'outil dans la terre. Encore. Et encore. Et encore. Une chaleur visqueuse imprègne peu à peu le bandage sur ma cuisse. La blessure m'a fait souffrir tout le long du trajet jusqu'à la ferme de Broskrap. J'ai pourtant ignoré la douleur et imposé une cadence à marche forcée, malgré les protestations d'Ingmar.

— Yafeu. (Bronaugh pose une main sur le manche de la pelle.) *Arrête !*

Je l'écarte d'un violent coup de coude en grondant :

— Laisse-moi faire ça pour elle, au moins !

J'entends un bruit mat lorsqu'elle heurte le sol.

Les bras d'Ingmar se referment soudain sur moi quand, se plaquant dans mon dos, il me ceinture. La rage menace de me submerger. Je lutte contre cet étau, hurlant tandis qu'il m'arrache la pelle des mains :

— NON !

Je me débats, griffant et crachant comme une bête sauvage. Il grogne, mais tient bon.

— Ça va aller, me souffle-t-il à l'oreille.

Cette insupportable tendresse dans sa voix parvient à m'atteindre à travers le déchaînement aveugle de ma rage, touchant en moi une plaie à vif.

— Tu comprends pas !

Il tombe à genoux, m'entraînant dans sa chute, et répète :

— Ça va aller.

Je m'abandonne dans ses bras, inerte, trop épuisée pour continuer à lutter. Trop épuisée même pour éclater en sanglots. Les larmes coulent sans bruit, gouttant dans le pitoyable trou que je viens de creuser. Lentement, Ingmar relâche son emprise et je me lamente dans un souffle :

— Elle ne m'a jamais pardonné. Je voulais la sauver, mais je ne lui ai fait que du mal.

— Mais tu *as* sauvé Aïré ! proteste Bronaugh. (Elle se relève en s'époussetant, et vient s'accroupir devant moi, posant la main sur ma joue mouillée.) C'est juste qu'elle le voit pas avant. Elle est malade très longtemps.

Je m'immerge dans son regard si doux.

— Tu penses qu'elle est avec les dieux, maintenant ? Même si elle n'y croyait pas ?

Elle baisse la tête.

— Je sais pas, répond-elle, les yeux à terre.

Bronaugh reste assise avec moi, pendant qu'Ingmar achève de creuser la tombe. Quand je finis par me relever, Lisa a plongé derrière les collines, laissant dans le ciel des traînées violettes et roses. Ce n'est pas juste que ce coucher de soleil soit si beau.

— Je veux rester avec Aïré.

Bronaugh hoche la tête. Ingmar m'aide à retourner dans la grange. Pendant que Bronaugh allume le feu, je me couche en boule à mon ancienne place devant l'âtre. Ingmar s'allonge à mes côtés et m'enlace de nouveau. Sauf que, cette fois, ce n'est pas tant pour m'immobiliser que pour m'empêcher de me briser en mille morceaux. Comme je plonge peu à peu dans l'inconscience, j'entends le raclement du corps d'Aïré que Bronaugh traîne à l'extérieur.

Le lendemain soir, c'est la fête. Nous sacrifions un taureau à Odin et à Mawu-Lisa. C'est une bête prélevée dans le cheptel privé du roi, qui m'appartient, désormais. Freydis et Ingmar avaient raison : quoique de mauvaise grâce, karls et *thrall* festoient côte à côte. Fritjof joue du luth et chante des chansons à ma gloire, ce qui me met horriblement mal à l'aise. Heureusement, la bière coule à flots, émoussant ma gêne pour la nuit. Les chefs sont censés boire beaucoup, ne cesse de me répéter Hétha. Je m'efforce de ne pas la contrarier – autant que je le peux sans perdre ma lucidité.

Toute épuisée que je sois, quand la fête s'achève enfin, je ne me résous pas à regagner la chambre de Freydis. Ce serait comme si je remontais le temps, comme si j'allais m'endormir dans mon ancien lit et me réveiller pour découvrir que je suis toujours son esclave et que tout ça n'était qu'un rêve.

Alors, cette fois encore, je force mes pieds fatigués à me porter jusqu'à la seule maison de Skíringssal où je me sois jamais sentie chez moi.

FREYDIS

Le crépitement du feu dans l'âtre me berce, me plongeant dans une rêverie à demi éveillée. Mon esprit vagabonde paresseusement d'une pensée à l'autre, tandis que je fixe un regard flou sur les murs de chêne brut. Cette pièce a quelque chose d'étrangement réconfortant. Sa simplicité, peut-être, ou son espace réduit. Ou bien cela tient uniquement au fait que ce ne soit pas ma chambre.

Conséquences de notre journée de combat, je suis encore percluse de courbatures, de douleurs et de fatigue. Je me félicite d'autant plus d'avoir réussi à m'éclipser aussi tôt de la fête, et remercie mes dises de m'avoir aidée à trouver mon chemin jusqu'au logis de ma tante dans l'obscurité. Je ne pouvais pas retourner dans mon ancienne chambre. Pas après les cauchemars que j'ai faits la nuit dernière.

Naturellement, il suffit que j'y pense pour que la porte s'ouvre à la volée. Je me redresse en sursaut, puis m'apaise devant l'expression stupéfaite de Yafeu.

— Qu'est-ce que tu fais dans mon lit ? me lance-t-elle. Qu'est-ce que tu fais ici, même, d'abord ?

— Je… C'est-à-dire que… j'ai supposé que tu voudrais reprendre ma chambre.

Elle fronce les sourcils.

— Où es-tu allée chercher une idée pareille ?

Ne sachant que répondre, je préfère garder le silence et me hâte de quitter son lit. Elle pousse un profond soupir en se laissant choir sur sa couche et ôte ses bottes d'un coup de talon.

J'hésite.

— Quelque chose ne va pas ?

Elle me regarde droit dans les yeux.

— Pourquoi tu as fait ça, Freydis ?

— Fait quoi ?

Elle émet un petit reniflement railleur. Je me mords la lèvre pour résister à une impérieuse envie de baisser la tête. Je ne fais peut-être pas preuve d'autant de bravoure qu'elle, mais je ne suis pas totalement dépourvue de courage.

— Ce n'est pas moi qui ai pensé à rallier les *thrall* à notre cause. C'est *toi.* C'est à *toi* qu'ils ont prêté allégeance, pas à moi. Parce que *tu* leur as promis la liberté. Et il en va de même pour Ingmar, et Dag, et les *skjaldmö* : ils ne se sont pas battus pour moi. Ils se sont battus pour *toi.* À présent, c'est vers *toi* qu'ils se tournent tous pour que *tu* leur montres le chemin. Même moi ! Je pensais sincèrement ce que j'ai dit dans la Grande Halle, Yafeu : le peuple a besoin de toi, que tu le veuilles ou non.

Yafeu détourne les yeux, mais ne répond pas. Je pousse à mon tour un profond soupir avant d'ajouter :

— Mon père envoyait toujours quelqu'un mener ses batailles à sa place, et vois où cela l'a conduit. Si j'étais reine, je ne ferais que répéter ses erreurs avec toi. Tu serais mon Alvtir, alors que tu devrais être bien davantage, comme elle aurait dû l'être.

— Et tu as fait ça pour le peuple, ou tu l'as fait pour *toi* ?

Telle une torche chassant les ténèbres, sa question révèle un recoin sombre au fond de mon être. Je tente désespérément de l'esquiver.

— L'un n'empêche pas l'autre.

Elle roule sur le flanc et me tourne le dos.

— Bonne nuit, Freydis.

J'hésite un instant, puis me glisse sur le seul autre lit : celui de ma tante.

Yafeu est fâchée. Et je dois avouer que je ne peux pas lui en vouloir. J'essaie de me rassurer : *Demain, elle verra les choses sous un jour nouveau, sous un jour meilleur.*

Du moins je l'espère.

YAFEU

La matinée est déjà bien avancée quand je suis réveillée par Nyeru.

— Le moment est venu pour la cérémonie de ton couronnement, m'annonce-t-il, me sortant brusquement de ma torpeur.

Je fais la grimace et prends ma tête battante entre mes mains.

— Comment vous avez fait pour me trouver ?

— Les dieux m'ont guidé jusqu'à toi, me répond-il.

Je lui lance un coup d'œil de biais.

— Et j'ai demandé à tes amis, concède-t-il avec un sourire de petit garçon.

— Je suis déjà reine, grogné-je. On n'a pas besoin d'une autre cérémonie.

— Pas aux yeux de tes frères et sœurs, non.

Il fait signe à deux femmes à la peau aussi foncée que la mienne qui se tiennent timidement en retrait, puis m'abandonne en leur compagnie.

Même seules avec moi, elles se montrent incroyablement réservées. Je fais de mon mieux pour dissiper leur embarras, posant des questions à leur sujet pendant qu'elles me peignent et me tressent les cheveux. J'apprends qu'elles s'appellent Kansoleh et Gundo et qu'elles étaient toutes les deux couturières au Wagadou. Elles me racontent les épreuves qu'elles ont traversées, au cours de leur long périple jusqu'ici, et les privations dont elles ont souffert dans la ferme où elles ont été vendues. Elles me répètent encore et encore combien elles me sont reconnaissantes de leur avoir rendu leur liberté. J'insiste pourtant sur le fait qu'elles se sont libérées elles-mêmes. Quand elles ont enfin réussi à apprivoiser ma tignasse et à me faire trois grosses tresses qui s'entrelacent dans ma nuque, je vois bien qu'elles se sentent plus à l'aise. En tout cas, moi, je le suis avec elles.

Je tends la main vers une des tuniques d'Alvtir, mais Kansoleh se racle ostensiblement la gorge, interrompant mon geste. À ma grande surprise, Gundo tient devant elle un magnifique caftan jaune comme de l'or. Je reconnais le tissu de l'une des robes d'apparat de Freydis. Elle a dû les aider à la retailler spécialement pour moi.

Je l'enfile en les remerciant chaleureusement, m'extasiant devant la facture de l'ouvrage. C'est tellement gratifiant pour moi de pouvoir de nouveau m'habiller comme un des miens – ou, plutôt, une des miennes, et ça ne me gêne même pas que ce soit une tenue féminine.

Si seulement Ma pouvait me voir ! Cette simple pensée suffit à me nouer la gorge et à faire monter des larmes à mes yeux.

Quand Nyeru revient, mes maux de tête se sont à peu près calmés. Nous nous mettons aussitôt en route vers la cité, les plus jeunes réglant, comme il se doit, leurs pas sur ceux de leur aîné.

À notre arrivée, les *skjaldmö*, Ingmar, Dag, Bronaugh et Freydis nous attendent déjà au port avec les miens. Il y a quelque chose d'exaltant à voir les visages sombres surpasser en nombre les visages blancs pour une fois. À la façon dont Ingmar me reluque, j'imagine qu'il apprécie le spectacle. Je lève les yeux au ciel. Et puis j'adresse à Freydis un petit sourire hésitant, qu'elle me rend avec un soulagement évident.

Peu de temps après, Fritjof arrive avec une trentaine de Majous, hommes et femmes confondus, artisans de la cité ou anciens *thrall*. À mon grand étonnement, je reconnais aussi quelques soldats, parmi eux. Le manifeste respect qui se lit sur tous les visages, quand ils me regardent, me met de plus en plus mal à l'aise et me fait perdre mes moyens. Est-ce que c'était ce que ressentait Freydis lorsqu'elle était princesse ? Voilà qui expliquerait pourquoi elle était toujours si fébrile.

Finalement, Nyeru applique sur mon visage les peintures traditionnelles et, devant une quarantaine de fidèles, entame une prière aux dieux. Je me promets de lui faire faire, par une des couturières du Wagadou, des robes de prêtre soninké : il ne devrait plus avoir à se balader avec une tunique de *thrall* sur le dos.

Il achève le rite et fait signe à l'une des femmes qui l'accompagnent. Cette dernière lui remet alors un diadème de perles d'Aggrey avec un large sourire. J'ouvre la bouche pour protester (ces perles sont sans doute les siennes, qu'elle a dû rapporter de chez nous, ou qu'elle a dû se donner du mal à fabriquer ici, probablement en secret), mais Nyeru me fait taire d'un regard. Il serait malvenu de rejeter ce présent royal maintenant, je le reconnais.

Nyeru pose le diadème sur ma tête. Je suis bouleversée et remplie d'humilité, mais je fais de mon mieux pour avoir l'air souverain quand il chante de nouvelles bénédictions en soninké devant l'assemblée modeste et à moitié perdue.

Si seulement ma famille pouvait être là ! Si je leur racontais cette histoire (tout ce qui s'est passé et qui m'a conduite jusqu'à ce moment irréel), ils penseraient que je l'ai fabriquée de toutes pièces. Enfin, peut-être pas Ma et Baaba. Ma dirait que c'était écrit depuis toujours et Baaba, que j'ai forgé ma propre destinée. Je ne sais toujours pas lequel des deux est dans le vrai. Ce dont je suis sûre, en tout cas, c'est que mes frères me riraient au nez. Je les entends d'ici me taquiner, et, malgré moi, je souris : « *Une reine ? Toi ? Legba descendra du ciel pour nous botter les fesses avant que tu deviennes reine !* »

Quand la cérémonie s'achève enfin et que les gens commencent à se disperser, j'en profite pour me gratter furieusement le crâne. Il me démange depuis que Nyeru a posé le diadème sur ma tête.

— Il va falloir que tu t'habitues à t'habiller comme une souveraine.

Ingmar me rejoint en quelques enjambées.

— Jamais ! (Je lui prends la main.) Trop encombrant.

— Donc, tu as l'intention d'être la première reine à porter une tunique d'exercice dans Skíringssal ?

Il plaisante, mais j'aime assez cette idée. Je lui adresse un sourire malicieux.

— J'ai bien l'intention d'être la première reine à faire *tout un tas* de choses.

48

FREYDIS

Même sous le lourd manteau de la nuit, je peux voir la silhouette de Père se dresser au-dessus de Yafeu. Il me tourne le dos. Il ignore que je suis derrière lui. L'épée à la main, il ne va pas tarder à porter le coup fatal.

Les runes gravées sur Angrboda chantent à mon oreille. Je ne peux pas les distinguer dans l'obscurité, mais je les entends avec la voix mélodieuse de Fritjof : ansuz, *le pouvoir d'Odin, le dieu des dieux, d'une sagesse à nulle autre pareille ;* thurisaz, *le pouvoir de Thor, le grand défenseur, celui qui a terrassé les géants ; et* tiwaz, *le pouvoir de Týr, la puissance de la justice et de l'ordre qui régit tous les êtres vivants.*

Je ramasse Angrboda par terre et me rue sur Père. Il lève le bras pour frapper et je dresse le mien.

Mais cette fois, il se retourne pour me faire face. Ses yeux vert lichen, si semblables aux miens, trahissent son choc lorsqu'il comprend ce que je m'apprête à faire.

Je lui plonge Angrboda en plein cœur.

***

Un coup frappé à ma porte me réveille en sursaut. Je me redresse et frotte mon œil valide du creux de mon poignet. Mon cœur bat encore la chamade. Je n'ai cessé de faire ce rêve depuis la nuit où j'ai…

Je me reprends avec force : *depuis la nuit où nous l'avons emporté.* Je chasse de mon esprit la vision du visage de Père, la remplace par celle des *thrall* libérés, le jour où Yafeu a accédé au trône. Je me souviens du regard que les *skjaldmö* portaient sur elle, débordant d'admiration et de fierté. Ránveig elle-même semblait presque heureuse, ce jour-là.

Et c'est le meurtre de mon père qui a tout rendu possible. Le meurtre de mon père qui nous a tous délivrés.

On frappe de nouveau, des coups plus insistants, cette fois.

— Pardon de vous déranger, princes… hum, Freydis.

La voix d'Orm me parvient à travers la porte. Je suis contente qu'il ait survécu : cette culpabilité qui me hante serait plus intolérable s'il était tombé, lui aussi. Et je suis contente qu'il ait décidé de rester et de se mettre au service de Yafeu – il est l'un des seuls dans la garde royale.

— Un messager pour vous, précise-t-il.

Mon cœur bondit dans ma poitrine.

— Un instant !

Je jette un coup d'œil au lit vide de Yafeu, avant de me tirer du mien. La lumière du soleil qui filtre par le trou d'évacuation du toit est vive : il doit être tard. Ces derniers jours, le sommeil ne veut jamais me quitter.

Je m'habille prestement, m'efforçant, par mes gestes rapides, de chasser les dernières langueurs du rêve qui m'embrument l'esprit. Après m'y être essayée sans grande conviction, je renonce à dompter mes cheveux emmêlés pour les tresser et me résous à les laisser libres. Après tout, peu d'hommes le remarqueront, et encore moins me détailleront suffisamment pour s'en apercevoir. La plupart des gens préfèrent ne pas me regarder du tout. Je pensais qu'Astrid et Solvi, au moins, se réjouiraient de ma laideur. Or, même ces railleuses patentées détournent les yeux sur mon passage.

J'essaie de disposer mes mèches pour créer un rideau de cheveux propre à cacher la moitié mutilée de mon visage. Sans succès : ma cicatrice est trop voyante. On ne remarque qu'elle. Je renonce, enfile le gilet de loup que Yafeu m'a confectionné et ouvre la porte.

Orm et Demba, un des *thrall* libres, flanquent un homme élancé que je ne reconnais pas. Il y a quelque chose d'impérieux dans ses yeux lorsqu'ils croisent les miens.

Subitement, je sais qui l'a dépêché.

— C'est Harald qui vous envoie, n'est-ce pas ?

***

Le vent est d'un froid mordant aujourd'hui, apportant la promesse d'un hiver plus froid encore. Il ravive l'élancement de ma cicatrice. Je passe devant une poignée de ceux que l'on appelle désormais les « affranchis ». Ils poussent une charrette remplie de pommes dans la réserve des cuisines. Adémola essuie la sueur de son front et me fait un salut de la main que je lui rends aussitôt.

Bien des choses ont changé depuis la bataille de Skíringssal (puisque c'est ainsi qu'on la nomme, à présent) et le couronnement de Yafeu. Ingmar a été promu *stallari* de la nouvelle *hird*, même si Yafeu mènera probablement les hommes au combat en personne, le moment venu. Pour l'heure, c'est Ingmar qui les supervise, cependant, avec Hétha, Wisna et Dag qui mettent leurs talents à son service en tant que capitaines. Ils se sont tous les quatre vu attribuer le commandement des derniers navires restants. Ils n'ont cessé de recruter tant des femmes que des hommes pour former leurs légions et pour servir dans la garde personnelle de Yafeu, sous les ordres d'Adémola.

Les jeunes femmes s'engagent en masse. Leur nombre dépasse largement nos espérances. Elles viennent de tout Agder, et même d'au-delà de nos frontières, renonçant à leurs anciennes existences et allégeance, troquant leurs aiguilles à coudre pour des haches, maniant des couteaux de cuisine à défaut de dagues. Toutes sont inspirées par les histoires de l'*Úlfheðinn*, la grande guerrière-louve, la reine élue des dieux, le bras d'Odin lui-même.

Si Ránveig s'est vexée de ne pas avoir été nommée capitaine comme Hétha et Wisna, elle n'en montre rien. Elle ne lâche pas Yafeu d'une semelle, jouant les rôles tantôt de chien fidèle, tantôt de chien de garde auprès de la nouvelle souveraine. C'est à peine si je peux avoir un moment seule avec Yafeu, à présent. Sauf la nuit, lorsque nous tombons toutes deux de sommeil sur nos couches respectives, installées désormais dans l'ancienne chambre de mes parents. Aucune de nous ne veut dormir seule. Pas encore.

Bronaugh et Nyeru ont été choisis pour parler au nom des anciens *thrall*. Avec leur aide, nous avons réussi à persuader la plupart des fermiers d'accepter un arrangement provisoire, ces derniers ayant besoin de toute la main-d'œuvre disponible pour les moissons, et les affranchis, qu'on leur procure le gîte et le couvert. Ce n'est pas une solution pérenne. Cependant, en attendant, Bronaugh veille constamment sur eux, vérifiant qu'ils sont bien nourris, correctement indemnisés et traités avec respect.

Reste à savoir où mettre les autres. Telle a été la première question que nous avons eu à régler. Parmi les gardes et les soldats de la *hird* qui sont partis, rares étaient ceux qui possédaient leur propre logis, logis que nous aurions pu récupérer, le cas échéant. Nous avons donc dû élargir le déboisement de la forêt à l'est de Skíringssal, autour du campement de la *hird*, et payer les karls avec l'or et l'argent volé par Père aux Sarrasins afin qu'ils aident les *thrall* affranchis à bâtir autant de nouvelles maisons qu'ils le pourraient avant l'hiver. Toute la population ou presque a été mise à contribution. Charpentiers et menuisiers montent les murs, installent les banquettes-lits et posent les toits ; les forgerons confectionnent les rivets et les clous. Ceux qui n'ont pas de talent particulier coupent les bûches et déracinent les souches. Certes, le sol n'est pas cultivable à cet endroit, mais une maison sur une terre aride vaut mieux que pas de maison du tout.

Nous sommes peut-être parvenus à construire suffisamment de logements pour tout le monde, à l'heure qu'il est. Cependant, la *hird* croît plus vite que nous ne pouvons héberger (ou nourrir) de soldats. C'est un problème. Un « bon » problème, mais un problème tout de même.

Lorsque nous ne construisons pas des maisons longues ou des navires, nous constituons les réserves de vivres pour l'hiver : vannant et moulant le grain ; séchant pommes et betteraves ; mettant en saumure courges et choux ; abattant le bétail, salant et fumant la viande…

En dépit de ce dur labeur, et même si l'heure n'est pas aux réjouissances, il n'en règne pas moins dans l'atmosphère une sorte d'insouciance. Les couleurs ont commencé à fleurir à travers la cité naguère si grise. Les semblables de Yafeu fabriquent des peintures à partir de colorants végétaux, comme l'iris barbu ou le tournesol, et en recouvrent les façades des nouveaux bâtiments. Ils teignent leurs tissus dans des nuances vives et lumineuses, puis les joignent en des motifs élaborés, tels que je n'en ai jamais vu ou même imaginé. Certains de nos tisserands et de nos artisans bijoutiers ont commencé à collaborer avec les leurs, créant de nouveaux colliers et des styles de vêtements à nul autre pareils. Leurs ouvrages sont devenus très prisés des marchands de diverses contrées, ce qui a provoqué un afflux d'argent et de matériaux divers dont la cité avait grand besoin.

Il n'en demeure pas moins que des échauffourées éclatent entre nos deux populations. Et la charge qui nous incombe, à toutes deux, de maintenir la paix est bien lourde à porter. Heureusement que nous pouvons compter l'une sur l'autre.

Un rire sur la gauche me fait tourner la tête. Une belle femme à la peau sombre passe à côté de moi, repoussant en gloussant le rayonnant Norðmann qui l'accompagne. Ils badinent et échangent des plaisanteries dans un mélange de nos deux langues. Et je me remémore comment Yafeu et moi communiquions les premiers mois de notre rencontre. Par les dieux ! cela fait une éternité, me semble-t-il ! L'homme enlace la femme et l'embrasse, alors qu'elle s'abandonne à son étreinte. Ils affichent toujours cette même complicité rieuse lorsqu'ils se détachent l'un de l'autre.

Leur joie sans mélange fait naître un sourire à mes lèvres – même si je ressens, je l'avoue, un pincement de jalousie. Cette femme aurait-elle jamais éprouvé un tel bonheur si elle avait dû passer le reste de sa vie à travailler pour un maître ? Aurait-elle pu connaître le véritable amour avec l'un des miens ? Probablement pas.

Ma main se porte machinalement à ma cicatrice, mes doigts suivant les bords irréguliers de la plaie refermée.

En découvrant, pour la première fois, mon visage dans l'eau de l'étang, j'étais convaincue que je la devais à la malédiction de la Cité Fantôme. Avec tout ce qui s'est passé de bon depuis, je n'en suis plus si sûre. Peut-être n'est-ce pas tant une malédiction qu'un… prix à payer. Après tout, les dieux exigent un sacrifice avant d'exaucer nos prières. Nous devons donner de notre personne avant de recevoir leurs grâces. Peut-être la jeune fille que j'étais participe-t-elle de ce sacrifice ? Peut-être est-ce là ce qu'il en coûte pour que se lève une nouvelle ère dans le royaume d'Agder. Serais-je donc si égoïste qu'à mes yeux, ma beauté l'emporterait sur ce don des dieux ?

C'est du moins ce que je me raconte. Au fond de mon cœur, pourtant, je me sens plus perdue que jamais.

Avant de connaître Yafeu, je ne désirais rien tant que faire un mariage d'amour et devenir reine. C'étaient certes là des désirs conditionnés, dictés par les circonstances. Cependant, je ne connaissais rien d'autre. Je ne *pouvais* rien connaître d'autre. Puis Yafeu est arrivée et a tout chamboulé. J'ai alors compris que ce dont j'avais besoin plus que tout, c'était la liberté de *changer* ma situation, de faire mes propres choix.

Pourtant, maintenant que j'ai gagné cette liberté, je m'aperçois que je ne sais pas quoi en faire. Tous mes rêves d'antan sont morts : Yafeu est reine, à juste titre, et aucun homme ne m'aimera jamais avec cette ignoble cicatrice en travers du visage. Alors ? Où en suis-je à présent ? Où trouverai-je le bonheur ? Ou, si le bonheur est hors d'atteinte, y a-t-il autre chose que je devrais chercher à accomplir ? Quelque chose qui me permettrait de m'épanouir en dehors de l'accomplissement de mes devoirs ? J'ai eu beau jeter tous les sorts de mon répertoire, tirer les runes, solliciter maintes et maintes fois les conseils de Fritjof, je n'ai toujours pas obtenu de réponses claires. Les Nornes ont tissé pour moi une tapisserie totalement différente de celle que j'avais envisagée et je ne parviens pas encore à comprendre leurs desseins.

Au moins puis-je les remercier pour le nouveau rôle que je joue auprès de Yafeu. Je sais, au fond de moi, que cette voie ne m'apportera pas les réponses que je cherche. Néanmoins, elle remplit suffisamment mes journées et leur donne suffisamment de sens pour me distraire de ces lancinantes interrogations. Pour l'heure.

Yafeu m'a nommée Première conseillère et Ambassadrice royale et m'a chargée d'administrer le « vieil Agder » : les artisans et marchands de la cité, les fermiers, ainsi que les jarls de Père et leurs fermiers dans les provinces du royaume, dont beaucoup sont pairs au sein du Thing. Mon rôle est de les aider à s'adapter au nouveau régime.

Ce sont les jarls qui se montrent les plus récalcitrants. Certains d'entre eux ont prêté allégeance à Yafeu dès qu'ils ont appris que les taxes seraient réduites pour tenir compte de la diminution des récoltes. Mais beaucoup ne voulaient tout simplement pas se soumettre à une étrangère – encore moins à une femme. Yafeu a eu beau leur assurer qu'elle ne remettrait pas en cause leur statut et maintiendrait la tenue saisonnière de l'Althing, cela n'a pas suffi à les apaiser. Plusieurs d'entre eux sont venus apporter leur réponse en personne, accompagnant nos messagers de retour à Skíringssal. Après bien des jours de discussions houleuses (durant lesquels nous avons été obligés de leur réserver le meilleur accueil et de les recevoir à grands frais), ils ont accepté de la reconnaître *éventuellement* comme souveraine et de lui prêter allégeance à condition qu'ils aient un porte-parole permanent au sein du conseil restreint de la reine. Leur représentant devrait arriver à Skíringssal d'un jour à l'autre.

Connaissant les nouvelles de Harald, je me réjouis que nous soyons entre nous pour tenir la réunion du conseil d'aujourd'hui.

Lorsque je pousse la porte de la Grande Halle, je trouve Yafeu penchée sur la carte que nous avons découverte dans la chambre de mes parents, le front plissé par cette expression soucieuse qui lui est devenue si naturelle. La cape indigo que je lui ai donnée tombe de ses épaules comme une couverture. Comme toujours, Ránveig n'est pas très loin. Sa mâchoire se crispe lorsqu'elle me voit arriver. En revanche, à mon approche, Yafeu lève les yeux et me sourit.

Je l'ai récemment convaincue de faire redécorer la Grande Halle. Les meilleurs tisserands de Skíringssal se sont joints aux meilleurs tisserands de sa contrée natale pour créer des tapisseries représentant nos dieux et les leurs unis dans une même célébration, autant d'ouvrages destinés à orner les murs. Cédant aux instances de Yafeu, j'en ai tissé une moi-même, d'Odin et de Nana Buluku (la « Mère des Âges », comme certains ont commencé à l'appeler) qui dansent main dans la main, en entourant de leurs bras l'Arbre-Monde. J'y ai mis tout mon cœur, passant devant le métier le temps libre que me laissait ma charge. C'était une excellente diversion de pouvoir me concentrer ainsi, de sentir les mouvements familiers revenir dans mes doigts. Je n'oublierai jamais l'expression de Yafeu, éblouie, lorsque j'ai fini par la lui présenter. J'y jette un coup d'œil en passant devant. Je ne suis pas peu fière de ma création, je l'avoue.

Bientôt, Ingmar, Dag, Nyeru, Bronaugh, Hétha et Wisna nous rejoignent. À peine sommes-nous tous assis autour de la table que je me lance, avant que Yafeu ne prenne la parole :

— Je sais que nous avons beaucoup de sujets à aborder. Cependant, j'ai des nouvelles à partager de toute urgence avec vous, car elles concernent notre sécurité. (Je marque une pause, jusqu'à ce que Yafeu me fasse signe de poursuivre. J'inspire alors profondément pour apaiser mon anxiété.) Un messager est arrivé aujourd'hui en provenance du Vestfold. Harald s'est allié à Hakon de Trøndelag. Il a pris sa fille, Asé, pour épouse. J'ignore pourquoi, mais, pour quelque raison qui lui est propre, Harald s'est empressé de nous en informer.

Autour de la table, c'est la consternation. Chacun a besoin d'un petit moment pour digérer la nouvelle.

— Le nombre de nos ennemis s'accroît de jour en jour, commente Yafeu en examinant la carte d'un air sombre. Hakon dans le Nord, Harald à l'Est. Maintenant qu'ils ont uni leurs forces, nous avons nous-mêmes plus que jamais besoin d'alliés.

— On a *besoin* de personne, proteste Ránveig avec un reniflement railleur. On est les meilleurs guerriers que le Norvèg ait jamais connus. On devrait attaquer Harald, plutôt. Et maintenant, pendant qu'il s'y attend le moins. Raser le Vestfold avant que Hakon et lui aient le temps de consolider leurs défenses.

Tout le monde semble perturbé par cette idée. Yafeu, manifestement mal à l'aise, change de position.

— Je ne pense pas que ce soit encore nécessaire, Ránveig, dit-elle posément.

— En même temps, si ça le devient, on sera prêts, intervient Ingmar. L'annonce du couronnement de la nouvelle reine *úlfheðinn* se répand dans tout Agder et au-delà. Des recrues se présentent sur nos côtes tous les jours, impatientes de devenir des soldats. Ils s'engagent au service de la reine de la prophétie avant même que j'aie le temps de noter leurs noms.

Yafeu fixe sur moi son regard ambre brun.

— « La reine de la prophétie » ? D'où sortent-ils une histoire pareille ?

Je suis brusquement prise d'une quinte de toux. Après le couronnement de Yafeu, j'ai fait venir les scaldes les plus renommés d'Agder et leur ai demandé de conter notre victoire en chanson. Ils sont ensuite allés, de maison en maison, chanter nos louanges à travers le royaume. Depuis, l'histoire s'est développée toute seule. J'ai entendu dire que Yafeu avait amené des dieux étranges et puissants, qu'elle est bénie par ces dieux autant que par les nôtres. Il se murmure également que la fille de Balli est une puissante voyante : elle aurait prédit que Skíringssal tomberait sous les coups d'une terrible reine guerrière venue d'Afrique et qu'elle rebâtirait une cité encore plus puissante sur ses ruines.

Jamais je ne le reconnaîtrai devant Yafeu, mais je me plais à croire qu'il y a une part de vérité dans ces rumeurs.

— On dit que tu es immortelle, renchérit Wisna avec un sourire goguenard. Que tu es possédée par Odin lui-même et par les dieux de ton peuple, que tu es leur bras armé, qu'à travers toi, ils exercent leur volonté.

Une ombre passe sur le visage de Yafeu.

— Je ne veux pas qu'on raconte toutes ces bêtises à mon sujet.

— Il faut en passer par là. (Je m'efforce de la persuader.) Le peuple doit respecter ceux qui le gouvernent. Il doit même les révérer pour que sa loyauté soit indéfectible. Et nul ne mérite plus cette loyauté que toi. Tu as arraché le royaume aux griffes d'un tyran. Il faut que tes sujets le sachent.

— C'est servir le peuple qu'exagérer mes actes ? Voilà quelque chose que ton père aurait pu dire.

Ses mots portent, comme toujours. Je la foudroie du regard.

Au bout d'un moment, la voix grave de Wisna rompt le silence :

— Les nouveaux arrivants donnent à cette cité un drôle de nom. Ils l'appellent Yafreby.

— Les affranchis utilisent le même, confirme Nyeru à Yafeu. Ils parlent un mélange de nos deux langues, comme nous le faisions au début.

Je repense au couple que j'ai vu en venant.

— Les miens le reprennent aussi. Peut-être devrions-nous rebaptiser la cité Yafreby et enseigner cette langue à ses habitants.

— Tout ça peut attendre la fin de l'hiver, tranche Yafeu. Il faut parer au plus pressé.

La réunion se prolonge tard dans l'après-midi. Plutôt que d'ordonner aux karls d'héberger tant les affranchis que les nouvelles recrues et pour éviter de provoquer des frictions supplémentaires, Yafeu décide de convertir pour l'hiver la Grande Halle en abri ouvert à ceux qui sont dans le besoin. Nous venons seulement d'aborder la question de l'organisation du prochain Althing, lorsque Helge surgit dans la halle, hors d'haleine. Son tablier est trempé de sueur.

Je l'interroge aussitôt :

— Helge ? Que se passe-t-il ?

Elle lorgne Yafeu d'un œil noir et exécute une révérence fort peu convaincante, avant de s'adresser à moi.

— Ta mère, dit-elle. Il faut que tu viennes immédiatement.

Les cris de Mère s'entendent d'un bout à l'autre de la colline. Le nœud au creux de mon ventre se resserre lorsque nous atteignons les étuves.

Je me revois devant ces mêmes portes, agrippant mon fanon de baleine et priant désespérément Freya pour que la vie de mon petit frère soit épargnée, comme si c'était hier. Cette simple évocation me donne des frissons dans le dos, alors même que, déjà, je pousse le battant de chêne.

Mère se tord de douleur au milieu de la pièce. Une large tache macule sa robe : elle a perdu les eaux. Un éclair de colère crispe son visage luisant de transpiration lorsqu'elle m'aperçoit. Elle ne veut pas de moi auprès d'elle. Elle n'a guère le choix, pourtant : cette fois, elle n'a personne d'autre.

Il n'y a toujours pas d'accoucheuse à Skíringssal. J'ai dépêché des messagers dans tous les villages alentour pour en mander une voilà plusieurs semaines déjà. Sans résultat. Même en sachant que le roi est mort, renversé par sa fille et une ancienne *thrall*, elles craignent toujours d'être châtiées si jamais l'enfant à naître ne survit pas. Je peux difficilement les en blâmer.

— Il vient ! halète Mère. Il vient maintenant !

***

Par rapport aux torturantes journées de travail que Mère a endurées lors de ses précédents accouchements, celui-ci est pratiquement fini avant d'avoir commencé. L'instant d'avant, je me précipitais à son chevet, et voici que je contemple, confondue d'admiration, un minuscule bébé émerger dans les mains sûres de Helge.

Des mèches de duvet blond sont collées à son crâne miniature. Il est trop petit. Trop frêle.

Déjà, le chagrin m'envahit. Mais Helge tapote son torse fluet et le bébé se met à hurler. Fort, avec des cris stridents.

Il est vivant !

Helge coupe rapidement le cordon et me tend l'enfançon avant de se retourner vivement vers Mère.

J'essuie le nouveau-né et l'enveloppe dans un linge propre, le tenant contre mon cœur. Il se calme et, soudain, sa main incroyablement menue se referme sur mon doigt. Une immense allégresse, telle que je n'en ai jamais connu auparavant, m'emplit.

C'est alors que Mère, prise de nouvelles contractions, gémit. Helge me jette un coup d'œil alarmé.

— Des jumeaux, lâche-t-elle, le souffle court.

Les paroles de Fritjof me reviennent subitement à l'esprit et ma gorge se serre : « Ils seront deux quand ils viendront, les fils de Balli de Skíringssal, l'un clair, l'autre sombre. »

Je tressaille. Avec un cri déchirant, Mère pousse une dernière fois, faisant apparaître une petite boule de cheveux noirs.

Cette fois, Helge est obligée de tirer le corps du bébé pour le faire sortir. Le second est plus gros que son frère ; ses hurlements, plus puissants.

Helge l'essuie avec un linge et le lange. Elle le tend à Mère, et j'en fais autant avec le premier. Un nouveau-né dans chaque bras, Mère les blottit tous deux contre son sein. Je ne l'ai jamais vue si heureuse. Elle rayonne de bonheur.

Lorsqu'elle croise mon regard, elle change pourtant de visage.

— Je sais que tu n'éprouves aucune loyauté envers ton propre sang, dit-elle d'une voix éraillée. Mais si jamais tu laisses *quoi que ce soit* leur arriver, même Hel sera trop bon pour toi.

Ces mots me fendent le cœur.

— Yafeu n'est pas Père : jamais elle ne ferait de mal à un enfant innocent.

— Jure-le-moi ! (La voix de Mère tremble affreusement.) Ces deux petits êtres sont ma seule raison de vivre.

Elle s'abandonne à ses pleurs et je sens mes larmes menacer de me trahir. Déjà, mes yeux débordent.

— Oh, Mère...

Je lui tends la main. Elle a un brusque mouvement de recul.

Même en proie à ses plus profondes terreurs, elle n'acceptera jamais que je la réconforte.

Ma plus grande faute envers elle a toujours été d'être en vie : contrairement à ses autres enfants, j'ai eu le tort de survivre. Ce crime, à lui seul, suffit à me condamner : jamais elle ne me le pardonnera. Pas même avec ces deux robustes fils tant désirés dans les bras.

Je laisse ma main retomber.

— Je ferai tout ce qui est en mon pouvoir pour garantir leur sécurité. Je le jure par la grâce de Freya, la puissance de Thor et la sagesse d'Odin.

Ses épaules s'affaissent de soulagement – ce que j'interprète comme une acceptation de sa part. Je me dirige vers la porte, puis m'arrête un instant, m'attardant sur le seuil.

— C'est un nouveau départ, Mère. Ne leur pourrissez pas le cœur avec votre haine.

Et sur ces bonnes paroles, je l'abandonne à son sort.

49

YAFEU

En été, je chassais pieds nus. J'aimais la sensation de l'herbe entre mes orteils, le frottement des aiguilles de pin sous mes talons. Mais il fait trop froid, maintenant. C'est donc à regret que j'ai enfilé mes encombrantes bottes de cuir. Un seul pas maladroit suffirait à faire fuir le gibier. Le sous-bois ne nous offre plus assez de camouflage pour chasser à pied, de toute façon.

Nous sommes donc tous les deux à califourchon sur la branche basse d'un orme blanc, partiellement cachés par ses feuilles jaunes éparses. Ingmar dit que ces arbres sont courants là d'où il vient, en Irlande. Leurs tiges sont fortes mais souples, comme lui. Les épicéas et les sapins nous offriraient une meilleure couverture, mais leurs branches sont trop serrées pour qu'on puisse y grimper et trop frêles pour supporter notre poids.

En même temps, les élans sont rares à cette période de l'année. En plus, ils ne sont pas actifs si tard dans l'après-midi.

Nous avons tout de même posé quelques pièges à lièvres aux alentours. Il ne nous reste plus qu'à patienter. Ingmar distrait mon attente en me racontant sa vie dissolue à Byzance, dans sa jeunesse. Ses yeux océan s'écarquillent et s'agitent alors qu'il mime une bagarre à laquelle il s'est retrouvé mêlé avec des négociants grecs dans une taverne.

Je vois bien qu'aujourd'hui, nous ne chassons d'autre gibier que nous-mêmes.

— Comment tu peux gesticuler autant et garder l'équilibre ? Tu n'as pas peur de tomber ?

— Oh, je suis tombé plein de fois ! me répond-il en riant. Mais ça ne m'a jamais empêché de remonter. Ma mère avait toujours peur que je me rompe le cou.

— Il n'y a pas beaucoup d'arbres auxquels on peut grimper au Wagadou. C'était déjà un souci de moins pour la mienne.

— Elle devait seulement faire attention à ce que tu ne te fasses pas dévorer par les lions, raille-t-il.

J'affiche un sourire moqueur.

— Les lions sont paresseux. C'est des hippopotames qu'il faut se méfier. Ils sont vicieux dans leurs meilleurs jours.

— Et n'oublie pas les crocodiles !

Les crocodiles. Comme celui que Baaba avait fait fuir rien qu'en le regardant, aux abords de Djenné.

Ce souvenir me provoque une bouffée d'émotion. Je me gratte la nuque et entreprends de surveiller les sous-bois à travers le feuillage.

— Pas beaucoup de gibier aujourd'hui.

— Non, reconnaît-il.

Tout à coup, il balance sa jambe par-dessus la branche et dégringole le long du tronc comme un singe, avant de sauter à terre.

— Où tu vas ?

— Je prendrais bien un bain. (Il lève la tête vers moi avec un grand sourire.) Ça te tente ?

Nous faisons la planche dans l'eau chaude, en regardant la vapeur monter et se dissiper dans l'air vif. Mes doigts ont déjà commencé à se friper, mais j'ai envie de m'attarder aussi longtemps que possible. En dehors de nos « parties de chasse », nos escapades dans le bois de Týr sont nos seuls moments de répit – même si nos prétextes pour y venir sont de moins en moins convaincants.

Ingmar plonge, puis sort de l'eau en se passant la main dans les cheveux. Sa barbe paraît toujours plus rousse quand elle est mouillée.

Mon regard s'attarde sur son torse. Je suis du doigt toutes ses cicatrices, en tentant de les mémoriser sans en omettre aucune. Les muscles de son ventre ondulent comme des vagues. Ils se font durs sous ma main.

Je lâche dans un murmure :

— J'en avais besoin.

Son regard est doux ; ses paupières, mi-closes.

— Une reine mérite bien de s'accorder un petit moment pour elle, de temps en temps.

— Va dire ça à Ránveig !

Les mots ne sont pas sortis de ma bouche que je les regrette déjà. Mes soucis, que j'ai déjà eu bien du mal à mettre de côté, se réveillent. J'étouffe un grognement.

L'expression d'Ingmar se fait grave, elle aussi.

— Les autres commencent à s'inquiéter pour elle, me dit-il à voix basse. Ça fait déjà plusieurs mois qu'Alvtir est morte et elle n'a pas commencé à s'en remettre. Elle va de plus en plus mal, au contraire.

— Qui sommes-nous pour dire comment elle devrait la pleurer ?

Mon ton est plus dur que je ne l'aurais voulu. Mais je n'avais vraiment pas envie de parler de ça aujourd'hui.

Ingmar ne répond pas. Je me redresse pour reprendre pied et me hisse sur la rive. L'air froid me saisit quand je sors de l'eau. Je n'ai que mon linge de corps mouillé sur la peau. Je me frotte vigoureusement avec les serviettes que nous avons apportées, en m'efforçant de ne pas le regarder.

Mais je ne peux pas m'empêcher d'admirer le glissement scintillant des gouttes d'eau sur son torse lisse, la manière dont les muscles de ses bras se contractent quand il se hisse à son tour sur le bord, avec beaucoup plus de grâce que moi. Il surprend mon regard et le coin de sa bouche se retrousse, narquois.

Je détourne la tête pour cacher mon sourire. Mais il m'attrape par le bras et m'attire contre lui. Bizarrement, sa peau mouillée est brûlante quand elle touche la mienne. Une sensation inconnue palpite dans mon ventre et gagne brusquement tout mon corps, lorsqu'il pose sa bouche dans mon cou. Le contact de ses lèvres provoque des décharges dans mes membres. Il n'a pas encore pris ma bouche que je suis déjà à bout de souffle. Je lui rends pourtant son baiser avec fougue, refermant mes bras autour de ses larges épaules. Avant que je ne comprenne ce qui m'arrive, j'ai perdu toute notion d'espace et de temps. Il n'existe plus rien, plus personne au monde, que nous.

Déjà, il détache ses lèvres (bien trop tôt à mon goût) pour poser son front contre le mien. Nous restons ainsi un bon moment à reprendre haleine. Les insectes bourdonnent autour de nous et les chants d'oiseau semblent sauter d'arbre en arbre.

Quand il se remet finalement à parler, sa voix est plus basse qu'un murmure.

— Je t'aime, Yafeu.

Excitation et anxiété me traversent comme deux flèches jumelles. Je sens mon cœur battre dans ma gorge.

— Moi aussi, je t'aime.

Il me prend la main et roule dans l'herbe en m'entraînant pour que je me retrouve sur lui, couvrant mon visage, mon cou, ma cicatrice de petits baisers jusqu'à ce que je hurle de rire. Je plonge dans son regard océan et il m'entraîne comme une lame de fond.

— J'ai envie de toi, chuchote-t-il à mon oreille, dont il se met à mordiller le lobe.

Je frissonne de la nuque au creux des reins. Et ce n'est pas de froid.

Je suis la ligne de son cou du bout du nez, m'arrêtant pour déposer un baiser au ceux de son épaule. Je le sens se tendre contre mon ventre et prends brusquement conscience de ce qui se joue. Je roule sur l'herbe à regret.

— On ne peut pas, pas maintenant. Freydis peut préparer une décoction pour éviter… pour qu'il n'arrive rien. Mais les herbes dont elle a besoin ne poussent pas en cette saison.

Il se redresse pour s'asseoir, se tournant légèrement pour me faire face.

— Ce serait si grave d'avoir un enfant ?

Je le regarde fixement, sans voix.

— En supposant… (Il hésite. Le rouge lui monte aux joues quand il me prend la main.) En supposant qu'on se marie ?

Ma gorge se serre. Il poursuit, avant que je n'aie le temps de répondre :

— Aucun de nous deux n'a de famille pour arranger ce genre de chose. Mais ça veut dire qu'on est libres d'écouter nos cœurs. Et mon cœur t'a choisie.

L'affection me submerge. Bouleversée, je pose ma main sur sa joue, sa barbe râpeuse sous mes doigts.

Il s'abandonne contre ma paume.

— Alors... tu veux ? M'épouser, je veux dire ?

J'inspire à pleins poumons, tout en cherchant les mots justes. Je l'aime. Plus que je n'aurais pu l'imaginer. Mais le mariage ? Je ne l'ai même jamais envisagé. Chez moi, au village, je n'avais aucune chance de trouver un époux : tous les garçons pensaient que j'étais *jugu*, et je n'avais aucune estime pour eux.

Et des *enfants* ?

Cette perspective suffit à doucher les dernières braises de mon ardeur.

Avec la lourde charge de Yafreby qui pèse sur mes épaules, il ne manquerait plus que j'aie un enfant !

Même si je n'étais pas reine, je sais, au fond de moi, que je ne serais pas prête à fonder une famille. Loin de là.

— Mon cœur t'a choisi aussi, Ingmar. Mais je ne peux pas avoir d'enfant et je ne peux pas me marier. Pas maintenant.

Ses traits se crispent et il a un mouvement de recul, comme si je l'avais giflé. Ma poitrine se resserre quand je vois la vive douleur sur son visage.

— Parce que tu es reine ? demande-t-il.

Et pour tant d'autres raisons. Je le pense très fort, mais je le garde pour moi.

— Parce que beaucoup d'épreuves nous attendent. Et tous se tournent vers moi (vers *nous*) afin qu'on les aide à les traverser.

— On attend bien d'un roi qu'il fonde une famille. Pourquoi pas d'une reine ?

— Mais on a déjà une famille. (J'essaie de le rassurer.) Les autres sont notre famille. Ça me suffit. Pour le moment.

Il ouvre la bouche pour répliquer quand l'appel d'un *lur* résonne au loin. Au début, je suis ravie de cette interruption. Et puis je me souviens de la signification de ces coups brefs et rapides : des étrangers sur nos côtes.

J'ai la bouche sèche, subitement. Nous échangeons un regard et nous relevons d'un bond. Nous nous habillons en hâte et courons à toutes jambes vers la cité.

Quand nous arrivons au port, au moins trois douzaines de soldats armés (y compris Adémola, les *skjaldmö* et beaucoup de nouvelles recrues) attendent notre arrivée. Ingmar hoche la tête d'un air approbateur, poussant les novices à se tenir encore plus droits. En nous apercevant, une Ránveig au regard halluciné se rue sur moi, prête à me protéger contre l'ennemi, quel qu'il soit. Je réprime une grimace et tourne les yeux vers le fjord.

Wisna se tient sur les galets, au bord du rivage, la main en visière.

— C'est pas un navire marchand, ça, annonce-t-elle d'un ton sinistre.

— C'est un navire ibérique, intervient Adémola, en sortant du rang pour s'avancer d'un pas. Je reconnais ce type d'embarcation.

— Un navire *ibérique* ?

Je plisse les yeux pour examiner le bateau qui avance à vive allure. Je parviens déjà à en distinguer les détails : une longue coque surplombée par une imposante dunette et trois voiles triangulaires, chacune armoriée du même symbole.

La peur me broie la poitrine. Je n'ai rien contre les Ibères (je ne les connais pas), mais je n'aime pas les visites impromptues. D'autant plus quand Yafreby est aussi vulnérable. Ce n'est pas pour moi que j'ai peur – avec Ingmar à ma droite et Ránveig à ma gauche, je plains tous ceux qui voudraient attenter à ma vie aujourd'hui. C'est pour les nouvelles recrues que je tremble. Elles ont hâte de prouver leur valeur, mais elles ne sont pas aussi prêtes à se battre qu'elles le croient, loin de là.

En même temps, personne n'est jamais vraiment prêt pour sa première bataille.

L'une d'entre elles apporte à Ingmar sa hache de guerre. Il la fait passer d'une main à l'autre, sans quitter des yeux le vaisseau étranger.

— À vos rangs ! ordonne-t-il à pleine voix.

Je vois alors les nouveaux s'aligner en bon ordre et se mettre en position de combat, arme au poing. Ça me rassure un peu. Ils sont peut-être inexpérimentés, mais ils ont été formés par les meilleurs. J'arque un sourcil en regardant Ingmar, qui m'adresse un clin d'œil en réponse.

Je me tourne vers mes troupes. Hommes et femmes, sans distinction, tous en rangs serrés, tous au garde-à-vous. Mes soldats. Mes guerrières. En voyant cette ardeur dans leurs yeux, l'*Úlfheðinn* au fond de moi se réveille. Je la laisse imprégner mon *nyama* pour m'adresser à eux.

— Restez sur vos gardes. (J'adopte le ton autoritaire d'un chef de guerre.) Mais n'attaquez pas sans que je vous en aie donné l'ordre. Et quoi qu'il arrive, sachez que je suis fière de vous.

Refusant de constater l'effet de mes paroles, je me retourne aussitôt vers le fjord. Je ne veux pas voir leurs yeux briller d'une ardeur redoublée, flamboyer d'une vénération que je n'ai pas méritée, sachant qu'un jour, sinon aujourd'hui, cette même vénération pourrait les conduire à la mort.

Je dégaine mes deux dagues et les fais danser autour de mes poignets. Amis ou ennemis, qui que soient ceux qui débarqueront, ils devront d'abord me passer sur le corps.

— Je me demande ce qu'une nef sarrasine fait si loin de sa contrée, si tard dans l'année, commente Freydis en prenant place à côté d'Ingmar.

Je grogne.

— Comme si je n'étais pas déjà assez inquiète pour toi ! Ça t'amuse ?

Elle secoue la tête.

— Quelque chose me dit qu'ils ne sont pas venus ici nous chercher querelle.

Je médite ses paroles en regardant le navire approcher. Il grouille d'hommes à son bord, des hommes de tant de couleurs différentes. Certains ont le teint basané, quelque part entre le mien et celui des Majous ; d'autres sont encore plus foncés que moi. Ceux qui ne rament pas lèvent les mains en l'air, des mains sans armes : un geste de paix.

La tension qui crispait mes épaules se dissipe. Je n'en rengaine pas mes dagues pour autant, par souci de sécurité. D'autant que tous suivront mon exemple, je le sais.

Au lieu de venir s'amarrer au ponton, l'équipage jette l'ancre, restant au mouillage, et saute par-dessus bord dans l'eau glacée. Les hommes sont habillés de pied en cap de plusieurs couches de vêtements encombrants, couverts d'une cape verte qui les entraîne en arrière, ralentissant leurs mouvements : ils n'ont vraiment pas l'air prêts à se battre.

J'abaisse mes dagues, mais je ne les remets pas au fourreau, tout en faisant signe à mes troupes d'en faire de même. Ránveig est la seule à ne pas obéir, ses jambes toujours pliées en position de combat, ses mains agrippant la fusée de son épée. Avant que je n'aie le temps d'ouvrir la bouche, une profonde voix masculine résonne, criant dans une langue que je ne reconnais pas. Mais cette voix… Elle a quelque chose de familier…

Son propriétaire atteint le rivage et jette un regard circulaire, comme s'il cherchait quelqu'un. Il est grand et mince. Sa peau est de la couleur chaude propre à l'écorce d'acajou. Ránveig s'avance pour s'interposer, mais je lui fais signe de ne pas bouger. L'homme enregistre notre échange et, comprenant que je dois être quelqu'un d'important, s'arrête net et me salue d'un hochement de tête protocolaire en levant haut les mains.

Mais ce n'est pas sur ses mains que je porte mon attention. Les fossettes sur ses joues ont réveillé un vieux souvenir. Celui d'un visage que je connais mieux que le mien.

Est-ce que ce serait vraiment… ?

— Baaba ?

À peine un chuchotement.

Et puis un deuxième homme rejoint le premier – un homme avec la même peau sombre et le même sourire facile. Deux frères, à en croire leur attitude si semblable.

Mon cœur se serre. Je n'aurais pas dû laisser ce fol espoir m'aveugler ainsi. Je ne suis plus la petite fille naïve qui invoquait la vision de son papa dans le désert, voulant croire de toutes ses forces qu'il serait toujours son sauveur. J'ai été trop de fois mon propre sauveur, depuis, pour entretenir encore ce fantasme puéril.

Je prends un instant pour examiner les deux frères. Ils ont, l'un comme l'autre, la tête enturbannée d'une fine étoffe de soie et portent de longues tuniques richement travaillées. Ils sont drapés dans la même cape que leurs compagnons, sauf que la leur est d'un rouge écarlate. Et, bien qu'ils aient des corps d'hommes, leurs visages sont étonnamment jeunes. Ils semblent avoir mon âge, tout au plus – plus jeunes que moi, même. Qui qu'ils soient, ce ne sont pas de simples marchands.

— S'il vous plaît, remisez vos armes, dit le premier dans la langue des Majous, avec un accent très prononcé.

— Nous venons en paix, ajoute le second. Nous sommes des amis de votre cheffe, Alvtir.

La voix du second est aussi familière. Mais je n'arrive pas à la resituer.

Convaincue qu'ils ne représentent aucun danger, je range mes dagues et fais signe à mes troupes de se mettre au repos.

— Si vous étiez des amis d'Alvtir, alors vous êtes nos amis.

Je les invite d'un geste à approcher.

Je sens Ránveig se hérisser quand ils s'exécutent. Ils gardent la tête baissée en signe de respect mais, plus ils approchent, mieux je peux voir leurs visages.

Des visages qui ouvrent une porte verrouillée dans mon cœur.

La glace dans mes veines éclate sous l'effet de la chaleur.

Ils marquent un temps d'arrêt, hésitent. C'est alors que leurs yeux s'écarquillent. Eux aussi me reconnaissent. Avant que Ránveig ne puisse m'en empêcher, je me précipite vers eux. Mes mains tremblent quand je les tends pour leur toucher la joue.

— Kamo ? (C'est à peine un souffle, tant la stupeur me tétanise.) Goleh ?

Mes frères. Mes frères sont vivants ! Mes frères sont *ici* !

Comme en réponse, au même moment, Lisa sort des nuages, inondant la côte de lumière.

Kamo pose alors sa main sur la mienne, son émerveillement faisant écho au mien.

— Henda ? demande-t-il d'une voix éraillée.

Je n'aurais jamais cru l'entendre de nouveau un jour.

Mon nom. Mon *vrai* nom.

Composition et mise en pages
Nord Compo à Villeneuve-d'Ascq

#lisez engagé !
www.lisez.com
Pour plus d'information :
Imprimé sur du papier issu de forêts gérées durablement.

Imprimé en France par
CPI Brodard & Taupin
en octobre 2024

N° d'édition : 67767/01 – N° d'impression : 3058692